AZINCOURT

BERNARD CORNWELL

AZINCOURT

Tradução de
ALVES CALADO

EDITORA RECORD

RIO DE JANEIRO • SÃO PAULO

2009

CIP-BRASIL. CATALOGAÇÃO-NA-FONTE
SINDICATO NACIONAL DOS EDITORES DE LIVROS, RJ

Cornwell, Bernard
C834a   Azincourt / Bernard Cornwell; tradução Alves Calado. –
Rio de Janeiro: Record, 2009.

      Tradução de: Azincourt
      ISBN 978-85-01-08516-0

      1. Ficção histórica inglesa. I. Alves-Calado, Ivanir, 1953-. II. Título.

                         CDD: 823
09-1426.   CDU: 821.111-3

Texto revisado segundo o Novo Acordo Ortográfico da Língua Portuguesa.

Título original inglês:
Azincourt

Projeto gráfico de miolo: Laboratório Secreto

Direitos exclusivos de publicação em língua portuguesa
somente para o Brasil adquiridos pela
EDITORA RECORD LTDA.
Rua Argentina 171 – Rio de Janeiro, RJ – 20921-380 – Tel.: 2585-2000
que se reserva a propriedade literária desta tradução

Impresso no Brasil

ISBN 978-85-01-08516-0

PEDIDOS PELO REEMBOLSO POSTAL
Caixa Postal 23.052 - Rio de Janeiro, RJ - 20922-970

EDITORA AFILIADA

Azincourt *é para minha neta,*
Esme Cornwell,
com amor.

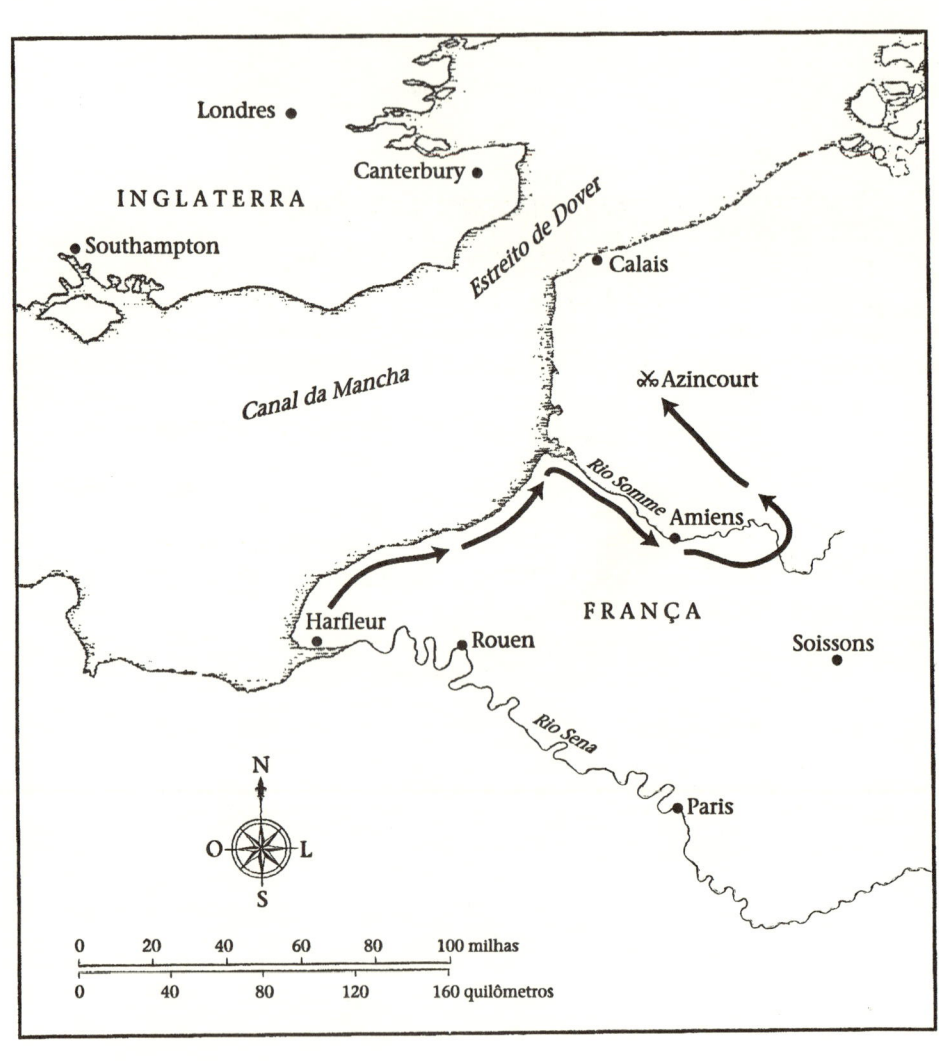

Londres •

Canterbury •

INGLATERRA

• Southampton

Estreito de Dover

• Calais

Canal da Mancha

⚔ Azincourt

Rio Somme

Amiens

Harfleur

• Rouen

FRANÇA

• Soissons

Rio Sena

Paris

N

O ✦ L

S

| 0 | 20 | 40 | 60 | 80 | 100 milhas |

| 0 | 40 | 80 | 120 | 160 quilômetros |

"Azincourt é uma das passagens épicas visualizadas de modo mais instantâneo e nítido na história inglesa... É uma vitória do fraco sobre o forte, do soldado comum sobre o cavaleiro montado, da decisão firme sobre a linguagem bombástica... Além disso é uma história sobre o comportamento de matadouro e de atrocidade absoluta."

Sir John Keegan, *The Face of Battle*.

"...há uma infinidade de mortos e um grande número de carcaças; e não há fim para os cadáveres: eles tropeçam nos cadáveres."

Naum 3.3.

PRÓLOGO

num dia de inverno de 1413, logo antes do Natal, Nicholas Hook decidiu cometer assassinato.

Era um dia frio. Durante a noite havia geado forte, e o sol do meio-dia não conseguira derreter o branco do capim. Não existia vento, de modo que o mundo inteiro estava pálido, congelado e imóvel quando Hook viu Tom Perrill na trilha funda que ia da floresta alta às pastagens do moinho.

Nick Hook, de 19 anos, movia-se como um fantasma. Era guarda-caça, e mesmo num dia em que a pisada mais leve poderia soar como gelo se partindo, ele se movia em silêncio. Agora andava contra o vento, saindo da trilha funda onde Perrill prendera um dos cavalos de tração de lorde Slayton ao tronco de um olmo derrubado. Perrill estava arrastando a árvore para o moinho, para fazer novas pás para a roda-d'água. Estava sozinho e isso era incomum, porque Tom Perrill raramente se afastava de casa sem seu irmão ou algum outro companheiro, e Hook nunca vira Tom Perrill tão longe da aldeia sem o arco pendurado no ombro.

Nick Hook parou no limite das árvores, num local onde arbustos de azevinho o escondiam. Estava a cem passos de Perrill, que praguejava porque os sulcos no caminho haviam congelado e ficado duros, o grande tronco de olmo se agarrava na trilha irregular e o cavalo empacava. Perrill havia batido no animal a ponto de tirar sangue, mas as chicotadas não tinham ajudado, e agora o rapaz estava simplesmente parado, chicote na mão, xingando o infeliz animal.

Hook pegou um flecha na sacola pendurada a tiracolo e verificou se era a que ele queria. Era de ponta larga, com espigão longo, destinada a cortar o corpo de um cervo, uma flecha feita para rasgar artérias de modo que o animal sangrasse até a morte caso Hook errasse o coração, mas ele raramente errava. Aos 18 anos havia vencido o campeonato dos três condados, derrotando arqueiros mais velhos e famosos em metade da Inglaterra, e a cem passos jamais errava.

Encostou a flecha na madeira do arco. Estava observando Perrill porque não precisava olhar para a flecha nem para o arco. O polegar esquerdo prendia a flecha e a mão direita esticou ligeiramente a corda até que ela se encaixou no pequeno entalhe reforçado com chifre na extremidade emplumada da flecha. Levantou o arco, os olhos ainda no filho mais velho do moleiro.

Puxou a corda sem esforço aparente, ainda que a maioria dos homens que não fossem arqueiros não conseguisse puxá-la até a metade. Esticou a corda até a orelha direita.

Perrill havia se virado para olhar a pastagem do moinho, onde o rio era uma tira sinuosa de prata sob os salgueiros despidos pelo inverno. Estava usando botas, calções, um gibão e um casaco de pele de cervo, e não fazia ideia de que sua morte estava a instantes de acontecer.

Hook disparou. Foi um disparo suave, a corda de cânhamo soltando-se do polegar e dos dois dedos sem ao menos um tremor.

A flecha voou reta. Hook acompanhou as penas cinza, olhando enquanto a haste de freixo ligeiramente afunilada, com ponta de aço, acelerava rumo ao coração de Perrill. Ele havia afiado a ponta em forma de cunha e sabia que ela cortaria a pele de cervo como se fosse teia de aranha.

Nick Hook odiava a família Perrill, assim como os Perrill odiavam os Hook. A rixa durava duas gerações, desde quando o avô de Tom Perrill havia matado o avô de Hook na taverna do povoado cravando um atiçador de lareira em seu olho. O velho lorde Slayton havia declarado que fora uma luta justa e se recusou a castigar o moleiro, e desde então os Hook tentavam se vingar.

Nunca haviam conseguido. O pai de Hook fora morto a chutes no jogo anual de futebol e ninguém jamais descobrira quem o havia matado, mas todo mundo sabia que deviam ter sido os Perrill. A bola fora chutada para o meio dos juncos, atrás do pomar da casa senhorial, e uma dúzia de homens havia corrido atrás, mas apenas 11 saíram. O novo lorde Slayton riu da ideia de chamar a morte de assassinato.

— Se fôssemos enforcar alguém por matar num jogo de futebol — dissera ele —, iríamos enforcar metade da Inglaterra.

O pai de Hook era pastor. Deixou esposa grávida e dois filhos, e a viúva morreu dois meses depois da morte do marido, ao dar à luz uma menina natimorta. Faleceu no dia de são Nicolau, dia do décimo terceiro aniversário de Nick Hook, e sua avó dissera que a coincidência provava que Nick era amaldiçoado. Ela tentou tirar a maldição com sua própria magia. Golpeou-o com uma flecha, cravando fundo a ponta em sua coxa, depois lhe disse para matar um cervo com a flecha e que assim a maldição iria embora. Hook caçou ilegalmente um dos animais de lorde Slayton, matando-o com a flecha suja de sangue, mas a maldição permaneceu. Os Perrill viviam e a rixa continuou. Uma bela macieira no quintal da avó de Hook havia morrido, e ela insistiu que fora a velha senhora Perrill que havia enfeitiçado a árvore.

— Os Perrill sempre foram uns desgraçados pútridos comedores de bosta — disse sua avó. Ela pôs mau-olhado em Tom Perrill e seu irmão mais novo, Robert, mas a velha senhora Perrill devia ter usado um contra-feitiço, porque nenhum dos dois adoeceu. Os dois bodes que Hook mantinha na área pública desapareceram, e o povoado achava que haviam sido os lobos, mas Hook sabia que tinham sido os Perrill. Em vingança matou a vaca deles, mas isso não era o mesmo que matá-los.

— É seu trabalho matá-los — insistia a avó de Nick, mas ele nunca tivera oportunidade. — Que o diabo faça você cuspir merda — amaldiçoou ela — e depois o leve para o inferno. — Ela o expulsou de casa quando ele estava com 16 anos. — Vá morrer de fome, desgraçado — rosnou. Nesse ponto ela estava enlouquecendo, e não havia como discutir, assim Nick Hook saiu de casa e podia ter mesmo morrido de fome, mas esse foi o ano em que tirou o primeiro lugar na competição dos seis povoados, colocando uma flecha depois da outra no alvo distante.

Lorde Slayton fez de Nick um guarda-caça, o que significava que precisava manter a mesa do senhor cheia de carne de veado.

— É melhor você matá-los legalmente do que ser enforcado como caçador ilegal — havia observado lorde Slayton.

Agora, no dia de são Winebald, logo antes do Natal, Nick Hook olhava sua flecha voar na direção de Tom Perrill.

Iria matá-lo, sabia.

A flecha voou certeira, baixando ligeiramente entre as altas cercas vivas brilhantes de geada. Tom Perrill não tinha ideia de que ela vinha. Nick Hook sorriu.

Então a flecha oscilou.

Uma pena havia se soltado, a cola e a amarra deviam ter cedido e a flecha se desviou à esquerda, cortando o flanco do cavalo e se alojando em seu ombro. O cavalo relinchou, empinou e saltou à frente, arrancando o grande tronco de olmo dos sulcos congelados no chão.

Tom Perrill se virou e olhou para a floresta elevada, depois percebeu que uma segunda flecha poderia seguir a primeira, por isso se virou de novo e correu atrás do cavalo.

Nick Hook havia fracassado de novo. Era amaldiçoado.

Lorde Slayton estava sentado frouxo em sua cadeira. Tinha 40 e poucos anos, era um homem amargo que fora mutilado em Shrewsbury por um golpe de espada na coluna, e portanto jamais lutaria em outra batalha. Olhou azedamente para Nick Hook.

— Onde você estava no dia de são Winebald?

— Quando foi isso, senhor? — perguntou Hook, com aparente inocência.

— Desgraçado — cuspiu lorde Slayton, e seu administrador acertou Hook pelas costas, com o cabo de osso de um chicote de montaria.

— Não sei que dia foi, senhor — disse Hook, teimoso.

— Há dois dias — respondeu Sir Martin. Ele era o cunhado de lorde Slayton e padre da casa senhorial e da aldeia. Não era mais cavaleiro do que Hook, mas lorde Slayton insistia em que ele fosse chamado de "Sir" Martin em reconhecimento ao seu nascimento nobre.

— Ah! — Hook fingiu um súbito esclarecimento. — Eu estava podando o freixo abaixo do morro do Mendigo, senhor.

— Mentiroso — disse lorde Slayton em tom peremptório. William Snoball, administrador e principal arqueiro do lorde, bateu em Hook de novo, acertando o cabo do chicote com força na nuca do guarda-caça. O sangue escorreu pelo couro cabeludo de Hook.

— Juro por minha honra — mentiu Hook, sério.

— A honra da família Hook — disse lorde Slayton secamente antes de olhar para o irmão mais novo do rapaz, Michael, que tinha 16 anos. — Onde você estava?

— Consertando a cobertura de palha da varanda da igreja, senhor — respondeu Michael.

— Estava mesmo — confirmou Sir Martin. O padre, magro e desengonçado em sua batina preta manchada, fez uma careta que deveria ser um sorriso para o irmão mais novo de Nick Hook. Todo mundo gostava de Michael. Até os Perrill pareciam eximi-lo do ódio que sentiam pelo resto da tribo dos Hook. Michael era louro, ao passo que o irmão era moreno, e seu humor era contagiante, enquanto Nick Hook era sombrio.

Os irmãos Perrill estavam de pé ao lado dos irmãos Hook. Thomas e Robert eram altos, magros e desconjuntados, com olhos fundos, nariz comprido e queixo pronunciado. Sua semelhança com Sir Martin, o padre, era inconfundível, e o povoado, com a deferência devida a um homem da Igreja nascido em família nobre, aceitava o fingimento de que eles eram filhos do moleiro e ao mesmo tempo os tratava com respeito. A família Perrill tinha privilégios não-verbalizados porque todo mundo sabia que os irmãos podiam pedir a ajuda de Sir Martin sempre que se sentissem ameaçados.

E Tom Perrill não fora simplesmente ameaçado, quase fora morto. A flecha de penas cinza deixara de acertá-lo pela distância de um palmo, e agora essa flecha estava na mesa do salão da casa senhorial. Lorde Slayton apontou para a flecha e assentiu na direção de seu administrador, que foi até a mesa.

— Não é uma das nossas, senhor — disse William Snoball depois de examinar a flecha.

— Quer dizer, por causa das penas cinza? — perguntou lorde Slayton.

— Ninguém por aqui usa ganso cinza — respondeu Snoball com relutância e um olhar rude para Nick Hook. — Não para emplumar flechas. Nem para nada!

Lorde Slayton olhou para Nick Hook. Ele sabia a verdade. Todo mundo no salão sabia a verdade, menos, talvez, Michael, que era uma alma confiante.

— Chicoteie-o — sugeriu Sir Martin.

Hook olhou para a tapeçaria pendurada sob a galeria do salão. Ela mostrava um caçador cravando uma lança na barriga de um javali. Uma mulher, usando nada além de um fiapo de tecido transparente, olhava o caçador, que vestia tanga e um elmo. As traves de carvalho que sustentavam a galeria haviam ficado pretas com uma centena de anos de fumaça.

— Chicoteie-o — repetiu o padre — ou corte suas orelhas.

Hook baixou os olhos para lorde Slayton e imaginou, pela milésima vez, se estava olhando seu próprio pai. Hook tinha o rosto de ossos fortes de Slayton, a mesma testa pesada, a mesma boca larga, o mesmo cabelo preto e os mesmos olhos escuros. Tinha a mesma altura, a mesma força física que fora de seu senhor antes que a espada rebelde se retorcesse em suas costas e o obrigasse a usar as muletas com almofadas de couro que estavam encostadas na cadeira. O lorde devolveu o olhar, sem trair coisa alguma.

— Esta rixa vai terminar — disse finalmente, ainda olhando para Hook. — Você me entendeu? Não haverá mais matanças. — Em seguida apontou para Hook. — Se alguém da família Perrill morrer, Hook, vou matar você e o seu irmão. Entendeu?

— Sim, senhor.

— E se um Hook morrer — o lorde virou o olhar para Tom Perrill —, você e seu irmão serão enforcados no carvalho.

— Sim, senhor — disse Perrill.

— O assassinato teria de ser provado — exclamou Sir Martin de repente, com a voz indignada. O padre magricelo frequentemente parecia viver em outro mundo, com os pensamentos distantes, depois voltava a atenção bruscamente para o lugar onde estava e suas palavras saltavam como se quisessem compensar o tempo perdido. — Provado — repetiu. — Provado.

— Não! — Lorde Slayton contradisse o cunhado, e para enfatizar deu um tapa no braço da cadeira. — Se algum de vocês quatro morrer eu enforco o resto! Não me importo! Se um de vocês escorregar no moinho e se afogar, direi que foi assassinato. Entenderam? Não admitirei essa rixa nem mais um instante!

— Não haverá assassinato, senhor — disse Tom Perrill humildemente.

Lorde Slayton olhou para Hook, esperando a mesma resposta, mas Nick Hook ficou quieto.

— Um açoitamento vai lhe ensinar a obediência, senhor — sugeriu Snoball.

— Ele já foi chicoteado! — disse lorde Slayton. — Quando foi a última vez, Hook?

— No último dia de são Miguel, senhor.

— E o que você aprendeu com isso?

— Que o braço do mestre Snoball está enfraquecendo, senhor — respondeu Hook.

Um risinho contido fez Hook levantar a cabeça, e ele viu que a senhora estava olhando das sombras da galeria. Ela não tinha filhos. Seu irmão, o padre, gerava um bastardo depois do outro, enquanto lady Slayton era amarga e estéril. Hook sabia que ela visitara secretamente sua avó em busca de um remédio, mas pela primeira vez a feitiçaria da velha havia fracassado em produzir um bebê.

Snoball havia resmungado raivoso diante da imprudência de Hook, mas lorde Slayton traiu sua diversão com um riso súbito.

— Para fora! — ordenou. — Todos vocês! Saiam, menos você, Hook. Você fica.

Lady Slayton observou os homens saindo do salão, depois se virou e desapareceu no aposento que ficava atrás da galeria. Seu marido olhou para Nick Hook sem falar, até que, por fim, indicou a flecha de penas cinza sobre a mesa de carvalho.

— Onde você conseguiu isso, Hook?

— Nunca vi antes, senhor.

— Você é mentiroso, Hook. É mentiroso, ladrão, trapaceiro e bastardo, e não tenho dúvida de que também é assassino. Snoball está certo. Eu deveria chicoteá-lo até que os ossos ficassem sem carne. Ou talvez devesse simplesmente enforcá-lo. Isso tornaria o mundo um lugar melhor, um mundo sem Hook.

Hook não disse nada. Apenas olhou para lorde Slayton. Um pedaço de lenha estalou no fogo, lançando um chuveiro de fagulhas.

— Mas também é o desgraçado do melhor arqueiro que já vi — continuou lorde Slayton, de má-vontade. — Dê-me a flecha.

Hook pegou a flecha de penas cinza e entregou ao senhor.

— A pena se soltou durante o voo? — perguntou lorde Slayton.

— É o que parece, senhor.

— Você não é fazedor de flechas, não é, Hook?

— Bom, eu faço, senhor, mas não tão bem quanto deveria. Não consigo fazer as hastes afuniladas do modo certo.

— Para isso você precisa de uma boa faca de tanoeiro. — Lorde Slayton puxou a pena. — Então, onde conseguiu a flecha? De um caçador ilegal?

— Matei um na semana passada, senhor — disse Hook, cautelosamente.

— Você não deveria matá-los, Hook, deve trazê-los à corte da casa senhorial para que eu possa matá-los.

— O desgraçado havia atirado num veado na floresta Thrush — explicou Hook — e fugiu, por isso cravei uma flecha de ponta larga nas costas dele e o enterrei atrás do morro de Cassell.

— Quem era ele?

— Um vagabundo, senhor. Acho que só estava de passagem, e não tinha nada, a não ser o arco.

— Um arco e uma bolsa cheia de flechas com penas cinza — disse o senhor. — Você tem sorte porque o cavalo não morreu. Eu teria de enforcá-lo por isso.

BERNARD CORNWELL

— César mal se arranhou, senhor — disse Hook sem dar importância. — Foi só um rasgo na pele.

— E como você saberia, se não estivesse lá?

— Ouço coisas na aldeia, senhor.

— Eu também, Hook, e você vai deixar os Perrill em paz! Ouviu? Vai deixá-los em paz!

Hook não acreditava em muita coisa, mas de algum modo havia se convencido de que a maldição que pairava sobre sua vida só seria tirada se ele pudesse matar os Perrill. Não tinha bem certeza de qual era a maldição, a não ser a suspeita desconfortável de que a vida devia ter algo mais do que a casa senhorial oferecia. No entanto, quando pensava em escapar do serviço de lorde Slayton, era assaltado por um presságio sombrio de que algum desastre não visto e incompreensível o esperava. Essa era a forma tênue da maldição, e ele não sabia como tirá-la, a não ser por meio do assassinato, mas mesmo assim confirmou com a cabeça, obediente.

— Ouvi, senhor.

— Você ouve e obedece — disse o senhor. Em seguida jogou a flecha no fogo, onde ela ficou por um momento e depois irrompeu em chamas luminosas. Um desperdício de uma boa ponta larga, pensou Hook.

— Sir Martin não gosta de você, Hook — disse lorde Slayton em voz mais baixa. Em seguida revirou os olhos para cima e Hook entendeu que o lorde estava perguntando se sua esposa ainda estava na galeria. Hook balançou a cabeça quase imperceptivelmente. — Sabe por que ele o odeia?

— Não sei se ele gosta de muitas pessoas, senhor — respondeu Hook evasivamente.

Lorde Slayton olhou pensativo para Hook.

— E você está certo com relação a Will Snoball — disse finalmente. — Ele está enfraquecendo. Todos ficamos velhos, Hook, e vou precisar de um novo centenar. Está entendendo?

O centenar era o homem que comandava uma companhia de arqueiros, e William Snoball tivera o cargo desde que Hook podia se lembrar. Snoball também era o administrador da propriedade, e os dois cargos o haviam tornado o mais rico dentre todos os homens de lorde Slayton. Hook assentiu.

— Estou, senhor — murmurou.

— Sir Martin acredita que Tom Perrill deve ser o novo centenar. E teme que eu nomeie você, Hook. Não consigo imaginar por que ele acha isso, você consegue?

Hook olhou o rosto do lorde. Sentiu-se tentado a perguntar sobre sua mãe e até que ponto o senhor a havia conhecido, mas resistiu.

— Não, senhor — disse humildemente, em vez disso.

— Então quando for a Londres, Hook, ande com cuidado. Sir Martin vai acompanhá-lo.

— Londres!

— Recebi uma convocação — explicou lorde Slayton. — Devo mandar meus arqueiros a Londres. Já esteve em Londres?

— Não, senhor.

— Bom, você vai. Não sei qual o motivo, a convocação não diz. Mas meus arqueiros vão porque o rei ordena. E talvez seja guerra, não é? Não sei. Mas se for guerra, Hook, não quero meus homens matando uns aos outros. Pelo amor de Deus, não me faça enforcá-lo.

— Tentarei, senhor.

— Agora vá. Diga ao Snoball para entrar. Vá.

Hook foi.

Era um dia de janeiro. Ainda estava frio. Céu baixo e uma escuridão de crepúsculo, mas ainda era apenas o meio da manhã. Ao amanhecer nevara, mas a neve não havia se acomodado. Havia gelo nos tetos de palha e películas de gelo nas poucas poças que não tinham sido pisoteadas até virar lama. Nick Hook, de pernas longas, peito largo, cabelo escuro e fazendo careta, estava sentado diante da taverna com sete companheiros, inclusive seu irmão e os dois irmãos Perrill. Hook usava botas até os joelhos, com esporas, dois calções para manter o frio longe, uma camisa de lã, um gibão de couro acolchoado e uma túnica de linho curta, que tinha o

BERNARD CORNWELL

brasão de lorde Slayton, com a lua crescente dourada e três estrelas douradas. Todos os oito homens usavam cintos de couro com bolsas, adagas longas e espadas, e todos usavam a mesma libré, ainda que um estranho pudesse olhar com atenção para discernir a lua e as estrelas porque as cores haviam se desbotado e as túnicas estavam sujas.

Ninguém olhava com atenção, porque homens armados e fardados significavam encrenca. E aqueles oito homens eram arqueiros. Não levavam arcos nem bolsas de flechas, mas a largura do peito mostrava que eram homens capazes de puxar a corda de um arco de guerra por um metro inteiro e fazer com que isso parecesse fácil. Eram arqueiros, e isso era o motivo do medo que permeava as ruas de Londres. O medo era pungente como o fedor de esgoto, tão prevalecente quanto o cheiro de fumaça de madeira. As portas das casas estavam fechadas. Até os mendigos haviam desaparecido, as poucas pessoas que andavam pela cidade estavam entre as que haviam provocado o medo, mas até essas optavam por passar do outro lado da rua, longe dos oito arqueiros.

— Jesus Cristo — disse Nick Hook, rompendo o silêncio.

— Vá à igreja se quiser rezar, seu desgraçado — disse Tom Perrill.

— Primeiro eu cago na cara da sua mãe — rosnou Hook.

— Quietos, vocês dois — interveio William Snoball.

— Não deveríamos estar aqui — resmungou Hook. — Londres não é nosso lugar!

— Bom, vocês estão aqui — disse Snoball. — Então pare de balir.

A taverna ficava numa esquina onde uma rua estreita dava numa grande praça de mercado. A placa da estalagem, a imagem esculpida e pintada de um touro, pendia de uma trave enorme que fora ancorada na empena da taverna e se estendia até um poste grosso cravado na praça do mercado. Ao redor da praça outros arqueiros eram visíveis, homens com librés diferentes, todos enviados por seus senhores a Londres, mas ninguém sabia quem eram esses senhores. Dois padres carregando maços de pergaminhos passaram correndo pelo outro lado da rua. Em algum lugar, mais para dentro da cidade, um sino começou a tocar. Um dos padres olhou para os arqueiros que usavam a lua e as estrelas, depois quase tropeçou quando Tom Perrill cuspiu.

— O que, em nome de Cristo, estamos fazendo aqui? — perguntou Robert Perrill.

— Cristo não vai nos dizer — respondeu Snoball, azedamente. — Mas me garantiram que estamos fazendo a obra d'Ele.

A obra de Cristo consistia em guardar a esquina onde a rua se juntava à praça do mercado, e os arqueiros tinham recebido ordens de não deixar nenhum homem ou mulher passar por eles, seja entrando na praça ou saindo dela. Essa ordem não se aplicava aos padres nem a nobres montados, mas apenas ao povo comum, e esse povo comum possuía a sabedoria de ficar dentro de casa. Sete carretas tinham vindo pela rua, puxadas por homens maltrapilhos e cheias de lenha, barris, pedras e madeiras compridas, mas as carretas eram acompanhadas por homens de armas, montados, que usavam a libré real, e os arqueiros haviam ficado imóveis e em silêncio enquanto eles passavam.

Uma garota gorducha, com rosto marcado por cicatrizes, trouxe uma jarra de cerveja da taverna. Encheu os potes dos arqueiros e seu rosto não demonstrou nada quando Snoball enfiou a mão sob suas saias pesadas. Ela esperou até ele ter acabado, depois estendeu a mão.

— Não, não, querida — disse Snoball —, eu lhe fiz um favor, portanto você deveria me recompensar. — A garota se virou e entrou. Michael, o irmão mais novo de Hook, olhou para a mesa e Tom Perrill riu do embaraço do rapaz, mas não disse nada. Havia pouca diversão em provocar Michael, que tinha muito bom coração para se ofender.

Hook observou os soldados reais que haviam parado as carretas no centro da praça do mercado, onde duas longas estacas estavam de pé, dentro de dois grandes barris. As estacas estavam sendo fixadas no lugar enchendo-se os barris com pedras e cascalho. Um soldado testou uma das estacas, tentando incliná-la ou deslocá-la, mas o trabalho evidentemente fora benfeito, porque ele não pôde mexer a madeira alta. Ele pulou no chão e os trabalhadores começaram a empilhar feixes de lenha ao redor dos dois barris.

— A lenha do rei queima melhor — disse Snoball.

— Verdade? — perguntou Michael Hook. Ele tendia a acreditar em tudo que lhe dissessem e esperou ansioso uma resposta, mas os outros arqueiros ignoraram a pergunta.

— Finalmente — disse Tom Perrill em vez disso, e Hook viu uma pequena multidão saindo de uma igreja do outro lado da praça do mercado. O grupo era composto por pessoas de aparência comum, mas estava rodeado por soldados, monges e padres, e um desses padres agora foi na direção da taverna do Touro.

— Lá está Sir Martin — disse Snoball, como se seus companheiros não reconhecessem o padre, que riu à medida que se aproximava. Hook sentiu um tremor de ódio ao ver Sir Martin, magro como uma enguia, com seu passo elástico, o rosto torto e os olhos estranhos, intensos, que alguns achavam ser capaz de olhar para além deste mundo, até o outro; as opiniões variavam quanto a se Sir Martin olhava para o inferno ou o céu. A avó de Hook não tinha dúvida. "Ele foi mordido pelo cão do diabo", gostava de dizer, "e se não tivesse nascido nobre, já teria sido enforcado".

Os arqueiros se levantaram com respeito relutante à medida que o padre se aproximava.

— A boa obra de Deus espera por vocês, rapazes — cumprimentou Sir Martin. Seu cabelo escuro era grisalho nas laterais e o queixo comprido estava coberto pela barba crescida e branca, que fez Hook pensar em geada.

— Precisamos de uma escada de mão — disse Sir Martin — e Sir Edward vai trazer as cordas. É bom ver os nobres trabalhando, não é? Precisamos de uma escada comprida. Tem de haver uma em algum lugar.

— Uma escada — disse Will Snoball, como se nunca tivesse ouvido falar dessa coisa.

— Uma escada comprida — enfatizou Sir Martin. — O bastante para alcançar aquela trave. — Ele balançou a cabeça para a placa do touro acima da cabeça deles. — Comprida, comprida. — Disse as últimas palavras distraidamente, como se já estivesse esquecendo o que ia fazer.

— Procurem uma escada — disse Will Snoball a dois arqueiros. — Comprida.

— O gosto da cerveja é esquisito — observou Hook.

— É porque é sexta-feira — respondeu o padre — e você deveria se abster de cerveja nas quartas e sextas-feiras. O santo do seu nome, o abençoado Nicolau, rejeitava as tetas da mãe nas quartas e sextas, e há uma lição nisso! Não pode haver prazeres para você nas quartas e sextas-feiras, Hook. Nem cerveja nem alegria nem tetas, este é seu destino para sempre. E por quê, Hook, por quê? — Sir Martin fez uma pausa e seu rosto comprido se retorceu num riso malévolo. — Porque você ceou nas tetas frouxas do mal! Não terei piedade dos filhos dela, dizem as escrituras, porque a mãe se prostituiu!

Tom Perrill deu um risinho.

— O que estamos fazendo, padre? — perguntou Will Snoball, cansado.

— A obra de Deus, mestre Snoball, a santa obra de Deus. Vamos a ela.

Uma escada foi encontrada enquanto Sir Edward Derwent atravessava a praça do mercado com quatro cordas enroladas nos ombros largos. Sir Edward era um homem de armas e usava a mesma libré dos arqueiros, mas sua túnica era mais limpa e tinha cores mais vivas. Era um homem atarracado, de peito forte, rosto desfigurado na batalha de Shrewsbury, na qual um machado havia aberto seu elmo, esmagado um malar e decepado uma orelha.

— Cordas de sino — explicou, jogando os grossos rolos no chão. — Preciso que sejam amarradas na trave, e não vou subir em nenhuma escada.

Sir Edward requisitou os homens de lorde Slayton, e ele era tão respeitado quanto temido.

— Hook, faça isso — ordenou Sir Edward.

Hook subiu na escada e amarrou as cordas de sino à trave. Usou o nó com que teria prendido uma corda de cânhamo no entalhe de um arco, mas as cordas, sendo mais grossas, eram muito mais difíceis de manipular. Quando terminou, desceu escorregando pela última corda, para mostrar que ela estava firme.

BERNARD CORNWELL

— Vamos acabar com isso — disse azedamente Sir Edward — e então talvez possamos sair deste lugar desgraçado. De quem é esta cerveja?

— Minha, Sir Edward — respondeu Robert Perrill.

— Agora é minha — disse Sir Edward, e esvaziou o pote. Vestia uma cota de malha por cima de um gibão de couro, tudo isso coberto com a túnica estrelada. Uma espada pendia da cintura. Não havia nada de elaborado na arma. A lâmina, Hook sabia, não tinha decoração, o punho era de aço simples e o cabo eram dois pedaços de nogueira presos ao espigão. A espada era uma ferramenta do ofício de Sir Edward, e ele a havia usado para matar o rebelde cujo machado tirou metade de seu rosto.

A pequena multidão fora arrebanhada por soldados e padres até o centro da praça do mercado, onde a maioria se ajoelhou e rezou. Havia umas 60 pessoas, homens e mulheres, jovens e velhos.

— Não podemos queimar todos — disse Sir Martin, pesaroso — portanto vamos mandar a maioria para o inferno na ponta da corda.

— Se são hereges devem ser todos queimados — resmungou Sir Edward.

— Se Deus quisesse isso — observou Sir Martin, com alguma aspereza —, teria fornecido lenha suficiente.

Mais pessoas estavam aparecendo agora. O medo ainda permeava a cidade, mas de algum modo o povo sentia que o maior momento de perigo havia passado, assim, foram à praça do mercado e Sir Martin ordenou que os arqueiros os deixassem passar.

— Eles devem ver isso pessoalmente — explicou o padre. Havia um clima carrancudo na multidão que se reunia, sua solidariedade obviamente voltada para aos prisioneiros, e não para os guardas, mas aqui e ali um padre ou frei pregava um sermão extemporâneo para justificar os acontecimentos do dia. Os condenados eram inimigos de Cristo, explicavam os padres. Eram joio em meio ao trigo justo. Tinham tido chance de se arrepender, mas haviam recusado essa misericórdia e portanto deviam enfrentar o destino eterno.

— Quem são eles, afinal? — perguntou Hook.

— Lolardos — respondeu Sir Edward.

— O que é um lolardo?

— Um herege, seu pedaço de bosta — disse Snoball, alegre — e os desgraçados iam se reunir aqui e começar uma rebelião contra nosso gentil rei, mas em vez disso vão para o inferno.

— Eles não parecem rebeldes — disse Hook. A maioria dos prisioneiros era de meia-idade, alguns velhos, e um punhado era muito novo. Havia mulheres e meninas no meio.

— Não importa o que parecem — respondeu Snoball. — São hereges e têm de morrer.

— É a vontade de Deus — rosnou Sir Martin.

— Mas o que faz deles hereges? — perguntou Hook.

— Ah, hoje estamos curiosos — respondeu Sir Martin, azedamente.

— Eu também gostaria de saber — disse Michael.

— É porque a Igreja diz que eles são hereges — reagiu Sir Martin com rispidez, depois pareceu amenizar o tom. — Você acredita, Michael Hook, que quando eu levanto a hóstia ela se transforma na carne santíssima, amada e mística de Nosso Senhor Jesus Cristo?

— Sim, padre, claro!

— Bom, eles não acreditam — disse o padre, virando a cabeça bruscamente na direção dos lolardos que se ajoelhavam na lama. — Acreditam que o pão continua sendo pão, o que os torna uns poços de merda com bosta no lugar do cérebro. E você acredita que nosso amado pai, o papa, é o vigário de Deus na terra?

— Sim, padre — respondeu Michael.

— Graças a Cristo por isso, caso contrário eu teria de queimá-lo.

— Eu achava que havia dois papas, não é? — interveio Snoball. Sir Martin ignorou isso.

— Já viu algum pecador queimar, Michael Hook? — perguntou ele.

— Não, padre.

Sir Martin deu um riso lascivo.

— Eles gritam como um javali sendo castrado, jovem Hook. Gritam muito! — Em seguida se virou de repente e apertou um dedo comprido e ossudo no peito de Nick Hook. — E você deveria ouvir esses gritos,

Nicholas Hook, porque são a liturgia do inferno. E você — ele cutucou o peito de Hook de novo — vai para o inferno. — O padre girou, com os braços subitamente abertos, de modo que fez Hook se lembrar de um grande pássaro de asas escuras. — Evitem o inferno, rapazes! — gritou entusiasmado. — Evitem! Nada de peitos nas quartas e sextas-feiras, e façam a obra de Deus com diligência a cada dia.

Mais cordas haviam sido penduradas em traves de placas na praça do mercado, e agora os soldados dividiam rudemente os prisioneiros em grupos que eram empurrados para os cadafalsos improvisados. Um homem começou a gritar com os amigos, dizendo para terem fé em Deus e que todos iriam se encontrar no céu antes do fim desse dia, e continuou gritando até que um soldado com libré real quebrou seu maxilar com o punho coberto de malha. O homem de queixo quebrado era um dos dois escolhidos para a fogueira e Hook, separado de seus colegas, ficou olhando-o ser posto sobre o barril cheio de pedras e cascalho e amarrado à estaca. Mais lenha foi empilhada ao redor de seus pés.

— Ande, Hook, não sonhe — resmungou Snoball.

A multidão crescente continuava carrancuda. Havia algumas pessoas que pareciam satisfeitas, mas a maioria observava com ressentimento, ignorando os padres que pregavam para elas e dando as costas para um grupo de monges de mantos marrons que cantavam uma música de louvor aos eventos felizes do dia.

— Levante o velho — disse Snoball a Hook. — Temos dez para matar, então vamos fazer o trabalho logo.

Uma das carretas vazias que haviam trazido a lenha estava parada sob a trave, e Hook recebeu a ordem de colocar um homem sobre ela. Os outros seis prisioneiros, quatro homens e duas mulheres, esperaram. Uma das mulheres se agarrava ao marido, enquanto a segunda estava de costas e de joelhos, rezando. Todos os quatro prisioneiros sobre a carroça eram homens, um deles com idade para ser avô de Hook.

— Eu perdoo você, filho — disse o velho enquanto Hook passava a corda grossa em volta de seu pescoço. — Você é arqueiro, não é? — perguntou o lolardo, e Hook continuou sem responder. — Eu estive na colina em Homildon — disse a vítima de Hook, olhando para as nuvens cinza enquanto Hook esticava a corda — onde disparei com um arco pelo meu rei. Atirei flecha após flecha, garoto, cravando-as nos escoceses. Puxava forte e disparava com mira, e que Deus me perdoe, mas naquele dia fui bom. — Ele olhou nos olhos de Hook. — Eu era um arqueiro.

Hook gostava de poucas coisas além do irmão e de qualquer afeto que sentisse por qualquer garota que estivesse em seus braços, mas os arqueiros eram especiais. Os arqueiros eram os heróis de Hook. A Inglaterra, para Hook, não era protegida por homens vestindo armaduras brilhantes, montados em cavalos ajaezados, e sim por arqueiros. Por homens comuns que construíam, aravam e faziam, e que podiam retesar o arco de guerra, feito de teixo, e lançar uma flecha a duzentos passos para acertar um alvo do tamanho da mão de um homem. Assim, Hook olhou nos olhos do velho e viu não um herege, mas o orgulho e a força de um arqueiro. Viu a si mesmo. De repente soube que gostaria daquele velho, e essa percepção fez suas mãos pararem.

— Não há nada que você possa fazer, garoto — disse o homem com gentileza. — Eu lutei pelo velho rei e seu filho me quer morto, por isso estique bem a corda, garoto, estique bem. E quando eu me for, garoto, faça algo por mim.

Hook assentiu imperceptivelmente. Poderia ser um reconhecimento de que ouvira o pedido ou talvez fosse uma concordância em fazer o favor que o homem poderia pedir.

— Vê aquela garota rezando? — perguntou o velho. — É minha neta. Chama-se Sarah. Leve-a para longe, por mim. Ela não merece o céu ainda, por isso leve-a para longe. Você é novo, garoto, é forte, pode levá-la para longe. Por mim.

"Como?", Hook pensou e puxou com violência a ponta da corda de modo que o nó se apertasse em volta do pescoço do velho, e depois pulou da carreta e derrapou na lama. Snoball e Robert Perrill, que haviam amarrado os outros nós, já estavam fora da carreta.

— São pessoas simples — estava dizendo Sir Martin —, apenas pessoas simples, mas acham que sabem mais do que a Madre Igreja, de modo que uma lição deve ser dada para que outras pessoas simples não as sigam para o erro. Não tenham pena deles, porque é a misericórdia de Deus que estamos administrando! A misericórdia irrestrita de Deus!

A misericórdia irrestrita de Deus foi administrada puxando-se a carroça violentamente de baixo dos pés dos quatro homens. Eles tombaram ligeiramente, depois se sacudiram e se retorceram. Hook olhou o velho, vendo o peito largo de arqueiro. O homem estava sufocando enquanto suas pernas se encolhiam, tremiam, se esticavam e depois se encolhiam de novo, mas mesmo em sua agonia de morte ele olhou arregalado para Hook como se esperasse que o rapaz arrancasse sua Sarah da praça.

— Vamos esperar que eles morram ou puxamos os tornozelos? — perguntou Will Snoball a Sir Edward, que pareceu não ouvir a pergunta. Estava distraído de novo, os olhos desfocados, mas parecia estar olhando fixamente para o homem mais próximo, amarrado à estaca. Um sacerdote arengava para o lolardo de maxilar partido enquanto um homem de armas, com o rosto muito sombreado por um elmo, segurava uma tocha acesa, a postos. — Eu os deixaria balançar, senhor — disse Snoball, e continuou sem resposta.

— Nossa! — Sir Martin pareceu acordar de repente e sua voz era cheia de reverência, o mesmo tom que usava na paróquia ao rezar a missa. — Nossa, nossa! Nossa, olhe só aquela pequena beldade. — O padre estava olhando para Sarah, que havia se levantado e estava olhando horrorizada para a luta do avô. — Nossa, Deus é bom — disse o padre com reverência.

Frequentemente Nicholas Hook havia se perguntado como seriam os anjos. Havia uma pintura de anjos na parede da igreja do povoado, mas era uma pintura malfeita, porque os anjos tinham bolas no lugar do rosto e os mantos e asas haviam ficado amarelos e riscados pela umidade que escorria pela argamassa da nave, mas mesmo assim Hook sabia que os anjos eram criaturas de beleza que não era da terra. Achava que as asas deviam ser como as de uma garça, só que muito maiores, e feitas de penas que brilhariam como o sol luzindo através da névoa matinal. Suspeitava de que os anjos tinham cabelos dourados e compridos, mantos muito limpos do linho mais branco. Sabia que eram criaturas especiais, seres santos, mas em seus sonhos também eram garotas lindas que podiam assombrar os pensamentos de um rapaz. Eram a beleza com asas luminosas, eram anjos.

E essa garota lolarda era tão linda quanto os anjos imaginados por Hook. Não tinha asas, claro, seu vestido estava enlameado e o rosto distorcido num ricto pelo horror a que assistia e pelo conhecimento de que também deveria ser enforcada, mas mesmo assim era linda. Tinha olhos azuis e cabelos louros, malares altos e uma pele intocada pela varíola. Era uma garota capaz de assombrar os sonhos de um rapaz, ou, por sinal, os pensamentos de um padre.

— Está vendo aquele portão, Michael Hook? — perguntou Sir Martin peremptoriamente. O padre havia procurado os irmãos Perrill para cumprir sua ordem, mas eles estavam fora do alcance de sua voz, por isso ele escolheu o arqueiro mais próximo. — Tome-a, leve pelo portão e mantenha-a lá no estábulo.

O irmão mais novo de Nick Hook ficou perplexo.

— Tomá-la?

— Tomá-la, não! Você, não, seu idiota pudim de merda com cérebro embotado! Só leve aquela garota para o estábulo da taverna! Quero rezar com ela.

— Ah! O senhor quer rezar! — disse Michael, sorrindo.

— Quer rezar com ela, padre? — perguntou Snoball com um risinho de escárnio.

— Se ela se arrepender — disse Sir Martin em tom piedoso —, poderá viver. — O padre estava tremendo e Hook não achou que fosse do frio. — Cristo, em sua misericórdia amorosa, permite isso — disse Sir Martin, com o olhar saltando da garota para Snoball. — Portanto vejamos se podemos fazer com que ela se arrependa, não é? Sir Edward?

— Padre?

— Vou rezar com a garota! — gritou Sir Martin, e Sir Edward não respondeu. Ainda estava olhando para a pira mais próxima, que ainda não fora acesa, onde o líder dos lolardos ignorava as palavras do padre e olhava para o céu.

— Leve-a, jovem Hook — ordenou Sir Martin.

Nick Hook olhou o irmão segurar o cotovelo da garota. Michael era quase tão forte quanto Nick, no entanto possuía uma gentileza e uma sinceridade que atravessaram o horror da garota.

— Venha, menina — disse ele baixinho. — O bom padre quer rezar com você. Então deixe-me levá-la. Ninguém vai machucar você.

Snoball deu um risinho enquanto Michael levava a garota, que não resistiu, pelo portão do pátio e entrava no estábulo onde os cavalos dos arqueiros estavam amarrados. O lugar era frio, empoeirado e cheirava a palha e esterco. Nick Hook foi atrás dos dois. Disse a si mesmo que ia para proteger o irmão, mas na verdade fora instigado pelas palavras do arqueiro agonizante, e quando chegou à porta do estábulo olhou para cima e viu uma janela na empena distante. E de repente, vinda do nada, uma voz soou em sua cabeça.

— Leve-a para longe. — Era uma voz de homem, mas não uma voz que Nick Hook reconhecesse. — Leve-a para longe — repetiu a voz — e o céu será seu.

— O céu? — perguntou Nick Hook em voz alta.

— Nick? — Ainda segurando o cotovelo da garota, Michael se virou para o irmão mais velho, mas Nick Hook estava olhando para aquela janela iluminada lá no alto.

— Apenas salve a garota — disse a voz, e não havia ninguém no estábulo a não ser os irmãos e Sarah, mas a voz era real, e Hook estava tremendo. Se ao menos pudesse salvar a garota! Se pudesse levá-la para longe! Nunca havia sentido nada assim. Sempre havia se considerado maldito, odiado até mesmo pelo santo de seu nome, mas de repente soube que, se conseguisse salvar a garota, Deus iria amá-lo e perdoaria qualquer coisa que fizera são Nicolau odiá-lo. A salvação estava sendo oferecida a Hook. Estava lá, para além da janela, e lhe prometia uma vida nova. Nunca mais seria o amaldiçoado Nick Hook. Ele sabia, no entanto não sabia como tomar essa vida nova.

— O que, em nome de Deus, você está fazendo aqui? — rosnou Sir Martin para Hook.

Ele não respondeu. Estava olhando as nuvens para além da janela. Seu cavalo, um cinza, se remexeu e bateu com um casco. De quem era a voz que ele ouvira?

Sir Martin passou por Nick Hook para olhar a garota. O padre sorriu.

— Olá, pequena dama — disse com a voz rouca, depois se virou para Michael. — Dispa-a — ordenou rapidamente.

— Despi-la? — Michael franziu a testa.

— Ela deve aparecer nua diante de seu Deus — explicou o padre — de modo que nosso Senhor e Salvador possa julgá-la como ela é realmente. Na nudez está a verdade. É o que dizem as escrituras, na nudez está nossa verdade. — Em nenhum lugar as escrituras diziam isso, mas Sir Martin frequentemente achava útil a citação que inventara.

— Mas... — Michael continuava franzindo a testa. O irmão mais novo de Nick era notoriamente lento em entender, mas até ele sabia que algo estava errado no estábulo invernal.

— Faça! — rosnou o padre.

— Não está certo — disse Michael, teimoso.

— Ah, pelo amor de Deus — reagiu Sir Martin, furioso, e empurrou Michael para fora do caminho e agarrou a gola da garota. Ela deu um gemido curto e desesperado que não era exatamente um grito, e tentou se soltar. Michael só estava olhando, horrorizado, mas o eco de uma voz misteriosa e de uma visão do céu ainda estavam na cabeça de Nick Hook, por isso ele deu um passo rápido adiante e socou o punho contra a barriga do padre com tanta força que Sir Martin se dobrou com um som que era metade dor e metade surpresa.

— Nick! — exclamou Michael, pasmo com o que o irmão havia feito.

Hook havia segurado o cotovelo da garota e se virado para aquela janela distante.

— Socorro! — gritou Sir Martin, a voz áspera por falta de fôlego e pela dor. — Socorro! — Hook se virou para silenciá-lo, mas Michael se enfiou entre ele o padre.

BERNARD CORNWELL

— Nick! — disse Michael outra vez, e nesse momento os dois irmãos Perrill vieram correndo.

— Ele bateu em mim! — disse o padre Martin, atônito. Tom Perrill riu, enquanto seu irmão mais novo, Robert, parecia tão confuso quanto Michael. — Segurem-no! — ordenou o padre, empertigando-se com uma expressão de dor no rosto comprido. — Apenas segurem esse desgraçado! — Sua voz era um grasnido meio estrangulado enquanto ele lutava para respirar. — Levem-no para fora! — ofegou — e segurem-no.

Hook se deixou ser levado para o pátio do estábulo. Seu irmão foi atrás e ficou parado, infeliz, olhando os homens enforcados do outro lado do portão aberto, onde uma chuva fina e fria começara a cair inclinada. De repente Nick Hook estava exaurido. Havia batido num padre, um padre de nascimento nobre, um homem da elite, parente de lorde Slayton. Os irmãos Perrill estavam zombando dele, mas Hook não ouvia suas palavras, em vez disso escutou o vestido de Sarah sendo rasgado e ela gritando, e ouviu o grito ser sufocado, e ouviu o farfalhar de palha e Sir Martin grunhindo e Sarah gemendo de dor, e Hook olhou para as nuvens baixas e a fumaça que pairava sobre a cidade densa como uma nuvem, e soube que estava fracassando diante de Deus. Durante toda a vida Nick Hook ouvira dizer que era amaldiçoado, e então, num lugar de morte, Deus lhe pedira para fazer apenas uma coisa, e ele fracassara. Ouviu um grande suspiro subir da praça do mercado e achou que uma das fogueiras fora acesa para lançar um herege nas fogueiras maiores, do inferno, e achou que também iria para o inferno porque não fizera nada para salvar um anjo de olhos azuis de um padre de alma negra, mas então disse a si mesmo que a garota era herege e se perguntou se não teria sido o diabo que falara em sua cabeça. Agora a garota estava ofegando, os sons ofegantes viraram soluços e Hook levantou o rosto para o vento e a chuva fraca.

Rindo como um arminho alimentado, Sir Martin saiu do estábulo. Havia levantado a batina e prendido na cintura, mas agora deixou-a cair.

— Pronto — disse. — Não demorou muito. Quer a garota, Tom? — disse ao irmão Perrill mais velho. — Ela é sua, se você quiser. Uma coisinha suculenta! Corte a garganta dela quando terminar.

— Não é para enforcar, padre? — perguntou Tom Perrill.

— Só mate a cadela — disse o padre. — Eu mesmo faria isso, mas a igreja não mata pessoas. Nós as entregamos ao poder laico, que é você, Tom. Então vá, fornique com a cadela herege e depois abra a garganta dela. E você, Robert, segure Hook. Michael, saia! Você não tem nada a ver com isso, vá!

Michael hesitou.

— Vá — disse Nick Hook ao irmão, cansado. — Simplesmente vá.

Robert Perrill segurou os braços de Hook às costas. Nick poderia ter se soltado com facilidade, mas ainda estava abalado com a voz que tinha ouvido e por sua estupidez ao bater em Sir Martin. Aquela era uma ofensa digna da forca, no entanto Sir Martin queria mais do que simplesmente sua morte e, enquanto Robert Perrill segurava Hook, Sir Martin começou a bater nele. O padre não era forte, não tinha os músculos grandes de arqueiro, mas possuía ódio e ossos duros nos nós dos dedos, que acertou maligno no rosto de Hook.

— Seu merda gerado por uma cadela — cuspiu Sir Martin, e bateu de novo, tentando esmagar os olhos de Hook. — Você é um homem morto, Hook — gritou o padre. — Vou deixar você daquele jeito! — Sir Martin apontou para a fogueira mais próxima. A fumaça era densa em volta da estaca, mas as chamas eram fortes na base da pilha e, em meio à fumaça cinza, uma figura podia ser vista se esticando como um arco retesado. — Seu desgraçado! — disse Sir Martin, batendo de novo em Hook. — Sua mãe era uma puta arreganhada e cagou você como a puta que ela era. — Bateu de novo em Hook, e então um clarão de fogo riscou a fumaça da pira e um grito soou na praça do mercado, como o guincho de um javali sendo capado.

— O que, em nome de Deus, está acontecendo? — Sir Edward tinha ouvido a raiva do padre e havia entrado no pátio do estábulo para descobrir a causa.

O padre estremeceu. Seus dedos estavam sangrentos. Havia conseguido cortar o lábio de Hook e tirar sangue do nariz, mas pouca coisa a mais. Seus olhos estavam arregalados, cheios de raiva e indignação, porém Hook pensou ter visto a loucura do diabo no fundo deles.

— Hook bateu em mim — explicou Sir Martin — e deve ser morto.

Sir Edward olhou do padre que rosnava para o arqueiro ensanguentado.

— Isso quem decide é lorde Slayton — disse Sir Edward.

— Então ele vai decidir enforcá-lo, não é? — reagiu Sir Martin, rispidamente.

— Você bateu em Sir Martin? — perguntou Sir Edward a Hook.

Hook apenas assentiu. Seria Deus que havia falado com ele no estábulo ou o diabo?, pensou.

— Ele bateu em mim — disse Sir Martin, e então, com um espasmo súbito, rasgou a túnica de Hook bem no centro, partindo a lua e as estrelas. — Ele não é digno desse brasão — exclamou o padre, jogando a túnica rasgada na lama. — Arranje uma corda — ordenou a Robert Perrill — corda comum ou de arco, depois amarre as mãos dele! E pegue a espada dele!

— Eu pego — disse Sir Edward. Em seguida puxou da bainha a espada de Hook, que pertencia a lorde Slayton. — Entregue-o a mim, Perrill — ordenou, depois levou Hook para o portão do pátio. — O que aconteceu?

— Ele ia estuprar a garota, Sir Edward. Ele a estuprou.

— Bom, claro que ele a estuprou — respondeu Sir Edward, impaciente. — É o que o reverendo Sir Martin faz.

— E Deus falou comigo — disse Hook, bruscamente.

— Ele o quê? — Sir Edward olhou para Hook como se o arqueiro tivesse acabado de dizer que o céu havia se transformado em nata de leite.

— Deus falou comigo — respondeu Hook, arrasado. Não parecia nem um pouco convincente.

Sir Edward não disse nada. Olhou para Hook um pouco mais e depois se virou para espiar a praça do mercado, onde o homem que queimava havia parado de gritar. Em vez disso pendia na estaca e seu cabelo irrompeu em chamas subitamente. As cordas que o seguravam se queimaram e o corpo desmoronou num jorro de chamas. Dois homens de armas usaram forcados para empurrar o cadáver que chiava de volta para o coração da fogueira.

— Eu ouvi uma voz — disse Hook, teimoso.

Sir Edward assentiu sem dar importância, como a reconhecer que havia escutado as palavras de Hook, mas não quisesse ouvir mais.

— Onde está o seu arco? — perguntou de repente, ainda olhando para a figura que queimava no meio da fumaça.

— Na taverna, Sir Edward, com os outros.

Sir Edward entrou pelo portão da estalagem, onde Tom Perrill, rindo e com uma das mãos manchada de sangue, havia acabado de aparecer.

— Vou mandá-lo para a taverna — disse Sir Edward em voz baixa — e você vai esperar lá. Vai esperar para podermos amarrar seus pulsos, levá-lo para casa e julgá-lo no tribunal da casa senhorial e depois enforcá-lo no carvalho do lado de fora da ferraria.

— Sim, Sir Edward — disse Hook numa obediência carrancuda.

— O que você não fará — continuou Sir Edward, ainda em voz baixa, porém mais enfaticamente — é sair pela porta da frente da taverna. Não vai entrar no coração da cidade, Hook, e não vai encontrar uma rua chamada Cheapside nem procurar uma estalagem chamada Dois Grous. E não vai entrar na Dois Grous e perguntar por um homem chamado Henry de Calais. Está me ouvindo, Hook?

— Sim, Sir Edward.

— Henry de Calais está recrutando arqueiros — disse Sir Edward. Um homem com libré real estava carregando um pedaço de lenha em chamas na direção de uma segunda pira, onde o outro líder lolardo estava amarrado à estaca. — Na Picardia precisam de arqueiros e pagam bom dinheiro.

— Picardia. — Hook repetiu o nome em voz embotada. Pensou que deveria ser uma cidade em outro lugar da Inglaterra.

— Ganhe algum dinheiro na Picardia, Hook, porque Deus sabe que você vai precisar.

Hook hesitou.

— Sou um fora da lei? — perguntou nervoso.

— Você é um homem morto, Hook — respondeu Sir Edward — e os homens mortos estão fora da lei. Você é um homem morto porque minhas ordens são para você esperar na taverna e depois ser levado para julgamento no tribunal da casa senhorial, e lorde Slayton não terá escolha senão enforcá-lo. Então vá e faça o que acabei de dizer.

Mas antes que Hook pudesse obedecer houve um grito vindo da esquina seguinte.

— Tirem os chapéus! — gritaram abruptamente alguns homens. — Tirem os chapéus!

O grito e o som de cascos anunciou a chegada de uns 20 cavaleiros que entraram na praça ampla onde seus cavalos se espalharam, andaram, empertigaram-se e depois pararam com vapor saindo pelas narinas e cascos batendo na lama. Homens e mulheres estavam tirando os chapéus e se ajoelhando na lama.

— Abaixado, garoto — disse Sir Edward a Hook.

O principal cavaleiro era jovem, não muito mais velho do que Hook, mas seu rosto de nariz comprido mostrava uma certeza serena enquanto ele varria com o olhar a praça. O rosto era estreito, os olhos, escuros e a boca, de lábios finos e séria. Era barbeado e a navalha parecia ter causado abrasão na pele, que parecia raspada quase em carne viva. Montava um cavalo preto ricamente ajaezado com couro polido e prata brilhante. Tinha botas pretas, calções pretos, túnica preta e uma capa de tecido roxo-escuro forrada de pele. O chapéu era de veludo preto e levava uma pluma preta, e na lateral do corpo pendia uma espada em bainha preta. Olhou a praça do mercado ao redor, depois instigou o cavalo para olhar a mulher e os três homens que agora se sacudiam e se retorciam nas cordas de sino que pendiam da trave do Touro. Um vento súbito soprou fumaça cheia de fagulhas contra seu garanhão, que relinchou e se afastou. O cavaleiro acalmou-o dando-lhe tapinhas no pescoço com a mão coberta pela luva preta, e Hook viu que o homem usava anéis com pedras preciosas sobre as luvas.

— Eles tiveram chance de se arrepender? — perguntou o cavaleiro.

— Muitas chances, senhor — respondeu Sir Martin untuosamente. O padre saíra correndo do pátio da taverna e estava abaixado sobre um dos joelhos. Fez o sinal da cruz e seu rosto macilento pareceu quase santo, como se tivesse sofrido por seu Senhor Deus. Ele era capaz de ter essa aparência, com os olhos mordidos pelo cão do diabo subitamente cheios de dor, ternura e compaixão.

— Então a morte deles é agradável a Deus e é agradável a mim — disse o rapaz, asperamente. — A Inglaterra ficará livre da heresia! — Seus olhos, castanhos e inteligentes, pousaram por um breve instante em Nick Hook, que imediatamente baixou o olhar e ficou espiando a lama, até que o cavaleiro de preto esporeou o animal em direção à segunda fogueira, que acabara de ser acesa. Mas um instante antes de afastar o olhar, Hook tinha visto a cicatriz no rosto do rapaz. Era uma cicatriz de batalha, mostrando onde uma flecha havia cortado o canto entre o nariz e o olho. O tiro deveria ter matado, no entanto Deus decretara que o sujeito vivesse.

— Sabe quem é ele, Hook? — perguntou Sir Edward, baixinho.

Hook não tinha certeza, mas não era difícil adivinhar que estava vendo, pela primeira vez, o conde de Chester, o duque da Aquitânia e o senhor da Irlanda. Estava vendo Henrique, pela graça de Deus, rei da Inglaterra.

E, segundo todos que afirmavam entender as teias emaranhadas da ancestralidade real, rei da França também.

As chamas alcançaram o segundo homem e ele gritou. Henrique, o quinto rei da Inglaterra a ter esse nome, observou calmamente a alma do lolardo ir para o inferno.

— Vá, Hook — disse Sir Edward em voz baixa.

— Por que, Sir Edward?

— Porque lorde Slayton não quer que você seja morto, e talvez Deus tenha realmente falado com você, e porque todos precisamos de Sua graça. Especialmente hoje. Portanto, vá.

E Nicholas Hook, arqueiro e fora da lei, foi.

PARTE I

São Crispim e são Crispiniano

O rio Aisne serpenteava lento por um vale amplo, ladeado por morros baixos cobertos de floresta. Era primavera e as folhas novas eram de um verde espantoso. Juncos longos oscilavam no ponto em que o rio fazia uma curva ao redor da cidade de Soissons.

A cidade tinha muralhas, uma catedral e um castelo. Era uma fortaleza para guardar a estrada de Flandres, que ia de Paris para o norte, e agora estava tomada pelos inimigos da França. A guarnição usava a cruz vermelha serrilhada da Borgonha, e acima do castelo balançava a bandeira espalhafatosa do duque da Borgonha, uma bandeira que dividia em quartos as armas reais da França com tiras azuis e amarelas, tudo isso com o distintivo de um leão empinando.

O leão empinando estava em guerra com os lírios da França, e Nicholas Hook não entendia nada disso.

— Você não precisa entender — dissera Henry de Calais em Londres —, uma vez que não é da porcaria da sua conta. São os malditos dos franceses se desentendendo entre eles, é só isso que você precisa saber, e um lado nos paga dinheiro para lutar, e eu contrato arqueiros e os mando para matar quem eles recebam ordens de matar. Você sabe disparar um arco?

— Sei.

— Veremos, não é?

Nicholas Hook sabia disparar, por isso estava em Soissons, sob a bandeira com suas tiras, seu leão e os lírios. Não tinha ideia de onde ficava a Borgonha, só sabia que o lugar tinha um duque chamado João, o Intrépido, e que o duque era primo em primeiro grau do rei da França.

— E o rei francês é louco — dissera Henry de Calais a Hook na Inglaterra. — É louco feito um furão manco, o desgraçado idiota acha que é feito de vidro. Tem medo de alguém lhe dar um tapa e ele se partir em mil pedaços. A verdade é que tem nabos no lugar do cérebro, tem mesmo, e está lutando contra o duque, que não é louco. Tem cérebro no lugar do cérebro.

— Por que eles estão lutando? — havia perguntado Hook.

— Como é que eu vou saber, em nome de Deus? Ou por que vou me importar? O que me importa, filho, é que o dinheiro do duque vem dos banqueiros. Veja. — Ele havia jogado um pouco de prata na mesa da taverna. Mais cedo, naquele dia, Hook fora ao Spital Fields, depois do Bishop's Gate em Londres, e ali havia disparado 16 flechas contra um saco cheio de palha pendurado numa árvore morta a 150 passos de distância. Havia disparado muito depressa, praticamente sem tempo para alguém contar até cinco entre cada flecha, e 12 das 16 haviam se cravado no saco enquanto as outras quatro haviam apenas acertado de raspão. — Você vai servir — dissera Henry de Calais de má-vontade, quando lhe contaram o feito.

A prata foi embora antes de Hook sair de Londres. Ele nunca estivera tão solitário ou tão longe de sua aldeia natal, e as moedas se foram em cerveja, prostitutas das tavernas e um par de botas altas que ficaram aos pedaços muito antes de ele chegar a Soissons. Tinha visto o mar pela primeira vez naquela jornada, e mal havia acreditado no que viu, e algumas vezes ainda tentava se lembrar de como era. Imaginava um lago, um lago que jamais terminava e era mais furioso do que qualquer água que ele já vira. Tinha viajado com outros 12 arqueiros e foram recebidos em Calais por uma dúzia de homens de armas que usavam a libré da Borgonha. Hook se lembrou de ter pensado que eles deviam ser ingleses, porque os lírios amarelos nos casacos eram parecidos com os que tinha visto nos homens do rei em Londres, mas aqueles homens de armas falavam uma língua estranha que nem Hook nem seus companheiros entendiam. Depois disso haviam caminhado até Soissons porque não existia dinheiro para comprar os cavalos que, na Inglaterra, cada arqueiro esperava receber de seu senhor. Duas carroças puxadas a cavalo haviam acompanhado

BERNARD CORNWELL

a marcha, carregadas de arcos extras e grossos maços de flechas que chacoalhavam.

Era um grupo estranho de arqueiros. Alguns eram velhos, uns poucos mancavam devido a ferimentos antigos, e a maioria era de bêbados.

— Eu raspei o barril — dissera Henry de Calais antes de saírem da Inglaterra. — Mas você parece novo, garoto. O que fez de errado?

— De errado?

— Você está aqui, não está? É fora da lei?

Hook assentiu.

— Acho que sim.

— Acha que sim! Ou você é ou não é. Então o que fez de errado?

— Bati num padre.

— Bateu? — Henry, um homem atarracado, com rosto amargo, carrancudo e careca, parecera interessado por um momento, depois deu de ombros. — Hoje em dia a gente precisa ter cuidado com a Igreja, garoto. Os corvos pretos estão num humor de botar fogo. O rei também. Desgraçadozinho durão, o nosso Henrique. Você já o viu?

— Uma vez — respondeu Hook.

— Viu a cicatriz no rosto dele? Levou uma flechada ali, bem na bochecha, e isso não o matou! E desde então se convenceu de que Deus é seu melhor amigo, e agora está decidido a queimar os inimigos de Deus. Certo, amanhã você vai ajudar a pegar flechas na Torre, depois vai navegar para Calais.

E assim Nicholas Hook, fora da lei e arqueiro, tinha viajado até Soissons onde usava a cruz vermelha serrilhada da Borgonha e andava pela alta muralha da cidade. Fazia parte de um contingente inglês contratado pelo duque da Borgonha e comandado por um arrogante homem de armas chamado Sir Roger Pallaire. Hook raramente via Pallaire, em vez disso recebia ordens de um centenar chamado Smithson, que passava o tempo numa taverna chamada *L'Oie*, o Ganso.

— Todos eles nos odeiam — dissera Smithson aos seus soldados mais recentes —, portanto não andem sozinhos à noite pela cidade. A não ser que queiram uma faca nas costas.

A guarnição era da Borgonha, mas os cidadãos de Soissons eram leais ao seu rei imbecil, Carlos VI da França. Hook, mesmo depois de três meses na cidade-fortaleza, ainda não entendia por que os borgonheses e os franceses se odiavam tanto, pois para ele pareciam indistinguíveis. Falavam a mesma língua e, pelo que lhe disseram, o duque da Borgonha não era apenas primo do rei louco, mas também sogro do delfim francês.

— Briga de família, garoto, é o pior tipo de briga que existe — dissera John Wilkinson.

Wilkinson era um homem velho, de pelo menos 40 anos, que servia como fazedor de arcos e flechas para os arqueiros ingleses contratados pela guarnição. Vivia num estábulo, na estalagem do Ganso, onde suas limas, serras, facas de tanoeiro, cinzéis e enxós pendiam bem arrumados na parede. Tinha pedido um assistente a Smithson, e Hook, o mais jovem recém-chegado, foi escolhido.

— Pelo menos você é competente — dissera Wilkinson a Hook, num elogio de má-vontade. — A maioria do que chega aqui é lixo. Tanto homens quanto armas, só lixo. Eles se dizem arqueiros, mas metade não consegue acertar um barril a 50 passos. Quanto a Sir Richard? — O velho cuspiu. — Está aqui pelo dinheiro. Perdeu tudo em casa. Ouvi dizer que tem dívidas de mais de quinhentas libras! Quinhentas libras! Dá para ao menos imaginar? — Wilkinson pegou uma flecha e balançou a cabeça grisalha. — E temos de lutar por Sir Richard com esse lixo.

— As flechas vieram do rei — disse Hook, defensivamente. Ele havia ajudado a carregar os feixes da galeria subterrânea da Torre.

Wilkinson riu.

— O que o rei fez, que Deus salve sua alma, foi encontrar algumas flechas do reino do velho rei Eduardo. Sei o que vou fazer, disse ele a si mesmo, vou vender essas flechas inúteis para a Borgonha! — Wilkinson jogou a flecha para Hook. — Olhe isso!

A flecha, feita de freixo e mais comprida do que o braço de Hook, estava torta.

— Torta — disse Hook.

— Torta como um bispo! Não dá para atirar com isso! Só para disparar virando a esquina!

Fazia calor no estábulo de Wilkinson. O velho tinha um fogo aceso num fogão de tijolos redondo, sobre o qual fervia um caldeirão de água. Ele pegou a flecha torta com Hook e colocou-a junto com uma dúzia de outras sobre a boca do caldeirão, em seguida pôs cuidadosamente uma grossa almofada de pano dobrado sobre as hastes de freixo e fez peso no centro do pano com uma pedra.

— Eu as fervo, garoto — explicou Wilkinson —, depois ponho um peso em cima, e com sorte consigo endireitar, e então as penas caem por causa do vapor. Metade delas nem tem penas mesmo!

Um braseiro ardia embaixo de um segundo caldeirão, menor, que fedia a cola feita de casco. Wilkinson usava a cola para substituir as penas de ganso das flechas.

— E não há seda — resmungou —, de modo que preciso usar tendão. — O tendão amarrava as penas à extremidade das flechas, reforçando a cola. — Mas o tendão não presta — reclamou Wilkinson. — Ele seca, encolhe e fica quebradiço. Eu disse a Sir Richard que precisamos de fio de seda, mas ele não entende. Acha que uma flecha é só uma flecha, mas não é. — Ele fez um nó no tendão, depois virou a flecha para inspecionar o entalhe, que seria encaixado na corda quando a flecha fosse disparada.

O entalhe era reforçado com uma lasca de chifre que impedia a corda do arco de lascar a haste de freixo. O chifre resistiu à tentativa de Wilkinson de deslocá-lo, e ele resmungou com satisfação relutante antes de tirar outra flecha de seus discos de couro. Cada par daqueles discos rígidos, que tinham bordas denteadas, segurava duas dúzias de flechas, mantendo-as separadas de modo que a frágil emplumação de ganso não ficasse amassada enquanto as flechas eram transportadas.

— Penas e chifre, freixo e seda, aço e verniz — disse Wilkinson baixinho. — Você pode ter um arco tão bom quanto quiser, e um arqueiro digno dele, mas se não tiver penas, freixo, chifre, seda, aço e verniz é o mesmo que cuspir no inimigo. Já matou algum homem, Hook?

— Já.

Wilkinson ouviu o tom beligerante e riu.

— Assassinato? Batalha? Já matou um homem em batalha?

— Não — confessou Hook.

— Já matou algum homem com seu arco?

— Um, um caçador ilegal.

— Ele atirou contra você?

— Não.

— Então você não é arqueiro, é? Mate um homem em batalha, Hook, e você poderá se chamar de arqueiro. Como matou seu último homem?

— Enforquei.

— E por que fez isso?

— Porque ele era herege.

Wilson passou uma das mãos pelo cabelo grisalho e ralo. Era magro como uma fuinha, com rosto lúgubre e olhos afiados que agora olhavam com beligerância para Hook.

— Você enforcou um herege? Há falta de lenha para fogueira na Inglaterra hoje em dia? E quando foi feito esse ato de bravura?

— No inverno passado.

— Era um lolardo, não era? — perguntou Wilkinson, depois deu um risinho quando Hook assentiu. — Então você enforcou um homem porque ele discordava da Igreja com relação a um pedaço de pão? "Eu sou o pão vivo vindo do céu", diz o Senhor, e o Senhor não disse nada quanto a ser pão morto no prato de um padre, disse? Não disse que Ele era pão mofado, disse? Não, ele disse que era o pão vivo, filho, mas sem dúvida você sabia mais do que Ele quando fez o que fez.

Hook reconheceu o desafio nas palavras do velho, mas não se sentia capaz de enfrentá-lo, por isso não disse nada. Nunca havia se importado muito com religião ou com Deus, pelo menos até escutar a voz na cabeça, e agora algumas vezes se perguntava se realmente teria escutado a voz. Lembrava-se da garota no estábulo da taverna de Londres, e de como os olhos dela haviam implorado e como ele fracassara. Lembrava-se do fedor da carne queimando, da fumaça correndo baixa no vento fraco até redemoinhar em volta dos lírios e leopardos do brasão inglês. Lembrava-se do rosto implacável do jovem rei, marcado pela cicatriz.

— Esta — disse Wilkinson, pegando uma flecha com a ponta torta — podemos transformar numa matadora de verdade. Algo para mandar a alma de um nobre para o inferno. — Pôs a flecha num bloco de madeira e escolheu uma faca cujo fio testou na unha do polegar. Cortou os 15 centímetros da parte de cima da flecha com um movimento rápido, depois jogou-a para Hook. — Seja útil, garoto, tire o furador.

A cabeça da flecha era um pedaço de aço estreito, um pouquinho mais longo do que o dedo médio de Hook. Tinha três lados e ponta afiada. Não havia farpas. O furador era mais pesado do que a maioria das pontas de flechas porque fora feito para perfurar armaduras e, de perto, quando disparado com um dos grandes arcos que só um homem com músculos de Hércules podia retesar, atravessava a melhor das placas. Era um matador de cavaleiros, e Hook torceu a ponta até que a cola dentro do soquete cedeu e o furador se soltou.

— Sabe como eles endurecem essas pontas? — perguntou Wilkinson.

— Não.

Wilkinson estava curvado sobre o cotoco da flecha. Usava uma serra fina, cuja lâmina não era maior do que seu dedo mindinho, para fazer um entalhe fundo, em forma de cunha, na extremidade cortada.

— O que eles fazem — disse, olhando seu trabalho enquanto falava — é jogar ossos no fogo quando preparam o aço. Ossos, garoto, ossos. Ossos secos, ossos mortos. Bom, por que ossos mortos no carvão aceso transformam ferro em aço?

— Não sei.

— Nem eu, mas transformam. Ossos e carvão. — Wilkinson levantou a flecha entalhada, soprou um pouco de serragem do corte e assentiu satisfeito. — Conheci um sujeito em Kent que usava ossos humanos. Achava que um crânio de criança fazia o melhor aço, e talvez estivesse certo. O desgraçado costumava desenterrá-los dos cemitérios, partir em pedaços pequenos e queimar em sua fornalha. Crânios de bebês e carvão!

Ah, o sujeito era podre, mas suas flechas matavam. Ah, matavam sim. Não rompiam a armadura, atravessavam sussurrando! — Enquanto falava, Wilkinson havia escolhido uma haste de carvalho de 15 centímetros. Uma das extremidades já fora afiada, formando uma cunha que ele ajustou no entalhe da flecha de freixo que havia cortado. — Olhe — disse orgulhoso, segurando a junta encaixada. Eu venho fazendo isso há muito tempo! — Estendeu a mão para pegar o furador, que enfiou na ponta da haste de carvalho. — Vou colar tudo, e você pode matar alguém com ela. — Ele admirou a flecha. O carvalho tornava a cabeça ainda mais pesada, de modo que o peso do aço e da madeira ajudaria a fazer a flecha atravessar a armadura de chapas. — Acredite, garoto — continuou o velho sério —, logo você vai matar.

— Vou?

Wilkinson deu um riso breve e sem humor.

— O rei da França pode ser louco, mas não vai deixar o duque da Borgonha continuar controlando Soissons. Estamos perto demais de Paris! Logo os homens do rei estarão aqui, e se entrarem na cidade, garoto, vá para o castelo, e se eles entrarem no castelo, mate-se. Os franceses não gostam dos ingleses e odeiam os arqueiros ingleses, e se o capturarem, garoto, você vai morrer gritando. — Ele olhou para Hook. — Estou falando sério, jovem Hook. É melhor cortar a própria garganta do que ser apanhado por um francês.

— Se eles vieram nós vamos expulsá-los.

— Vamos, é? — perguntou Wilkinson com um riso áspero. — Reze para que o exército do duque chegue primeiro, porque se os franceses vierem, jovem Hook, ficaremos presos em Soissons como ratos numa batedeira de manteiga.

E assim, em todas as manhãs, Hook ficava acima do portão olhando a estrada que seguia junto ao Aisne, em direção a Compiègne. Passava mais tempo ainda olhando para o pátio de uma das muitas casas construídas do lado de fora da muralha. Era a casa de um tintureiro, que ficava perto do fosso da cidade, e todo dia uma garota de cabelos ruivos pendurava os panos recém-tingidos para secar numa corda comprida, e algumas vezes

BERNARD CORNWELL

ela olhava para cima e acenava para Hook e os outros arqueiros, que assobiavam de volta. Um dia uma mulher mais velha viu a garota acenando e lhe deu um tapa forte, por ser amigável com os odiados soldados estrangeiros, mas no dia seguinte a ruiva estava de novo balançando o traseiro para deleite da plateia. E quando a garota não estava visível, Hook vigiava a estrada em busca do brilho de sol em armaduras ou o surgimento súbito de estandartes coloridos que anunciariam a chegada do exército do duque ou, pior, do exército inimigo, mas os únicos soldados que via eram borgonheses da guarnição da cidade trazendo comida de volta.

Algumas vezes os arqueiros ingleses cavalgavam com esses grupos que saíam em busca de suprimentos, mas não viam nenhum inimigo, a não ser o povo cujos grãos e animais eles roubavam. O povo do campo se refugiava nas florestas quando os borgonheses vinham, mas os cidadãos de Soissons não podiam se esconder enquanto os soldados saqueavam suas casas em busca de comida armazenada. Sire Enguerrand de Bournonville, o comandante borgonhês, esperava que seus inimigos franceses chegassem no início do verão e planejava suportar um cerco demorado, por isso amontoava grãos e carne salgada na catedral, para alimentar a guarnição e o povo da cidade.

Nick Hook ajudava a empilhar a comida na catedral, que logo cheirava a grãos, mas por baixo daquele aroma intenso havia sempre o cheiro travoso de couro curtido, porque Soissons era famosa por seus sapateiros, seleiros e curtidores. Os poços de curtume ficavam ao sul da cidade e o fedor de urina em que as peles eram mergulhadas deixavam o ar nauseabundo quando o vento soprava quente. Hook costumava andar pela catedral, olhando os painéis pintados ou os ricos altares decorados com prata, ouro, esmalte e sedas e linhos finamente bordados. Nunca estivera antes dentro de uma catedral, e o tamanho, as sombras distantes no teto alto, o silêncio das pedras, tudo o deixava com um sentimento inquieto de que deveria haver na vida algo mais do que um arco, uma flecha e os músculos para usá-los. Não sabia o que era esse algo, mas esse conhecimento havia começado em Londres, quando um velho, um arqueiro, falara com ele, e quando a voz havia soado em sua cabeça. Um dia, sentindo-se inadequado, ajoelhou-se diante de uma estátua da Virgem Maria e pediu seu perdão pelo fracasso em Londres. Olhou para o rosto ligeiramente triste e pensou que os olhos dela, luminosos com tinta azul e branca, estavam fixos nele e viu censura naqueles olhos. Fale comigo, rezou, mas não houve voz em sua cabeça. Nem perdão pela morte de Sarah, pensou. Havia fracassado com Deus. Era amaldiçoado.

— Acha que ela pode ajudar você? — uma voz azeda interrompeu suas orações. Hook se virou e viu John Wilkinson.

— Se não puder, quem pode?

— O filho dela? — sugeriu Wilkinson causticamente. O velho olhou furtivo ao redor. Havia meia dúzia de padres rezando missas em altares laterais, mas afora isso as únicas outras pessoas na catedral eram freiras que andavam depressa pela nave ampla, arrebanhadas e vigiadas por padres. — Coitadas — disse Wilkinson.

— Coitadas?

— Acha que elas queriam ser freiras? Os pais as colocaram aqui para mantê-las longe de encrenca. São filhas bastardas dos ricos, garoto, trancadas para não ter outros bastardos. Venha cá, quero lhe mostrar uma coisa. — Não esperou resposta, foi andando com firmeza na direção do grande altar da catedral, que se erguia em ouro luminoso atrás dos estonteantes arcos que ficavam, fileira acima de fileira, num semicírculo na extremidade leste da construção. Wilkinson se ajoelhou ao lado do altar e baixou a cabeça com reverência. — Dê uma olhada nas caixas, garoto — ordenou.

Hook subiu ao altar onde caixas de prata e ouro ficavam dos dois lados de um crucifixo de ouro. A maioria das caixas tinha faces de cristal e, através daquelas janelas que provocavam distorção, Hook viu pedaços de couro.

— O que é isso? — perguntou.

— Sapatos, garoto — respondeu Wilkinson, com a cabeça ainda baixa e a voz abafada.

— Sapatos?

BERNARD CORNWELL

— Coisas que você coloca nos pés, jovem Hook, para impedir que a lama entre no meio dos dedos.

O couro parecia velho, escuro e encolhido. Um relicário tinha um sapato tão encolhido que Hook decidiu que devia ser um pedaço de calçado de criança.

— Por que sapatos?

— Já ouviu falar de são Crispim e são Crispiniano?

— Não.

— São patronos dos sapateiros, garoto, e dos trabalhadores do couro. Eles fizeram esses sapatos, ou pelo menos é o que dizem, e viveram aqui e provavelmente foram mortos aqui. Martirizados, garoto, como aquele velho que você queimou em Londres.

— Ele era um...

— Herege, eu sei. Você disse. Mas todo mártir foi morto porque alguém mais forte discordou daquilo em que ele, ou ela, acreditava. Cristo na cruz, garoto, o próprio Jesus foi crucificado por heresia! Por que diabos você acha que o pregaram? Você matou mulheres também?

— Não — respondeu Hook, desconfortável.

— Mas havia mulheres? — perguntou Wilkinson, olhando para Hook. Viu a resposta no rosto de Hook e fez uma careta. — Ah, tenho certeza de que Deus ficou deliciado com o trabalho daquele dia! — O velho balançou a cabeça enojado antes de enfiar a mão numa bolsa pendurada no cinto. Pegou um punhado do que Hook presumiu que fossem moedas e jogou-as numa enorme jarra de cobre que ficava perto do altar, para receber tributo dos peregrinos. Um padre estivera olhando os arqueiros ingleses com suspeita, mas relaxou visivelmente quando ouviu o som de metal caindo sobre metal no grande jarro. — Pontas de flecha — explicou Wilkinson com um riso. — Pontas largas, velhas e enferrujadas, que não servem mais. Bom, por que você não se ajoelha e faz uma oração a Crispim e Crispiniano?

Hook hesitou. Tinha certeza de que Deus teria visto Wilkinson jogar pontas de flecha sem valor no jarro, em vez de moedas, e a ameaça dos fogos do inferno subitamente pareceu muito próxima, por isso Hook pegou rapidamente uma moeda em sua bolsa e jogou no jarro de cobre.

— Bom garoto — disse Wilkinson. — O bispo vai ficar feliz com isso. O dinheiro vai pagar uma caneca da cerveja dele, não é?

— Por que rezar a Crispim e Crispiniano? — perguntou Hook.

— Porque são os santos locais, garoto. Esse é o trabalho deles, ouvir as orações feitas em Soissons, de modo que são os melhores santos a quem rezar aqui.

Assim Hook se ajoelhou e rezou a são Crispim e são Crispiniano para que implorassem perdão por seu pecado em Londres, e rezou para que o mantivessem em segurança nesta cidade de seu martírio e o mandassem incólume para a Inglaterra. A oração não pareceu tão poderosa quanto as que havia dirigido à mãe de Cristo, mas decidiu que fazia sentido rezar aos dois santos porque aquela era sua cidade e eles certamente manteriam uma vigilância especial sobre os que rezavam a eles em Soissons.

— Terminei, garoto — anunciou Wilkinson rapidamente. Estava enfiando algo no bolso e Hook, movendo-se para o flanco do altar, viu que a extremidade do frontal, a parte em que ele chegava perto do chão, estava esgarçada porque um grande quadrado fora cortado. O velho riu. — Seda, garoto, seda. Preciso de fio de seda para as flechas, por isso roubei.

— De Deus?

— Se Deus não pode abrir mão de uns poucos fios de seda, está tremendamente encrencado. E você deveria ficar satisfeito. Quer matar franceses, jovem Hook? Reze para eu ter fios de seda suficientes para amarrar suas flechas.

Mas Hook não teve chance de rezar porque, no dia seguinte, sob o sol nascente, chegaram os franceses.

A guarnição soubera que eles vinham. Haviam chegado a Soissons as notícias da rendição de Compiègne, outra cidade que fora capturada pelos borgonheses, e Soissons agora era a única fortaleza que impedia o avanço dos franceses até Flandres, onde estava o núcleo principal do exército borgonhês, e informou-se de que o exército francês vinha para o leste acompanhando o Aisne.

E então, de repente, numa luminosa manhã de verão, eles estavam ali.

De cima das fortificações de oeste Hook os viu chegar. Os cavaleiros vieram à frente. Usavam armaduras cobertas por túnicas coloridas, e alguns galoparam até perto da cidade como se desafiassem os arqueiros sobre a muralha a disparar. Alguns besteiros dispararam setas, mas nenhum cavaleiro ou cavalo foi acertado.

— Economizem as flechas — ordenou Smithson, o centenar, aos seus arqueiros ingleses. E balançou um dedo descuidado na direção do arco retesado de Hook. — Não o use, garoto. Não desperdice uma flecha. — O centenar viera de sua taverna, o Ganso, e agora piscava para os cavaleiros cabriolando, que gritavam inaudíveis para as fortificações onde os homens estavam pendurando o estandarte borgonhês ao lado do estandarte pessoal do comandante da guarnição, o sire de Bournonville. Alguns moradores da cidade também haviam subido na muralha e olhavam para os cavaleiros recém-chegados. — Olhem os desgraçados — resmungou Smithson, indicando os moradores. — Gostariam de nos trair. Deveríamos ter matado até o último deles. Deveríamos ter cortado suas porcarias de gargantas francesas. — Ele cuspiu. — Nada vai acontecer durante um dia. É melhor beber cerveja enquanto ainda está disponível. — Ele se afastou com passos pesados, deixando Hook e meia dúzia de outros arqueiros ingleses na muralha.

Durante todo o dia os franceses chegaram. A maioria estava a pé, e esses homens cercaram Soissons e derrubaram árvores nos morros baixos ao sul. Tendas foram erguidas na terra aplainada, e ao lado das tendas estavam os coloridos estandartes da nobreza francesa, um tumulto de bandeiras em vermelho, azul, ouro e prata. Barcas subiram o rio, impelidas por remos gigantescos, e traziam quatro manganelas, máquinas enormes que podiam lançar pedras contra a muralha da cidade. Apenas uma daquelas enormes catapultas foi trazida para a margem naquele dia, e Enguerrand de Bournonville, pensando em derrubá-la de volta no rio, guiou duzentos homens de armas montados numa investida a partir da porta oeste, mas os franceses haviam esperado o ataque e mandaram o dobro de cavaleiros para se opor aos borgonheses. Os dois lados puxaram as rédeas, com lanças erguidas, e depois de um tempo os borgonheses retornaram, perseguidos por zombarias francesas. Naquela tarde a fumaça começou a subir densa enquanto os sitiantes franceses queimavam as casas do lado de fora dos muros de Soissons. Hook viu a garota ruiva carregar uma trouxa na direção do novo acampamento francês. Nenhum dos fugitivos pediu para ser admitido na cidade, em vez disso todos foram na direção das linhas inimigas. A garota se virou no meio da fumaça densa para acenar um adeus aos arqueiros. Os primeiros besteiros inimigos apareceram naquela fumaça, cada qual protegido por um companheiro que segurava um grosso pavise, um escudo de largura suficiente para esconder um homem enquanto reengatilhava a besta depois de disparar cada seta. As setas pesadas batiam na muralha ou assobiavam acima, caindo em algum lugar da cidade.

Então, enquanto o sol começava a afundar na direção da catapulta monstruosa na margem do rio, uma trombeta soou. Tocou três vezes, notas claras e agudas no ar turvo de fumaça, e quando o último toque se esvaiu os besteiros pararam de atirar. Houve um súbito jorro de fagulhas quando um teto de palha desmoronou numa casa em chamas e a fumaça subiu num redemoinho denso ao longo da estrada de Compiègne, onde Hook viu surgir dois cavaleiros.

Nenhum dos dois cavaleiros usava armadura. Em vez disso ambos tinham túnicas de cor forte, e as únicas armas eram finas varas brancas que eles seguravam no alto enquanto os cavalos erguiam os cascos em passos delicados na estrada cheia de buracos. O sire de Bournonville devia estar esperando-os, porque a porta oeste se abriu e o comandante da cidade cavalgou com um único companheiro para encontrar os cavaleiros que se aproximavam.

— Arautos — disse Jack Dancy, que era de Herefordshire e pouco mais velho do que Hook. Havia se oferecido como voluntário para servir sob a bandeira borgonhesa porque fora apanhado roubando em sua cidade. "Era ser enforcado lá ou morto aqui", dissera a Hook uma noite. — O que aqueles arautos estão fazendo — explicou agora — é dizer para nos rendermos, e esperarmos que isso aconteça.

— E sermos capturados pelos franceses? — perguntou Hook.

— Não, não. Ele é um bom sujeito — assentiu Dancy para Bournonville. — Vai garantir que fiquemos em segurança. Se nos rendermos ele deixará que marchemos embora.

— Para onde?

— Para onde quiserem que fiquemos — disse Dancy vagamente.

Os arautos, que tinham sido seguidos a distância por dois porta-estandartes e um trombeteiro, haviam se encontrado com Bournonville não muito longe do portão. Hook viu os homens baixarem a cabeça uns para os outros, em suas selas. Era a primeira vez que via arautos, mas sabia que eles jamais deveriam se atacados. Um arauto era um observador, um homem que observava para seu senhor e informava o que via, e o arauto do inimigo deveria ser tratado com respeito. Além disso, os arautos falavam por seus senhores, e esses homens deviam ter falado pelo rei da França, porque uma das bandeiras era o estandarte real francês, um grande quadrado de seda azul onde havia três lírios dourados. A outra bandeira era roxa com uma cruz branca, e Dancy lhe disse que era a bandeira de são Denis, o santo padroeiro da França, e Hook se perguntou se Denis teria mais influência no céu do que Crispim e Crispiniano. Será que eles defendiam seus argumentos diante de Deus, como dois implorantes num tribunal de condado? Tocou a cruz de madeira pendurada no pescoço.

Os homens falaram por breve tempo, depois fizeram reverências de novo antes que os dois arautos reais virassem os cavalos cinza e se afastassem. O sire de Bournonville os observou durante um momento, depois girou seu cavalo. Galopou de volta à cidade, parando ao lado da casa queimada do tintureiro, de onde gritou para cima da muralha. Falou em francês, língua que Hook havia aprendido pouco, mas depois acrescentou algumas palavras em inglês.

— Vamos lutar! Não vamos entregar esta cidadela aos franceses! Vamos lutar e vamos derrotá-los!

Esse anúncio sonoro foi recebido por silêncio enquanto borgonheses e ingleses deixavam as palavras morrer sem ecoar o desafio de seu comandante. Dancy suspirou, mas não disse nada, e então uma seta de besta passou acima, caindo com barulho numa rua próxima. Bournonville havia esperado uma reação de seus homens na muralha, mas ao não receber nenhuma esporeou e passou pelo portão, e Hook ouviu o guincho das dobradiças gigantescas, o estrondo das tábuas se fechando e o ruído surdo da barra de trava caindo nos suportes.

Agora o sol estava turvo, brilhando em vermelho dourado e luminoso através da fumaça que se difundia, sob a qual um grupo de cavaleiros inimigos seguia paralelamente à muralha da cidade. Eram homens de armas, com armaduras e elmos, e um deles, montado num grande cavalo preto, levava um estandarte estranho que adejava atrás. O estandarte não tinha brasão, era simplesmente um longo pendente de tecido vermelho vivíssimo, uma tira ondulada de sangue sedoso tornado quase transparente pelo sol envolto em vapor, mas a visão daquilo levou os homens na muralha a fazer o sinal da cruz.

— A auriflama — disse Dancy baixinho.

— Auriflama?

— O estandarte de guerra francês. — Dancy encostou o dedo médio na língua, depois se persignou de novo. — Significa que não haverá prisioneiros — disse desanimado. — Significa que querem matar todos nós. — Ele caiu para trás.

Por um instante Hook não soube o que havia acontecido, depois pensou que Dancy devia ter tropeçado e instintivamente estendeu a mão para puxá-lo, e foi então que viu a seta com emplumação de couro se projetando da testa de Dancy. Havia muito pouco sangue. Algumas gotas haviam sujado o rosto de Dancy, que afora isso parecia pacífico, e Hook se abaixou sobre um dos joelhos e olhou a seta de haste grossa. A parte que se projetava era menor do que uma das mãos, e o resto estava cravado fundo no cérebro do sujeito de Herefordshire. Dancy havia morrido sem emitir um ruído, a não ser o som de machado de açougueiro, da seta acertando.

— Jack? — perguntou Hook.

— Não adianta falar com ele, Nick — disse um dos outros arqueiros.

— Agora ele está conversando com o diabo.

Hook se levantou e se virou. Mais tarde teria pouca lembrança do que aconteceu ou mesmo de por que aconteceu. Não era como se Jack Dancy fosse um amigo íntimo, porque Hook não tinha amigos assim em Soissons, a não ser, talvez, John Wilkinson. No entanto havia nele uma raiva súbita. Dancy era inglês, e em Soissons os ingleses se sentiam incomodados tanto por seu próprio lado quanto pelo inimigo, e agora Dancy estava morto, por isso Hook pegou uma flecha envernizada em sua bolsa de linho branco, pendurada a tiracolo.

Virou-se e baixou o arco a ponto de deixá-lo na horizontal, à sua frente, encostou a flecha na madeira e prendeu-a com o polegar esquerdo enquanto segurava a corda. Girou o arco longo para cima enquanto a mão direita segurava a extremidade emplumada da flecha e puxou-a, junto com a corda.

— Não devemos atirar — disse um dos arqueiros.

— Não desperdice uma flecha! — acrescentou outro.

A corda estava junto à orelha direita de Hook. Seus olhos examinaram o terreno coberto pela fumaça do lado de fora da cidade, e ele viu um besteiro sair de trás de um pavise decorado com o símbolo de machados cruzados.

— Você não pode disparar tão longe quanto eles — alertou o primeiro arqueiro.

Mas Hook havia aprendido a usar o arco desde a infância. Havia ficado forte até ser capaz de puxar a corda dos maiores arcos de guerra, e havia ensinado a si mesmo que um homem não mirava com o olho, e sim com a mente. Você via, depois instigava a flecha com a vontade, e as mãos instintivamente se mexiam para apontar o arco, e o besteiro estava levantando sua arma pesada enquanto duas setas atravessaram o ar da tarde perto da cabeça de Hook.

Ele não percebia nada. Era como o momento na floresta verde, quando o cervo aparecia por um instante entre as folhas e a flecha voava sem que o arqueiro soubesse que ao menos havia soltado a corda. "A habilidade está toda entre suas orelhas, garoto", dissera um aldeão, anos antes, "toda entre suas orelhas. Você não mira com o arco, você pensa aonde a flecha irá, e ela vai". Hook disparou.

— Seu idiota desgraçado — disse um arqueiro, e Hook viu as penas brancas de ganso tremeluzirem no ar com a névoa branca, viu a flecha voar mais rápido do que um falcão mergulhando. Com ponta de aço, amarrada com seda, haste de freixo, morte emplumada voando no silêncio da tarde.

— Santo Deus — disse baixinho o primeiro arqueiro.

O besteiro não morreu com tanta facilidade quanto Dancy. A flecha de Hook atravessou sua garganta e o homem girou enquanto a besta disparava sozinha, de modo que a seta rodou feito louca para o céu à medida que o homem caía para trás, ainda se retorcendo, depois ficou se sacudindo no chão, as mãos tentando segurar a garganta onde a dor era como fogo líquido, e agora acima dele o céu estava vermelho, um céu enevoado de fumaça e vermelho de sangue, iluminado por fogueiras e luzindo com a morte cotidiana do sol.

Aquela havia sido uma boa flecha, pensou Hook. De haste reta e bem emplumada, com todas as penas tiradas da mesma asa de ganso. Havia voado certeira. Tinha ido aonde ele queria, e ele havia matado um homem em batalha. Por fim podia dizer que era arqueiro.

Na tarde do segundo dia do cerco Hook pensou que o mundo havia acabado.

Era uma tarde de luz quente e límpida. O ar estava claro e luminoso, o rio deslizava gentil entre as margens floridas onde cresciam salgueiros e amieiros. Os estandartes franceses pendiam imóveis acima das tendas. A fumaça ainda brotava das casas queimadas, subindo suave no ar da tarde até se desfazer muito acima, no céu sem nuvens. Andorinhas caçavam junto à muralha, mergulhando e girando.

Nicholas Hook estava apoiado nas ameias. O arco desencordoado posto ao lado dele, enquanto seus pensamentos deslizavam de volta à

BERNARD CORNWELL

Inglaterra, à casa senhorial, aos campos atrás do celeiro comprido onde o feno estaria quase pronto para ser cortado. Haveria lebres no capim comprido, trutas no riacho e cotovias no crepúsculo. Pensou no estábulo no campo chamado de Shortmead, o estábulo com palha apodrecida e uma tela de madressilvas atrás do qual Nel, a jovem esposa de William Snoball, o encontrava e fazia amor silencioso e desesperado. Imaginou quem estaria fazendo a poda no bosque dos Três Botões e, pela milésima vez, pensou em como o bosque havia ganhado esse nome. A taverna do povoado se chamava Três Botões e ninguém sabia por quê, nem mesmo lorde Slayton, que algumas vezes passava mancando com as muletas sob o lintel da taverna e punha prata na portinhola de serviço para pagar uma cerveja para todos os presentes. Agora não poderia ir para casa, nem nunca mais, porque era um fora da lei. Os Perrill poderiam matá-lo e não seria assassinato, nem mesmo homicídio culposo, porque um fora da lei estava além da ajuda da lei. Lembrou-se da janela no estábulo de Londres e soube que Deus havia lhe falado para levar a garota lolarda através daquela janela, mas ele havia fracassado e achava que devia ter sido cortado para sempre daquela luz que vinha de trás da janela. Sarah. Frequentemente murmurava o nome dela, alto, como se a repetição pudesse trazer o perdão.

A paz da tarde desapareceu em ruído.

Mas primeiro houve luz. Luz escura, pensou Hook mais tarde, uma facada de luz escura, luz de chama vermelho-preta que lambeu como a língua de uma serpente do inferno saindo de um anteparo de terra que os franceses haviam cavado perto de uma de suas esguias catapultas. Aquela língua de fogo maligno foi visível por um instante antes de ser obliterada num trovão de densa fumaça preta que brotou súbita, e então veio o barulho, um golpe de som que era um soco nos ouvidos, que sacudiu os céus sendo acompanhado por outro estalo, quase igualmente alto, quando algo acertou a muralha da cidade.

A muralha tremeu. O arco de Hook tombou com barulho nas pedras. Pássaros gritavam voando para longe das chamas, da fumaça e do barulho que permanecia. O sol havia sumido, oculto pela nuvem preta, e Hook olhou e se convenceu, pelo menos por um instante, de que uma fenda havia rachado a terra e que os fogos do inferno haviam aberto caminho vomitando até a superfície.

— Cristo desgraçado! — disse um arqueiro cheio de espanto.

— Eu estava imaginando quando isso iria acontecer — comentou outro arqueiro, com nojo. — Um canhão — explicou ao primeiro. — Nunca viu um canhão?

— Nunca.

— Vai ver agora — disse o segundo, sério.

Hook também nunca tinha visto um canhão, e se encolheu quando um segundo disparou acrescentando sua fumaça fedorenta no céu de verão. No dia seguinte mais quatro canhões acrescentaram seu fogo, e as seis armas francesas causaram muito mais dano do que as quatro grandes máquinas de madeira. As catapultas eram imprecisas e suas pedras irregulares costumavam errar as fortificações e caíam na cidade, esmagando casas que começavam a se incendiar quando os fogos de cozinhar eram espalhados, mas as pedras dos canhões comiam constantemente a muralha da cidade, que já estava em mau estado de conservação. Foram necessários apenas dois dias para que a face externa da muralha desmoronasse no fosso largo e fétido, e então os artilheiros aumentaram sistematicamente a brecha enquanto os borgonheses respondiam fazendo uma barricada semicircular atrás da muralha que se desintegrava.

Cada canhão disparava três vezes por dia, tiros regulares como os sinos de um mosteiro chamando os homens à oração. Os borgonheses tinham seu próprio canhão, que fora montado num bastião do lado sul, na expectativa de que os franceses atacassem a partir da estrada de Paris, e foram necessários dois dias para arrastar a arma até as fortificações do lado oeste, onde foi erguida até o teto da torre do portão. Hook ficou fascinado com o tubo da arma, que tinha o dobro do tamanho da madeira de seu arco e um formato de balão, como um pote de cerveja. O tubo e suas tiras de reforço eram feitos de ferro escuro corroído e repousavam numa atarracada carreta de madeira. Os artilheiros eram holandeses que passaram longo tempo observando os canhões inimigos e finalmente apontaram seu tubo contra uma daquelas armas francesas. Depois come-

BERNARD CORNWELL

çaram a tarefa laboriosa de carregar sua máquina. Pólvora foi posta no cano com uma colher de cabo comprido, depois apertada com um soquete enrolado com pano. Barro mole foi posto em seguida. O barro ficava empoçado numa larga tina de madeira, era enfiado contra a pólvora e depois deixado secar enquanto os artilheiros sentavam-se em círculo e jogavam dados. A bala, um pedregulho lascado até virar uma bola grosseira, esperou ao lado do tubo até que o chefe dos artilheiros, um homem corpulento com barba bifurcada, decidiu que o barro estava suficientemente seco, e só então a pedra foi empurrada pelo comprido cano abaulado. Depois dela foi enfiada uma cunha de madeira para manter o pedregulho apertado contra o barro e a pólvora. Um padre borrifou água benta no canhão e fez uma prece enquanto os holandeses usavam alavancas compridas para fazer um último ajuste fino na mira do tubo.

— Fique para trás, garoto — disse o sargento Smithson a Hook. O centenar havia se dignado a deixar a taverna do Ganso para assistir aos holandeses dispararem sua arma. Uns 20 outros homens também haviam chegado, inclusive o sire de Bournonville, que gritava encorajamentos para os artilheiros. Nenhum espectador ficou perto da arma. Em vez disso olhavam como se o tubo preto fosse um animal selvagem indigno de confiança.

— Bom dia, Sir Roger — disse Smithson, batendo na testa em direção a um homem alto e magro como uma flecha. Sir Roger Pallaire, comandante do contingente inglês, ignorou o cumprimento. Tinha rosto fino, com nariz em forma de bico e queixo proeminente, cabelo escuro e, na companhia de seus arqueiros, a expressão de alguém obrigado a suportar o fedor de uma latrina.

O corpulento holandês esperou até que o padre tivesse terminado sua oração, depois enfiou uma pena listrada num buraquinho na culatra do canhão. Usou um funil de cobre para encher a pena com pólvora, espiou de novo ao longo do cano, deu um passo para o lado e estendeu a mão para um círio comprido, aceso. O padre, o único homem, além dos artilheiros, a ficar perto da arma, fez o sinal da cruz e deu uma bênção rápida, depois o chefe dos artilheiros encostou a chama na pena cheia de pólvora.

O canhão explodiu.

Em vez de mandar sua bola de pedra gritando em direção às armas de cerco dos franceses, o canhão desapareceu num tumulto de fumaça, metal voando e carne retalhada. Os cinco artilheiros e o padre foram mortos instantaneamente, transformados em névoa vermelho-sangue e tiras de carne. Um homem de armas gritou e se retorceu enquanto o metal incandescente se cravava em sua barriga. Sir Roger, que estivera parado perto do homem que gritava, afastou-se fastidiosamente e fez uma careta para o sangue que havia sujado o brasão em sua túnica. Esse brasão mostrava três falcões em campo verde.

— Esta noite, Smithson — disse Sir Roger em meio à fumaça fedendo a sangue que se retorcia sobre a muralha —, você vai se encontrar comigo depois do pôr do sol na igreja de Saint Antoine-le-Petit. Você e toda a sua companhia.

— Sim, senhor, sim — disse Smithson debilmente. — Claro, Sir Roger. — O sargento estava olhando para o canhão arruinado. Os primeiros três metros do cano despedaçado estavam caídos e rasgados, enquanto a culatra fora rasgada em lascas de metal serrilhado soltando fumaça. Parte de um aro e a mão de um homem estavam junto aos pés de Hook, enquanto os artilheiros, contratados a alto custo, não passavam de carcaças evisceradas. O sire de Burnonville, com o gibão sujo de sangue e pedaços de carne, fez o sinal da cruz, enquanto zombarias soavam das linhas de cerco francesas.

— Precisamos planejar o ataque — disse Sir Roger, aparentemente sem perceber o horror molhado a apenas alguns passos dali.

— Muito bem, Sir Roger — disse Smithson. O centenar tirou uma massa gelatinosa do cinto. — O cérebro de um desgraçado de um holandês — disse com nojo, jogando a gosma na direção de Sir Roger, que havia se virado e agora se afastava rapidamente.

Sir Roger, com três homens de armas, todos usando seu brasão com os três corvos, encontrou-se com os arqueiros ingleses e galeses da guarnição de Soissons na igreja de Saint Antoine-le-Petit logo depois do pôr do sol. A túnica de Sir Roger fora lavada, mas as manchas de sangue

BERNARD CORNWELL

ainda eram levemente visíveis no linho verde. Ele parou diante do altar, iluminado por velas de juncos que estalavam, queimando fracamente em suportes montados nas colunas da igreja, e seu rosto ainda tinha a expressão distante de alguém para quem era dolorido estar com a companhia atual.

— O trabalho de vocês — disse sem qualquer preâmbulo assim que os 89 arqueiros haviam se acomodado no piso da nave — será defender a brecha na muralha. Não posso dizer quando o inimigo vai atacar, mas posso garantir que será logo. Confio em vocês para repelir esse ataque.

— Ah, faremos isso, Sir Roger — respondeu Smithson, solícito. — Confie nisso, senhor!

O rosto comprido de Sir Roger estremeceu diante do comentário. Os boatos no contingente inglês diziam que ele havia pedido dinheiro emprestado a banqueiros italianos na expectativa de herdar uma propriedade de um tio, mas a terra fora passada a um primo, e Sir Roger ficara devendo uma fortuna para lombardos implacáveis. A única esperança de pagar a dívida era capturar um rico cavaleiro francês e cobrar resgate, presumivelmente o motivo pelo qual havia vendido seus serviços ao duque da Borgonha.

— No caso de vocês fracassarem em manter o inimigo fora da cidade — disse ele —, devem se reunir aqui, nesta igreja. — Essas palavras provocaram uma agitação enquanto os homens franziam a testa e se entreolhavam. Se fracassassem em defender a brecha e perdessem as novas defesas atrás dela, eles esperavam recuar para o castelo.

— Sir Roger? — perguntou Smithson, hesitando.

— Eu não tinha permitido perguntas — disse Sir Roger.

— Por sua bondade, Sir Roger — perseverou Smithson, batendo os nós dos dedos na testa enquanto falava —, mas não estaríamos mais seguros no castelo?

— Vocês vão se reunir aqui, nesta igreja! — disse Sir Roger com firmeza.

— Por que não no castelo? — perguntou um arqueiro perto de Hook, com beligerância.

Sir Roger fez uma pausa, examinando a nave escura em busca de quem havia falado. Não pôde descobrir quem era o questionador, mas mesmo assim se dignou a dar uma resposta.

— O povo da cidade nos detesta — disse finalmente. — Se vocês tentarem chegar ao castelo serão atacados nas ruas. Este lugar fica muito mais perto da brecha, portanto venham para cá. — Ele fez outra pausa. — Tentarei arranjar uma trégua para vocês.

Houve um silêncio desconfortável. A explicação de Sir Roger fazia algum sentido. Os arqueiros sabiam que a maioria das pessoas de Soissons os odiava. Os moradores eram franceses, apoiavam seu rei e odiavam os borgonheses, mas odiavam os ingleses ainda mais, e assim era mais do que provável que atacassem os arqueiros que estivessem se retirando para o castelo.

— Uma trégua — disse Smithson, em dúvida.

— A briga dos franceses é com a Borgonha — explicou Sir Roger — e não conosco.

— O senhor vai se juntar a nós aqui, Sir Roger? — gritou um arqueiro.

— Claro. — Sir Roger fez uma pausa, mas ninguém falou. — Lutem bem — disse com ar distante — e lembrem-se de que são ingleses!

— Galeses — interveio alguém.

Sir Roger se encolheu visivelmente diante disso, e então, sem mais uma palavra, levou seus três homens de armas para fora da cidade. Um coro de protestos soou quando eles saíram. A igreja de Saint Antoine-le-Petit era feita de pedra e defensável, mas nem de longe tão segura quanto o castelo, mas era verdade que o castelo ficava do outro lado da cidade e Hook se perguntou como seria difícil chegar àquele refúgio se o povo da cidade estivesse bloqueando as ruas e soldados franceses estivessem uivando através da muralha rompida. Levantou os olhos para a parede pintada que mostrava homens, mulheres e crianças despencando no inferno. Havia padres e até mesmo bispos em meio às almas condenadas que caíam como uma cascata de gritos num lago de fogo onde diabos pretos esperavam com risos de escárnio e lanças de pescar enguias, com três pontas farpadas.

BERNARD CORNWELL

— Vocês vão querer estar no inferno se os franceses os capturarem — disse Smithson, notando para onde Hook olhava. — Todos vão implorar os confortos do inferno se aqueles franceses desgraçados os pegarem. Portanto, lembrem-se! Lutamos na barricada e depois, se tudo der em merda, viremos para cá.

— Por que para cá? — gritou um homem.

— Porque Sir Roger sabe o que está fazendo — respondeu Smithson, não parecendo nem um pouco seguro —, e se vocês têm namoradas aqui — continuou com um risinho —, certifiquem-se de que as queridinhas venham com vocês. — Ele começou a balançar os quadris carnudos para trás e para a frente. — Não queremos deixar as namoradas nas ruas para metade do exército francês comer, não é?

Na manhã seguinte, como fazia todas as manhãs, Hook olhou para o norte, para os morros baixos e cobertos de floresta do outro lado do Aisne, onde a guarnição encurralada esperava ver uma força de apoio borgonhesa. Nenhuma chegou. As grandes balas de canhão zumbiam através das cinzas das casas quebradas e batiam na muralha meio desmoronada, fazendo subir suas nuvens de poeira que se assentavam no rio e deslizavam em direção ao mar como pálidas manchas cinza na água. Hook acordava cedo todo dia, antes de clarear, e ia à catedral onde se ajoelhava e rezava. Fora alertado para não andar sozinho pelas ruas, mas as pessoas de Soissons o deixavam em paz, talvez com medo de sua altura e seu tamanho, ou talvez porque soubessem que ele era o único arqueiro que rezava regularmente, e assim o toleravam. Ele havia abandonado as orações a são Crispim e são Crispiniano porque achava que eles se importavam mais com o povo da cidade, seu próprio povo, e em vez disso rezava à mãe de Cristo porque sua própria mãe se chamava Maria e ele implorava perdão à Virgem por causa da garota que morrera em Londres. Numa manhã daquelas, um padre se ajoelhou ao lado dele. Hook ignorou o sujeito.

— Você é o inglês que reza — disse o padre em inglês, tropeçando na língua pouco familiar. Hook ficou quieto. — Elas se perguntam por que você reza — continuou o padre, balançando a cabeça para indicar as mulheres ajoelhadas diante de outras estátuas e altares.

O instinto de Hook foi de continuar ignorando o homem, mas o padre tinha rosto amigável e voz gentil.

— Só estou rezando — disse, parecendo carrancudo.

— Está rezando por você mesmo?

— Estou — admitiu Hook. Rezava para que Deus o perdoasse e tirasse a maldição que, ele tinha certeza, arruinava sua vida.

— Então peça algo para outra pessoa — sugeriu o padre gentilmente. — Deus ouve mais prontamente essas orações, acho. E se você rezar por outra pessoa, Ele concederá seu pedido também. — O padre sorriu, levantou-se e tocou de leve o ombro de Hook. — E reze aos nossos santos, Crispim e Crispiniano. Acho que eles estão menos ocupados do que a Virgem abençoada. Que Deus cuide de você, inglês.

O padre se afastou e Hook decidiu seguir seu conselho e rezar aos dois santos locais, por isso foi até um altar sob uma pintura dos dois mártires e ali rezou pela alma de Sarah, cuja vida ele fracassara em salvar em Londres. Olhou para a pintura enquanto rezava. Os dois santos estavam num campo verde onde se espalhavam estrelas douradas, num morro alto acima de uma cidade com muralhas brancas. Olhavam sérios e um pouco tristes na direção de Hook. Não pareciam sapateiros. Vestiam mantos brancos e Crispim carregava um cajado de pastor, enquanto Crispiniano segurava uma bandeja de vime com maçãs e peras. Seus nomes estavam pintados embaixo de cada um. Mesmo não sabendo ler, Hook sabia que santo era qual porque um nome era mais comprido do que o outro. Crispiniano parecia muito mais amigável. Tinha rosto mais redondo, olhos azuis e um meio sorriso de grande gentileza, enquanto são Crispim parecia muito mais sério e estava meio virado para o outro lado, como se não tivesse tempo para um espectador e fosse descer o morro e entrar na cidade. Assim, Hook criou o hábito de rezar a Crispiniano a cada manhã, mas sempre reconhecia Crispim também. Jogava duas moedas no jarro a cada vez que rezava.

— Olhando para você — disse John Wilkinson uma tarde —, eu não imaginaria que é um homem dado a orações.

— Não era, até agora.

— Está temendo por sua alma? — perguntou o velho arqueiro.

BERNARD CORNWELL

Hook hesitou. Estava amarrando penas de flecha com a seda roubada do frontal do altar da catedral.

— Eu escutei uma voz — disse bruscamente.

— Uma voz? — perguntou Wilkinson. Hook ficou quieto. — A voz de Deus?

— Foi em Londres.

Ele se sentiu idiota com a admissão, mas Wilkinson levou a sério. Olhou para Hook por longo tempo, depois assentiu abruptamente.

— Você é um homem de sorte, Nicholas Hook.

— Sou?

— Se Deus falou com você, ele deve ter um propósito a seu respeito. Isso significa que talvez você sobreviva a este cerco.

— Se foi Deus que falou comigo — disse Hook, sem graça.

— Por que Ele não falaria? Ele precisa falar com as pessoas, visto que a Igreja não o ouve.

— Não?

Wilkinson cuspiu.

— A Igreja só quer saber de dinheiro, garoto, dinheiro. Os padres deveriam ser pastores, não é? Deveriam cuidar do rebanho, mas todos estão no salão da casa senhorial enchendo a pança de tortas, de modo que as ovelhas têm de cuidar de si mesmas. — Ele apontou uma flecha para Hook. — E se os franceses invadirem a cidade, Hook, não vá para a igreja de Saint Antoine-le-Petit! Vá para o castelo.

— Sir Roger... — começou Hook.

— Quer que sejamos mortos! — disse Wilkinson, com raiva.

— Por que ele quereria isso?

— Porque não tem dinheiro e tem uma dívida enorme, garoto, de modo que quem tem a bolsa maior pode comprá-lo. E porque ele não é um inglês de verdade. Sua família veio para a Inglaterra com os normandos e ele odeia você e eu porque somos saxões. E porque ele está estufado até a garganta com merda normanda, por isso. Vá para o castelo, garoto! É o que você deve fazer.

As noites seguintes foram escuras, e a lua minguante era uma lasca parecida com a lâmina de uma faca de cortar gargantas. O sire de Bournonville temia um ataque noturno e ordenou que cães fossem amarrados na terra de ninguém onde as casas haviam sido queimadas. Se os cães latissem, disse ele, o sino de alerta na porta leste deveria ser tocado, e os cães latiram e o sino foi tocado, mas nenhum francês atacou a brecha. Em vez disso, à medida que a névoa da manhã tremeluzia sobre o rio, os sitiantes catapultaram os cadáveres dos cachorros para dentro da cidade. Os animais tinham sido castrados e as gargantas foram cortadas, como um aviso do destino que esperava a guarnição desafiadora.

O dia de são Abdus passou e nenhuma força de apoio chegou, e então o dia de são Possidius chegou e passou, e o dia seguinte era o das sete virgens santas, e Hook rezou a cada uma delas, e no amanhecer seguinte fez um pedido a são Dunstan, o inglês, no seu dia, e no dia seguinte a são Ethelbert, que fora rei da Inglaterra, e o tempo todo também rezava a Crispiniano e Crispim, implorando por sua proteção, e no dia seguinte, de santo Hospício, recebeu sua resposta.

Quando os franceses, que estavam rezando a são Denis, atacaram Soissons.

BERNARD CORNWELL

a primeira coisa que Hook percebeu do ataque foi o som dos sinos das igrejas da cidade badalando numa pressa fanática e numa desordem cacofônica. Estava escuro e ele ficou momentaneamente confuso. Dormia sobre a palha nos fundos da oficina de John Wilkinson e acordou com a claridade das chamas saltando altas enquanto o velho jogava lenha no braseiro para dar luz.

— Não fique aí deitado feito uma porca grávida, garoto — disse Wilkinson. — Eles chegaram.

— Maria, mãe de Deus. — Hook sentiu o jorro de pânico como água gelada borbulhando através do corpo.

— Tenho a impressão de que ela não se importa com o que vá acontecer. — Wilkinson estava pondo uma cota de malha, lutando para passar os elos pesados sobre a cabeça. — Há um saco de flechas perto da porta — continuou, a voz agora abafada pela cota. — Cheio de flechas retas. Deixei para você. Vá, garoto, mate uns desgraçados.

— E você? — perguntou Hook. Estava calçando as botas, botas novas feitas por um hábil sapateiro de Soissons.

— Já vou indo! Encordoe o arco, filho, e vá!

Hook afivelou o cinto da espada, encordoou o arco, pegou sua sacola de flechas, depois apanhou a segunda sacola, perto da porta, e correu para o pátio da taverna. Podia ouvir gritos e berros, mas não sabia de onde vinham. Arqueiros jorravam no pátio e ele instintivamente os seguiu na direção das novas defesas atrás da brecha. Os sinos das igrejas martelavam o céu noturno com um ruído estridente. Cães latiam e uivavam.

Hook não tinha armadura, a não ser um elmo antiquíssimo que Wilkinson lhe dera e que se assentava na cabeça como uma tigela. Tinha um casaco acolchoado que podia conter um golpe débil de espada, mas era sua única proteção. Outros arqueiros tinham cotas de malha curtas e elmos justos, mas todos usavam a túnica da Borgonha com o brasão da cruz serrilhada, e Hook viu essas librés enfileiradas na nova muralha feita de cestos de vime cheios de terra. Nenhum arqueiro estava retesando as cordas por enquanto, em vez disso apenas olhavam na direção da brecha que relampejava com luz súbita enquanto os homens de armas borgonheses atiravam tochas encharcadas em piche na abertura da muralha devastada pelos canhões.

Havia quase 50 homens de armas na muralha nova, mas nenhum inimigo na brecha. No entanto, os sinos continuavam tocando freneticamente para anunciar um ataque francês, e Hook girou, vendo um brilho no céu acima dos telhados do sul da cidade, um brilho que tremeluzia sinistro na torre da catedral, como evidência de que construções ardiam em algum lugar perto da porta de Paris. Seria lá que os franceses estavam atacando? A porta de Paris era comandada por Sir Roger Pallaire e defendida pelos homens de armas ingleses, e Hook se perguntou, não pela primeira vez, por que Sir Roger não havia exigido que os arqueiros ingleses se juntassem àquela guarnição da porta.

Em vez disso os arqueiros esperaram perto da brecha no oeste, onde nenhum inimigo ainda aparecia. Smithson, o centenar, estava nervoso. Ficava manuseando a corrente de prata que denotava seu posto e olhando na direção do brilho dos fogos ao sul, depois de novo para a brecha.

— Cagalhão do diabo — disse a ninguém em particular.

— O que está acontecendo? — perguntou um arqueiro.

— Como vou saber, em nome de Deus? — rosnou Smithson.

— Acho que eles já estão dentro da cidade — disse John Wilkinson em tom ameno. Ele havia trazido uma dúzia de feixes de flechas de reserva, que largou atrás dos arqueiros. O som de gritos vinha de algum lugar na cidade e uma tropa de besteiros borgonheses passou correndo por Hook, abandonando a brecha e indo na direção da porta de Paris. Alguns homens de armas os acompanharam.

BERNARD CORNWELL

— Se eles estão dentro da cidade — disse Smithson, sem certeza —, deveríamos ir para a igreja.

— Não para o castelo? — perguntou um homem.

— Vamos para a igreja, acho — respondeu Smithson — como ordenou Sir Roger. Ele é nobre, não é? Deve saber o que está fazendo.

— E o papa põe ovos — comentou Wilkinson.

— Agora? — perguntou um homem. — Vamos agora? — Mas Smithson não disse nada. Apenas repuxou a corrente de prata e olhou à esquerda e à direita.

Hook estava olhando para a brecha. Seu coração batia forte, a respiração era curta e a perna esquerda tremia.

— Ajude-me, Deus — rezou. — Jesus, proteja-me. — Mas não sentiu conforto com a oração. Só conseguia pensar que o inimigo estava em Soissons, ou atacando Soissons, e ele não sabia o que estava acontecendo e se sentia vulnerável e impotente. Os sinos batiam dentro de sua cabeça, confundindo-o. A grande brecha estava escura, a não ser pelo tremular débil das chamas das tochas se extinguindo, mas lentamente Hook percebeu outras luzes movendo-se ali, luzes cinza-prateadas, luzes como fumaça ao luar ou como os fantasmas que vinham à terra na véspera de Todos os Santos. As luzes eram lindas, pensou Hook; eram esgarçadas e vaporosas na escuridão. Olhou, imaginando o que seriam aquelas formas luzidias, e então os fantasmas cinza-prateados se transformaram em vermelho e ele percebeu, com um tremor de medo, que as formas em movimento eram homens. Estava vendo a luz das tochas refletida em armaduras.

— Sargento! — gritou.

— O que é? — gritou Smithson de volta, rispidamente.

— Os desgraçados estão aqui! — gritou Hook, e estavam mesmo. Os desgraçados vinham passando pela brecha. As armaduras estavam suficientemente polidas para refletir a luz das fogueiras e eles avançavam sob um estandarte azul onde floriam lírios dourados. Os visores estavam fechados e as espadas longas refletiam a luz das chamas. Não eram mais vaporosos, agora pareciam homens feitos de metal queimando, fantasmas dos sonhos do inferno, a morte vindo pela escuridão até Soissons. Hook não podia contá-los, de tantos que eram.

71

— Ah, meu Deus, merda! — disse Smithson em pânico — Contenham-nos!

Hook obedeceu. Recuou de volta à barricada, pegou uma flecha na sacola de linho e apoiou-a no arco. O medo sumiu de repente, ou então fora empurrado de lado pela certeza do que precisava ser feito. Hook precisava puxar a corda do arco.

A maioria dos homens adultos, no auge da força, não seria capaz de puxar uma corda de arco até a orelha. A maioria dos homens de armas, apesar de endurecida pela guerra e pelos constantes exercícios com espadas, só podia puxar uma corda de cânhamo até a metade, mas Hook fazia com que isso parecesse fácil. Seu braço recuou, os olhos procuraram uma marca para a cabeça brilhante da flecha e ele nem pensou enquanto disparava. Já estava pegando a segunda flecha quando a primeira, com o furador pesando na haste, atravessou uma placa peitoral de aço brilhante e lançou o homem para trás, de encontro ao porta-estandarte francês.

E Hook disparou de novo, sem pensar, sabendo apenas que recebera ordem de conter o ataque. Disparou uma flecha depois da outra. Puxava a corda até a orelha direita e não percebia os movimentos minúsculos que a mão esquerda fazia para mandar as flechas de penas brancas na curta jornada desde a corda até a vítima. Não percebia as mortes que provocava nem os ferimentos que dava nem as flechas que resvalavam nas armaduras girando inúteis para longe. A maioria não era inútil. As longas pontas de furador podiam facilmente atravessar armaduras numa distância tão próxima, e Hook era mais forte do que a maioria dos arqueiros, que eram mais fortes do que a maioria dos homens, e seu arco era pesado. Quando John Wilkinson conhecera Hook, havia retesado o arco do rapaz e não conseguiu fazer a corda passar além de seu queixo, e dera um olhar de respeito a Hook. E agora aquele arco longo, de barriga grossa, cortado de um tronco de teixo na distante Savoia, estava lançando a morte através da escuridão cheia de sinos, mas só via os inimigos que vinham pela brecha, onde as tochas ardiam, e não notou a escura enchente de homens que jorravam dos dois lados da abertura na muralha, e que já estavam puxando os cestos de vime. Então parte da barricada desmoronou e o barulho fez Hook se virar e ver que era o único arqueiro que restava nas defesas. A brecha, apesar dos mortos caídos e dos feridos que se arrastavam, estava cheia de homens uivando. A noite era iluminada por incêndios vermelhos, coberta de fumaça e ruidosa com gritos de guerra. Então Hook percebeu que John Wilkinson havia gritado para ele correr, mas na empolgação do momento o alerta não se alojara em sua mente.

Mas agora, sim. Pegou a sacola de flechas e correu.

Homens uivavam atrás dele enquanto a barricada caía e os franceses se derramavam num enxame por cima dos restos dela, entrando na cidade.

Então Hook entendeu como os cervos se sentiam quando os cães estavam em cada moita, homens batiam no mato baixo e flechas zumbiam entre as folhas. Frequentemente havia imaginado se um animal poderia saber o que era a morte. Eles conheciam o medo, conheciam o desafio, mas para além do medo e do desafio vinha o pânico que esvaziava as tripas, os últimos instantes de vida enquanto os caçadores se aproximam, o coração dispara e a mente resvala freneticamente. Hook sentiu esse pânico e correu. A princípio apenas correu. Os sinos continuavam badalando, cães uivavam, homens berravam gritos de guerra e trompas soavam. Entrou correndo numa praça pequena, um espaço onde os mercadores de couro geralmente mostravam suas peles, e ela estava estranhamente deserta, mas então ouviu o som de trancas sendo batidas e percebeu que as pessoas estavam se escondendo em casa e trancando as portas. Estrondos anunciavam os lugares onde os soldados chutavam ou derrubavam essas portas trancadas. Vá para o castelo, pensou, e correu naquela direção, mas virou uma esquina e viu o amplo espaço diante da catedral cheio de homens com librés desconhecidas, as túnicas iluminadas pelas tochas que eles carregavam, e correu na direção de onde viera, como um cervo fugindo dos cães. Decidiu ir para a igreja de Saint Antoine-le-Petit e disparou por um beco, dobrou em outro, atravessou correndo o espaço aberto diante do maior convento da cidade, depois entrou na rua onde ficava a taverna do Ganso e viu mais homens ainda com a libré estranha, e aqueles homens bloqueavam seu caminho para a igreja. Viram-no e um rosnado soou, e o rosnado se transformou num uivo de triunfo enquanto corriam na direção dele. Hook, desesperado como qualquer animal, entrou disparado num beco, saltou para o muro que bloqueava a extremidade, caiu esparramado num pequeno quintal fedendo a esgoto, pulou um segundo muro e então, rodeado por gritos e tremendo de medo, deixou-se afundar num canto escuro e esperou o fim.

Um cervo caçado faria isso. Quando não visse escapatória, iria se imobilizar, tremeria e esperaria a morte que ele devia sentir. Agora Hook tremia. Melhor se matar, dissera John Wilkinson, do que ser apanhado pelos franceses, e assim Hook tateou em busca de sua faca, mas não pôde desembainhá-la. Não podia se matar, por isso esperou para ser morto.

Então percebeu que os perseguidores evidentemente haviam abandonado a caçada. Havia muito saque para eles em Soissons, e vítimas demais, de modo que um único fugitivo não interessava. E Hook, lentamente recuperando os sentidos, percebeu que havia encontrado um refúgio temporário. Estava num dos pátios dos fundos do Ganso, um lugar onde os barris de cerveja eram lavados e consertados. Uma porta da taverna se abriu subitamente e uma tocha acesa iluminou os cavaletes, as aduelas e os tonéis. Um homem olhou para o pátio, disse algo sem dar importância e voltou à taverna, onde uma mulher gritou.

Hook ficou onde estava. Não ousava se mexer. Agora a cidade estava cheia de mulheres gritando, cheia de roucos risos masculinos e cheia de crianças chorando. Um gato se esgueirou perto dele. Os sinos das igrejas haviam parado de badalar havia muito. Ele sabia que não poderia ficar ali. O amanhecer iria revelá-lo. Ah, meu Deus, ah, meu Deus, ah, meu Deus, rezava, sem perceber que rezava. Esteja comigo agora e na hora da minha morte. Tremia. Cascos soaram na rua atrás do muro do pátio da cervejaria, um homem riu. Uma mulher gemeu. Nuvens correram diante do rosto da lua e por algum motivo Hook pensou nos texugos da colina do Mendigo, e esse pensamento em casa acalmou o pânico.

Levantou-se. Talvez houvesse uma chance de alcançar a igreja. Ela ficava muito mais perto do que o castelo, e Sir Roger havia prometido fazer uma tentativa de salvar a vida dos arqueiros. E, mesmo parecendo

BERNARD CORNWELL

uma esperança débil, era tudo que Hook podia pensar em fazer, por isso puxou-se até o topo do muro do pátio, para olhar por cima. Os estábulos do Ganso ficavam ao lado. Nenhum barulho vinha de lá, por isso trepou no muro e de lá pôde subir ao teto do estábulo, que tremeu sob seu peso. Mas ficando na parte mais alta, onde corria a trave da cumeeira, podia arrastar os pés até chegar à empena mais distante, de onde desceu para um beco escuro. Estava tremendo de novo, sabendo que ficava mais vulnerável ali. Movia-se em silêncio, devagar, até que pôde espiar pela esquina do beco, na direção da igreja.

E viu que não havia escapatória.

A igreja de Saint Antoine-le-Petit estava guardada por inimigos. Havia mais de 30 homens de armas e uma dúzia de besteiros no espaço aberto diante dos degraus da igreja, todos usando librés que Hook nunca vira. Se Smithson e os arqueiros estivessem dentro da igreja, estavam relativamente seguros, porque podiam defender a porta, mas para Hook parecia claro que o inimigo devia estar ali para impedir que algum arqueiro fugisse e, presumiu, eles impediriam que qualquer arqueiro desgarrado tentasse se aproximar da igreja. Pensou em correr para a porta, mas achou que ela estaria trancada, e que, enquanto estivesse batendo na madeira pesada, os besteiros iriam usá-lo como alvo.

Os inimigos não estavam simplesmente guardando a igreja. Haviam trazido barris de alguma taverna e bebiam, e haviam despido duas garotas e amarrado sobre os dois barris, com as pernas abertas. Agora os homens se revezavam levantando as cotas de malha e estuprando as garotas que permaneciam em silêncio como se tivessem sido esvaziadas de gemidos e lágrimas. A cidade estava ruidosa com os gritos das mulheres, e o som arranhava a consciência de Hook como uma ponta de flecha raspando em ardósia. Talvez por isso ele não tenha se movido; em vez disso ficou parado na esquina como um animal que não tivesse para onde correr nem onde se esconder. Hook se perguntou se as garotas estariam mortas, de tão imóveis que estavam, mas então a mais próxima virou a cabeça e Hook se lembrou de Sarah e se encolheu de culpa. A garota, que não parecia ter mais de 12 ou 13 anos, olhava embotada para a escuridão enquanto um homem se sacudia e grunhia sobre ela.

Então uma porta se abriu para o beco e um jorro de luz cobriu Hook, que se virou e viu um homem de armas cambalear para a lama. O homem usava uma túnica mostrando um feixe de trigo branco em campo verde. O homem caiu de joelhos e vomitou enquanto um segundo, com a mesma libré, vinha à porta e ria. Foi o segundo homem que viu Hook e reconheceu o grande arco de guerra, e por isso pôs a mão no punho da espada.

Hook reagiu em pânico. Golpeou com o arco o homem da espada. Em sua cabeça estava gritando, incapaz de pensar, mas o golpe tinha toda a sua força de arqueiro, e o entalhe de osso na ponta do arco rasgou a garganta do homem antes que a espada dele estivesse ao menos meio desembainhada. O sangue brotou preto e Hook continuou pressionando, de modo que o arco rasgou traqueia e músculo, pele e tendão até acertar o portal, atrás. O homem ajoelhado estava rugindo, espirrando vômito enquanto gadanhava Hook que, ainda em pânico, soltou um miado de desespero absoluto, largou o arco e virou as mãos para o novo atacante. Sentiu os dedos esmagarem olhos e o homem começou a gritar. Hook teve uma leve consciência de que os estupradores do lado de fora da igreja vinham para ele e passou correndo pela porta, meio tropeçando no primeiro homem que estava tentando arrancar o arco da garganta rasgada enquanto Hook corria por um cômodo, atravessava outra porta, seguia por um corredor, uma terceira porta, e havia gritos atrás dele, gritos ao redor dele, e agora estava em terror absoluto. Havia perdido seu grande arco de teixo e largado as sacolas de flechas, mas ainda tinha a espada que cada arqueiro deveria portar. Nunca a havia usado. Continuava com a cruz serrilhada da Borgonha, também, e começou a rasgar a túnica, tentando se livrar do símbolo enquanto procurava desesperadamente uma rota de fuga, qualquer fuga. Então pulou um muro de pedras chegando a um beco sombreado pelas casas com andares superiores salientes, mas na escuridão viu uma porta aberta e correu para ela.

A porta dava num grande cômodo vazio onde uma lanterna de luz trêmula mostrava um morto esparramado num banco de madeira, acolchoado. O sangue do homem havia coberto as pedras do piso. Havia

BERNARD CORNWELL

uma tapeçaria pendurada numa parede, armários e uma mesa comprida com um ábaco e folhas de pergaminho enfiadas num espeto alto. Hook achou que o morto devia ser um mercador. Num canto, uma escada de mão ia até um andar mais alto e Hook subiu rapidamente, encontrando um aposento rebocado onde havia uma cama de madeira com estrado e cobertores. Uma segunda escada de mão levava ao sótão. Ele subiu-a e puxou a escada para o espaço sob os caibros e se xingou por não ter feito o mesmo com a primeira. Agora era tarde demais. Não ousava pular de volta na parte de baixo da casa, por isso se agachou sobre o cocô de morcego embaixo da palha do teto. Ainda estava tremendo. Homens gritavam nas casas abaixo, e por um tempo pareceu que ele seria descoberto. Essa descoberta pareceu iminente quando alguém subiu no cômodo onde ficava a cama, porém o homem apenas olhou brevemente ao redor antes de sair, e os outros que faziam a busca ficaram entediados ou então encontraram outra coisa para fazer, porque depois de um tempo seus sons empolgados se esvaíram. Os gritos continuaram, na verdade ficaram mais altos e, para Hook, ouvindo perplexo, pareceu que todo um grupo de mulheres estava do lado de fora da casa, todas berrando, e ele se encolheu diante do som. Pensou em Sarah, em Londres, em Sir Martin, o padre, e nos homens que ele acabara de ver e que pareciam tão entediados enquanto estupravam as duas vítimas silenciosas.

Os gritos viraram soluços, interrompidos apenas por risos de homens. Hook estava tremendo, não de frio, mas de medo e culpa, e então se encolheu no pequeno espaço sob os caibros inclinados porque o cômodo embaixo foi subitamente iluminado por uma lanterna. A luz vazava através das tábuas grosseiras do sótão, colocadas frouxamente sobre traves sem acabamento. Um homem havia subido ao quarto e estava gritando para outros, embaixo, e então uma mulher gritou e houve o som de um tapa.

— Você é bonita — disse o homem, e Hook estava tão apavorado que não notou que o sujeito havia falado em inglês.

— *Non* — gemeu a mulher.

— Bonita demais para dividir. Você é toda minha, garota.

Hook espiou através de uma fresta nas tábuas. Pôde ver um elmo de aba larga que obscurecia os ombros do homem, e então viu que a mulher era uma freira de manto branco que se agachou num canto do quarto. Ela estava gemendo.

— *Jésus* — chorou ela. — *Marie, mère de Dieu!* — E a última palavra se transformou num grito quando o homem sacou uma faca. — *Non!* — gritou ela. — *Non! Non! Non!* — E o homem com o elmo deu-lhe um tapa com força suficiente para silenciá-la, enquanto forçava-a a se levantar. Pôs a faca no pescoço dela, depois golpeou cortando a frente do hábito. Moveu a faca mais ainda e, apesar da luta da mulher, arrancou o hábito branco e depois cortou a roupa de baixo. Jogou as roupas arruinadas no andar de baixo e, quando ela estava nua, empurrou-a para o estrado onde ela se enrolou como uma bola e soluçou.

— Ah, tenho certeza de que Deus ficou deliciado com o trabalho daquele dia! — disse a voz, mas ninguém falou alto porque a voz estava na cabeça de Hook. As palavras eram as que John Wilkinson havia usado para Hook na catedral, mas a voz não pertencia ao velho arqueiro. Era uma voz mais rica, mais profunda, cheia de calor, e Hook teve uma visão súbita de um homem de manto branco, sorrindo e carregando uma bandeja cheia de peras e maçãs. Era Crispiniano, o santo a quem ele havia dirigido a maioria de suas orações em Soissons, e agora essas orações estavam sendo respondidas na cabeça de Hook, e na cabeça de Hook Crispiniano o olhava com tristeza, e Hook entendeu que o céu lhe dera uma chance de consertar. A freira no quarto abaixo havia gritado para a mãe de Cristo, e a Virgem devia ter falado com os santos de Soissons que agora falaram com Hook, mas Hook estava apavorado. Escutava vozes de novo. Não sabia, mas estava ajoelhado. E não era de espantar. Deus estava falando com ele através de são Crispiniano.

E Nicholas Hook, fora da lei e arqueiro, não sabia o que fazer quando Deus falava com ele. Estava cheio de terror.

O homem no quarto tirou o elmo. Desafivelou o cinto da espada e jogou-o de lado, depois resmungou algo para a garota antes de começar a puxar pela cabeça a cota de malha e a túnica que a cobria. Espiando por entre as tábuas grosseiras do piso, Hook reconheceu o brasão na túnica como sendo os três falcões em campo verde, de Sir Roger Pallaire. O que aquele brasão estava fazendo ali? Eram os sitiantes vitoriosos, e não a guarnição derrotada, que estavam estuprando e saqueando a cidade, no entanto os três falcões eram inconfundivelmente as armas de Sir Roger.

— Agora — disse são Crispiniano.

Hook não se mexeu.

— Agora! — rosnou são Crispim na cabeça de Hook. São Crispim não era tão amigável quanto Crispiniano, e Hook se encolheu quando o santo disse rispidamente a palavra.

O homem — Hook não sabia se era o próprio Sir Roger ou um dos seus homens de armas — estava lutando com a pesada cota de malha forrada de couro que havia passado pela metade sobre a cabeça e estava apertando seus braços.

— Pelo amor de Deus! — apelou Crispiniano a Hook.

— Faça, garoto — disse são Crispim com aspereza.

— Salve sua alma, Nicholas — instigou gentilmente Crispiniano.

E Hook salvou sua alma.

Pulou pelo buraco no piso do sótão. Esqueceu sua espada, em vez disso desembainhando a faca de lâmina grossa que usava antigamente para eviscerar as carcaças de cervos. Caiu logo atrás do homem que não podia ver porque sua cota de malha estava sobre a cabeça, mas ele ouviu a chegada de Hook e se virou no momento em que a lâmina de Hook rasgou sua barriga. Nicholas Hook o estripou. A força do braço direito de um arqueiro estava no corte, a lâmina penetrou fundo e as tripas escorreram para fora como enguias molhadas deslizando de um saco rompido, enquanto o homem soltava um grito estrangulado que foi abafado pela pesada cota que cobria sua cabeça. E ele gritou de novo quando a faca fez um segundo corte, desta vez para cima, enquanto Hook empurrava a faca para o fundo da barriga arruinada do homem e impelia a lâmina para dentro da costela, para encontrar e furar o coração daquele que por pouco não estuprara a freira.

O homem caiu de costas na cama e estava morto antes de bater no estrado.

E Hook, molhado de sangue até o cotovelo, olhou para sua vítima.

Mais tarde percebeu que o estrado cheio de palha havia salvado sua vida, porque se encharcou com o sangue que, não fosse isso, pingaria através das tábuas do piso alarmando os homens que estavam embaixo. Eram dois, ambos usando a libré de Sir Roger, mas Hook, parado cheio de medo acima de sua vítima, notou que a túnica do morto era feita de linho tecido finamente, muito mais fino do que as túnicas baratas comuns. Afastou-se da abertura no piso. Os dois homens estavam saqueando um armário e pareciam não ter percebido a matança que acabara de acontecer acima de sua cabeça.

A cota de malha do morto tinha elos apertados e era polida, como as fivelas que haviam ancorado as placas da armadura. Hook se agachou e tirou a cota de cima da cabeça do homem e viu que havia matado Sir Roger Pallaire. Sir Roger, ostensivamente aliado da Borgonha, fora deixado vivo para estuprar e roubar, o que certamente significava que estivera secretamente do lado dos franceses. Hook tentou compreender essa traição, enquanto a garota nua o espiava com olhos e boca escancarados. Parecia apavorada e Hook teve medo de que ela gritasse, por isso encostou um dedo nos lábios, mas ela balançou a cabeça e subitamente começou a fazer pequenos sons desesperados, meio gemidos, meio ofegantes, e a princípio Hook franziu a testa, depois entendeu que o silêncio era mais suspeito do que o ruído da perturbação dela. Isso era inteligente da parte da garota, pensou. Assentiu para ela, depois cortou uma bolsa ensanguentada presa ao cinto de Sir Roger. Também tirou a túnica de Sir Roger de cima da cota de malha e jogou-a, junto com a bolsa, no sótão, depois levantou as mãos e segurou uma das traves. Puxou-se para o espaço no teto, depois estendeu o braço direito para a garota. Ela se virou para o outro lado e Hook sibilou para que ela fosse com ele, mas a garota sabia o que queria. Cuspiu no cadáver de Sir Roger, depois cuspiu uma segunda vez antes de dar a mão a Hook. Ele puxou-a tão facilmente quanto puxava uma corda de arco. Fez um gesto para a túnica e a bolsa e ela pegou-as, depois o acompanhou pelo sótão. Ele empurrou a frágil tela de varas trançadas que dividia o espaço do teto e assim levou-a para o sótão vizinho. Pisava com cuidado

BERNARD CORNWELL

à medida que a luz diminuía. Foi até o fim, a três casas de onde havia matado Sir Roger, e sinalizou de novo para a garota, indicando que ela se agachasse perto da parede da empena, e então, trabalhando devagar para fazer o mínimo de barulho possível, puxou para baixo a palha do teto.

Demorou talvez uma hora. Não apenas puxou a palha para baixo, mas forçou alguns caibros presos com cavilhas a se soltarem da cumeeira, e quando havia terminado achou que parecia que o teto havia desmoronado. Em seguida os dois se esgueiraram para baixo da palha e dos paus, e se encolheram ali. Ele havia criado um esconderijo.

E tudo que poderia fazer era esperar. Algumas vezes a garota falava, mas Hook havia aprendido pouco francês durante a estada em Soissons, e não entendia o que ela falava. Fez com que ela silenciasse, e depois de um tempo ela se encostou nele e caiu no sono, mas algumas vezes gemia e Hook tentava consolá-la, sem jeito. Ela estava usando a túnica de Sir Roger, ainda úmida de sangue. Hook desamarrou o cordel da bolsa e viu moedas de ouro e de prata; o preço da traição, suspeitou.

O amanhecer era cinza enfumaçado. O cadáver estripado de Sir Roger foi encontrado antes de o sol nascer e houve grande agitação e gritos, e Hook ouviu os homens saqueando a fileira de casas embaixo dele, mas seu esconderijo era feito com esperteza e ninguém pensou em olhar no emaranhado de palha e madeira. Então a garota acordou e Hook pôs o dedo nos lábios dela, e ela estremeceu enquanto se apertava contra ele. O medo de Hook ainda estava ali, mas havia se acomodado numa resignação, e de algum modo a companhia da garota lhe deu uma esperança que não estivera presente em sua alma na noite anterior. Ou talvez, pensou, os santos gêmeos de Soissons estivessem protegendo-o. Fez o sinal-da-cruz e uma oração silenciosa de agradecimento a Crispim e Crispiniano. Agora os santos estavam em silêncio, mas ele fizera o que eles haviam mandado. Depois imaginou se teria sido Crispiniano quem falara com ele em Londres. Parecia improvável, mas quem teria sido? Deus? No entanto, essa questão era sem importância diante da percepção de que ele fizera o que havia deixado de fazer em Londres, de modo que a esperança tremeluziu dentro dele. Esperança de redenção e sobrevivência. Era uma esperança débil, pequena como a chama de uma vela num vento forte, mas estava ali.

A cidade ficara mais quieta à medida que o amanhecer se aproximava, mas quando o sol subiu sobre a catedral o barulho recomeçou. Havia gritos, gemidos e choro. Havia uma abertura na palha do teto caída e Hook podia ver a pequena praça na frente da igreja de Saint Antoine-le-Petit. As duas garotas que haviam sido amarradas aos barris tinham sumido, mas os besteiros e homens de armas continuavam lá. Um cão malhado farejou o cadáver de uma freira que estava caída com a cabeça numa poça de sangue preto e com o hábito levantado acima da cintura. Um homem de armas cavalgou pela praça, com uma garota nua atravessada de barriga para baixo sobre a sela, à frente. Ele batia com as duas mãos em seu traseiro, como se tocasse um tambor, e os homens que olhavam riram.

Hook esperou. Precisava desesperadamente urinar, mas não ousava se mexer, por isso molhou os calções, a garota sentiu o cheiro e fez uma careta, mas também precisou urinar um momento depois. Ela começou a chorar baixinho e Hook apertou-a até que as lágrimas pararam. Ela murmurou e ele murmurou de volta, e nenhum entendia o outro, mas ambos se sentiram reconfortados.

Então o som de mais cascos fez Hook se virar para espiar através de uma abertura na palha. Podia ver a praça, onde uns 20 cavaleiros ou mais haviam chegado à frente da igreja. Um homem carregava um estandarte de lírios dourados em campo azul, tudo isso rodeado por uma borda vermelha com pontos brancos. Os cavaleiros estavam com armaduras, mas nenhum usava elmo, e eram seguidos por homens de armas com armaduras, que vinham a pé.

Um dos cavaleiros recém-chegados usava uma túnica mostrando três falcões em campo verde, e Hook percebeu que o cavaleiro devia ser um inglês que estivera a serviço de Sir Roger, e foi esse homem que esporeou o cavalo até a igreja e, inclinando-se da sela, bateu com uma lança encurtada na porta. Gritou alguma coisa, mas Hook estava longe demais para ouvir, mas deviam ser palavras tranquilizadoras porque, um instante depois, a porta da igreja se abriu e o sargento Smithson olhou para fora.

BERNARD CORNWELL

Os dois homens conversaram, depois Smithson voltou para a igreja e houve uma longa pausa. Hook olhou, imaginando o que estaria acontecendo. Então a porta da igreja se abriu de novo e os arqueiros ingleses saíram cautelosos à luz do sol. Parecia que Sir Roger havia mantido a palavra e Hook, olhando da empena destruída, imaginou se haveria alguma chance de se juntar aos arqueiros agora reunidos diante do cavalo do inglês. Sir Roger devia ter concordado que os arqueiros seriam poupados, porque os franceses pareciam estar recebendo-os bem. Os homens de Smithson empilharam os arcos, as sacolas de flechas e as espadas perto da porta da igreja e depois, um a um, ajoelharam-se diante de um cavaleiro cujo garanhão era espalhafatoso com os lírios dourados no tecido azul dos franceses. O cavaleiro usava uma pequena coroa de ouro e armadura muito polida, e ergueu a mão no que parecia ser uma bênção gentil. Só John Wilkinson permaneceu atrás, perto da igreja.

Se eu puder chegar à rua, pensou Hook, posso correr para me juntar aos meus compatriotas.

— Não — sussurrou são Crispiniano em sua cabeça, dando-lhe um susto. A garota agarrada a ele.

— Não? — Hook tentou sussurrar, mas falou em voz alta.

— Não — repetiu são Crispiniano, com muita firmeza.

A garota perguntou alguma coisa a Hook e ele a silenciou.

— Eu não estava falando com você, menina — sussurrou.

O cavaleiro de azul e dourado manteve alto seu punho coberto de cota de malha durante alguns instantes, depois baixou a mão abruptamente.

E começou o massacre.

Os soldados a pé desembainharam espadas e atacaram os arqueiros ajoelhados. Os primeiros arqueiros morreram rapidamente porque estavam despreparados, mas outros tiveram tempo de sacar as facas curtas e lutar, mas os franceses usavam armaduras de placas e levavam espadas mais longas, e vinham de todos os lados para cima dos arqueiros. O homem de armas de Sir Roger olhava. John Wilkinson pegou uma espada na pilha junto à porta da igreja, mas um homem de armas o atravessou com uma lança curta, e um segundo francês cortou seu pescoço, de modo que o sangue de Wilkinson espirrou alto, até o arco de pedra da porta, que era esculpido com anjos e peixes. Alguns arqueiros foram deixados vivos, derrubados a porretadas e guardados ali pelos sorridentes homens de armas.

O homem com a coroa de ouro se virou e cavalgou para longe, seguido por seu porta-estandarte, seu escudeiro, seu pajem e seus seguidores montados. O inglês que usava o brasão dos três falcões seguiu com eles, dando as costas para os arqueiros sobreviventes que imploravam misericórdia. Mas não houve.

Os franceses tinham antigas lembranças de derrota e odiavam os homens que retesavam o longo arco de guerra. Em Crécy os franceses estavam em número maior do que os ingleses e os encurralaram, e haviam atacado através do vale baixo para livrar o mundo dos invasores desavergonhados, e foram os arqueiros que os derrotaram enchendo o céu com a morte emplumada, derrubando cavaleiros nobres com suas flechas de pontas compridas. Depois, em Poitiers, os arqueiros haviam despedaçado a cavalaria francesa e no fim daquele dia o rei da França era prisioneiro, e todos esses insultos ainda doíam, de modo que não houve misericórdia.

Hook e a garota ouviram. Ainda havia 30 ou 40 arqueiros vivos, e primeiro os franceses cortaram dois dedos de cada mão direita, de modo que nunca mais pudessem retesar um arco. Um francês barrigudo e de riso largo decepou os dedos com uma marreta e um cinzel, e alguns arqueiros receberam a agonia em silêncio enquanto outros tiveram de ser arrastados protestando até o barril onde suas mãos foram abertas. Hook achou que a vingança terminaria ali, mas ela havia apenas começado. Os franceses queriam mais do que dedos, queriam dor e morte.

Um homem alto, montado num cavalo grande, olhava a morte dos arqueiros. O homem tinha cabelos pretos compridos que caíam até abaixo dos ombros cobertos pela armadura, e Hook, que tinha a vista de um falcão, podia ver claramente o rosto bonito e queimado de sol. O sujeito tinha um nariz que era uma lâmina de espada, boca larga e maxilar comprido sombreado por barba um pouco crescida. Por cima da armadura usava uma túnica de cor forte mostrando um sol dourado do qual raios serpenteavam e disparavam, e sobre o sol luminoso havia

BERNARD CORNWELL

uma cabeça de águia. A garota não viu o homem. Estava com o rosto enterrado nos braços de Hook. Ela podia ouvir os gritos, mas não queria olhar. Gemia sempre que um homem gritava com a dor requintada que os franceses extraíam como vingança.

Hook olhava. Achou que o homem alto com o símbolo da águia e do sol poderia ter parado com a tortura e o assassinato, mas ele não fez nada. Ficou em sua sela assistindo impassível enquanto os franceses despiam os arqueiros sobreviventes e depois arrancavam seus olhos com a ponta de facas compridas. Os homens de armas provocavam os arqueiros recém-cegados e cutucavam as órbitas com lâminas afiadas. Um francês fingiu comer um olho, e os outros riram. O homem de cabelo comprido não ria, apenas observava, e seu rosto não demonstrava nada enquanto os cegos eram deitados nas pedras do calçamento para serem castrados. Os gritos encheram a cidade que já estava cheia de gritos. Só quando o último cego inglês fora castrado o homem bonito no belo cavalo de guerra saiu da praça, e os arqueiros foram deixados para sangrar até a morte, sem enxergar sob um céu de verão. A morte demorou muito, e Hook tremia, mesmo que o ar estivesse quente. São Crispiniano ficou em silêncio. Uma mulher nua, com os seios decepados e o corpo vermelho de sangue, desmoronou em meio aos arqueiros agonizantes e chorou até que um francês, cansado de suas lágrimas, casualmente arrebentou seu crânio com um machado de batalha. Cães farejavam os agonizantes.

O saque da cidade continuou durante o dia inteiro. A catedral, as paróquias, o convento e os priorados foram saqueados. Mulheres e crianças foram estupradas repetidas vezes, seus homens foram assassinados e Deus virou o rosto para longe de Soissons. O sire de Bournonville foi executado, e teve sorte porque morreu sem ser torturado antes. O castelo, supostamente um refúgio, caíra sem luta quando os franceses, que entraram na cidade pela traição de Sir Roger, encontraram o portão aberto e a grade levadiça erguida. Os borgonheses morreram, e somente os homens de Sir Roger, cúmplices na traição de seu líder, tiveram permissão de viver enquanto a cidade era passada pela espada. Os cidadãos haviam se ressentido contra a guarnição borgonhesa e jamais haviam abandonado a lealdade para com o rei da França, mas agora, chafurdando em sangue, estupro e roubo, os franceses recompensavam essa lealdade com massacre.

— *Je suis* Melisande — dizia a garota repetidamente, e a princípio Hook não entendeu, mas por fim percebeu que ela estava dizendo seu nome.

— Melisande? — perguntou ele.

— *Oui.*

— Nicholas.

— Nicholas — repetiu ela.

— Só Nick.

— Sonick?

— Nick.

— Nick.

Falavam em sussurros, esperavam, ouviam o som de uma cidade gritando e sentiam o cheiro da cerveja e do sangue.

— Não sei como vamos sair deste lugar — disse Hook a Melisande, que não entendeu. Mesmo assim ela assentiu, depois caiu no sono sob a palha com a cabeça no ombro dele, e Hook fechou os olhos e rezou a Crispiniano. Ajude-nos a sair da cidade, implorou ao santo, e me ajude a ir para casa. Só que um fora da lei não tem casa, pensou, com súbito desespero.

— Você vai chegar em casa — disse são Crispiniano.

Hook parou, perguntando-se como um santo podia falar com ele. Teria imaginado a voz? Mas ela parecia real, tão real quanto os gritos que marcaram a morte dos arqueiros. Então se perguntou como poderia escapar da cidade porque certamente os franceses teriam sentinelas em todas as portas.

— Então use a brecha — sugeriu gentilmente são Crispiniano.

— Vamos sair pela brecha — disse Hook a Melisande, mas ela ainda estava dormindo.

Quando a noite caiu Hook viu porcos, evidentemente soltos de suas pocilgas atrás das casas da cidade, refestelando-se nos arqueiros mortos. Agora Soissons estava mais silenciosa, com os apetites dos vitoriosos aplacados em corpos, cerveja e vinho. A lua nasceu, mas Deus mandou nuvens altas que primeiro enevoaram a prata, depois a esconderam, e, na escuridão, Hook e Melisande desceram e saíram para a rua fedorenta. Era o meio da noite e homens roncavam em casas meio destruídas. Ninguém vigiava a brecha. Melisande, enrolada na túnica ensanguentada de Sir Roger, segurou a mão de Hook enquanto eles passavam por cima do entulho da muralha e em seguida atravessavam o terreno baixo onde os poços de curtume fediam, subiam o morro passando pelo acampamento abandonado pelos sitiantes e penetravam na floresta elevada onde nenhum sangue fedia e nenhum corpo apodrecia.

Soissons estava morta.

Mas Hook e Melisande viviam.

— Os santos falam comigo — disse ele ao amanhecer. — Pelo menos Crispiniano. O outro sujeito é mais sério. Fala algumas vezes, mas não diz muita coisa.

— Crispiniano — repetiu Melisande, e pareceu satisfeita por entender uma coisa que ele dizia.

— Ele parece bom, e está cuidando de mim. Vejo que agora está cuidando de você também! — Hook sorriu para ela, subitamente confiante. — Temos de arrumar roupas de verdade para você, menina. Você está muito estranha com essa túnica.

Mas, se parecia estranha, Melisande também era linda. Hook só notou isso no primeiro amanhecer na floresta, quando o sol lançou um milhão de lanças de ouro com brilho verde através das folhas e dos galhos para iluminar um rosto esguio, de malares altos, cercado de cabelos pretos como a noite. Tinha olhos cinza, claros como o luar, nariz longo e exibia um ar teimoso no queixo, que, como Hook descobriria, refletia seu caráter. Era magra de dar pena, mas tinha uma força dura e um desprezo pela fraqueza. A boca era larga, expressiva e falante. Eventualmente Hook descobriria que ela fora noviça numa casa de freiras que proibia a fala, e naqueles primeiros dias parecia que Melisande precisava compensar meses de silêncio forçado. Ele não entendia nada, mas ouvia fascinado enquanto a garota falava ininterruptamente.

Ficaram o primeiro dia na floresta. De vez em quando apareciam cavaleiros no vale abaixo das faias. Eram os vitoriosos do cerco a Soissons, mas não estavam vestidos para guerra. Alguns caçavam com falcões, outros pareciam cavalgar por prazer, e nenhum interferia com os poucos fugitivos que aparentemente haviam escapado de Soissons e agora caminhavam para o sul, mas mesmo assim Hook não queria se arriscar a um encontro com um francês, por isso ficou escondido até o anoitecer. Havia decidido ir para o oeste, na direção da Inglaterra, mas sendo fora-da-lei isso significava que a Inglaterra era tão perigosa quanto a França, mas não sabia para que outro lugar poderia ir. Ele e Melisande viajavam à noite, com o caminho iluminado pela lua. O que comiam era roubado, em geral um cordeiro que Hook pegava no escuro. Ele temia os cães que guardavam os rebanhos, mas talvez fosse são Crispim, com seu cajado de pastor, que o protegia, porque os cães nunca se mexiam enquanto Hook cortava a garganta de um animal. Carregava a pequena carcaça de volta para a floresta onde fazia uma fogueira e cozinhava a carne.

— Você pode ir embora sozinha — disse a Melisande um dia de manhã.

— Ir? — perguntou ela, franzindo a testa, sem entender.

— Se você quiser, menina. Pode ir! — Ele acenou vagamente na direção do sul e foi recompensado com uma careta e um jorro de francês incompreensível, e ele achou que significava que Melisande ficaria. Ficou. E sua presença era ao mesmo tempo um conforto e uma preocupação. Hook não tinha certeza se conseguiria escapar do campo na França, e se escapasse não conseguia enxergar um futuro. Rezava a são Crispiniano e esperava que o mártir pudesse ajudá-lo assim que chegasse à Inglaterra, se chegasse à Inglaterra, mas são Crispiniano ficou em silêncio.

No entanto, se não dizia nada, são Crispiniano mandou a Hook e Melisande um padre que era cura de uma paróquia próxima do rio Oise. O padre encontrou os dois fugitivos dormindo sob um salgueiro caído em meio a um denso agrupamento de amieiros e levou-os para casa, onde sua mulher os alimentou. O padre Michel era amargo e carrancudo, no entanto sentiu pena deles. Falava um pouco de inglês, que aprendera quando

BERNARD CORNWELL

fora capelão de um senhor francês que tivera um prisioneiro inglês em sua propriedade. Essa experiência de ser capelão deixara o padre Michel odiando qualquer autoridade, fosse rei, bispo ou senhor, e esse ódio era suficiente para deixá-lo ajudar um arqueiro inglês.

— Você irá a Calais — disse a Hook.

— Sou um fora da lei, padre.

— Fora da lei? — O padre acabou entendendo, mas desconsiderou o medo. — *Proscrit*, não é? Mas a Inglaterra é seu lar. É um lugar grande, não é? Vá para casa e fique longe de onde você pecou. Qual foi o seu pecado?

— Bati num padre.

O padre Michel riu e deu um tapa nas costas de Hook.

— Muito bem! Espero que tenha sido um bispo.

— Era só um padre.

— Da próxima vez bata num bispo, hein?

Hook pagou pela estada. Rachou lenha, limpou valas e ajudou o padre Michel a consertar a palha de um estábulo de vacas, enquanto Melisande ajudava a dona da casa a cozinhar, lavar e consertar roupas.

— Os aldeãos não vão trair você — garantiu o padre a Hook.

— Por que não, padre?

— Porque têm medo de mim. Eu posso mandá-los para o inferno — disse o padre, sério. Ele gostava de falar com Hook, como um modo de melhorar seu inglês, e um dia, enquanto Hook podava as pereiras atrás da casa, ouviu o rapaz admitir, hesitante, que escutava vozes. O padre Michel fez o sinal da cruz.

— Poderia ser a voz do diabo? — sugeriu.

— Isso me preocupa — admitiu Hook.

— Mas não creio que seja — disse gentilmente o padre Michel. — Você tirou muito dessa árvore!

— Essa árvore está horrível, padre. O senhor deveria tê-la cortado no inverno passado, mas isso não vai prejudicá-la. Quer algumas peras? Não pode deixar que as árvores cresçam selvagens. Confie em mim. Corte e corte! E quando achar que cortou demais, corte a mesma quantidade de novo!

— Cortar e cortar, é? Se eu não tiver peras no ano que vem, saberei que você é o homem do diabo.

— É são Crispiniano que fala comigo. — Hook cortou outro galho.

— Mas só se Deus permite — disse o padre, e fez o sinal da cruz.

— O que significa que Deus fala com você. E fico feliz porque nenhum santo fala comigo.

— Fica feliz?

— Acho que os que escutam vozes são santos, também, ou estão destinados à fogueira.

— Não sou santo.

— Mas Deus escolheu você. Ele faz escolhas muito estranhas — disse o padre Michel, depois riu.

Père Michel também falava com Melisande, e assim Hook ficou sabendo algo sobre a garota. O pai dela era um senhor feudal, disse o padre, um senhor chamado *le Seigneur d'Enfer*, e a mãe fora uma serviçal.

— De modo que a sua Melisande é outra bastarda de um nobre — disse o padre Michel —, nascida para encrenca. — O pai nobre havia arranjado a entrada de Melisande para o convento em Soissons como noviça, para ser empregada de cozinha das freiras. — É assim que os senhores escondem seus pecados — explicou o padre Michel amargamente. — Pondo seus bastardos na prisão.

— Na prisão?

— Ela não queria ser freira. Sabe qual é o nome dela?

— Melisande.

— Melisande foi uma rainha de Jerusalém — disse o *Père* Michel, sorrindo. — E esta Melisande ama você. — Hook não disse nada. — Cuide dela — disse sério o *Père* Michel, no dia em que eles partiram.

Foram disfarçados. Era difícil esconder a estatura de Hook, mas o padre Michel lhe deu um manto branco de penitente e uma matraca de leproso, um pedaço de madeira ao qual eram presos dois outros, com tiras de couro, e Melisande, também com manto de penitente e o cabelo preto mal cortado e curto, o guiou para o norte e o oeste. Parecia que eram peregrinos, procurando cura para a doença de Hook, que anunciava sua presença contagiosa chacoalhando a matraca ruidosamente. Ainda se moviam de modo circunspecto, passando ao largo dos povoados maiores e fazendo um desvio amplo para evitar a mancha de fumaça que marcava a cidade de Amiens. Dormiam no mato, em estábulos ou em pilhas de feno, a chuva os encharcava e o sol os aquecia. E um dia, junto ao rio Canche, tornaram-se amantes. Depois disso Melisande ficou silenciosa, mas agarrou-se a Hook e ele fez uma oração de agradecimento a são Crispiniano, que o ignorou.

No dia seguinte andaram para o norte, seguindo uma estrada que atravessava um campo largo entre duas florestas, e a oeste havia um pequeno castelo meio escondido por um bosque. Descansaram na floresta a leste, perto de uma cabana de guarda-caça, meio arruinada, com teto de palha grosso de musgo. Crescia centeio no campo largo, com as espigas ondulando bonitas na brisa. Cotovias circulavam acima, e sua canção formava outras ondulações, e Hook e Melisande cochilaram no calor do fim de verão.

— O que estão fazendo aqui? — perguntou uma voz áspera. Um cavaleiro, vestido ricamente e com um falcão encapuzado no pulso, estava observando-os da beira da floresta.

Melisande se ajoelhou submissa e baixou a cabeça.

— Estou levando meu irmão a Saint-Omer, senhor — disse ela.

O cavaleiro, que poderia ser um senhor ou não, observou a matraca de Hook e afastou o cavalo.

— O que procuram lá? — perguntou.

— A bênção de santo Omer, senhor — respondeu Melisande. O padre Michel havia lhes dito que Saint-Omer ficava perto de Calais, e que muitas pessoas buscavam curas no templo de santo Omer, na cidade. O padre Michel também tinha dito que era muito mais seguro dizer que estavam viajando para Saint-Omer do que admitir que iam para o enclave inglês ao redor de Calais.

— Deus lhes dê uma jornada segura — disse o cavaleiro, relutante, e jogou uma moeda no chão coberto de folhas.

— Senhor? — perguntou Melisande.

O cavaleiro virou a montaria de volta.

— Sim?

— Onde estamos, senhor? E a que distância fica Saint-Omer?

— A um dia muito longo de caminhada — respondeu o homem, puxando as rédeas. — E por que quer saber como se chama este lugar? Você não deve ter ouvido falar nele.

— Não, senhor.

O homem olhou-a por um instante, depois deu de ombros.

— Vê aquele castelo? — disse, assentindo na direção das ameias que apareciam acima das árvores a oeste. — Chama-se Azincourt. Espero que seu irmão seja curado. — O homem puxou as rédeas e esporeou o cavalo para a plantação de centeio.

Passaram-se mais quatro dias antes de chegarem aos pântanos nas proximidades de Calais. Moviam-se cautelosamente, evitando as patrulhas francesas que cercavam a cidade controlada pelos ingleses. Era noite quando chegaram à ponte de Nieulay, levando à estrada que dava na cidade. Sentinelas os fizeram parar.

— Sou inglês! — gritou Hook e, segurando a mão de Melisande, pisou cautelosamente na claridade da lanterna que iluminava o portão da ponte.

— De onde você é, garoto? — perguntou um homem de barba grisalha com elmo justo na cabeça.

— Viemos de Soissons — respondeu Hook.

— Você vem de... — O homem deu um passo adiante para espiar Hook e sua companheira. — Jesus Cristo. Venham.

Assim Hook passou pelo pequeno portão engastado no maior, e com isso ele e Melisande entraram na Inglaterra, onde ele era fora da lei.

Mas são Crispiniano havia mantido a palavra e Hook viera para casa.

BERNARD CORNWELL

*M*esmo no verão, o salão do castelo de Calais era gélido. As grossas paredes de pedra mantinham o calor a distância, de modo que um grande fogo estalava na lareira de pedra, e na frente dela havia um grande tapete onde estavam dois sofás e seis cães de caça dormiam. O resto do aposento tinha piso de pedras. Havia espadas em suportes ao longo de uma das paredes, e lanças com pontas de ferro apoiadas em cavaletes. Pardais voavam entre as traves do teto. Os postigos na extremidade oeste do salão estavam abertos e Hook podia ouvir a agitação interminável do mar.

O comandante da guarnição e sua elegante dama estavam sentados num dos sofás. Hook ficara sabendo do nome deles, mas as palavras haviam escorrido por sua cabeça de modo que ele não sabia quem eram. Seis homens de armas estavam de pé atrás do sofá, todos observando Hook e Melisande com olhos céticos e hostis, enquanto um padre se postava à beira do tapete, olhando para os dois fugitivos ajoelhados nas pedras do assoalho.

— Não entendo por que você deixou o serviço de lorde Slayton — disse o padre numa voz nasalada e desagradável.

— Porque me recusei a matar uma garota, padre — explicou Hook.

— E lorde Slayton queria que ela fosse morta?

— O padre dele queria, senhor.

— O filho de Sir Giles Fallowby — interveio o homem do sofá, e sua voz sugeria que não gostava de Sir Martin.

— Então um homem de Deus queria que ela fosse morta. — O padre ignorou o tom do comandante da guarnição. — No entanto você sabia mais do que ele? — Sua voz era perigosa e cheia de ameaça.

— Ela era apenas uma menina — disse Hook.

— Foi através da mulher que o pecado entrou no mundo — disse o padre, golpeando ferozmente a resposta de Hook.

A dama elegante pôs a mão longa e pálida sobre a boca, como se quisesse esconder um bocejo. Havia um cão minúsculo em seu colo, uma pequena trouxa de pelo branco cravejada por olhos belicosos, e ela acariciou a cabeça do bicho.

— Estou entediada — disse ela, sem falar a ninguém em particular.

Houve um longo silêncio. Um dos cães de caça gemeu no sono e o comandante da guarnição se inclinou à frente para dar um tapinha na cabeça dele. Era um homem corpulento, de barba preta, que agora fez um gesto impaciente na direção de Hook.

— Pergunte a ele sobre Soissons, padre — ordenou.

— Eu estava chegando lá, Sir William — respondeu o padre.

— Então chegue depressa — disse a mulher, com frieza.

— Você foi considerado fora da lei? — perguntou o padre em vez disso e, quando o arqueiro não respondeu, ele repetiu à pergunta mais alto e mesmo assim Hook não respondeu.

— Responda — resmungou Sir William.

— Eu teria achado que o silêncio dele era a eloquência em si — disse a dama. — Pergunte sobre Soissons.

O padre fez uma careta diante do tom autoritário dela, mas obedeceu.

— Conte o que aconteceu em Soissons — ordenou, e Hook repetiu a história, contou como os franceses haviam entrado na cidade pela porta sul e como haviam estuprado e matado, e como Sir Roger Pallaire havia traído os arqueiros ingleses.

— E somente você escapou? — perguntou o padre azedamente.

— São Crispiniano me ajudou — respondeu Hook.

— Ah! São Crispiniano? — perguntou o padre, levantando uma sobrancelha. — Que gentileza dele! — Ouviu-se um riso mal contido, da parte de um dos homens de armas, enquanto os outros apenas olhavam com nojo o arqueiro ajoelhado.

A incredulidade pairava no grande salão do castelo como a fumaça de lenha que vazava ao redor da grande abertura da lareira. Outro ho-

BERNARD CORNWELL

mem de armas estava olhando fixamente para Melisande, e agora se inclinou perto de seu vizinho e sussurrou algo que fez o outro homem rir.

— Ou os franceses o deixaram ir embora? — perguntou o padre asperamente.

— Não, senhor! — respondeu Hook.

— Talvez eles o tenham deixado sair por um motivo!

— Não!

— Até um arqueiro humilde é capaz de contar homens — disse o padre — e se o nosso senhor, o rei, juntar um exército, os franceses quererão saber os números.

— Não, senhor! — repetiu Hook.

— Então eles o deixaram ir e o subornaram com uma prostituta? — sugeriu o padre.

— Ela não é prostituta! — protestou Hook, e os homens de armas deram risinhos.

Melisande ainda não havia falado. Parecera espantada com os homens grandes com suas cotas de malha, com o padre arrogante e com a mulher langorosa esparramada no sofá acolchoado, mas agora encontrou sua língua. Poderia não ter entendido o insulto do padre, mas reconhecia o tom de voz, e de repente empertigou as costas e falou depressa e em tom desafiador. Falou em francês, e falou tão depressa que Hook não entendia uma palavra em cada cem, mas todos os outros no salão falavam a língua e todos ouviram. Falou de modo passional, indignado, e nem o comandante da guarnição nem o padre a interromperam. Hook sabia que ela estava contando a queda de Soissons, e depois de um tempo lágrimas vieram aos olhos de Melisande, escorreram pelo rosto e sua voz se elevou enquanto ela martelava o padre com sua história. As palavras se esgotaram, ela fez um gesto para Hook e sua cabeça baixou, enquanto começava a soluçar.

Houve silêncio por alguns instantes. Um sargento usando cota de malha abriu ruidosamente a porta do salão, viu que o aposento estava ocupado e saiu de modo igualmente ruidoso. Sir William olhou ponderadamente para Hook.

— Você assassinou Sir Roger Pallaire? — perguntou asperamente.

— Eu o matei, senhor.

— Um bom feito da parte de um fora da lei — disse a esposa de Sir William, com firmeza — se o que a garota diz é verdade.

— Se — observou o padre.

— Eu acredito nela — disse a mulher, depois se levantou do sofá, enfiou o cãozinho num braço e foi até a beira do tapete, onde parou e levantou Melisande pelo cotovelo. Falou com ela em francês suave, depois guiou-a para a extremidade do salão e passaram por uma abertura coberta com uma cortina.

Sir William esperou até que sua mulher tivesse saído, depois se levantou.

— Acredito que ele está dizendo a verdade, padre — disse com firmeza.

— Pode estar — admitiu o padre.

— Acredito que está — insistiu Sir William.

— Poderíamos fazer um teste com ele? — sugeriu o padre com uma ânsia mal contida.

— O senhor iria torturá-lo? — perguntou Sir William, chocado.

— A verdade é sagrada, senhor — respondeu o padre, fazendo uma ligeira reverência. — *Et cognoscetis veritatem* — declamou — *et veritas liberabit vos!* — Fez o sinal da cruz. — Conhecereis a verdade, senhor — traduziu — e a verdade vos libertará.

— Eu sou livre — rosnou o homem de barba preta — e não é nosso dever arrancar a verdade de um pobre arqueiro. Vamos deixar isso para outros.

— Claro, senhor — disse o padre, mal conseguindo esconder o desapontamento.

— Então o senhor sabe para onde ele deve ir.

— Sei, senhor.

— Então arranje isso — disse Sir William, antes de ir até Hook e indicar que o arqueiro deveria ficar de pé. — Você matou algum deles? — perguntou.

BERNARD CORNWELL

— Um monte, senhor — respondeu Hook, lembrando-se das flechas voando pela brecha mal iluminada.

— Bom — disse Sir William, implacavelmente —, mas também matou Sir Roger Pallaire. Isso o torna herói ou assassino.

— Sou arqueiro — respondeu Hook, teimosamente.

— Um arqueiro cuja história deve ser ouvida do outro lado da água. — Sir William entregou uma moeda de prata a Hook. — Ouvimos histórias sobre Soissons — continuou sério —, mas você é o primeiro a trazer confirmação.

— Se ele esteve lá — observou o padre com escárnio.

— Você ouviu a garota — rosnou Sir William para o padre, que se irritou com a censura. Sir William se virou de volta para Hook. — Conte sua história na Inglaterra.

— Eu sou fora da lei — disse Hook, inseguro.

— Você fará o que for ordenado — reagiu irritado Sir William — e vai à Inglaterra.

E assim Hook e Melisande foram levados a bordo de um navio que partiu para a Inglaterra. Viajaram com um correio que levava mensagens para Londres e também tinha dinheiro para pagar a cerveja e a comida durante a viagem. Agora Melisande vestia roupas decentes, dadas por lady Bardolf, a esposa de Sir William, e montava uma pequena égua que o correio havia requisitado dos estábulos no castelo de Dover. Estava com feridas provocadas pela sela quando chegaram a Londres, onde, depois de atravessar a ponte, entregaram os cavalos aos cavalariços na Torre.

— Vocês esperarão aqui — ordenou o correio, e não quis dizer mais nada a Hook. Assim, ele e Melisande encontraram um lugar para dormir no estábulo de vacas, e ninguém na grande fortaleza parecia saber por que os dois haviam sido convocados.

— Vocês não são prisioneiros — disse um sargento dos arqueiros.

— Mas não temos permissão de sair — respondeu Hook.

— Não, não têm permissão de sair — admitiu o ventenar —, mas não são prisioneiros. — Ele riu. — Se fossem prisioneiros, garoto, você não estaria acariciando essa menininha toda noite. Onde está o seu arco?

— Foi perdido na França.

— Então vamos arranjar um novo — disse o ventenar. Ele se chamava Venables e havia lutado pelo velho rei em Shrewsbury, onde levara uma flechada na perna que o deixou mancando. Levou Hook até uma galeria subterrânea da grande fortaleza, onde havia largas prateleiras de madeira com centenas de arcos novos. — Escolha um — disse Venables.

Estava escuro na galeria, onde os arcos, cada um mais comprido do que um homem alto, ficavam enfileirados perto uns dos outros. Nenhum estava encordoado, mas todos tinham entalhes reforçados com osso, prontos para receber as cordas. Hook pegou-os um a um e passou a mão pelas barrigas grossas. Os arcos eram benfeitos, decidiu. Alguns eram nodosos, o artesão deixara um nó se destacar orgulhoso, em vez de enfraquecer a madeira, e a maioria tinha uma leve sensação gordurosa porque haviam sido pintados com uma mistura de cera e sebo. Alguns arcos não eram pintados, com a madeira ainda amadurecendo, mas esses não estavam prontos para a corda e Hook os ignorou.

— Na maior parte são feitos em Kent — disse Venables —, mas alguns vêm de Londres. Não se fazem bons arqueiros nesta parte do mundo, garoto, mas fazem bons arcos.

— Fazem mesmo — concordou Hook. Ele havia tirado um dos mais longos da prateleira. A madeira inchava até formar uma barriga grossa que ele segurou com a mão esquerda enquanto flexionava um pouco a parte superior. Levou o arco até um lugar onde a luz do sol brilhava através de uma grade enferrujada.

O arco era uma beleza, pensou. O teixo fora cortado numa região do sul, onde o sol brilhava mais forte, e esse arco fora esculpido a partir do tronco da árvore. O grão era fechado e não tinha nós. Hook passou a mão pela madeira, sentindo a parte mais grossa e tateando as pequenas protuberâncias deixadas pela lima do artesão, pela faca que moldara a arma. O arco era novo porque o alburno, que formava a parte de trás, era quase branco. Com o tempo, ele sabia, iria adquirir a cor de mel, mas por enquanto a parte de trás do arco, que ficaria mais distante dele quando puxasse a corda, tinha a cor dos seios de Melisande. A barriga do arco, feita do

BERNARD CORNWELL

cerne do tronco, era castanho-escura, cor do rosto de Melisande, de modo que o arco parecia feito de duas tiras de madeira, uma branca e uma castanha, que se casavam perfeitamente, mas na verdade era uma única haste de madeira lindamente alisada, cortada do ponto onde o cerne e o alburno se encontravam no tronco de teixo.

Deus fez o arco, dissera uma vez um padre na igreja da aldeia de Hook, assim como Deus fizera o homem e a mulher. O padre visitante quisera dizer que Deus havia casado o cerne com o alburno, e era esse casamento que tornava o grande arco de guerra tão mortal. O cerne escuro da barriga do arco era rígido e não cedia. Resistia a ser dobrado, ao passo que o alburno claro da espinha do arco não se importava em ser puxado numa curva. No entanto, como o cerne, ele queria se endireitar de novo, e possuía uma flexibilidade que, liberada da pressão, chicoteava a madeira de volta à forma normal. De modo que a espinha flexível puxava e a barriga rígida empurrava, e assim a flecha longa voava.

— É preciso ser forte para retesar este — disse Venables, em dúvida. — Deus sabe o que esse fazedor de arcos estava pensando! Talvez achasse que Golias precisava de um arco, não é?

— Ele não quis cortar a madeira — sugeriu Hook — porque é perfeita.

— Se você acha que pode retesá-lo, garoto, ele é seu. Pegue uma braçadeira — disse Venables, indicando uma pilha de braçadeiras de chifre — e uma corda. — E indicou um barril de cordas.

As cordas eram ligeiramente pegajosas porque o cânhamo fora coberto com cola de casco para protegê-las da umidade. Hook encontrou duas cordas compridas e deu um nó de laçada na ponta de uma, que prendeu na extremidade chanfrada de osso da parte inferior do arco. Depois, usando toda a força, flexionou o arco para avaliar o tamanho de corda necessária, fez uma laçada na outra ponta da corda e, de novo exercendo até a última migalha de força muscular, curvou o arco e passou a nova laçada no entalhe de chifre da parte de cima. O centro da corda, a parte que se ajustaria no entalhe de chifre da flecha, fora trançada com mais cânhamo para reforçar a corda.

— Atire com ele — sugeriu Venables. Era um homem de meia-idade, a serviço do guardião da Torre, e era uma alma amigável, que gostava de passar o dia conversando com quem quisesse ouvir suas histórias de batalhas antigas. Levou uma sacola de flechas até o trecho de lama e capim do lado de fora da fortaleza e largou-a com estardalhaço. Hook pôs a braçadeira no antebraço esquerdo, amarrando as cordas de modo que a tira de chifre ficasse no lado interno do pulso, para proteger a pele do golpe da corda. Um grito soou e foi interrompido. — É o irmão Bailey — disse Venables, explicando.

— O irmão Bailey?

— O irmão Bailey é um beneditino, o torturador-chefe do rei. Está arrancando a verdade de algum pobre coitado.

— Quiseram me torturar em Calais — disse Hook.

— Quiseram?

— Um padre quis.

— Eles estão sempre ansiosos para torcer o ecúleo, não é? Nunca entendi isso! Eles dizem que Deus nos ama, depois arrebentam com a gente. Bom, se interrogarem você, garoto, diga a verdade.

— Eu disse.

— Veja bem, isso nem sempre ajuda. — O grito soou de novo e Venables balançou a cabeça na direção do som abafado. — O pobre coitado provavelmente contou a verdade, mas o irmão Bailey gosta de ter certeza. Vejamos como esse arco dispara, certo?

Hook enfiou umas 20 flechas no chão. Um alvo desbotado e muito furado foi posto na frente de um monte de palha meio apodrecido sobre o trecho de capim. A distância era curta, não mais do que cem passos, e o alvo tinha o dobro da largura de um homem, e Hook esperaria acertar aquele alvo fácil todas as vezes, mas suspeitou de que as primeiras flechas voariam loucas.

O arco estava sob tensão, mas agora precisava ensiná-lo a se dobrar. Retesou-o apenas um pouco da primeira vez, e a flecha mal chegou ao alvo. Retesou-o um pouco mais, e de novo, a cada vez puxando a corda mais perto do rosto, no entanto jamais retesando o arco até a curva

BERNARD CORNWELL

máxima. Disparou uma flecha depois da outra, e o tempo todo estava aprendendo as idiossincrasias do arco, e o arco estava aprendendo a ceder à sua pressão, e passou-se uma hora antes que ele puxasse a corda até a orelha e disparasse a primeira flecha com a força total da madeira.

Ele não sabia, mas estava sorrindo. Havia uma beleza naquilo, uma beleza de teixo e cânhamo, de seda e penas, de aço e freixo, de homem e arma, de puro poder, da tensão maligna do arco que, liberada através de dedos ralados em carne viva pelo cânhamo áspero, disparou a flecha sibilando no voo através do centro do alvo cheio de furos e se cravou até as penas no feno.

— Você já fez isso antes — disse Venables, rindo.

— Fiz — concordou Hook —, mas estive longe por muito tempo. Os dedos estão machucados!

— Vão endurecer rápido, garoto, e se não o torturarem nem matarem, talvez você pudesse pensar em se juntar a nós! A vida não é ruim na Torre. Boa comida, muita, e não muito serviço.

— Eu gostaria — respondeu Hook distraidamente. Estava se concentrando no arco. Havia pensado que as semanas de viagem pudessem ter diminuído sua força e erodido sua habilidade, mas estava puxando a corda facilmente, disparando bem e acertando o alvo. Havia uma ligeira dor no ombro e nas costas, e as duas pontas dos dedos estavam raladas, mas só isso. E ele estava feliz, percebeu de repente. Esse pensamento o fez parar, o fez olhar espantado para o alvo. São Crispiniano o guiara para um local ensolarado e lhe dera Melisande, e depois a felicidade azedou quando ele se lembrou de que ainda era um fora da lei. Se Sir Martin ou lorde Slayton descobrissem que Nicholas Hook estava vivo e na Inglaterra, iriam exigi-lo e provavelmente enforcá-lo.

— Vejamos se você é rápido — sugeriu Venables.

Hook cravou outro punhado de flechas no chão e se lembrou da noite de fumaça e gritos quando os homens reluzentes, cobertos de metal, haviam passado pela brecha na muralha de Soissons e ele havia disparado repetidamente, sem pensar, sem mirar, apenas deixando o arco fazer o serviço. Este arco novo era mais forte, mais mortal, mas igualmente rápido. Não pensou, simplesmente disparou, pegou uma flecha nova e colocou no arco, levantou-o, puxou a corda e disparou de novo. Uma dúzia de flechas zumbiu acima do chão e acertou o alvo, uma depois da outra. Se a mão aberta de um homem tivesse sido posta na marca central, cada flecha a teria acertado.

— Doze — disse uma voz animada atrás dele —, uma flecha para cada discípulo. — Hook se virou e viu um padre olhando-o. O homem, que tinha rosto redondo e alegre emoldurado por cabelos brancos e finos, estava carregando uma grande bolsa de couro numa das mãos e o cotovelo de Melisande firmemente apertado na outra. — Você deve ser o mestre Hook! — disse o padre. — Claro que é! Sou o padre Ralph, posso experimentar? Ele pousou a sacola, soltou o braço de Melisande e estendeu a mão para o arco de Hook. — Permita-me — pediu. — Na juventude eu costumava disparar com arcos.

Hook entregou o arco e ficou olhando o padre Ralph tentar puxar a corda. O padre era um homem forte, mas havia ficado corpulento devido à vida boa, e mesmo assim conseguiu puxar a corda mais ou menos um palmo antes que a madeira do arco começasse a tremer com o esforço. O padre Ralph balançou a cabeça.

— Não sou mais o homem que fui! — disse, depois devolveu o arco e ficou olhando enquanto Hook, aparentemente sem esforço, curvava a madeira longa para desencaixar a corda. — Está na hora de todos conversarmos — disse o padre Ralph muito animadamente. — Um dia excelentíssimo para você, sargento Venables. Como vai?

— Estou bem, padre, muito bem! — Venables riu, balançou a cabeça e bateu com os dedos na testa. — A perna não dói muito, padre, principalmente se o vento não estiver no leste.

— Então rezarei para Deus lhe mandar nada além de ventos do oeste! — disse feliz o padre Ralph. — Nada além de ventos do oeste! Venha, mestre Hook! Lance a luz sobre minha escuridão! Ilumine-me!

De novo pegando a sacola, o padre guiou Hook e Melisande a uns aposentos construídos encostados na muralha da Torre. O cômodo que ele escolheu, pequeno e forrado de madeira esculpida, tinha duas cadeiras e uma mesa, e o padre Ralph insistiu em encontrar uma terceira cadeira.

— Sentem-se — disse. — Sentem-se, sentem-se!

Queria saber toda a história de Soissons, e assim, em inglês e francês, Hook e Melisande contaram de novo sua história. Descreveram o ataque, os estupros e assassinatos, e a pena do padre Ralph jamais parou de raspar. Sua bolsa continha folhas de pergaminho, um pote de tinta e penas, e ele escreveu sem parar, ocasionalmente lançando uma pergunta. Melisande foi quem falou mais, a voz soando indignada enquanto narrava os horrores da noite.

— Fale das freiras — disse o padre Ralph, depois fez um gesto elaborado como se tivesse sido idiota, e repetiu a pergunta em francês. Melisande pareceu mais indignada ainda, olhando arregalada para o padre Ralph quando ele lhe pediu silêncio para que a pena acompanhasse seu jorro de palavras.

Cascos soaram do lado de fora e, alguns instantes depois, houve o clangor de espadas batendo umas nas outras. Enquanto Melisande contava sua história, Hook olhou pela janela aberta e viu homens de armas treinando no terreno onde suas flechas tinham voado. Todos vestiam armadura completa que faziam um som oco quando uma lâmina acertava. Um homem, destacando-se porque sua armadura era preta, estava sendo atacado por dois outros e se defendia com habilidade, mas Hook teve a impressão de que os dois não tentavam com tanto empenho quanto poderiam. Uns vinte outros aplaudiam a disputa.

— *Et gladius diaboli* — leu o padre Ralph alto e lentamente enquanto terminava de escrever uma frase — *repletus est sanguine*. Bom! Ah, isto está excelente!

— É latim, padre? — perguntou Hook.

— É, sim! De fato! Latim! A língua de Deus! Ou será que Ele fala hebraico? Acho que é mais provável e tornará as coisas realmente incômodas no céu, não é? Ou talvez nos vejamos gloriosamente versados naquela língua quando chegarmos às pastagens celestiais. Eu estava dizendo que a espada do diabo estava coberta de sangue! — O padre Ralph riu da ideia, depois sinalizou para Melisande continuar. Escreveu de novo, a pena voando sobre o pergaminho. O som de confiantes risos masculinos soava no terreno do lado de fora, onde agora dois outros homens de armas lutavam, as espadas rápidas à luz do sol. — Vocês estão pensando — perguntou o padre Ralph quando terminou mais uma página — em por que transcrevo sua história para o latim?

— Sim, padre.

— Para que toda a cristandade saiba que demônios sanguinários são os franceses! Vamos copiar esta história uma centena de vezes e mandá-la a cada bispo, cada abade, cada rei e cada príncipe da cristandade. Que saibam a verdade sobre Soissons! Que saibam como os franceses tratam seu próprio povo! Que saibam que a moradia de Satã é a França, não é? — ele sorriu.

— Satã vive mesmo lá — disse uma voz áspera atrás de Hook — e deve ser expulso! — Hook girou na cadeira e viu que o homem de armas com armadura preta estava parado junto à porta. Havia tirado o elmo e seu cabelo castanho estava grudado pelo suor, onde permanecia uma impressão do forro do elmo. Era um homem jovem que parecia familiar, porém Hook não conseguiu situá-lo, mas então viu a cicatriz funda ao lado do nariz comprido e quase derrubou a cadeira enquanto se ajoelhava atabalhoadamente diante do rei. Seu coração estava batendo rápido e o terror era tão grande quanto quando havia esperado junto à brecha em Soissons. O rei. Era só nisso que conseguia pensar, era o rei.

Henrique fez um gesto irritado, indicando que Hook deveria se levantar, uma ordem que Hook estava nervoso demais para obedecer. O rei se esgueirou entre a mesa e a parede para olhar o que o padre Ralph havia escrito.

— Meu latim não é bom como deveria — disse —, mas o que dá para perceber é suficientemente claro.

— Confirma todos os boatos que ouvimos, senhor — concordou o padre Ralph.

— Sir Roger Pallaire?

— Foi morto por este rapaz, senhor — disse o padre Ralph, indicando Hook.

— Ele era um traidor — observou o rei friamente —, nossos agentes na França confirmaram isso.

— Agora ele grita no inferno, senhor — disse o padre Ralph —, e seus gritos não terminarão junto com o próprio tempo.

— Bom — concordou Henrique rapidamente, folheando as páginas. — Freiras? Certamente, não?

— Sim, senhor — disse o padre Ralph. — As noivas de Cristo foram violadas e assassinadas. Foram arrastadas de suas orações para se tornarem joguetes, senhor. Tínhamos ouvido dizer, e mal havíamos ousado acreditar, mas esta jovem dama confirma.

O rei pousou o olhar em Melisande que, como Hook, havia se ajoelhado e, como Hook, tremia de nervosismo.

— Levante-se — disse-lhe o rei, depois olhou para um crucifixo pendurado na parede. Franziu a testa e mordeu o lábio inferior. — Por que Deus permitiu isso, padre? — perguntou depois de um tempo, e havia dor e perplexidade em sua voz. — Freiras? Deus deveria tê-las protegido, não? Deveria ter mandado anjos para guardá-las!

— Talvez Deus quisesse que o destino delas fosse um sinal — sugeriu o padre Ralph.

— Sinal?

— Da maldade dos franceses, senhor, e portanto de seu direito de reivindicar a coroa daquele reino infeliz.

— Então minha tarefa é vingar as freiras — disse Henrique.

— O senhor tem muitas tarefas — observou o padre Ralph humildemente —, mas esta é certamente uma delas.

Henrique olhou para Hook e Melisande, com os dedos cobertos pela armadura batucando na mesa. Hook ousou olhar para cima uma vez e viu a ansiedade no rosto estreito do rei. Isso o surpreendeu. Achava que um rei estaria acima das preocupações e elevado demais para questões de certo e errado, mas era claro que esse rei sentia-se dolorido pela necessidade de descobrir a vontade de Deus.

— Então estes dois estão dizendo a verdade? — perguntou Henrique, ainda olhando Hook e Melisande.

— Eu juraria isso, senhor — respondeu caloroso o padre Ralph.

O rei olhou para Melisande sem trair qualquer emoção, em seguida os olhos frios se voltaram para Hook.

— Por que apenas você sobreviveu? — perguntou numa voz subitamente dura.

— Eu rezei, senhor — disse Hook humildemente.

— Os outros não rezaram? — perguntou o rei com aspereza.

— Alguns sim, senhor.

— Mas Deus optou por atender às suas preces?

— Eu rezei a são Crispiniano, senhor — disse Hook, depois fez uma pausa e mergulhou com sua resposta. — E ele falou comigo.

Silêncio de novo. Um corvo crocitou do lado de fora e o choque de espadas ecoou na fortaleza da Torre. Então o rei da Inglaterra estendeu a mão coberta pela manopla da armadura e levantou o rosto de Hook para olhar nos olhos do arqueiro.

— Ele falou com você? — perguntou o rei.

Hook hesitou. Sentia como se o coração estivesse batendo na base da garganta. Então decidiu contar toda a verdade, por mais que parecesse improvável.

— São Crispiniano falou comigo, senhor, na minha cabeça.

O rei apenas encarou Hook. O padre Ralph abriu a boca como se fosse falar, mas uma das mãos reais, coberta com a cota de malha, acautelou o padre a ficar quieto. E Henrique, rei da Inglaterra, continuou olhando, até que Hook sentiu o medo se esgueirar pela coluna como uma cobra fria.

— Está quente aqui — disse o rei de repente —, você vai andar comigo lá fora.

Por um instante Hook achou que ele estaria falando com o padre Ralph, mas era Hook que o rei queria, e assim Nicholas Hook saiu ao sol da tarde e caminhou ao lado de seu rei. A armadura de Henrique rangia ligeiramente, roçando o couro lubrificado embaixo. Seus homens de armas haviam se aproximado instintivamente quando ele aparecera, mas ele sinalizou para ficarem longe.

— Conte como Crispiniano falou com você — disse Henrique.

Hook contou como os dois santos lhe haviam aparecido, e como ambos lhe haviam falado, mas que Crispiniano tinha a voz mais amigável. Sentiu-se embaraçado ao descrever as conversas, mas Henrique levou tudo a sério. Ele parou e encarou Hook. Era meia cabeça mais baixo do que o arqueiro, por isso tinha de olhar para cima para avaliar o rosto de Hook, mas aparentemente ficou mais do que satisfeito com o que viu.

— Você é abençoado. Eu gostaria de que os santos falassem comigo — disse desejoso. — Você foi poupado com um propósito — acrescentou firmemente.

— Sou apenas um guarda-caça, senhor — respondeu Hook, sem jeito. Por um instante sentiu-se tentado a contar a outra verdade, que era um fora da lei, mas a cautela conteve sua língua.

— Não, você é um arqueiro — insistiu o rei. — E foi em nosso reino da França que os santos o ajudaram. Você é um instrumento de Deus.

Hook não sabia o que dizer, por isso ficou quieto.

— Deus me concedeu os tronos da Inglaterra e da França — disse o rei, asperamente. — E se for Sua vontade, tomaremos de volta o trono da França. — Seu punho direito, coberto pela malha, se fechou subitamente. — Se decidirmos assim, quererei homens favorecidos pelos santos da França. Você é um bom arqueiro?

— Acho que sim, senhor — disse Hook, modestamente.

— Venables! — gritou o rei, e o ventenar veio mancando rapidamente e se ajoelhou. — Ele sabe disparar?

Venables riu.

— Tão bem quanto os melhores que já vi na vida, senhor. Tão bem quanto o homem que acertou aquela flecha no seu rosto.

O rei evidentemente gostava de Venables, porque sorriu da leve insolência, depois tocou com o dedo coberto de ferro a cicatriz funda ao lado do nariz.

— Se ele tivesse disparado com mais força, Venables, você teria outro rei agora.

— Então Deus fez uma boa ação naquele dia, senhor, ao preservá-lo, e devemos agradecer a Ele por essa grande misericórdia.

— Amém — disse Henrique. E deu um sorriso rápido para Hook. — A flecha resvalou num elmo — explicou — e isso tirou a força dela, mas mesmo assim penetrou fundo.

— O senhor deveria estar com a viseira fechada — disse Venables, em tom reprovador.

— Os homens devem ver o rosto do príncipe durante a batalha — respondeu Henrique com firmeza, depois olhou de volta para Hook. — Vamos encontrar um senhor para você.

— Sou fora da lei, senhor — disse Hook bruscamente, incapaz de continuar escondendo a verdade. — Sinto muito, senhor.

— Fora da lei? — perguntou o rei asperamente. — Por qual crime? Hook havia baixado os olhos de novo.

— Por bater num padre, senhor.

O rei ficou em silêncio e Hook não ousou levantar os olhos. Esperava uma punição, mas em vez disso, para sua perplexidade, o rei deu um risinho.

— Parece que são Crispiniano perdoou esse erro terrível, então quem sou eu para condenar você? E neste reino — continuou Henrique, agora com a voz mais dura — um homem é o que eu digo que ele é, e eu digo que você é um arqueiro e que vamos lhe arranjar um senhor. — Sem mais uma palavra, Henrique voltou aos seus companheiros e Hook soltou uma respiração funda.

O sargento Venables se levantou, encolhendo-se da dor na perna ferida.

— Ele conversou com você, foi?

— Sim, sargento.

— Ele gosta de fazer isso. O pai dele não gostava. O pai era todo sombrio, mas o nosso Henrique nunca é pomposo demais para dizer uma ou duas palavras a um filho da mãe qualquer como você ou eu. — Venables falava calorosamente. — Então, ele vai lhe arranjar um novo senhor?

BERNARD CORNWELL

— Foi o que disse.

— Bom, esperemos que não seja Sir John.

— Sir John?

— É um filho da mãe louco — disse Venables. — Louco e mau. Sir John mandaria matá-lo num instante! — Venables deu um risinho, depois assentiu na direção das casas construídas junto à muralha. — O padre Ralph está procurando você.

O padre Ralph chamava da porta. Então Hook foi terminar sua narrativa.

— Pelas lágrimas de Jesus Cristo, seu peidorreiro manco! Cruze! Cruze! Não sacuda como se ela fosse um cacete mole! Depois venha para cima de mim! — rosnou Sir John Cornewaille para Hook.

A espada veio de novo, golpeando contra a cintura de Hook, e desta vez ele conseguiu cruzar sua própria lâmina para aparar o golpe, e, ao fazer isso, fez força para a frente, mas foi obrigado a voltar com um soco do punho de Sir John coberto pela cota de malha.

— Continue vindo — insistiu Sir John —, ataque, jogue-me no chão, depois acabe comigo! — Em vez disso, Hook recuou e levantou a espada para desviar o próximo golpe da lâmina de Sir John. — Em nome de Cristo, qual é o seu problema? — gritou Sir John, furioso. — Foi enfraquecido por aquela sua puta francesa? Por aquele pedaço de cartilagem francesa, sem peitos e cheia de cascas de ferida? Pelos ossos de Cristo, homem, encontre uma mulher de verdade! Goddington! — Sir John olhou para seu centenar —, por que não abre as pernas finas daquela puta cheia de feridas e vê se ela já foi comida?

Então Hook sentiu uma raiva súbita, um névoa vermelha de fúria que o lançou contra a lâmina de Sir John, mas o sujeito mais velho se desviou agilmente e moveu sua espada com rapidez, fazendo com que a parte chata batesse na nuca de Hook, que se virou, com sua espada girando na direção de Sir John, que a aparou com facilidade. Sir John usava armadura completa, mas movia-se com a leveza de um dançarino. Deu uma estocada contra Hook, que desta vez se lembrou do conselho, afastou o golpe e se jogou contra o oponente, usando todo o peso e a altura para desequilibrar o homem mais velho, e soube que iria jogar Sir John no chão, onde iria espancá-lo até virar polpa, mas em vez disso sentiu uma pancada forte na nuca, sua visão escureceu, o mundo girou, e um segundo golpe violento, com o punho pesado da espada de Sir John, jogou-o de cara no capim novo de verão.

Não ouviu muito do que Sir John falou nos minutos seguintes. Sua cabeça estava dolorida e girando, mas à medida que recuperava gradualmente os sentidos, Hook ouviu parte do discurso rosnado.

— Você pode sentir raiva antes de uma luta! Mas durante a luta? Mantenha a porcaria da cabeça no lugar! A raiva fará com que você seja morto. — Sir John girou para Hook. — Levante-se. Sua malha está imunda. Limpe-a. E há ferrugem na lâmina da espada. Mandarei chicoteá-lo se ela ainda estiver aí ao pôr do sol.

— Ele não vai chicotear você — disse Goddington, o centenar, a Hook naquela tarde. — Vai dar socos, cortar você e talvez quebrar seus ossos, mas será numa luta justa.

— Vou quebrar os ossos dele — respondeu Hook, vingativo.

Goddington gargalhou

— Um homem, Hook, só um homem conseguiu empatar uma luta com Sir John nos últimos dez anos. Ele ganhou todos os torneios da Europa. Você não vai derrotá-lo, nem vai chegar perto. Ele é um lutador.

— É um desgraçado! — disse Hook, cuja nuca estava suja de sangue. Melisande estava limpando sua cota de malha e Hook raspava a ferrugem da espada com uma pedra. Tanto a espada quanto a malha haviam sido dadas por Sir John Cornewaille.

— Ele estava provocando você, garoto, não falou nada a sério — explicou Goddington. — Ele insulta todo mundo, mas se você for homem dele, e será, ele lutará por você também. E lutará por sua mulher.

No dia seguinte Hook ficou olhando enquanto Sir John colocava um arqueiro depois do outro no chão. Quando chegou sua vez de enfrentá-lo, conseguiu trocar uma dúzia de golpes antes de ser girado, levado a

BERNARD CORNWELL

tropeçar e derrubado. Sir John se afastou dele, com escárnio no rosto cheio de cicatrizes, e esse escárnio levou Hook a ficar de pé num ataque louco, selvagem, dando um golpe cortante com a espada que Sir John afastou com desprezo antes de fazer Hook tropeçar de novo.

— A raiva, Hook — rosnou Sir John. — Se você não a controlar, ela vai matá-lo, e um arqueiro morto não me serve. Lute frio, homem. Lute frio e com dureza. Lute com inteligência! — Para surpresa de Hook, ele estendeu a mão e puxou-o de pé. — Mas você é rápido, Hook, você é rápido! E isso é bom.

Sir John parecia ter quase 40 anos, mas ainda era o lutador de torneios mais temido da Europa. Era um homem atarracado, de peito largo, pernas arqueadas devido a anos passados a cavalo. Tinha os olhos azuis mais luminosos que Hook já vira, enquanto o rosto chato, de nariz quebrado, mostrava as cicatrizes de batalhas, fossem travadas contra rebeldes, franceses, fanfarrões de tavernas ou oponentes em torneios. Agora, antecipando a guerra com a França, estava montando uma companhia de arqueiros e outra de homens de armas, mas aos olhos de Sir John não havia grande diferença entre os dois.

— Somos uma companhia! — gritou aos arqueiros. — Arqueiros e homens de armas juntos! Lutamos uns pelos outros! Ninguém machuca um de nós e sai incólume! — Ele se virou e cutucou o peito de Hook com um dedo de metal. — Você vai servir, Hook. Dê-lhe a túnica, Goddington.

Peter Goddington trouxe para Hook uma túnica de linho branco que mostrava o brasão de Sir John, um leão vermelho empinado que rugia com uma estrela dourada no ombro e uma coroa dourada na cabeça.

— Bem-vindo à companhia e aos seus novos deveres — disse Sir John. — Quais são seus novos deveres, Hook?

— Servi-lo, Sir John.

— Não! Eu tenho serviçais que fazem isso! Sua tarefa, Hook, é livrar o mundo de qualquer um de quem eu não goste! Qual é?

— Livrar o mundo de qualquer um de quem o senhor não goste, Sir John.

E isso devia significar uma grande parte do mundo. Sir John Cornewaille amava seu rei, cultuava sua esposa mais velha, que era tia do rei, adorava as mulheres com quem gerava bastardos e era dedicado aos seus homens, mas o resto do mundo era praticamente todo uma escória maldita que merecia morrer. Tolerava seus colegas ingleses, mas os galeses eram anões que peidavam repolho; os escoceses eram miseráveis lambedores de cu, e os franceses eram uns merdas secas.

— Sabe o que a gente faz com os merdas secas, Hook?

— A gente mata, Sir John.

— A gente chega bem perto e mata. A gente deixa que eles vejam a gente rindo enquanto os estripa. A gente os machuca, Hook, e depois mata. Não está certo, padre?

— O senhor fala com a língua dos anjos, Sir John — disse em tom ameno o padre Christopher. Era o confessor de Sir John e, como a companhia de arqueiros reunida no campo, usava cota de malha, botas altas e elmo justo. Não havia nada sugerindo que fosse um padre, mas se houvesse alguma evidência, ele não estaria a serviço de Sir John — ele queria soldados.

— Vocês não são arqueiros — resmungou Sir John para os arqueiros no campo de inverno. — Vocês disparam flechas até que os desgraçados pútridos estejam em cima de vocês, depois os matam como homens de armas! Vocês não me servem se só souberem disparar! Quero vocês tão perto que possam sentir o cheiro dos peidos agonizantes deles! Já matou um homem tão de perto que poderia tê-lo beijado, Hook?

— Sim, Sir John.

Sir John riu.

— Fale do último. Como você fez?

— Com uma faca, Sir John.

— Como! Não com o quê! Como?

— Rasguei a barriga dele, Sir John. De baixo para cima.

— Sua mão ficou molhada, Hook?

— Encharcada, Sir John.

— Com sangue de um francês, é?

— Ele era um cavaleiro inglês, Sir John.

— Hook, seu desgraçado, eu amo você! — exclamou Sir John.

— É assim que se faz! — gritou para os arqueiros. — Vocês rasgam a barriga deles, cravam as lâminas nos olhos deles, cortam a garganta, decepam os bagos, cravam a espada no cu, arrancam o fígado, espetam os rins, não me importa como façam, desde que matem! Está certo, padre Christopher?

— Nosso Senhor e Salvador não poderia ter se expressado com mais eloquência, Sir John.

— E no ano que vem — disse Sir John, olhando irado para seus arqueiros — talvez iremos à guerra! Nosso rei, que Deus o abençoe, é o rei por direito da França, mas os franceses lhe negam o trono, e se Deus estiver fazendo o que deve fazer, nos deixará invadir a França! E se isso acontecer, estaremos prontos!

Ninguém tinha certeza se a guerra viria ou não. Os franceses mandavam embaixadores ao rei Henrique, que mandava emissários de volta à França, e os boatos varriam a Inglaterra como as chuvas de inverno que borbulhavam no vento oeste. Porém Sir John estava confiante em que haveria guerra e fez um contrato com o rei, como dezenas de homens estavam fazendo. O contrato obrigava Sir John a levar 30 homens de armas e 90 arqueiros para servir ao rei durante 12 meses, e por sua vez o rei prometia pagar salários a Sir John e seus soldados. O contrato fora escrito em Londres, e Hook estava entre os dez homens que cavalgaram a Westminster quando Sir John acrescentou sua assinatura e apertou seu sinete do leão num bocado de cera. O escrivão esperou que a cera endurecesse, depois cortou cuidadosamente o pergaminho em duas partes desiguais, não num corte reto, e sim ziguezagueando a lâmina ao acaso pela extensão do documento. Pôs uma das partes num saco de linho branco e deu a outra a Sir John. Agora, se alguém duvidasse da origem do documento, as duas partes desiguais poderiam ser juntadas e nenhum dos envolvidos no contrato poderia falsificar o documento e esperar que a falsificação permanecesse sem ser descoberta.

— O tesouro público adiantará parte do pagamento, Sir John — disse o escrivão.

O rei estava levantando dinheiro por meio de impostos, empréstimos e empenhando suas joias. Sir John recebeu um saco de moedas e um segundo saco que continha joias soltas, um broche de ouro e uma pesada caixa de prata. Não era o bastante para permitir a Sir John reunir os homens extras e comprar as armas e os cavalos de que precisava, por isso ele pegou mais dinheiro emprestado com um banqueiro italiano em Londres.

Homens, cavalos, armaduras e armas precisavam ser comprados. Sir John, seus pajens, escudeiros e serviçais precisavam de mais de 50 cavalos. Cada homem de armas deveria possuir pelo menos três cavalos, inclusive um corcel de campanha devidamente treinado para luta, e Sir John se dispunha a fornecer uma montaria a cada arqueiro. Era necessário feno para alimentar todos os cavalos, e este precisava ser comprado até que as chuvas de primavera verdejassem os pastos. Os homens de armas forneciam suas próprias armaduras e armas, mas Sir John encomendou uma centena de lanças curtas para serem usadas por homens lutando a pé. Também havia equipado seus 90 arqueiros com cotas de malha, elmos, boas botas e uma arma para usar em luta corpo a corpo, quando seus arcos não fossem mais úteis.

— As espadas não ajudam muito na batalha — disse aos arqueiros. — Seus inimigos estarão usando armaduras e vocês não podem cortar as chapas das armaduras com uma espada. Usem uma acha d'armas! Arrebentem os desgraçados! Depois se ajoelhem sobre os lambedores de cu, levantem as viseiras deles e cravem uma faca num dos olhos imundos.

— A não ser que sejam ricos — interveio afavelmente o padre Christopher. O padre era o homem mais velho da companhia de Sir John, tinha mais de 40 anos, com rosto redondo e animado, sorriso torto, cabelos grisalhos e olhos ao mesmo tempo curiosos e maliciosos.

— A não ser que o lambedor de cu seja rico — concordou Sir John. — Nesse caso vocês devem aprisioná-lo para me tornar rico!

Sir John encomendou uma centena de achas d'armas para seus arqueiros. Hook, que sabia trabalhar com madeira, ajudou a esculpir os

BERNARD CORNWELL

cabos compridos, enquanto os ferreiros forjavam as cabeças. Um dos lados da cabeça era uma marreta com peso de chumbo, que podia ser usada para esmagar armaduras ou, no mínimo, desequilibrar um homem com armadura. O lado oposto era uma lâmina de machado que, nas mãos de um arqueiro, podia rachar um elmo como se fosse feito de pergaminho, ao passo que a cabeça do machado era uma ponta suficientemente fina para penetrar nas fendas do visor de um cavaleiro. A parte superior do cabo de cada acha era embainhada em ferro, de modo que o oponente não pudesse cortar o cabo.

— Lindas — disse Sir John quando as primeiras armas foram entregues. Acariciou o cabo envolto em ferro como se fosse o flanco de uma mulher. — Simplesmente lindas.

No fim da primavera chegou a notícia de que Deus cumprira Seu dever persuadindo o rei a invadir a França, e assim a companhia de Sir John marchou para o sul em estradas ladeadas com as flores brancas das cercas vivas de pilriteiros. Sir John estava alegre, animado com a perspectiva da guerra. Cavalgava à frente, seguido por seus pajens, seu escudeiro e um porta-estandarte que carregava a bandeira do leão vermelho coroado com a estrela dourada. Três carroças levavam provisões, lanças curtas, armaduras, arcos extras e feixes de flechas. A estrada para o sul passava por florestas densas de campânulas e campos onde o primeiro feno do ano já fora cortado e estava secando em longas fileiras. Ovelhas recém-tosquiadas pareciam nuas e magras nas campinas. Outros grupos de homens se juntavam na estrada, todos cavaleiros, todos com librés estranhas, todos indo para o litoral sul onde o rei havia convocado os homens que tinham assinado seus contratos cortados. A maioria dos cavaleiros, notou Hook, era de arqueiros, suplantando em número os homens de armas em três para um. Os arcos longos estavam guardados em capas de couro penduradas nos ombros dos donos.

Hook estava feliz Os homens de Sir John eram seus companheiros agora. Peter Goddington, o centenar, era um homem justo, duro com os preguiçosos mas caloroso na aprovação aos homens que compartilhavam seu sonho de criar a melhor companhia de arqueiros da Inglaterra.

Thomas Evelgold era o próximo na linha de comando, e, como Goddington, era um homem mais velho, com quase 30 anos. Era um sujeito soturno, de pensamento mais vagaroso do que o centenar, mas tinha uma solicitude relutante para com os arqueiros mais jovens, dentre os quais Hook encontrou seus amigos particulares. Havia os gêmeos, Thomas e Matthew Scarlet, ambos um ano mais novos do que Hook, e Will Dale, que podia deixar a companhia morrendo de gargalhar com suas imitações de Sir John. Os quatro bebiam juntos, comiam juntos, riam juntos e competiam uns contra os outros, mas todos os arqueiros reconheciam que ninguém podia atirar melhor do que Nicholas Hook. Haviam treinado com armas durante todo o inverno, e agora a França estava adiante e Deus do lado deles. O padre Christopher lhes havia garantido isso num sermão feito na véspera da partida.

— A disputa de nosso senhor, o rei, com a França é justa — dissera o padre Christopher com seriedade incomum — e nosso Deus não irá abandoná-lo. Vamos consertar um erro e as forças do céu marcharão conosco!

Hook não entendia a disputa, a não ser que, em algum lugar entre os ancestrais do rei, houvesse um casamento que levasse Henrique ao trono da França, e talvez ele fosse o rei por direito, e talvez não fosse, mas Hook não se importava. Simplesmente estava feliz por usar o leão e a estrela de Cornewaille.

E estava feliz porque Melisande era uma das mulheres escolhidas para viajar com a companhia. A jovem tinha uma pequena égua de bons ossos, que pertencia à mulher de Sir John, a irmã do falecido rei, e cavalgava bem.

— Temos de levar mulheres — havia explicado Sir John.

— Deus é misericordioso — murmurara padre Christopher.

— Não podemos lavar nossas próprias roupas! — dissera Sir John. — Não podemos costurar! Não podemos cozinhar! Precisamos de mulheres! As mulheres são coisas úteis. Não queremos ser como os franceses! Fornicando uns com os outros quando não há ovelhas disponíveis, por isso levamos mulheres! — Ele gostava de que Melisande cavalgasse ao seu lado e conversava com ela em francês, fazendo-a rir.

BERNARD CORNWELL

— Ele não odeia os franceses de verdade — disse Melisande a Hook na tarde em que chegaram perto de uma cidade com uma grande abadia. O sino da abadia estava chamando os fiéis à oração, mas Hook não se mexeu. Ele e Melisande estavam sentados junto de um riacho que corria pacífico em meio a uma luxuriante campina inundada. Do outro lado do rio, a dois campos de distância, outra companhia de homens de armas montava acampamento. As fogueiras dos homens de Sir John já estavam acesas, enevoando as árvores e a distante torre da abadia com a fumaça.

— Ele só gosta de ser grosseiro com relação aos franceses — disse ela.

— Com relação a todo mundo.

— Por dentro ele é gentil — insistiu Melisande, depois se recostou para pousar a cabeça no peito dele. Quando estava de pé ela mal alcançava seu ombro. Hook adorava a fragilidade da aparência dela, mesmo sabendo que a fragilidade aparente era enganadora, porque havia descoberto que Melisande tinha a força ágil de um arco e, como um arco que havia seguido a corda e por isso se dobrara numa curva permanente mesmo quando estava sem corda, ela possuía suas opiniões com ferocidade. Ele amava isso em Melisande. Também temia por ela.

— Talvez você não devesse ter vindo — disse Hook.

— Por quê? Porque é perigoso?

— É.

Melisande deu de ombros.

— É mais seguro ser francesa na França do que inglesa, acho. Se eles capturarem Alice ou Matilda, elas serão estupradas. — Alice e Matilda eram suas amigas particulares.

— E você não seria?

Melisande ficou quieta por um tempo, talvez pensando em Soissons.

— Eu quero ir — disse finalmente.

— Por quê?

— Para estar com você — respondeu, como se fosse óbvio. — O que é um centenar?

— Como Peter Goddington? É só um homem que comanda arqueiros.

— E um ventenar?

— Bom, um centenar comanda um monte de arqueiros, talvez uma centena. E um ventenar é encarregado de talvez uns 20. São todos sargentos.

Melisande pensou nisso durante alguns segundos.

— Você deveria ser ventenar, Nick.

Hook sorriu, mas não disse nada. O rio era cristalino correndo sobre um leito arenoso onde algas e agrião oscilavam languidamente. Efeméridas dançavam e, de vez em quando, um chapinhar revelava uma truta se alimentando. Dois cisnes e quatro filhotes nadavam junto à outra margem e, enquanto os olhava, Hook viu uma sombra se remexer na água embaixo.

— Não se mexa — ele alertou a Melisande e, movendo-se muito devagar, tirou do ombro o arco com capa de couro.

— Sir John conhece meu pai — disse Melisande subitamente.

— Conhece? — perguntou Hook, surpreso. Em seguida desamarrou a corda da capa e puxou o arco suavemente.

— Ghillebert. — Melisande disse o nome lentamente, como se fosse pouco familiar. — O *Seigneur de Lanferelle*.

O padre Michel, na França, dissera que o pai de Melisande era o *Seigneur de l'Enfer*, mas Hook supôs que ouvira mal.

— Ele é um nobre, é?

— Os nobres têm muitos filhos — disse Melisande —, *et je suis une bâtarde*.

Hook ficou quieto. Encostou a extremidade do arco no tronco de um freixo e curvou-o para prender a corda no entalhe superior.

— Sou bastarda — disse Melisande com amargura. — Por isso ele me pôs no convento.

— Para esconder você.

— E me proteger, acho. Ele pagava à abadessa. Pagava pela minha comida e minha cama. Dizia que eu ficaria segura lá.

— Segura para ser uma serviçal?

— Minha mãe era uma serviçal. Por que eu não seria? E um dia eu me tornaria freira.

— Você não é uma serviçal, é filha de um nobre. — Ele pegou uma flecha na sacola, escolhendo uma com ponta de furador, com sua cabeça afiada e pesada. Estava segurando o arco horizontalmente no colo e agora apoiou a flecha na madeira e encaixou a extremidade emplumada na corda. A sombra se mexeu. — Você conhecia bem o seu pai?

— Só me encontrei com ele duas vezes. Uma quando eu era pequena, e não me lembro bem, e depois antes de ir para o convento. Gostei dele. — Ela fez uma pausa, procurando as palavras em inglês. — No começo gostei dele.

— Ele gostou de você? — perguntou Hook descuidadamente, concentrando-se mais na sombra do que em Melisande. Agora estava retesando o arco, ainda segurando-o horizontalmente e não querendo colocá-lo na vertical para o caso de o movimento fazer a sombra correr depressa rio acima.

— Ele era tão... — ela fez uma pausa, procurando a palavra — *beau*. Era alto. E tinha um brasão lindo. Ele usa um grande sol amarelo com raios dourados. E sobre o sol há a cabeça de...

— Uma águia — interrompeu Hook.

— *Un faucon.*

— Um falcão, então — disse Hook, e se lembrou do homem de cabelos compridos que havia assistido aos arqueiros serem assassinados diante da igreja de Saint Antoine-le-Petit. — Ele estava em Soissons — disse asperamente. Fez uma pausa com o arco parcialmente retesado. A sombra deslizou na água e Hook achou que ela desapareceria rio acima, depois ela balançou o rabo e voltou para a margem mais distante.

Melisande estava olhando Hook.

— Ele estava lá?

— Cabelo preto comprido.

— Eu não vi!

— Você ficou com a cabeça enterrada no meu ombro durante a maior parte do tempo. Não queria olhar. Estavam torturando homens. Arrancando os olhos. Cortando-os.

Melisande ficou quieta por longo tempo. Hook levantou o arco ligeiramente, depois ela falou de novo, mas em voz mais baixa:

— Meu pai é chamado de outra coisa — disse. — *Le seigneur d'Enfer.*

— Foi o nome que eu ouvi.

— *Le seigneur d'Enfer* — repetiu Melisande. — O senhor do inferno. É porque Lanferelle soa como *l'enfer*, e *l'enfer* é inferno, mas talvez porque ele seja tão feroz na luta. Ele mandou muitos homens para o inferno, acho. E alguns para o céu, também.

Andorinhas voavam rápidas sobre o rio e, com o canto do olho, Hook viu o brilhante clarão azul do voo de um martim-pescador. A sombra estava imóvel de novo. Ele puxou a corda mais ainda, incapaz de puxá-la até a extensão máxima porque o corpo esguio de Melisande atrapalhava, mas mesmo retesado pela metade o grande arco de guerra era uma arma temível.

— Ele não é um homem mau — disse Melisande, como se tentasse se convencer do fato.

— Você não parece ter muita certeza.

— Ele é meu pai.

— Que a colocou num convento.

— Eu não queria ir! — disse ela com ferocidade. — Eu falei com ele! Não! Não!

Hook sorriu.

— Você não queria ser freira, não é?

— Eu conhecia as irmãs. Minha mãe me levava para visitá-las. Nós dávamos a elas — Melisande fez uma pausa, procurando as palavras em inglês e não conseguindo encontrar — *le prunes de damas, abricots e coings.* — Ela encolheu os ombros. — Não sei o que são essas coisas. Frutas? Nós dávamos frutas às freiras, mas elas nunca eram gentis conosco. Eram horrendas.

— Mas mesmo assim seu pai mandou-a para lá.

— Disse que eu deveria rezar por ele. Era o meu dever. Mas sabe por que eu rezava, em vez disso? Rezava para que ele viesse me pegar um dia — disse pensativamente. — Que ele entrasse com seu grande cavalo pelo portão do convento e me levasse embora.

— É por isso que você quer ir à França?

Ela balançou a cabeça.

— Quero ficar com você.

— Seu pai não vai gostar de mim.

Ela descartou isso dando de ombros.

— Por que ele iria nos ver de novo?

Hook mirou logo abaixo da sombra, mas não estava pensando na mira. Em vez disso pensava num homem alto, de cabelos pretos, que não fez nada para impedir a tortura e a agonia. Estava pensando no senhor do inferno.

— Jantar — disse asperamente, e soltou a corda.

A flecha saltou, com as penas brancas reluzindo ao sol poente. Cravou-se na água e houve sacudidas súbitas, um tumulto espumante que fez as trutas dispararem rio acima, e as sacudidas continuaram enquanto Hook pulava no rio.

O lúcio fora atravessado pela flecha que o prendeu à margem oposta do rio, e Hook teve de puxar com força para soltar a haste. Levou o peixe de volta. Ele se retorcia na flecha e tentou mordê-lo, mas assim que estava na margem ocidental Hook bateu no crânio do peixe com o punho de sua faca e o bicho enorme morreu instantaneamente. Era quase tão longo quanto seu arco, um grande caçador escuro, com dentes selvagens.

— *Un brochet!* — exclamou Melisande, deliciada.

— Um lúcio — disse Hook —, e há boa carne num lúcio. — Ele abriu o peixe na margem, derramando as tripas no rio.

No dia seguinte Sir John guiou um contingente de homens de armas e arqueiros para o oeste, para comprar grãos, ervilhas secas e carne defumada, e Sir John deu a Hook a tarefa fácil, que era ficar num povoado sob as dobras dos morros e guardar os sacos e barris que estavam sendo empilhados numa carroça diante de uma taverna chamada Camundongo e Queijo. Os dois cavalos que puxavam a carroça estavam presos no prado comunitário da aldeia. O arco de Hook, desencordoado, estava numa mesa do lado de fora, ao lado do pote de cerveja que o taverneiro havia lhe dado, mas Hook estava sobre a carroça, socando farinha num barril.

O padre Christopher, vestido com camisa, calção e botas, andava a esmo, espiando as casas, fazendo carinho em gatos e provocando as mulheres que lavavam roupas no riacho à beira da única rua da aldeia. Ele finalmente retornou ao Camundongo e Queijo e jogou uma pequena bolsa de moedas de prata na mesa. Era trabalho do padre pagar por qualquer comida que um fazendeiro ou aldeão quisesse vender.

— Por que está batendo na farinha, jovem Hook? — perguntou o padre.

— Estou comprimindo bem, padre. Sal, aveleira e farinha!

O padre Christopher fez uma careta de nojo exagerada.

— Você está salgando a farinha?

— Há uma camada de sal no fundo do barril — explicou Hook — para impedir que a farinha umedeça, e eu acrescento a aveleira para mantê-la fresca. — E mostrou ao padre Christopher alguns galhos de aveleira que ele havia arrancado de uma cerca viva e desfolhado.

— E isso funciona?

— Claro que funciona! O senhor nunca pegou farinha num moinho?

— Hook! — protestou o padre. — Sou um homem de Deus. Nós não trabalhamos de verdade! — ele gargalhou.

Hook jogou mais dois galhos no barril, depois recuou e espanou as mãos.

— É, foi um bom trabalho — disse, assentindo para a farinha.

O padre Christopher sorriu benevolente, depois se inclinou para trás e olhou para os bosques ensolarados que subiam os morros acima dos tetos de palha.

— Meu Deus, adoro a Inglaterra — disse. — E Deus sabe por que o jovem Henrique quer a França.

— Porque ele é o rei da França — respondeu Hook.

O padre Christopher deu de ombros.

— Ele tem direito a reivindicar, Hook, mas outros também têm. Se eu fosse rei da Inglaterra, ficaria aqui. Esta cerveja é sua?

— É, padre.

BERNARD CORNWELL

— Seja cristão e me dê um pouco — disse o padre Christopher, depois levantou o pote na direção de Hook e bebeu. — Mas vamos à França, e sem dúvida venceremos!

— Venceremos?

— Só Deus sabe a resposta a isso, Hook — respondeu o padre Christopher, subitamente pensativo. — Existe um número muito grande de franceses! E se eles pararem de discutir entre si e se virarem contra nós? Mesmo assim temos estas coisas — ele bateu no arco de Hook — e eles não.

— Posso perguntar uma coisa, padre? — disse Hook, descendo da carroça e sentando-se ao lado do padre.

— Ah, pelo amor abençoado de Cristo, não me pergunte de que lado Deus está.

— O senhor disse que Ele está do nosso lado!

— Certo, Hook, eu disse, e há milhares de padres franceses dizendo a mesma coisa aos franceses! — O padre Christopher riu. — Deixe-me dar um conselho sacerdotal, Hook. Ponha sua confiança no arco de teixo, garoto, e não nas palavras de nenhum padre.

Hook tocou o arco, sentindo o sebo escorregadio que havia esfregado na madeira.

— O que o senhor sabe sobre são Crispiniano, padre?

— Ah, uma pergunta teológica — disse o padre Christopher. Em seguida bebeu o resto da cerveja de Hook, depois bateu com o pote na mesa como sinal de que precisava de mais. — Não sei se me lembro de muita coisa! Na verdade não estudei tanto quanto deveria, em Oxford. Havia muitas garotas de quem eu gostava. — Ele sorriu por um momento. — Havia um bordel lá, Hook, onde todas as garotas se vestiam de freiras. Mal dava para entrar na casa, por causa do número de padres! Encontrei o bispo de Oxford lá pelo menos meia dúzia de vezes. Dias felizes. — Ele suspirou e deu um riso de lado. — Então, o que eu sei? Bom, Crispiniano tinha um irmão chamado Crispim, mas nem todo mundo diz que eles eram irmãos. Alguns dizem que eram nobres, e alguns dizem que não eram. Podem ter sido sapateiros, o que não parece uma ocupação de nobre, não é? Certamente eram romanos. Viveram há cerca de mil anos, Hook, e, claro, foram martirizados.

— Então Crispiniano está no céu.

— Ele e seu irmão vivem na mão direita de Deus — confirmou o padre Christopher —, onde espero que sejam servidos mais rapidamente do que eu! — Ele bateu na mesa outra vez, e uma garota veio correndo pela porta da taverna, sendo recebida por um largo sorriso sacerdotal. — Mais cerveja, minha querida linda — disse o padre Christopher, e rolou uma das moedas de Sir John pela mesa. — Dois potes, meu doce. — E sorriu de novo, depois suspirou quando a garota havia saído. — Ah, queria ser jovem de novo.

— O senhor é jovem, padre.

— Santo Deus, estou com 43 anos! Logo estarei morto! Estarei tão morto quanto Crispiniano, mas ele foi um homem duro de matar.

— Foi?

Padre Christopher franziu a testa.

— Estou tentando lembrar. Ele e Crispim foram torturados porque eram cristãos. Foram postos no ecúleo, tiveram pregos cravados sob as unhas e tiveram tiras de carne cortadas, mas nada disso os matou! O tempo todo cantavam louvores a Deus, para os torturadores! Não sei se eu poderia ser tão corajoso. — Ele fez o sinal da cruz, depois sorriu quando a garota pousou a cerveja. Descartou as moedas que ela ofereceu como troco.

— Então lá estavam os dois — continuou, gostando da narrativa — e o torturador decidiu acabar com eles rapidamente, talvez porque estivesse cansado de ouvi-los cantar, por isso amarrou pedras de moinho no pescoço deles e os jogou num rio. Mas isso também não deu certo porque as mós flutuaram! Então o torturador fez com que eles fossem tirados do rio e os jogou numa fogueira! E nem isso os matou. Eles continuaram cantando e o fogo não os tocava, e Deus encheu o torturador de desespero a ponto de o desgraçado se jogar na fogueira. Ele queimou, mas os dois santos viveram.

Um pequeno grupo de cavaleiros apareceu no fim da rua da aldeia. Hook olhou-os, mas nenhum usava a libré de Sir John Cornewaille, por isso ele se virou de volta para o padre.

— Deus havia salvado os irmãos da tortura, do afogamento e da fogueira — disse o padre Christopher —, mas por algum motivo deixou que morressem mesmo assim. Eles tiveram a cabeça decepada por ordem do imperador, e isso os fez parar de cantar. Daria certo, não é?

— Mas mesmo assim foi um milagre — disse Hook, maravilhado.

— Foi um milagre terem sobrevivido tanto tempo — concordou o padre Christopher. — Mas por que você está tão interessado em Crispiniano? Na verdade ele é um santo francês, e não nosso. Ele e o irmão foram para a França, certo? Fazer o trabalho deles.

Hook hesitou, sem saber se queria confessar que um santo sem cabeça falava com ele, mas, antes que pudesse decidir, uma voz soou com desprezo:

— Pela barriga de Deus! Olhem quem temos aqui! Mestre Nicholas Hook!

Hook levantou os olhos e viu Sir Martin dando um riso de escárnio triunfante de cima de seu cavalo. Havia oito homens no total, mas apenas Sir Martin usava a lua e as estrelas de lorde Slayton. Thomas Perrill e seu irmão Robert estavam entre os cavaleiros, assim como o centenar de lorde Slayton, William Snoball. Hook conhecia todos.

— Amigos seus? — perguntou o padre Christopher.

— Achei que você estava morto, Hook — disse Sir Martin. Ele usava manto de padre, arrepanhado e enfiado na cintura, de modo que suas pernas magricelas pudessem montar no cavalo. E ainda que os padres fossem proibidos de portar armas com gumes, ele usava uma espada antiquada com uma cruzeta larga no punho. — Eu esperava que você estivesse morto — acrescentou — condenado, danado e morto. — Seu rosto comprido fez uma careta que poderia ter sido um sorriso.

— Eu vivo — respondeu Hook.

— E usa a libré de outro homem — disse Sir Martin. — O que não está certo, Hook, nem um pouco certo. Isso desafia as leis e as escrituras, e lorde Slayton não vai gostar. Isto é seu? — Ele apontou para a carroça.

— É nossa — respondeu o padre Christopher em tom agradável.

Sir Martin pareceu notar o padre Christopher pela primeira vez. Olhou com intensidade o sujeito grisalho durante alguns instantes, depois balançou a cabeça.

— Não conheço você — disse — e não preciso conhecer. Preciso de comida. Por isso viemos, e aquilo — ele apontou um dedo ossudo para a carroça — é comida. Maná do céu. Assim como Deus mandou corvos para alimentar Elias, o Tisibita, Ele nos mandou Hook. — Sir Martin achou isso engraçado e riu consigo mesmo, e no riso havia o casquinar da loucura.

— Mas essa comida é nossa — disse o padre Christopher, como se falasse com uma criança pequena.

— Mas ele — zombou Sir Martin, apontando para Hook —, ele, ele, ele — e a cada repetição projetava o dedo na direção de Hook —, esse pedaço de bosta ao seu lado, é homem de lorde Slayton. E é um fora da lei.

O padre Christopher virou o rosto surpreso para Hook.

— Você é? — perguntou ele.

Hook assentiu e não disse nada.

— Ora, ora — disse o padre Christopher em tom ameno.

— Um fora da lei não pode possuir nada — rosnou Sir Martin —, e essa é uma determinação das escrituras, portanto esta comida é nossa.

— Creio que não — respondeu o padre Christopher calmamente, sorrindo.

— Você pode achar o que quiser — disse Sir Martin com súbita veemência — porque vamos pegá-la de qualquer modo, e vamos pegá-lo. — Ele apontou para Hook.

— Você conhece essa libré? — perguntou gentilmente o padre Christopher, indicando a túnica de Hook.

— Um fora da lei não pode usar libré — disse Sir Martin. E parecia feliz enquanto antecipava o prazer da morte de Hook. — Tom? — Ele girou na cela para olhar o irmão Perrill mais velho. — Arranque essa túnica dele, amarre as mãos com força e o traga.

William Snoball tinha uma flecha na corda. O resto dos arqueiros de Sir Martin seguiu seu exemplo, de modo que meia dúzia de flechas estava apontada para Hook enquanto Tom Perrill descia da sela.

— Estive esperando isso — disse Perrill. Seu rosto, de nariz comprido e queixo proeminente como o de Sir Martin, era iluminado por um riso. — Vamos enforcá-lo aqui, Sir Martin?

— Isso economizaria o incômodo de um julgamento para lorde Slayton, não é? — disse o padre. — E tiraria do nobre sua tentação à misericórdia. — Ele riu de novo.

O padre Christopher levantou a mão magra num alerta, mas Tom Perrill ignorou o gesto. Rodeou a mesa e já estava estendendo a mão para Hook quando foi impedido pelo som de uma espada raspando na boca de uma bainha.

Sir Martin se virou.

Um único cavaleiro observava a cena da borda do povoado. Havia mais cavaleiros atrás dele, mas evidentemente tinham recebido ordem de esperar.

— Eu realmente os aconselharia — disse o padre Christopher em tom muito afável — a tirar essas flechas das cordas.

Nenhum arqueiro seguiu o conselho. Olhavam nervosos para Sir Martin, mas este parecia não saber o que fazer, e nesse momento o cavaleiro solitário tocou com as esporas o flanco do garanhão.

— Sir Martin! — William Snoball implorou por uma ordem.

Mas Sir Martin não disse nada. Simplesmente ficou olhando enquanto o homem de armas se aproximava, com os cascos do garanhão soltando tufos de poeira no meio-galope. O cavaleiro recuou o braço da espada e, enquanto passava galopando, girou-o uma vez.

A parte chata da espada acertou o crânio de Robert Perrill. O arqueiro, cuja escolha fora aleatória, tombou lentamente da sela e caiu pesado na rua. A flecha, liberada por sua mão sem nervos, bateu na parede da taverna, furando-a. Havia errado Hook por centímetros. Tom Perrill se virou para ajudar o irmão, que se remexeu grogue na poeira, depois ficou imóvel quando Sir John Cornewaille girou o cavalo. Sir John esporeou de novo, e agora os arqueiros de Sir Martin tiraram rapidamente as flechas das cordas. Sir John diminuiu a velocidade do garanhão, depois o fez parar.

— Bem-vindo, Sir John — disse feliz o padre Christopher.

— O que está acontecendo? — perguntou asperamente Sir John.

Robert Perrill se levantou com dificuldade, com o lado direito da cabeça coberto de sangue. Agora Tom Perrill estava imóvel, os olhos fixos na espada que havia acertado seu irmão.

O padre Christopher bebeu um pouco de cerveja e depois enxugou os lábios.

— Estes homens, Sir John — ele acenou para Sir Martin e seus arqueiros —, expressaram o desejo de pegar nossa comida. Eu os aconselhei a não tomar essa atitude, mas eles insistiram que a comida era deles porque estava sob a proteção do jovem Hook aqui, e, segundo este santo padre, Hook é um fora da lei.

— Ele é — Sir Martin encontrou sua voz — considerado assim pela lei e portanto condenado!

— Sei que ele é fora-da-lei — disse Sir John em tom neutro — assim como o rei sabia, quando deu Hook a mim. Está dizendo que o rei cometeu um erro?

Sir Martin olhou surpreso para Hook, mas se manteve firme.

— Ele é fora da lei — insistiu — e é homem de lorde Slayton.

— Ele é meu homem — disse Sir John.

— Ele é... — começou Sir Martin, depois hesitou sob o olhar de Sir John.

— Ele é meu homem — repetiu Sir John, agora com voz ameaçadora. — Ele luta por mim, e isso significa que eu luto por ele. Sabe quem eu sou? — Sir John esperou um reconhecimento da parte do padre, mas o olhar de Sir Martin havia se dissolvido em algo vago, e agora estava olhando para o céu como se comungasse com os anjos. — Diga ao seu senhor — continuou Sir John — para discutir o assunto comigo.

— Faremos isso, senhor, faremos — respondeu William Snoball depois de olhar para Sir Martin.

— Elias, o Tisibita — disse Sir Martin subitamente —, comeu pão e carne junto ao riacho Cherith. Sabia disso? — Essa pergunta foi feita a sério a Sir John, que meramente pareceu curioso. — O riacho Cherith —

disse Sir Martin como se revelasse um grande segredo — é onde um homem se esconde.

— Jesus chorou — disse Sir John.

— E não é de espantar — suspirou o padre Christopher. Depois levantou o arco de Hook gentilmente e bateu-o com força na mesa. O ruído abrupto fez os cavalos se remexerem e os olhos de Sir Martin se arregalaram em compreensão. — Esqueci de mencionar que também sou padre — disse o padre Christopher, dando um sorriso seráfico para Sir Martin. — Portanto deixe-me oferecer-lhe uma bênção. — Ele pegou o crucifixo de ouro que estivera escondido embaixo da camisa e o estendeu na direção dos homens de lorde Slayton. — Que a paz e o amor de nosso Senhor Jesus Cristo confortem e sustentem vocês enquanto levam suas bocas peidorrentas e sua presença fedida a merda para longe das nossas vistas. — E fez um esboço de sinal da cruz na direção dos cavaleiros. — E assim, adeus.

Tom Perrill olhou para Hook. Por um momento pareceu que seu ódio poderia vencer a cautela, mas então ele girou e ajudou o irmão a montar de novo. Sir Martin, com o rosto sonhador de novo, permitiu que William Snoball o guiasse para longe. Os outros cavaleiros foram atrás.

Sir John desceu da sela, pegou a cerveja de Hook e bebeu.

— Lembre-me de por que você foi feito fora da lei, Hook.

— Porque bati num padre, Sir John — admitiu Hook.

— Aquele padre? — perguntou Sir John, balançando o polegar na direção dos cavaleiros que se afastavam.

— Sim, Sir John.

Sir John balançou a cabeça.

— Você fez mal, Hook, fez muito mal. Não deveria ter batido nele.

— Não, Sir John — disse Hook humildemente.

— Deveria ter aberto as tripas pútridas daquele bastardo desgraçado e arrancado o coração pelo cu fedorento. — Sir John olhou para o padre Christopher como se esperasse que suas palavras pudessem ofender o padre, mas padre Christopher apenas sorriu. — O desgraçado é louco? — perguntou Sir John.

— E famoso por isso — respondeu o padre Christopher —, mas metade dos santos e a maioria dos profetas também eram. Não imagino que o senhor quisesse ir caçar com falcões na companhia de Jeremias, Sir John.

— Dane-se Jeremias — disse Sir John. — E dane-se Londres. Fui convocado de novo a ir lá, padre. O rei exige.

— Que Deus abençoe sua ida, Sir John, e seu retorno.

— E se o rei Henrique não quiser fazer a paz, voltarei em breve. Muito em breve.

— Não haverá paz — disse o padre Christopher cheio de confiança. — O arco foi retesado e a flecha anseia por voar.

— Esperemos que sim. Preciso do dinheiro que uma boa guerra trará.

— Então rezarei pela guerra — disse o padre Christopher em tom tranquilo.

— Há meses que não rezo por outra coisa.

E agora, pensou Hook, as orações de Sir John estavam sendo atendidas. Porque em breve, muito em breve, estariam navegando para a guerra. Navegariam para disputar o jogo do diabo. Navegariam para a França. Iriam lutar.

PARTE II

NORMANDIA

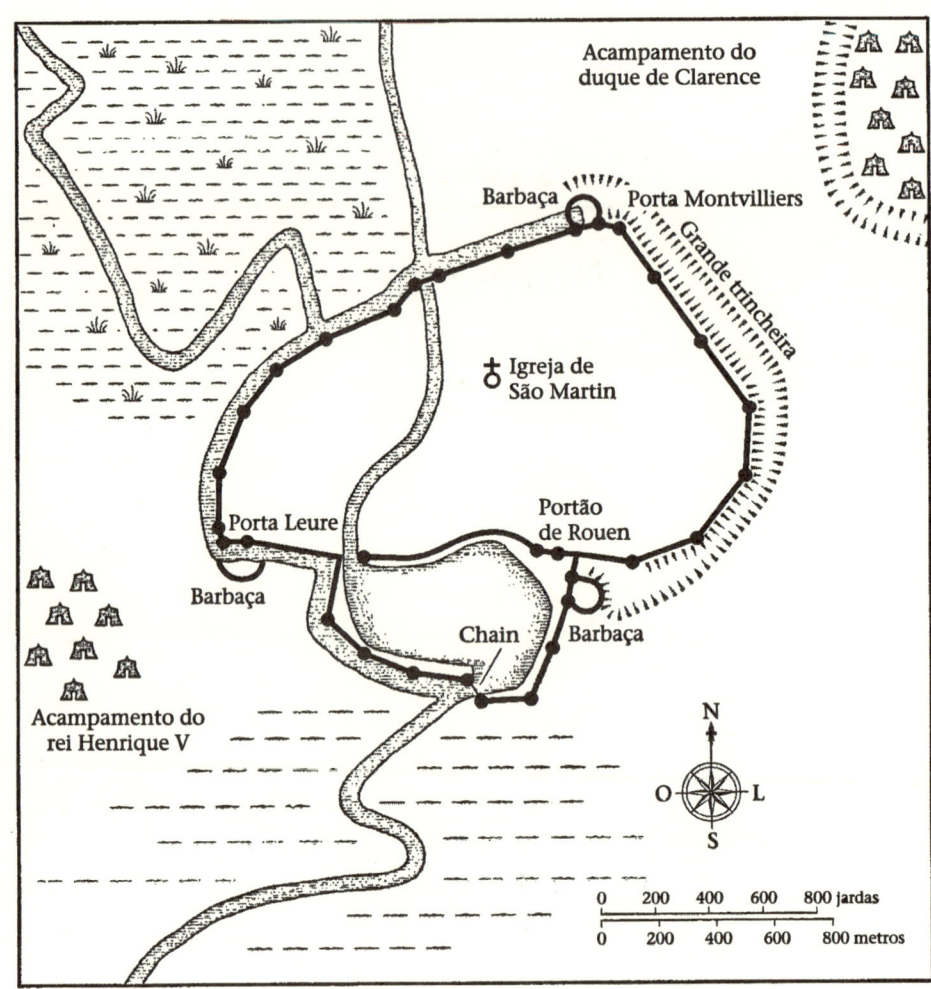

Acampamento do
duque de Clarence

Barbaça   Porta Montvilliers

Grande trincheira

Igreja de
São Martin

Portão
de Rouen

Porta Leure

Barbaça

Chain   Barbaça

Acampamento do
rei Henrique V

N
O   L
S

| 0 | 200 | 400 | 600 | 800 jardas |
| 0 | 200 | 400 | 600 | 800 metros |

Harfleur

*N*ick Hook mal podia acreditar que no mundo houvesse tantos navios. Viu pela primeira vez a frota quando os homens de Sir John se reuniram no litoral de Southampton Water para que os oficiais do rei pudessem contar a companhia. Sir John assinara um contrato para fornecer noventa arqueiros e trinta homens de armas, e o rei concordara em pagar a Sir John o balanço de dinheiro devido por esses homens quando o exército embarcasse, mas primeiro os números e a condição da companhia de Sir John precisavam ser aprovados. Hook, parado na fila com seus companheiros, olhava a frota espantado. Havia navios ancorados até onde ele podia enxergar; tantos navios que seus cascos escondiam a água. Peter Goddington, o centenar, afirmara que eram mil e quinhentas embarcações esperando para transportar o exército, e Hook não havia acreditado que tantos navios pudessem existir, no entanto ali estavam.

O inspetor do rei, um monge idoso e de rosto redondo com mãos manchadas de tinta, caminhou pela fileira de soldados para garantir que Sir John não havia contratado aleijões, meninos ou velhos. Estava acompanhado por um cavaleiro de rosto sério usando a cota de armas real, cuja tarefa era inspecionar as armas da companhia. Não encontrou nada errado, mas não esperava achar qualquer deficiência nos preparativos de Sir John Cornewaille.

— O contrato de Sir John especifica noventa arqueiros — disse o monge reprovando, quando chegou ao fim da linha.

— De fato — concordou alegre o padre Christopher. Sir John estava em Londres com o rei, e o padre Christopher era encarregado da administração da companhia na ausência de Sir John.

— No entanto há 92 arqueiros! — disse o monge com severidade fingida.

— Sir John vai jogar os dois mais fracos no mar — respondeu o padre Christopher.

— Isso servirá! Isso servirá! — disse o monge. Em seguida olhou seu companheiro sério, que assentiu aprovando o que tinha visto. — O dinheiro será trazido esta tarde — garantiu o monge ao padre Christopher. — Deus abençoe todos vocês — acrescentou, enquanto montava em seu cavalo para ir até onde outras companhias esperavam a inspeção. Seus escrivães, segurando sacolas de linho cheias de pergaminhos, foram correndo atrás.

O navio de Hook, o *Garça*, era uma embarcação mercante atarracada, de fundo redondo, com proa rombuda, popa quadrada e mastro grosso onde voava o estandarte do leão de Sir John Cornewaille. Ali perto, e erguendo-se mais alto do que o *Garça*, estava o navio do rei, o *Trindade Real*, que era do tamanho de uma abadia e parecia ainda maior devido aos altos castelos de madeira acrescentados na proa e na popa. Os castelos, pintados de vermelho, azul e dourado e cheios de estandartes reais, faziam o *Trindade Real* parecer muito pesado, como uma carroça de fazenda com uma pilha alta demais de feixes colhidos. As amuradas haviam sido enfeitadas com escudos brancos nos quais estavam pintadas cruzes vermelhas, e no alto ele levava três bandeiras enormes. Na proa, num mastro curto que brotava do orgulhoso gurupés, havia um estandarte vermelho decorado com quatro círculos brancos unidos por tiras de letras pretas.

— Aquela bandeira da proa, Hook — explicou o padre Christopher, fazendo o sinal da cruz —, é a bandeira da Santíssima Trindade.

Hook ficou olhando sem dizer nada.

— Você poderia pensar — continuou maroto o padre Christopher — que a Santíssima Trindade exigiria três bandeiras, mas a modéstia reina no céu, e basta uma. Sabe qual é o significado da bandeira, Hook?

— Não sei, padre.

— Então consertarei sua ignorância. Os círculos externos são o Pai, o Filho e o Espírito Santo, e são reunidos por tiras onde está escrito *non est*. Sabe o que é *non est*, Hook?

BERNARD CORNWELL

— Não é — respondeu Melisande, rapidamente.

— Ah, meu Deus, ela é tão inteligente quanto linda — disse feliz o padre Christopher. E lançou para Melisande um olhar lento e apreciador, que começou em seu rosto e terminou nos pés. Ela estava usando um vestido de linho decorado com o brasão de Sir John, do leão vermelho, mas o padre nem de longe examinava a heráldica. — Bom — disse lentamente, olhando de novo pelo corpo acima —, o Pai não é o Filho, que não é o Espírito Santo, que não é o Pai, no entanto todos esses círculos externos se ligam com o círculo interior, que é Deus, e nas tiras ligando-os ao círculo de Deus está a palavra *est*. Então o pai é Deus, o Filho é Deus, e o Espírito Santo é Deus, mas um não é o outro. Na verdade é muito simples.

Hook franziu a testa.

— Não acho simples.

O padre Christopher riu.

— Claro que não é simples! Não creio que alguém entenda a Santíssima Trindade, a não ser, talvez, o papa, mas que papa, hein? No momento temos dois, e só deveríamos ter um! Gregório *non est* Bento e Bento *non est* Gregório, então só esperemos que Deus saiba quem *est* quem. Meu Deus, você é uma coisa linda, Melisande. É um desperdício ficar com Hook, é mesmo.

Melisande fez uma careta para o padre, que riu, beijou a ponta dos dedos e soprou o beijo para ela.

— Cuide dela, Hook.

— Eu cuido, padre.

O padre Christopher conseguiu afastar o olhar de Melisande e se virar para o *Trindade Real*, que estava sendo focinhado por uma dúzia de lanchas pequenas no flanco, como leitões mamando numa porca. Grandes fardos eram jogados desses barcos menores para o maior. Na popa do *Trindade Real*, em outro mastro curto, voava a bandeira da Inglaterra, a cruz vermelha de São Jorge em seu campo branco. Cada homem do exército de Henrique recebera duas cruzes de linho vermelho, que tinham de ser costuradas na frente e nas costas das túnicas, desfigurando o brasão de seus senhores. Na batalha, explicara Sir John, havia brasões demais, animais, pássaros e cores demais, mas se todos os ingleses usassem um único distintivo, o de são Jorge, no caos da matança eles poderiam reconhecer seus compatriotas.

O mastro alto do *Trindade Real* levava a maior bandeira, a do rei, o grande estandarte dividido em quartos, que mostrava duas vezes os leopardos dourados da Inglaterra e duas vezes os lírios dourados da França. Henrique afirmava que era rei dos dois países, motivo pelo qual seu estandarte mostrava ambos, e a grande frota que enchia Southampton Water carregaria um exército destinado a realizar o que o estandarte alardeava. Era um exército como nenhum outro que jamais partira da Inglaterra, dissera Sir John Cornewaille aos seus homens na noite antes de ir para Londres.

— Nosso rei fez a coisa do modo certo! — dissera ele com orgulho. — Somos bons! — E deu um riso lupino. — Nosso senhor, o rei, gastou dinheiro! Empenhou suas joias reais! Comprou o melhor exército que já tivemos, e fazemos parte dele. E não somos qualquer parte, somos a melhor parte! Não abandonaremos nosso rei! Deus está do nosso lado, não é, padre?

— Ah, Deus detesta os franceses — disse confiante o padre Christopher, como se fosse íntimo da mente de Deus.

— Porque Deus não é idiota — continuou Sir John —, mas o Todo-poderoso sabe que cometeu um erro quando criou os franceses! Por isso está nos mandando para corrigir esse erro! Somos o exército de Deus e vamos estripar aqueles filhos da mãe gerados pelo diabo!

Mil e quinhentos navios carregariam doze mil homens e pelo menos o dobro de cavalos através do canal. Os homens eram principalmente ingleses, com alguns galeses e umas poucas vintenas que tinham vindo das posses de Henrique na Aquitânia. Hook mal podia imaginar doze mil homens, tão vasto era o número, mas o padre Christopher, encostado na amurada do *Garça*, havia repetido a observação cautelar que fizera na taverna antes do confronto com Sir Martin.

— Os franceses podem juntar o triplo dos nossos números — disse, pensativo. — E talvez mais ainda. Se acontecer uma luta, Hook, precisaremos de suas flechas.

BERNARD CORNWELL

— Mas eles não lutarão contra nós — observou um dos homens de armas de Sir John. Ele entreouvira o comentário do padre.

— Eles não gostam de lutar conosco — concordou o padre Christopher. O sacerdote estava usando uma jaqueta acolchoada, sem mangas, e tinha uma espada à cintura. — Não é como nos bons velhos tempos.

O homem de armas, jovem e de rosto redondo, riu.

— Crécy e Poitiers?

— Devem ter sido grandiosas! — disse pensativo o padre Christopher. — Você consegue se imaginar em Poitiers? Capturando o rei francês! Desta vez isso não acontecerá.

— Não, padre? — perguntou Hook.

— Eles aprenderam sobre nossos arqueiros, Hook. Ficam longe de nós. Trancam-se em suas cidades e castelos e esperam até ficarmos entediados. Podemos marchar uma dúzia de vezes pela França e eles não sairão para lutar, mas se não podemos entrar em seus castelos, de que adianta marchar pela França?

— Então por que eles não têm arqueiros? — perguntou Hook, mas já sabia a resposta porque ele próprio era a resposta. Haviam sido necessários dez anos para transformar Nicholas Hook num arqueiro. Ele começara aos sete anos com um pequeno arco com o qual seu pai insistira que ele treinasse todo dia, e a cada ano, até que seu pai morreu, o arco ficava maior e era encordoado com mais tensão, e o jovem Hook aprendera a disparar o arco com todo o corpo, não somente com os braços. "Ataque o arco, seu desgraçadozinho", dizia o pai repetidamente, e a cada vez batia nas costas dele com seu arco grande, e assim Hook aprendeu a atacar o arco e com isso ficou cada vez mais forte. Depois da morte do pai ele pegou o arco grande e treinou, disparando uma flecha depois da outra contra as barricas no campo da igreja. As pontas das flechas eram afiadas numa coluna do portão do cemitério, e a raspagem constante havia provocado fundas ranhuras na pedra. Nick Hook derramara a raiva naquelas flechas, algumas vezes disparando até que ficasse quase escuro demais para enxergar.

— Não dê tranco na corda — dissera repetidamente o ferreiro Pearce, e Hook aprendera a soltá-la como um suspiro, deixando a corda escorrer pelos dedos, que se endureceram até formar grossas almofadas de couro. E à medida que retesava e disparava, retesava e disparava, ano após ano, os músculos de suas costas, do peito e dos braços ficaram enormes. Essa era uma exigência, os músculos enormes necessários para retesar o arco, e outra, mais difícil de adquirir, era esquecer o olho.

Quando começou, na infância, Hook puxava a corda até a bochecha e olhava pela extensão da flecha para mirar, mas isso enganava o arco retirando seu poder integral. Se um furador tivesse de rasgar a placa de uma armadura, ele precisava de todo o poder do teixo, e isso significava puxar a corda até a orelha, e nesse caso a flecha se inclinava diante do olho, e Hook demorou anos para aprender como mandar a flecha para o alvo por meio do pensamento. Não conseguia explicar, mas nenhum arqueiro conseguia. Só sabia que, quando puxava a corda, olhava para o alvo e a flecha voava para lá porque ele queria, não porque havia alinhado olho, flecha e alvo. Por isso os franceses não tinham arqueiros além de uns poucos caçadores, porque não tinham homens que houvessem passado anos aprendendo a fazer um pedaço de teixo e uma corda de cânhamo virar parte de si mesmos.

Ao norte do *Garça*, em algum lugar no emaranhado de navios ancorados, uma embarcação pegava fogo, lançando uma grossa nuvem de fumaça pelo céu de verão. Segundo boatos, houvera uma rebelião contra o rei e os rebeldes haviam planejado queimar a frota. O padre Christopher admitiu relutante que de fato houvera alguns rebeldes, todos nobres, mas que agora estavam mortos.

— Foram decapitados — disse. O navio incendiado, pensava ele, era provavelmente um acidente. — Ninguém vai queimar o *Garça* — havia garantido aos arqueiros, e ninguém fez isso. Também ao norte do *Garça* estava o *Senhora de Falmouth*, que estava sendo carregado com cavalos obrigados a nadar até o lado do navio e que depois eram erguidos a bordo com grandes tiras de couro. Os cavalos subiam pingando, as pernas pendendo frouxas e olhos se revirando brancos de medo, depois eram lentamente baixados em baias almofadadas no casco do *Senhora de Falmouth*. Hook viu seu capão preto, Ciscador, ser erguido do mar pingando, depois Dell, a pequena égua malhada de Melisande. Homens nadavam entre os cavalos, fixando habilmente as tiras de couro. O grande corcel de campanha de Sir John, um garanhão preto chamado Lúcifer, olhou furioso ao redor enquanto era erguido do mar.

No dia seguinte Sir John Cornewaille chegou de Londres com o rei. Parecia que os franceses haviam mandado uma última embaixada, mas seus termos tinham sido rejeitados e assim a frota partiria. Sir John foi levado num pequeno barco a remo até o *Garça* e gritou ordens e cumprimentos enquanto subia pelo costado. Um instante depois soaram trombetas no *Trindade Real* quando uma barcaça, pintada de azul e ouro, e com remos de cabos brancos, levou o rei até o costado do grande navio. Henrique estava com armadura completa, lustrada, polida e esfregada até refletir o sol em clarões brancos de luz ofuscante, no entanto ele subiu a escada de mão com tanta agilidade quanto um menino cabineiro enquanto os trombeteiros no castelo da popa levantavam seus instrumentos e tocavam outra fanfarra. Gritos soaram no *Trindade Real*, depois outros navios se juntaram à aclamação, que se espalhou pela frota de mil e quinhentas embarcações.

Naquela tarde, enquanto o vento soprava firme do oeste, um par de cisnes voou em meio à frota, com as batidas das asas soando altas no ar quente. Os cisnes voaram para o sul e Sir John, vendo-os, bateu na amurada e gritou comemorando.

— O cisne — anunciou padre Christopher aos arqueiros curiosos — é o distintivo privado do nosso rei! Os cisnes estão nos guiando à vitória!

E o rei também devia ter visto o presságio, porque, logo depois que os cisnes haviam passado voando por seu navio, a vela do *Trindade Real* foi içada no mastro. A vela era pintada com as armas reais: vermelho, dourado e azul. Ela chegou até o meio e o vento a enfunou na longa verga, e o som do pano se sacudindo chegou ao *Garça* antes de, subitamente, ela baixar de novo. Era o sinal para partir, e, um a um, os navios levantaram âncoras e içaram as velas. O vento estava bom para ir à França.

Um vento para carregar os ingleses à guerra.

Ninguém sabia onde iriam guerrear, na França. Alguns homens sugeriam que a frota iria para o sul, até a Aquitânia, outros achavam que seria Calais, e a maioria não tinha a mínima ideia. Alguns não se importavam, simplesmente se inclinavam sobre a amurada e vomitavam.

A frota navegou durante dois dias e duas noites sob céus de pequenas nuvens brancas que corriam para o leste e sob estrelas luminosas como joias. O padre Christopher contava histórias a bordo do *Garça*, e Hook ficou fascinado com a narrativa de Jonas e a baleia, e examinava o mar com brilhos do sol em busca de outro monstro daqueles, mas não viu nenhum. Divisou apenas os navios intermináveis se espalhando nas águas ondulantes como um rebanho solto em pastagens de verão.

No segundo amanhecer Hook estava o mais à popa que o navio apinhado permitia, olhando o mar, na esperança de encontrar um peixe engolidor de homens, quando Sir John se juntou a ele em silêncio. Hook levou os dedos rapidamente à testa e Sir John assentiu de modo afável. Melisande estava dormindo no convés, abrigada por pilhas de barris e enrolada na capa de Hook, e Sir John sorriu na direção dela.

— É uma boa garota, Hook — disse.

— Sim, Sir John.

— E sem dúvida vamos trazer para casa um bocado de outras boas garotas francesas! Novas esposas. Está vendo aquelas nuvens? — Sir John estava olhando direto à frente, onde um banco de nuvens se espalhava no horizonte. — É a Normandia, Hook.

Hook olhou, mas não podia ver nada sob as nuvens a não ser os navios mais à frente da frota.

— Sir John? — perguntou hesitante, e recebeu um olhar encorajador. — O que o senhor sabe — ele fez uma pausa — sobre o *Seigneur d'Enfer*? — Ele lutou com as palavras em francês.

BERNARD CORNWELL

— Lanferelle? O pai de Melisande?

— Ela lhe contou sobre ele? — perguntou Hook, surpreso.

— Ah, contou — respondeu Sir John, sorrindo. — Contou sim. Por que quer saber?

— Estou curioso.

— Preocupado porque ela é filha de um nobre? — perguntou Sir John, astutamente.

— É — admitiu Hook.

Sir John sorriu, depois apontou para a proa do *Garça*. — Está vendo aquelas velas pequenas? — Muito à frente da frota inglesa havia outros navios espalhados, em muito menor número e muito menores, nada além de um punhado de barcos dispersos.

— Pescadores franceses — disse Sir John, sério —, levando notícias nossas aos seus portos. Rezemos para que os filhos da mãe não adivinhem onde vamos desembarcar, porque é a chance de eles nos matarem, Hook, enquanto estivermos desembarcando. Eles sabem que estamos indo! E só precisam de duzentos homens de armas esperando na praia, e nunca conseguiríamos desembarcar.

Hook olhou as velas minúsculas que não pareciam se mexer, contra a imensidão do mar. O céu a oeste ainda estava escuro, o leste luzia. Imaginou como os marinheiros da frota inglesa sabiam aonde estavam indo. Imaginou se são Crispiniano falaria com ele de novo.

— Ali — disse Sir John baixinho. Parecia que decidira ignorar a pergunta de Hook sobre o sire de Lanferelle, e em vez disso apontava direto à frente.

E lá estava. O litoral da Normandia. Por enquanto não passava de um fiapo sombreado, um retalho de solidez escura onde as nuvens e o mar se encontravam.

— Eu conversei com lorde Slayton — disse Sir John. Hook permaneceu em silêncio. — Ele não pode viajar à França, claro, aleijado como está, mas estava em Londres para desejar sucesso ao rei. Disse que você é bom de luta.

Hook ficou quieto. As únicas lutas de que lorde Slayton saberia eram brigas de taverna. Podiam ser mortíferas, mas não era o mesmo que uma batalha.

— Lorde Slayton também foi bom lutador — disse Sir John —, antes de ser ferido nas costas. Era meio lento para aparar um golpe de cima para baixo, pelo que lembro. É sempre perigoso levantar uma espada acima do ombro, Hook.

— Sim, Sir John — disse Hook, obedientemente.

— E ele de fato o declarou fora da lei — continuou Sir John —, mas isso não importa agora. Você vai para a França, Hook, e lá você não é fora da lei. Quaisquer crimes dos quais você seja acusado na Inglaterra não valem na França, e nem isso importa, porque agora você é um dos nossos.

— Sim, Sir John.

— Você é um dos nossos — disse Sir John com firmeza —, e lorde Slayton concordou com isso. Mas você ainda tem uma disputa. Aquele padre o quer morto, e lorde Slayton disse que há outros que teriam prazer em fazer picadinho de você.

Hook pensou nos irmãos Perrill.

— Há — admitiu.

— E lorde Slayton me contou outras coisas sobre você — continuou Sir John. — Disse que você é assassino, ladrão e mentiroso.

Hook sentiu o antigo lampejo de raiva, que morreu instantaneamente como a espuma das ondas.

— Eu era essas coisas — disse em tom defensivo.

— E que você é competente — continuou Sir John — e o que você é, Hook, é o que le Seigneur de l'Enfer é. Ghillebert, senhor de Lanferelle, é competente. É um patife, e também é encantador, inteligente e astuto. Ele fala inglês! — Sir John disse as três últimas palavras como se fosse um elogio muito estranho. — Foi feito prisioneiro na Aquitânia e mantido em Suffolk até que o resgate fosse pago. Isso demorou três anos. Foi solto há dez anos e ouso dizer que há muitas crianças com seu nariz comprido crescendo em Suffolk. É o único homem que eu nunca venci num torneio.

— Dizem que o senhor nunca perdeu! — exclamou Hook enfaticamente.

— Ele também não me venceu — reagiu Sir John, sorrindo. — Lutamos até não termos mais forças para lutar. Eu lhe disse, ele é bom. Mas eu o derrubei.

— Derrubou? — perguntou Hook, intrigado.

— Acho que ele escorregou. Por isso recuei um passo e lhe dei tempo para se levantar.

— Por quê?

Sir John riu.

— Num torneio, Hook, você deve demonstrar cavalheirismo. Num torneio, bons modos são tão importantes quanto lutar, mas não na batalha. Assim, se você vir Lanferelle na batalha, deixe-o para mim.

— Ou para uma flecha — disse Hook.

— Ele pode se dar ao luxo de ter a melhor armadura, Hook. Terá placa milanesa e sua flecha provavelmente será rombuda. Então ele irá matá-lo sem ao menos saber que lutou com você. Deixe-o para mim.

Hook ouviu algo próximo da admiração na voz de Sir John.

— O senhor gosta dele?

Sir John assentiu.

— Gosto dele, mas isso não me impedirá de matá-lo. Quanto a ele ser pai de Melisande, e daí? Ele deve ter enchido metade da França com seus bastardos. Os meus bastardos não são nobres, Hook, nem os dele.

Hook assentiu, franzindo a testa.

— Em Soissons... — começou, e parou.

— Continue.

— Ele só ficou olhando enquanto os arqueiros eram torturados! — disse Hook com indignação.

Sir John se apoiou na amurada.

— Nós falamos de cavalheirismo, Hook, até somos cavalheirescos! Saudamos os inimigos, recebemos com galanteria sua rendição, vestimos nossa hostilidade em sedas e linho fino, somos a cavalaria da cristandade. — Ele falava de modo irônico, e depois virou seus extraordinários olhos azuis para Hook. — Mas na batalha, Hook, é sangue, raiva, selvageria e matança. Deus esconde o rosto na batalha.

— Isso foi depois da batalha.

— A raiva da batalha é como estar bêbado. Não some depressa. O pai de sua garota é um inimigo, inimigo cheio de encanto, mas é tão perigoso quanto eu. — Sir John riu e deu um soco de leve no ombro de Hook. — Deixe-o para mim, Hook. Eu vou matá-lo. Vou pendurar o crânio dele no meu salão.

O sol nasceu em esplendor, as sombras fugiram e o litoral da Normandia cresceu, revelando uma fila de penhascos brancos cobertos de verde. Durante todo o dia a frota seguiu para o sul, ajudada por uma mudança de vento que salpicou de branco o topo das ondas e encheu as velas. Sir John estava impaciente. Passou o dia olhando o litoral distante e insistindo em que o comandante do navio chegasse mais perto.

— Há rochas, senhor — disse laconicamente o comandante.

— Aqui não há rochas! Chegue mais perto! Chegue mais perto! — Ele estava procurando alguma evidência de que o inimigo estivesse vigiando a frota do topo dos penhascos, mas não havia qualquer sinal de cavaleiros indo para o sul para acompanhar o progresso lento da frota. Barcos de pesca ainda se espalhavam adiante dos navios ingleses que, um a um, rodearam uma vasta ponta de terra de calcário e entraram numa baía onde se viraram contra o vento e ancoraram.

A baía era larga e não muito bem abrigada. As grandes ondas arfavam vindo do oeste, sacudindo o *Garça* e fazendo-o repuxar a âncora. Ali o litoral ficava perto, à distância de menos de dois tiros com arco. Mas havia pouco a ser visto, além de uma praia onde as ondas se quebravam brancas, um trecho de pântano e um morro íngreme coberto de árvores, atrás. Alguns disseram que eles estavam na foz do Sena, um rio que penetrava fundo na França, mas Hook não podia ver qualquer sinal de um rio. Longe, ao sul, havia outra costa, distante demais para ser vista com clareza. Mais navios, os retardatários, rodearam a grande ponta de terra e gradualmente a baía ficou apinhada com as embarcações ancoradas.

— *Normandie* — disse Melisande, olhando a terra.

BERNARD CORNWELL

— França — respondeu Hook.

— *Normandie* — insistiu Melisande, como se a distinção fosse importante.

Hook estava olhando as árvores, imaginando quando uma força francesa apareceria ali. Parecia claro que o exército inglês ia desembarcar naquela baía, que era pouco mais do que uma angra de cascalho, então por que os franceses não estavam tentando impedir a invasão na praia? No entanto, nenhum homem ou cavalo apareceu junto à linha das árvores. Um falcão subiu em espiral pela face do morro e gaivotas giravam sobre as ondas se quebrando. Hook viu Sir John sendo levado num pequeno barco a remo até o *Trindade Real*, onde marinheiros estavam ocupados decorando as amuradas com os escudos brancos pintados com a cruz de são Jorge. Outros barcos convergiam para o navio do rei, levando os grandes senhores para um conselho de guerra.

— O que vai acontecer conosco? — perguntou Melisande.

— Não sei — admitiu Hook, mas não se importava muito. Ia para a guerra numa companhia que passara a amar, e tinha Melisande, a quem amava, mesmo imaginando se ela iria deixá-lo, agora que estava de volta ao seu país. — Você vai para casa — disse ele, querendo que ela negasse.

Por longo tempo ela não disse nada, apenas olhou para as árvores, a praia e o pântano.

— *Maman* era meu lar — disse finalmente. — Agora não sei onde é o meu lar.

— É comigo — respondeu Hook, sem jeito.

— O lar é onde a gente se sente segura — disse Melisande. Seus olhos eram cinza como a garça que deslizou acima do cascalho até pousar no terreno baixo logo atrás. Pajens estavam ajoelhados no convés do *Garça*, onde poliam as armaduras dos homens de armas. Cada peça era esfregada com areia e vinagre até levar o aço a um brilho sem ferrugem, depois era enxugada com lanolina. Peter Goddington pediu que um pote de cera de abelha fosse aberto e os arqueiros puseram a cera em tecidos de lã e esfregaram os arcos com eles.

— Sua mãe era cruel com você? — perguntou Hook a Melisande enquanto encerava o arco enorme.

— Cruel? — ela pareceu perplexa. — Por que ela seria cruel?

— Algumas mães são — respondeu Hook, pensando em sua avó.

— Ela era um amor.

— Meu pai era cruel.

— Então você não deve ser — disse Melisande. E franziu a testa, evidentemente pensando.

— O que foi?

Ela deu de ombros.

— Quando eu fui para o convento... antes... — Ela parou.

— Continue.

— Meu pai... me chamou. Eu tinha 13 anos. Talvez 14. — Ela baixou a voz. — Ele me fez tirar a roupa toda — ela olhou para Hook enquanto falava —, e eu fiquei ali parada na frente dele, *nue*. Ele andou em volta de mim e disse que nenhum homem poderia me possuir. — Ela parou. — Eu achei que ele iria...

— Mas ele não...?

— Não — disse ela rapidamente. — Ele acariciou meu *épaule* — ela hesitou, encontrando a palavra em inglês — ombro. Ele estava, como vocês dizem? *Frissonant?* — Ela estendeu a mão e sacudiu-a.

— Tremendo? — sugeriu Hook.

Ela assentiu abruptamente.

— Depois me mandou para as freiras. Eu implorei para não ir. Disse que odiava as freiras, mas ele disse que eu deveria rezar por ele. Que esse era o meu dever: trabalhar duro e rezar por ele.

— E você rezou?

— Todo dia, e rezei para que ele fosse me buscar, mas nunca foi.

O sol estava baixando quando Sir John retornou ao *Garça*. Ainda não havia qualquer sinal de soldados franceses na costa, mas as árvores para além da praia poderiam esconder um exército. Subia fumaça do morro a leste da baía, prova de que havia alguém naquelas alturas, mas era impossível dizer quem seria, ou quantos. Sir John veio a bordo e andou pelo

BERNARD CORNWELL

convés, algumas vezes apontando o dedo para um homem de armas ou um arqueiro. Apontou para Hook.

— Você — disse, depois foi andando. — Todo mundo para quem eu apontei — virou-se e gritou — desembarcará. Vamos esta noite! Depois de escurecer. Quanto ao resto? Estejam preparados ao amanhecer. Se ainda estivermos vivos vocês se juntarão a nós. E quanto aos que estão indo para terra? Armaduras! Armas! Não vamos dançar com os filhos da mãe! Vamos matá-los!

Naquela noite três quartos da lua prateavam o mar. As sombras em terra eram pretas e nítidas enquanto Hook se vestia para a guerra. Calçou as botas longas, vestiu o calção de couro, um gibão de couro, uma cota de malha e um elmo. Usava sua braçadeira de arqueiro, feita de chifre, no antebraço esquerdo, não tanto para proteger o braço contra o golpe da corda, porque a cota de malha faria isso, mas para impedir que a corda se esgarçasse nos elos da cota. Tinha uma espada curta pendurada no cinto, uma acha d'armas às costas e uma sacola de linho com flechas pendurada no lado direito do corpo, com as penas de 24 flechas surgindo na abertura. Cinco homens de armas e 12 arqueiros iriam para terra com Sir John, e todos desceram para um barco aberto que marinheiros impeliram com remos em direção à arrebentação. Outros barcos, de outros navios, também iam para a costa. Ninguém falava, mas de vez em quando uma voz soava baixa em um navio ancorado, desejando sorte. Se os franceses estivessem entre as árvores, pensou Hook, veriam os barcos vindo. Talvez agora mesmo os franceses estivessem desembainhando espadas e enrolando as cordas grossas de suas bestas com eixo de aço.

O barco começou a se agitar em balanços curtos e fortes à medida que as ondas ficavam mais altas perto da praia. O som da arrebentação ficou mais alto e mais agourento. Os marinheiros estavam cravando os remos fundo na água, tentando correr mais do que as ondas que se enrolavam e se partiam, mas de repente o barco pareceu saltar à frente e o mar estava branco de luar, despedaçado e violento ao redor, e então o barco desceu como uma pedra e houve um som raspado quando a quilha se arrastou no cascalho. O barco girou e a água borbulhou no casco antes de ser sugada de volta para o mar.

— Para fora! — sibilou Sir John. — Para fora!

Outros barcos bateram na praia e homens saltaram e subiram pela praia de cascalho com espadas desembainhadas. Juntaram-se acima da densa linha de algas e madeira lançada pelo mar, que marcava o limite da maré alta. Pedras enormes se espalhavam na praia, com as laterais pretas à sombra da lua. Hook havia esperado que Sir John estivesse no comando do primeiro desembarque, mas em vez disso era um homem muito mais novo, que esperou até que todos os barcos tivessem descarregado os passageiros. Os marinheiros os empurraram para fora da praia e os mantiveram logo além da arrebentação. Se os franceses estivessem esperando e acordados, os barcos poderiam vir pegar o grupo de desembarque, mas Hook duvidou de que muitos escapariam. Haveria sangue no cascalho.

— Ficaremos juntos — disse o rapaz em voz baixa. — Arqueiros à direita!

— Vocês ouviram Sir John! — sibilou Sir John Cornewaille. O rapaz era Sir John Holland, sobrinho do rei e enteado de Sir John Cornewaille. — Goddington?

— Sir John?

— Leve seus arqueiros até o ponto onde possam nos dar cobertura de flanco!

Parecia que o Sir John mais velho estava realmente no controle, meramente concedendo a aparência de comando ao seu enteado.

— Avante! — gritou o Sir John mais novo, e a linha de homens, 40 homens de armas à esquerda e 40 arqueiros à direita, avançou pela praia.

E encontraram defesas.

A princípio Hook achou que estava se aproximando de uma grande crista de terra no topo da área de cascalho, mas à medida que chegava perto viu que a crista era feita pelo homem e tinha um fosso na frente. Era um barranco erguido para servir como fortificação, e não somente possuía fosso, mas havia bastiões se projetando na direção do cascalho,

BERNARD CORNWELL

de onde besteiros poderiam disparar contra os flancos de qualquer atacante que avançasse pela praia. A fortificação, que praticamente não fora erodida por vento ou chuva, estendia-se por toda a baía e Hook imaginou como seria difícil subir lutando pela frente do barranco, com homens de armas golpeando do topo e setas de bestas voando das laterais, mas tudo que podia fazer era imaginar, porque a fortificação, que devia ter demorado dias para ser feita, estava totalmente deserta.

— Os peidinhos andaram bem ocupados, não foi? — observou causticamente Sir John Cornewaille. E chutou o cume da fortificação de terra. — De que adianta fazer defesas e depois abandoná-las?

— Eles sabiam que iríamos desembarcar aqui? — perguntou cautelosamente Sir John Holland.

— Então por que não vieram nos receber? Provavelmente construíram fortificações como esta em cada praia da Normandia! Os filhos da mãe estão mijando nos calções e cavando barrancos. Arqueiros! Todos vocês sabem assobiar, não sabem?

Os arqueiros não disseram nada. A maioria estava surpresa demais com a pergunta para dar qualquer resposta.

— Todos vocês sabem assobiar? — perguntou Sir John de novo. — Bom! E todos conhecem a música "O lamento de Robin Hood"?

Todo arqueiro sabia essa música. Seria espantoso se não soubesse, porque Robin Hood era o herói dos arqueiros, o arqueiro que havia se erguido contra os senhores, príncipes e xerifes da Inglaterra.

— Certo! — anunciou Sir John. — Vamos subir o morro! Homens de armas na trilha e arqueiros para a floresta! Explorem até o topo do morro! Se ouvirem ou virem alguém, venham e me encontrem! Mas assobiem "O lamento de Robin Hood" para eu saber que é um inglês que está vindo e não um francês chupador de cacete! Vamos!

Antes que pudessem subir o morro precisavam atravessar um trecho feio de pântano com brilho da lua, que ficava atrás do grosso barranco e do fosso da praia. Havia uma espécie de caminho que serpenteava pelo terreno pantanoso, mas Sir John Cornewaille insistiu em que os arqueiros se espalhassem dos dois lados da trilha de modo que, se houvesse uma emboscada, eles pudessem disparar suas flechas dos flancos. Peter Goddington xingou enquanto atravessava as moitas com dificuldade.

— Ele fará com que sejamos mortos — resmungou enquanto pássaros recém-despertos guinchavam no pântano, com as súbitas batidas de asas soando altas na noite. As ondas caíam e sugavam na praia.

O pântano tinha a largura de um tiro com arco, pouco mais de duzentos passos. Hook podia atirar mais longe do que isso, mas qualquer besteiro da França também podia. E enquanto espadanava na direção da floresta escura que crescia quase até a beira do pântano, olhava as sombras pretas com medo de um ruído súbito que traísse o disparo de uma seta. Os franceses sabiam que os ingleses estavam chegando. Teriam espiões contando os navios em Southampton Water e os pescadores levariam a notícia de que a grande frota estava junto à costa. E os franceses haviam se dado ao trabalho de defender até mesmo esta pequena baía com um elaborado muro de terra, então por que não havia homens ali? Porque estavam esperando na floresta?, pensou Hook. Porque queriam matar esse grupo avançado enquanto estivesse atravessando o pântano.

— Hook! Tom e Matt! Dale! Para a direita! — Goddington sinalizou para os quatro irem para o lado leste do pântano. — Vão para o morro!

Hook espadanou para a direita, seguido pelos gêmeos e por William Dale. Atrás deles os homens de armas estavam agrupados na trilha. Cada homem, fosse nobre ou arqueiro, usava o distintivo de são Jorge na túnica. As pernas dos homens de armas estavam envoltas em placas de ferro que refletiam a lua branca e luminosa, enquanto as espadas desembainhadas pareciam riscas da prata mais pura. Nenhuma seta de besta voou da floresta. Se os franceses estavam esperando, deviam se encontrar mais acima na encosta.

Hook subiu um curto barranco de terra meio desmoronando, na borda norte do pântano. Virou-se para ver a frota no mar enluarado, com as poucas lanternas aparecendo em vermelho fosco e os mastros como uma floresta. As estrelas eram brilhantes. Virou-se de novo para a borda da floresta que estava preta como o fosso.

BERNARD CORNWELL

— Arcos não adiantam nas árvores — disse aos companheiros. Desencordoou o seu e o enfiou na capa de pele de cavalo que fora dobrada e enfiada no cinto. Se deixasse um arco encordoado por muito tempo ele seguiria a corda ficando permanentemente curvado e perderia a força. Era melhor guardá-lo reto, por isso ele pendurou no ombro a capa do arco e desembainhou a espada curta. Seus três companheiros fizeram o mesmo e depois acompanharam Hook para o meio das árvores.

Nenhum francês esperava. Nenhuma espada súbita recebeu Hook, nenhuma seta de besta chicoteou saindo do escuro. Não havia nada além do som do mar e do negrume sob as folhas e os pequenos sons de uma floresta noturna.

Hook estava à vontade entre as árvores, mesmo entre aquelas árvores estrangeiras. Thomas e Matthew Scarlet eram filhos de pisoeiros, criados num moinho onde grandes traves impelidas pela água socavam argila em tecidos para tirar a gordura da lã. William Dale era carpinteiro, mas Hook era guarda-florestal e caçador, e assumiu instintivamente a liderança. Podia ouvir homens à esquerda e, não querendo que o confundissem com um francês, foi mais para a direita. Sentiu o cheiro de um javali e se lembrou de um amanhecer de inverno em que cravou cinco flechas matadoras de homem num grande macho com presas enormes, que mesmo assim o atacou, com as flechas chacoalhando no dorso, a raiva feroz nos olhos pequenos, e Hook só havia escapado subindo num carvalho. O javali acabou morrendo, os cascos se sacudindo no chão coberto de folhas encharcadas de sangue enquanto sua vida se esvaía.

— Aonde estamos indo? — perguntou Thomas Scarlet.

— Ao topo do morro — respondeu Hook rapidamente.

— O que vamos fazer lá?

— Esperar — disse Hook. Não sabia a resposta. Agora sentia cheiro de fumaça de madeira, o aroma pungente traindo a proximidade de pessoas. Imaginou se haveria um acampamento para fazer carvão na floresta, porque isso explicaria o cheiro, ou talvez o fogo não visto aquecesse besteiros que esperavam a chegada de seus alvos no topo do morro.

— Vamos matar os filhos da mãe, chupadores de bosta — disse William Dale em sua engraçada imitação de Sir John. Matt Scarlet riu.

— Quietos — disse Hook enfaticamente — e andem mais depressa! — Se houvesse besteiros esperando-os, era melhor se mover rapidamente do que apresentar um alvo fácil, mas seus instintos lhe diziam que não havia inimigos naquelas árvores. A floresta parecia deserta. Quando havia perseguido caçadores ilegais na terra de lorde Slayton, sempre sentira a presença deles, um conhecimento que vinha de além da visão, do olfato ou da audição; um instinto. Hook achava que essa floresta estava vazia, no entanto ainda havia o cheiro de fumaça. O instinto poderia estar errado.

A encosta ficou plana e as árvores mais esparsas. Hook continuava liderando os companheiros para o leste, ansioso por permanecer longe de algum arqueiro inglês nervoso. Então, de repente, havia chegado ao cume e as árvores terminaram, revelando uma estrada funda, seguindo ao longo da crista.

— Arcos — disse aos companheiros, mas não tirou o seu da capa. Ouvira algo à esquerda, algum ruído que não poderia ter sido feito por nenhum dos homens de Sir John. Era a batida de um casco.

Os quatro arqueiros se agacharam em meio às árvores acima da estrada. Os sons de cascos soaram mais altos, mas nada podia ser visto. Era um cavalo, pensou Hook, a julgar pelo som, e então, de repente, o cavalo e o cavaleiro ficaram visíveis, indo para o leste. O cavaleiro estava envolto em escuridão como se usasse uma capa, mas Hook não podia ver armas.

— Não atirem — disse aos companheiros. — Ele é meu.

Hook esperou até que o cavaleiro estivesse quase diante de seu esconderijo, depois saltou pelo barranco e agarrou as rédeas. O cavalo parou e empinou. Hook estendeu a mão livre e segurou um punhado da capa do cavaleiro e puxou-o para baixo. O cavalo relinchou, mas obedeceu ao toque de Hook, enquanto o cavaleiro ofegava ao cair com força na estrada. O homem tentou fugir, mas Hook chutou-o com força na barriga, e então Thomas, Matthew e William estavam ao seu lado, puxando o prisioneiro de pé.

— É um monge! — disse William Dale.

— Estava indo procurar ajuda — disse Hook. Era uma suposição, mas não era uma suposição difícil.

O monge começou a protestar, falando depressa demais para Hook entender qualquer palavra. E falava alto.

— Cale a matraca — disse Hook, e o monge, como se em resposta, começou a gritar seus protestos, por isso Hook bateu nele uma vez. A cabeça do monge virou bruscamente para trás e sangue brotou do nariz, e ele ficou quieto instantaneamente. Era um rapaz que agora parecia muito apavorado.

— Eu mandei fechar a matraca — disse Hook. — Vocês três, assobiem! Assobiem alto!

William, Matthew e Thomas assobiaram "O lamento de Robin Hood" enquanto Hook levava o prisioneiro e o cavalo de volta pela estrada que ficava afundada entre dois barrancos sombreados por árvores. A trilha se curvou à esquerda, revelando uma grande construção de pedra com uma torre. Parecia uma igreja.

— *Une église?* — perguntou ao monge.

— *Un monastère* — respondeu o monge, carrancudo.

— Continuem assobiando — disse Hook.

— O que ele disse? — perguntou Tom Scarlet.

— Que é um mosteiro. Agora assobie!

Saía fumaça de uma chaminé do mosteiro, explicando o cheiro que havia assombrado Hook enquanto subiam o morro. Ninguém mais da equipe de desembarque ainda estava à vista, mas enquanto Hook guiava seu pequeno grupo na direção do prédio, um portão se abriu e um jorro de luz de lanterna revelou um grupo de monges junto à passagem.

— Flechas nas cordas — disse Hook — e continuem assobiando, pelo amor de Deus.

Um homem alto, magro e grisalho, vestido de preto, avançou pela trilha.

— *Je suis le prieur* — anunciou-se.

— O que ele disse? — perguntou Tom Scarlet.

— Que é o prior — respondeu Hook — continue assobiando. — O prior estendeu uma das mãos como se fosse pegar o monge ensanguentado, mas Hook se virou bruscamente para ele e o homem alto recuou depressa. Os outros monges começaram a protestar, mas então mais arqueiros saíram da floresta e Sir John Holland e seu padrasto apareceram ao redor da borda do priorado, com os homens de armas.

— Muito bem, Hook! — gritou Sir John Cornewaille. — Conseguiu um cavalo!

— E um monge, Sir John — disse Hook. — Ele estava indo procurar ajuda, pelo menos é o que acho.

Sir John veio para perto de Hook. O prior fez o sinal da cruz enquanto os homens de armas enchiam a estrada na frente do mosteiro, depois foi na direção de Sir John e fez uma reclamação enfática que implicava gestos frequentes para Hook e o monge ensanguentado. Sir John levantou o rosto do homem ferido para inspecionar ao luar o nariz partido.

— Devem ter mandado um alerta sobre nossa chegada ontem — disse —, de modo que este homem obviamente foi enviado para dizer a alguém que estávamos desembarcando. Você bateu nele, Hook?

— Se bati nele, Sir John? — perguntou Hook, bancando o idiota enquanto pensava em que resposta lhe serviria melhor.

— O prior diz que você bateu nele — acusou Sir John.

O instinto de Hook era para mentir, como sempre havia mentido diante de acusações assim, mas não queria azedar seu serviço a Sir John com inverdades, por isso assentiu.

— Bati, Sir John.

O rosto de Sir John esboçou um sorriso.

— Que pena, Hook. Nosso rei disse que vai enforcar qualquer homem que machuque um padre, uma freira ou um monge. Nosso Henrique é muito religioso, por isso quero que você pense com muito cuidado em sua resposta. Você bateu nele, Hook?

— Ah, não, Sir John — respondeu Hook. — Eu nem sonharia em fazer isso.

— Claro que não — disse Sir John. — Ele só despencou da sela, não foi? E caiu bem em cima do nariz. — Sir John ofereceu calmamente essa explicação ao prior, antes de empurrar o monge de nariz sangrento na direção de seus irmãos. — Arqueiros — disse virando-se para seus homens —, quero todos no topo, ali — e apontou para o leste —, e permaneçam na estrada. Eu fico com o cavalo, Hook.

Os arqueiros esperaram na estrada, que descia para longe, diante deles, antes de subir em outra crista coberta de árvores. As estrelas estavam se desbotando à medida que o amanhecer manchava o leste. Peter Goddington deu permissão a alguns homens para dormir enquanto outros mantinham vigília, e Hook fez uma cama num barranco coberto de musgo e devia ter dormido durante uma hora antes que mais sons de cascos o acordassem. Agora estava totalmente claro e o sol escorria por entre as folhas verdes. Havia uma dúzia de cavaleiros na estrada, e um deles era Sir John Cornewaille. Os cavalos estavam tremendo e desconfiados, e Hook achou que deviam ter acabado de nadar até a praia, ainda inseguros com relação à pisada.

— Vamos até a crista seguinte! — gritou Sir John para os arqueiros, e Hook pegou rapidamente sua sacola de flechas e o arco encapado. Seguiu os arqueiros para o leste, enquanto os homens de armas, sem pressa aparente, puxavam os cavalos atrás.

A visão a partir da crista seguinte era espantosa. À direita de Hook o mar se estreitava na direção da foz do Sena. A margem sul do rio era toda de morros baixos cobertos de floresta. Ao norte havia mais morros, mas na frente de Hook, brilhando sob o sol da manhã, a estrada descia em meio a bosques e campos até uma cidade e seu porto. O ancoradouro era pequeno, estava atulhado de navios e era protegido pela muralha da cidade, construída ao redor do porto, deixando apenas uma entrada estreita levando a um fino canal que serpenteava até o mar. Atrás do porto ficava a cidade propriamente dita, toda de telhados e igrejas cercados por uma grande muralha de pedra obscurecida em alguns pontos por casas construídas fora de seu perímetro. As casas, que se espalhavam dos dois lados da cidade, não podiam esconder as grandes torres que cravejavam a muralha. Hook contou as torres: 24. Estandartes pendiam das torres e da muralha entre elas. Os arqueiros estavam distantes demais para ver as bandeiras, mas a mensagem delas era óbvia: a cidade sabia que os ingleses haviam desembarcado e proclamava seu desafio.

— Harfleur — anunciou Sir John Cornewaille aos seus arqueiros. — Um ninho de piratas desgraçados! Os que vivem ali são vilões, garotos! Atacam nossos navios, atacam nossa costa, e vamos arrancá-los daquela cidade como ratos de um depósito de grãos!

Agora Hook podia ver mais coisas. Podia ver um rio serpenteando pelos campos ao norte de Harfleur. O rio evidentemente atravessava a cidade, entrando sob um grande arco e fluindo através das casas até se esvaziar no porto murado. Mas os cidadãos de Harfleur, alertados da chegada dos ingleses no dia anterior, deviam ter fechado uma barragem no arco, de modo que agora o rio se inundava espalhando um grande lago ao redor dos lados norte e oeste da cidade. Sob aquele sol da manhã, Harfleur parecia uma ilha cercada de muros.

Uma seta de besta voou no alto. Hook vira o brilho de seu surgimento, embaixo e à esquerda, o que significava que quem havia disparado estava na floresta ao norte da estrada. A seta caiu em algum lugar nas árvores atrás deles.

— Alguém não gosta de nós — disse em tom tranquilo um dos homens de armas montado.

— Alguém viu de onde ela veio? — perguntou bruscamente outro cavaleiro.

Hook e meia dúzia de outros arqueiros apontaram para o mesmo trecho de árvores densas e mato baixo. A estrada descia à frente deles, depois seguia plana por cerca de cem passos até a borda de uma planície antes de descer de novo para a cidade cercada pela enchente, e o besteiro estava em algum lugar daquela ampla laje coberta de mato.

— Não creio que ele vá embora — observou tranquilo Sir John Cornewaille.

— Será que há mais de um? — sugeriu alguém.

BERNARD CORNWELL

— Acho que é só um — respondeu Sir John. — Hook? Quer pegar o filho da mãe para mim?

Hook correu para a esquerda, mergulhou no meio das árvores e depois desceu a pequena encosta. Chegou à laje ampla e ali seguiu mais lentamente, escolhendo com cuidado o caminho para não fazer barulho. Havia encordoado o arco, mas não queria encontrar um besteiro sem estar com uma flecha na corda.

O bosque era de carvalhos, freixos e algumas bétulas. O mato baixo era pilriteiro e azevinho, e havia visgo crescendo alto nos carvalhos, algo que Hook notou porque raramente o via brotando em carvalhos na Inglaterra. Sua avó valorizava o visgo de carvalho, usando-o numa quantidade de remédios que fazia para os aldeãos e mesmo para lorde Slayton quando a gota o atacava. Seu principal uso do visgo era no tratamento de mulheres estéreis, para o qual amassava as frutinhas com raiz de mangue e umedecia tudo aquilo com urina de uma mãe. Havia uma mulher fecunda no povoado, Mary Carter, que dera à luz 15 crianças saudáveis, e frequentemente Hook era mandado com um pote para pedir sua urina, e uma vez ele fora espancado pela avó por ter voltado com o pote vazio porque ela havia se recusado a acreditar que Mary Carter não estava em casa. Na vez seguinte o próprio Hook mijou no pote e sua avó nunca notou a diferença.

Ele estava pensando nisso e imaginando se Melisande iria engravidar, quando ouviu o som feroz e rápido de uma besta sendo disparada. O barulho soou perto. Agachou-se, foi se esgueirando à frente e de súbito viu o atirador. Era um menino, com talvez 12 ou 13 anos, grunhindo ligeiramente enquanto girava a manivela para retesar a arma. A cabeça da besta tinha um estribo onde o garoto havia posto o pé, e na culatra ficava o soquete onde ele havia ajustado as duas manivelas que girava para puxar a corda. Era um trabalho duro e o garoto estava fazendo careta com o esforço de puxar, centímetro a centímetro, a corda grossa até o cabo da arma. Estava tão concentrado que não notou Hook, até que o arqueiro o segurou pela gola do casaco. O menino bateu em Hook, depois soltou um ganido quando levou um tapa na cabeça.

— Você é rico, não é? — perguntou Hook. O casaco do garoto, que Hook estava segurando pela gola, era de lã tecida finamente. O calção e os sapatos eram caros, e a besta, que Hook pegou com a mão direita, parecia ter sido feita especialmente para o garoto, porque era muito menor do que uma besta de homem. O cabo era de nogueira e lindamente incrustado com prata e marfim, representando uma caçada ao cervo numa floresta. — Provavelmente vão enforcá-lo, garoto — disse Hook alegre, e saiu para a estrada com o garoto enfiado sob o braço esquerdo e seu arco e a valiosa besta na mão direita. Subiu de novo o morro até onde os arqueiros sorridentes se enfileiravam na crista e homens de armas, montados, bloqueavam a estrada. — Aqui está o inimigo, Sir John! — disse Hook animado, largando o menino ao lado do cavalo de Sir John.

— Um inimigo corajoso — disse um cavaleiro com admiração, e Hook levantou os olhos e viu o rei. Henrique estava usando armadura e uma túnica mostrando suas armas reais. Usava um elmo circundado por uma coroa de ouro, mas o visor estava erguido revelando o rosto de nariz comprido com a cicatriz funda e escura. Hook se ajoelhou e fez o menino se abaixar junto.

— *Votre nom?* — perguntou o rei ao garoto, que não respondeu, apenas olhou furioso para Henrique. Hook deu-lhe um cascudo de novo.

— Philippe — respondeu o menino, carrancudo.

— Philippe? — perguntou Henrique. — Apenas Philippe?

— Philippe de Rouelles — respondeu o menino, agora em desafio.

— Parece que o jovem senhor Philippe é o único homem na França que ousa nos enfrentar! — disse o rei, suficientemente alto para que todo mundo no topo do morro ouvisse. — Ele disparou duas setas de besta contra nós! Você tentou matar seu próprio rei, garoto — continuou Henrique, falando francês de novo —, e eu sou o rei aqui. Sou rei da Normandia, rei da Aquitânia, rei da Picardia e rei da França. Sou o seu rei. — Ele passou a perna sobre a sela e apeou no capim. Um escudeiro esporeou sua montaria para pegar as rédeas do cavalo do rei enquanto Henrique dava dois passos e parava junto de Philippe de Rouelles. — Você tentou matar seu rei — disse, e desembainhou a espada. A lâmina sibilou passando pela boca da bainha. — O que devemos fazer com um garoto que tenta matar um rei? — perguntou Henrique em voz alta.

— Matar, senhor — resmungou um cavaleiro.

A espada do rei subiu. Philippe estava tremendo e seus olhos brilhavam com lágrimas, mas o rosto continuava teimosamente desafiador. Então se encolheu quando a lâmina desceu bruscamente.

Ela parou dois centímetros acima de seu ombro. Henrique sorriu. Bateu com a lâmina uma vez, depois de novo no outro ombro do garoto.

— Você é um súdito corajoso — disse tranquilo. — Levante-se, Sir Philippe. — Os cavaleiros riram enquanto Hook fazia o garoto arregalado se levantar.

Henrique estava usando um cordão de ouro no pescoço, de onde pendia um grosso medalhão de marfim decorado com um antílope feito de azeviche. O antílope era outro de seus distintivos pessoais, se bem que Hook, vendo o distintivo, não sabia o que era o animal nem que era a insígnia particular do rei. Agora Henrique tirou a corrente do pescoço e passou sobre a cabeça de Philippe.

— Lembrança de um dia em que você deveria ter morrido, garoto — disse Henrique. Philippe ficou quieto, simplesmente olhando do presente rico para o homem que o dera. — Seu pai é o sire de Rouelles?

— Sim, senhor — respondeu Philippe, numa voz que era pouco mais do que um sussurro.

— Então diga ao seu pai que o rei dele por direito chegou, e que seu rei é misericordioso. Agora vá, Sir Philippe. — Henrique enfiou a espada de volta na bainha preta. O menino olhou para a besta na mão de Hook. — Não, não — disse o rei —, ficaremos com sua arma. Seu castigo será o que o seu pai considerar adequado pela perda. Deixe-o ir — ordenou o rei a Hook. Parecia não reconhecer o arqueiro com quem havia conversado na Torre.

Henrique viu o garoto descer a encosta correndo, depois montou de novo.

— Os franceses mandaram um menino fazer o trabalho deles — disse azedamente.

— E quando ele crescer, senhor — observou Sir John com igual azedume —, teremos de matá-lo.

— Ele é nosso súdito — disse o rei em voz alta — e esta terra é nossa! Esse povo é nosso! — Olhou para Harfleur durante longo tempo. A cidade podia ser sua por direito, mas o povo dentro tinha outra opinião. Os portões estavam fechados, as muralhas cheias de estandartes desafiadores e o vale inundado. Parecia que Harfleur estava decidida a lutar.

— Vamos desembarcar o exército — disse Henrique.

E a luta pela França havia começado.

O exército começou a desembarcar na quinta-feira, 15 de agosto, dia de santo Alípio, e demorou até o sábado, dia de santo Agapito, até que o último homem, cavalo, canhão e carga fossem trazidos à praia de cascalho. Os cavalos cambaleavam depois de nadar para a terra. Relinchavam e cabriolavam, olhos brancos, até que os cavalariços os acalmassem. Arqueiros abriram uma larga estrada indo da praia até o mosteiro, onde o rei estabeleceu seu quartel-general. Henrique passava horas na praia, encorajando e acossando o trabalho, ou então cavalgava até a crista onde Philippe de Rouelles tentara matá-lo, e de lá olhava para o leste na direção de Harfleur. Os homens de Sir John Cornewaille guardavam a crista, mas nenhum francês surgiu para expulsar os ingleses de volta para o mar. Alguns cavaleiros vinham da cidade, mas ficavam longe do alcance dos arcos, contentes em olhar os inimigos no horizonte.

A água da enchente se espalhou ao redor de Harfleur. Algumas casas construídas do lado de fora foram inundadas, de modo que apenas o topo dos telhados aparecia acima d'água, mas dois trechos amplos de terreno seco permaneciam na base da tigela onde ficava a cidade. O trecho mais próximo levava a um dos três portões de Harfleur e, de seu ponto de observação sobre o morro, Hook podia ver o inimigo dando os últimos toques num gigantesco bastião que protegia esse portão. O bastião era como um pequeno castelo bloqueando a estrada, de modo que qualquer ataque ao portão teria primeiro de tomar aquela fortificação grande e nova.

BERNARD CORNWELL

Na tarde de sexta-feira, dia de são Jacinto, Hook e uma dúzia de homens foram mandados para pegar os últimos cavalos de Sir John, que nadaram do *Senhora de Falmouth* para a terra. Os animais chapinharam no cascalho e os arqueiros passavam cordas através das rédeas para mantê-los juntos. Melisande viera com Hook e acariciou o focinho de Dell, sua pequena égua malhada que fora presente da esposa de Sir John. Murmurou palavras tranquilizadoras para a égua.

— Essa égua não fala francês, Melisande! — disse Matthew Scarlet. — Ela é inglesa!

— Ela está aprendendo francês — respondeu Melisande.

— A linguagem do diabo — disse William Dale em sua imitação de Sir John, e os outros arqueiros riram. Matthew Scarlet, um dos gêmeos, estava guiando Lúcifer, o grande cavalo de batalha de Sir John, que agora saltou num esforço para se afastar dele. Um dos cavalariços de Sir John correu para ajudar. Hook estava segurando uma corda-guia, com seis cavalos presos, e puxou-os na direção de Melisande, pretendendo juntar Dell à sua fileira. Chamou o nome dela, mas Melisande estava olhando para a praia, franzindo a testa, e Hook se virou para ver o que era.

Um grupo de homens de armas estava ajoelhado nas pedras enquanto um padre rezava, e por um momento ele pensou que era isso que havia atraído o olhar dela, depois viu um segundo padre logo atrás de uma das grandes pedras. Era Sir Martin, e com ele estavam os irmãos Perrill, e os três olhavam para Melisande. E Hook teve a impressão, nada mais do que isso, de que haviam feito gestos obscenos.

— Melisande — disse, e ela se virou para ele.

Sir Martin riu. Agora estava olhando para Hook e levantou lentamente a mão direita e dobrou os dedos para trás, de modo que se projetasse apenas o dedo mais longo, e então, ainda lentamente, passou o punho esquerdo sobre esse dedo e, segurando as mãos juntas, fez o sinal da cruz na direção de Hook e Melisande.

— Filho da mãe — disse Hook baixinho.

— Quem são? — perguntou Melisande.

— Inimigos — respondeu Hook. Os irmãos Perrill estavam rindo.

Tom e Matthew Scarlet vieram ficar com Hook.

— Você os conhece? — perguntou Tom Scarlet.

— Conheço.

Sir Martin fez o sinal da cruz antes de se virar reagindo a um grito.

— Ele é padre? — perguntou Tom Scarlet em tom de incredulidade.

— É padre — respondeu Hook —, estuprador e de nascimento nobre. Mas foi mordido pelo cão do diabo e é perigoso.

— E você o conhece?

— Conheço — respondeu Hook, depois se virou para os gêmeos. — Vocês todos cuidem de Melisande — disse ferozmente.

— Cuidaremos — respondeu Matthew Scarlet com ferocidade. — Você sabe disso.

— O que ele queria? — perguntou Melisande.

— Você — respondeu Hook, e naquela noite deu a ela a pequena besta com a sacola de setas. — Treine com isso — disse.

No dia seguinte, o de santo Agapito, os oito grandes canhões foram puxados da praia. Um canhão, que se chamava Filha do Rei, precisou de duas carroças para seu enorme cano abaulado, que era mais comprido do que três arcos e tinha uma bocarra suficientemente grande para receber um barril de cerveja. Os outros canhões eram menores, mas todos precisaram de equipes de mais de 20 cavalos para arrastá-los até o topo do morro.

Patrulhas cavalgaram para o norte, trazendo de volta suprimentos e requisitando carroças de fazendas que levariam provisões, tendas, flechas e carvalhos recém-derrubados que seriam aparados e moldados para fazer catapultas que acrescentariam seus projéteis às pedras dos canhões, e tudo isso tinha de ser carregado morro acima em mais carroças ainda. Mas finalmente todo o exército, seus cavalos e todos os suprimentos estavam em terra. Sob um luminoso sol da tarde as carroças desajeitadas foram enfileiradas na estrada junto ao mosteiro e o exército da Inglaterra, com estandartes voando, se reuniu em volta. Havia nove mil arqueiros e três mil homens de armas, todos montados, e havia pajens, escudeiros, mulheres, serviçais, padres e mais cavalos de reserva, e as bandeiras estalavam coloridas ao vento do meio-dia enquanto o rei, montado num capão

BERNARD CORNWELL

branco como a neve, cavalgava ao longo de seu exército enfeitado com cruzes vermelhas. O sol brilhava na coroa sobre seu elmo. Ele chegou à linha do horizonte acima da cidade e olhou durante alguns minutos, depois assentiu para Sir John Holland que teria a honra de liderar a vanguarda.

— Com a bênção de Deus, Sir John! — gritou o rei. — Para Harfleur!

Trombetas soaram, tambores tocaram e os cavaleiros da Inglaterra se derramaram pela borda do morro. Usavam a cruz de são Jorge, e acima das cabeças com elmos os estandartes dos senhores eram dourados, vermelhos, azuis, amarelos e verdes, e para qualquer um que olhasse das muralhas de Harfleur devia parecer que os morros estavam derramando uma massa coberta de armadura em direção à sua cidade.

— Quantas pessoas vivem na cidade? — perguntou Melisande a Hook. Ela cavalgava ao seu lado, e pendurada na sela estava a besta incrustada de marfim e prata que Hook lhe dera.

— Sir John acha que eles devem ter apenas uns cem soldados na cidade — respondeu Hook.

— Só?

— Mas também há os moradores, e devem ser mais de dois mil. Talvez três mil.

— Mas todos esses homens! — disse Melisande, e se virou na sela para olhar as longas filas de cavaleiros que preenchiam o espaço dos dois lados da estrada. Tocadores de tambor, montados, batiam em seus instrumentos, fazendo barulho para alertar aos cidadãos de Harfleur de que seu rei por direito vinha em fúria.

No entanto, Henrique da Inglaterra não era a única pessoa que se aproximava da cidade. Ao mesmo tempo que os ingleses se derramavam pela encosta na direção do terreno seco a oeste de Harfleur, outra cavalgada vinha do leste. Estavam muito longe, mas eram claramente visíveis; uma coluna de homens de armas e carroças, uma longa fila de reforços cavalgando para as fortificações.

— Aquilo é uma pena — disse Sir John Cornewaille olhando os homens distantes.

— Estão trazendo canhões — observou Peter Goddington.

— Como eu disse — insistiu Sir John com surpreendente ameni-dade —, é uma pena. — Em seguida esporeou Lúcifer até a frente da coluna, e outros senhores, todos querendo a honra de ser o primeiro a enfrentar a cidade em desafio, dispararam atrás dele. Hook viu os cavalos galoparem morro abaixo e chegar ao terreno plano, depois viu a grande flor de fumaça preta nascer e crescer a partir da muralha de Harfleur. Alguns segundos depois o som do canhão socou o ar de verão, um estalo chapado que pareceu se demorar na tigela dos morros onde o porto era construído. A bala de pedra bateu na campina onde os cavaleiros corriam, ricocheteou para cima num jorro de terra e depois mergulhou inofensiva nas árvores mais atrás.

E Harfleur estava sob cerco.

BERNARD CORNWELL

Parecia a Hook que ele jamais parava de cavar nos primeiros dias do cerco. Primeiro eram buracos de latrina.

— Nossa mãe caiu num buraco de merda uma vez — disse Tom Scarlet. — Estava bêbada. Deixou cair umas contas dentro e depois tentou pegar de volta com um ancinho.

— Eram contas bonitas — observou Matthew Scarlet —, pedaços de prata antiga, não era?

— Moedas — disse o gêmeo — que nosso pai encontrou num jarro enterrado. Ele fez um furo e pendurou num pedaço de corda de arco.

— Que se arrebentou — disse Matt.

— Então mamãe tentou tirar com um ancinho e caiu lá dentro, de cabeça!

— Mas conseguiu pegar as contas.

— Ela ficou sóbria num instante — continuou Tom Scarlet —, mas não conseguia parar de rir. Nosso pai levou-a até o lago dos patos e empurrou dentro. Fez ela tirar toda a roupa e então todos os patos voaram para longe. Não era para menos, não é? Uma mulher nua espadanando e rindo. A aldeia inteira ria!

A primeira coisa que o rei havia ordenado era que queimassem as casas do lado de fora das muralhas da cidade, de modo que nada ficasse entre as muralhas e seus canhões. O serviço foi feito à noite, e as chamas irromperam na escuridão iluminando os estandartes desafiadores nos muros claros de Harfleur. No dia seguinte a fumaça dos prédios queimados permanecia na tigela inundada formada pelos morros que aninhavam o porto, e faziam Hook se lembrar da fumaça que cobrira como um véu a terra ao redor de Soissons.

— Claro que o padre não ficou feliz — Matthew Scarlet continuou a história do irmão. — Mas nosso pároco sempre foi um bocado de mijo azedo. Levou nossa mãe ao tribunal da casa senhorial! Disse que ela perturbou a paz, mas o senhor deu a ela três xelins para comprar pano para roupas novas e um beijo por ela ser feliz. Disse que ela poderia continuar nadando em sua merda quando quisesse.

— E ela fez isso? — perguntou Peter Scoyle. — Scoyle era uma raridade, um arqueiro nascido e criado em Londres. Fora aprendiz de um fazedor de pentes e condenado por provocar um tumulto assassino, mas foi perdoado com a condição de servir no exército do rei.

— Nunca — respondeu Tom Scarlet. — Sempre dizia que um banho de merda bastava por uma vida.

— Um banho basta para qualquer vida! — Evidentemente o padre Christopher ouvira os gêmeos contando sua história. — Cuidado com a limpeza, garotos! O abençoado são Jerônimo nos alerta que um corpo limpo significa uma alma suja, e a abençoada santa Agnes tinha o orgulho de nunca ter se lavado na vida.

— Melisande não aprovaria — disse Hook. — Ela gosta de ficar limpa.

— Alerte-a! — disse sério o padre Christopher. — Todos os médicos concordam, Hook, que tomar banho enfraquece a pele. Deixa a doença entrar!

Então, quando as fossas estavam cavadas, Hook e uma centena de outros arqueiros cavalgaram para o norte, pelo vale do rio Lézarde, e cavaram de novo, desta vez fazendo uma grande represa atravessando o vale. Demoliram uma dúzia de casas com estruturas de enxaimel para reforçar o enorme barranco de terra que interrompeu o fluxo do rio. O Lézarde era pequeno e o verão fora seco, mas mesmo assim foram necessários quatro dias de escavação difícil até fazerem uma barreira suficiente para desviar para o oeste a maior parte da água do rio. Quando Hook e seus companheiros voltaram a Harfleur as águas da inundação haviam baixado parcialmente, mas o terreno em volta da cidade continuava encharcado e o rio em si ainda se derramava acima das margens, formando um lago amplo ao norte da cidade.

Em seguida cavaram buracos para os canhões. Dois deles, um dos quais se chamava Londrino porque os cidadãos de Londres haviam pagado por sua confecção, já estavam no lugar e as balas de pedra golpeavam o enorme bastão que os defensores haviam construído do lado de fora da porta Leure. O duque de Clarence, irmão do rei, havia marchado ao redor da cidade e suas forças, que eram um terço do exército inglês, estavam atacando o lado leste de Harfleur. Eles tinham seus próprios canhões, fortuitamente capturados de um comboio que ia em direção a Harfleur. Os artilheiros holandeses, contratados para defender Harfleur de seus inimigos ingleses, aceitaram felizes as moedas inglesas e viraram seu canhão contra os defensores da cidade. Agora Harfleur estava cercada. Nenhum reforço a mais poderia chegar à cidade, a não ser que abrisse caminho pelo exército inglês ou navegasse passando pela frota de navios de guerra reais que guardavam a entrada do porto.

No dia em que os buracos dos canhões ficaram prontos, Hook e 40 outros arqueiros subiram o morro a oeste do acampamento, seguindo a estrada pela qual o exército havia se aproximado de Harfleur. Carvalhos gigantescos se enfileiravam na crista mais próxima, e eles receberam ordens de derrubar aquelas árvores e cortar os galhos mais retos, que deveriam ser serrados do tamanho de um arco e colocados em carroças. O dia estava quente. Meia dúzia de arqueiros ficou perto da estrada com as enormes serras de dois cabos enquanto o resto se espalhava pela crista. Peter Goddington marcou as árvores que queria ver derrubadas e designou um par de arqueiros para cada uma. Hook e Will Dale estavam quase na extremidade sul, com apenas os gêmeos Scarlet mais perto do mar. Melisande permanecia com Hook. As mãos dela estavam machucadas de tanto lavar roupas, e ainda havia mais roupas para serem fervidas e esfregadas no acampamento, mas o administrador de Sir John a deixara acompanhar Hook. Levava a pequena besta às costas e jamais se afastava da companhia de Sir John sem a arma.

— Atiro naquele padre se ele encostar a mão em mim — dissera a Hook — e atiro nos amigos dele. — Hook assentiu, mas não disse nada. Ela podia atirar num deles, pensou, mas a arma demorava tanto para ser recarregada que Melisande não tinha chance de se defender contra mais de um homem.

As árvores abafavam os sons ocasionais de um canhão disparando e embotavam o estrondo das balas de pedra acertando as muralhas de Harfleur. Os machados eram ruidosos.

— Por que viemos tão longe do acampamento? — perguntou Melisande.

— Porque já cortamos todas as árvores grandes que estão mais perto — disse Hook. Ele estava despido até a cintura, com os músculos enormes cravando o machado no tronco de um carvalho, fazendo as lascas voarem.

— E não estamos tão longe assim do acampamento — acrescentou Will Dale. Ele estava afastado, deixando que Hook fizesse o trabalho, e Hook não se importava. Estava acostumado a usar um machado de lenhador.

Melisande envergou a besta. Achava o trabalho difícil, mas não deixaria Hook nem Will ajudá-la a girar as duas manivelas. Estava suando quando a lingueta estalou prendendo a corda sob tensão. Pôs uma seta na ranhura, depois apontou para uma árvore a não mais de dez passos de distância. Franziu a testa, mordeu o lábio, depois puxou o gatilho e ficou olhando enquanto a seta voava a um metro de distância do alvo e deslizava pelo mato baixo.

— Não riam — disse, antes que qualquer um dos dois tivesse chance.

— Não estou rindo — respondeu Hook, sorrindo para Will.

— Eu não ousaria — completou Will.

— Vou aprender — insistiu Melisande.

— Você vai aprender melhor se mantiver os olhos abertos — disse Hook.

— É difícil.

— Olhe pela extensão da seta — aconselhou Will —, segure a besta firme e puxe o gatilho bem devagar. E que Deus a abençoe quando você atirar — acrescentou as últimas palavras com a voz marota do padre Christopher.

Ela assentiu, depois retesou a besta de novo. Demorou muito tempo até que a arma estalasse, depois, em vez de disparar, deixou-a nas folhas caídas e só ficou olhando Hook, e pensou que ele fazia com que parecesse fácil derrubar um grande carvalho, assim como fazia parecer simples atirar com um arco.

— Verei se os gêmeos precisam de ajuda — disse Will Dale — porque você não precisa, Nick.

— Não preciso — concordou Hook —, então vá ajudá-los. Eles são filhos de um pisoeiro, o que significa que nunca tiveram um dia de trabalho de verdade em toda a vida.

Will pegou seu machado, a sacola de flechas e o arco encapado, e desapareceu entre as árvores ao sul. Melisande olhou-o se afastar, depois se virou para a besta engatilhada, como se nunca tivesse visto aquilo antes.

— O padre Christopher esteve falando comigo — disse baixinho.

— Foi? — Hook olhou para o alto da árvore, depois de novo para o corte que havia feito. — Essa coisa grande vai cair a qualquer minuto — alertou. Em seguida foi para o outro lado do tronco e cravou o machado na madeira. Arrancou a lâmina. — Então, o que o padre Christopher queria?

— Queria saber se vamos nos casar.

— Nós? Casar? — O machado acertou de novo e uma cunha de madeira saiu quando Hook puxou a lâmina de volta. Agora seria a qualquer momento, pensou. Podia sentir a tensão no carvalho, o rasgo silencioso da madeira que precedia a morte da árvore. Afastou-se para ficar ao lado de Melisande, que estava bem longe do tronco. Notou que a besta continuava engatilhada e quase lhe disse que ela enfraqueceria a arma deixando o arco retesado, mas então decidiu que talvez não fosse uma coisa ruim. Um arco enfraquecido tornaria fácil para ela engatilhar. — Casar? — perguntou de novo.

— Foi o que ele disse.

— O que você respondeu?

— Que não sabia — disse ela, olhando para o chão. — Talvez?

— Talvez — ecoou Hook, e nesse momento a madeira estalou, rasgou-se e o carvalho enorme caiu, a princípio devagar, depois mais rápido enquanto despencava em meio a folhas e galhos até bater no chão com um tremor. Pássaros gritaram. Por um momento a floresta ficou cheia de alarme, depois tudo que restou foi o som dos outros machados ressoando ao longo da crista. — Acho, talvez — disse Hook lentamente —, que é boa ideia.

— Acha?

Ele assentiu.

— Acho.

Ela olhou-o, não disse nada por um tempo, depois pegou a besta.

— Olho ao longo da seta — disse — e seguro a besta com firmeza?

— E aperte o gatilho suavemente. Prenda o fôlego enquanto aperta, e não olhe para a seta, só olhe o lugar aonde você quer que a seta vá.

Ela assentiu, pôs uma seta na ranhura e apontou para a mesma árvore que havia errado antes. Agora ela estava uns dois passos mais perto. Hook olhou para Melisande, viu a concentração em seu rosto e viu-a se encolher antecipando o coice da arma. Ela prendeu o fôlego, fechou os olhos, puxou o gatilho e a seta passou fora da borda da árvore e desapareceu descendo a encosta suave do outro lado. Melisande olhou desanimada para onde a seta havia ido.

— Você não tem muitas setas — disse Hook —, e essas são especiais.

— Especiais?

— São menores do que a maioria, foram feitas especialmente para essa besta.

— Eu deveria encontrar as que disparei?

Ele riu.

— Vou cortar uns galhos desses, e você deveria encontrar aquelas duas setas.

— Ainda tenho nove.

— Onze seria melhor.

Ela pôs a besta no chão e começou a descer a encosta, desaparecendo no verde ensolarado do mato baixo. Hook engatilhou a besta, enrolando a corda com facilidade, esperando que a tensão contínua enfraquecesse o arco, o que ajudaria Melisande, depois voltou a cortar galhos. Imaginou por que o rei teria exigido tantos pedaços de madeira reta do tamanho de um arco. Não era da sua conta, decidiu. Cortou rapidamente um segundo galho, depois um terceiro. O grande tronco seria serrado eventualmente, mas por enquanto ele o deixaria onde estava caído. Cortou mais dos galhos melhores e ouviu o longo colapso de outra árvore em algum lugar ao longo da crista. Pombos voaram barulhentos entre as folhas. Pensou que talvez devesse ir ajudar Melisande a encontrar as setas porque ela estava longe havia muito tempo, mas no momento em que teve esse pensamento ela voltou correndo, com o rosto alarmado e os olhos arregalados. Apontou para a encosta oeste.

— Há homens! — disse.

— Claro que há homens — disse Hook, e cortou um galho do tamanho do braço de um homem golpeando o machado com apenas uma das mãos. — Nós estamos em toda parte.

— Homens de armas — sibilou Melisande —, *chevaliers*!

— Provavelmente são nossos colegas — disse Hook. Homens de armas, montados, patrulhavam a região ao redor todos os dias, procurando suprimentos e alertas ao exército francês que todo mundo esperava que chegasse para ajudar Harfleur.

— São franceses! — sussurrou Melisande.

Hook duvidou, mas girou o machado enterrando a lâmina no tronco caído, depois pulou para o chão e segurou o braço dela.

— Vamos dar uma olhada.

De fato eram homens. Eram cavaleiros passando por uma ravina cheia de samambaias que serpenteava pelo bosque elevado. Hook pôde ver uma dúzia de homens em fila simples, seguindo uma trilha por entre as árvores, mas sentiu que havia mais cavaleiros atrás deles. E também viu que Melisande estava certa. Os cavaleiros não usavam a cruz de são Jorge. Tinham túnicas, mas nenhum dos brasões era familiar, e os cavaleiros tinham armaduras de placas e todos usavam elmos. Estavam com as viseiras erguidas e Hook pôde ver os olhos do cavaleiro da frente brilhando na sombra do aço. O homem levantou a mão para fazer com que a coluna parasse, depois olhou atentamente para o alto da encosta, tentando descobrir exatamente de onde vinham os sons dos machados, e enquanto ele olhava, mais cavaleiros apareceram saindo das árvores.

— Franceses — sussurrou Melisande.

— São mesmo — disse Hook baixinho. A maioria dos cavaleiros levava espadas na mão.

— O que você vai fazer? — perguntou Melisande, ainda sussurrando. — Esconder-se?

— Não — disse Hook, porque sabia o que deveria fazer. O conhecimento era instintivo e ele não duvidou, nem hesitou. Levou-a de volta à árvore caída, pegou a besta engatilhada e correu pela crista. — Os franceses! — gritou. — Estão chegando! Voltem para as carroças! — Primeiro correu para a direita, afastando-se das carroças, e encontrou Tom Scarlet e Will Dale parados e olhando. — Will — disse Hook —, use a voz de Sir John. Diga que os franceses estão aqui, e faça todo mundo voltar para as carroças.

Will Dale apenas ficou olhando-o boquiaberto.

— Use a voz de Sir John! — disse Hook asperamente, sacudindo o carpinteiro pelos ombros. — Os franceses desgraçados estão chegando! Agora vá! Onde está o Matt? — Fez a última pergunta a Tom Scarlet, que apontou silenciosamente para o sul.

Will Dale estava obedecendo a Hook. Correu de volta pela crista e usou sua imitação da voz áspera de Sir John para mandar os arqueiros de volta ao lugar onde as grandes carroças esperavam na estrada. Peter Goddington, confuso pela imitação, procurou Sir John e em vez disso encontrou Hook, Melisande e Tom Scarlet.

— O que está acontecendo, em nome de Deus? — perguntou Goddington com raiva.

— Os franceses, sargento — disse Hook, apontando para a encosta oeste.

— Não seja burro, Hook — reagiu Goddington. — Não há nenhuma porcaria de francês aqui.

— Eu vi — disse Hook. — Homens de armas. Estão usando armadura e com espadas na mão.

BERNARD CORNWELL

— Eram nossos homens, idiota — insistiu Goddington. — Provavelmente um grupo em busca de provisões.

O centenar tinha tanta certeza que Hook estava começando a duvidar do que vira, e sua incerteza foi aumentada porque os cavaleiros, mesmo que provavelmente tivessem ouvido os gritos na crista, não haviam reagido. Ele esperava que os homens de armas esporeassem os cavalos encosta acima e irrompessem por entre as árvores, mas nenhum aparecera. No entanto se ateve à história.

— Eram uns 20 — disse a Goddington —, com armaduras e librés estranhas. Melisande também viu.

O sargento olhou para Melisande e decidiu que a opinião dela não valia.

— Vou dar uma olhada — disse com má-vontade. — Onde você disse que eles estavam?

— Nas árvores, descendo aquela encosta — respondeu Hook apontando. — Não estão na estrada. Estão no meio das árvores, como se não quisessem ser vistos.

— É melhor você não estar sonhando — resmungou o centenar, e começou a descer a encosta.

— Onde está o Matt? — perguntou Hook de novo a Tom Scarlet.

— Matt! — gritou Hook, com as mãos em concha.

Não houve resposta. O vento quente suspirava nos galhos e os tentilhões faziam um barulho agitado em algum lugar abaixo da encosta leste. Um canhão soou nas linhas de cerco, com o eco ribombando na tigela dos morros e se fundindo ao estrondo do impacto da pedra. Hook não podia ouvir o tilintar de arreios nem o barulho de cascos, e pensou se teria imaginado os cavaleiros. Os gritos na crista haviam parado, sugerindo que os arqueiros perplexos teriam se reunido junto às carroças.

— Nunca tínhamos visto o mar antes — disse Tom Scarlet, nervoso. — Não antes de virmos para cá. Matt queria olhar de novo.

— Matt! — gritou Hook outra vez, mas de novo não houve resposta.

Peter Goddington havia desaparecido na borda da crista. Hook deu a besta a Melisande e depois desencapou seu arco, pôs a corda e atravessou uma flecha contra a madeira. Foi até a borda da ravina e olhou para as samambaias. Peter Goddington estava sozinho na ravina. Não havia nenhum cavaleiro à vista e o centenar olhou para cima e fez uma expressão de puro nojo na direção de Hook.

— Não há nada aqui, seu idiota — gritou, e nesse momento Hook viu os dois cavaleiros saindo das árvores à direita.

— Atrás do senhor! — gritou, e Goddington começou a correr encosta acima enquanto Hook levantava o arco, puxava a corda e disparava no momento em que o homem de armas mais próximo do centenar se desviava à esquerda. A flecha, com ponta de furador, resvalou na ombreira da armadura. A espada baixou e, enquanto Hook pegava outra flecha na bolsa, Hook viu sangue brilhante e súbito na floresta verde, viu a cabeça de Peter Goddington ficar vermelha, viu-o tropeçar enquanto o segundo francês, com a espada segura rigidamente como uma lança, acertava as costas do centenar. Goddington caiu.

Hook disparou de novo. As penas brancas atravessaram sombra e luz do sol, e a ponta de furador, com haste de carvalho, atravessou a placa peitoral do segundo homem e o lançou para trás na sela alta. Mais cavaleiros vinham agora, esporeando do meio das árvores grossas para instigar os cavalos encosta acima, e Tom Scarlet estava puxando o braço de Hook.

— Nick! Nick!

E de repente era o pânico, porque havia mais cavaleiros à esquerda, entre eles e o mar, e Hook agarrou a manga de Melisande e puxou-a para trás. Não havia notado a coluna mais ao sul, percebeu que os franceses tinham vindo em pelo menos dois grupos e ele vira apenas um. Correu desesperadamente, ouvindo os cascos cada vez mais ruidosos, e arrastou Melisande rapidamente para um dos lados, desviando-se como uma lebre perseguida por cães. Mas então um cavaleiro galopou à sua frente e girou numa agitação de folhas caídas. Hook virou à esquerda para encontrar refúgio no oco de um grande carvalho. Na verdade não era refúgio, porque agora estava acuado, e mais cavaleiros ainda chegavam, e um cavaleiro riu na sela enquanto três homens de armas rodeavam Melisande e os dois arqueiros.

— Matt! — disse Tom, e Hook viu que Matthew Scarlet já era prisioneiro. Um francês com libré azul e verde o estava segurando pela gola do casaco, arrastando-o ao lado do cavalo.

— Arqueiros — observou um cavaleiro. A palavra era a mesma em francês e inglês, e não havia como se enganar diante do prazer com que o homem falava.

— *Père!* — ofegou Melisande. — *Père?*

E foi então que Hook viu o falcão mergulhando contra o sol. A libré era recém-bordada e brilhante, quase tanto quanto a lâmina da espada que se estendia para ele. A lâmina chegou a um palmo de sua garganta, depois parou subitamente. O cavaleiro, montado com as pernas retas em sua sela de campanha, olhou para Hook. Um lombo de cervo recém-morto pendia do arção da sela e o sangue havia pingado no pé coberto pelas escamas da armadura do cavaleiro, que era Ghilebert, *Seigneur de Lanferelle*, senhor do inferno.

Era um senhor em todo o esplendor, montado num garanhão magnífico e usando armadura de placas que brilhavam como o sol. Apenas ele, dentre os cavaleiros, estava com a cabeça à mostra, de modo que o cabelo comprido e preto pendia liso quase até a cintura. O rosto era como metal polido, cheio de arestas, bronzeado, com nariz de falcão e olhos sombrios que mostravam diversão enquanto olhava primeiro para Hook, encurralado pela lâmina da espada, e depois para Melisande, que levantou a besta engatilhada. Se Lanferelle ficou atônito ao descobrir sua filha numa alta floresta da Normandia, não demonstrou. Ofereceu-lhe o clarão de um sorriso torto, depois disse algo em francês e a garota enfiou a mão na bolsa e pegou uma seta que pôs na ranhura da arma. Ghillebert, senhor de Lanferelle, poderia tê-la impedido facilmente, mas apenas sorriu de novo enquanto a arma, agora carregada, era erguida um pouco mais para apontar na direção de seu rosto. Ele falou, rápido demais para que Hook entendesse, e Melisande respondeu igualmente rápido, mas de modo passional.

Um grito veio de trás de Hook, muito de trás, de onde a estrada descia na direção do acampamento inglês. O senhor de Lanferelle fez um gesto para seus homens, deu uma ordem, e eles correram na direção do grito. Metade dos homens, que eram 18 no total, usava a libré do falcão e do sol. O resto tinha a mesma libré do homem que mantinha Matt Scarlett como prisioneiro, e esse homem, junto com um escudeiro que tinha o brasão de Lanferelle, foi o único que permaneceu com *le Seigneur d'Enfer*.

— Três arqueiros ingleses — disse Lanferelle subitamente, em inglês, e Hook se lembrou de que esse francês aprendera inglês enquanto era prisioneiro esperando a cobrança de seu resgate. — Três arqueiros malditos, e eu dou ouro aos meus homens que trouxerem dedos de arqueiros malditos. — Lanferelle riu de repente, com os dentes muito brancos de encontro à pele escurecida pelo sol. — Há camponeses sem dedos por toda a Normandia e a Picardia porque meus homens mentem. — Ele parecia orgulhoso disso, porque deu uma gargalhada súbita. — Sabe que ela é minha filha?

— Sei — respondeu Hook.

— É a mais linda de todas! Tenho nove, que eu saiba, mas só uma da minha mulher. Mas esta — o cavaleiro assentiu para Melisande, que ainda segurava a besta virada para ele —, esta eu pensei em proteger do mundo.

— Eu sei — repetiu Hook.

— Ela deveria rezar por minha alma — disse Lanferelle —, mas parece que preciso gerar outras filhas se minha alma tiver de ser salva.

Melisande cuspiu algumas palavras rápidas que só fizeram Lanferelle sorrir mais ainda.

— Coloquei você no convento — disse ele, ainda em inglês — porque você era bonita demais para ser comida por algum camponês suarento, e muito malnascida para se casar com um cavalheiro. Mas agora parece que você encontrou o camponês, de qualquer modo. — Ele deu um olhar de desprezo para Hook. — E a fruta foi colhida, não é? Mas, colhida ou não, você ainda é minha posse.

— Ela é minha — disse Hook, e foi ignorado.

— Então o que vou fazer? Levar você de volta ao convento? — perguntou Lanferelle, depois deu um riso deliciado quando Melisande levantou a besta mais dois centímetros. — Você não vai atirar.

— Eu vou — disse Hook, mas era uma ameaça vazia porque ele não tinha flecha na corda e sabia que não teria tempo de tirar uma da sacola.

— A quem você serve? — perguntou Lanferelle.

— A Sir John Cornewaille — respondeu Hook com orgulho.

Lanferelle ficou satisfeito.

— Sir John! Ah, aquele é um homem. A mãe dele deve ter dormido com um francês! Sir John! Gosto de Sir John. — Ele sorriu. — Mas e quanto a Melisande? E quanto à minha pequena noviça?

— Eu odiava o convento — disse ela rispidamente, em inglês.

Lanferelle franziu a testa como se a explosão súbita o deixasse perplexo.

— Você estava em segurança lá, e sua alma estava em segurança.

— Em segurança! — protestou Melisande. — Em Soissons? Todas as freiras foram estupradas ou mortas!

— Você foi estuprada? — perguntou Lanferelle, com a voz ameaçadora.

— Nicholas impediu — disse ela, indicando Hook. — Ele matou o homem antes.

Os olhos escuros ficaram pensativos na direção de Hook por um instante, depois retornaram a Melisande.

— Então o que você quer? — perguntou quase com raiva. — Quer um marido? Alguém para cuidar de você? Que tal ele? — Lanferelle balançou a cabeça na direção de seu escudeiro. — Talvez você devesse se casar com ele. Ele tem nascimento nobre, mas não muito. Sua mãe era filha de um seleiro. — O escudeiro, que obviamente não entendia uma palavra do que era dito, olhou de modo idiota para Melisande. Não usava elmo, em vez disso tinha um aventail, um capuz de cota de malha que emoldurava o rosto suado, cheio de cicatrizes de varíola contraída na infância. O nariz fora achatado em alguma luta e ele possuía lábios grossos de aparência molhada. Melisande fez uma careta e falou com urgência em francês, com tanta urgência que Hook só entendeu uma parte. Estava cheia de escárnio e lacrimosa ao mesmo tempo, e suas palavras pareceram divertir o pai.

— Ela diz que vai ficar com você — traduziu Lanferelle para Hook —, mas isso depende de minha vontade. Depende de eu deixar você viver.

Hook estava pensando que poderia golpear para cima com a madeira do arco e cravar a ponta com reforço de chifre no queixo dele e continuar empurrando-a até furar o cérebro do francês.

— Não — disse a voz em sua cabeça. Era quase um sussurro, mas era inconfundivelmente a voz de são Crispiniano, que estivera silenciosa por tanto tempo. — Não — repetiu o santo.

Hook quase caiu de joelhos em gratidão. Seu santo havia retornado. Lanferelle estava sorrindo.

— Você estava pensando em me atacar, inglês?

— Estava — admitiu Hook.

— E eu teria matado você, e talvez mate de qualquer modo, não é? — Lanferelle olhou para o lugar onde as carroças esperavam junto à estrada. Essas carroças estavam ocultas pela densa folhagem de verão, mas os gritos eram altos e Hook podia ouvir o som agudo das cordas de arcos sendo disparados. — Quantos vocês são? — perguntou Lanferelle.

Hook pensou em mentir, mas decidiu que Lanferelle descobriria a verdade logo.

— Quarenta arqueiros — admitiu.

— Nenhum homem de armas?

— Nenhum.

Lanferelle deu de ombros como se a informação não fosse tão importante.

— Então vocês capturam Harfleur, e depois? Marcham contra Paris? Ou Rouen? Você não sabe. Mas eu sei. Vão marchar para algum local. Seu Henrique não gastou tanto dinheiro assim para capturar um pequeno porto! Ele quer mais. E quando vocês marcharem, inglês, nós estaremos ao redor,

BERNARD CORNWELL

na frente e atrás de vocês, e vocês vão morrer um a um, dois a dois, até restarem apenas uns poucos, e então vamos partir para cima como lobos contra um rebanho. E minha filha vai morrer porque você será fraco demais para protegê-la?

— Eu a protegi em Soissons. O senhor, não.

Um tremor de raiva apareceu no rosto de Lanferelle. A ponta da espada estremeceu, mas também havia uma incerteza nos olhos do francês.

— Eu a procurei — disse em tom defensivo.

— Não o suficiente — respondeu Hook com ferocidade. — E eu a encontrei.

— Deus o guiou até mim — disse Melisande em inglês pela primeira vez.

— Ah! Deus? — Lanferelle havia recuperado a pose e parecia achar divertido. — Acha que Deus está do seu lado, inglês?

— Sei que está — respondeu Hook com firmeza.

— E sabe como me chamam?

— De senhor do inferno — disse Hook.

Lanferelle assentiu.

— É um nome, inglês, só um nome para amedrontar os ignorantes. Mas apesar desse nome quero minha alma no céu quando eu morrer, e para isso preciso de pessoas rezando por mim. Preciso que sejam rezadas missas, preciso de hinos, de freiras e padres ajoelhados. — Ele assentiu para Melisande. — Por que ela não rezaria por mim?

— Eu rezo — disse Melisande.

— Mas Deus ouvirá as preces dela? — perguntou Lanferelle. — Ela abandonou Deus por sua causa, e esta é sua escolha, mas vejamos o que Deus quer, inglês. Levante a mão. — Ele fez uma pausa e Hook não se mexeu. — Quer viver? — rosnou Lanferelle. — Levante a mão! Não esta! — Ele queria a mão direita de Hook, a mão com as pontas dos dedos endurecidas até formar calos com a fricção da corda do arco.

Hook levantou a mão direita.

— Abra os dedos — ordenou Lanferelle, e moveu a espada lentamente de modo que a ponta da lâmina apenas tocasse a palma. — Eu poderia matar você, mas minha filha gosta de você e eu sinto afeto por ela. Mas você tirou o sangue dela sem minha permissão, e o sangue exige sangue. — Ele moveu o pulso, apenas o pulso, mas com tanta habilidade e força que a ponta da lâmina se moveu pelo comprimento de uma flecha no ar, e tão rápido que Hook não teve chance de escapar antes que a lâmina cortasse seu dedo mindinho. O sangue brotou e correu. Melisande gritou, mas não puxou o gatilho da besta. Por um instante Hook não sentiu dor, depois a agonia correu por seu braço.

— Pronto — disse Lanferelle, achando divertido. — Deixo-lhe os dedos para a corda, certo? Por ela. Mas quando os lobos partirem para cima de você, inglês, eu e você jogaremos nosso jogo. Se você vencer, ficará com ela, mas se perder ela vai para o leito nupcial. — Ele balançou a cabeça na direção de seu escudeiro de boca frouxa. — É uma cama fedorenta e ele fornica igual a um javali. Ele grunhe. Concorda com nosso jogo?

— Deus nos dará a vitória — disse Hook. Sua mão era totalmente dor, mas ele havia impedido que o sofrimento aparecesse no rosto.

— Deixe-me dizer uma coisa. — Lanferelle se inclinou na sela. — Deus liga para seu rei e para o meu tanto quanto para um cagalhão de vaca molhado. Concorda com nosso jogo? Lutaremos por Melisande, certo?

— Sim — respondeu Hook.

— Então joguem as flechas no chão — disse Lanferelle — e joguem os arcos para longe.

Hook sabia que o francês não quereria uma flecha nas costas enquanto cavalgasse para longe, assim ele e Tom Scarlet jogaram os arcos nas folhas emaranhadas do carvalho caído, depois largaram as sacolas de flechas.

Lanferelle sorriu.

— Temos um acordo, inglês! O preço é Melisande, mas devemos selá-lo com sangue, certo?

— Está selado — disse Hook, levantando a mão ensanguentada.

— Estamos jogando por uma vida, não por sangue. — E com isso Lanferelle tocou com um dos joelhos o garanhão, que se virou obediente, e o senhor do inferno girou a espada junto com o cavalo, e a ponta da

BERNARD CORNWELL

lâmina passou pela garganta de Matt Scarlet, enchendo o mato verde com um espirro vermelho e um jato de sangue. Tom Scarlet gritou alto e Lanferelle riu enquanto esporeava o animal indo para o leste, seguido por seus dois homens.

— Matt! — Tom Scarlet tombou de joelhos ao lado de seu irmão gêmeo, mas Matthew Scarlet estava morrendo tão rápido quanto o sangue que bombeava da garganta rasgada e borbulhante.

O som dos cascos foi sumindo. Não havia mais gritos vindos de onde as carroças estavam paradas. Melisande estava chorando.

Os franceses haviam ido embora. Hook pegou os arcos. Usou um machado para fazer uma sepultura sob um carvalho, uma sepultura larga, o suficiente para Matt Scarlet e Peter Goddington ficarem juntos na crista acima do mar.

Acima de Harfleur, onde os canhões rasgavam a muralha transformando-a em entulho.

Era um trabalho duro e incessante. Hook e os arqueiros cortavam, rachavam e serravam a madeira para reforçar os buracos dos canhões e as trincheiras. Novos buracos para canhões foram feitos, mais perto da cidade, mas as armas preciosas tinham de ser protegidas dos defensores de Harfleur, por isso os arqueiros construíram grossos anteparos de toras, que ficavam na frente da boca dos canhões. Cada anteparo era feito de troncos de carvalho grossos como a cintura de uma garota, e era inclinados para trás, de modo a desviar para o céu os projéteis do inimigo. A coisa mais inteligente dos anteparos, pensava Hook, era que eram montados em estruturas, de modo a poder girar. Uma ordem era dada quando um canhão estivesse finalmente pronto para disparar, e os homens giravam um grande sarilho que baixava o topo do anteparo e com isso erguia a borda inferior, expondo o focinho enegrecido do canhão. Quando ele disparava o mundo desaparecia numa nuvem de fumaça enjoativa, fedorenta e grossa que cheirava exatamente como ovos podres, e o som da bala de pedra acertando a muralha se perdia no eco do estrondo do grande canhão, e depois o sarilho era liberado e o anteparo tombava para proteger de novo o canhão e seus artilheiros holandeses.

O inimigo havia aprendido a esperar pela abertura dos anteparos, e aguardava esse momento antes de disparar seus canhões e springolts, de modo que os canhões ingleses também eram protegidos por enormes cestos de vime cheios de terra e mais anteparos de madeira, e algumas vezes um anteparo era erguido, mesmo que um canhão não estivesse pronto para disparar, só para enganar o inimigo e fazê-lo perder seus projéteis, que batiam inofensivos nos cestos e troncos de carvalho. Então, quando o canhão estava pronto, o cesto de vime logo à frente era rolado, o anteparo era erguido e o som podia ser escutado até longe, no vale inundado do Lézarde.

O inimigo também possuía canhões, mas os seus eram muito menores, disparando uma pedra que não era maior do que uma maçã, sem o peso capaz de arrebentar os pesados anteparos. Seus springolts — bestas gigantescas que lançavam setas grossas — tinham menos força ainda. Quando entregava uma carroça de madeira para reforçar as trincheiras, Hook teve um de seus cavalos acertado bem no peito por uma seta de springolt. O míssil se cravou no corpo do cavalo, rasgando pulmões, coração e barriga, de modo que o animal simplesmente desmoronou, com as patas se abrindo numa súbita poça de sangue. O calor tremeluzia sobre o sangue, sobre a terra inundada e os pântanos ao lado do grande mar reluzente.

Trincheiras defendiam os sitiantes dos canhões e dos springolts inimigos, mas havia uma pequena defesa contra a balista que lançava pedras para o alto de modo a caírem quase verticalmente. Os ingleses tinham suas próprias catapultas, feitas com a madeira cortada nas encostas acima do porto, e essas máquinas faziam chover pedras e cadáveres podres de animais dentro de Harfleur. Do morro, Hook podia ver tetos despedaçados e duas torres de igrejas quebradas. Podia ver a muralha arrebentada de modo que o entulho se derramava no fosso, e podia ver o gigantesco bastião defendendo o portão que estava sendo rasgado, esgarçado e golpeado. O

BERNARD CORNWELL

bastião fora construído com terra e madeira, e as balas dos canhões ingleses cortavam e gadanhavam suas duas torres que flanqueavam uma muralha curta e grossa.

— Em seguida vamos fazer uma porca — disse Sir John a seus arqueiros. — Nosso senhor, o rei, está com pressa!

— Há um grande buraco na muralha da cidade, Sir John — observou Thomas Evelgold. Ele havia substituído Peter Goddington como centenar.

— E atrás daquele buraco há uma muralha nova — respondeu Sir John — e para atacá-la teríamos de passar por sua barbacã. — A barbacã era o bastião de duas torres que protegia a porta Leure. — Querem os desgraçados dos besteiros deles atirando do flanco de vocês? A barbacã precisa sair, por isso vamos fazer uma porca. Teremos de derrubar mais árvores! Hook, quero você.

Os outros arqueiros ficaram olhando enquanto Sir John levava Hook de lado.

— Não haverá mais homens de armas franceses nos morros — disse Sir John. — Temos os nossos homens lá, agora, e temos mais homens vigiando a chegada de uma força de apoio, mas eles não viram nada. — Isso era uma charada. Agosto estava acabando e os franceses ainda não haviam mandado um exército para ajudar a cidade sitiada. Batedores ingleses cavalgavam diariamente para vigiar as estradas do norte e do leste, mas a região permanecia vazia. Algumas vezes uma pequena força de homens de armas franceses desafiava as patrulhas, mas não havia nuvem de poeira indicando um exército em marcha. — Então diga o que você fez na crista — ordenou Sir John — no dia em que o pobre Peter Goddington morreu.

— Só avisei nossos colegas — respondeu Hook.

— Não, não avisou. Você mandou que voltassem às carroças, certo?

— Sim, Sir John.

— Por quê? — perguntou Sir John em tom beligerante.

Hook franziu a testa enquanto lembrava. Na hora parecera uma precaução óbvia, mas ele não havia pensado no motivo de ser tão óbvia.

— Nossos arcos não adiantariam no meio das árvores — disse devagar —, mas se eles estivessem de volta nas carroças, poderiam disparar. Eles precisavam de espaço para disparar.

— E foi exatamente isso que aconteceu — disse Sir John. Os arqueiros, reunidos junto às carroças, haviam expulsado os cavaleiros com duas saraivadas. — Então você fez a coisa certa, Hook. Os desgraçados só apareceram para criar confusão. Queriam matar alguns homens e dar uma olhada no tipo de progresso que estávamos fazendo, e você fez com que fossem expulsos!

— Eu não estava lá, Sir John — disse Hook. — Foram os outros arqueiros que os expulsaram.

— Você esteve com o sire de Lanferelle, eu sei. E ele o deixou viver. — Sir John lançou um olhar avaliador para Hook. — Por quê?

— Ele quer me matar mais tarde — disse Hook, sem saber se era a resposta certa. — Ou talvez só por causa de Melisande?

— Ele é um gato — disse Sir John — e você é o rato. Um rato ferido. — Olhou a mão direita de Hook, que ainda estava com um curativo. — Você ainda pode disparar?

— Como sempre, Sir John.

— Então farei de você um ventenar. O que significa que estou dobrando seu pagamento.

— Eu! — Hook encarou Sir John.

Sir John não respondeu imediatamente. Lançara um olhar crítico para seus homens de armas, que estavam treinando golpes de espadas contra troncos de árvores. Treine, treine, treine, era um dos refrões constantes de Sir John. Ele dizia que dava mil golpes por dia, num treino interminável, e exigia o mesmo de seus homens.

— Ponha um pouco de força nisso, Ralph — gritou para um homem, depois se virou de novo para Hook. — Você pensou no que vai fazer quando vir o francês?

— Não.

— É por isso que estou tornando você um sargento. Não quero homens que precisem pensar no que fazem, mas que simplesmente façam.

Agora Tom Evelgold é seu centenar, então você pode pegar a companhia dele. Eu digo a ele o que fazer, ele diz a você o que fazer, e você diz aos seus arqueiros o que fazer. Se eles não fizerem, você bate nos filhos da mãe, e se continuarem não fazendo, eu bato em você.

— Sim, Sir John.

O rosto devastado de Sir John riu.

— Você é bom, jovem Hook, e também é outra coisa. — Ele apontou para a mão com o curativo. — Você tem sorte. Aqui. — Ele pegou uma fina corrente de prata numa bolsa e pôs na mão de Hook. — Seu distintivo de cargo. E amanhã construa uma porca.

— O que é uma porca, Sir John?

— É uma porcaria de se construir, isso eu lhe digo, uma tremenda porcaria!

Naquela noite começou a chover. A chuva vinha do mar, trazida num frio vento oeste. Começou fraca, batendo nas tendas dos sitiantes, e depois o vento cresceu para golpear os estandartes em seus mastros improvisados e a chuva aumentou até vir em ângulo e encharcar o chão, transformando-o num atoleiro. A água da inundação, que havia diminuído bastante, começou a subir de novo e fossa sanitária transbordou. Os artilheiros xingaram e levantaram toldos sobre suas armas, enquanto cada arqueiro escondia cuidadosamente suas cordas de arcos do aguaceiro.

Não havia necessidade de Hook carregar um arco. Seu serviço era erguer a porca, e, como Sir John havia prometido, era uma porcaria de um serviço. Não era complicado, nem mesmo necessitava habilidade, mas precisava de força e tinha de ser feito à plena vista dos defensores e ao alcance de seus canhões, springolts, catapultas e bestas.

A porca era um escudo gigante, na forma de um bico de sapato, atrás e embaixo do qual os homens podiam trabalhar a salvo dos projéteis inimigos, e teria de ser construído suficientemente forte para suportar os golpes repetidos das balas de pedra.

Um galês de cabelos brancos, Dafydd ap Traharn, supervisionava o trabalho.

— Venho de Pontygwaith — disse aos arqueiros —, e em Pontygwaith sabemos mais sobre construir coisas do que todos vocês, miseráveis bastardos ingleses, juntos! — Ele havia planejado levar duas carroças cheias de terra e pedras até o lugar onde a porca seria construída e usaria as carroças para proteger os arqueiros dos projéteis inimigos, mas a chuva havia amolecido o chão e as carroças começaram a se atolar. — Teremos de cavar — disse com o prazer de alguém que sabia que não teria de segurar pessoalmente uma pá. — Em Pontygwaith sabemos sobre cavar, sabemos mais do que todos vocês, ingleses peidorrentos, juntos!

— Isso porque estavam cavando sepulturas para todos os galeses que nós matamos — retrucou Will Dale.

— Enterrando vocês, saxões, era o que estávamos fazendo — respondeu feliz Dafydd ap Traharn. Mais tarde, enquanto conversava com Hook, ele admitiu, alegre, que fora rebelde contra o rei inglês apenas 15 anos antes. — Era bom, aquele Owain Glyn Dwr — disse calorosamente —, que homem!

— O que aconteceu com ele?

— Continua vivo, garoto! Continua vivo! — A rebelião de Glyn Dwr havia ardido durante mais de uma década, dando ao jovem Henrique, príncipe de Gales e agora rei da Inglaterra, uma longa educação sobre a guerra. A revolta fora derrotada e alguns dos líderes galeses tinham sido arrastados sobre armações de madeira através de Londres, para chegar aos locais de execução, mas Owain Glyn Dwr nunca fora capturado. — Temos magos em Gales — Dafydd ap Traharn baixou a voz e se inclinou para perto de Hook enquanto falava — e eles podem fazer com que um homem fique invisível.

— Gostaria de ver isso — disse Hook, desejoso.

— Bom, você não pode, não é? Esse é o negócio de se ficar invisível, não dá para ver! Bom, Owain Glyn Dwr poderia estar aqui, agora, e você não iria vê-lo! E foi o que aconteceu com ele, sabe? Está vivendo no luxo, garoto, com mulheres e maçãs, mas se um inglês chegar a um quilômetro, ele fica invisível!

— E o que um rebelde galês está fazendo com este exército?

— A gente precisa viver, e comer o pão de um inimigo é melhor do que olhar para um fogão vazio. Há dezenas de homens de Glyn Dwr neste exército, garoto, e vamos lutar tão intensamente por Henrique quanto lutamos por Owain. — Ele riu. — Veja bem, há alguns homens de Owain Glyn Dwr na França também, e eles vão lutar contra nós.

— Arqueiros?

— Por Deus, não. Os arqueiros não podem se dar ao luxo de fugir para a França, não os arqueiros. Já enfrentou um arqueiro em batalha?

— Por Deus, não — respondeu Hook.

— Não é o que eu chamaria de experiência feliz — disse sério Daffyd ap Traharn, mas quando os arqueiros de Henrique disparavam em Shrewsbury era a morte vinda do céu. Como granizo, era mesmo, só que era granizo com pontas de aço, granizo que não parava nunca, e os homens morriam em volta de mim e seus gritos eram como gaivotas torturadas numa praia preta. Um arqueiro é uma coisa terrível.

— Eu sou arqueiro.

— Agora é um cavador, garoto — disse Daffyd ap Traharn, rindo. — Portanto, cave.

Cavaram uma trincheira que se afastava de um buraco de canhão, indo na direção das muralhas de Harfleur, e os defensores viram a trincheira sendo feita e fizeram chover setas de bestas e pedras de canhão sobre o trabalho. As catapultas dos defensores tentaram atirar pedras na trincheira nova, mas os projéteis passavam longe, provocando chuveiros de lama espirrando. Assim que 30 passos da trincheira nova estavam prontos, Dafydd ap Traharn se declarou satisfeito e ordenou que um novo buraco fosse cavado. Tinha de ser grande, quadrado e fundo, e assim os arqueiros cavaram e usaram as pás até chegar a uma camada de calcário. A lateral do buraco novo minava água, de modo que eles chapinhavam na lama enquanto erguiam um parapeito de troncos de árvores em três lados do buraco, deixando desprotegida apenas a parte de trás, que levava ao acampamento inglês. Punham os troncos no chão, quatro lado a lado, depois empilhavam mais em cima, de modo que um homem pudesse ficar de pé no buraco e se manter invisível ao inimigo nas muralhas de Harfleur.

— Esta noite — disse Daffyd ap Traharn — faremos um teto e nossa linda porca estará terminada.

Fizeram o teto à noite porque o buraco era suficientemente perto da muralha para estar no raio de alcance de uma besta, mas o inimigo devia ter adivinhado o que estava acontecendo e disparava às cegas na escuridão encharcada de chuva, e três homens foram feridos pelas setas curtas e afiadas que eram cuspidas da noite. Demorou a noite toda para colocarem longos troncos sobre o buraco, e depois para cobrir essa madeira com uma grossa camada de terra e entulho de calcário antes de adicionar uma última cobertura com mais três troncos.

— E agora começa o trabalho de verdade — disse Daffyd ap Traharn —, o que significa que teremos de usar galeses.

— O trabalho de verdade? — perguntou Hook.

— Vamos fazer uma mina, garoto. Vamos cavar fundo.

A chuva parou ao amanhecer. Um vento gélido veio do oeste, a chuva se afastou por sobre a França e o sol lutou contra nuvens enquanto os artilheiros inimigos golpeavam a porca recém-feita com balas de pedra que desperdiçavam sua força no grosso parapeito de troncos. Hook e seus arqueiros dormiram, abrigando-se sob as cabanas rústicas que tinham feito com galhos de árvores, terra e samambaias. Quando acordou, Hook encontrou Melisande esfregando sua cota de malha com areia e vinagre.

— *Rouille* — disse ela, explicando.

— Ferrugem?

— Foi o que eu disse.

— Pode polir minha cota, querida — disse Will Dale enquanto se arrastava para fora de seu abrigo.

— Faça a sua, William — respondeu Melisande. — Mas eu limpei a do Tom.

— Muito bem — disse Hook. Todos os arqueiros estavam preocupados com Thomas Scarlet, cuja alegria costumeira fora enterrada junto com o irmão gêmeo. Naqueles dias Scarlet ficava mal-humorado ou então sentava-se sozinho, pensativo. — Ele só quer encontrar seu pai de novo — disse Hook baixinho.

— Então Thomas vai morrer — disse Melisande em tom monótono.

— Ele ama você — observou Hook.

— Meu pai?

— Ele deixou você viver. Deixou que você ficasse comigo.

— Ele deixou você viver também — disse ela, quase ressentida.

— Eu sei.

Ela fez uma pausa. Seus olhos cinza espiavam Harfleur, que estava cercada por fumaça de pólvora como uma névoa do mar encobrindo um penhasco. Hook pôs as botas molhadas para secar ao lado da fogueira de acampamento. A madeira queimando cuspia e lançava fagulhas. Era salgueiro, e o salgueiro sempre protestava contra ser queimado.

— Ele amava minha mãe, acho — disse Melisande, pensativa.

— Amava?

— Ela era linda, e ele a amava. Ela disse que ele também era lindo. Um homem lindo.

— Bonito — admitiu Hook.

— Lindo — insistiu Melisande.

— Quando você o encontrou no meio das árvores, quis que ele a levasse embora?

Ela balançou a cabeça abruptamente.

— Não. Acho que ele é um anjo mau. E acho que ele está na minha cabeça como o santo está na sua. — Melisande se virou para olhá-lo. — E eu gostaria que ele fosse embora.

— Você pensa nele? É isso?

— Sempre quis que ele me amasse — disse ela asperamente, e começou a arear a malha de novo.

— Como ele amava sua mãe?

— Não! *Non!* — Ela estava com raiva, e por um momento não disse nada, depois cedeu. — A vida é dura, Nicholas, você sabe. É trabalho, trabalho e trabalho e preocupação para saber de onde a comida virá e é mais trabalho. E um senhor, qualquer senhor, pode fazer isso parar. Eles podem balançar a mão e não há mais trabalho, nem preocupação, só *facile*.

— Fácil?

— E eu queria isso.

— Diga que você quer.

— Ele é lindo, mas não é gentil. Sei disso. E eu amo você. *Je t'aime.* — Ela disse as últimas palavras decididamente, sem afeto aparente, mas Hook ficou aparvalhado com elas. Olhou os arqueiros trazendo lenha para o acampamento. Melisande fez uma careta com o esforço de esfregar a areia na cota de malha. — Sabe sobre Sir Robert Knoles? — perguntou de repente.

— Claro que sei. — Todo arqueiro sabia sobre Sir Robert, que havia morrido rico, não muitos anos antes.

— Ele foi arqueiro, antigamente — disse Melisande.

— Foi assim que ele começou — concordou Hook, imaginando como Melisande sabia sobre o lendário Sir Robert.

— E virou cavaleiro, comandou exércitos! E agora Sir John fez de você um vintenar.

— Um vintenar não é um cavaleiro — disse Hook, sorrindo.

— Mas Sir Robert já foi vintenar! — insistiu Melisande. — E depois virou centenar, e depois homem de armas, e depois disso cavaleiro! Alice me contou. E se ele pôde fazer isso, por que não você?

Essa visão era tão estonteante que Hook só pôde olhá-la por um momento.

— Eu? Um homem de armas? — disse finalmente.

— Por que não?

— Não sou nascido para isso!

— Sir Robert também não era.

— Bom, isso acontece — disse Hook em dúvida. Sabia de outros arqueiros que haviam comandado companhias e ficado ricos. Sir Robert era o mais famoso, mas os arqueiros também se lembravam de Thomas de Hookton, que havia morrido como senhor de quatrocentos hectares. — Mas não acontece com frequência, e custa dinheiro.

— E o que é a guerra para vocês, homens, senão dinheiro? Eles falam sem parar sobre prisioneiros? Sobre resgates? — Melisande apontou a escova para ele e deu um riso malicioso. — Capture meu pai. Vamos pedir resgate por ele. Vamos pegar o dinheiro dele.

BERNARD CORNWELL

— Você gostaria disso, não é?

— É — disse ela em tom vingativo. — Gostaria.

Hook tentou se imaginar rico. Recebendo um resgate que seria mais do que a maioria dos homens ganharia durante toda a vida, e então esqueceu esse sonho quando John Fletcher, que era um dos arqueiros mais velhos e mostrara algum ressentimento com a promoção de Hook, subitamente se encolheu e correu na direção da trincheira da latrina. O rosto de Fletcher estava pálido.

— Fletcher está doente — disse Hook.

— E a coitada da Alice ficou horrivelmente enjoada hoje cedo — disse Melisande franzindo o nariz, enojada. — *La diarrhée!*

Hook decidiu que não queria saber mais sobre a doença de Alice Godewyne, e foi salvo de mais detalhes pela chegada de Sir John Cornewaille.

— Estamos acordados? — gritou o cavaleiro. — Estamos acordados e respirando?

— Estamos, Sir John — respondeu Hook pelos arqueiros.

— Então para as trincheiras! Para as trincheiras! Vamos fazer a porcaria deste cerco!

Hook calçou as botas úmidas e a malha meio esfregada, colocou o elmo e a túnica e foi para as trincheiras. O cerco prosseguiu.

a porca estremecia a cada vez que uma pedra de canhão acertava sua face inclinada. As toras que formavam a face estavam golpeadas, rachadas e eriçadas de setas de springolts, mas os projéteis inimigos não haviam conseguido romper o escudo pesado e nem mesmo enfraquecê-lo, e por baixo das camadas de madeira e terra os mineiros galeses trabalhavam.

Outros túneis eram cavados no lado leste de Harfleur, onde as forças do duque de Clarence estavam acampadas, e tanto do leste quanto do oeste os canhões trovejavam e as pedras rasgavam as muralhas, as manganelas e os trebuchês lançavam pedregulhos na cidade, fumaça e poeira irrompiam e subiam das ruas estreitas enquanto os mineiros se esgueiravam na direção das fortificações. Os túneis estavam sendo cavados por baixo da muralha onde grandes galerias, sustentadas com madeira, seriam abertas no calcário. Quando chegasse a hora, os suportes de madeira seriam queimados de modo que as galerias desmoronassem e pusessem abaixo as fortificações. A mina do oeste, com a entrada guardada pela porca que Hook ajudara a fazer, destinava-se a passar por baixo do enorme bastião golpeado que protegia a porta Leure. Bastaria derrubar aquela barbacã e o exército poderia atacar a brecha ao lado da porta sem qualquer perigo de ser atacado no flanco pela guarnição da barbacã. Assim, os galeses cavavam, os arqueiros guardavam sua porca e a cidade sofria.

A barbacã fora feita com grandes troncos de carvalho cravados na terra e depois fixados com ferro. Os troncos formavam a linha externa de duas torres redondas e atarracadas unidas por uma pequena muralha, e o interior fora cheio de terra e entulho, a coisa toda protegida por um fosso inundado virado para os sitiantes. Os canhões ingleses haviam rachado as madeiras mais próximas, de modo que a terra tinha se derramado, formando uma rampa íngreme e instável que enchia uma parte do fosso, mas o bastião continuava resistindo. Sua ruína era ocupada por besteiros e homens de armas, cujos estandartes pendiam desafiadores do que restava das fortificações de madeira. A cada noite, quando os canhões ingleses paravam de atirar, os defensores faziam reparos, o amanhecer revelava uma nova paliçada de madeira e os canhões precisavam começar seu lento trabalho de demolição de novo. Outros canhões disparavam contra a cidade propriamente dita.

Quando Hook vira Harfleur pela primeira vez, ela parecera quase mágica: uma cidade de tetos comprimidos e pináculos de igrejas, tudo isso circundado por uma muralha branca e cravejada de torres, que luzia ao sol de agosto. Parecia a cidade da pintura de são Crispim e são Crispiniano na catedral de Soissons, a pintura que ele havia olhado durante tanto tempo enquanto rezava.

Agora a cidade pintada era um monte de pedras, lama, fumaça e casas despedaçadas. Grandes trechos da muralha ainda se mantinham de pé e ainda mostravam seus estandartes escarninhos com os brasões dos líderes das guarnições, imagens dos santos e invocações a Deus, mas oito das torres haviam desmoronado no fosso da cidade, e um grande trecho de fortificação fora transformado em destroços perto da porta Leure. Os grandes projéteis lançados na cidade pelas catapultas esmagavam casas e provocavam incêndios, de modo que um cobertor de fumaça pendia constantemente acima da cidade sitiada. Um pináculo de igreja havia caído, levando os sinos numa cacofonia gigantesca, e os pedregulhos e as balas de pedra dos canhões continuavam golpeando a cidade já muito castigada.

E os defensores continuavam lutando. A cada amanhecer Hook levava homens para os buracos que defendiam os canhões ingleses, e a cada amanhecer via onde a guarnição estivera trabalhando. Ela estava fazendo uma nova muralha atrás da fortificação partida e sustentava a barbacã meio desmoronada com novos pedaços de madeira. Arautos ingleses, segurando varas brancas e espalhafatosos em suas túnicas coloridas,

BERNARD CORNWELL

cavalgavam até a muralha inimiga para oferecer termos de rendição, mas os comandantes inimigos recusavam os arautos todas as vezes.

— O que eles estão esperando — disse o padre Christopher a Hook numa manhã de setembro — é que seu rei lidere um exército vindo ao resgate.

— Eu achava que o rei francês era louco.

— Ah, é sim! Ele acredita que é feito de vidro! — disse o padre Christopher, em tom de zombaria. O padre visitava as trincheiras todas as manhãs, oferecendo bênçãos e piadas para os arqueiros. — É verdade! Ele acha que é feito de vidro e que vai se despedaçar se cair. Além disso, mastiga tapetes e conta seus problemas à lua.

— Então não virá para cá liderando nenhum exército — disse Hook, sorrindo.

— Mas o rei louco tem filhos, Hook, e todos são uns canalhas sedentos de sangue. Qualquer um deles adoraria moer nossos ossos até virarem pó.

— Eles vão tentar?

— Deus sabe, Hook, só Deus sabe, e Ele não me diz. Mas sei que há um exército se juntando em Rouens.

— Isso fica longe?

— Está vendo aquela estrada? — O padre apontou para os débeis restos de uma estrada que antes partia da porta Leure, mas que agora era apenas uma cicatriz na paisagem lamacenta golpeada pelos projéteis. — Siga-a, vire à direita quando chegar ao morro e continue indo, e depois de 80 quilômetros vai encontrar uma grande ponte e uma cidade enorme. É Rouen, Hook. Oitenta quilômetros? Um exército pode marchar isso em três dias!

— Então eles vêm — disse Hook. — E vamos matá-los.

— O rei Harold disse mais ou menos a mesma coisa antes de Hastings — observou com suavidade o padre Christopher.

— Harold tinha arqueiros?

— Só homens de armas, acho.

— Bom, então — disse Hook, e riu.

O padre levantou a cabeça para olhar para Harfleur.

— Nós já deveríamos ter capturado este lugar — disse pensativo. — Está demorando demais. — Em seguida se virou porque um homem de armas que ia passando o havia cumprimentado animadamente. O padre Christopher devolveu o cumprimento e esboçou um sinal de bênção na direção do sujeito apressado. — Sabe quem era aquele, Hook?

Hook olhou para a figura que se afastava, usando uma brilhante túnica em vermelho e branco.

— Não, padre, não faço ideia.

— O filho de Geoffrey Chaucer — disse o padre com orgulho.

— Quem?

— Nunca ouviu falar de Geoffrey Chaucer? O poeta?

— Ah, achei que poderia ser alguém útil — disse Hook, depois bateu no ombro do padre obrigando-o a se abaixar. Um instante depois uma seta de besta se cravou na parte de trás da trincheira enlameada, onde o padre Christopher estivera parado. — Aquele é o Cara-de-fuinha — explicou Hook. — Ele é útil.

— Cara-de-fuinha?

— Um desgraçado da barbacã, padre. Tem um rosto que parece uma fuinha. Consigo ver quando ele ergue a besta.

— Não pode atirar nele?

— Está 20 passos longe demais, padre — disse Hook, e espiou por entre dois precários cestos de vime cheios de terra se desintegrando, que formavam o parapeito. Acenou, e uma figura no bastião acenou de volta. — Sempre faço com que ele veja que ainda estou vivo.

— Fuinha — disse o padre Christopher, pensativamente. — Sabe que o Rob Fuinha está doente?

— Fletch também. E a mulher de Dick Godewyne.

— Alice? Também está doente?

— Péssima, pelo que eu soube.

— Rob Fuinha não consegue parar de cagar — disse o padre — e só sai sangue e água gosmenta.

— Deus nos ajude. Fletch está a mesma coisa.

— É melhor eu começar a rezar — observou sério o padre Christopher —, não podemos perder homens para a doença. Você está bem?

— Estou.

— Deus seja louvado. E sua mão? Como está a sua mão?

— Lateja, padre. — Hook levantou a mão direita, que continuava com a bandagem. Melisande havia coberto o ferimento com mel e depois enrolado.

— O latejamento é bom sinal. — O padre se inclinou à frente e cheirou a bandagem. — E cheira bem! Bom, fede a lama, suor e merda, mas todos nós cheiramos assim. Não tem cheiro de podre, e isso é que é importante. Como está o seu mijo? Turvo? Cor forte? Débil?

— Só normal, padre.

— Isso é ótimo, Hook. Não podemos perder você!

E era estranho dizer, pensou Hook, mas ele achava que o padre dizia a verdade, porque estava fazendo bem seu trabalho de ventenar. Havia esperado sentir-se sem graça com a pequena autoridade e temera que alguns homens mais velhos ignorassem deliberadamente suas ordens, mas se existia algum ressentimento era silencioso, e suas ordens eram obedecidas com prontidão. Ele usava a corrente de prata com orgulho.

O tempo havia esquentado de novo, secando a lama até formar uma crosta que se desfazia em poeira fina a cada passo. Harfleur se desfazia também, mas a guarnição continuava desafiando os sitiantes. O rei ia aos buracos dos arqueiros quatro ou cinco vezes por dia e olhava para as fortificações. No início do cerco ele tinha conversado com os arqueiros, mas agora seu rosto estava fechado e os lábios finos, e os arqueiros davam espaço a ele e seu pequeno séquito. Eles observavam o rei espiando e podiam ler em seu rosto marcado pela cicatriz que não achava que um ataque poderia romper as novas muralhas internas. Um ataque assim teria de passar tropeçando por sobre as ruínas das casas queimadas, sofrer com as setas que eram cuspidas das barbacãs, depois atravessar o grande fosso da cidade antes de subir nos destroços da muralha despedaçada pelos canhões, e o tempo todo as setas das bestas golpeariam dos flancos. E assim que tivessem passado pelas ruínas da muralha, os atacantes estariam à frente da nova muralha interna feita de grossos cestos de terra e pedaços de madeira e pedras tirados das construções caídas dentro da cidade.

— Precisamos derrubar outro trecho de muralha — Hook ouviu o rei dizer — e depois vamos atacar instantaneamente pela brecha nova.

— Isso não pode ser feito, senhor — disse Sir John Cornewaille, sério. — Esta é a única área de aproximação seca que temos. — As águas da enchente haviam recuado, mas ainda cercavam boa parte da cidade, restringindo os ataques ingleses aos dois lugares onde os túneis das minas estavam sendo abertos na direção da cidade.

— Então derrubem a barbacã — insistiu o rei — e transformem em lascas a porta atrás dele. — Ficou olhando, com seu nariz comprido e o rosto sério, para a teimosa barbacã, e subitamente percebeu os arqueiros e homens de armas, ansiosos, olhando-o. — Deus não nos trouxe tão longe para fracassarmos! — gritou, cheio de confiança. — A cidade será nossa, amigos, e logo! Haverá cerveja e comida boa! Logo ela será totalmente nossa!

Durante todo o dia o calcário e o solo foram arrastados do túnel da mina enquanto a madeira, cortada no tamanho de um arco, era carregada para dentro, destinada a sustentar o túnel. Os canhões continuavam disparando, envolvendo em fumaça as fileiras dos sitiantes, machucando os tímpanos e golpeando as defesas já golpeadas.

— Como estão suas orelhas? — perguntou Sir John no início de uma manhã de setembro.

— Minhas orelhas, Sir John?

— Essas coisas feias dos dois lados da sua cabeça.

— Não há nada errado com eles, Sir John.

— Então venha comigo.

Sir John, com sua bela armadura e a túnica cobertas de poeira, levou Hook de volta por uma trincheira até a entrada da mina embaixo da porca. O túnel descia íngreme por 15 passos, depois ficava plano. Tinha dois passos de largura e a altura de um arco. Velas de junco ardiam em pequenos suportes pregados à madeira, mas à medida que Hook seguia Sir John, notou que as chamas ficavam mais débeis enquanto eles se aprofundavam. A intervalos de alguns passos Sir John parava e se encostava na lateral do túnel, e Hook fazia o mesmo para deixar algum mineiro passar com uma carga de calcário cavado. A poeira pairava no ar, enquanto o piso era uma lama de água e pó de calcário.

— Certo, rapazes — disse Sir John quando chegou ao fim do túnel. — Hora de descansar. Todo mundo parado e em silêncio!

A extremidade mais distante do túnel era iluminada por lanternas abrigadas por chifres, penduradas na última trave posta no lugar. Dois mineiros haviam usado picaretas na face do túnel e, agradecidos, pousaram as ferramentas e se deixaram cair no chão enquanto Dafydd ap Traharn, supervisionando o trabalho, assentiu cumprimentando Hook. Sir John se agachou perto do galês grisalho e sinalizou para Hook se agachar.

— Silêncio — disse Sir John.

Hook prestou atenção. Um mineiro tossiu.

— Silêncio — disse Sir John.

Algumas vezes, na longa floresta que descia dos pastos de lorde Slayton até o rio, Hook ficava imóvel, apenas ouvindo. Conhecia cada som daquelas árvores, fosse a pisada de um cervo, um javali fungando, um pica-pau tamborilando, o estalo do bico de um corvo limpando as penas ou apenas o vento nas folhas, e junto com esses sons seu ouvido escutava a nota dissonante, o sinal lhe dizendo que um invasor estava andando pelo mato baixo. Agora ouvia do mesmo modo, ignorando a respiração da meia dúzia de homens, deixando a mente vaguear, apenas permitindo que o silêncio preenchesse a cabeça e assim o alertasse do menor distúrbio. Ouviu por longo tempo.

— Meus ouvidos zumbem o tempo todo — sussurrou Sir John. — Acho que é porque levei muitas batidas de espada no elmo e... — Hook levantou a mão, impaciente, sem perceber que estava ordenando silêncio a um Cavaleiro da Jarreteira. Sir John obedeceu de qualquer modo. Hook prestou atenção, ouviu alguma coisa e depois ouviu de novo.

— Há alguém cavando — disse.

— Ah, os desgraçados — disse Sir John baixinho. — Tem certeza?

Agora que havia identificado o som, Hook ficou surpreso porque ninguém mais podia ouvir o barulho ritmado de picaretas batendo no calcário. A guarnição estava fazendo uma mina contrária, abrindo seu próprio túnel na direção dos sitiantes, com a esperança de interceptar o túnel inglês antes que ele pudesse ser terminado.

— Talvez dois túneis — explicou Hook. O som era ligeiramente irregular, como se dois ritmos diferentes estivessem se misturando.

— Foi o que pensei — disse Daffyd ap Traharn —, mas não tinha certeza. Os ouvidos enganam no subsolo, enganam mesmo.

— Os filhos da mãe andaram se ocupando, não é? — observou Sir John em tom de vingança. Em seguida olhou para Daffyd ap Traharn. — Quanto falta para chegar?

— Vinte passos, Sir John, digamos que dois dias. Mais dois para fazer a câmara. Um para enchê-la com incendiárias.

— Eles ainda estão longe — observou Sir John. — Talvez não encontrem este túnel, não é?

— Eles devem estar ouvindo também, Sir John. E, quanto mais perto chegarem, com mais clareza vão nos escutar.

— Filhos da mãe pútridos, fedorentos, sem pau, rançosos — disse Sir John a ninguém em particular. Assentiu para Hook. — Ainda não consigo ouvir.

— Eles estão aí — declarou Hook, cheio de confiança. Falavam em sussurros, envoltos por uma escuridão mal aliviada pelas velas de juncos que tremeluziam no ar fedorento.

Um dos mineiros falou em galês. Dafydd ap Traharn o silenciou com um gesto.

— Ele está preocupado com o que vai acontecer se o inimigo invadir o túnel, Sir John.

— Façam uma câmara aqui — disse Sir John — suficientemente grande para seis ou sete homens. Teremos arqueiros e homens de armas montando guarda neste ponto. Estejam com suas armas à mão, mas por enquanto continuem cavando. Vamos derrubar aquela barbacã desgraçada. — O túnel estava apontado para a torre norte do obstinado bastião,

BERNARD CORNWELL

na esperança de derrubá-la e encher o fosso inundado. Uma caverna seria feita embaixo da torre, uma caverna sustentada por madeira que seria queimada fazendo o teto desmoronar e, com ele, a torre. Sir John deu tapas nos ombros dos mineiros. — Muito bem, rapazes, Deus está com vocês. — Em seguida chamou Hook e os dois voltaram para a porca. — Rezo a Deus que Ele esteja conosco — resmungou Sir John, depois parou e franziu a testa enquanto contemplava a entrada do túnel. — Teremos de pôr umas defesas aqui.

— Na porca?

— Se os desgraçados invadirem nosso túnel, Hook, virão num enxame por aquele buraco, como ratos farejando comida grátis. Vamos pôr uma muralha aqui e guarnecê-la com arqueiros.

Hook olhou dois homens levando postes de sustentação para dentro do túnel.

— Construir uma muralha aqui vai diminuir o ritmo do trabalho, Sir John.

— Dane-se, Hook, eu sei disso! — reagiu Sir John bruscamente, depois olhou para a boca do túnel. — Temos de acabar com este cerco! Já demorou demais. Os homens estão adoecendo. Precisamos ir para longe deste lugar fedorento.

— Barris? — sugeriu Hook.

— Barris? — ecoou Sir John com outro rosnado.

— Podemos encher três ou quatro barris com pedras e terra — disse Hook, pacientemente — e se os franceses vierem, basta rolar os barris para a entrada e colocá-los de pé. Meia dúzia de arqueiros pode cuidar de qualquer desgraçado que tente passar por eles.

Sir John olhou para a entrada durante alguns segundos, depois assentiu.

— Sua mãe não estava perdendo tempo quando abriu as pernas, Hook. Bom sujeito. Quero que os barris estejam no lugar ao pôr do sol.

Ao crepúsculo os barris estavam no lugar. Hook, esperando para ser rendido, foi até a trincheira ao lado da porca e olhou as muralhas partidas iluminadas pelo sol poente atrás dos morros despidos das árvores. Atrás dele, no acampamento inglês, um homem tocava flauta em tom lamentoso, repetindo a mesma frase sem parar, como se quisesse tocá-la direito. Hook estava cansado. Queria comer e dormir, nada mais, e prestou pouca atenção quando um homem de armas veio para perto dele, no parapeito. O homem usava um elmo justo que encobria parte do rosto, mas afora isso não tinha armadura, apenas um gibão de couro, mas as botas enlameadas eram benfeitas e uma corrente de ouro no pescoço denotava o alto status.

— Aquilo é um cachorro morto? — perguntou o homem, assentindo na direção de um cadáver peludo a meio caminho entre a primeira trincheira inglesa e a barbacã francesa. Três corvos bicavam o bicho morto.

— Os franceses atiram neles — respondeu Hook. — Os cachorros correm para longe de nossas fileiras e os besteiros atiram. Depois desaparecem durante a noite.

— Os cachorros?

— São comida para os franceses — explicou Hook. — Carne fresca.

— Ah, claro. — O homem ficou olhando os corvos durante um tempo. — Nunca comi cachorro.

— Parece um pouco com lebre, mas é mais duro. — Depois olhou para o homem e viu a cicatriz funda ao lado do nariz comprido. — Senhor — acrescentou rapidamente, e se abaixou sobre um dos joelhos.

— De pé, de pé — disse o rei. Em seguida olhou para a barbacã, que agora parecia pouco mais do que um monte de terra com um muro de troncos de árvores golpeados, enfiados na encosta frontal meio desmoronada. — Precisamos tomar aquela barbacã — disse distraidamente, falando consigo mesmo. Hook estava olhando o bastião, procurando o movimento revelador que o alertaria sobre um besteiro mirando, mas achou que o rei estava suficientemente seguro porque em geral os franceses se aquietavam quando o sol baixava atrás do horizonte oeste, e esta noite não era diferente. Os canhões e as catapultas dos dois lados estavam silenciosos. — Lembro-me do primeiro dia do cerco — disse o rei, parecendo quase perplexo — e os sinos das igrejas ficavam tocando o tempo todo na cidade. Achei que estavam sendo desafiadores, depois percebi que enterravam seus mortos. Mas não tocam mais.

BERNARD CORNWELL

— São mortos demais, senhor — disse Hook sem jeito — ou talvez não restem sinos. — Havia algo em falar com um rei que fazia seus pensamentos tropeçarem.

— Isso deve acabar rapidamente — disse o rei, sério, depois recuou do parapeito. — O santo ainda fala com você? — perguntou, e Hook ficou tão atônito por o rei se lembrar dele que não disse nada, apenas assentiu depressa. — Isso é bom, porque se Deus estiver do nosso lado nada pode prevalecer sobre nós. Lembre-se disso! — Deu um meio sorriso para Hook. — E vamos vencer — acrescentou Henrique baixinho, quase como se falasse consigo mesmo. Depois andou pela trincheira, retornando à porca, onde uma dúzia de homens esperava por ele.

Hook foi dormir.

Na manhã seguinte, quando um canhão disparou, a terra tremeu.

Hook estava na mina, no nível mais baixo, aonde Sir John o havia levado para ouvir de novo, e de repente a terra estremeceu e as velas de junco tremeluziram escuras.

Todo mundo se agachou na semiescuridão, ouvindo. Um mineiro teve um ataque de tosses úmidas e Hook esperou até que o eco da tosse tivesse morrido. Ouvindo. Ouvindo a morte. Ouvindo.

Um segundo canhão disparou e a terra pareceu estremecer enquanto as chamas minúsculas tremeluziam de novo, poeira descia do teto e torrões de terra caíam na lama do piso. O troar do canhão pareceu durar eternamente, depois houve um som de gemido, um estalo, como se os suportes de carvalho estivessem se curvando sob o peso da terra.

— Hook? — perguntou Sir John.

Houve um som raspado, tão fraco que Hook se perguntou se teria imaginado, mas então aconteceu um estalo abafado, seguido por silêncio. Depois de um tempo o som raspado recomeçou, e desta vez Hook teve certeza de que ouvia. Os homens no túnel o olhavam ansiosos. Ele foi até a outra parede e encostou um ouvido no calcário.

Raspando. Hook olhou para Daffyd ap Traharn.

— Como vocês estavam cavando agora? — perguntou.

— Como sempre cavamos — disse o galês, perplexo.

— Mostre, senhor.

O galês pegou uma picareta e foi até a face do túnel onde, em vez de golpear com a picareta para cravar a lâmina na rocha macia, arrastou-a para baixo por uma fenda natural. Arrastou-a de novo, aprofundando a fenda, depois enfiou a lâmina no buraco e tentou alavancar para fora um pedaço de pedra, mas o buraco não tinha profundidade suficiente, por isso ele raspou com a ponta de aço pela fenda de novo. Raspou. Estava trabalhando em silêncio, tentando não alertar os franceses enquanto o túnel chegava mais perto da muralha devastada, e Hook percebeu que esse era o som que estava escutando.

— Eles estão muito perto — disse Hook.

— *Cymorth ni, O Arglwydd* — murmurou um mineiro, e fez o sinal-da-cruz.

— Perto? Quanto? — perguntou Sir John, ignorando o pedido de ajuda a Deus.

— Não sei dizer, senhor.

— Para o diabo com os filhos da mãe desgraçados — cuspiu Sir John.

— Podem estar acima de nós — sugeriu Dafydd ap Traharn — ou embaixo.

— Vocês vão ouvir quando eles estiverem bem perto — disse Hook. — Vão ouvir o som raspado, alto.

— Raspado? — perguntou o galês.

— É o que eu ouço, senhor.

— Eles vão arrebentar com força o último trecho — disse Daffyd ap Traharn, sério —, cair em cima de nós como demônios.

— Temos nossos próprios demônios esperando por eles — retrucou Sir John. — Não vamos abandonar este túnel! Precisamos dele! Vamos lutar com os filhos da mãe embaixo da terra. Isso vai poupar a necessidade de cavar sepulturas para eles, não é?

BERNARD CORNWELL

Os arcos de guerra eram longos demais para serem usados no túnel, por isso ao meio-dia Sir John trouxe meia dúzia de bestas.

— Se eles invadirem — disse a Hook —, recebam com isto. Depois usem achas d'armas.

O som de raspagem estava mais alto, tanto que Dafydd ap Traharn decidiu que não havia mais necessidade de ficarem em silêncio, por isso seus homens começaram a golpear com as picaretas, enchendo a extremidade do túnel com barulho e uma fina poeira sufocante. De vez em quando uma lâmina acertava em sílex e uma fagulha voava feroz e luminosa no túnel escuro. As fagulhas pareciam estrelas cadentes e Hook se lembrou de sua avó fazendo o sinal da cruz sempre que via uma estrela daquelas, depois ela rezava e dizia que essas orações, levadas pelas estrelas apressadas, eram mais eficazes. Ele fechava os olhos quando as fagulhas voavam e rezava por Melisande, pelo padre Christopher e por seu irmão, Michael. Michael, pelo menos, estava na Inglaterra, longe dos irmãos Perrill e de seu louco pai sacerdote.

— Mais um dia de trabalho — disse Dafydd ap Traharn interrompendo os pensamentos de Hook — e poderemos começar a fazer a caverna. Depois vamos derrubar a torre deles como as muralhas de Jericó!

Os homens de armas e os arqueiros estavam sentados na borda do túnel, encolhendo os pés para deixar que os trabalhadores levassem para fora os restos da escavação e trouxessem novas madeiras para sustentar o teto. Ouviam os sons dos mineiros franceses. Eram sons mais altos, implacáveis e agourentos. Vinham do norte, onde o inimigo devia estar cavando um túnel contrário para interceptar o trabalho inglês, e, à luz das pequenas chamas amortalhadas pela poeira, Hook olhava constantemente para a parede mais distante, esperando ver o surgimento de um grande buraco, através do qual irromperia um inimigo com armadura. Sir John passava boa parte da tarde no túnel, a espada na mão e o rosto sombrio.

— Teremos de lutar empurrando-os de volta para o túnel deles — disse — e depois soterrar o trabalho que fizeram. Meu Deus, aqui embaixo fede como uma latrina.

— É uma latrina — disse Dafydd ap Traharn. Alguns trabalhadores haviam adoecido e sujavam constantemente o piso molhado com a lama de calcário.

Sir John saiu no fim do dia e, uma hora depois, mandou outros homens substituir a guarda da mina. Esses novos homens vieram encurvados pelo túnel, com as sombras tremendo monstruosamente na semiescuridão.

— Cristo na cruz — resmungou uma voz —, não consigo respirar esse ar.

— Vocês têm bestas para nós? — perguntou outra voz.

— Temos — respondeu Hook — e estão engatilhadas.

— Deixem para nós — disse o homem, e depois espiou os arqueiros que ele estava substituindo. — Hook? É você?

— Sir Edward! — disse Hook. Em seguida pôs a besta no chão e se levantou, sorrindo.

— É você! — Sir Edward Derwent, o homem de lorde Slayton que, em Londres, havia salvado Hook do tribunal senhorial e sua punição inevitável, estava sorrindo de volta, à luz suja. — Ouvi dizer que você estava aqui. Como vai?

— Ainda vivo, Sir Edward — disse Hook, rindo.

— Deus seja louvado, mas só Deus sabe como alguém sobrevive aqui embaixo. — Sir Edward, com seu rosto devastado meio escondido pelo elmo, ouviu os ruídos agourentos. — Eles parecem estar perto!

— Achamos que estão — respondeu Hook.

— É enganador — interveio Daffyd ap Traharn. — Eles ainda podem estar a dez passos. É difícil dizer, com sons embaixo da terra.

— Então eles podem estar a um palmo daqui? — perguntou Sir Edward com azedume.

— Ah, podem! — respondeu rigidamente o galês.

Sir Edward olhou para as bestas engatilhadas.

— E a ideia é recebê-los com setas? Depois matar os desgraçados?

— A ideia é me manter vivo — disse Dafydd ap Traharn — e vocês estão bloqueando o túnel, estão sim! Vocês são muitos! Há trabalho a ser feito.

BERNARD CORNWELL

Os homens de armas de Sir John já haviam saído, e agora Hook mandou seus arqueiros atrás deles. Demorou-se por um momento.

— Desejo-lhe uma noite calma — disse a Sir Edward.

— Santo Deus, reitero esse desejo. — Sir Edward riu. — É bom ver você, Hook.

— É um prazer ver o senhor, e obrigado.

— Vá descansar, homem.

Hook assentiu. Levantou sua acha e, com um gesto de despedida para Dafydd ap Traharn, passou pelos homens de Sir Edward, um dos quais tentou fazê-lo tropeçar. Hook viu o queixo proeminente e os olhos fundos e, por um momento, percebeu que era o filho mais velho do padre, Tom Perrill. Os dois irmãos estavam ali, encurvados sob as traves, mas Hook os ignorou, sabendo que nenhum deles iria atacá-lo na presença de Sir Edward.

Seguiu pelo túnel em direção à luz do dia que ia se desbotando lá adiante. Pensava em Melisande, no cozido que ela teria pronto e em canções ao redor da fogueira, quando o mundo se despedaçou.

Um ruído bateu em seus ouvidos. Começou como um rosnado trovejante que cresceu logo atrás dele, depois houve um barulho ensurdecedor, como se a própria terra estivesse se partindo. Hook se virou e viu poeira vindo em sua direção, uma nuvem escura e fervilhante de poeira rolando na luz sombria do túnel, e homens como sombras monstruosas cambaleavam naquela escuridão. Houve chamados, o som de aço em armaduras, e um grito. O primeiro grito.

Os franceses haviam atravessado.

Hook se virou instintivamente de volta para a luta, depois se lembrou dos barris e se perguntou se deveria bloquear a entrada do túnel. Hesitou. Havia um homem berrando no escuro, um som horrível, como de um animal castrado com inépcia. Houve outro som trovejante e Hook teve um vislumbre de mais homens caindo do teto do túnel, e depois mais poeira veio para ele, obliterando sua vista, mas na poeira uma figura saltou em sua direção. Era um homem de armas, com a espada desembainhada. Sua viseira estava fechada, ele segurava a espada com as duas mãos, e de algum modo a poeira e a meia-luz o faziam parecer um enorme gigante de terra vindo das entranhas de um pesadelo. A armadura estava coberta de calcário e terra, e Hook ficou olhando, petrificado pela visão que não era natural, mas então o homem gritou e o som lançou Hook para a realidade, no momento em que o homem de armas estocava com a espada contra sua barriga. Hook se torceu para um dos lados e golpeou com a acha diretamente contra o rosto coberto de aço. A ponta de lança resvalou na viseira com focinho pontudo, mas a borda superior da marreta pesada bateu com força no elmo, esmagando o metal. Hook havia usado toda a sua força de arqueiro nesse golpe, e o gigante de terra girou para trás, com sangue brotando dos buracos da viseira, e Hook se lembrou de todas aquelas lições na campina de Sir John, aproximou-se depressa do homem entrando na área de alcance da espada, para que o inimigo não pudesse girar a lâmina, e impeliu a acha como se fosse uma lança curta, jogando o homem no chão. Hook não tinha espaço para girar a acha d'armas, mas a força compensava isso e ele acertou a lâmina contra o cotovelo do braço que segurava a espada, quebrando-o, depois enfiou a ponta de lança na abertura entre o elmo e a placa peitoral do inimigo. O francês usava um capuz de malha para proteger essa abertura, mas a ponta de aço rasgou facilmente os elos e se cravou na garganta do sujeito, e então mais homens vinham na direção de Hook, enquanto o gigante de terra, agora encolhido até um tamanho normal, se retorcia no chão da mina onde sangue se derramava no calcário, preto penetrando no branco.

Os homens que vinham pelo túnel estavam lutando uns contra os outros. Hook arrancou a lâmina do corpo do gigante de terra agonizante e empurrou a ponta de lança contra um homem de túnica estranha. A acha resvalou na placa da armadura, rasgando a túnica. O homem se virou, a viseira com rosto de animal apontando para Hook, e girou a espada, mas ela bateu num dos suportes de madeira da mina e Hook estocou de novo com a acha, desta vez engatando a lâmina no tornozelo do homem e depois puxando com tanta força que o francês se desequilibrou. Um mineiro galês cambaleou na direção de Hook, com as tripas se derramando da barriga aberta. Hook o empurrou de lado com o ombro e enfiou a ponta de lança sob o peitoral do homem caído, uma fenda apenas visível sob o linho rasgado. Empurrou e torceu o cabo comprido, tentando cravar a lâmina na barriga e no peito do homem, mas algo bloqueava a lâmina, e então outro jorro de homens o empurrou para trás. Eram os homens de lorde Slayton, recuando para longe dos franceses, mas havia um punhado de inimigos junto com eles. Homens lutavam no escuro, tropeçavam nos mortos e agonizantes e escorregavam no esgoto. Dois homens de armas forçaram Hook a recuar contra a lateral do túnel e ele impeliu a acha de novo como uma lança, usando as duas mãos, mas um jorro de homens empurrou seus inimigos de lado enquanto arqueiros e mineiros fugiam para a porca.

— Segurem-nos! — berrou a voz de Sir Edward de mais longe, na mina.

Os barris. Momentaneamente livre de inimigos, Hook se virou e correu para a entrada da mina. Conseguiu chegar ao ponto em que o túnel subia suavemente em direção à superfície, mas ali um pé o fez tropeçar e ele se esparramou pesado no calcário. Girou de lado e tentou se levantar, mas uma bota chutou-o na barriga. Hook se virou de novo e viu Tom e Robert Perrill parados junto dele.

— Depressa — gritou Tom Perrill para o irmão.

Robert levantou uma espada, com a ponta para baixo, na direção da garganta de Hook.

— Vou ficar com sua mulher — disse Tom Perrill, mas Hook mal podia ouvir acima dos gritos que ecoavam no túnel. Mais gritos soaram vindos da porca, onde os atacantes travavam uma batalha violenta e súbita contra os defensores espantados. Então a espada de Robert Perrill baixou e Hook rolou de novo, jogando-se contra os pés dos inimigos, e se ergueu fazendo Robert Perrill tombar de encontro à parede do outro lado. A acha ainda estava na mão de Hook enquanto ele se levantava com dificuldade e se virava para Thomas Perrill, que simplesmente fugiu correndo.

— Covarde! — gritou Hook, e olhou para Robert, que estava balançando a espada inutilmente e gritando, gritando, e Hook percebeu por quê. A terra estava se sacudindo quando outro grito, fino como uma lâmina, soou nos ouvidos de Hook.

— Abaixe-se! — disse são Crispiniano.

E agora a terra estava se sacudindo, e o grito fino se perdeu no trovão, só que o trovão não era do céu, e sim da terra, e Hook obedeceu ao santo, agachando-se ao lado de Robert Perrill enquanto o teto do túnel desmoronava.

Aquilo pareceu durar para sempre. Madeiras estalavam, o ruído gemia e estrondeava, e a terra caía.

Hook fechou os olhos. O grito fino estava de volta, mas dentro de sua cabeça. Era medo, seu próprio grito, seu terror da morte. Ele estava respirando poeira. No dia final, ele sabia, os mortos se ergueriam da terra. Sairiam de seus túmulos, a terra abrindo caminho para a carne e os ossos, e eles se virariam para a cidade luminosa e santa de Jerusalém, e o céu no leste estaria mais claro do que o sol e um grande terror inundaria os mortos recém-ressuscitados, de pé em suas mortalhas. Haveria gritos e choro, pessoas se encolhendo diante do súbito clarão da luz nova, mas todos os párocos mortos teriam sido enterrados com os pés virados para o oeste, de modo que quando se levantassem do túmulo ficassem de frente para suas congregações e pudessem tranquilizá-las. E por algum motivo, enquanto a terra desmoronava para fazer a sepultura de Hook, ele pensou em Sir Martin, e imaginou se aquele rosto torto, azedo, de queixo comprido, seria o primeiro que ele veria no dia final, quando trombetas enchessem os céus e Deus viesse em glória para levar seu povo.

Uma trave de teto despencou, a terra caiu e Hook estava agachado, e o trovão estava a toda volta e o grito em sua cabeça se reduziu a um gemido.

E então houve silêncio.

Silêncio súbito, absoluto, negro.

Hook respirou.

— Ah, meu Deus — gemeu Robert Perrill.

Algo se comprimia nas costas de Hook. Era pesado, parecia impossível de ser movido, mas não estava esmagando-o. A escuridão era absoluta.

— Ah, meu Deus, por favor — disse Perrill.

A terra estremeceu de novo e houve um estrondo abafado. Um canhão, pensou Hook, e agora podia até escutar vozes, mas eram muito distantes. Sua boca estava cheia de terra. Cuspiu.

A acha d'armas continuava em sua mão direita, mas ele não podia movê-la. Estava presa por alguma coisa. Soltou-a e tateou ao redor, consciente de que se encontrava num espaço pequeno, apertado.

Ficou quieto.

Tateou atrás e percebeu que uma trave do teto havia se deslocado e de algum modo deixara aquele pequeno espaço onde ele se mantinha agachado e respirava. A madeira estava inclinada, e era esse carvalho áspero que apertava sua coluna.

— O que vou fazer? — perguntou em voz alta.

— Você não está longe da superfície — respondeu são Crispiniano.

— Você precisa me ajudar — disse Perrill.

Se eu me mexer, morro, pensou Hook.

— Nick! Ajude-me — disse Perrill. — Por favor.

— Simplesmente empurre para cima — ordenou são Crispiniano.

— Mostre um pouco de coragem — disse são Crispim em sua voz mais áspera.

— Pelo amor de Deus, ajude-me — gemeu Perrill.

— Mova-se para a direita — disse são Crispiniano — e não tenha medo.

Hook moveu-se devagar. Terra caiu.

— Agora cave uma saída — disse são Crispiniano — como uma toupeira.

— As toupeiras morrem — respondeu Hook, e queria explicar como eles prendiam toupeiras bloqueando os túneis e depois escavando para tirar os animais apavorados, mas o santo não queria ouvir.

— Você não vai morrer — disse o santo, impaciente. — Pelo menos se cavar.

Então Hook fez pressão para cima, raspando com as duas mãos, e a terra caiu, enchendo sua boca. Quis gritar, mas não conseguiu. Empurrou com as pernas, usando toda a força do corpo, a terra desmoronou em volta e ele teve certeza de que morreria ali, só que de repente, muito de repente, estava respirando ar limpo. A sepultura era muito rasa, nada além de um cobertor de terra caída, e estava meio de pé no ar livre, perplexo em descobrir que a noite não havia baixado completamente. Parecia estar chovendo, só que o céu continuava limpo, e então percebeu que os franceses disparavam setas de bestas da barbacã e das muralhas meio despedaçadas. Não estavam atirando contra ele, mas contra homens que espiavam das trincheiras inglesas e ao redor das bordas da porca.

Hook estava com terra até a cintura. Abaixou a mão ao lado da perna direita e segurou o gibão de couro de Robert Perrill. Puxou, e a terra estava suficientemente solta para deixá-lo arrastar o arqueiro engasgado para o resto de luz do dia. Uma seta de besta bateu no solo a poucos centímetros de Hook e ele ficou totalmente imóvel.

Estava no que parecia uma trincheira rústica e as laterais altas lhe davam alguma proteção das setas francesas. Os defensores da cidade estavam comemorando. Tinham visto o colapso do túnel e os ingleses tentando resgatar alguém que tivesse sobrevivido à catástrofe, por isso enchiam o crepúsculo com setas para afastar os que faziam o resgate.

— Ah, meu Deus — suspirou Robert Perrill.

— Você está vivo — disse Hook.

— Nick?

— Precisamos esperar.

Robert Perrill engasgou e cuspiu terra.

— Esperar?

— Não podemos nos mexer até que escureça. Eles estão atirando contra nós.

— Meu irmão!

— Ele fugiu. — Hook imaginou o que teria acontecido com Sir Edward. Será que aquela parte mais funda da mina teria desmoronado? Ou será que os franceses teriam matado todos os homens no túnel? Os inimigos haviam feito seu próprio túnel por cima da escavação inglesa, pularam dentro e Hook imaginou a luta súbita, a morte na escuridão e a dor de morrer na sepultura recém-construída. — Você ia me matar — disse a Robert Perrill.

Perrill não respondeu. Estava meio caído no piso da trincheira, mas ainda tinha as pernas enterradas. Havia perdido a espada.

— Você ia me matar — repetiu Hook.

Perrill limpou a terra do rosto.

— Desculpe, Nick.

Hook fungou, não disse nada.

— Sir Martin disse que nos pagaria — admitiu Perrill.

— Seu pai? — zombou Hook.

Perrill hesitou, depois assentiu.

— É.

— Porque ele me odeia?

— Não. Porque sua mãe o rejeitou — disse Perrill.

Hook gargalhou.

— E sua mãe se prostituiu — respondeu em tom chapado.

— Ele disse que ela iria para o céu, que se você fizer com um padre, vai para o céu. Foi o que ele disse.

— Ele é louco, tocado pela lua.

Perrill ignorou isso.

— Ele deu dinheiro a ela, ainda dá, e vai nos dar dinheiro.

— Para me matar? — perguntou Hook, se bem que os franceses estivessem se esforçando ao máximo para poupar Sir Martin do trabalho. As setas de bestas batiam com som oco, algumas dando cambalhotas pela trincheira rústica formada pelo túnel desmoronado.

— Ele quer a sua mulher — disse Robert Perrill.

— Quanto ele vai pagar a vocês?

— Um marco a cada — respondeu Perrill, agora ansioso para ajudar Hook.

Um marco. Cento e sessenta pennies, ou 320 pence se os dois irmãos recebessem. Cinquenta e três dias de trabalho para um arqueiro O preço da vida de Hook e do sofrimento de Melisande.

— Então você tem de me matar? Depois pegar minha garota?

— Ele quer isso.

— Ele é um desgraçado maligno e louco.

— Ele pode ser gentil — disse Perrill pateticamente. — Você se lembra da filha de John Luttock?

— Claro que lembro.

— Ele pegou-a, mas no fim pagou ao John, deu o dote da garota.

— Cento e sessenta pennies para estuprá-la?

— Não! — Perrill estava perplexo com a pergunta. — Acho que foram duas libras, talvez mais. John ficou feliz.

Agora a luz estava sumindo depressa. Os franceses haviam poupado seus canhões carregados para o momento em que sua mina rompesse o túnel inglês, e agora disparavam um tiro depois do outro das muralhas de Harfleur. A fumaça subia como nuvens de tempestade escurecendo o céu já escuro, enquanto as balas de pedra ricocheteavam e ressoavam nos flancos fortes da porca.

— Robert! — gritou uma voz vinda da porca.

— É o Tom — disse Robert Perrill, reconhecendo a voz do irmão. Respirou para gritar de volta, mas Hook o impediu com uma das mãos.

— Fique quieto — rosnou Hook. Uma seta de besta caiu pela trincheira e bateu na malha de Hook. Ela havia perdido a força e tombou de lado enquanto outra seta tirava fagulhas de um pedaço de sílex ali perto. — O que acontece agora? — perguntou Hook, tirando a mão da boca de Robert Perrill.

— Como assim?

— Se eu levar você de volta você vai tentar me matar de novo.

— Não! Tire-me daqui, Nick! Não consigo me mexer!

— Então o que acontece agora? — perguntou Hook de novo. Setas de bestas estalavam batendo na porca com tanta frequência que parecia chuva de granizo num teto de madeira.

— Não vou matar você.

— O que eu devo fazer?

— Tire-me, Nick, por favor — pediu Perrill.

— Eu não estava falando com você. O que devo fazer?

— O que você acha? — disse são Crispim, o irmão mais grosseiro, em voz de zombaria.

BERNARD CORNWELL

— É assassinato — respondeu Hook.

— Não vou matar você! — insistiu Perrill.

— Você acha que nós salvamos a garota para que ela pudesse ser estuprada? — perguntou são Crispiniano.

— Tire-me dessa lama — disse Perrill. — Por favor.

Em vez disso Hook estendeu a mão e achou uma das setas caídas. Era do tamanho de seu antebraço, grossa como dois polegares e emplumada com rígidas palhetas de couro. A ponta tinha ferrugem, mas ainda era afiada.

Matou Perrill do modo mais fácil. Deu-lhe uma pancada forte na cabeça, e enquanto o arqueiro ainda estava se recuperando do golpe, cravou a seta num dos olhos. Ela entrou facilmente, resvalando na órbita, e Hook continuou cravando a haste grossa no cérebro de Perrill até que a ponta enferrujada raspou no fundo do crânio. O arqueiro se retorceu e se sacudiu, engasgou e estremeceu, mas morreu bem depressa.

— Robert! — gritou Tom Perrill da porca.

Uma seta de springolt acertou um pedaço de chaminé de alvenaria que ficara de pé nos restos calcinados de uma casa. A seta girou na escuridão que ia baixando, dando cambalhotas, passando por cima das trincheiras inglesas até cair lá atrás. Hook enxugou a mão direita, ferida, na túnica de Robert Perrill, limpando a gosma que havia espirrado do olho do morto, depois puxou-se para cima, livrando-se da terra. Era praticamente noite, e a fumaça dos tiros de canhão ainda encobria o pouco de luz que restava. Passou por cima de Perrill e cambaleou na direção da porca, as pernas lentas em reencontrar a força. Setas de bestas passavam voando por ele, mas agora a mira era aleatória e Hook chegou à porca em segurança. Apoiou-se no flanco dela enquanto andava, depois se deixou cair na segurança da trincheira. Lanternas iluminaram seu rosto sujo de terra e homens o encararam.

— Quantos outros sobreviveram? — perguntou um homem de armas.

— Não sei — respondeu Hook.

— Aqui. — Um padre lhe trouxe um pote e Hook bebeu. Não havia percebido como estava com sede até que sentiu o gosto da cerveja.

— E o meu irmão? — Thomas Perrill estava entre os homens que olhavam para Hook.

— Foi morto por uma seta de besta — disse Hook rapidamente, e olhou o rosto comprido de Perrill. — Atravessou direto o olho — acrescentou com brutalidade. Perrill o encarou, e então Sir John Cornewaille abriu caminho pelo grupo que estava no buraco da porca.

— Hook!

— Estou vivo, Sir John.

— Não parece. Venha. — Sir John segurou o braço de Hook e guiou-o para o acampamento. — O que aconteceu?

— Eles vieram de cima. Eu estava indo para a saída quando o teto caiu.

— Em cima de você?

— Sim, Sir John.

— Alguém ama você, Hook.

— É são Crispiniano — respondeu Hook, em seguida viu Melisande à luz de uma fogueira de acampamento e foi para o abraço dela.

E depois, na escuridão, teve pesadelos.

Os homens de Sir John começaram a morrer na manhã seguinte. Um homem de armas e dois arqueiros, todos golpeados pela doença que transformava as entranhas em esgotos de água imunda. Alice Godewyne morreu. Uma dúzia de outros homens de armas ficou doente, assim como pelo menos 20 arqueiros. O exército estava sendo devastado pela praga, e o fedor de fezes pairava sobre o acampamento, os franceses construíam suas muralhas mais altas a cada noite e ao amanhecer os homens lutavam para ir até os buracos dos canhões e as trincheiras, onde vomitavam e esvaziavam as tripas.

O padre Christopher pegou a doença. Melisande o encontrou tremendo em sua tenda, o rosto pálido, deitado na própria imundície e fraco demais para se mexer.

— Comi umas nozes — disse ele.

BERNARD CORNWELL

— Nozes?

— *Les noix* — explicou, numa voz que era como um gemido sem fôlego. — Eu não sabia.

— Não sabia?

— Os médicos disseram agora que a gente não deveria comer nozes ou repolho. Não com a doença por aí. Eu comi nozes.

Melisande o lavou.

— Você vai me deixar mais doente — reclamou ele, mas estava fraco demais para impedir que ela o limpasse. Ela lhe arranjou um cobertor, mas o padre Christopher o jogou longe quando o calor do dia ficou insuportável. A maior parte das terras baixas onde ficava Harfleur ainda estava inundada e o calor parecia tremeluzir sobre a água rasa, deixando o ar denso como vapor. Os canhões continuavam disparando, mas com menos frequência porque os artilheiros holandeses também haviam sido afetados pela doença. Ninguém foi poupado. Homens da casa do rei adoeceram, grandes senhores foram derrubados e os anjos da morte pairavam com asas escuras sobre o acampamento inglês.

Melisande encontrou amoras-pretas e pediu um pouco de cevada às cozinheiras de Sir John. Ferveu as amoras com cevada para reduzir o líquido, que depois adoçou com mel e serviu em colheradas na boca do padre Christopher.

— Vou morrer — disse ele debilmente.

O médico do rei, o mestre Colnet, foi à tenda do padre Christopher. Era um homem jovem e sério, com rosto pálido e nariz pequeno com o qual cheirou as fezes do padre Christopher. Não fez qualquer julgamento quanto ao que havia determinado a partir dos odores. Em vez disso, abriu rapidamente uma veia no braço do padre e o sangrou copiosamente.

— As administrações da garota não farão mal.

— Deus a abençoe — respondeu debilmente o padre Christopher.

— O rei lhe mandou vinho — disse o mestre Colnet.

— Agradeça à sua majestade por mim.

— É um vinho excelente — disse Colnet, atando o braço cortado com habilidade treinada —, mas não ajudou ao bispo.

— Bangor morreu?

— Bangor, não. Norwich. Morreu ontem.

— Santo Deus — disse o padre Christopher.

— Eu o sangrei também, e pensei que ele viveria. Mas Deus decretou o contrário. Voltarei amanhã.

O corpo do bispo de Norwich foi esquartejado, depois fervido num caldeirão gigante para soltar a carne dos ossos. O líquido fétido e fervente foi derramado e os ossos embrulhados em linho e postos num caixão pregado, que transportaram até a margem para que o bispo fosse levado para casa e enterrado na diocese que ele se esforçara tanto para evitar em vida. A maioria dos mortos era simplesmente largada nos buracos cavados em qualquer lugar onde houvesse um trecho de terreno suficientemente elevado para sustentar uma sepultura não inundada, mas, à medida que mais homens morriam, as covas eram abandonadas e os cadáveres levados até os baixios de maré e jogados nos riachos rasos onde ficavam à mercê de cães selvagens, gaivotas e da eternidade. O fedor dos mortos, o cheiro de fezes e a exalação dos incêndios enchiam o acampamento.

Duas manhãs depois de Hook ter saído cambaleando da mina desmoronada houve um súbito aumento de tiros de canhão vindos das muralhas de Harfleur. A guarnição havia carregado os canhões e agora os disparavam ao mesmo tempo, de modo que a cidade sofrida tinha uma borda de fumaça. Os defensores comemoravam nas muralhas e acenavam com estandartes cheios de escárnio.

— Um navio conseguiu chegar a eles — explicou Sir John.

— Um navio? — perguntou Hook.

— Pelo amor de Deus, você sabe o que é um navio!

— Mas como?

— A porcaria da nossa frota estava dormindo, foi assim! Agora os malditos filhos da mãe conseguiram comida. Para o diabo esses filhos da mãe. — Parecia que Deus havia trocado de lado, porque as defesas de Harfleur, apesar de golpeadas e partidas, eram constantemente reabastecidas e reconstruídas. Novas muralhas surgiam por trás da antiga, e a cada noite a guarnição aprofundava o fosso defensivo e levantava novos obstáculos

BERNARD CORNWELL

nas brechas despedaçadas. A intensidade das setas de bestas não diminuía, prova de que a cidade estivera bem abastecida, ou então que o navio passando pelo bloqueio trouxera um novo suprimento. Enquanto isso os ingleses ficavam mais doentes. Sir John entrou na tenda do padre Christopher e olhou-o.

— Como ele está? — perguntou a Melisande.

Ela deu de ombros. Para Hook, o padre já parecia morto, porque estava deitado de costas imóvel, a boca aberta frouxa e a pele numa palidez cinzenta.

— Ele está respirando? — perguntou Sir John.

Melisande confirmou com a cabeça.

— Deus nos ajude — disse Sir John, e saiu da tenda. — Deus nos ajude — repetiu, e olhou para a cidade. Ela deveria ter caído havia duas semanas, no entanto estava ali, ainda desafiadora, com os destroços da muralha e das torres protegendo as novas barricadas que haviam sido construídas atrás.

Havia notícias boas. Sir Edward Derwent era prisioneiro em Harfleur, assim como Daffyd ap Traharn. Os arautos, retornando de outra tentativa inútil de convencer a guarnição a se render, contaram como os homens presos na outra extremidade da mina haviam se rendido. A mina desmoronada fora abandonada, mas no lado leste de Harfleur, onde o irmão do rei comandava o cerco, outros túneis ainda estavam sendo cavados na direção das muralhas. A melhor notícia era que os franceses não estavam fazendo qualquer esforço de ajudar a cidade. Patrulhas inglesas cavalgavam até longe no campo para arranjar grãos, e não havia sinal de nenhum inimigo vindo atacar os ingleses enfraquecidos pela doença. Parecia que Harfleur fora deixada para apodrecer, mas agora, pelo jeito, os sitiadores seriam destruídos antes.

— Todo aquele dinheiro — disse Sir John em voz desanimada — e tudo que fizemos foi marchar uns poucos quilômetros para nos tornar senhores de sepulturas e buracos de merda.

— Então por que simplesmente não deixamos a cidade para lá? — perguntou Hook. — E simplesmente marchamos de volta?

— Uma pergunta idiota — disse Sir John. — O lugar poderia se render amanhã! E toda a cristandade está olhando. Se abandonarmos este cerco vamos parecer fracos. Além disso, mesmo se marcharmos para o interior não vamos encontrar necessariamente os franceses. Eles aprenderam a temer os exércitos ingleses e sabem que o modo mais rápido de se livrar de nós é se esconder em fortalezas. De modo que poderíamos simplesmente abandonar este cerco para começar outro. Não. Temos de tomar esta cidade maldita.

— Então por que não atacamos?

— Porque iríamos perder homens demais. Imagine, Hook. Bestas, springolts, canhões, tudo atirando contra nós enquanto avançamos, matando-nos enquanto enchemos o fosso, e depois passamos por cima do entulho da muralha e encontramos um novo fosso, uma nova muralha, e mais bestas, mais canhões, mais catapultas. Não podemos nos dar ao luxo de perder cem homens mortos e quatrocentos aleijados. Viemos aqui para conquistar a França, e não para morrer nesse buraco de merda fedorento. — Ele chutou o chão duro, depois olhou para o mar onde seis navios ingleses estavam ancorados fora da entrada do porto. — Se eu comandasse a guarnição de Harfleur — disse pensativo. — Sei exatamente o que faria.

— O quê?

— Atacaria. Chutaria enquanto ainda estamos meio aleijados. Falamos em cavalheirismo, Hook, e somos cavalheiros. Lutamos com tanta educação! No entanto sabe como se vence uma batalha?

— Lutando sujo, Sir John.

— Lutando sujo, Hook. Lute como o diabo e mande o cavalheirismo para o inferno. Ele não é idiota.

— O diabo?

Sir John balançou a cabeça.

— Não, Raoul de Gaucourt. Ele comanda a guarnição — Sir John assentiu na direção de Harfleur. — É um cavalheiro, Hook, mas também é guerreiro. E não é idiota. E se eu fosse Raul de Gaucourt chutaria nossa bunda agora mesmo.

E no dia seguinte Raul de Gaucourt fez isso.

BERNARD CORNWELL

— **A**corde, Nick! — Era Thomas Evelgold gritando com ele. O centenar bateu no abrigo de Hook, sacudindo-o com tanta força que folhas mortas e pedaços de capim com terra caíram sobre Hook e Melisande.

— Acorde, seu desgraçado! — gritou Evelgold outra vez.

Hook abriu os olhos para a escuridão.

— Tom? — gritou, mas Evelgold já havia saído para acordar outros arqueiros.

Uma segunda voz gritava para os homens se reunirem.

— Armaduras! Armas! Depressa! Agora, andem! Quero todos aqui, agora! Agora!

— O que é? — perguntou Melisande.

— Não sei — respondeu Hook, que estendeu as mãos procurando a cota de malha. O fedor do forro de linho era insuportável enquanto ele o passava pela cabeça. Forçou a vestimenta dura a passar pelo peito.

— O cinturão da espada?

— Aqui. — Melisande estava ajoelhada. As fogueiras do acampamento iam sendo reavivadas e as chamas se refletiam vermelhas nos olhos arregalados dela.

Hook pôs a túnica curta com sua cruz de são Jorge, o distintivo que todo homem devia usar nos trabalhos do cerco. Calçou as botas, as botas que já haviam sido boas e ele comprara em Soissons, mas que agora estavam se desfazendo nas costuras. Afivelou o cinturão, tirou o arco da capa e pegou uma bolsa de flechas. Havia amarrado uma comprida tira de couro na acha d'armas e pendurou-a no ombro, depois saiu para a noite.

— Eu volto — gritou para Melisande.

— *Casque!* — gritou ela, seguindo-o —, *casque!* — Hook levou a mão atrás e pegou o elmo com ela. Sentiu uma ânsia súbita de lhe dizer que a amava, mas Melisande havia desaparecido de volta no abrigo e Hook não disse nada. Sentia que a noite estava terminando. As estrelas eram pálidas, significando que o amanhecer logo mancharia o céu sobre a cidade obstinada, mas à frente dele havia tumulto. As chamas no cerco saltavam mais altas, lançando sombras grotescas sobre o terreno irregular.

— Venham a mim! Venham a mim! — estava gritando Sir John ao lado da maior fogueira. Os arqueiros iam se reunindo rapidamente, mas os homens de armas, que precisavam de tempo para afivelar as placas das armaduras, demoravam mais a chegar. Sir John havia optado por não colocar sua cara armadura e estava vestido como os arqueiros, com cota de malha e gibão. — Evelgold! Hook! Magot! Candeler! Brutte! — gritava Sir John. Walter Magot, Piers Candeler e Thomas Brutte eram os outros ventenares.

— Aqui, Sir John! — respondeu Evelgold.

— Os filhos da mãe fizeram uma investida — disse Sir John, ansiosamente. Isso explicava os gritos e o som de aço batendo em aço, que vinha das trincheiras avançadas. A guarnição de Harfleur havia investido para atacar a porca e os buracos dos canhões. — Temos de matar os desgraçados — disse Sir John. — Vamos atacar diretamente até a porca. Alguns de nós vamos, mas não você, Hook! Conhece a Selvagem?

— Sim, Sir John — disse Hook, ajustando a fivela do cinturão. — A Selvagem era uma catapulta, uma grande fera de madeira que lançava pedras em Harfleur e, dentre todas as máquinas de cerco, ficava mais perto do mar, na extremidade direita das linhas inglesas.

— Leve seus homens para lá — ordenou Sir John — e dali vá na direção da porca, entendeu?

— Sim, Sir John — repetiu Hook. Em seguida encordoou o arco apertando uma das extremidades no chão e passando a corda no entalhe de cima.

— Então vão! Agora! — rosnou Sir John. — E matem os filhos da mãe! — Virou-se. — Onde está o meu estandarte? Quero meu estandarte! Tragam a porcaria do meu estandarte!

Agora Hook comandava 16 homens. Deveriam ser 23, mas sete estavam mortos ou doentes. Imaginou como 17 homens deveriam abrir caminho ao longo de trincheiras e buracos de canhões cheios de inimigos que haviam atacado a partir da porta Leure. Era evidente que os franceses tinham capturado grandes trechos das obras do cerco porque, enquanto Hook levava seus homens para a trilha sul, pôde ver mais fogos brotando nos buracos de canhão ingleses e as formas de homens correndo na frente dessas chamas. Grupos de homens de armas e arqueiros atravessavam o caminho de Hook, todos indo na direção da luta. Agora Hook podia ouvir o choque de lâminas.

— O que vamos fazer, Nick? — perguntou Will Dale.

— Você ouviu Sir John. Começar na Selvagem, abrir caminho para dentro — disse Hook, e ficou surpreso por parecer confiante. As ordens de Sir John tinham sido vagas e dadas às pressas, e Hook simplesmente obedecera levando seus homens na direção da Selvagem, mas só agora tentava deduzir o que deveria fazer. Sir John estava reunindo seus homens de armas e ficara com a maioria dos arqueiros, presumivelmente para um ataque contra a porca, que parecia ter caído na posse do inimigo, mas por que destacar Hook? Porque, decidiu Hook, Sir John precisava de proteção no flanco. Sir John e seus homens eram os batedores e impulsionariam o jogo pela frente de Hook, onde os arqueiros poderiam derrubá-los. Reconhecendo a simplicidade do plano, Hook sentiu um jorro de orgulho. Sir John poderia ter mandado seu centenar, Tom Evegold, ou qualquer um dos outros ventenares, todos mais velhos e mais experientes, mas escolhera Hook.

Fogos ardiam junto à Selvagem, mas não tinham sido ateados pelos franceses. Eram fogueiras de acampamento dos homens que guardavam o buraco onde ficava a catapulta, e as chamas iluminavam as traves monstruosamente lúgubres da máquina gigantesca. Uma dúzia de arqueiros, os sentinelas que guardavam a máquina durante a noite, esperava com arcos encordoados e, ao ver homens descendo a encosta, viraram esses arcos na direção de Hook.

— São Jorge! — gritou Hook. — São Jorge!

Os arcos baixaram. Os sentinelas estavam nervosos.

— O que está acontecendo? — perguntou um dos homens a Hook.

— Não sei! — respondeu Hook bruscamente, depois se virou para contar seus homens. Fez isso ao velho estilo do país, como um pastor contando o rebanho, como seu pai havia ensinado. *Yain, tain, eddero,* contou, e chegou até *bumfit,* que significava 15, procurou o homem extra e viu dois. *Tain-o-bumfit?* Então viu que o décimo sétimo homem era baixo, magro e levava uma besta. — Pelo amor de Deus, garota, volte — gritou, e depois esqueceu Melisande porque Tom Scarlet gritou um alerta e Hook girou, vendo um bando de homens correndo na direção da Selvagem, descendo a larga trincheira que serpenteava até a catapulta, vindo do buraco de canhão mais próximo. Alguns dos homens que se aproximavam tinham tochas que deixavam um rastro de fagulhas, e as chamas fortes se refletiam nos elmos, espadas e machados.

— Não têm cruzes! — alertou Tom Scarlet, querendo dizer que nenhum dos homens na trincheira usava a cruz de são Jorge. Eram franceses e, ao ver os arqueiros enfileirados junto à fogueira acesa no buraco da Selvagem, começaram a gritar seu desafio:

— Saint Denis! Harfleur!

— Arcos! — gritou Hook, e seus homens se espalharam instintivamente. — Matem!

A distância era curta, menos de 50 passos, e os atacantes se transformaram em alvos fáceis porque estavam contidos pelas paredes da trincheira. As primeiras flechas se cravaram neles e o som oco das pontas acertando silenciou instantaneamente os gritos dos inimigos. O som dos arcos era agudo, cada liberação da corda seguida por um chiado brevíssimo enquanto as penas captavam o ar. Na escuridão essas penas formavam pequenos riscos brancos que paravam abruptamente quando as flechas batiam nos alvos. Para Hook, era como se o tempo tivesse ficado mais lento. Estava tirando flechas da bolsa, pondo-as sobre a madeira, levan-

BERNARD CORNWELL

tando o arco, puxando a corda, disparando; e não sentia empolgação, nem medo nem animação. Sabia exatamente aonde cada flecha deveria ir, antes mesmo de tirá-la da bolsa. Mirava a barriga dos homens que se aproximavam e, à luz das chamas, via esses homens se dobrando enquanto suas flechas os acertavam.

O ataque inimigo terminou como se eles tivessem trombado num muro de pedras. A trincheira tinha largura para seis homens andarem lado a lado, e todos os franceses da frente estavam no chão, espetados com flechas, e os que vinham atrás tropeçavam neles e por sua vez eram acertados por flechas. Algumas resvalavam em armaduras de placas, mas outras atravessavam o metal, e até uma flecha que não conseguisse furar a placa tinha força suficiente para derrubar o homem para trás. Se os inimigos tivessem podido se espalhar, talvez alcançassem a Selvagem, mas as paredes da trincheira os comprimiam e os furadores emplumados voavam do escuro, de modo que o grupo de ataque se virou e correu de volta, deixando para trás uma massa escura, ainda que nem toda imóvel.

— Denton! Furnays! Cobbold! — gritou Hook. — Garantam que esses filhos da mãe estejam mortos. O resto venha atrás de mim!

Os três homens pularam na trincheira, desembainharam as espadas e se aproximaram dos inimigos feridos. Enquanto isso Hook ficou acima da trincheira, avançando ao lado dela com uma flecha na corda. Podia ver homens lutando ao redor da porca distante e no buraco largo onde o maior canhão, a grande bombarda chamada de Filha do Rei, ficava enterrado. Ali o fogo ardia forte, mas isso não era da conta de Hook. Seu serviço era chegar ao flanco de Sir John.

O terreno era áspero, revirado pelas escavações e pelos golpes dos projéteis franceses. As pedras lançadas pelas grandes catapultas de Harfleur se espalhavam no caminho, assim como os restos das casas que haviam sido incendiadas no início do cerco, mas agora o amanhecer fazia brotar uma luz fraca no leste, apenas o bastante para lançar sombras dos obstáculos. Uma seta de besta passou chicoteando perto da cabeça de Hook e ele sentiu que ela viera do buraco de canhão mais próximo, onde uma peça de artilharia chamada de Redentor estava colocada.

— Will! Mantenha aqueles filhos da mãe ocupados.

— Que filhos da mãe?

— Os que capturaram o Redentor! — disse Hook, em seguida pegou o braço de Will Dale e virou-o na direção do buraco do canhão, que era uma sombra preta a 20 passos do outro lado da trincheira. O lugar fora protegido dos springolts e dos canhões de Harfleur por um dos engenhosos anteparos de madeira que se erguiam altos no escuro, mas o anteparo inclinado não havia impedido o inimigo de capturar o canhão. — Mande o máximo de flechas que puder para o buraco — disse Hook a Will —, mas pare de atirar quando chegarmos ao canhão. — Hook empurrou seis homens na direção de Will. — Obedeçam ao Will — disse — e você cuide de Melisande — acrescentou a Will, porque ela ainda estava com o grupo. — O resto, atrás de mim.

Outra seta de besta passou sibilando, mas agora os homens de Hook estavam se movendo depressa. Will Dale e sua meia dúzia de homens se moviam para o leste, para disparar suas flechas através da abertura na parte de trás do buraco, enquanto Hook corria para o flanco do Redentor. Pulou na trincheira larga e esperou que seus seis homens se juntassem a ele.

— A partir de agora, nada de arcos — disse.

— Nada de arcos? Somos arqueiros! — resmungou Will Sclate, que sempre resmungava. Não era um sujeito popular, mal-humorado demais para ser boa companhia e com a cabeça lenta demais para acompanhar as conversas incessantes dos arqueiros, mas era grande e tinha uma força enorme. Havia crescido numa das propriedades de Sir John, era filho de camponês e poderia ter esperado labutar nos campos durante toda a vida, mas Sir John vira a força do garoto e insistira em que ele aprendesse a usar o arco longo. Agora, como arqueiro, ganhava mais do que qualquer trabalhador do campo, mas era tão lento e teimoso quanto os campos de barro em que ele trabalhara um dia com arado e marreta.

— Você é soldado — disse Hook, rispidamente — e vai usar armas de mão.

— O que vamos fazer? — perguntou Geoffrey Horrocks. Era o mais novo dos arqueiros de Sir John, tinha apenas 17 anos, era filho de um falcoeiro.

— Vamos matar uns filhos da mãe. — Hook pendurou o arco atravessado no corpo e sopesou sua acha. — E vamos depressa! Atrás de mim! Agora!

Subiu rapidamente a face da trincheira e passou pelos destroços dos cestos de vime cheios de terra, que formavam o parapeito da trincheira. Podia ver luz de chamas no buraco do Redentor e podia ouvir o ruído agudo e fino de cordas de arcos sendo disparados à esquerda, onde os homens de Will Dale estavam enfileirados ao lado do cotoco de pedras de uma chaminé destruída. Um grito veio do buraco, depois outro, depois um retinido quando uma ponta de flecha raspou o flanco do canhão. Sete arqueiros estavam disparando contra o buraco. Num minuto eram facilmente capazes de disparar 60 ou 70 flechas, e essas flechas voavam através da meia-luz, enchendo o buraco do canhão com morte sibilante e forçando os franceses a se agachar em busca de proteção.

Então Hook e seus homens chegaram pelo flanco. Os franceses não os viram porque as flechas estavam assobiando e se cravando ao redor, e eles estavam agachados para aproveitar a pouca proteção oferecida pelo buraco. O enorme anteparo de madeira dava uma proteção esplêndida no lado virado para Harfleur, mas o buraco não fora feito para proteger os homens de ser atacados por trás, e as flechas de Will vinham pela trincheira e através da abertura larga. Então Hook saltou pelo parapeito na lateral do buraco e rezou para que as flechas parassem.

Deviam ter parado, porque nenhum de seus homens foi acertado por elas. Os arqueiros estavam gritando um desafio enquanto seguiam Hook por cima dos cestos de vime, e ainda gritavam enquanto começavam a matar. Hook estava girando a acha ao pousar, e sua marreta com peso de chumbo se chocou contra o elmo de um francês agachado e Hook sentiu, mais do que viu, o metal se amarrotando sob o golpe enorme que destroçou metal, crânio e cérebro. Um homem se levantou à sua direita, mas Sclate o empurrou de volta com uma facilidade cheia de desprezo enquanto Hook se esparramava do outro lado do canhão. Havia pulado por cima do cano do Redentor.

Bateu com força do outro lado do buraco, perdeu o apoio do pé e caiu violentamente. Um jorro de medo estourou frio em suas veias. O medo maior era porque estava no chão e vulnerável, outro era que podia ter danificado o arco pendurado nas costas, porém mais tarde, quando se lembrou da luta, percebeu que também sentiu empolgação. Na lembrança era tudo um borrão de homens gritando, lâminas brilhantes e metal retinindo, mas naquele turbilhão de impressões havia um centro frio e duro em que Nick Hook recuperou o equilíbrio e viu um homem de armas na frente do buraco. O sujeito usava armadura de placas meio coberta por uma túnica mostrando um coração furado por uma lança em chamas. Estava segurando uma espada. Sua viseira se encontrava erguida e os olhos refletiam as pequenas chamas das tochas caídas, e Hook viu medo naqueles olhos. Mate ou seja morto, dizia sempre Sir John, e Hook correu para o homem, com a acha levantada, o cabo seguro com as duas mãos, ignorou o débil golpe defensivo de espada que o homem ofereceu e estocou com a ponta de lança contra a cintura do francês. A lâmina resvalou na borda inferior do peitoral e ressoou nas faldas, as tiras de placas usadas sobre um saiote de couro destinadas a impedir uma estocada de espada contra a parte inferior da barriga. Mas nenhuma falda poderia resistir a uma estocada da acha d'armas. E Hook viu os olhos do homem se arregalarem, viu sua boca formar um grande buraco quando a ponta de lança rasgou aço, couro, malha interna, pele, músculos e tripas até se chocar contra a coluna do francês. O sujeito soltou um miado e Hook estava berrando um desafio enquanto empurrava a vítima para trás, contra a face do buraco do canhão. Puxou a acha de volta, e o homem veio com ele, balançando os braços, a carne prendendo a ponta. Hook pôs a bota na confusão de sangue e armadura, firmou a perna e puxou até a lâmina se soltar. Impeliu-a à frente de novo, mas interrompeu o golpe quando o homem caiu de joelhos. Hook girou, pronto para se defender, mas a luta já estava acabada. Houvera apenas oito homens no buraco. Deviam ter sido deixados ali pelo grupo maior dos franceses que avançavam para a Selvagem e, quando esse grupo fora obrigado a recuar devido às flechas, aqueles oito tinham sido esquecidos. O trabalho deles era estragar o canhão, o que estavam tentando fazer com um machado enorme que fora abandonado junto do sarilho que inclinava o pesado anteparo de proteção sobre seu eixo. Haviam conseguido despedaçar o sarilho, mas agora todos, menos um, estavam mortos.

— Não se pode danificar um canhão com um machado! — disse Tom Scarlet com desprezo. O único francês vivo gemeu.

— Alguém se machucou? — perguntou Hook.

— Eu torci o tornozelo — disse Harrocks. Estava ofegando e tinha os olhos arregalados de perplexidade ou medo.

— Você vai ficar bom — respondeu Hook abruptamente. — Estamos todos aqui? — Todos os seus homens estavam presentes, e Will Dale vinha correndo pela trincheira com Melisande e seus seis arqueiros. O francês ferido gemeu e puxou as pernas para cima. Não estivera usando armadura, não ser uma cota de malha curta e sem mangas, e Will Sclate havia cravado fundo um machado em seu peito, de modo que o estofo de linho se rasgara e agora estava encharcado de sangue. Hook podia ver uma confusão de pulmões e costelas partidas. O sangue borbulhava preto da boca do homem que gemia de novo. — Tirem-no desse sofrimento — exigiu Hook, mas seus arqueiros apenas o olharam. — Ah, pelo amor de Deus. — Hook passou por cima de um cadáver, pôs a ponta de lança da acha no pescoço do homem, apertou uma vez e, com isso, fez ele mesmo o trabalho.

Will Dale olhou a carnificina no buraco.

— É a última vez que os filhos da mãe idiotas fazem isso! — Tentou falar com tranquilidade, imitando Sir John, mas havia um guinchado em sua voz e horror em seus olhos.

Melisande estava logo atrás de Will. Olhou idiotamente para os franceses mortos, depois para o sangue que pingava grosso da acha de Hook, e em seguida para os olhos dele.

— Você não deveria estar aqui — disse Hook, asperamente.

— Não posso ficar no acampamento — respondeu ela. — Aquele padre podia aparecer.

— Vamos cuidar dela, Nick — disse Will Dale, com a voz ainda tensa. Em seguida deu um passo e levantou uma das tochas caídas, mas agora havia luz suficiente no leste para tornar as chamas desnecessárias. — Olhem o que eles fizeram.

Os franceses tinham usado seu grande machado para cortar as faixas de ferro que envolviam o cano do Redentor. Hook não havia notado o dano antes, mas agora viu que duas das tiras de metal tinham sido cortadas totalmente, o que significava que o canhão estava provavelmente inútil porque, se fosse disparado, o cano iria se expandir, se partir e matar todos os homens que estivessem no buraco. Não era da sua conta.

— Revistem os desgraçados — ordenou. Os três arqueiros que haviam saqueado o corpo das primeiras baixas francesas tinham encontrado correntes de prata, moedas, broches e uma adaga com joias no punho. Todos esses bens valiosos estavam numa sacola de flechas, à qual as novas riquezas estavam sendo acrescentadas.

— Mais tarde dividiremos isso — decretou Hook. — Agora venham, vamos sair daqui! Arcos!

Seu arco não havia se danificado com a queda. Pegou-o com a mão esquerda, pendurou a acha no ombro e pôs uma flecha na corda. Subiu a lateral do buraco chegando num amanhecer cinzento, com riscas de fumaça escura.

Diante dele era travada uma batalha ao redor da porca e do buraco onde ficava o canhão Filha do Rei. Os franceses haviam capturado ambos, mas os ingleses tinham jorrado do acampamento e agora eram em número maior do que o bando de ataque, que estava sendo inexoravelmente forçado para trás. Trombetas soavam, sinal para os franceses interromperem a luta e recuarem para Harfleur. Chamas lambiam as madeiras pesadas da porca e os anteparos móveis que abrigavam a bombarda. Homens de armas golpeavam uns aos outros, lâminas em movimento refletiam a luz enquanto faziam giros e estocadas. Hook procurou o estandarte de Sir John com o leão empinado, e o viu à esquerda. Viu também que os homens de Sir John estavam lutando através da trincheira principal, impelindo para trás o grande grupo de franceses que agora formavam a ala esquerda dos atacantes.

— Arcos! — gritou Hook.

Puxou a corda, trazendo-a até a orelha direita. Os franceses haviam sido chamados de volta à cidade, mas não ousavam se virar e correr por medo da perseguição inglesa, por isso lutavam duramente, tentando empurrar os homens de Sir John de volta para a trincheira. Estavam meio virados de costas para Hook e não faziam ideia de que ele se encontrava em seu flanco.

— Mirem bem — gritou Hook, não querendo que nenhuma de suas flechas caíssem sobre ingleses, depois disparou, pegou outro furador e essa nova flecha já estava com a corda meio retesada quando a primeira se cravou nas costas de um inimigo. Hook esticou totalmente a corda de novo, viu um francês se virar para a nova ameaça, disparou, e a corda acertou o rosto do homem. E de repente o inimigo estava fugindo, derrocado pelo ataque inesperado vindo do flanco.

Uma seta de besta passou à frente de Hook. Uma seta de springolt, muito maior, levantou um jorro de terra enquanto um canhão disparava da muralha de Harfleur. A pedra bateu no chão logo atrás do arqueiro, enquanto mais setas voavam em meio à fumaça. As setas de bestas faziam um ruído trêmulo e Hook achou que as emplumações de couro estavam tortas, sem forma, talvez porque tivessem sido mal armazenadas. As setas não voavam bem, mas mesmo assim chegavam perto demais. Hook olhou para a barbacã e viu os besteiros inimigos mirando do topo. Virou-se e disparou uma flecha na direção deles, depois gritou para seus homens:

— Parem de atirar! Vão para a trincheira!

Agora os franceses estavam recuando depressa, mas tinham feito o que haviam se proposto fazer, danificar as obras do cerco. Três canhões, inclusive o Filha do Rei, jamais disparariam de novo, e ao longo de todas as trincheiras os parapeitos haviam sido derrubados e homens tinham sido mortos. E agora, das fortificações partidas, os defensores zombavam dos ingleses enquanto o grupo de ataque, voltando, atravessava com dificuldade o fosso fundo na frente da barbacã meio destruída. Flechas ainda perseguiam os franceses, alguns homens foram acertados e deslizaram para o fundo do fosso, mas a investida fora um sucesso. As obras inglesas pegavam fogo e os insultos da guarnição ardiam.

— Filhos da mãe — dizia Sir John repetidamente. — Eles nos pegaram dormindo, os filhos da mãe!

— A Selvagem não foi tocada — informou Hook estoicamente —, mas eles quebraram o Redentor.

— Vamos destruir aqueles malditos filhos da mãe! — disse Sir John.

— E nenhum de nós se feriu — acrescentou Hook.

— Vamos machucá-los, por Cristo — prometeu Sir John. Seu rosto estava retorcido de raiva. O cerco já ficara atolado, mas agora o inimigo dera outro golpe duro nas esperanças inglesas. Sir John estremeceu quando um homem de armas inimigo, feito prisioneiro, foi empurrado pela trincheira. Por um instante pareceu que Sir John lançaria sua fúria contra o sujeito indefeso, mas então ele viu Melisande e soltou a frustração contra ela. — O que, em nome de Cristo sofredor, ela está fazendo aqui? — perguntou a Hook. — Jesus Cristo na cruz, você tem merda na cabeça? Não pode ficar sem a porcaria da sua mulher nem por um minuto?

— Não foi o Nick! — gritou Melisande com voz desafiadora. Ela estava segurando a besta, mas não havia disparado. — Não foi o Nick — repetiu ela —, e ele mandou que eu fosse embora.

A cortesia de Sir John para com as mulheres suplantou a raiva. Grunhiu o que poderia ter sido um pedido de desculpas, e então Melisande estava se explicando, falando rapidamente em francês, gesticulando na direção do acampamento, e enquanto ela falava o rosto de Sir John mostrou uma raiva renovada. Ele se virou para Hook.

— Por que não me contou?

— Contei o quê, Sir John?

— Que um padre filho da mãe a ameaçou?

— Eu luto minhas próprias batalhas — disse Hook, carrancudo.

— Não! — Sir John acertou o ombro de Hook com a mão coberta pela manopla de armadura. — Você luta minhas batalhas, Hook — e bateu de novo no ombro de Hook —, é para isso que eu lhe pago. Mas se você luta as minhas, eu luto as suas, entendeu? Somos uma companhia!

— Sir John gritou as três últimas palavras tão alto que homens a 50 metros na trincheira se viraram para olhá-lo. — Somos uma companhia! Ninguém ameaça nenhum de nós sem ameaçar todos nós! Sua garota deveria ser capaz de andar nua no meio de todo o exército e nenhum homem ousaria tocá-la porque ela pertence a nós! Pertence à nossa companhia! Por Cristo, vou matar aquele filho da mãe abençoado por causa disso! Vou arrancar a coluna dele pela garganta e dar seu pau encolhido aos cães para comer! Ninguém nos ameaça, ninguém!

Com os verdadeiros inimigos em segurança atrás de suas fortificações envoltas em fumaça, Sir John estava procurando uma briga. E Hook acabara de lhe dar.

Hook ficou olhando Melisande pôr colheradas de mel na boca do padre Christopher. O padre estava sentado, as costas sustentadas por um barril que viera da Inglaterra cheio de arenques defumados. Estava esquelético, o rosto pálido e cansado, e evidentemente tão fraco quanto um filhote de passarinho, mas vivia.

— Cobbett morreu — disse Hook — e Robert Fletcher.

— Pobre Robert — respondeu o padre Christopher. — Como está o irmão dele?

— Ainda vivo, mas doente.

— Quem mais?

— Pearson está morto, Hull também, Borrow e John Taylor.

— Deus tenha piedade de todos eles — disse o padre, e fez o sinal da cruz. — E os homens de armas?

— John Gaffney, Peter Dance, Sir Thomas Peters — respondeu Hook. — Todos mortos.

— Deus virou o rosto para longe de nós — disse desanimado o padre Christopher. — Seu santo ainda fala com você?

— Agora não — admitiu Hook.

O padre Christopher suspirou. Fechou os olhos, momentaneamente.

— Nós pecamos — disse sério.

— Foi dito que Deus estava do nosso lado — reagiu Hook, teimoso.

— Nós acreditávamos nisso, certamente acreditávamos, e viemos aqui com essa certeza no coração, mas os franceses acreditam na mesma coisa. E agora Deus está se revelando. Não deveríamos ter vindo.

— Não deveriam — disse Melisande, com firmeza.

— Harfleur cairá — insistiu Hook.

— Provavelmente sim — admitiu o padre Christopher, depois parou enquanto Melisande enxugava um fio de mel em seu queixo. — Se os franceses não marcharem para ajudá-la? Sim, acabará caindo, mas e daí? Quanto do exército resta?

— O bastante — respondeu Hook.

O padre Christopher deu um sorriso cansado.

— O bastante para fazer o quê? Marchar até Rouen e montar outro cerco? Capturar Paris? Mal poderemos nos defender se os franceses vierem para cá! Então o que faremos? Vamos entrar em Harfleur, refazer as muralhas e depois navegar para casa? Nós fracassamos, Hook. Fracassamos.

Hook ficou sentado em silêncio. Um dos canhões ingleses que restavam disparou, o som chapado se demorando no ar quente. Em algum lugar no acampamento um homem cantou.

— Não podemos simplesmente ir para casa — disse Hook depois de um tempo.

— Podemos — respondeu o padre Christopher — e com toda a certeza voltaremos. Todo esse dinheiro por nada! Por Harfleur, talvez. E o que custará para reconstruir aquelas muralhas? — Ele deu de ombros.

— Talvez devêssemos abandonar o cerco — sugeriu Hook, pensativo.

O padre balançou a cabeça.

— Henrique jamais fará isso. Ele tem de vencer! Assim prova o favor de Deus. E, além disso, abandonar o cerco faz com que ele pareça fraco. — O padre ficou em silêncio por um tempo, depois franziu a testa. — O pai dele tomou o trono à força, e Henrique teme que outros possam fazer o mesmo caso ele demonstre fraqueza.

— Coma, não fale — disse Melisande, rapidamente.

— Já comi o bastante, querida.

— Deveria comer mais.

— Comerei. Esta noite. *Merci.*

— Deus está poupando o senhor, padre — disse Hook.

— Talvez ele não me queira no céu, não é? — sugeriu o padre Christopher com um sorriso triste. — Ou talvez esteja me dando tempo para me tornar um padre melhor.

— O senhor é um bom padre — disse Hook, calorosamente.

— Vou dizer isso a são Pedro quando ele perguntar se eu mereço ir para o céu. Pergunte ao Nick Hook, direi. E são Pedro vai perguntar: quem é Nick Hook? Ah, direi, é um ladrão, um patife e provavelmente assassino, mas pergunte assim mesmo.

Hook riu.

— Estou sendo honesto, padre.

— Não está muito longe do reino dos céus, jovem Hook, mas esperemos que se passem muitos dias longos até nos encontrarmos lá. E pelo menos seremos poupados da companhia de Sir Martin.

Melisande fez uma careta de desprezo.

— Ele é um covarde. *Un poltron!*

— A maioria dos homens é covarde quando se encontra com Sir John — disse o padre Christopher em tom ameno.

— Ele não teve nada a dizer! — reagiu Melisande.

Sir John fora até os abrigos onde os homens de lorde Slayton estavam acampados. Havia levado Hook e Melisande, e gritou dizendo que qualquer homem que quisesse matar Hook poderia fazê-lo ali, naquela hora.

— Venham pegar a mulher dele — gritara Sir John. — Quem quer?

Os arqueiros de lorde Slayton, seus homens de armas e seus vivandeiros estavam limpando armaduras, preparando comida ou simplesmente descansando, mas todos se viraram para olhar. Observaram em silêncio.

— Venham pegá-la! — gritou Sir John. — Ela é de vocês! Podem se revezar como cães cruzando com uma cadela! Venham! Ela é uma coisinha bonita! Querem fornicar com ela? Ela é sua! — Sir John esperou, mas nenhum dos homens de lorde Slayton se mexeu. Então Sir John apontou para Hook. — Todos vocês podem ficar com ela! Mas primeiro terão de matar meu ventenar!

Mesmo assim ninguém se mexeu. Ninguém sequer encarava Sir John.

— Que homem está sendo pago para matar você? — perguntou Sir John a Hook.

— Aquele — disse Hook, apontando para Tom Perrill.

— Então venha cá — convidou Sir John, dirigindo-se a Perrill —, venha matá-lo. Eu lhe dou a mulher dele se você fizer isso. — Perrill não se mexeu. Estava meio escondido atrás de William Snoball, que, como intendente de lorde Slayton, tinha alguma pequena autoridade, mas Snoball não ousava confrontar Sir John Cornewaille. — Só há uma coisa — acrescentou Sir John —, é que você terá de matar Hook e me matar antes de pegar a mulher. Então venha! Lute primeiro comigo! — Ele desembainhou a espada e esperou.

Ninguém se moveu, ninguém falou. Sir Martin estivera olhando de trás de alguns homens de armas.

— O padre é aquele? — perguntou Sir John a Hook.

— É ele.

— Meu nome é John Cornewaille — gritou Sir John — e alguns de vocês sabem quem eu sou. E Hook é meu arqueiro. É meu arqueiro! Está sob minha proteção, assim como a garota dele! — Ele passou o braço livre em volta dos ombros de Melisande, depois apontou a espada para Sir Martin. — Você, padre, venha cá.

Sir Martin não se mexeu.

— Você pode vir aqui — disse Sir John — ou eu posso ir pegá-lo.

Com o rosto comprido se repuxando, Sir Martin se afastou dos protetores homens de armas. Olhou ao redor como se procurasse um lugar para onde fugir, mas Sir John rosnou para ele chegar mais perto e ele obedeceu.

— Ele é um padre! — gritou Sir John. — Então é testemunha deste juramento. Juro por esta espada e pelos ossos de são Credan que se um fio de cabelo de Hook for tocado, se ele for atacado, se for ferido, se for morto, eu vou encontrar você e matá-lo.

Sir Martin estivera olhando Sir John como se ele fosse um curioso espécime numa feira; uma vaca de cinco patas, talvez, ou uma mulher barbuda. Agora, ainda com expressão perplexa, o padre ergueu as mãos para o céu.

— Perdoai-o, senhor, perdoai-o! — gritou.

— Padre — começou Sir John.

— Cavaleiro! — retrucou Sir Martin com força surpreendente. — O diabo monta um cavalo e Cristo monta outro. Sabe o que isso significa?

— Sei. — Sir John estendeu a espada na direção da garganta do padre. — Significa que se um de vocês, seus cagalhões que cagam repolho e trepam com ratazanas, encostar a mão em Hook ou na mulher dele, terá de se ver comigo. E vou arrancar suas tripas peidorrentas pelo cu podre usando apenas as mãos, e vou fazer vocês morrerem gritando, vou mandar suas almas cagadas para o inferno, vou matar vocês!

Silêncio. Sir John embainhou a espada, com o punho ressoando forte na boca da bainha. Olhou para Sir Martin, desafiando o padre a enfrentá-lo, mas Sir Martin se desviou para um de seus devaneios.

— Vamos — ordenou Sir John e, quando estavam fora do alcance da audição dos abrigos, gargalhou. — Isso está resolvido.

— Obrigada — disse Melisande, com alívio óbvio.

— Obrigada? Eu gostei daquilo, garota.

— Ele provavelmente gostou mesmo — disse o padre Christopher quando a história lhe foi contada —, mas teria gostado mais se um deles brigasse. Ele adora uma briga.

— Quem é são Credan? — perguntou Hook.

— Era um saxão, e quando os normandos chegaram acharam que ele não poderia ser santo porque era um camponês saxão como você, Hook, por isso queimaram seus ossos, mas os ossos viraram ouro. Sir John gosta dele, não faço ideia do motivo. — O padre franziu a testa. — Ele não é tão simplório quanto gosta de fingir.

— É um bom homem — disse Hook.

— Provavelmente é — concordou o padre Christopher — mas não deixe que ele o ouça dizer isso.

— E o senhor está se recuperando, padre.

— Graças a Deus e à sua mulher, Hook, estou sim. — O padre tocou a mão de Melisande. — E é hora de você transformá-la numa mulher honesta, Hook.

— Eu sou honesta — disse Melisande.

— Então é hora de você domar o mestre Hook. — Melisande olhou para Hook por um momento, sem que o rosto traísse coisa alguma, depois assentiu. — Talvez por isso Deus tenha me poupado — disse o padre Christopher —, para casar vocês dois. Vamos fazer isso, jovem Hook, antes de sairmos da França.

E pelo jeito isso deveria ser logo, porque Harfleur permanecia sem ser derrotada, o exército inglês estava morrendo de doença e o ano passava inexoravelmente. Já era setembro. Em algumas semanas as chuvas de outono viriam, o vento viria, a colheita estaria guardada em segurança atrás dos muros das fortalezas, e assim terminaria a temporada de campanha.

A Inglaterra fora à guerra. E estava perdendo.

Naquela noite Thomas Evelgold jogou um saco grande para Hook. Ele saltou de lado, achando que o saco iria achatá-lo, mas era muito leve e simplesmente rolou de seu ombro.

— Estopa — disse Evelgold, explicando.

— Estopa?

— Estopa para flechas incendiárias. Um feixe de flechas para cada arqueiro. Sir John quer que a coisa seja feita à meia-noite, e devemos estar na trincheira antes do amanhecer. Barriga está fervendo piche para nós. — Barriga era Andrew Belcher, o intendente de Sir John que supervisionava os serviçais da cozinha e os animais de carga. — Já fez uma flecha incendiária?

— Nunca — confessou Hook.

— Use as de ponta larga, amarre um punhado de estopa junto à ponta, mergulhe no piche e mire alto. Precisamos de duas dúzias para cada homem. — Evelgold levou mais sacos para os outros grupos enquanto Hook pegava punhados da estopa gordurosa, que eram simplesmente tufos de lã não lavada, tirados direto das ovelhas. Uma pulga pulou da lã e desapareceu subindo por sua manga.

Ele dividiu a estopa em 17 partes iguais e cada um de seus arqueiros dividiu sua cota por 24, um punhado de lã para cada flecha. Hook cortou algumas cordas de arco de reserva e seus homens usaram os pedaços para amarrar os tufos de lã suja às pontas das flechas, depois se enfileiraram perto do caldeirão de Barriga para mergulhar a estopa no piche fervente. Em seguida encostaram as flechas de pé em tocos de árvores ou barris, para deixar que o piche grudento se solidificasse.

— O que vai acontecer de manhã cedo? — perguntou Hook a Evelgold.

— Os franceses nos deram uma surra hoje — disse Evelgold, sério —, então temos de dar uma surra neles amanhã de manhã. — Deu de ombros como se não esperasse alcançar grande coisa. — Perdeu mais algum homem hoje?

— Cobbet e Fletch. Matson não vai durar muito.

Evelgold xingou.

— Homens bons — disse sério —, e estão morrendo. Em nome de quê? — Cuspiu numa fogueira. — Quando o piche estiver seco, repuxe-o um pouco. Ajuda a pegar fogo mais fácil.

O acampamento ficou inquieto durante toda a noite. Homens levavam feixes de gravetos para a trincheira mais próxima da barbacã inimiga. Eram grandes feixes de madeira amarrados com corda, e a visão deles deixou claro o que era pretendido ao amanhecer. Um fosso inundado protegia a barbacã, e ele teria de ser preenchido caso os homens fossem atravessar e atacar a fortaleza meio arruinada.

Os homens de armas de Sir John receberam ordem de vestir armadura completa. Trinta homens de armas haviam partido de Southampton Water no dia em que os cisnes tinham voado baixo em meio à frota, significando boa sorte, mas agora apenas 19 estavam em condições de servir. Seis haviam morrido, os outros cinco estavam vomitando, cagando e tremendo. Os homens de armas em condições estavam sendo ajudados por escudeiros e pajens que afivelavam placas de armadura sobre gibões de couro acolchoado, lubrificados com gordura de modo que o metal em volta se movesse com facilidade. Cinturões de espadas eram passados por cima das túnicas, se bem que a maioria dos homens de armas preferisse levar achas d'armas ou lanças curtas. Um padre da casa de Sir William Porter ouvira confissões e dera bênçãos. Sir William era o amigo mais íntimo de Sir John, e além disso era seu irmão de armas, o que significava que os dois lutavam lado a lado e haviam jurado proteger um ao outro, pagar resgate um pelo outro se, por infortúnio, um deles fosse feito prisioneiro, e proteger a viúva do outro caso algum morresse. Sir William era um homem de aparência estudiosa, de rosto fino e olhos claros. Seu cabelo, antes de ele o esconder sob um elmo com viseira pontuda, estava ficando ralo. Ele parecia deslocado com a armadura, como se seu lar natural fosse uma biblioteca ou talvez um tribunal, mas ele era o companheiro de batalha de Sir John, e isso dizia muito sobre sua coragem. Ele ajustou o elmo e levantou a viseira antes de lançar um cumprimento nervoso aos arqueiros de Sir John.

Esses arqueiros estavam com armaduras e armas. A maioria dos homens, como Hook, usava uma túnica sem mangas, acolchoada e com placas de metal costuradas sobre a cota de malha. Tinham elmos e alguns poucos possuíam aventails, o capuz de malha usado por baixo do elmo, caindo sobre os ombros. Os braços que usavam o arco eram protegidos por braçadeiras, eles usavam espadas e levavam três sacolas de flechas, duas das quais continuam as flechas incendiárias com pontas de estopa. Alguns optavam por carregar um machado, além do arco, mas a maioria, como Hook, preferia a acha d'armas. Todos os homens, fossem senhores, cavaleiros, homens de armas ou arqueiros, usavam a cruz vermelha de são Jorge nas túnicas.

BERNARD CORNWELL

— Deus esteja com vocês — disse Sir William saudando os arqueiros, que murmuraram uma resposta obediente.

— E que o diabo carregue os franceses! — gritou Sir John enquanto saía de sua tenda. Ele estava de bom humor, com a perspectiva de ação dando brilho nos olhos. — O trabalho desta manhã é simples! — disse sem dar importância. — Só precisamos tomar a barbacã dos filhos da mãe! Vamos fazer isso antes do desjejum!

Melisande tinha dado a Hook um naco de toucinho salgado e um pedaço de pão, que ele comeu enquanto a companhia de Sir John descia o morro na direção das obras do cerco. Ainda estava escuro. O vento soprava forte e fresco do leste, trazendo o cheiro dos pântanos salgados para cortar o fedor sufocante dos mortos. As flechas faziam barulho nas sacolas enquanto os arqueiros seguiam os caminhos sinuosos. Fogueiras ardiam nas linhas do cerco e nas defesas de Harfleur onde, Hook sabia, a guarnição estaria consertando os danos causados no dia anterior.

— Deus abençoe vocês — gritou um padre enquanto os arqueiros passavam. — Deus esteja com vocês! Deus preserve vocês!

Os franceses deviam ter sentido que algo maligno estava sendo preparado, porque usaram um par de catapultas para jogar duas carcaças de luz por cima das fortificações. As carcaças eram grandes bolas de pano e material combustível encharcado em piche e enxofre, que giravam e soltavam fagulhas voando em arco pelo céu noturno, depois caíam numa grande bola de chamas que explodia luminosa ao pousar. A luz se refletia nos elmos dos homens que estavam nas trincheiras inglesas e esses brilhos faziam os besteiros nas muralhas começarem a atirar. As setas sibilavam acima das cabeças ou acertavam os parapeitos com sons ocos. Insultos eram gritados das muralhas, mas não eram muito empolgados, como se a guarnição estivesse cansada e insegura.

A trincheira inglesa estava apinhada. Os arqueiros com flechas incendiárias receberam ordem de ir para a frente, e atrás deles mais arqueiros esperavam com feixes de varas. Sir John Holland, o sobrinho do rei, era encarregado do ataque, mas de novo, como quando havia liderado o grupo de batedores no desembarque antes da invasão, era acompanhado pelo padrasto, Sir John Cornewaille.

— Quando eu der o comando — disse o jovem Sir John —, os arqueiros vão disparar as flechas incendiárias contra a barbacã. Queremos acendê-la!

Braseiros de ferro tinham sido postos a intervalos de alguns metros ao longo da trincheira. Estavam cheios de carvão marinho aceso, que soltava fumaça pungente.

— Façam com que eles se consumam em fogo! — disse Sir John Holland aos arqueiros. — Espantem-nos como ratos! E quando eles estiverem cegos com a fumaça, vamos encher o fosso e tomar a barbacã de assalto!

Ele fazia com que parecesse fácil.

Os canhões ingleses remanescentes haviam sido carregados com pedras cobertas de piche. Os artilheiros holandeses esperavam, com os bota-fogos a postos. O amanhecer parecia demorar uma eternidade. Os defensores se cansaram de disparar bestas, e seus insultos foram se dissipando junto com as setas. Os dois lados esperavam. Um galo novo cantou no campo e logo um monte de pássaros gritava. Pajens carregando feixes de flechas de reserva esperavam nos abrigos atrás das trincheiras, onde padres rezavam missa e ouviam confissões. Homens se revezavam se ajoelhando e recebendo as hóstias junto com as bênçãos de Deus.

— Seus pecados estão perdoados — murmurou um padre a Hook, que esperou que fosse verdade. Não havia confessado o assassinato de Robert Perrill e, enquanto tomava a hóstia, imaginou se essa mentira iria condená-lo. Quase pôs a culpa para fora, mas o padre já estava chamando o próximo homem, por isso Hook ficou de pé e se afastou. A hóstia se grudou no céu da boca e ele fez uma oração súbita e silenciosa a são Crispiniano. Será que Harfleur tinha um santo protetor?, pensou, e será que esse santo estaria implorando a Deus para matar os ingleses?

Uma agitação na trincheira fez Hook se virar e ver o rei passando em meio às fileiras apinhadas. Usava armadura de batalha completa, mas ainda não pusera o elmo. As placas peitorais e das costas eram cobertas por uma túnica na qual o brasão real aparecia brilhante, atravessado pela cruz vermelha de são Jorge. O rei levava um machado de guerra com lâmina larga, além de sua espada na bainha. Não tinha escudo, mas nenhum outro cavaleiro ou homem de armas também tinha. A armadura de placas era proteção suficiente e os escudos forrados de ferro eram relíquia de tempos antigos. O rei assentiu com companheirismo para os arqueiros.

— Tomem a barbacã — disse enquanto andava pela trincheira — e a cidade certamente cairá. Deus esteja com vocês. — Repetia as frases enquanto seguia pela trincheira, acompanhado por um escudeiro e dois homens de armas. — Irei com vocês — disse, quando se aproximou de Hook. — Se Deus quer que eu governe a França, Ele nos protegerá! Deus esteja com vocês! E me façam companhia, amigos, enquanto tomamos de volta o que é nosso por direito!

— Encordoem os arcos — disse Sir John Holland quando o rei havia passado. — Agora não vai demorar! — Hook prendeu uma ponta de seu grande arco contra o pé direito e o encurvou para passar a laçada da corda no entalhe superior.

— Disparem as flechas incendiárias bem alto! — resmungou Thomas Evelgold. — Vocês não poderão retesar o arco todo, para não queimar a mão! Então disparem para o alto! E garantam que o piche esteja bem aceso antes de atirar!

A luz cinzenta foi ficando mais clara. Olhando por entre dois gabiões do parapeito meio arruinado, Hook podia ver que a barbacã estava em destroços. Suas grandes madeiras presas com ferro, que haviam formado uma muralha formidável, tinham sido quebradas e dobradas para dentro com os disparos dos canhões, no entanto o inimigo havia remendado as fendas com mais toras, de modo que agora todo o forte parecia um morro feio cravejado de obstáculos de madeira. O topo, que já tivera quase 12 metros de altura, agora tinha metade disso, no entanto ainda era um obstáculo formidável. A face era íngreme, o fosso, profundo, e havia espaço no topo para 40 ou 50 besteiros e homens de armas. Estandartes pendiam na face arruinada, mostrando santos e brasões. De vez em quando um rosto coberto por elmo espiava por cima de um pedaço de madeira, enquanto os homens no topo irregular vigiavam o ataque esperado.

— Comecem a disparar as flechas incendiárias quando os canhões atirarem! — lembrou Sir John Cornewaille aos seus homens. — Esse é o sinal! Disparem com constância! Se virem um homem tentando apagar os fogos, matem o desgraçado!

Os carvões no braseiro mais próximo se acomodaram, provocando uma brotação de luz e uma galáxia de fagulhas. Um pajem se agachou ao lado do cesto de ferro com um punhado de gravetos que empilharia sobre os carvões para criar as chamas destinadas a acender as flechas encharcadas de piche. Gaivotas giravam e se juntavam em bandos sobre o pântano salgado onde os corpos dos mortos eram jogados nos riachos de maré. As gaivotas da Normandia estavam engordando com os mortos ingleses. A hóstia continuava grudada na boca seca de Hook.

— Será a qualquer momento — disse Sir William Porter, como se isso servisse de consolo para os homens que esperavam.

Houve um estalo alto e Hook olhou à esquerda, vendo homens girando o sarilho que levantava o anteparo móvel diante do canhão mais próximo. Os franceses também viram e uma seta de springolt voou da fortificação para se chocar contra o anteparo que ia se levantando. Um artilheiro puxou um gabião da frente da boca preta do canhão.

E o canhão disparou.

O piche que cobria a pedra havia se incendiado com a explosão da pólvora, de modo que a bala parecia um rasgo de luz opaca saltando da fumaça, voando por cima do chão esburacado, e se chocou contra a barbacã.

— Agora! — gritou Sir John Holland, e o pajem empilhou os gravetos sobre os carvões fazendo chamas fortes saltarem do braseiro. — Não deixem as flechas tocarem umas nas outras — alertou Evelgold enquanto os arqueiros seguravam os primeiros projéteis no fogo recém-atiçado. Mais canhões dispararam. Um tronco de madeira da barbacã se despedaçou e um bocado de terra se derramou pela face íngreme. Hook esperou até que seu buquê de piche estivesse bem aceso, depois pôs a flecha na corda. Temeu que a haste de freixo se queimasse, por isso retesou depressa, contraiu o rosto quando as chamas queimaram a mão esquerda, mirou alto e disparou rapidamente. Outras flechas incendiárias já estavam voando em arco na direção da barbacã, com o voo lento e desajeitado. Sua flecha saltou da corda e soltou fagulhas enquanto estremecia. Caiu cedo demais. Outras flechas estavam acertando as madeiras lascadas da barbacã. A fumaça de canhão pairava como uma tela entre os arqueiros e o alvo.

— Continuem disparando! — gritou Sir John Holland.

Hook pegou numa bolsa o trapo que usava para encerar o arco e o enrolou na mão esquerda, para se proteger das chamas. Sua segunda flecha voou bem, acertando um dos anteparos de madeira quebrados. Os projéteis incendiários faziam curvas através da luz fantasmagórica lançando chuveiros de fogo. A barbacã já estava salpicada de pequenas chamas, e mais e mais flechas caíam. Hook viu defensores se movendo nas ameias improvisadas e achou que estariam derramando água ou terra pela face da barbacã, por isso pegou uma flecha de ponta larga e disparou-a rápida e certeira. Em seguida atirou sua última flecha incendiária e viu que as chamas estavam se espalhando e a fumaça se retorcia subindo em uma centena de lugares da barbacã arrebentada. Um dos estandartes estava em chamas, o tecido pegando fogo subitamente e com luz forte. Disparou mais três flechas de ponta larga contra o topo da fortificação, e nesse momento uma trombeta soou alguns metros adiante na trincheira, e os homens que levavam os feixes de varas passaram por ele, subiram o parapeito e correram à frente.

— Atrás deles! — gritou Sir John Holland. — Deem flechas a eles!

Os arqueiros e homens de armas saíram correndo da trincheira. Agora Hook podia disparar por cima da cabeça dos homens que iam à frente, apontando contra os besteiros que subitamente apinharam o parapeito enfumaçado da barbacã.

— Flechas! — berrou ele, e um pajem lhe trouxe uma nova sacola. Agora estava atirando indistintamente, mandando um furador depois do outro contra os defensores que eram pouco mais do que sombras na fumaça cada vez mais densa. Gritos vinham da beira do fosso. Homens estavam morrendo ali, mas os feixes de galhos que eles haviam levado enchiam o buraco profundo.

— Por Henrique e são Jorge! — gritou Sir John Cornewaille. — Porta-estandarte!

— Estou aqui! — gritou de volta um escudeiro que tinha a tarefa de carregar o estandarte de Sir John.

— Avante!

Os homens de armas foram com Sir John, gritando enquanto avançavam pelo terreno irregular, esburacado e queimado. Os arqueiros iam atrás. A trombeta continuou tocando. Outros homens avançavam à esquerda e à direita. Os arqueiros que haviam enchido o fosso tinham corrido para os dois lados e agora disparavam flechas contra a fortificação. Setas de bestas acertavam homens. Um dos homens de Sir John abriu a boca de repente, segurou a barriga e, sem emitir um som, dobrou-se e caiu. Outro homem de armas, filho de um conde, tinha sangue pingando do elmo e uma seta se projetando da viseira aberta. Ele cambaleou, depois caiu de joelhos. Afastou a mão de Hook que viera ajudar e, com a seta ainda no rosto despedaçado, conseguiu ficar de pé e correr à frente de novo.

— Gritem mais alto, seus desgraçados! — berrou Sir John, e os atacantes gritaram roucos o nome de são Jorge. — Mais alto!

Um canhão lançou fumaça rançosa das muralhas da cidade e sua pedra cortou diagonalmente o terreno áspero por onde os atacantes avançavam. Um homem de armas foi acertado na coxa e girou, com sangue espirrando alto na túnica, e a bala de pedra continuou em frente, estripando um pajem, e ainda voou, deixando gotas de sangue para trás, até desaparecer em algum ponto do pântano.

— Não deem tempo aos desgraçados! Matem! — gritava Sir John Cornewaille enquanto pulava sobre os feixes de varas que enchiam o fosso.

E agora os gritos eram constantes enquanto os primeiros atacantes cambaleavam sobre os feixes irregulares que não enchiam por completo o fosso. Setas desciam sibilando e os defensores acrescentavam pedras e pedaços de madeira lançados das altas ameias da barbacã. Mais dois canhões dispararam das muralhas da cidade, arrotando fumaça, com as pedras caindo inofensivas atrás dos atacantes. Trombetas tocavam em Harfleur e as bestas disparavam das muralhas. Enquanto os atacantes ficassem perto da barbacã, estariam seguros dos projéteis disparados da cidade, mas alguns homens tentavam subir os flancos erodidos do bastião e estavam em plena vista dos defensores de Harfleur.

Hook esvaziou sua sacola de flechas contra os homens no topo da barbacã, depois olhou em volta procurando um pajem com mais flechas, mas não viu nenhum.

— Harrocks — gritou para seu arqueiro mais novo —, vá arranjar flechas! — Viu um arqueiro ferido, que não era um dos seus homens, sentado a alguns passos de distância e pegou um punhado de flechas na bolsa do sujeito e prendeu uma entre o polegar e a madeira do arco. Os estandartes ingleses estavam ao pé da barbacã, e a maioria dos homens de armas se encontrava na parte inferior da encosta, tentando subir entre as chamas que ardiam ferozmente, cegando os defensores com fumaça. Era como tentar subir a face de um penhasco desmoronando, mas um penhasco onde houvesse fogueiras ardendo e fumaça se retorcendo. Os franceses gritavam em desafio. Agora suas melhores armas eram as pedras que jogavam pela face da barbacã, e Hook viu um homem de armas rolar para trás, com o elmo meio esmagado por um pedregulho. O rei estava ali, ou pelo menos seu estandarte, brilhante contra a fumaça, e Hook imaginou se o rei era o homem que ele vira caindo com o elmo esmagado. O que aconteceria se o rei morresse? Mas pelo menos ele estava ali, na luta, e Hook sentiu um jorro de orgulho porque a Inglaterra tinha um rei guerreiro e não um monarca meio louco que enrolava o corpo com tiras porque acreditava que era feito de vidro.

Agora o estandarte de Sir John estava à direita, junto com os três sinos da bandeira de Sir William Porter. Hook gritou para seus homens o seguirem enquanto corria para a beira do fosso. Pulou dentro, caindo sobre o cadáver de um homem com armadura de placas. Uma seta de besta havia furado o aventail dele, fazendo brotar sangue da garganta destroçada. Alguém já havia tirado a espada e o elmo do cadáver. Hook andou com cuidado sobre os feixes inseguros e subiu do outro lado, onde a fumaça era densa. Disparou três flechas, depois colocou a última no arco. As chamas estavam ficando mais fortes à medida que se alimentavam da madeira quebrada da barbacã, e esses incêndios, destinados a cegar os defensores, agora eram uma barreira para os atacantes. Flechas sibilavam acima, prova de que os pajens haviam encontrado mais e trazido para os arqueiros, mas agora Hook estava comprometido demais com o ataque para voltar e reabastecer sua sacola. Correu para a direita, desviando-se de corpos, sem tomar consciência das setas que caíam ao redor. Viu Sir John empoleirado precariamente em cima de algumas toras presas com ferro, olhando para cima, para os homens que provocavam os atacantes. Um deles apareceu brevemente e levantou um pedregulho acima da cabeça, pronto para atirá-lo em Sir John. Hook fez uma pausa, retesou o arco, disparou e sua flecha acertou o sujeito na axila, de modo que ele se virou lentamente e caiu, fora das vistas.

Um sopro de vento leste fez a fumaça se afastar num redemoinho do flanco direito da barbacã, e Hook viu uma abertura ali, uma caverna na torre meio desmoronada que defendia o lado mais próximo do mar. Pendurou o arco e tirou do ombro a acha d'armas. Gritou incoerente enquanto corria, e depois, enquanto subia pela face da barbacã e procurava um ponto de apoio para os pés na íngreme encosta de entulho. Estava na borda direita do forte semidestruído e podia ver a face sul de Harfleur, onde ficava o porto. Os defensores na muralha também podiam vê-lo, e suas setas batiam com um som oco na barbacã, mas Hook havia rolado para dentro da caverna, que era uma laje de entulho abrigada por troncos desmoronados. Mal havia como se mexer no espaço que era pouco mais do que o covil de um cão selvagem. E agora? As setas das bestas sibilavam do lado de fora do refúgio raso. Podia ouvir homens gritando e parecia que os franceses gritavam mais alto, prova de que acreditavam estar vencendo. Inclinou-se ligeiramente para fora, tentando captar um vislumbre de Sir John, mas nesse momento um sopro de vento mandou uma grande nuvem de fumaça para esconder o abrigo de Hook.

Mas logo à direita, na direção da face da barbacã, viu os aros de metal que prendiam juntos os três grandes troncos, e pensou que os aros formavam uma escada para subir, e a fumaça estava escondendo-o. Por isso saltou e se agarrou aos troncos com a mão esquerda enquanto as botas encontravam um pequeno ponto de apoio em outro anel de ferro. Levantou a acha d'armas, prendeu-a no anel de cima e se alçou. Subiu, subiu, estava quase no topo e os franceses não o tinham visto por causa da fumaça e porque estavam vigiando a massa de ingleses uivando que tentava subir pelo centro da barbacã, onde a encosta era menos íngreme. Setas, pedras e troncos partidos choviam sobre eles, enquanto as flechas inglesas voavam pela fumaça, em resposta.

— Hook! — rugiu uma voz abaixo dele. — Hook, seu desgraçado! Puxe-me!

Era Sir John Cornewaille. Hook baixou a acha, deixou Sir John segurar a cabeça de martelo e depois puxou-o até as madeiras.

— Não vá na minha frente, Hook — rosnou Sir John. — E o que, em nome de Cristo, você está fazendo aqui? Deveria estar disparando flechas.

— Queria ver o que havia do outro lado desta ruína — respondeu Hook. Chamas subiram pela madeira, chegando mais perto dos pés de Sir John.

— Você queria ver... — começou Sir John, depois soltou uma gargalhada. — Estou ficando assado. Puxe mais. — Hook usou de novo a acha para levantar Sir John, desta vez até o topo das madeiras. Os dois eram como moscas num pilar partido e em chamas, empoleirados logo abaixo do parapeito improvisado, mas ainda sem ser vistos pelos defensores. — Santo Jesus Cristo e todos os seus santos bebedores de mijo, este parece um lugar bem bom para se morrer — disse Sir John, e tirou do ombro o machado de batalha. — Vai morrer comigo, Hook?

— É o que parece, Sir John.

— Bom sujeito. Primeiro me empurre para cima, depois venha atrás, e vamos morrer bem, Hook, vamos morrer muito bem.

Hook segurou a parte de trás do cinturão de Sir John e, quando recebeu a confirmação dada com a cabeça, empurrou. Sir John desapareceu no alto, rolou por cima da muralha e deu seu grito de guerra.

— Henrique e são Jorge!

E por Henrique, são Jorge e são Crispiniano, Hook foi atrás.

E gritou.

— Você não vai morrer aqui — disse são Crispiniano.

Hook mal escutou a voz porque estava dando um grito de batalha que era parte terror e parte empolgação.

Ele e Sir John haviam chegado ao topo da barbacã, onde ficavam os restos da plataforma de luta. O bombardeio inglês havia despedaçado a face da barbacã, de modo que o enchimento de terra e entulho havia se derramado e o que um dia fora a plataforma de luta era agora um espaço grosseiro e encalombado. A parede de trás, que dava para a porta Leure da cidade, estava muito menos danificada e servia como anteparo para esconder dos defensores nas muralhas de Harfleur o que acontecia no topo quebrado e irregular. Agora o topo era um traiçoeiro monte de terra, pedras e madeira queimando, apinhado de besteiros e homens de armas. Hook e Sir John tinham vindo do flanco esquerdo deles, e agora Sir John atacava o inimigo como o anjo da vingança.

Era rápido. Por isso era o lutador de torneios mais temido da cristandade. No tempo em que um homem levaria para dar um golpe, Sir John dava dois. Hook viu, porque de novo parecia que o tempo ficara mais lento. Ele estava se movendo à direita de Sir John, subitamente cônscio de que são Crispiniano havia rompido o silêncio e sentindo um grande jorro de alívio ao ver que o santo ainda era seu padroeiro. Deu uma estocada com sua acha d'armas enquanto Sir John usava o machado de batalha, de lâmina dupla, em golpes curtos e brutais. O primeiro arrebentou o rondel que protegia o joelho de um homem de armas, o segundo, desferido de baixo para cima, estripou um besteiro, e o terceiro derrubou o homem de armas cujo joelho fora quebrado. Outro homem de armas se virou para cravar uma espada em Sir John, mas a acha de Hook se cravou do lado do corpo dele, cortando a borda da placa peitoral e jogando-o de costas sobre os homens que estavam atrás. Hook continuou empurrando, impelindo o homem para trás, esmagando-o contra os companheiros, e Sir John soltou um uivo, um som de pura alegria. Hook estava gritando, mas não tinha consciência disso, e usava sua enorme força de arqueiro para empurrar o inimigo para trás enquanto Sir John se aproveitava da confusão para cortar, ferir e matar.

Hook puxou a acha de volta, mas a ponta de lança estava presa na armadura do homem.

— Pegue isso! — disse Sir John rapidamente, entregando o machado a Hook, e mais tarde, muito mais tarde, quando a luta estava terminada, Hook se maravilhou com a calma absoluta de Sir John no meio de uma luta. Sir John vira a dificuldade de Hook e a resolveu, mesmo estando também sob ataque. Deu o machado a Hook e, no tempo necessário para o arqueiro pegá-lo, desembainhou a espada. Era a espada predileta de Sir John, a que ele chamava de Querida, e era mais pesada do que a maioria, forte o bastante para sobreviver a estocadas violentas contra placas de aço. Sir John usou-a para manter o inimigo desequilibrado, agora deixando Hook fazer a matança. O primeiro golpe de Hook cravou o machado num elmo, soltando toda a viseira e deixando-a meio pendurada. — Aço barato! — disse Sir John, e sua espada balançava contra o rosto dos homens, fazendo-os recuar. Hook cravou a lâmina numa barriga coberta de armadura e viu o sangue brotar brilhante e rápido. — Estandarte! — berrou Sir John. — Tragam a porcaria do meu estandarte!

Hook estava de pé, com os pés separados, cravando o machado em homens que mal lutavam de volta. Eles estavam atrapalhados pelos corpos junto aos seus pés e acovardados pela habilidade e a ferocidade de Sir John. Um homem decidido poderia ter atacado contra a espada de Sir John e o machado de Hook, mas em vez disso os defensores tentavam recuar para longe das lâminas enquanto os franceses de trás os empurravam para a frente.

BERNARD CORNWELL

— *Trois!* — Sir John estava contando os homens que havia ferido ou matado. — *Quatre!* Venham, seus filhos da mãe malditos! Estou
com fome! — O machado de Hook era a arma mais perigosa, por causa
de seu poder. A lâmina esmagava armaduras como se fossem de pergaminho ou cortava carne como o cutelo de um açougueiro. Hook fazia careta enquanto girava a arma e o inimigo achava que ele sorria, e esse sorriso
era mais amedrontador do que a lâmina. A simples compressão dos franceses tornava impossível seus besteiros mirarem, enquanto o resto da parede
de trás e a fumaça escondiam a luta dos besteiros na torre da porta Leure.
Sir John estava gritando, Hook soltava um ruído louco e suas lâminas
estavam vermelhas. Agora Hook não tentava matar, simplesmente empurrava o inimigo para trás e derrubava homens para formar uma barreira.
Um homem de armas caído deu um golpe de baixo para cima com a espada, mas Hook viu o golpe chegando, deu um meio passo de lado, baixou
o machado com força contra a viseira do homem, ouviu o som gorgolejante
enquanto a lâmina pesada esmagava aço contra carne, girou o machado
de volta para afundar a placa peitoral de um homem e depois empurrou
a arma à frente para pressionar um terceiro homem para trás.

— Meu estandarte! — gritou Sir John de novo. — Quero que esses filhos da mãe saibam quem os está matando!

De repente seu porta-estandarte chegou sobre a muralha, e com
ele vieram mais homens de armas usando o leão de Sir John.

— Matem os filhos da mãe! — gritou Sir John, mas os filhos da
mãe haviam recebido o suficiente. Estavam se derramando por uma abertura na parede de retaguarda da barbacã e descendo atabalhoadamente
uma escada ou se lançando por uma encosta íngreme feita de entulho
derramado, antes de correr pela fumaça em busca da porta da cidade.
O sol nascente iluminava essa fumaça. Ingleses gritavam matando os últimos defensores que não puderam chegar à brecha a tempo. Um homem
levantou a luva indicando rendição, mas um arqueiro o derrubou com
uma marreta de cabo comprido e outro o espetou com uma acha d'armas.

— Chega! — berrou uma voz. — Chega! Chega!

— Parem os golpes! — gritou Sir John. — Parem, eu mandei!

— Deus seja louvado! — disse o homem que havia gritado primeiro pelo fim da matança, e Hook viu que era o rei, que, de espada na mão, subitamente se ajoelhou no entulho e fez o sinal da cruz. A túnica do rei, com o brasão colorido atravessado pelo vermelho de são Jorge, estava chamuscada. Uma seta de springolt bateu numa das madeiras viradas para a cidade, fazendo a muralha tremer. — Apaguem as chamas! — gritou o rei, levantando-se. Em seguida tirou o elmo e o forro de couro, de modo que o cabelo denso e curto se projetou em pequenos tufos escuros de suor. — E alguém tenha piedade daquele homem! — disse, indicando o francês que havia tentado se render e que agora se retorcia e gemia enquanto o sangue encharcava as faldas logo abaixo da placa peitoral. A acha d'armas ainda estava cravada em sua barriga. Um homem de armas sacou uma faca, tateou procurando a abertura na armadura que protegia a garganta do agonizante e golpeou uma vez antes de remexer a lâmina dentro da goela. O homem se convulsionou, sangue borbulhou dos buracos de sua viseira amassada, então ele teve um espasmo e ficou imóvel. — Deus seja louvado — repetiu o rei. De repente um arqueiro caiu de joelhos e Hook pensou que o sujeito estava rezando, mas em vez disso ele vomitou. Setas de bestas estavam acertando a parede traseira da barbacã, soando como manguais batendo num pátio de debulha. Agora o estandarte do rei estava voando na barbacã e o tecido pesado estremecia quando as setas rasgavam e furavam a trama. — Sir John — disse o rei —, devo lhe agradecer.

— Por cumprir meu dever, senhor? — perguntou Sir John, abaixando-se sobre um dos joelhos. — E este homem ajudou — acrescentou, indicando Hook.

Hook também se abaixou sobre um dos joelhos.

— Agradeço a todos vocês — disse Henrique rapidamente, depois se virou. — Mandem arautos! — ordenou a um homem de seu séquito. — E digam para entregarem a cidade! E tragam água para as chamas!

Água foi derramada nas chamas, mas o fogo havia penetrado fundo na madeira despedaçada da barbacã, que continuou fumegando, produzindo uma fumaça constante e sufocante ao redor do bastião capturado.

BERNARD CORNWELL

Agora o topo meio destruído era guardado por arqueiros, e naquela noite levaram o Mensageiro, um dos canhões menores, até o topo, e esse canhão lascou a madeira da porta Leure com o primeiro tiro.

Os arautos haviam cavalgado até essa porta depois da captura da barbacã, e tinham explicado pacientemente que agora os ingleses demoliriam a grande porta e suas torres, e que assim a queda de Harfleur era inevitável, e que portanto a guarnição deveria fazer o que era sensato, até mesmo honrado, e se render antes que mais homens morressem. Caso recusassem a rendição, declararam os arautos, a lei de Deus decretava que cada homem, mulher e criança de Harfleur seria dado ao prazer dos ingleses.

— Pensem em suas belas filhas — gritou um arauto aos comandantes da guarnição — e, em nome delas, rendam-se!

Mas a guarnição não quis se render, e assim os ingleses cavaram novos buracos de canhão mais perto da cidade e martelaram a exposta porta Leure, demolindo as torres dos dois lados e derrubando o arco de pedra. Mas mesmo assim os defensores continuavam lutando.

E o primeiro vento frio do fim do verão trouxe chuva.

E a doença não acabou, e o exército de Henrique morria em sangue, vômito e merda aquosa.

E Harfleur permanecia francesa.

Tudo precisava ser feito de novo. Outro assalto, desta vez contra os destroços da porta Leure e, para garantir que os defensores não poderiam se concentrar naquele canto sudeste das fortificações, as forças do duque de Clarence atacariam a porta Montvilliers, do outro lado da cidade.

Desta vez, disse Sir John, eles entrariam em Harfleur.

— Os filhos da mãe não vão se render! Então vocês sabem o que podem fazer com os filhos da mãe! Se tiver pau, vocês matam, se tiver peitos, vocês comem! Tudo naquela cidade é de vocês! Cada moeda, cada pote de cerveja, cada mulher! São nossos! Agora vão pegar!

E assim os dois grupos de assalto atravessaram os fossos preenchidos, as flechas choveram do céu, as trombetas tocaram um desafio ao sol — que não se importava — e a matança recomeçou. E de novo foi Sir John Holland que comandou, o que significava que os homens de Sir John Cornewaille estavam na frente do ataque que rapidamente capturou as ruínas da porta Leure e ali, com a mesma velocidade, foi contido.

Antes a porta dava numa rua apertada, com casas de andares superiores projetados, mas a guarnição havia derrubado esses prédios para limpar um espaço de matança, atrás do qual tinha feito uma nova barricada que fora bastante protegida das pedras dos canhões ingleses pelos restos da antiga muralha e da porta. O Mensageiro, montado no cume da barbacã, havia conseguido acertar algumas pedras da obra nova, mas só conseguia dar três tiros por dia, e os franceses consertavam os danos entre cada tiro. A nova muralha era construída de blocos de alvenaria, traves de telhado e cestos cheios de entulho. Atrás dela ficavam besteiros, e assim que os homens de armas ingleses apareceram atravessando a ruína da porta Leure, as setas começaram a voar.

Arqueiros disparavam de volta, mas os franceses haviam sido espertos. A nova muralha fora feita com fendas e buracos através dos quais os besteiros podiam atirar, e que eram suficientemente pequenos para obstruir a mira da maioria dos arcos. Hook, agachado no entulho da velha porta, achou que para cada besteiro atirando haveria mais três ou quatro homens retesando bestas de reserva, de modo que as setas jamais paravam. A maioria dos besteiros tinha sorte se disparasse duas setas por minuto, mas as setas vinham dos buracos com muito mais frequência, e mais projéteis ainda eram cuspidos das janelas altas das casas meio arruinadas atrás da muralha. Era assim, pensou Hook, que Soissons deveria ter sido defendida.

— Teremos de trazer um canhão — rosnou Sir John de outro lugar da muralha arruinada, mas em vez disso comandou um ataque contra a barricada, gritando para seus arqueiros a cobrirem de flechas. Eles fizeram isso, mas as setas continuavam chegando e, mesmo que não conseguissem penetrar nas armaduras, jogavam os homens para trás simplesmente pela força. E quando, finalmente, meia dúzia de homens conseguiu chegar à barricada e tentou derrubar sua madeira e suas pedras, um caldeirão foi tombado por cima e um jorro de óleo de peixe fervente se derramou sobre os atacantes. Eles correram mancando de volta, alguns ofegando pela dor de serem escaldados. Sir John, com a armadura escorregadia de óleo, voltou com eles, deixou-se cair no entulho da porta e soltou um jorro de palavrões impotentes. Os franceses estavam comemorando. Acenavam bandeiras provocativas por cima do novo muro baixo. Uma névoa opaca tremeluzia atrás da nova fortificação, prometendo que mais óleo aquecido receberia qualquer novo ataque. As catapultas inglesas estavam tentando jogar pedras no muro novo, mas a maioria dos projéteis voava longe, despencando em meio às casas já despedaçadas.

O sol subiu. O calor do fim do verão havia retornado, e tanto atacantes quanto defensores assavam nas armaduras. Meninos traziam água e cerveja. Homens de armas, descansando ao abrigo das ruínas da porta Leure, tiravam os elmos. O cabelo estava achatado e os rostos com suor escorrendo. Os arqueiros se agachavam nas pedras, algumas vezes atirando, caso algum homem se mostrasse, mas durante longos períodos nenhum dos lados queria perder uma flecha ou seta, e simplesmente esperava algum alvo.

— Filhos da mãe — cuspiu Sir John na direção do inimigo.

Hook viu dois defensores lutando para tirar um cesto cheio de terra de um trecho do muro novo. Ergueu-se um pouco e disparou uma flecha, no instante em que uma dúzia de outros arqueiros fez o mesmo. Os dois homens caíram para trás, ambos acertados por flechas, mas o cesto caiu com eles e Hook viu um cano de canhão, atarracado e baixo, e se achatou nas ruínas da porta no instante em que o canhão disparou. O ar assobiou e gritou, lascas de pedra voaram no meio da fumaça e um homem soltou um grito terrível e longo que se transformou num gemido enquanto o espaço na frente do muro era obscurecido pela fumaça grossa.

— Ah, meu Deus — disse Will Dale.

— Está machucado, Will?

— Não. Só cansado desse lugar.

Os franceses haviam carregado seu canhão com uma massa de pedras pequenas que esfolaram os atacantes. Um homem de armas estava morto, com um pequeno buraco no topo do elmo. Um arqueiro cambaleou para trás, na direção da barbacã, com uma das mãos apertada sobre uma órbita ocular vazia e sangrenta.

— Todos vamos morrer aqui — disse Will.

— Não — respondeu Hook ferozmente, mesmo não acreditando no protesto. A fumaça do canhão se dissipou devagar e Hook viu que o cesto cheio de terra estava de volta em seu vão.

— Filhos da mãe — cuspiu Sir John de novo.

— Não vamos desistir — gritou o rei. Ele queria juntar uma massa de homens de armas e tentar o domínio do muro com números, e seus homens estavam levando ordens aos ingleses espalhados nas ruínas da velha muralha. — Arqueiros aos flancos! — gritou um homem. — Aos flancos!

Um trombeteiro francês começou a tocar uma melodia curta e aguda. Eram três notas, subindo e descendo, repetidas sem parar. Havia uma coisa provocadora naquele som.

— Matem aquele filho da mãe! — gritou Sir John, mas o filho da mãe estava escondido atrás do muro.

— Movam-se! — gritou o rei.

Hook respirou fundo, depois subiu para a direita. Nenhuma seta de besta cuspiu das defesas. A guarnição estava esperando, pensou. Talvez estivessem ficando com poucas setas, por isso guardavam as que tinham para receber o próximo assalto. Abrigou-se num pedaço de muralha quebrada e nesse momento o trombeteiro francês se levantou na nova fortificação e levou o instrumento aos lábios. Hook se levantou também, a corda chegou à sua orelha direita, ele disparou, a corda chicoteou sua braçadeira e a flecha com penas de ganso voou certeira, a ponta de furador acertou o trombeteiro na garganta e se cravou no pescoço, projetando-se orgulhosa pela nuca. A trombeta barulhenta guinchou horrivelmente e terminou de modo abrupto enquanto o homem caía para trás. Mais flechas inglesas voaram acima dele e o homem desapareceu atrás do muro, deixando um borrifo de sangue enevoado e o eco agonizante do toque truncado do instrumento.

— Muito bem, arqueiros! — gritou Sir John.

BERNARD CORNWELL

Hook esperou. O dia ficou ainda mais quente sob um sol que era uma grande fornalha num céu nublado apenas pelos retalhos de fumaça vindos da cidade sitiada. Os franceses haviam parado totalmente de atirar, o que apenas convenceu Hook de que estavam economizando seus projéteis para o assalto que eles sabiam que viria. Padres abriam caminho em meio às ruínas da antiga muralha, encomendando a alma dos mortos e ouvindo a confissão dos agonizantes, enquanto atrás da muralha, no espaço entre a arruinada porta Leure e a barbacã despedaçada, os homens de armas se juntavam sob os estandartes de seus senhores. Essa força, de pelo menos cem soldados, era facilmente visível por parte dos defensores, mas mesmo assim eles não atiravam.

Um dos pajens de Sir John, um garoto de 10 ou 11 anos com um tufo de cabelos louros luminosos e grandes olhos azuis, trouxe dois odres de água para os arqueiros.

— Precisamos de flechas, garoto — disse Hook.

— Vou trazer um pouco — respondeu o garoto.

Hook virou o odre na boca.

— Por que os homens de armas não estão se movendo? — perguntou a ninguém em particular. O rei havia reunido sua força de assalto e os arqueiros estavam a postos, mas uma curiosa lassidão havia baixado sobre os atacantes.

— Veio um mensageiro — disse o pajem nervosamente. Era um garoto de nascimento nobre, mandado à casa de Sir John para aprender a ser guerreiro, e com o tempo sem dúvida seria um grande senhor com armadura brilhante montando um cavalo ajaezado, mas por enquanto ficava nervoso com os arqueiros de rostos duros que um dia estariam sob seu comando.

— Um mensageiro?

— Do duque de Clarence — disse o pajem, pegando o odre de volta.

O duque, acampado do outro lado de Harfleur, também estava atacando a cidade, mas nenhum som traía qualquer luta naquela porta distante.

— E o que o mensageiro disse? — perguntou ao pajem.

— Que o ataque fracassou.

— Santo Deus — disse Hook, enojado. Portanto, agora, achou, o rei iria esperar até que seu irmão pudesse montar outro assalto, e então os ingleses fariam um último esforço, ao mesmo tempo do leste e do oeste, para dominar os teimosos defensores. E assim Hook e seus arqueiros esperaram. Se o rei tivesse mandado novas ordens ao irmão, elas levariam pelo menos duas horas para alcançá-lo, porque o mensageiro precisava cavalgar até longe, ao redor do norte da cidade, e atravessar de barco o rio inundado.

— O que está acontecendo? — perguntou Sclate, o camponês de cabeça lenta com força de gigante.

— Não sei — confessou Hook. O suor escorria por seu rosto e ardia nos olhos. O ar parecia cheio de poeira que cobria a garganta e o deixava com sede de novo. A luz, refletindo-se no calcário despedaçado da muralha partida, era ofuscante. Ele estava cansado. Desencordoou o arco para tirar a tensão da madeira.

— Vamos atacar de novo?— perguntou Sclate.

— Acho que vamos atacar quando o duque fizer o assalto do outro lado — sugeriu Hook. — Ainda faltam umas duas horas.

— Eles estarão preparados para nós — disse Sclate, mal-humorado.

A guarnição estaria preparada. Preparada com canhões, setas, springolts e óleo fervente. Era o que esperavam os homens que usavam a cruz vermelha. Os estandartes coloridos pendiam frouxos nos mastros e um silêncio estranho envolvia Harfleur. Esperando. Esperando.

— Quando atacarmos! — A voz de Sir John rompeu o silêncio. Ele estava caminhando pela frente dos arqueiros abrigados, sem se importar que estivesse totalmente exposto ao inimigo, mas os besteiros franceses, sem dúvida recebendo ordens para economizar as setas, o ignoraram. — Quando atacarmos — gritou de novo —, vocês avancem! Continuem disparando! Mas continuem avançando! Quando passarmos por cima do muro quero arqueiros conosco! Teremos de caçar aqueles filhos da mãe pela porcaria das ruas! Quero todos vocês lá! E boa caçada! Este é um dia para matar os inimigos do nosso rei, então matem!

E quando a matança estivesse feita, pensou Hook, quantos ingleses restariam? O exército que havia partido de Southampton Water já era bastante pequeno, mas agora? Agora, achava, devia haver apenas meio exército, e muitos eram homens doentes, estariam espremidos nas ruínas de Harfleur quando o exército francês finalmente se mexesse para lutar. Segundo boatos, esse exército inimigo era vasto, uma horda de homens ansiosos para obliterar os abusados invasores ingleses, mas Deus já parecia estar fazendo isso, com a doença.

— Vamos acabar logo com isso — resmungou Will Dale.

— Ou deixar que eles fiquem com a porcaria da cidade — sugeriu Tom Scarlet. — Agora ela não passa de um monte de merda.

E se o assalto fracassasse?, pensou Hook. E se Harfleur não caísse? Então o resto do exército de Henrique voltaria para a Inglaterra, derrotado. A campanha começara muito bem, com todo o espalhafato de bandeiras e esperança, e agora era sangue, fezes e desespero.

Outro trombeteiro começou a tocar as mesmas notas de zombaria na cidade. Sir John, passando por seus arqueiros, virou-se e rosnou na direção dos defensores.

— Quero que aquele filho da mãe chupador de pau seja morto! Quero que ele seja morto! — As últimas cinco palavras foram gritadas para o muro, suficientemente altas para qualquer francês escutar.

Então, inesperadamente, um homem subiu ao topo do muro. Não era o trombeteiro, que ainda tocava em seu lugar atrás da barricada. O homem no muro estava desarmado, e se levantou e acenou as duas mãos para os ingleses.

Arqueiros se levantaram e começaram a retesar as cordas.

— Não! — gritou Sir John. — Não! Não! Não! Baixem os arcos! Baixem os arcos! Baixem os arcos!

A nota de trombeta oscilou, diminuiu e parou.

O homem no muro levantou as mãos vazias acima da cabeça.

E, milagrosamente, subitamente, tudo acabou.

Os soldados da guarnição de Harfleur não queriam se render, mas o povo da cidade havia sofrido o bastante. Estava com fome. Suas casas tinham sido esmagadas e queimadas pelos projéteis ingleses, a doença se espalhava, as pessoas viam uma derrota inevitável e sabiam que inimigos vingativos estuprariam suas filhas. O conselho da cidade insistiu na rendição e, sem o apoio dos homens de Harfleur que disparavam bestas das muralhas e sem a comida preparada pelas mulheres, a guarnição não podia prolongar a luta.

O sire de Gaucourt, que havia comandado a defesa, pediu uma trégua de três dias em que ele poderia mandar um mensageiro ao rei francês para saber se uma força de apoio viria ou não ajudar a cidade. Caso contrário ele se renderia, com a condição de que o exército inglês não saqueasse a cidade nem estuprasse as mulheres. Henrique concordou, e assim os padres e nobres se reuniram na brecha da porta Leure, e os líderes da cidade vieram, e todos fizeram juramentos solenes de concordar com os termos da trégua. Depois disso, e depois de Henrique ter feito reféns para garantir que a guarnição manteria a palavra, um arauto cavalgou perto das muralhas e gritou para o povo da cidade que havia assistido à cerimônia. Gritou em francês:

— Vocês não têm nada a temer! O rei da Inglaterra não veio destruí-los! Somos bons cristãos e Harfleur não é Soissons! Vocês não têm nada a temer!

A fumaça subia da cidade enevoando o céu de fim de verão. Parecia estranho nenhum canhão estar disparando, nenhuma catapulta ressoando em pancadas surdas ao lançar seus projéteis, e que a luta tivesse parado. A morte não parou. Os cadáveres ainda eram carregados aos riachos e jogados às gaivotas, e parecia que a doença não teria fim.

E não havia força de apoio francesa.

O exército francês estava se reunindo ao leste, mas veio a mensagem de que ele não marcharia para ajudar Harfleur. E assim, no domingo seguinte, dia de são Vicente, a cidade se rendeu.

Um pavilhão foi erguido na encosta atrás do acampamento inglês e um trono foi posto sob o toldo, enfeitado com tecido de ouro. Estandartes ingleses flanqueavam o pavilhão, que estava cheio com a alta nobreza em suas roupas mais finas. Um homem ergueu o grande elmo do rei, envolvido por uma coroa de ouro, enquanto arqueiros se enfileiravam formando um grande caminho que passava pelo entulho das obras de cerco até a porta arruinada que resistira a tantos ataques. Atrás dos arqueiros estava o resto do exército de Henrique, espectadores do drama do dia.

O rei da Inglaterra, coroado com um simples aro de ouro e usando uma túnica com o brasão real da França, estava sentado em silêncio no trono. Observava e esperava, e talvez se perguntasse o que deveria fazer em seguida. Viera à Normandia e conseguira esta rendição, mas a vitória lhe custara metade do exército.

Hook estava na porta Leure, onde Sir John comandava uma força de dez homens de armas e 40 arqueiros. Sir John, usando uma armadura de placas que fora areada até brilhar, montava seu grande corcel de campanha, Lúcifer, que fora coberto por uma ofuscante manta de linho resplandecente com o brasão de Sir John, e o mesmo leão era modelado em madeira pintada, empinando-se selvagem na crista do elmo de Sir John. Os homens de armas também usavam armaduras, mas os arqueiros estavam com gibões de couro e calções manchados. Todos os arqueiros seguravam pedaços de corda áspera, do tipo que um camponês poderia usar para guiar uma vaca ao mercado.

— Tratem-nos com cortesia — disse Sir John aos seus arqueiros. — Eles lutaram bem! São homens!

— Achei que eram todos cagadores de repolho e chupadores de bosta — disse baixinho Will Dale, mas não o suficiente.

Sir John virou Lúcifer.

— Eles são! — disse. — Mas lutaram como ingleses! Então tratem-nos como ingleses!

Um trecho do muro novo fora demolido e, logo depois de Sir John ter falado, cerca de três dúzias de homens emergiram da abertura. Tinham recebido a ordem de se aproximar do rei da Inglaterra descalços, com camisas simples de linho e calças justas. Agora, nervosos e apreensivos, caminhavam devagar e cautelosamente na direção dos arqueiros que esperavam.

— Laços! — ordenou Sir John.

Hook e os outros arqueiros fizeram laços nas cordas. Sir John chamou um escudeiro e entregou suas rédeas ao homem, depois desceu da sela. Deu um tapinha no focinho de Lúcifer, depois foi na direção dos franceses que se aproximavam.

Escolheu um homem, um sujeito alto com nariz adunco e barba preta e curta. O sujeito era pálido, e Hook achou que ele estaria doente, mas estava se obrigando a liderar os franceses na saída da cidade e a manter o pouco de dignidade que lhe restava. O homem barbudo sinalizou para seus companheiros pararem enquanto se aproximava sozinho de Sir John. Os dois pararam separados por um passo, o inglês glorioso em armadura e heráldica, o punho da espada polido, a armadura reluzente, enquanto o francês usava as roupas comuns, mal ajustadas, decretadas pelo rei Henrique. Sir John, com a viseira levantada, disse algo que Hook não captou, depois os dois homens se abraçaram.

Sir John deixou a mão direita em volta do ombro do francês enquanto o levava na direção dos arqueiros.

— Este é o sire de Gaucourt — anunciou. — O líder dos nossos inimigos nestas últimas cinco semanas, e lutou corajosamente! Ele merece coisa melhor do que isto, mas nosso rei ordena e devemos obedecer. Hook, dê-me o laço!

Hook estendeu a corda. O francês deu-lhe um olhar de avaliação e Hook sentiu-se compelido a assentir, num cumprimento respeitoso.

— Sinto muito — disse Sir John em francês.

— É necessário — respondeu asperamente Raoul de Gaucourt.

— É mesmo? — perguntou Sir John.

— Devemos ser humilhados, para que o resto da França saiba que destino a espera se resistirem ao seu rei — disse Gaucourt. Em seguida deu um sorriso pesaroso e lançou um olhar de avaliação para o exército inglês que esperava para assistir a sua caminhada em humilhação até o trono do rei. — Mas duvido que seu rei tenha poder para amedrontar mais a França — continuou. — Você chama isso de vitória, Sir John? — perguntou, indicando as muralhas partidas que ele defendera com tanta bravura. Sir John não respondeu. Em vez disso levantou o laço para passá-lo pela cabeça de Gaucourt, mas o francês pegou-o com ele. — Permita-me — disse, e pôs a corda no próprio pescoço.

Os outros franceses estavam com cordas nos pescoços, e então, satisfeito, Sir John subiu de novo na sela de Lúcifer. Assentiu para Gaucourt, depois esporeou o cavalo e foi pelo caminho formado pelos soldados ingleses que observavam.

Os franceses caminharam em silêncio. Alguns, os mercadores, eram homens velhos, ao passo que outros, na maioria soldados, eram jovens e fortes. Eram os cavaleiros e burgueses, os homens que haviam desafiado o rei da Inglaterra, e os nós corrediços nos pescoços proclamavam que a vida deles estava agora à mercê de Henrique. Subiram a encosta, depois se ajoelharam humildemente diante do trono coberto com tecido de ouro. Henrique olhou-os por longo tempo. O vento levantava os estandartes de seda e espantava a fumaça das ruínas da cidade. Os nobres ingleses reunidos esperavam, aguardando que o rei anunciasse a sentença de morte dos homens ajoelhados.

— Sou o rei por direito deste reino — disse Henrique —, e sua resistência foi traição.

Uma expressão dolorida surgiu brevemente no rosto de Gaucourt. Ele ignorou a acusação de traição e em vez disso estendeu um grande molho de chaves pesadas.

— As chaves de Harfleur, senhor — disse —, que são suas.

O rei não pegou as chaves oferecidas.

— Seu desafio — disse ele, sério — foi contrário à lei do homem e à lei de Deus. — Alguns mercadores mais velhos estavam tremendo de medo e um deles tinha lágrimas escorrendo pelo rosto. — Mas Deus é misericordioso — continuou Henrique, altivo, e finalmente levantou as chaves —, e seremos misericordiosos. A vida de vocês não será confiscada.

Gritos de comemoração soaram no exército inglês quando a cruz de são Jorge foi erguida sobre a cidade. No dia seguinte Henrique da Inglaterra andou descalço até a igreja de são Martin para dar graças a Deus pela vitória, mas muitos que assistiram àquela peregrinação humilde acharam que seu triunfo era uma virtual derrota. Ele havia perdido tempo demais diante das muralhas de Harfleur, a doença havia despedaçado seu exército e a temporada de campanha estava quase terminada.

O exército inglês moveu-se dentro das muralhas. Queimou o acampamento e arrastou catapultas e canhões através da porta arruinada. Os homens de Sir John se aquartelaram no porto cercado de muros, onde Hook encontrou espaço no sótão de uma taverna chamada *Le Paon*.

— *Le Paon* é um pássaro com cauda grande — explicara Melisande. E abriu os braços totalmente.

— Nenhum pássaro tem cauda tão grande! — disse Hook.

— *Le paon* tem — insistiu ela.

— Então deve ser um pássaro francês, e não inglês.

Agora Harfleur era inglesa. O estandarte com a cruz de São Jorge tremulava no topo arruinado da torre de são Martin, e o povo da cidade, que sofrera tanto, agora recebia mais sofrimento.

As pessoas foram expulsas. A cidade, declarou o rei, seria repovoada por ingleses, assim como acontecera com Calais, e para abrir espaço para esses novos habitantes mais de dois mil homens, mulheres e crianças foram mandados embora da cidade. Os doentes foram levados em carroças, o resto andou, e duzentos ingleses montados vigiavam o progresso daquela triste coluna ao longo da margem norte do Sena. Os soldados ingleses estavam ali para proteger os refugiados de seus próprios compatriotas, que caso contrário teriam roubado e estuprado. Homens de armas comandavam a procissão e arqueiros a flanqueavam.

Hook era um dos arqueiros. Fora reunido ao seu capão preto, Ciscador, que era arisco e precisava de controle constante. A túnica de Hook foi lavada, mas a cruz vermelha de são Jorge havia se desbotado até um rosa opaco. Por baixo da túnica usava uma boa cota de malha que havia tirado de um cadáver francês e um aventail que Sir John lhe dera, e sobre o capuz do aventail tinha agora um bascinet, outro presente de um cadáver. O bascinet era um elmo com aba larga destinada a desviar um golpe de espada vindo de cima para baixo, mas como outros arqueiros Hook havia cortado a aba do lado direito para dar espaço à corda do arco ao ser totalmente retesada. Sua espada pendia ao lado do corpo, o arco na capa estava atravessado no ombro, e a sacola de flechas pendia do arção da sela. À direita, do outro lado dos refugiados, o rio que se estreitando ondulava brilhante de sol, e à esquerda ficavam campinas esvaziadas de animais pelas equipes inglesas encarregadas de conseguir alimentos e, para além dessas pastagens, colinas suaves, ainda pesadas com todas as folhas de verão. Melisande ficara em Harfleur, mas o padre Christopher insistira em acompanhar os refugiados. Ele montava o grande corcel de Sir John, Lúcifer. Sir John queria que o cavalo se exercitasse, e o padre Christopher ficou feliz em fazer isso.

— O senhor não deveria ter vindo, padre — disse Hook.

— Agora você é doutor em medicina, Hook?

— O senhor deveria descansar, padre.

— Haverá descanso bastante no céu — disse feliz o padre Christopher. Ainda estava pálido, mas comia de novo. Usava um manto de padre, algo que fizera com mais frequência desde a recuperação. — Aprendi uma coisa durante a doença — disse, numa seriedade aparente.

— É? E o que foi?

— No céu, Hook, não haverá gente se cagando.

Hook gargalhou.

— Mas haverá mulheres, padre?

— Em abundância, jovem Hook, mas e se todas forem mulheres boas?

— Quer dizer que todas as más estarão no porão do diabo, padre?

— Isso é preocupante — disse o padre Christopher com um sorriso —, mas confio que Deus faça arranjos adequados. — Ele riu, feliz porque estava vivo e cavalgando sob um sol de setembro junto a uma cerca viva cheia de amoras. O grito esganiçado de um codornizão ecoou nos morros. Logo depois do amanhecer, quando os refugiados em protesto foram obrigados a sair de Harfleur, um cervo havia aparecido na estrada de Rouen, resplandecente com sua galhada nova. Hook vira isso como um bom presságio, mas o padre Christopher, olhando os galhos escuros de um olmo caído, encontrou um presságio sombrio.

— As andorinhas estão se reunindo cedo — disse.

— Então será um inverno ruim — observou Hook.

— Significa o fim do verão, Hook, e com ele se vão nossas esperanças. Como aquelas andorinhas, vamos desaparecer.

— De volta à Inglaterra?

— E ao desapontamento — disse o padre com tristeza. — O rei tem dívidas a pagar, e não pode pagá-las. Se levasse uma vitória para casa, isso não importaria.

— Nós vencemos, padre, capturamos Harfleur.

— Usamos uma matilha de cães caçadores de lobos para matar uma lebre. E lá adiante — o padre apontou para o leste — há uma matilha de cães muito maior, reunindo-se.

Parte dessa matilha maior apareceu ao meio-dia. A vanguarda da longa coluna de refugiados havia parado numa campina ao lado do rio, e agora o fim da coluna se apinhou atrás. O que havia contido seu avanço era um bando de cavaleiros inimigos que barravam a estrada no ponto em que passava por uma cidade murada. O povo ficou olhando da muralha. O inimigo tinha um único estandarte, uma grande bandeira branca na qual uma águia de duas cabeças abria as garras longas. Os homens de armas franceses estavam vestidos para a batalha, com as armaduras polidas brilhando sob túnicas coloridas, mas poucos usavam elmos, e os que usavam estavam com as viseiras erguidas, claro sinal de que não esperavam lutar. Hook achou que seriam cem inimigos, e estariam ali sob uma trégua combinada para receber os refugiados, que seriam levados a Rouen numa frota de barcaças ancoradas na margem norte do rio.

— Santo Deus — disse o padre Christopher, olhando o estandarte da águia subindo e descendo ao vento que criava ondulações no rio. — Aquele é o marechal — explicou, fazendo o sinal da cruz.

— O marechal?

— Jean de Maingre, senhor de Boucicault, marechal da França. — O padre Christopher disse o nome e os títulos devagar, a voz traindo a admiração pelo homem que usava o brasão da águia de duas cabeças.

— Nunca ouvi falar dele, padre.

— A França é governada por um louco — disse o padre — e os duques reais são jovens e cabeçudos, mas nossos inimigos têm o marechal, e o marechal é um homem a ser temido.

Sir William Porter, o irmão de armas de Sir John Cornewaille, comandava o contingente inglês e agora cavalgou com a cabeça à mostra, para receber o marechal que, por sua vez, esporeou seu corcel de batalha na direção de Sir William. O francês, um homem grande num cavalo alto, erguia-se muito acima do inglês enquanto os dois falavam, e Hook, olhando a distância, achou que os dois riam juntos. Depois, convidado por um gesto do cortês Sir William, o marechal da França instigou seu cavalo na direção das tropas inglesas. Ignorou os civis franceses e em vez disso cavalgou lentamente pela fileira irregular de homens de armas e arqueiros.

O marechal não usava elmo. Seu cabelo era castanho-escuro, cortado muito curto e ficando grisalho nas têmporas, e emoldurava um rosto de tamanha ferocidade que Hook ficou pasmo. Era um rosto quadrado, rijo, com cicatrizes e quebrado, sofrido em batalha e pela vida, mas não derrotado. Um rosto duro, rosto de homem, rosto de guerreiro, com olhos escuros penetrantes que examinavam homens e cavalos em busca de sinais de suas condições. Sua boca estava fixa numa linha séria, mas de repente ele sorriu ao ver o padre Christopher, e no sorriso Hook viu um homem capaz de inspirar outros homens a grande lealdade e vitórias.

— Um padre num corcel de batalha! — disse o marechal, achando divertido. — Nós montamos nossos padres em éguas mancas, e não em animais de guerra!

— Nós, ingleses, temos tantos corcéis de batalha, senhor — respondeu o padre Christopher —, que podemos abrir mão deles para os homens de Deus.

O marechal olhou para Lúcifer, avaliando-o.

— Um bom cavalo — disse. — De quem é?

— De Sir John Cornewaille — respondeu o padre.

— Ah! — O marechal ficou satisfeito. — Dê meus cumprimentos ao bom Sir John! Diga que estou feliz por ele ter visitado a França e espero que ele leve boas lembranças dela de volta à Inglaterra. E que irá levá-las muito em breve. — O marechal sorriu para o padre Christopher, depois olhou para Hook com interesse aparente, observando as armas e a armadura do arqueiro, antes de estender a mão coberta pela manopla. — Faça-me a honra — disse ele — e me empreste seu arco.

O padre Christopher traduziu para Hook, que havia entendido de qualquer modo, mas não respondera porque não tinha certeza do que deveria fazer.

— Deixe-o ver o arco, Hook — disse o padre Christopher. — E encordoe primeiro.

Hook tirou o grande arco da capa, pôs a extremidade inferior no estribo esquerdo e passou o nó pelo entalhe superior. Podia sentir a força crua na madeira de teixo retesada. Algumas vezes lhe parecia que a madeira ficava viva quando ele encordoava o arco. Ela parecia estremecer de antecipação. O marechal ainda estava estendendo a mão e Hook entregou o arco.

— É um arco grande — disse Boucicault num inglês muito cauteloso.

— Um dos maiores que já vi — comentou o padre Christopher — e é usado por um arqueiro muito forte.

Um dúzia de homens de armas franceses havia seguido o marechal, e todos ficaram olhando a alguns passos de distância enquanto ele segurava o arco na mão esquerda e, hesitante, puxava a corda com a direita. Suas sobrancelhas se ergueram em surpresa diante do esforço necessário, e o marechal lançou um olhar de apreciação para Hook. Olhou de novo o arco, hesitou, depois levantou-o como se houvesse uma flecha imaginária na corda. Respirou fundo e puxou.

Arqueiros ingleses olhavam, meio sorrindo, sabendo que apenas um arqueiro treinado poderia retesar totalmente um arco daqueles. A corda foi até a metade e parou, então Boucicault puxou de novo e a corda continuou indo, indo, até chegar à sua boca, e Hook podia ver a tensão aparecendo no rosto do francês, mas Boucicault não havia terminado. Fez uma pequena careta, puxou de novo e a corda foi até sua orelha direita, e ele segurou-a ali, no retesamento máximo, e olhou para Hook com uma sobrancelha erguida.

Hook não pôde evitar. Riu, e de repente os arqueiros ingleses estavam aplaudindo o marechal francês, cujo rosto demonstrou puro deleite enquanto relaxava devagar a tensão e devolvia o arco a Hook. Rindo, Hook pegou-o e fez uma pequena reverência na sela.

— Inglês — gritou Boucicault —, aqui! — Em seguida jogou uma moeda para Hook e, ainda sorrindo deliciado, cavalgou pela fileira de arqueiros que aplaudiam.

— Eu lhe falei — disse o padre Christopher —, ele é um bom homem.

— Um homem generoso — observou Hook, olhando a moeda. Era de ouro, do tamanho de um xelim, e ele supôs que valeria um ano de salário. Enfiou o ouro em sua bolsa, que guardava pontas de flecha extras e três cordas de reserva.

— Um homem bom e generoso — concordou o padre Christopher —, mas não um homem para se ter como inimigo.

— Eu também não sou — intrometeu-se uma voz, e Hook girou na sela, vendo que um dos homens de armas que haviam seguido o marechal era o sire de Lanferelle, que agora se curvou sobre o arção da sela para encarar Hook. Olhou para o dedo que faltava em Hook, e uma sugestão de sorriso apareceu em seu rosto. — Você já é meu genro?

— Não, senhor — respondeu Hook, e disse o nome de Lanferelle para o padre Christopher.

O francês olhou especulativamente para o padre.

— O senhor andou doente, padre.

— Andei — concordou o padre Christopher.

— Isso é um julgamento de Deus? Será que Ele, em sua misericórdia, golpeou seu exército como castigo pela maldade de seu rei?

— Maldade? — perguntou o padre gentilmente.

— Em vir à França — respondeu Lanferelle, depois se empertigou na sela. Seu cabelo estava com óleo, de modo que pendia escorrido, preto como um corvo e brilhante, até a cintura, que era envolvida por um cinturão de espada com placas de prata. O rosto, de beleza impressionante, estava ainda mais moreno depois de um verão ao sol, fazendo os olhos parecerem ter um brilho extraordinário.

— Mas espero que fiquem na França, padre.

— Isso é um convite?

— É. — Lanferelle sorriu, mostrando dentes muito brancos. — Quantos homens vocês têm agora?

— Somos contados como os grãos de areia na praia — respondeu o padre jovialmente —, e tão numerosos quanto as incontáveis estrelas do firmamento e tantos quanto as pulgas que picam o ventre de uma prostituta francesa.

— E igualmente perigosos — disse Lanferelle, sem se abalar com as palavras desafiadoras do padre. — Vocês são quantos? Menos de dez mil agora? E ouvi dizer que seu rei está mandando os doentes para casa. É?

— Ele manda homens para casa — respondeu o padre Christopher —, porque temos suficientes para fazer o que deve ser feito.

Hook se perguntou como Lanferelle sabia que os doentes estavam sendo mandados para casa, depois imaginou que espiões franceses deviam estar vigiando Harfleur dos morros ao redor, e deviam ter visto as macas sendo carregadas para os navios ingleses que finalmente podiam chegar direto ao porto cercado por muralhas.

— E o seu rei traz reforços — disse Lanferelle. — Mas quantos homens ele deve deixar em Harfleur para proteger as muralhas partidas? Mil? — Ele sorriu de novo. — É um exército muito pequeno, padre.

— Mas pelo menos luta — respondeu o padre Christopher —, ao passo que o seu exército fica dormindo em Rouen.

— Mas o nosso exército — a voz de Lanferelle ficou subitamente áspera — é realmente tão grande quanto o número de pulgas no ventre de uma prostituta parisiense. — Ele puxou as rédeas. — Espero que o senhor fique, padre, e venha até onde as pulgas podem se alimentar de sangue inglês. — E assentiu para Hook. — Dê minhas lembranças a Melisande. E lhe dê outra coisa. — Ele girou na sela. — Jean! *Venez!* — O mesmo escudeiro de rosto feio que havia olhado para Melisande na floresta acima de Harfleur esporeou o animal até seu senhor e, seguindo ordens de Lanferelle, tirou a túnica por cima da cabeça. O senhor de Lanferelle pegou a vestimenta espalhafatosa, com seu sol brilhante e o orgulhoso falcão, e dobrou-a num quadrado que entregou a Hook. — Se acontecer uma batalha, diga para Melisande usar isso. Talvez seja suficiente para protegê-la. Eu lamentaria a morte dela. Bom dia a vocês dois. — E com isso ele cavalgou atrás do marechal.

No dia seguinte nuvens se juntaram, empilhando-se sobre o mar e deslizando lentamente até formar um cobertor sobre Harfleur. Os arqueiros estavam ocupados fazendo reparos temporários nas muralhas partidas, construindo paliçadas de madeira que deviam servir como defesas até que viessem pedreiros da Inglaterra para refazer adequadamente as fortificações. Homens ainda adoeciam, e as ruas meio arruinadas fediam a esgoto que escorria até o rio Lézarde, que de novo fluía livre por um canal de pedras no meio da cidade, e dali para um porto apertado que fedia como uma fossa.

O rei mandou um desafio ao delfim, oferecendo-se para lutar com ele corpo a corpo e que o vencedor herdaria a coroa da França do louco rei Charles.

— Ele não aceitará — disse Sir John Cornewaille. Sir John viera olhar os arqueiros cravar estacas no chão para sustentar a nova paliçada. — O delfim é um filho da mãe gordo e preguiçoso, e o nosso Henrique é um guerreiro. Seria como um lobo combatendo um leitão.

— E se o delfim não concordar em lutar, Sir John? — perguntou Thomas Evelgold.

— Vamos para casa, acho — respondeu Sir John, infeliz. Essa era a opinião de todo o exército. Os dias estavam encurtando e ficando mais frios, e logo as chuvas de outono chegariam e isso significaria o fim da temporada de campanha. E, mesmo que Henrique desejasse continuar a campanha, seu exército era pequeno demais e o exército francês era grande demais, e homens sensatos, homens experientes, declaravam que apenas um idiota ousaria desafiar esses números.

— Se tivéssemos mais seis ou sete mil homens — disse Sir John —, ouso dizer que poderíamos tirar sangue do nariz deles, mas não faremos isso. Vamos deixar uma guarnição para manter este buraco de merda e o resto voltará para casa.

Reforços continuavam chegando, mas não eram muitos, nem de longe o bastante para compensar o número dos que haviam morrido ou estavam doentes, mas os barcos os traziam para o porto fedorento e os recém-chegados, inseguros, desciam as pranchas e olhavam arregalados os tetos partidos, as igrejas despedaçadas e o entulho queimado.

— A maioria de nós irá para casa logo — disse Sir John aos seus homens. A captura de Harfleur não bastava para compensar o dinheiro gasto e as vidas perdidas. Sir John queria mais, assim como o rei, pelo que diziam os boatos, mas o mesmo não acontecia com todos os outros grandes senhores; os duques reais, os condes, os bispos, os capitães, todos aconselhavam o rei a ir para casa.

— Não há escolha — disse Thomas Evelgold a Hook uma tarde. Os grandes senhores estavam num conselho de guerra. Era uma tarde linda, com um sol poente lançando sombras compridas sobre o porto. Hook e Evelgold estavam sentados a uma mesa do lado de fora do *Le Paon*, tomando cerveja trazida da Inglaterra porque todas as cervejarias de Harfleur haviam sido destruídas. — Temos de ir para casa — disse Evelgold, evidentemente pensando na acalorada discussão que sem dúvida estava acontecendo no salão da sede da prefeitura ao lado da igreja de são Martin.

— Talvez nós fiquemos como parte da guarnição, não é?

— Por Deus, não! — disse Evelgold asperamente, depois fez o sinal-da-cruz. — Com aquele desgraçado daquele exército enorme dos franceses? Eles vão retomar esta cidade sem problemas, depois vão matar todos os homens que estiverem aqui.

Hook ficou quieto. Estava olhando a entrada estreita do porto, onde um navio que chegava era impelido por remos enormes porque o vento havia baixado a um sussurro. Gaivotas giravam acima do mastro único do navio e sobre seus castelos altos e ricamente dourados.

— O *Espírito Santo* — disse Evelgold, assentindo para o navio.

— O *Espírito Santo* era um navio novo, construído com o dinheiro do rei para apoiar seu exército invasor, mas agora era empregado principalmente para levar doentes à Inglaterra. Esgueirou-se cada vez mais perto do cais. Hook podia ver homens no convés, mas nem de longe eram tantos quantos os que o navio trouxera na viagem anterior, e ele achou que seriam os últimos reforços a chegar.

— Mil e quinhentos navios nos trouxeram aqui, construídos com o dinheiro do rei para apoiar seu exército invasor, mas não vamos precisar de tantos para nos levar para casa. — Ele deu um riso amargo. — Que desperdício de uma porcaria de um verão. — O sol tirava reflexos dos enfeites dourados nos dois castelos do *Espírito Santo*. Os passageiros olhavam para a terra. — Bem-vindos à Normandia — disse Evelgold. — Sua mulher vai voltar à Inglaterra?

— Vai.

— Achei que vocês iam se casar.

— Vamos.

— Faça isso na Inglaterra, Hook.

— Por quê?

— Porque é um país de Deus, não como este lugar maldito.

Centenares e homens de armas tinham vindo ao cais, para saber se algum recém-chegado pertencia às suas companhias. O centenar de lorde Slayton, William Snoball, era um deles, e cumprimentou Hook educadamente.

— Fico surpreso em vê-lo aqui, mestre Snoball — disse Hook.

— Por quê?

— Quem fica como administrador enquanto o senhor está aqui?

— John Willetts. Ele pode se virar muito bem sem mim. E o lorde queria que eu viesse.

— Porque tem experiência — interveio Evelgold.

— Sem dúvida — concordou Snoball —, e o lorde queria que eu ficasse de olho em... — ele hesitou — bom, você sabe.

— Sir Martin? — perguntou Hook. — E por que, em nome de Deus, ele o enviou?

— Por que motivo você acha? — respondeu Snoball, asperamente.

Hook fez o gesto de passar uma faca pelo pescoço.

— É isso que ele espera?

— Ele espera que Sir Martin ministre às nossas almas — disse Snoball em tom distante, e depois, talvez pensando que havia revelado demais, afastou-se um pouco pelo molhe.

Hook observou enquanto o *Espírito Santo* se esgueirava mais para perto.

— Estamos esperando algum homem novo? — perguntou.

— Não que eu saiba. Sir John não disse nada.

— Ele não está feliz.

— Porque é louco, tocado pela lua. Demente como uma lebre. — Thomas Evelgold ficou pensativo por um momento. — Ele quer marchar para o interior da França! O sujeito é demente! Quer que sejamos todos mortos! Mas para ele está tudo bem, não é?

— Bem?

— Ele não será morto, não é? O que acontecerá se marcharmos para o interior da França para encontrar uma batalha? Os nobres não são mortos, Hook, são feitos prisioneiros! Mas ninguém cobrará resgate por você ou por mim. Seremos trucidados, Hook, enquanto os senhores irão para algum castelo confortável, serão alimentados e receberão prostitutas. Sir John não se importa. Ele só quer lutar! Mas sabe que provavelmente sobreviverá a uma batalha. Ele deveria pensar em nós. — Evelgold terminou de beber sua cerveja. — Mas isso não acontecerá. Estaremos todos em casa no dia do jejum de são Martin.

— O rei quer marchar — disse Hook.

— O rei sabe contar tão bem quanto você e eu — respondeu Evelgold sem dar importância —, e não vamos marchar.

Cabos foram lançados do *Espírito Santo* e apanhados por homens em terra. E devagar, laboriosamente, o grande navio foi puxado ao cais. Pranchas foram baixadas e então os recém-chegados, numa limpeza que não era natural, foram mandados rapidamente para terra. Havia por volta de 60 arqueiros, todos levando arcos em suas capas, sacolas e feixes de flechas. As cruzes vermelhas de são Jorge nas túnicas pareciam muito vivas. Um padre desceu pela prancha mais próxima, caiu de joelhos no cais e fez o sinal da cruz. Atrás dele havia quatro arqueiros usando a lua e as

BERNARD CORNWELL

estrelas de Slayton, e um deles tinha cabelos dourados eriçados, proje-tando-se loucos de baixo da borda do elmo. Por um instante Hook não acreditou no que via, depois se levantou e gritou:

— Michael! Michael!

Era seu irmão mais novo. Michael o enxergou e riu.

— É meu irmão — explicou Hook a Evelgold, depois foi encon-trar Michael. Os dois se abraçaram. — Meu Deus, é você — disse Hook.

William Snoball chamou o nome de Michael, mas Hook se virou para o administrador.

— Ele irá quando estiver pronto, mestre Snoball. Onde vocês es-tão aquartelados?

Snoball lhe disse, de má-vontade. Hook prometeu levar o irmão, depois guiou Michael até a mesa e serviu um pote de cerveja. Thomas Evelgold deixou-os a sós.

— O que, em nome de Deus, você está fazendo aqui? — pergun-tou Hook.

— Lorde Slayton mandou seus últimos arqueiros — respondeu Michael, rindo. — Ele achou que vocês precisavam de ajuda. Eu nem sa-bia que você estava aqui!

Então foi o momento de ficar a par das novidades. Hook disse que Robert Perrill fora morto no cerco, mas não contou como, e Michael contou que a avó tinha morrido, fato que não perturbou Hook nem um pouco.

— Ela era uma vaca velha e amarga — disse.

— Mas cuidou de nós.

— Cuidou de você, não de mim.

Então Melisande saiu da taverna e foi apresentada, e Hook sentiu uma felicidade súbita, louca e desconhecida. As duas pessoas que ele mais amava estavam ali, ele tinha dinheiro nos bolsos e tudo parecia ir bem com o mundo. A campanha na França poderia terminar, e poderia terminar antes de obter qualquer grande vitória, mas mesmo assim ele estava feliz.

— Vou perguntar a Sir John se você pode se juntar a nós — disse a Michael.

— Não creio que lorde Slayton permita.

— É, bom, não faz mal perguntar.

— O que vai acontecer aqui? — perguntou Michael.

— Acho que uns pobres coitados serão deixados aqui para defender esta cidade, e que o resto de nós irá para casa.

— Ir para casa? — Michael franziu a testa. — Mas acabei de chegar!

— É o que estão dizendo. Os senhores estão tentando chegar à decisão agora, mas é tarde demais, no ano, para marchar para o interior. E além disso o exército francês é grande demais. Vamos para casa.

— Espero que não. — Michael riu. — Não vim tão longe para voltar para casa. Quero lutar.

— Não quer, não — disse Hook, e se surpreendeu ao dizê-lo. Melisande também ficou surpresa, olhando-o com curiosidade.

— Não quero?

— É sangue — explicou Hook —, homens chorando e chamando pela mãe, e gritos demais, dor e filhos da mãe vestidos de metal tentando matar você.

Michael ficou pasmo.

— Dizem que nós só disparamos flechas contra eles — disse hesitando.

— Disparamos, sim, mas no final, irmão, você tem de chegar perto. Perto o suficiente para olhar nos olhos deles. O suficiente para matá-los.

— E Nicholas é bom nisso — disse Melisande em tom monótono.

— Nem todo mundo é — respondeu Hook, suspeitando de que Michael, com sua natureza generosa e confiada, carecia da implacabilidade para chegar perto e cometer chacinas.

— Talvez só uma batalha — disse Michael, desejoso. — Não uma muito grande.

Ao pôr do sol Hook levou Michael pela cidade. Os homens de lorde Slayton haviam encontrado casas perto da porta Montvilliers, e Hook levou o irmão até lá, e depois entraram no pátio da casa de um mercador, onde os arqueiros estavam aquartelados. Seus antigos companheiros ficaram em silêncio quando os irmãos Hook apareceram. Não havia sinal de Sir Martin, mas Tom Perrill, sombrio e pensativo, estava sentado encostado numa parede, e olhou sem expressão para os dois Hook. William Snoball sentiu encrenca e se levantou.

— Michael está se juntando a vocês — anunciou Hook em voz alta — e Sir John Cornewaille quer que saibam que meu irmão está sob a proteção dele. — Sir John não tinha dito isso, mas nenhum dos homens de lorde Slayton saberia.

Tom Perrill deu um riso de zombaria, mas não disse nada. William Snoball confrontou Hook.

— Não haverá encrenca — concordou.

— Não haverá encrenca mesmo! — ecoou uma voz, e Hook se virou e viu Sir Edward Derwent, o capitão de lorde Slayton que fora capturado na mina, parado na entrada do pátio. Sir Edward fora libertado quando a cidade se rendeu, e Hook achava que ele devia ter estado no conselho de guerra, porque vestia suas roupas mais finas. Agora Sir Edward caminhou até o centro do pátio. — Não haverá encrenca! — repetiu. — Nenhum de vocês lutará um contra o outro, porque seu trabalho é lutar contra os franceses!

— Achei que iríamos para casa — disse Snoball, perplexo.

— Bom, vocês não vão. O rei quer mais, e o que o rei quer, ele obtém.

— Vamos ficar aqui? — perguntou Hook, incrédulo. — Em Harfleur?

— Não, Hook — respondeu Sir Edward. — Vamos marchar. — Ele parecia sério, como se desaprovasse a decisão. Mas Henrique era rei e, como Sir Edward dissera, o que o rei queria, o rei obtinha.

E o que Henrique queria era mais guerra.

E assim o exército marcharia para dentro da França.

PARTE III

AO RIO DE ESPADAS

não haveria carroças pesadas na marcha. Em vez disso a bagagem seria carregada por homens, cavalos de carga e carroças leves.

— Temos de viajar depressa — explicou Sir John.

— É orgulho — disse o padre Christopher a Hook mais tarde —, nada além de orgulho.

— Orgulho?

— O rei não pode simplesmente se arrastar de volta à Inglaterra sem nada além de Harfleur para mostrar em troca do dinheiro! Ele precisa fazer mais do que meramente chutar o cachorro dos franceses, sente necessidade de puxar o rabo dele também.

O cachorro francês parecia realmente estar dormindo. Segundo relatos, o exército inimigo estava ainda maior, mas não demonstrava qualquer sinal de se levantar dos arredores de Rouen, e por isso o rei da Inglaterra decidira mostrar à cristandade que era capaz de marchar de Harfleur a Calais impunemente.

— Não é tão longe — disse Sir John aos seus homens. — Talvez uma semana de marcha.

— E o que ganhamos com uma semana de marcha através da França? — perguntou Hook ao padre Christopher.

— Nada — respondeu o padre.

— Então por que vamos fazer?

— Para mostrar que podemos. Para mostrar que os franceses estão impotentes.

— E vamos viajar sem as carroças grandes?

O padre Christopher riu.

— Não queremos que os franceses impotentes nos peguem, não é? Seria um desastre, jovem Hook! Assim, não podemos levar duzentas carroças pesadas, isso iria nos deixar lentos demais, portanto serão cavalos, esporas e o último que chegar é mulher do padre.

— Isso é importante! — disse Sir John aos seus homens. Ele entrara intempestivamente no salão do *Paon* golpeado um dos barris com o punho da espada. — Estão acordados? Estão ouvindo? Levem comida para oito dias! E todas as flechas que possam carregar! Levem armas, armaduras, flechas e comida, e nada mais! Se eu vir algum homem levando algo mais do que armas, armadura, flechas e comida, vou enfiar a bagagem inútil pela goela dele e arrancar pela porcaria do cu! Temos de viajar depressa!

— Isso já aconteceu antes — disse o padre Christopher a Hook na manhã seguinte.

— Antes?

— Você não conhece História, Hook?

— Sei que meu avô foi assassinado e meu pai também.

— Adoro uma família feliz — disse o padre —, mas pense no tempo do seu bisavô, quando Eduardo era rei. O terceiro Eduardo. Ele esteve aqui na Normandia e decidiu fazer uma marcha rápida até Calais, só que foi interceptado no meio do caminho.

— E morreu?

— Ah, meu Deus, não, ele derrotou os franceses! Certamente você já ouviu falar de Crécy?

— Ah, já ouvi falar de Crécy — respondeu Hook. Todo arqueiro sabia sobre Crécy, a batalha em que os arqueiros da Inglaterra haviam destruído a nobreza da França.

— Então sabe que foi uma batalha gloriosa, Hook, em que Deus favoreceu os ingleses, mas o favor de Deus é uma coisa volúvel.

— Quer dizer que Ele não está do nosso lado?

— Quero dizer que Deus está do lado de quem vencer, Hook.

Hook pensou nisso por um momento. Estava afiando pontas de flechas, esfregando os furadores e as pontas largas numa pedra. Pensou

BERNARD CORNWELL

em todas as histórias que ouvira na infância, quando os homens falavam nas tempestades de flechas em Crécy e Poitiers, depois fez um floreio com um furador, na direção do padre Christopher.

— Se encontrarmos os franceses — disse com firmeza —, vamos vencer. Vamos cravar isso na armadura deles, padre.

— Tenho uma triste suspeita de que o rei concorda com você — observou o padre gentilmente. — Ele acredita mesmo que Deus está de seu lado, mas o irmão dele obviamente não concorda.

— Qual irmão? — O duque de Clarence e o duque de Gloucester estavam com o exército.

— Clarence — respondeu o padre Christopher. — Ele vai voltar para casa.

Hook franziu a testa. Segundo alguns homens, o duque era um soldado ainda melhor do que o irmão mais velho. Hook inspecionou um furador. A maior parte da peça longa e estreita estava escura de ferrugem, mas agora a ponta era metal brilhante e malignamente afiado. Testou-a cutucando a base do polegar, depois molhou os dedos e alisou as penas.

— Por que ele vai embora?

— Suspeito de que desaprove a decisão do irmão — respondeu o padre Christopher em tom ameno. — Oficialmente, claro, o duque está doente, mas ele parecia notavelmente bem para um homem enfermo. E, claro, se Henrique for morto, que Deus não permita, Clarence irá se tornar o rei Thomas.

— O nosso Henrique não vai morrer — reagiu Hook com ferocidade.

— Ele pode muito bem morrer, se os franceses nos pegarem — disse o padre azedamente. — Mas até o nosso Henrique ouviu os conselhos. Disseram-lhe para ir para casa. Ele queria ir para Paris, mas em vez disso aceitou Calais. E, com a ajuda de Deus, Hook, devemos chegar a Calais muito antes que os franceses possam nos alcançar.

— O senhor faz parecer que estamos fugindo.

— Não exatamente, mas quase. Pense em sua linda Melisande.

Hook franziu a testa, perplexo.

— Melisande?

— Os franceses estão reunidos no umbigo dela, Hook, e nós estamos empoleirados no mamilo direito. O que planejamos é correr até o mamilo esquerdo e pedir a Deus que os franceses não cheguem ao colo antes de nós.

— E se chegarem?

— Então o colo irá se tornar o vale das sombras da morte — disse o padre Christopher. — Portanto, reze para marcharmos rápido e que os franceses continuem dormindo.

— Vocês não podem ser meticulosos! — dissera Sir John aos arqueiros no salão da estalagem. — Não podemos guardar flechas em barris, não temos carroças para carregar os barris! E vocês não podem usar discos! Então façam feixes, feixes bem apertados!

As flechas enfeixadas sofriam porque a emplumação se amassava, e as emplumações amassadas deixavam as flechas imprecisas, mas não havia escolha além de amarrá-las em feixes apertados que pudessem ser pendurados numa sela ou postos nas costas de um cavalo de carga. Foram necessários dois dias para amarrar os feixes, porque o rei exigiu que cada flecha disponível fosse levada na viagem, e isso significava carregar centenas de milhares de flechas. O maior número possível foi amontoado nas carroças leves, de fazenda, que acompanhariam o exército, mas não havia desses veículos em número suficiente, de modo que até os homens de armas receberam ordem de amarrar os feixes atrás de suas selas. Haveria simplesmente cinco mil arqueiros marchando para Calais, e num minuto esses homens eram capazes de disparar 60 ou 70 mil flechas, e nenhuma batalha jamais era vencida em um minuto.

— Se levarmos cada flecha que tivermos, ainda não bastará — resmungou Thomas Evelgold —, e então vamos jogar pedras nos filhos da mãe.

Foi deixada uma guarnição em Harfleur. Era uma força considerável, de mais de trezentos homens de armas e quase mil arqueiros, mas tinha poucos cavalos porque o rei exigiu que a guarnição entregasse cada animal, a não ser os bem treinados corcéis de guerra dos cavaleiros. Os novos defensores de Harfleur foram deixados perigosamente com poucas flechas, mas esperava-se a qualquer dia a chegada de novas da Inglaterra, onde lenhadores cortavam galhos de freixo, ferreiros forjavam furadores e pontas largas, e emplumadores amarravam as penas de ganso.

— Vamos marchar rapidamente! — gritou um padre com voz estentórea. Era o dia anterior à marcha do exército e o padre estava visitando todas as ruas de Harfleur com um pergaminho no qual as ordens do rei haviam sido escritas. O trabalho do padre era garantir que cada homem entendesse as ordens do rei. — Não haverá retardatários! Acima de tudo, a propriedade da Igreja é sagrada! Qualquer homem que saquear propriedades da Igreja será enforcado! Deus está conosco, e marchamos para mostrar que por Sua graça somos os senhores da França!

— Vocês o ouviram! — gritou Sir John quando o padre se afastou. — Mantenham suas mãos ladras longe de propriedades da Igreja! Não estuprem freiras! Deus não gosta disso, nem eu!

Naquela noite, na igreja de são Martin, o padre Christopher tornou Hook e Melisande marido e mulher. Melisande chorou, e Hook, enquanto se ajoelhava e olhava para as velas tremulando no altar, desejou que são Crispiniano lhe falasse, mas o santo não disse nada. Desejou ter pensado em chamar seu irmão à igreja, mas não houvera oportunidade. O padre Christopher simplesmente insistira em que era hora de Hook tornar Melisande sua esposa, por isso levou-os à igreja de torre quebrada.

— Deus esteja com vocês — disse o padre ao fim da breve cerimônia.

— Ele está — respondeu Melisande.

— Então reze para que Ele continue com vocês, porque agora precisamos da ajuda de Deus. — O padre se virou e fez uma reverência diante do altar. — Por Deus, nós precisamos — acrescentou agourento. — Os borgonheses marcharam.

— Para nos ajudar? — perguntou Hook. Parecia fazer muito tempo que ele usara a cruz serrilhada da Borgonha e vira as tropas da França massacrar uma cidade.

— Não, para ajudar a França.

— Mas... — começou Hook, então sua voz ficou no ar.

— Eles resolveram a briga de família — disse o padre Christopher —, por isso se voltaram contra nós.

— E ainda vamos marchar?

— O rei insiste — respondeu o padre em tom chapado. — Somos um pequeno exército na borda de uma terra grande, mas pelo menos vocês dois estão unidos agora, para todo o sempre. Nem a morte pode separá-los.

— Graças a Deus — disse Melisande, e fez o sinal da cruz.

No dia seguinte, o décimo oitavo de agosto, uma terça-feira, dia de santa Benedita, sob céu límpido, o exército marchou.

Foram para o norte, seguindo o litoral, e Hook sentiu o ânimo do exército melhorar enquanto se afastavam do cheiro de merda e morte. Homens riam sem motivo aparente, amigos provocavam uns aos outros, alegres, e alguns esporeavam os cavalos e simplesmente galopavam pelo puro júbilo de estar de novo em terreno aberto.

Sir John Cornewaille comandava a vanguarda do exército, e seus homens estavam na vanguarda da vanguarda, por isso cavalgavam à frente da coluna. O estandarte de Sir John voava entre a cruz de são Jorge e a bandeira da Santíssima Trindade, os três estandartes guardados pelos homens de armas de Sir John e seguidos por tocadores de tambores montados, que batiam incessantemente. Os arqueiros cavalgavam à frente, atuando como batedores e atentos a qualquer inimigo cujo primeiro surgimento foi numa emboscada, mas nenhum dos homens de Sir John se envolveu. Os franceses haviam esperado até que a vanguarda bem armada e vigilante houvesse passado, depois fizeram uma investida a partir de Montvilliers, uma cidade com muralhas, perto da estrada. Besteiros dispararam da floresta e um grupo de homens de armas atacou a coluna, e houve algumas lutas antes que os atacantes, que eram menos de 50, fossem expulsos, mas não antes de ter conseguido fazer meia dúzia de prisioneiros e deixar dois ingleses mortos.

BERNARD CORNWELL

Essa escaramuça aconteceu no primeiro dia, mas depois disso os franceses pareceram cair de volta no sono, e assim os homens de armas ingleses cavalgavam sem armadura, com a malha e as placas levadas pelos cavalos de carga. As diferentes cores das túnicas dos cavaleiros dava à coluna montada uma aparência festiva, aumentada pelos estandartes voando à frente de cada contingente. As mulheres, os pajens e os serviçais cavalgavam atrás dos homens de armas, guiando animais de carga com armaduras, comida e os grandes feixes de flechas. A companhia de Sir John tinha duas carroças leves, uma cheia de comida e armaduras, a outra com pilhas de flechas. Quando Hook se virou na sela, viu uma fina nuvem de poeira subindo sobre os morros baixos e as florestas densas. A poeira marcava a trilha do exército da Inglaterra serpenteando pelos pequenos vales que iam na direção do rio Somme. Para Hook parecia um exército grande, mas na verdade era um bando desafiador composto por menos de 10 mil homens, e só parecia maior porque havia mais de 20 mil cavalos.

No domingo desceram das colinas pequenas e apertadas para um terreno mais aberto e mais plano. Sir John havia sugerido que esse era o dia em que deveriam chegar ao Somme, e acrescentara que o Somme era o único grande obstáculo na jornada. Bastaria atravessar o rio e teriam meros três dias de marcha até Calais.

— Então não haverá batalha? — perguntou Michael Hook ao seu irmão. Os homens de lorde Slayton também estavam na vanguarda, mas Sir Martin e Thomas Perrill se mantinham longe de Sir John e seus homens.

— Dizem que não — respondeu Hook. — Mas quem sabe?

— Os franceses não vão nos impedir?

— Parece que não estão tentando, não é? — disse Hook, assentindo para o terreno vazio adiante. Ele e o resto dos arqueiros de Sir John estavam oitocentos metros à frente da coluna, indo na direção do rio. — Talvez os franceses estejam felizes em nos ver ir embora, não é? — sugeriu ele. — Talvez só estejam nos deixando à vontade.

— Você já esteve em Calais — disse Michael, impressionado porque o irmão mais velho viajara tão longe e tanto, desde que haviam estado juntos.

— É uma cidadezinha estranha — respondeu Hook —, uma muralha vasta, um castelo grande e um amontoado de casas. Mas é o caminho para casa, Michael, o caminho para casa!

— Acabei de chegar aqui — respondeu Michael, pesaroso.

— Talvez nós voltemos no ano que vem e terminemos o serviço. Olhe! — Hook apontou à frente, onde, nos borrões de folhas castanhas, douradas e amarelas, uma mancha de luz brilhava. — Deve ser o rio.

— Ou um lago — sugeriu Michael.

— Estamos procurando um lugar chamado Blanchetaque — disse Hook.

— Eles têm uns nomes engraçadíssimos — riu Michael.

— Há um vau em Blanchetaque. Vamos atravessá-lo e estaremos praticamente em casa.

Virou-se quando cascos soaram altos atrás e viu Sir John e meia dúzia de homens de armas galopando em sua direção. Sir John, de cabeça descoberta e usando malha, conteve Lúcifer. Estava olhando à esquerda, onde o mar aparecia atrás de uma crista baixa.

— Está vendo aquilo, Hook? — perguntou animado.

— Sir John?

Sir John apontou para um pequeníssimo calombo branco no horizonte do mar.

— Gris-Nez! O Nariz Cinza, Hook.

— O que é, Sir John?

— Uma ponta de terra, Hook, a meio dia de cavalgada de Calais! Vê como estamos perto?

— Três dias de viagem?

— Dois dias, num cavalo como Lúcifer — respondeu Sir John, alisando a crina do corcel. Em seguida se virou para olhar o campo próximo. — Aquilo ali é o rio?

— Acho que é, Sir John.

— Então Blanchetaque não pode estar longe! Foi lá que Eduardo III atravessou o Somme a caminho de Crécy! Talvez seu bisavô estivesse com ele, Hook.

— Ele era um pastor, Sir John, nunca usou um arco na vida.

BERNARD CORNWELL

— Ele usava uma funda — disse Michael, parecendo nervoso porque falava com Sir John.

— Como Davi e Golias, não é? — respondeu Sir John, ainda olhando para a distante ponta de terra. — Ouvi dizer que você se casou na igreja, Hook!

— Foi, Sir John.

— As mulheres gostam disso — disse Sir John, parecendo mal-humorado — e nós gostamos de mulheres! — Ele se animou. — Ela é uma boa garota, Hook. — Em seguida olhou para a ponta de terra. — Nenhuma porcaria de francês à vista.

— Há um cavaleiro lá embaixo — observou Michael, muito acanhado.

— Há o quê? — reagiu Sir John rispidamente.

— Lá embaixo — respondeu Michael, apontando para um agrupamento de árvores a um quilômetro e meio dali. — Um cavaleiro, senhor.

Sir John olhou e não disse nada, mas agora Hook podia ver o homem imóvel em seu cavalo na sombra profunda de uma floresta plena de folhas.

— Ele está lá, Sir John — confirmou Hook.

— O filho da mãe está nos vigiando. Você pode trazê-lo para fora, Hook? Ele poderia saber se os franceses desgraçados estão vigiando o vau. Não o espante, quero que ele seja mandado na nossa direção.

Hook olhou para a terra à direita, procurando o terreno morto que iria lhe permitir circular por trás do cavaleiro sem ser visto.

— Acho que sim, Sir John.

— Faça isso, homem.

Hook pegou seu irmão, Scoyle, o londrino, e Tom Scarlet, e afastou-se do cavaleiro meio escondido, voltando na direção do exército que se aproximava e depois descendo por uma encosta suave que o levou para longe das vistas do homem. Depois disso virou para o leste da estrada e esporeou os flancos de Ciscador para galopar pelo trecho de capim. Ainda estavam escondidos do homem. À frente dos quatro cavaleiros havia pequenos bosques e mato denso. Os campos ali não tinham cercas vivas, apenas fossos, e os cavalos saltavam facilmente sobre eles. A terra era quase

plana, mas tinha ondulações suficientes para esconder os quatro arqueiros enquanto Hook se virava de novo para o norte. À direita havia um
homem arando um campo. Seus dois bois lutavam para arrastar o grande
arado que estava com ajuste baixo porque o trigo de inverno era sempre
semeado mais fundo.

— Ele precisa de um pouco de chuva! — gritou Michael.

— Isso ajudaria — respondeu Hook.

Os cavalos subiram uma ondulação quase imperceptível e a paisagem que Hook mantivera na cabeça se revelou. Ele não se virou para o
bosque onde o cavaleiro estava escondido. Em vez disso, continuou para
o norte, com o objetivo de separar o homem do Somme. Talvez o sujeito
já tivesse ido embora. Com toda a probabilidade, era somente algum cavalheiro da região, que queria ver a passagem do inimigo, mas os nobres
sabiam mais sobre o que acontecia em suas vizinhanças do que os camponeses, e era por isso que Sir John queria interrogá-lo.

Ciscador estava cansando, bufando e irritadiço, e Hook conteve
o animal.

— Arcos — disse, tirando o seu da capa, e o encordoou apoiando
a ponta no estribo.

— Achei que não deveríamos matá-lo — disse Tom Scarlet.

— Se o filho da mãe for um cavalheiro — respondeu Hook, e achava
que o homem era, porque estava montado. — Nesse caso ele terá treinado
com espada. Se você se aproximar dele com uma espada, ele provavelmente vai cortar sua cabeça. Mas ele não gostará de enfrentar uma flecha, não
é? — Hook pôs uma flecha no arco, prendendo-a com o polegar esquerdo.

Deu um tapinha no pescoço de Ciscador, depois instigou o cavalo de novo. Agora estavam chegando ao bosque pelo lado oposto da estrada. Podia ver que Sir John havia permanecido na pequena crista, não
querendo fazer com que o homem saísse do esconderijo, mas o francês
solitário havia pressentido encrenca, ou então tinha simplesmente observado
o exército inglês por tempo suficiente, porque de súbito saiu da cobertura e esporeou o cavalo para o norte, em direção ao rio.

— Filho da mãe — disse Hook.

BERNARD CORNWELL

Sir John viu o homem cavalgar para longe e imediatamente bateu as esporas, junto com seus homens de armas, mas os cavalos ingleses estavam cansados e a montaria do francês parecia bem descansada.

— Eles não têm chance de pegá-lo — disse Scoyle.

Hook ignorou o pessimismo. Em vez disso virou Ciscador e bateu os calcanhares. O francês estava seguindo a estrada que fazia uma curva à direita e Hook podia galopar cortando essa curva. Sabia que não poderia ser mais rápido do que o homem, e que portanto não tinha chance de pegá-lo, mas podia se aproximar a ponto de usar o arco. O homem girou na sela e viu Hook e seus homens, e bateu com as esporas. Hook esporeou também e os cascos martelaram o chão duro. Hook viu que o fugitivo ficaria escondido por árvores num instante, por isso puxou as rédeas de Ciscador, tirou os pés do estribo e se jogou da sela. Saltou, tombou sobre um dos joelhos, o arco já se levantando em sua mão esquerda, e ele pegou a corda, ajustou a flecha e retesou.

— Está longe demais — disse Scoyle, puxando as rédeas de seu cavalo. — Não desperdice uma boa flecha.

— Longe demais — concordou Michael.

Mas o arco era enorme e Hook não pensou na mira. Só olhou o cavaleiro distante, pensou em onde queria que a flecha fosse, depois levantou o arco, disparou, e a flecha oscilou por um instante até que a emplumação pegasse o vento e ajustasse o voo.

— Aposto dois pence que você erra por 20 passos — disse Tom Scarlet.

A flecha fez sua curva no céu, com as penas brancas parecendo um clarão que diminuía na luz de outono. O cavaleiro distante galopava, sem saber da flecha de ponta larga que voou alto antes de começar sua descida sibilante. Ela caiu depressa, mergulhando, perdendo o ímpeto, e o cavaleiro se virou de novo para ver os perseguidores. E ao fazer isso, a flecha farpada acertou a barriga do cavalo, talhando sangue e carne. O cavalo subitamente se retorceu com força, com a dor medonha, e Hook viu o homem perder o equilíbrio e cair da sela.

— Doce Jesus! — disse Michael com pura admiração.

— Venham! — Hook pegou as rédeas de Ciscador, pulou na sela e bateu os calcanhares com força antes de ter encontrado os estribos, e por um momento pensou que cairia, mas conseguiu enfiar a bota direita no estribo e viu que o francês estava montando de novo no cavalo. Hook havia ferido o animal, e não matado, mas ele estava sangrando porque a flecha de ponta larga era projetada para rasgar a carne. E quanto mais o francês cavalgasse, mais sangue o animal perderia.

O cavaleiro esporeou a montaria ferida, desaparecendo entre as árvores, e um instante depois Hook estava na estrada, entre algumas árvores, e viu o francês a cem passos adiante, com o cavalo hesitando, deixando uma trilha de sangue. O homem viu os perseguidores e pulou da sela porque o cavalo não conseguia prosseguir. Virou-se para correr para dentro da floresta e Hook gritou:

— *Non!*

Deixou Ciscador diminuir a velocidade até parar. O arco de Hook estava retesado e havia outra flecha na corda, e esta apontava para o cavaleiro, que assentiu, resignado. Estava com espada, mas sem armadura. Suas roupas, à medida que Hook se aproximava, pareciam de boa qualidade; tecido fino de lã e uma camisa de linho de trama apertada, e botas caras. Era um homem bem-apessoado, talvez de 30 anos, com rosto largo, barba aparada e olhos verde-claros fixos na ponta da flecha.

— Fique onde está — disse Hook. O homem podia não falar inglês, mas entendeu a mensagem do arco retesado e da flecha com ponta de furador, por isso obedeceu, acariciando o focinho do cavalo agonizante. O cavalo deu um relincho patético, depois suas patas dianteiras se dobraram e ele caiu na trilha. O homem se agachou e acariciou-o, falando baixinho com o animal que morria.

— Você quase o deixou ir embora, Hook! — gritou Sir John ao chegar.

— Quase, Sir John.

— Então vejamos o que o filho da mãe sabe — disse Sir John, e desceu da sela. — Alguém mate esse pobre cavalo! Acabem com o sofrimento do animal.

O serviço foi feito com um golpe de acha d'armas na testa do animal, e depois Sir John falou com o prisioneiro. Tratou o homem com polidez elaborada, e o francês, por sua vez, foi loquaz, mas não havia como negar que tudo o que ele revelava estava deixando Sir John consternado.

— Quero um cavalo para Sir Jules. — Sir John se virou para os arqueiros, exigindo. — Ele vai se encontrar com o rei.

Sir Jules foi levado ao rei e o exército parou.

A vanguarda estava a apenas oito quilômetros do vau de Blanchetaque, e Calais ficava a apenas três dias de marcha ao norte desse vau. Dentro de três dias, oito depois de terem deixado Harfleur, o exército deveria marchar pelas portas de Calais e Henrique poderia afirmar, ainda que não uma vitória, pelo menos uma humilhação dos franceses. Mas essa humilhação dependia de atravessar o largo vau de maré de Blanchetaque.

E os franceses já estavam lá. Charles d'Albret, o condestável da França, estava na margem norte do Somme, e o prisioneiro, que servia ao condestável, descreveu como haviam sido cravadas estacas afiadas no vau, e que seis mil homens esperavam na outra margem, para impedir a travessia inglesa.

— Isso não pode ser feito — disse Sir John desanimado naquela tarde. — Os filhos da mãe estão lá.

Os filhos da mãe haviam bloqueado o rio e, à medida que a noite caía, o céu nublado refletia as fogueiras de acampamento da força francesa que guardava o vau de Blanchetaque.

— O vau só é possível de ser atravessado quando a maré está baixa — explicou Sir John —, e mesmo então só podemos avançar em fileiras de 20 homens lado a lado. E 20 homens não podem lutar contra seis mil.

Ninguém falou durante um tempo, então o padre Christopher fez a pergunta que todos os homens da companhia de Sir John desejavam fazer, mesmo que morressem de medo da resposta.

— Então o que faremos, Sir John?

— Encontraremos outro vau, claro.

— Mas onde?

— No interior — respondeu, sério, Sir John.

— Vamos marchar na direção do umbigo — disse o padre Christopher.

— Vamos o quê? — perguntou Sir John, como se o padre fosse louco.

— Nada, Sir John, nada! — disse o padre Christopher.

De modo que agora o exército inglês, com comida suficiente para apenas mais três dias, deveria penetrar fundo na França para atravessar um rio. E se não pudessem atravessar o rio eles morreriam, e se atravessassem ainda poderiam morrer, porque ir para o interior tomaria tempo, e o tempo daria ao exército francês a oportunidade de acordar do sono e marchar. A correria pelo litoral havia fracassado, e agora Henrique e seu pequeno exército deveriam mergulhar na França.

E na manhã seguinte, sob um céu cinza e pesado, foram para o leste.

A esperança havia sustentado o exército, mas agora o desespero se esgueirava. A doença retornou. Os homens viviam apeando, correndo para um dos lados e baixando as calças, de modo que a retaguarda cavalgava através do fedor de fezes. Os homens cavalgavam em silêncio e carrancudos. A chuva vinha em faixas do oceano, varrendo na direção do interior, deixando a coluna molhada e pingando.

Cada vau ao longo do Somme estava cheio de estacas e vigiado. As pontes haviam sido destruídas e agora um exército francês acompanhava o inglês. Não era o exército principal, nem a grande reunião de homens de armas e besteiros que haviam se reunido em Rouen, e sim uma força menor, mais do que adequada para bloquear qualquer tentativa de atravessar um vau com barricada. Estavam à vista todos os dias, homens de armas e besteiros, todos montados, cavalgando pela margem norte do rio e acompanhando o passo dos ingleses no lado sul. Mais de uma vez Sir John levou seus arqueiros e homens de armas num galope de frente na tentativa de tomar um vau antes que os franceses chegassem a ele, mas os franceses estavam sempre esperando. Haviam colocado guarnições em todas as travessias.

BERNARD CORNWELL

A comida ficou escassa, mas as pequenas cidades sem muralhas entregavam, de má-vontade, cestos de pão, queijo e peixe defumado, para não serem atacadas e queimadas. E a cada dia o exército ficava mais faminto e marchava mais fundo em território inimigo.

— Por que simplesmente não voltamos a Harfleur? — resmungou Thomas Evelgold.

— Porque isso seria fugir — respondeu Hook.

— É melhor do que morrer.

Também havia inimigos do lado inglês do rio. De colinas baixas, ao sul, homens de armas franceses olhavam a coluna que passava. Em geral estavam em bandos pequenos, de cerca de seis ou sete homens, e se uma força de cavaleiros ingleses fosse em sua direção eles invariavelmente se afastavam, mas de vez em quando um inimigo podia levantar a lança como sinal de que estava se oferecendo para combate singular. Então, talvez, um inglês respondesse e os dois galopassem juntos, haveria o scm de lanças forradas de ferro contra armadura e um homem tombaria lentamente do cavalo. Uma vez, dois homens lutaram e ambos morreram, cada qual empalado com a lança do inimigo. Algumas vezes um bando de franceses atacava junto, chegando a 40 ou 50 homens de armas, atacando um ponto franco na coluna em marcha para matar alguns homens antes de galopar para longe.

Outros franceses se ocupavam à frente da coluna, tirando a colheita com o objetivo de não deixar nada para os invasores. A comida, recolhida dos celeiros e depósitos de grãos, era levada a Amiens, uma cidade que os ingleses evitaram passando ao largo no dia em que deveriam ter chegado a Calais. Os sacos de comida estavam vazios. Cavalgando numa garoa fina, Hook havia olhado para a visão distante e branca da catedral de Amiens erguendo-se alta acima da cidade, e pensara em toda a comida que estava dentro das muralhas. Sentia fome. Todos sentiam fome.

No dia seguinte acamparam perto de um castelo que ficava no topo de um penhasco de calcário branco. Os homens de armas de Sir John haviam capturado dois cavaleiros inimigos que haviam ficado perto demais da vanguarda, e os prisioneiros tinham alardeado como os franceses derrotariam o pequeno exército de Henrique. Até mesmo haviam repetido a bazófia ao próprio Henrique, e Sir John trouxe ordens do rei aos seus arqueiros. Ele ficou parado em meio às fogueiras de acampamento.

— Amanhã de manhã — disse — cada homem deve cortar uma estaca do tamanho de um arco. Mais comprida, se puderem! Cortem uma estaca da grossura do seu braço e afiem as duas pontas.

A chuva sibilava no fogo. Os arqueiros de Hook haviam comido mal, uma lebre que Tom Scarlet matara com uma flecha e que Melisande assou numa fogueira rodeada por pedras chatas onde ela fizera bolos chatos com uma mistura de aveia e bolotas de carvalho. Eles tinham algumas nozes e umas poucas maçãs verdes. Não restava cerveja nem vinho, por isso bebiam água de um riacho. Agora Melisande estava enrolada na enorme cota de malha de Hook e aninhada junto dele.

— Estacas? — perguntou cauteloso Thomas Evelgold.

— Os franceses, que apodreçam no inferno — disse Sir John enquanto se aproximava da fogueira maior —, decidiram que podem vencer vocês. Vocês! Os arqueiros! Eles temem vocês! Estão todos ouvindo?

Os arqueiros o observavam em silêncio. Sir John estava usando um chapéu de couro e uma grossa capa de couro. A água da chuva pingava da borda do chapéu e da bainha da capa. Ele segurava uma lança encurtada, reduzida para que um homem de armas pudesse usá-la a pé.

— Estamos ouvindo, Sir John — resmungou Evelgold.

— Foram mandadas instruções de Rouen! O marechal da França tem um plano! E o plano é matar vocês, os arqueiros, primeiro, e depois matar o resto de nós.

— Quer dizer, aprisionar os nobres — disse Evelgold, mas baixo demais para ser ouvido por Sir John.

— Eles estão reunindo arqueiros e cavalos bem protegidos com armaduras — continuou Sir John —, e os cavaleiros terão as melhores armaduras que eles puderem encontrar! E todos vocês ouviram falar das armaduras milanesas.

Hook sabia que a armadura feita em Milão, onde quer que isso ficasse, tinha a reputação de ser a melhor da cristandade. Diziam que as placas de ferro milanesas resistiriam aos mais pesados furadores, mas por sorte essas armaduras eram raras porque eram caras demais. Haviam dito a Hook que um conjunto completo de placas milanesas custaria quase cem libras, mais de dez anos de pagamento para um arqueiro, e um custo pesado para a maioria dos homens de armas, que se consideravam ricos quando ganhavam 40 libras por ano.

— Então eles terão armaduras nos cavalos e usarão placas milanesas — continuou Sir John — e vão atacar vocês, os arqueiros! Eles querem entrar no meio de vocês com espadas e maças. — Agora os arqueiros estavam escutando com atenção, imaginando os grandes cavalos com rostos de aço e flancos acolchoados, girando e empinando no meio de suas fileiras em pânico. — Se eles mandarem mil cavaleiros vocês terão sorte se conseguirem parar uma centena! E o resto simplesmente vai trucidar vocês. Só que isso não acontecerá porque vocês terão as estacas! — Ele sopesou a lança encurtada para mostrar o que queria dizer, depois cravou a parte de trás no chão coberto de folhas e inclinou a haste de modo que a ponta de ferro estivesse mais ou menos à altura do peito. — É assim que vocês vão cravar as estacas no chão. Se um cavalo vier contra isso, será empalado, e é assim que a gente faz parar um homem com armadura milanesa! Então amanhã de manhã vocês todos vão cortar uma estaca. Um homem, uma estaca, e vão afiar as duas pontas.

— Amanhã, Sir John? — perguntou Evelgold. Ele parecia cético. — Eles estão tão perto assim?

— Eles podem estar em qualquer lugar. A partir do amanhecer de amanhã vocês cavalgarão com cota de malha e couro, usarão elmos, manterão as cordas secas e levarão uma estaca.

Na manhã seguinte Hook cortou um galho de carvalho e afiou a madeira verde com a lâmina de sua acha.

— Quando saímos da Inglaterra — disse Will Dale — disseram que éramos o melhor exército jamais reunido! Agora estamos reduzidos a cordas molhadas, bolos de lande e estacas! Umas porcarias de estacas!

A longa estaca de carvalho era incômoda de se carregar a cavalo. Os animais estavam cansados, molhados e famintos, e a chuva retornou, mais forte, soprando de trás e agitando a superfície do rio numa miríade de ondulações. Os franceses estavam na outra margem. Estavam sempre na outra margem.

Então vieram novas ordens do rei e a vanguarda se afastou do rio para subir uma encosta longa e úmida que levava a um largo platô de terra molhada e sem características especiais.

— Aonde vamos agora? — perguntou Hook enquanto o rio desaparecia da vista.

— Deus sabe — respondeu o padre Christopher.

— E Ele não lhe diz, padre?

— O seu santo lhe diz alguma coisa?

— Nenhuma palavra.

— Então só Deus sabe onde estamos — respondeu o padre Christopher. — Só Deus.

O platô tinha solo de barro e logo a estrada se transformou num atoleiro em que a chuva caía incessantemente. Estava ficando mais frio, e o platô tinha poucas árvores, o que significava que o combustível para as fogueiras era escasso. Alguns arqueiros de outra companhia queimaram suas estacas afiadas para obter calor à noite, e o exército parou para olhar aqueles homens serem chicoteados. Seu ventenar teve as orelhas cortadas.

Os cavaleiros franceses sentiram o desespero do exército de Henrique. Cavalgaram para o sul, seguindo o exército. Os homens de armas ingleses estavam cansados demais e seus cavalos famintos demais para aceitar o desafio implícito nas lanças levantadas, e assim os franceses ficaram mais ousados, cavalgando mais para perto ainda.

— Não desperdicem suas flechas! — disse Sir John aos seus arqueiros.

— Seria menos um francês para ser morto em batalha — sugeriu Hook.

Sir John deu um sorriso cansado.

— É uma questão de honra, Hook. — Ele assentiu para um francês que trotava a menos de quatrocentos metros de distância. O sujeito estava sozinho e cavalgava com uma lança erguida, como um convite para

BERNARD CORNWELL

que algum inglês lutasse com ele. — Ele jurou realizar algum feito de grande valor — explicou Sir John — como me matar ou a outro cavaleiro, e esta é uma ambição nobre.

— Isso o salva de uma flecha? — reagiu Hook azedamente.

— Sim, Hook, salva. Deixe-o viver. Ele é um homem corajoso.

Mais homens corajosos se aproximaram naquela tarde, mas ainda assim nenhum inglês respondeu. Com isso, os franceses ficaram mais ousados ainda, cavalgando suficientemente perto para reconhecer homens que eles haviam encontrado em torneios por toda a Europa. Eles batiam papo. A qualquer momento havia talvez uma dúzia desses cavaleiros franceses visíveis, e um deles, montado num cavalo preto, alto e arisco, que ocupava o terreno elevado com uma energia de passos orgulhosos, esporeou até a frente da vanguarda.

— Sir John! — gritou o cavaleiro. Era o sire de Lanferelle, com o cabelo comprido molhado e escorrido.

— Lanferelle!

— Se eu lhe der aveia para seu cavalo, você enfrenta minha lança?

— Se você me der aveia — gritou Sir John de volta —, meus arqueiros vão comer!

Lanferelle gargalhou. Sir John se afastou da estrada e foi cavalgar ao lado do francês, e os dois conversaram amigavelmente.

— Eles parecem amigos — disse Melisande.

— Talvez sejam — sugeriu Hook.

— E vão matar um ao outro em batalha?

— Inglês! — Foi Lanferelle quem gritou para Hook, e que agora cavalgou para perto dos arqueiros. — Sir John disse que você se casou com minha filha!

— Casei — respondeu Hook.

— E sem minha bênção — disse Lanferelle, parecendo achar divertido. Em seguida olhou para Melisande. — Você tem a túnica que lhe dei?

— *Oui* — respondeu ela.

— Use-a — disse seu pai asperamente. — Se houver uma batalha, use-a.

— Porque irá me salvar? — perguntou ela com amargura. — O manto de noviça não me protegeu em Soissons.

— Dane-se Soissons, garota. E o que aconteceu lá acontecerá com estes homens. Eles estão condenados! — Lanferelle balançou o braço indicando a coluna enlameada e lenta. — Todos esses amaldiçoados estão condenados! Terei prazer em salvar você.

— Para quê?

— Para o que quer que eu tenha escolhido. Você provou sua liberdade, e veja aonde isso a levou! — Ele sorriu com os dentes surpreendentemente brancos. — Você pode vir agora? Vou levá-la para longe antes que trucidemos este exército.

— Eu fico com Nicholas.

— Então fique com os amaldiçoados — disse Lanferelle asperamente —, e quando seu Nicholas estiver morto, eu vou levá-la. — Ele girou o cavalo e, depois de trocar mais algumas palavras com Sir John, cavalgou para o sul.

— Os amaldiçoados? — perguntou Hook.

— É como os franceses chamam vocês, ingleses — disse ela, depois olhou para Sir John. — Nós estamos condenados?

Sir John deu um sorriso pesaroso.

— Depende de o exército deles nos alcançar, e, se nos alcançar, de nos derrotar. Ainda estamos vivos!

— Ele vai nos alcançar?

Sir John apontou para o norte.

— Havia um pequeno exército francês na margem norte do rio — explicou — e eles estavam nos acompanhando de perto. Estavam se certificando de que não poderíamos atravessar. Estavam nos impelindo na direção de seu exército maior. Mas aqui, minha cara, o rio se curva para o norte. Faz uma grande curva! Estamos atravessando o terreno, mas aquele exército menor tem de dar toda a volta, e levará três ou quatro dias, e amanhã estaremos no rio e não haverá um pequeno exército do outro lado se encontramos um vau ou, se Deus permitir, uma ponte. Atravessaremos o Somme e vamos cavalgar para as tavernas de Calais! Vamos para casa!

Mas a cada dia cobriam menos terreno. Não havia pastagem para os cavalos, nem aveia, e a cada dia mais homens apeavam para puxar suas montarias que enfraqueciam, exaustas. Na primeira semana da marcha os povoados haviam dado comida para o exército de passagem, mas agora as poucas cidades muradas fechavam as portas e se recusavam a oferecer qualquer ajuda. Sabiam que os ingleses não podiam se dar o tempo de atacar suas fortificações, por mais decrépitas que fossem, e assim olhavam a coluna desconsolada passar e rezavam para que Deus destruísse completamente os invasores enfraquecidos.

E a última coisa a que Henrique ousaria se arriscar era o desprazer de Deus. De modo que, no último dia no platô, o dia antes de descerem de novo ao vale do Somme, quando um padre veio reclamar que um inglês havia roubado o cibório de sua igreja, o rei ordenou que toda a coluna parasse. Centenares e ventenares receberam a ordem de revistar seus homens. O cibório desaparecido, que era uma caixa forrada de cobre dourado onde eram postas as hóstias consagradas, tinha evidentemente pouco valor, mas o rei estava decidido a encontrá-la.

— Algum pobre coitado provavelmente roubou-a para pegar as hóstias — sugeriu Tom Scarlet —, comeu-as e jogou fora o cibório.

— E então, Hook? — perguntou Sir John.

— Nenhum de nós está com ele, Sir John.

— Uma porcaria de um cibório — rosnou Sir John. — Dane-se o cibório, padre!

— Se o senhor diz, Sir John... — respondeu o padre Christopher.

— Dar aos franceses uma chance de nos pegar por causa de uma porcaria de um cibório!

— Deus vai nos recompensar se descobrirmos o objeto — sugeriu o padre Christopher. — De fato. Ele já suspendeu a chuva! — Era verdade, desde o início da busca a chuva havia parado e um sol fraco lutava para limpar as nuvens e brilhar na terra encharcada.

E então o cibório foi encontrado.

Estava escondido na manga do gibão de um arqueiro, um gibão de reserva que evidentemente fora mantido enrolado e amarrado ao arção da sela, mas o arqueiro afirmou que nunca vira o gibão nem o cibório antes.

— Todos afirmam inocência — disse um capelão real ao rei. — Simplesmente enforque-o, senhor.

— Vamos enforcá-lo — concordou o rei, vigorosamente — e que cada homem o veja ser enforcado! É o que acontece quando se peca contra Deus! Enforquem-no!

— Não! — protestou Hook.

Porque o homem que estava sendo arrastado para a árvore onde o rei e seu séquito esperavam era seu irmão Michael.

Por quem a corda esperava.

Os homens do rei arrastaram Michael à base do olmo onde Henrique e seus cortesãos esperavam montados ao lado do padre da região que havia reclamado sobre o roubo de seu cibório. O exército, ordenado a comparecer, estava reunido num vasto círculo, mas poucos, a não ser os das primeiras filas, podiam ver o que acontecia. Dois soldados com cotas de malha meio cobertas pelo brasão real haviam amarrado os braços de Michael Hook e estavam meio puxando-o, meio empurrando-o na direção do rei. Eles praticamente não precisavam usar a força porque Michael estava indo de boa vontade. Só parecia perplexo.

— Não! — gritou Hook.

— Cale a boca — resmungou Thomas Evelgold.

Se ouviu os protestos de Hook, o rei não deu sinal. Seu rosto estava imóvel, duro, barbeado, implacável.

— Ele... — começou Hook, pretendendo dizer que seu irmão não havia, não podia ter roubado um cibório, mas Evelgold se virou rapidamente e deu um soco na barriga de Hook, tirando seu fôlego.

— Na próxima vez eu quebro seu queixo — disse Evelgold.

— Meu irmão — ofegou Hook subitamente esforçando-se para respirar.

— Quieto! — rosnou Sir John na frente de sua companhia.

— Você ofende a Deus, arrisca toda a nossa campanha! — disse o rei a Michael, com a voz parecendo de cascalho. — Como podemos

BERNARD CORNWELL

esperar que Deus esteja do nosso lado quando você O ofende? Você colocou a própria Inglaterra em risco.

— Eu não roubei! — implorou Michael.

— De que companhia ele é? — perguntou o rei.

Sir Edward Derwent se adiantou:

— É um dos arqueiros de lorde Slayton, senhor — disse ele, baixando a cabeça grisalha —, e duvido, senhor, que ele seja ladrão.

— O cibório estava na posse dele?

— Foi encontrado entre seus pertences, senhor — respondeu Sir Edward cautelosamente.

— O gibão não era meu, senhor! — disse Michael.

— Você tem certeza de que o cibório estava na bagagem dele? — perguntou o rei a Sir Edward, ignorando o jovem arqueiro de cabelos louros que havia se ajoelhado.

— Foi, senhor, mas não posso dizer como chegou lá.

— Quem o descobriu?

— Eu, senhor. — Sir Martin, com o manto de padre descolorido pelo barro, saiu da multidão. — Fui eu, senhor — disse ele, abaixando-se sobre um dos joelhos. — E ele é um bom garoto, senhor, é um garoto cristão, senhor.

Sir Edward poderia ter protestado a inocência de Michael durante todo o dia e não levaria o rei à dúvida, mas a palavra de um padre tinha mais peso. Henrique juntou as rédeas e se inclinou adiante na sela.

— Está dizendo que ele não roubou o cibório?

— Ele... — começou Hook, e Evelgold o acertou com tanta força na barriga que Hook se dobrou ao meio.

— O cibório foi encontrado na bagagem dele, senhor — disse Sir Martin.

— Então? — começou o rei, depois parou. Parecia perplexo. Num momento o padre havia sugerido a inocência de Michael, agora sugeria o oposto.

— Não há controvérsia, senhor, de que o cibório estava entre os pertences dele — disse Sir Martin, conseguindo parecer lamentoso. — Isso me entristece, senhor, fere meu coração.

— Isso me enraivece — gritou o rei — e enraivece a Deus! Nós nos arriscamos ao desprazer d'Ele, à sua fúria, por uma caixa de cobre! Enforquem-no!

— Senhor! — gritou Michael, mas não houve piedade, nem apelo, nem esperança. A corda já estava amarrada no galho, o laço foi passado pela cabeça de Michael e dois homens puxaram a outra ponta para erguê-lo no ar.

O irmão de Hook fez um ruído engasgado enquanto se sacudia desesperadamente, as pernas se sacudindo e chutando, e devagar, muito devagar, as sacudidas se transformaram em espasmos, em tremores, e o ruído engasgado se transformou em arquejos curtos e finalmente se esvaiu em nada. Demorou 20 minutos, e o rei olhou cada tremor, e só quando ficou satisfeito com a morte do ladrão afastou o olhar do corpo. Então apeou e, diante de seu exército, abaixou-se sobre um dos joelhos na frente do atônito padre local.

— Imploramos seu perdão — disse alto e falando em inglês, uma língua que o padre não entendia — e o perdão de Deus Todo-poderoso. — Em seguida estendeu o cibório com as duas mãos e o padre, apavorado com o que tinha visto, olhou-o nervoso, depois um olhar de perplexidade veio ao seu rosto porque a pequena caixa era muito mais pesada do que jamais fora antes. O rei da Inglaterra a havia enchido de moedas.

— Deixem o corpo aqui! — ordenou Henrique, levantando-se. — E marchem! Vamos marchar! — Em seguida pegou as rédeas do cavalo, pôs um dos pés no estribo e subiu agilmente à sela. Afastou-se seguido por seu séquito, e Hook foi em direção à árvore onde o corpo de seu irmão estava pendurado.

— Aonde, diabos, você vai? — perguntou Sir John asperamente.

— Enterrá-lo.

— Você é um idiota filho da mãe, Hook — disse Sir John, depois bateu no rosto de Hook com a mão coberta pela cota de malha. — O que você é?

— Ele não fez isso! — protestou Hook.

BERNARD CORNWELL

Sir John bateu nele de novo, com muito mais força, provocando arranhões sangrentos na bochecha.

— Não importa que ele não tenha feito — rosnou. — Deus precisava de um sacrifício, e ganhou. Talvez nós vivamos porque seu irmão morreu.

— Ele não roubou, ele nunca roubou, ele era honesto! — disse Hook.

A mão enluvada acertou a outra bochecha de Hook.

— E você não vai protestar contra as decisões de nosso rei — disse Sir John — e não vai enterrá-lo porque o rei não quer que ele seja enterrado! Você tem sorte, Hook, por não estar enforcado ao lado de seu irmão, com mijo escorrendo pela porcaria da perna. Agora suba no cavalo e cavalgue.

— O padre mentiu!

— Isso é da sua conta — disse Sir John —, não da minha, e certamente não é da conta do rei. Suba no cavalo ou vou mandar cortar a porcaria das suas orelhas.

Hook montou. Os outros arqueiros o evitaram, sentindo seu azar. Só Melisande cavalgou com ele.

Os homens de Sir John foram os primeiros a ir para a estrada. Hook, amargo e atordoado, não percebeu que estava passando pelos homens de lorde Slayton até que Melisande sussurrou, e só então ele notou os arqueiros que já haviam sido seus camaradas. Thomas Perrill estava rindo em triunfo e apontando para o olho, lembrança de sua suspeita de que Hook havia assassinado seu irmão, enquanto Sir Martin olhava para Melisande, depois para Hook, e não pôde resistir a um sorriso ao ver as lágrimas do arqueiro.

— Você vai matar todos eles — prometeu Melisande.

Se os franceses não fizessem o serviço antes, pensou Hook. Desceram o morro, indo agora na direção do Somme e da única esperança do exército: um vau ou ponte desguarnecidos.

Começou a chover novamente.

Não era um vau que atravessava o Somme, e sim dois, e, melhor ainda, nenhum era vigiado. O exército francês que os acompanhava pela margem norte do rio ainda não havia coberto toda a distância ao redor da grande curva, e os ingleses, chegando à borda de um vasto pântano na borda do Somme, não puderam ver nada além de um campo vazio do outro lado do rio.

Os primeiros batedores a explorar os vaus informaram que o rio estava alto por causa da chuva, mas não a ponto de torná-los impossíveis de ser atravessados, no entanto, para chegar às travessias, o exército precisava negociar dois caminhos elevados que cruzavam retos o pântano amplo. Esses caminhos tinham mais de um quilômetro e meio; estradas gêmeas que haviam sido erguidas acima do atoleiro com aterros, e os franceses tinham interrompido ambas de modo que o centro de cada uma era uma grande abertura onde as passagens elevadas haviam sido demolidas, deixando um atoleiro de terreno traiçoeiro que sugava. Os batedores haviam atravessado esses trechos de lodaçal, mas informaram que os cavalos haviam afundado até os joelhos e que nenhuma carroça do exército poderia ter esperança de suportar o terreno.

— Então vamos refazer as trilhas elevadas — ordenou o rei.

Demorou quase um dia. A maior parte do exército recebeu ordem de desmantelar um povoado próximo, de modo que as traves, os caibros e os barrotes fossem usados como alicerces para os reparos. Em seguida, feixes de palha, gravetos e terra foram jogados em cima das madeiras, formando novos aterros enquanto os homens da retaguarda formavam uma linha de batalha para proteger o trabalho contra qualquer ataque surpresa vindo do sul. Não houve um ataque. Cavaleiros franceses olhavam a distância, mas esses cavaleiros inimigos eram poucos e não fizeram qualquer tentativa de interferir.

Hook não participou do trabalho porque a vanguarda recebera ordem de atravessar o rio antes que qualquer reparo fosse feito. Eles deixaram os cavalos para trás, caminharam até a fenda na trilha elevada e pularam no atoleiro, onde lutaram para chegar ao próximo trecho da trilha, que levava à margem do rio. Vadearam o Somme, os arqueiros segurando os arcos e as sacolas de flechas acima da cabeça. Hook tremia enquanto ia mais para o meio do rio. Não podia nadar e sentia tremores de medo à medida que a água subia acima da cintura e chegava ao peito, mas então, enquanto fazia força contra a leve pressão da corrente, o leito do rio começou a subir de novo. O fundo era bastante firme, ainda que alguns homens tenham escorregado e um homem de armas tenha sido carregado rio abaixo, seus gritos sumindo depressa à medida que a cota de malha o arrastava para o fundo. Então Hook estava vadeando por entre os juncos e subindo um pequeno barranco lamacento para chegar à margem norte. Os primeiros homens haviam cruzado o Somme.

Sir John ordenou que seus arqueiros fossem oitocentos metros para o norte, até onde uma precária cerca viva com fosso serpenteava entre duas largas pastagens.

— Se os franceses filhos da mãe vierem — disse Sir John em tom monótono —, simplesmente matem-nos.

— O senhor está esperando o exército deles? — perguntou Thomas Evelgold.

— O que estava nos seguindo do outro lado do rio? — perguntou Sir John. — Aqueles filhos da mãe vão chegar aqui logo. Mas o exército maior? Só Deus sabe. Esperemos que eles ainda pensem que estamos ao sul do rio.

E mesmo que apenas o exército menor viesse, pensou Hook, esses poucos arqueiros da vanguarda não poderiam ter esperança de impedi-lo. Sentou-se perto de um trecho de fosso inundado, sob um amieiro morto, olhando para o norte, a mente vagueando. Fora um mau irmão,

BERNARD CORNWELL

decidiu. Nunca havia cuidado direito de Michael e, se fosse sincero consigo mesmo, admitiria que o caráter confiante e o otimismo infindável do irmão o irritavam. Assentiu quando Thomas Scarlet, que perdera o irmão gêmeo para a espada de Lanferelle, se agachou ao lado.

— Sinto muito com relação ao Michael — disse Scarlet, sem jeito. — Ele era um bom garoto.

— Era mesmo.

— Matt também era.

— É, era. Um bom arqueiro.

— Era mesmo — disse Scarlet. — Era.

Olharam para o norte em silêncio. Sir John tinha dito que a primeira evidência de uma força francesa seriam batedores montados, mas não havia nenhum cavaleiro à vista.

— Michael sempre dava tranco na corda — disse Hook. — Tentei ensinar, mas ele não conseguia parar de fazer isso. Sempre dava tranco. Isso estraga a mira.

— Estraga mesmo.

— Ele nunca aprendeu, e também não roubou a porcaria daquela caixa.

— Ele não parecia ladrão.

— Não era! Mas sei quem roubou, e vou cortar a garganta dele.

— Não seja enforcado por isso, Nick.

Hook fez uma careta.

— Se os franceses nos pegarem, isso não vai importar, vai? Vou ser enforcado ou cortado. — Hook teve uma visão súbita dos arqueiros morrendo em sua agonia torturada diante da pequena igreja em Soissons. Estremeceu.

— Mas nós atravessamos o rio — disse Scarlet com firmeza — e isso é bom. Quanto falta agora?

— O padre Christopher diz que é uma semana de marcha daqui, talvez um ou dois dias a mais.

— Foi o que disseram há duas semanas — observou Scarlet, pesaroso. — Mas não importa. Podemos passar fome por uma semana.

Geoffrey Horrocks, o arqueiro mais novo, trouxe um elmo cheio de avelãs.

— Encontrei numa cerca viva — disse. — Quer fazer a divisão, sargento? — perguntou a Hook.

— Divida você, garoto. Diga que é o jantar.

— E o desjejum de amanhã — completou Scarlet.

— Se eu tivesse uma rede poderíamos pegar uns pardais — sugeriu Hook.

— Torta de pardal — disse Scarlet, desejoso.

Ficaram em silêncio. A chuva havia parado, mas o vento forte gelava os arqueiros até os ossos. Um bando de estorninhos pretos, tão denso que pareciam uma nuvem se retorcendo, subiu e desceu a dois campos de distância. Atrás de Hook, do outro lado do rio, homens trabalhavam para refazer as trilhas elevadas.

— Ele era um homem adulto, você sabe.

— O que você disse, Tom? — perguntou Hook, espantado dos pensamentos meio despertos.

— Nada — respondeu Scarlet. — Eu estava caindo no sono quando você me acordou.

— Ele era um homem muito bom — disse a voz baixinho — e agora está descansando no céu.

São Crispiniano, pensou Hook, e sua visão do campo ficou nublada pelas lágrimas. O senhor ainda está comigo, queria dizer.

— No céu não há lágrimas — continuou o santo —, nem doença. Não há morte nem senhores. Não há fome. Michael está em júbilo.

— Você está bem, Nick? — perguntou Tom Scarlet.

— Estou — respondeu Hook, e achou que Crispiniano sabia tudo sobre irmãos. Ele havia sofrido e morrido junto de seu irmão, Crispim, e agora ambos estavam com Michael, e de algum modo isso parecia bom.

Demoraram quase o dia inteiro para restaurar as duas trilhas elevadas, e então o exército começou a atravessar em duas longas fileiras de cavalos e carroças, arqueiros, serviçais e mulheres. O rei, resplandecente em armadura e coroa, passou galopando pelo fosso onde Hook estava.

BERNARD CORNWELL

Era seguido por uns 20 nobres que contiveram os cavalos e, como Hook, olharam para o norte. Mas o exército francês que os havia acompanhado ao longo da margem norte do rio havia ficado muito para trás e não existia inimigo à vista. Os ingleses tinham atravessado o rio e agora haviam entrado em território reivindicado pelo duque da Borgonha, porém ainda era a França. Mas agora não havia grandes obstáculos entre o exército e a Inglaterra, a não ser que o exército francês interviesse.

— Continuamos marchando — disse Henrique aos seus comandantes.

Marchariam de novo para o norte, para o norte e o oeste. Marchariam para Calais, na direção da Inglaterra e da segurança. Marcharam.

Deixaram para trás o largo rio Somme, mas no dia seguinte, como o exército estava com os pés cansados, doente e faminto, o rei ordenou um descanso. A chuva havia parado e o sol brilhava através de nuvens esgarçadas. Agora o exército se encontrava num terreno com muitas árvores, de modo que havia combustível para fogueiras e o acampamento assumiu um ar de feriado, enquanto os homens penduravam as roupas para secar em armações de madeira improvisadas. Sentinelas foram organizadas, mas parecia que o exército da Inglaterra estava totalmente sozinho na vastidão da França. Nenhum francês apareceu. Homens reviravam a floresta em busca de nozes, cogumelos e frutas silvestres. Hook esperava encontrar um cervo ou um javali, mas os animais, como o inimigo, não estavam à vista.

— Talvez tenhamos escapado — disse o padre Christopher a Hook em sua volta da caçada infrutífera.

— O rei deve pensar isso.

— Por quê?

— Nos dando um dia de descanso?

— Nosso gracioso rei é tão louco que pode estar esperando que os franceses nos alcancem.

— Louco? Como o rei francês?

— O rei francês é louco de verdade — disse o padre Christopher.
— Não, o nosso rei deve estar convencido do favor de Deus.

— Isso é loucura?

O padre Christopher fez uma pausa enquanto Melisande vinha se juntar a eles. Ela se encostou em Hook, sem dizer nada. Estava mais magra do que Hook jamais a vira, mas agora todo o exército estava magro; magro, faminto e doente. De algum modo Hook e sua mulher tinham evitado a doença que esvaziava tripas, mas muitos outros a haviam contraído e o acampamento fedia. Hook a envolveu com o braço, apertando-a e pensando subitamente que ela havia se tornado a coisa mais preciosa em seu mundo.

— Queira Deus que tenhamos escapado — disse.

— E nosso rei espera isso, também — observou o padre Christopher.
— E espera que possa provar o favor de Deus.

— E essa é a loucura dele?

— Tenha cuidado com a certeza. No exército francês, Hook, há homens tão convencidos quanto Henrique de que Deus está do lado deles. E também são bons homens. Rezam, dão esmola, confessam os pecados e prometem jamais pecar de novo. São homens muito bons. Será que podem estar errados em sua convicção?

— Diga o senhor, padre.

O padre Christopher suspirou.

— Se eu entendesse Deus, Hook, entenderia tudo, porque Deus é tudo. Ele é as estrelas e a areia, o vento e a calmaria, o pardal e o gavião que caça pardais. Ele sabe tudo. Sabe o meu destino e o seu destino, e se eu entendesse tudo isso, o que eu seria?

— Seria Deus — respondeu Melisande.

— E isso não posso ser — disse o padre Christopher — porque não podemos compreender tudo. Só Deus compreende, portanto tenha cuidado com o homem que diz conhecer a vontade de Deus. É como um cavalo que acredita controlar o cavaleiro.

— E nosso rei acredita nisso?

— Ele acredita que é o favorito de Deus, e talvez seja. Afinal de contas ele é um rei, ungido e abençoado.

BERNARD CORNWELL

— Deus o fez rei — disse Melisande.

— A espada do pai dele o fez rei — reagiu o padre Christopher em tom azedo —, mas, claro, Deus pode ter guiado aquela espada. — Fez o sinal da cruz. — No entanto, há quem diga — agora ele falou baixinho — que o pai dele não tinha direito ao trono. E os pecados do pai visitam os filhos.

— Está dizendo... — começou Hook, depois conteve a língua porque a conversa estava se desviando perigosamente para a traição.

— Estou dizendo — respondeu com firmeza o padre Christopher — que rezo para chegarmos à Inglaterra antes que os franceses nos encontrem.

— Nós os despistamos — disse Hook, esperando estar certo.

O padre Christopher deu um sorriso gentil.

— Talvez não saibam onde estamos, Hook, mas sabem para onde vamos. Então não precisam nos encontrar, não é? Só precisam ficar à nossa frente e deixar que nós os encontremos.

— E estamos descansando durante um dia — observou Hook, sério.

— É mesmo, o que significa que devemos rezar para que o inimigo esteja pelo menos a dois dias de marcha atrás de nós.

No dia seguinte continuaram cavalgando. Hook era um dos batedores que avançaram três quilômetros à frente da vanguarda procurando o inimigo. Gostava de ser batedor. Isso significava que poderia colocar a estaca afiada numa carroça e cavalgar livre à frente do exército. As nuvens estavam se adensando de novo e o vento era frio. Houvera uma geada branqueando o capim quando o acampamento acordou, mas ela desapareceu rapidamente. As folhas das faias haviam se tornado de um dourado-vermelho opaco, e as dos carvalhos da cor de bronze, enquanto algumas árvores já haviam se livrado da folhagem. As pastagens mais baixas estavam meio inundadas pala chuva recente, enquanto os campos que haviam sido arados profundamente para o trigo do inverno mostravam longas tiras de água prateada nos sulcos. Os homens de Hook seguiam um caminho de tropeiros que passava por aldeias, mas todas as choupanas estavam vazias. Não havia animais de criação nem grãos. Alguém, pensou ele, sabia que os ingleses estavam nessa estrada e tinha deixado o campo desnudo, mas quem organizara essa privação havia desaparecido. Não havia sinal de um inimigo.

Começou a chover de novo ao meio-dia. Era só uma garoa, mas penetrava em cada abertura da roupa de Hook. Ciscador, seu cavalo, seguia devagar. Todo o exército ia devagar, incapaz de desenvolver velocidade. Passaram por uma cidade e Hook, agora tão embotado para o que via, mal olhou para as muralhas com seus coloridos estandartes desafiadores. Simplesmente continuou cavalgando, seguindo a estrada, deixando a cidade e suas fortificações para trás até que, subitamente, soube que estavam condenados.

Ele e seus homens haviam subido uma pequena encosta e diante deles ficava um vale amplo e coberto de capim, com o lado mais distante subindo suavemente até o horizonte, onde havia uma torre de igreja e um bosque. O vale era coberto de pastagem, vazio de vida agora, mas espalhado por seu piso havia a evidência da condenação que se aproximava.

Hook conteve Ciscador e ficou olhando.

Porque bem à sua frente, estendendo-se de leste a oeste, havia uma mancha de lama, uma cicatriz grande e larga de terra revirada de onde cada haste de capim havia desaparecido. A água brilhava na miríade de buracos deixados pelos cascos dos cavalos. O terreno era uma bagunça, revirado, cheio de valas, partido e esburacado, porque um exército havia marchado através do vale.

Devia ter sido um exército grande, pensou Hook. Milhares de cavalos tinham deixado as marcas recentes. Cavalgou até a borda da cicatriz e viu a clareza das pegadas, tão nítidas que em alguns lugares dava para ver as marcas dos cravos das ferraduras. Olhou para o oeste, para onde fora esse exército desaparecido, mas não viu nada, só o caminho pelo qual tinham viajado os milhares de homens. A terra ferida virava para o norte no final do vale.

— Santo Deus — disse Tom Scarlet com espanto —, deve haver milhares desses filhos da mãe.

— Volte — disse Hook a Peter Scoyle —, encontre Sir John e fale sobre isso.

— Falar o quê? — perguntou Scoyle.

Hook se lembrou de que Scoyle era londrino.

— O que você acha que é? — e apontou para a terra ferida.

— Uma sujeira lamacenta.

— Diga a Sir John que o inimigo esteve aqui ontem mesmo.

— Esteve?

— Vá! — disse Hook impaciente, depois se virou de novo para olhar a infinidade de pegadas de cascos. Havia milhares e milhares, tantas que transformaram o vale num atoleiro. Ele vira as estradas de tropeiros na Inglaterra depois da passagem de grandes rebanhos de gado levados para o matadouro em Londres, e quando era menino ficava espantado com o tamanho dos rebanhos, mas estes rastros eram muito maiores do que qualquer um deixado por aqueles animais condenados. Cada homem na França, pensou, e talvez cada homem da Borgonha, havia atravessado este lugar a cavalo, e haviam atravessado no dia anterior. De modo que em algum lugar a oeste ou ao norte, em algum lugar entre este vale e Calais, a grande horda esperava.

— Eles têm de estar nos vigiando — disse.

— Santo Deus — repetiu Tom Scarlet, e fez o sinal-da-cruz. Os dois arqueiros olharam para a floresta, mas nenhum brilho de sol refletido traía algum homem com armadura. No entanto, Hook tinha certeza de que o inimigo devia ter batedores que acompanhavam o cansado exército da Inglaterra.

Sir John chegou com uma dúzia de homens de armas. Não disse nada enquanto examinava as marcas, e então, como Hook havia feito, olhou para o oeste e depois para o norte.

— Então eles estão aqui — disse finalmente, parecendo resignado.

— Não é o exército pequeno que vinha nos seguindo ao longo do rio — observou Hook.

— Claro que não é, desgraça! — respondeu Sir John, olhando os campos esburacados. — Este é o poder da França, Hook — disse sarcástico.

— E devem estar nos vigiando, senhor.

— Você precisa fazer a barba, Hook — disse Sir John, asperamente. — Está parecendo uma porcaria de um vagabundo.

— Sim, Sir John.

— E, claro, esses peidorrentos cagadores de repolho estão nos vigiando. Então levantem os estandartes! E danem-se eles! Danem-se eles, danem-se eles, danem-se eles! — Gritou os xingamentos leves, espantando Lúcifer, que balançou as orelhas para trás. — Danem-se eles e continuem em frente!

Porque não havia escolha. E no dia seguinte, mesmo que ainda não houvesse sinal do exército inimigo, chegou a prova de que os franceses sabiam exatamente onde os ingleses estavam, porque três arautos esperavam na estrada. Estavam com suas librés de cores vivas, carregando as compridas varas brancas de seu ofício. Hook os cumprimentou educadamente e mandou chamar Sir John outra vez, e Sir John levou os três arautos ao rei.

— O que aqueles filhos da mãe elegantes querem? — perguntou Will Dale.

— Queriam convidar todos nós para o desjejum — respondeu Hook. — Bacon, pão, fígado de ganso frito, pudim de ervilha, cerveja boa.

Will deu uma risada.

— Eu estrangularia minha mãe por uma tigela de feijão, só feijão puro.

— Feijão, pão e bacon — disse Hook, desejoso.

— Boi assado — disse Will —, com o caldo pingando.

— Só um pedaço de pão já serviria — disse Hook. Sabia que os três franceses ficariam sabendo muita coisa com a visita. Os arautos deveriam estar acima das divisões, como meros observadores e mensageiros, mas sem dúvida aqueles homens contariam aos comandantes franceses sobre os soldados ingleses que saíam correndo da estrada para baixar as calças e esvaziar as tripas, sobre os cavalos exaustos, sobre o exército sonolento e silencioso que viajava lentamente para o noroeste.

BERNARD CORNWELL

— Eles nos desafiaram à batalha — contou o padre Christopher depois da saída dos arautos. O capelão, inevitavelmente, sabia o que acontecera quando os três emissários franceses se encontraram com o rei. — Foi tudo extremamente educado — disse a Hook e seus arqueiros —, todo mundo fez belas reverências, trocaram elogios encantadores, concordaram que o tempo era inclemente demais e depois nossos hóspedes fizeram o desafio.

— Gentileza deles — disse Hook com sarcasmo.

— As gentilezas são importantes — respondeu o padre, censurando-o. — Você não dança com uma mulher sem antes convidá-la, principalmente numa sociedade educada, portanto agora o condestável da França, o duque de Bourbon e o duque de Orleans estão nos convidando para dançar.

— Quem são eles? — perguntou Tom Scarlet.

— O condestável é Charles d'Albret, e reze para que ele não dance cara a cara com você, Tom, os duques são grandes homens. O duque de Bourbon é um velho amigo seu, Hook.

— Meu?

— Ele comandou o exército que arruinou Soissons.

— Meu Deus — disse Hook, e de novo pensou nos arqueiros cegados, sangrando até a morte nas pedras do calçamento.

— E cada um dos duques — continuou o padre Christopher — provavelmente lidera um contingente maior do que todo o nosso exército.

— E o rei aceitou o convite? — perguntou Hook.

— Ah, de muito boa vontade! Ele adora dançar, mas se recusou a dizer qual seria o local do baile. Disse que sem dúvida os franceses não teriam dificuldade para nos encontrar.

E agora, como sabia que os franceses não teriam esse problema, e como seu exército poderia ter de lutar a qualquer momento, o rei ordenou que todos os homens cavalgassem com panóplia completa. Deveriam usar armaduras e túnicas, ainda que agora a maioria das armaduras e das túnicas estivesse tão manchada, enferrujada ou esfrangalhada que dificilmente impressionaria algum inimigo, quanto mais espantá-lo. E ainda assim nenhum inimigo apareceu.

Nenhum inimigo apareceu no dia de santa Córdula, a virgem britânica trucidada por pagãos, nem no dia seguinte, de são Félix, que fora decapitado por se recusar a entregar as santas escrituras que estavam em sua posse. O exército estivera marchando por mais de duas semanas, e o dia seguinte era de são Rafael, que, segundo o padre Christopher, era um dos sete arcanjos que ficam diante do trono de Deus.

— E sabem que dia é amanhã? — perguntou a Hook no dia de são Rafael.

Hook precisou pensar na resposta que, quando veio, foi insegura.

— É uma quarta-feira?

— Não — respondeu o padre Christopher. — Amanhã é sexta.

— Então sei que amanhã é sexta-feira — disse Hook, rindo —, e o senhor vai obrigar todos nós a comer peixe. Talvez uma truta gorda, não é? Ou uma enguia?

— Amanhã — respondeu gentilmente o padre Christopher — é o dia de são Crispim e são Crispiniano.

— Ah, santo Deus — disse Hook, e sentiu como se uma água fria tivesse lavado de repente seu coração, mas não sabia se era medo ou a certeza súbita de que um dia assim pressagiava um significado verdadeiro e benéfico.

— E pode ser um bom dia para fazer suas orações — sugeriu o padre.

— Farei isso, padre — prometeu Hook, e começou a rezar naquele mesmo instante. Que cheguemos ao seu dia sem ver os franceses, rezou a são Crispiniano, e saberei que estamos em segurança. Deixe-nos escapar, rezou, e nos leve para casa em segurança. Deixe os franceses cegos à nossa presença, implorou, e acrescentou essa oração a são Rafael, que era o santo padroeiro dos cegos. Levem-nos em segurança para casa, rezou, e prometeu a são Crispiniano que faria uma peregrinação a Soissons caso o santo o levasse para casa, e que colocaria dinheiro numa jarra da catedral, dinheiro suficiente para pagar o frontal do altar que John Wilkinson havia rasgado havia tanto tempo. Só nos levem para casa, rezou, levem-nos todos para casa e nos deixem em segurança.

E naquele dia, dia de são Rafael, quinta-feira, 24 de outubro de 1415, as orações de Hook foram respondidas.

Estavam cavalgando por uma região de colinas baixas e íngremes e riachos rápidos, guiados por um homem da região, um pisoeiro, que conhecia o emaranhado de trilhas confusas que se entremeavam no campo. Ele guiou Hook e os batedores da vanguarda ao longo de um caminho de carroças que serpenteava entre árvores. A estrada para Calais ficava a alguma distância, a oeste, mas não podia ser usada porque levava a Hesdin, uma cidade murada na margem de um rio pequeno, e a ponte de lá era guardada por uma barbacã, por isso o guia os levou para outra travessia.

— Vão para o norte depois do rio — disse o homem. — Vão para o norte e encontrarão a estrada de novo. Entendeu? — Ele estava com medo dos arqueiros e com mais medo ainda dos homens de armas com librés reais, que cavalgavam logo atrás e tomavam as decisões sobre se o pisoeiro era digno de confiança.

— Entendi — disse Hook.

— Só vão para o norte — insistiu o homem. O caminho descia num vale onde havia um povoado na margem sul de um rio. — *La Rivière Ternoise* — disse o homem, depois apontou para a outra margem onde as colinas eram íngremes. — Subam para lá e encontrem a estrada de Saint-Omer.

— Saint-Omer?

— *Oui!* — disse o guia, e Hook se lembrou de sua viagem com Melisande, quando Saint-Omer havia sido seu objetivo e Calais não ficava muito adiante. Tão perto, pensou. O nervoso pisoeiro disse outra coisa e Hook ouviu apenas pela metade, e pediu que ele repetisse. — O povo do local — disse o homem — chama o Ternoise de rio de Espadas.

O nome fez Hook se arrepiar.

— Por quê?

O homem deu de ombros.

— São todos loucos — respondeu. — É só um rio.

O rio era raso, apesar da chuva recente, e o cavaleiro que comandava os homens de armas ordenou que Hook levasse seus arqueiros ao outro lado do vau e subisse a encosta.

— Esperem na crista — disse ele, e obedientemente Hook instigou Ciscador a descer para o rio de Espadas. Seus arqueiros o seguiram,
espirrando a água que mal chegava à barriga dos cavalos. A encosta do
outro lado do rio era íngreme e ele e seus homens subiram devagar com
os animais exaustos. A chuva havia parado, mas de vez em quando uma
garoa vinha do céu que ia ficando cada vez mais escuro. As nuvens estavam baixas, quase pretas, e o ar sobre o horizonte leste era cor de fuligem.

— Vai cair um aguaceiro — disse Hook a Will Dale.

— É o que parece — respondeu Will com apreensão. O ar estava
opressivo, denso, cheio de uma ameaça estranha.

Hook mal havia chegado à metade da encosta quando todo um
bando de homens de armas veio espirrando água pelo rio e subiu o morro esporeando atrás dele. Hook se virou na sela e viu a coluna se juntando na outra margem do Ternoise como se um súbito sentimento de urgência
houvesse dominado o exército. Sir John, com o porta-estandarte logo atrás,
passou estrondeando por Hook, indo na direção da crista delineada contra o céu cor de ardósia, e um instante depois o próprio rei subiu galopando a encosta num cavalo cor da noite.

— O que está acontecendo? — perguntou Tom Scarlet.

— Deus sabe — respondeu Hook. O rei, seus companheiros e todos
os outros homens de armas haviam contido os cavalos na crista do morro, de onde olhavam agora para o norte.

Então Hook chegou ao topo e também olhou.

À frente o terreno descia até um povoado num pequeno vale verde.
Uma estrada subia a partir do povoado, indo para um trecho amplo de
terra nua sob o céu carrancudo. Aquele platô desnudo havia sido arado,
e nas laterais da área com sulcos recém-abertos havia florestas densas.
As fortificações de um pequeno castelo apareciam acima das árvores a oeste.
Um estandarte voava na torre encastelada, mas estava longe demais para
se enxergar o brasão que ele mostrava.

Algo no desenho da terra era familiar, e então Hook se lembrou.

— Já estive aqui — disse a ninguém especificamente. — Eu e
Melisande estivemos aqui.

— Estiveram? — reagiu Tom Scarlet, mas não estava de fato prestando atenção.

— Encontramos um cavaleiro aqui — disse Hook, olhando atordoado para o norte — e ele disse o nome do lugar, mas não estou lembrando.

— Deve ter um nome, acho — observou Scarlet, distraído.

Mais ingleses chegaram à crista e pararam para olhar. Ninguém falou muita coisa, e muitos fizeram o sinal da cruz.

Porque à frente deles, tão numeroso quanto as areias na praia ou as estrelas no céu, estava o inimigo. As forças da França e da Borgonha se encontravam na outra extremidade do terreno arado, e eram uma multidão. Seus estandartes vistosos alardeavam os números, e eram estandartes incontáveis.

O poder da França bloqueava a estrada para Calais e os ingleses estavam encurralados.

Henrique, conde de Chester, duque da Aquitânia, senhor da Irlanda e rei da Inglaterra, havia recebido uma energia nova e selvagem ao ver o inimigo.

— Formação de batalha! — gritou. — Formação de batalha! — Em seguida galopou diante de seu exército que se reunia. — Obedeçam aos seus líderes! Eles sabem onde vocês devem estar, formem-se junto aos estandartes deles! Pela graça de Deus, lutaremos neste dia! Formação de batalha!

O sol estava descendo atrás das nuvens baixas e o exército francês continuava se reunindo sob estandartes tão densos quanto árvores.

— Se cada estandarte significar um senhor — disse Thomes Evelgold — e se cada senhor comandar dez homens, quantos homens estarão ali?

— Milhares de filhos da mãe — disse Hook.

— E dez é um número pequeno — observou o centenar —, muito pequeno. Mais parece haver uma centena de homens para cada estandarte, talvez duas centenas!

— Santo Deus — disse Hook, e tentou contar as bandeiras inimigas, mas eram demasiadas. Só sabia que o inimigo era vasto e que o exército da Inglaterra era pequeno. — Que Deus nos ajude — não pôde resistir a dizer, e de novo teve a lembrança arrepiante do sangue e dos gritos em Soissons.

— Alguém tem de nos ajudar — disse Evelgold rapidamente, depois se virou para seus arqueiros. — Estamos na direita. Apear! Estacas e arcos! Pareçam animados agora! Quero garotos para os cavalos! Venham, deixem de preguiça! Mexam a porcaria desses ossos! Está na hora de morrer!

Os cavalos foram deixados nos pastos ao lado da aldeia enquanto o exército subia a encosta baixa até o platô. O inimigo não podia ser visto do pequeno vale, mas quando Hook chegou ao topo da encosta que dava no terreno arado sentiu seus temores se arrastando de volta. O que viu era um exército de verdade. Não um bando enfermo e desgrenhado de fugitivos, e sim um exército orgulhoso, compacto, que viera castigar os homens que tinham ousado invadir a França.

A vanguarda inglesa estava do lado direito agora, e seus arqueiros mais à direita ainda, onde se reuniram a eles metade dos arqueiros que haviam formado o centro do exército. A outra metade se juntou à retaguarda que agora se organizava à esquerda. Assim, cada uma das laterais do exército era uma massa de arqueiros flanqueando os homens de armas que formavam uma fileira entre eles.

— Santo Cristo — disse Tom Scarlet. — Já vi mais homens numa feira de cavalos.

Estava apontando para os homens de armas ingleses. Eram menos de mil e compunham uma linha pateticamente pequena no centro da formação. Os arqueiros eram muito mais numerosos. Mais de dois mil estavam agora reunidos em cada flanco.

— Estacas! — Um cavaleiro usando túnica verde galopou pela frente dos arqueiros. — Plantem suas estacas, rapazes.

— Por que não fugimos simplesmente na escuridão? — perguntou um homem.

— Não ouvi essa pergunta! — gritou Sir John, depois andou pela fileira, dizendo para os homens estarem preparados para o ataque francês.

BERNARD CORNWELL

Os arqueiros não estavam em formação fechada como os homens de armas que esperavam juntando as armaduras ombro a ombro numa fileira com quatro homens de profundidade. Em vez disso, precisavam de espaço para retesar os arcos longos e, em reação às ordens gritadas, haviam avançado alguns passos à frente dos homens de armas, onde se espalharam, cada qual encontrando seu espaço. Hook estava bem na frente, com o resto dos homens de Sir John. Achou que cerca de duzentos arqueiros estariam alinhados com ele, o resto atrás, numa dúzia de fileiras frouxas, onde agora cravavam suas estacas no chão, de modo que as pontas ficassem viradas para os franceses. Assim que as estacas estavam postas as pontas precisaram ser afiadas de novo, depois das marretadas que haviam recebido.

— Fiquem na frente das suas estacas! — gritou o homem de túnica verde. — Não deixem que o inimigo as veja!

— Os filhos da mãe não são cegos — resmungou Will Dale. — Devem ter visto o que estamos fazendo.

Os franceses olhavam. Estavam a oitocentos metros de distância, ainda chegando, uma massa de cor montada a cavalo sob estandartes mais luminosos do que o céu, que ia ficando mais escuro à medida que as nuvens se adensavam. A maioria dos franceses se juntava ao redor da crista onde havia tendas sendo montadas, mas centenas cavalgavam para o sul, para olhar o exército inglês.

— Aposto que os filhos da mãe estão rindo de nós — disse Tom Scarlet. — Provavelmente estão se mijando de rir.

Os cavaleiros inimigos mais próximos se encontravam a apenas oitocentos metros de distância, parados ou fazendo seus cavalos andarem no terreno arado, e simplesmente olhando o pequeno exército diante deles. À esquerda e à direita as florestas pareciam pretas na luz da tarde que ia se esvaindo. Alguns arqueiros, com as estacas fixas no chão, estavam indo para aquelas florestas esvaziar as tripas no denso mato baixo de espinheiro, azevinho e aveleiras, mas a maioria dos arqueiros simplesmente olhava de volta para o inimigo, e Hook achou que Tom Scarlet estava certo. Os franceses deviam estar rindo. Já teriam pelo menos quatro ou cinco homens para cada inglês, e suas forças continuavam chegando à extremidade norte do campo. Hook se abaixou sobre um dos joelhos no chão molhado, fez o sinal da cruz e rezou a são Crispiniano. Não era o único arqueiro rezando. Dezenas de homens estavam ajoelhados, assim como alguns homens de armas. Padres andavam em meio ao exército condenado, enquanto os franceses faziam seus cavalos andarem pelo terreno arado. Hook, abrindo os olhos, imaginou o riso deles, o escárnio diante daquele exército patético que os havia desafiado, que escapara deles e agora estava encurralado por eles.

— Salve-nos — rezou a são Crispiniano, mas o santo não disse nada em resposta e Hook achou que sua oração teria se perdido no grande vazio escuro por trás das nuvens agourentas.

Começou a chover de verdade. Era uma chuva fria e pesada e, quando o vento diminuiu, as gotas caíam com uma intensidade malévola que fez os arqueiros desencordoarem rapidamente os arcos e guardarem as cordas enroladas dentro dos chapéus e elmos, para impedir que se encharcassem. Os arautos ingleses haviam cavalgado à frente da formação e foram recebidos pelos colegas franceses. Hook viu os homens fazerem reverência uns aos outros, em suas selas. Depois de um tempo os arautos ingleses cavalgaram de volta, com os animais cinzentos sujos de lama desde os cascos até a barriga.

— Não haverá luta esta noite, rapazes! — Sir John trouxe a notícia aos arqueiros. — Ficamos onde estamos! Nada de fogueiras aqui em cima! Vocês devem permanecer em silêncio! O inimigo nos dará a honra de lutar amanhã, portanto tentem dormir! Nada de luta esta noite! — E foi cavalgando pela fileira de arqueiros, com a voz sumindo no chiado da chuva forte.

Hook ainda estava ajoelhado.

— Lutarei no seu dia — disse ao santo —, no dia de sua festa. Cuide de nós. Mantenha Melisande em segurança. Mantenha todos nós em segurança. Imploro. Em nome do Pai, imploro. Leve-nos para casa em segurança.

Não houve resposta, só o sibilar intenso da chuva e um rugido distante de trovão.

— De joelhos, Hook? — era Tom Perrill que dizia as palavras zombando.

Hook se levantou e se virou para encarar o inimigo, mas Tom Evelgold já havia se colocado entre os dois arqueiros.

— Quer trocar palavras com Hook? — desafiou o centenar.

— Espero que você sobreviva ao dia de amanhã, Hook — disse Perrill, ignorando Evelgold.

— Espero que todos sobrevivamos ao dia de amanhã — respondeu Hook. Sentia um ódio terrível por Perrill, mas não tinha energia para transformá-lo numa briga nesse crepúsculo molhado.

— Porque nós não acabamos — disse Perrill.

— Nem nós — concordou Hook.

— E você assassinou o meu irmão — disse Perrill, olhando para Hook. — Você disse que não, mas assassinou, e a morte de seu irmão não compensa nada. Prometi uma coisa à minha mãe, e você sabe qual foi a promessa. — A chuva pingava da aba de seu elmo.

— Vocês deveriam perdoar um ao outro — sugeriu Evelgold. — Se vamos lutar amanhã, deveríamos ser amigos. Temos inimigos suficientes.

— Eu tenho uma promessa a cumprir — respondeu Perrill, teimoso.

— À sua mãe? — perguntou Hook. — Uma promessa a uma puta? — Não pôde resistir à provocação.

Perrill fez uma careta, mas controlou a raiva.

— Ela odeia sua família e quer todos mortos. E você é o último.

— Os franceses provavelmente deixarão sua mãe feliz — disse Evelgold.

— Um de nós fará isso — respondeu Perrill. — Eu ou eles. — E assentiu na direção do exército inimigo, mas manteve o olhar em Hook. — Mas não vou matar você enquanto eles estiverem lutando conosco. Foi o que vim dizer. Você já está suficientemente apavorado — zombou — sem ter de ficar vigiando as costas.

— Você já disse suas palavras –- disse Evelgold. — Agora vá.

— Então é uma trégua até que isso acabe — sugeriu Perrill, ignorando o centenar.

— Não vou matar você enquanto eles estiverem lutando conosco — concordou Hook.

— Nem esta noite — exigiu Perrill.

— Nem esta noite — disse Hook.

— Então durma bem, Hook. Pode ser sua última noite na terra. — E Perrill se afastou.

— Por que ele odeia você? — perguntou Evelgold.

— Isso remonta ao meu avô. Nós simplesmente odiamos uns aos outros. Os Hook e os Perrill simplesmente se odeiam.

— Bom, a esta hora, amanhã, vocês dois estarão mortos — disse Evelgold em tom pesado. — Todos estaremos. Então faça sua confissão e comungue antes da luta. E seus homens estão de sentinela esta noite. Os homens de Walter fazem o primeiro turno, vocês, o segundo. — Vão subir até a metade do campo — ele assentiu para o terreno arado — e não vão fazer nenhum barulho. Ninguém vai fazer. Nada de gritos, nada de cantos, nada de música.

— Por quê?

— Como é que eu vou saber, desgraça! Se um cavalheiro fizer um barulho o rei vai tomar seu cavalo e seu arreio, e se um arqueiro guinchar terá as orelhas cortadas. Ordens do rei. Então montem guarda e Deus os ajude se os franceses vierem.

— Eles não virão, não é? À noite, não?

— Sir John acha que não. Mas mesmo assim quer sentinelas. — Evelgold deu de ombros como a sugerir que as sentinelas não adiantariam nada. Então, sem mais a dizer, afastou-se.

Mais franceses vieram ver o inimigo antes que a noite os escondesse. A chuva caía sobre o terreno arado, com o som abafando qualquer riso do inimigo. O dia seguinte era o de são Crispim e são Crispiniano, e Hook achava que para ele seria o último.

Choveu durante toda a noite. Uma chuva dura e fria. Sir John Cornewaille correu em meio à chuva até o chalé em Maisoncelles onde o rei tinha seus aposentos, mas ainda que o irmão mais novo do rei, Humphrey, duque de Gloucester, e Thomas, duque de York, estivessem na minúscula sala enfumaçada, nenhum dos dois sabia aonde o rei da Inglaterra havia ido.

— Provavelmente está rezando, Sir John — disse o duque de York.

— Os ouvidos de Deus estão levando uma surra hoje, sua graça — observou Sir John azedamente.

— Acrescente sua voz à cacofonia — respondeu o duque. Era o neto do terceiro Eduardo e primo do segundo Ricardo, cujo trono fora usurpado pelo pai do rei, mas havia provado sua lealdade ao filho do usurpador e, como sua devoção era igual à do rei, tinha toda a confiança de Henrique. — Acredito que sua majestade esteja testando o ânimo dos homens — disse o duque.

— Os homens vão se comportar — disse Sir John. Ele se sentia desconfortável com o duque, cujos estudos e cuja santidade lhe davam um ar altivo e distante. — Eles estão com frio — continuou —, estão malhumorados, estão molhados, estão com frio, estão doentes, mas amanhã vão lutar como cães loucos. Eu não quereria lutar contra eles.

— Você não aconselharia... — começou Humphrey, duque de Gloucester, depois hesitou e decidiu não falar mais. Sir John sabia que pergunta ficara sem ser feita. Será que ele aconselharia o rei a se esgueirar para longe durante a noite? Não, não aconselharia, mas não verbalizou essa opinião. O rei não fugiria. Agora, não. O rei acreditava que Deus o apoiava, e de manhã Deus deveria provar isso com um milagre.

— Deixarei suas graças se preparando — disse Sir John.

— Você tem uma mensagem para sua majestade? — perguntou o duque de York.

— Só vim lhe desejar as bênçãos de Deus — respondeu Sir John. Na verdade ele fora testar o ânimo do rei, mas não duvidava realmente da decisão de Henrique. Despediu-se e voltou ao estábulo que era seu alojamento. Era uma choupana miserável e fétida, mas Sir John sabia que tinha sorte em tê-la encontrado numa noite em que a maioria dos homens estaria exposta aos trovões, aos raios, à chuva e ao frio invernal.

A chuva batia no teto frágil, vazava na palha e se empoçava no chão onde uma fogueira precária produzia mais fumaça do que luz. Richard

Cartwright, armeiro de Sir John, estava esperando. Parecia mais sacerdotal do que qualquer padre, com rosto grave, digno, e uma cortesia antiquada e cheia de floreios.

— Agora, Sir John? — perguntou ele.

— Agora — respondeu Sir John, e largou a capa molhada junto ao fogo.

Ele havia tirado a armadura que usara durante o dia e Cartwright a havia secado, areado para tirar a ferrugem e polido. Então usou os panos que mantivera secos numa sacola de couro de cavalo para enxugar o calção de couro e o gibão que Sir John usava. O couro era de cervo, de alta qualidade, e as duas vestimentas caras haviam sido feitas por um alfaiate de Londres, de modo que se ajustavam em Sir John como uma segunda pele. Cartwright não disse nada enquanto passava punhados de lanolina no couro de cervo.

Sir John estava perdido em pensamentos. Fizera isso com muita frequência, ficou parado com as mãos estendidas enquanto Cartwright deixava os braços e as pernas de couro escorregadios de modo que a armadura em cima se movesse com facilidade. Pensou nos torneios e nas batalhas, na empolgação que sempre acompanhava a antecipação daquelas disputas, mas esta noite não sentia empolgação. A chuva caía forte, o vento frio soprava gotas através da porta do estábulo e Sir John pensava nos milhares de franceses cujos armeiros também estavam preparando para a batalha. Muitos milhares, pensou. Demasiados.

— O senhor falou, Sir John? — perguntou Cartwright.

— Falei?

— Tenho certeza de que ouvi mal, Sir John. Levante os braços, por favor. — Cartwright passou uma túnica de malha pela cabeça de Sir John. A malha era de elos fechados, sem mangas, e ia até a virilha de Sir John. Os buracos para os braços eram grandes, de modo que Sir John não ficasse atrapalhado pelo aperto. — Desculpe, Sir John — murmurou Cartwright, como sempre fazia quando se ajoelhava diante de seu senhor e amarrava as bainhas de trás e da frente da malha entre as pernas de Sir John. Sir John não disse nada.

BERNARD CORNWELL

Cartwright também ficou em silêncio enquanto afivelava os coxotes em Sir John. Os da frente se sobrepunham ligeiramente aos de trás, e Sir John flexionou as pernas para garantir que as placas de aço se movessem suavemente umas contra as outras. Não pediu nenhum ajuste porque Cartwright sabia exatamente o que estava fazendo. Em seguida vieram as grevas para proteger as canelas de Sir John, os rondéis para os joelhos, e as botas cobertas de placas afiveladas às grevas.

Cartwright se levantou e prendeu o saiote no lugar. O saiote era de couro, coberto com malha e depois com tiras de metal sobrepostas para proteger o ventre de Sir John, que estava pensando em seus arqueiros que tentavam dormir na chuva forte. De manhã eles estariam cansados, molhados e com frio, mas não duvidava de que lutariam. Ouviu pedras raspando lâminas. Flechas, espadas e machados estavam sendo afiados.

O peitoral e a placa das costas vieram em seguida, as peças mais pesadas, feitas de aço de Bordeaux, como o resto da armadura, e Cartwright prendeu habilmente as fivelas, depois prendeu os rebraços, que cobriam a parte superior dos braços de Sir John, os guarda-braços para os antebraços, mais rondéis para os cotovelos e depois, com uma reverência, ofereceu a Sir John as manoplas cobertas de placas que tinham as palmas de couro cortadas de modo que Sir John pudesse sentir o punho das armas com as mãos nuas. Espaldeiras cobriam o lugar vulnerável onde se juntavam as placas peitoral e das costas, depois Cartwright prendeu o bevor articulado no pescoço de Sir John. Alguns homens usavam um aventail de malha para cobrir o espaço entre o elmo e o peitoral, mas o bevor de aço belamente moldado era melhor do que qualquer cota de malha, porém Sir John franziu a testa irritado quando tentou virar a cabeça.

— Devo afrouxar as tiras, Sir John?

— Não, não.

— Seus braços, Sir John? — sugeriu Cartwright gentilmente, e passou a túnica pela cabeça de seu senhor, ajudou os braços de Sir John a entrar nas mangas largas, depois alisou o tecido bordado com o leão coroado e enfeitado com a cruz de são Jorge. Cartwright afivelou o cinturão e pendurou a grande espada, Querida, que era a favorita de Sir John. — O senhor deixará a bainha comigo, Sir John, de manhã?

— Claro. — Sir John sempre descartava a bainha antes de uma luta, porque uma bainha podia atrapalhar as pernas. Quando a batalha terminasse, Querida descansaria num laço de couro, com a lâmina despida.

Um capuz de couro foi amarrado na cabeça de Sir John, e estava terminado. O capuz ajudaria a proteger a cabeça do elmo que Sir John pegou, depois devolveu a Cartwright.

— Tire a viseira — disse.

— Mas...

— Tire!

Uma vez, num torneio em Lyons, Sir John havia conseguido fechar a viseira de um espadachim oponente e a semicegueira do sujeito o tornara fácil de ser derrotado. Amanhã, pensou, um inglês precisaria de cada pequena vantagem que pudesse arranjar.

— Creio que o inimigo tem bestas — disse Cartwright humildemente.

— Tire-a.

A viseira foi removida e, com uma pequena reverência, Cartwright devolveu o elmo a Sir John. Ele iria colocá-lo mais tarde e Cartwright afivelaria o elmo às espaldeiras, mas por enquanto Sir John estava pronto.

Chovia. Na escuridão lá fora um cavalo relinchou e o trovão soou. Sir John pegou a tira de seda roxa e branca que era o favor de sua esposa e beijou-a entes de enfiar a seda no espaço estreito entre o bevor e o peitoral. Alguns homens amarravam os favores das mulheres no pescoço, e Sir John, desequilibrado, uma vez havia agarrado um favor desses e com isso arrancou o inimigo do cavalo e depois matou-o. Se amanhã um inimigo puxasse a seda roxa e branca ela sairia facilmente e não derrubaria Sir John. Qualquer pequena vantagem. Sir John flexionou os braços e achou que tudo estava satisfatório, por isso deu um sorriso sério.

— Obrigado, Cartwright.

Cartwright baixou a cabeça e falou as palavras que sempre tinha dito, desde a primeira vez em que vestira a armadura em seu senhor:

— Sir John, o senhor está vestido para matar.

Assim como 30 mil franceses.

— O que você deveria fazer — disse Hook a Melisande — é ir embora. Vá esta noite. Leve todas as nossas moedas, tudo o que você puder carregar, e vá.

— Para onde?

— Encontre seu pai.

Estavam conversando no acampamento inglês, que ficava no terreno mais baixo a sul do longo campo arado. As pequenas cabanas da aldeia haviam sido tomadas por senhores, e Hook podia ouvir o som de martelos em aço enquanto os armeiros faziam os últimos ajustes nas caras placas de armaduras. O som era agudo, abafado pelo chiado da chuva interminável. A leste da aldeia as carroças do exército estavam paradas, com as rodas iluminadas pelas poucas fogueiras que lutavam para sobreviver sob o aguaceiro. O exército francês estava fora das vistas do terreno baixo, mas sua presença era traída pelo brilho fraco das fogueiras se refletindo na parte de baixo das nuvens escuras. Essas nuvens foram subitamente trazidas à vista por um forcado de raio que ziguezagueou na direção da floresta ao leste. Um instante depois um estalo de trovão encheu o universo como o som de algum canhão monstruoso.

— Escolho ficar com você — disse Melisande, teimosa.

— Nós vamos morrer.

— Não — protestou ela, mas sem muita convicção.

— Você falou com o padre Christopher — disse Hook sem remorso — e ele falou com os arautos. Ele acha que há 30 mil franceses. Nós temos seis mil homens.

Melisande se aninhou perto de Hook, tentando encontrar abrigo sob a capa que compartilhavam. Estavam com as costas apoiadas num carvalho, mas ele oferecia pouca proteção contra a chuva.

— Melisande foi casada com um rei de Jerusalém — disse ela. Hook não falou nada, deixando-a falar o que precisasse. — E o rei morreu, e todos os homens disseram que ela deveria ir para um convento rezar, mas ela não fez isso! Ela se fez rainha, e foi uma grande rainha!

— Você é minha rainha — disse Hook.

Melisande ignorou o elogio desajeitado.

— E quando eu estava no convento, sabe? Tive uma amiga. Ela era mais velha, muito mais velha, a irmã Beatrice, e dizia para eu ir embora. Dizia que eu precisava encontrar minha vida, e eu não achava que poderia, mas então você chegou. Agora farei o que a rainha Melisande fez. Vou fazer o que eu quero. — Ela estremeceu. — Vou ficar com você.

— Eu sou um arqueiro — disse Hook, desanimado. — Só um arqueiro.

— Não, você é um ventenar! Amanhã, quem sabe, talvez um centenar? E um dia você terá terra. Teremos terra.

— Amanhã é dia de são Crispiniano — disse Hook, incapaz de se imaginar dono de terra.

— E ele não se esqueceu de você! Amanhã ele estará com você.

Hook esperou que isso fosse verdade.

— Faça uma coisa por mim — disse. — Use a túnica do seu pai.

Ela hesitou, depois Hook sentiu-a assentir.

— Vou usar — prometeu.

— Hook! — A voz de Thomas Evelgold rosnou na escuridão. — Hora de levar seus rapazes! — Tom Evelgold parou, esperando uma resposta, e Melisande apertou Hook. — Hook! — gritou Evelgold outra vez.

— Estou indo!

— Verei você de novo — disse Melisande — antes... — Sua voz ficou no ar.

— Você me verá de novo — respondeu Hook, e beijou-a ferozmente, antes de deixar a capa com ela. — Estou indo! — gritou de novo para Tom Evelgold.

Nenhum de seus arqueiros estivera dormindo porque nenhum conseguia dormir na chuva torrencial sob os trovões. Resmungavam en-

BERNARD CORNWELL

quanto seguiam Hook subindo a encosta suave até o grande trecho de terra arada onde, durante longo tempo, andaram de um lado para o outro procurando o piquete que deveriam render. Hook finalmente encontrou Walter Magot e seus homens a cem passos à frente de onde as estacas afiadas ainda estavam postas.

— Diga que você me deixou uma fogueira grande e um pote de sopa — disse Magot.

— Sopa grossa, Magot, centeio, carne e pastinaga. E uns dois nabos, também.

— Você vai ouvir os franceses — disse Magot. — Estão andando com os cavalos. Se chegarem perto demais você canta e eles vão embora.

Hook espiou para o norte. As fogueiras no acampamento francês estavam luminosas apesar da chuva, as chamas refletidas em ondulações provocadas pela chuva na água dos sulcos, e a mesma luz distante delineava homens puxando cavalos nos campos.

— Eles querem os cavalos aquecidos para a manhã — observou Hook.

— Os filhos da mãe querem nos atacar, não é? — disse Magot. — Quando a manhã chegar, todos aqueles homens grandes nuns cavalos diabolicamente grandes.

— Então reze para parar de chover.

— Por Cristo, que pare — disse Magot com fervor. Numa chuva assim as cordas dos arcos ficavam molhadas e fracas, roubando a força das flechas. — Fique quente, Nick — disse Magot, depois levou seus homens para os confortos dúbios do acampamento.

Hook se agachou sob o chicote de vento e chuva. Raios cambaleavam pelo céu golpeando o vale para além do vasto acampamento francês, e em sua luz súbita ele teve uma visão de tendas e estandartes. Tantas tendas, tantos estandartes, tantos homens vindos ao local da matança. Um cavalo relinchou. Dezenas de cavalos estavam sendo obrigados a andar no terreno arado, e quando eles chegavam perto Hook podia ouvir os cascos grandes fazendo um som de sucção no solo molhado. Uns dois homens chegaram perto demais e nas duas vezes ele gritou, e os serviçais franceses se afastaram. A chuva diminuía de vez em quando, levantando seu véu de ruído de modo que Hook podia escutar claramente o som de risos e cantos no acampamento inimigo. O acampamento inglês estava silencioso. Hook duvidava de que houvesse muitos homens dormindo nos dois lados. Não era só o tempo que os mantinha despertos, e sim o conhecimento de que de manhã deveriam lutar. Armeiros estariam afiando armas e Hook sentiu um tremor no coração ao pensar no que o amanhecer traria.

— Esteja conosco — rezou a são Crispiniano, depois se lembrou do conselho do padre na catedral de Soissons, de que o céu prestava mais atenção às orações que pediam bênçãos para os outros, por isso rezou por Melisande e pelo padre Christopher, para que sobrevivessem ao tumulto do dia seguinte.

Raios cambaleavam pelas nuvens, nítidos e brancos, o trovão estalava e a chuva se estabeleceu numa intensidade nova e venenosa, tão densa que as luzes do acampamento francês foram se apagando.

— Quem está aí? — perguntou Tom Scarlet de repente.

— Amigo! — gritou um homem de volta.

Outro relâmpago revelou um homem de armas se aproximando do acampamento inglês. Estava usando cota de malha e perneiras de placa, e o raio súbito durou por tempo suficiente para Hook ver que o homem não tinha túnica e que, em vez de elmo, usava um chapéu de couro com aba larga.

— Quem é você? — perguntou Hook.

— Swan — respondeu o homem. — John Swan. Vocês são homens de quem?

— De Sir John Cornewaille — respondeu Hook.

— Se cada homem no exército fosse como Sir John — disse Swan —, os franceses seriam sensatos em fugir! — Ele quase precisava gritar para ser ouvido acima da malevolência da chuva. Nenhum arqueiro respondeu. — Seus arcos estão encordoados?

— Neste tempo, senhor? Não! — respondeu Hook.

— E se chover assim de manhã?

Hook deu de ombros.

— Vamos encurtar as cordas, senhor, e disparar, mas as cordas vão se esticar.

— E eventualmente arrebentar — acrescentou Will Dale.

— Elas se desenrolam — explicou Tom Scarlet.

— Então o que vai acontecer de manhã? — perguntou Swan. Ele precisou se agachar perto dos arqueiros, que estavam claramente desconfortáveis na presença desse estranho.

— Diga-nos o senhor — respondeu Hook.

— Quero saber o que vocês acham — disse Swan em tom incisivo. Houve um silêncio embaraçado porque nenhum arqueiro queria compartilhar seus temores. Um jorro de gargalhadas e comemorações soou no acampamento francês. — De manhã — disse Swan — muitos franceses estarão bêbados. Nós estaremos sóbrios.

— É, só porque não temos cerveja — respondeu Tom Scarlet.

— Então o que vocês acham que vai acontecer? — insistiu Swan. Houve outro silêncio.

— Uns filhos da mãe bêbados e malditos vão nos atacar — disse Hook, finalmente.

— E então?

— Então nós matamos os filhos da mãe bêbados e malditos — respondeu Tom Scarlet.

— E com isso venceremos a batalha? — perguntou Swan.

De novo ninguém respondeu. Hook se perguntou por que Swan os havia procurado para ter essa conversa forçada. Eventualmente, como nenhum dos seus homens falou, Hook respondeu:

— Isso é com Deus, senhor — disse sem jeito.

— Deus está do nosso lado — afirmou Swan muito enfaticamente.

— Esperamos isso, senhor — reagiu Tom Scarlet em dúvida.

— Amém — completou Will Dale.

— Deus está do nosso lado — disse Swan mais enfaticamente ainda — porque a causa do nosso rei é justa. Se os portões do inferno se abrissem no amanhecer de amanhã e as legiões de Satã viessem nos atacar, ainda venceríamos. Deus está conosco.

E Hook se lembrou daquele distante dia em Southampton Water quando os dois cisnes* haviam passado pela frota que esperava e se lembrou, também, de que o cisne era um dos distintivos de Henrique, rei da Inglaterra.

— Vocês acreditam? — perguntou Swan. — Que a causa de nosso rei é justa?

Nenhum dos outros arqueiros respondeu, mas agora Hook reconheceu a voz.

— Não sei se a causa do rei é justa — disse, asperamente.

Houve silêncio por alguns instantes e Hook sentiu o homem que se chamava de Swan se enrijecer de indignação.

— Por que não seria? — perguntou Swan, com a voz perigosamente gelada.

— Porque no dia antes de atravessarmos o Somme o rei enforcou um homem por roubo.

— O homem roubou a igreja — disse Swan sem dar importância —, de modo que, claro, precisava morrer.

— Mas ele jamais roubou a caixa — disse Hook.

— Ele não roubou — acrescentou Tom Scarlet.

— Ele jamais roubou aquela caixa — disse Hook, asperamente —, no entanto o rei o enforcou. E enforcar um inocente é pecado. Então por que Deus estaria do lado de um pecador? Diga, senhor. Diga por que Deus favoreceria um rei que assassina um homem inocente?

Houve outro silêncio. A chuva havia amainado um pouco e Hook pôde ouvir música vinda do acampamento francês, depois uma gargalhada. Tinha de haver lâmpadas dentro das tendas inimigas, porque as lonas luziam amarelas. O homem que se chamava de Swan se remexeu ligeiramente, com as placas das perneiras estalando.

— Se o homem era inocente — disse Swan em voz baixa —, o rei fez mal.

---

*Swan significa cisne, em inglês. (N. do T.)

BERNARD CORNWELL

— Ele era inocente — insistiu Hook com teimosia. — E eu colocaria minha vida na estaca por isso. — Ele parou, imaginando se ousaria ir mais longe, depois decidiu se arriscar: — Diabos, senhor, eu apostaria a vida do rei.

Houve um sibilo quando o homem chamado Swan inspirou subitamente, mas não disse nada.

— Ele era um bom garoto — disse Will Dale.

— E nem teve um julgamento! — reagiu Tom Scarlet, indignado. — Em nossa terra, senhor, pelo menos podemos nos defender na corte senhorial antes de nos enforcarem!

— É! Somos ingleses! — disse Will Dale. — E temos direitos!

— Vocês sabem o nome do homem? — perguntou Swan depois de uma pausa.

— Michael Hook — respondeu Hook.

— Se ele era inocente — disse Swan devagar, como se estivesse pensando na resposta enquanto falava —, o rei mandará cantar missas por sua alma, pagará para construir uma capela para ele, e rezará pessoalmente todos os dias pela alma de Michael Hook.

Outro forte clarão de raio golpeou a terra e Hook viu a cicatriz escura ao lado do nariz do rei, onde uma flecha com ponta de furador o havia acertado em Shrewsbury.

— Ele era inocente, senhor — disse Hook — e o padre que disse o contrário mentiu. Era uma rixa de família.

— Então as missas serão cantadas, a capela será paga, e Michael Hook vai para o céu com as orações de um rei — prometeu o rei. — E amanhã, com a graça de Deus, lutaremos contra esses franceses e vamos ensinar a eles que não se deve zombar de Deus dos ingleses. Venceremos. Aqui. — Ele entregou algo a Hook, que o pegou e descobriu que era um odre cheio.

— Vinho — disse o rei —, para aquecê-los pelo resto da noite. — Ele se afastou, com os pés cobertos pela armadura guinchando no solo denso.

— Era um sujeito muito esquisito — disse Geoffrey Horrocks quando o homem que se dizia chamar Swan estava fora do alcance da audição.

— Só espero que ele esteja certo — observou Tom Scarlet.

— Chuva desgraçada — resmungou Will Dale. — Santo Deus, odeio essa chuva desgraçada.

— Como poderemos vencer amanhã? — perguntou Scarlet.

— Você atira bem, Tom, e espera que Deus o ame — respondeu Hook, e desejou que são Crispiniano rompesse o silêncio, mas o santo não fez nada.

— Se os franceses filhos da mãe entrarem no meio de nós amanhã... — disse Tom Scarlet, e hesitou.

— O quê, Tom? — perguntou Hook.

— Nada.

— Diga!

— Eu ia dizer que eu mataria você e você poderia me matar antes que eles nos torturem, mas isso seria difícil, não é? Quero dizer, você estaria morto e acharia muito difícil me matar se estivesse morto. — Scarlet havia falado sério, mas então começou a rir e de repente todos estavam morrendo de rir, ainda que ninguém soubesse realmente por quê. Mortos gargalhando, mas isso, pensou Hook, era melhor do que chorar.

Compartilharam o vinho, que não serviu nem um pouco para esquentá-los, e lentamente, cinza como malha de ferro, a alvorada rendeu a escuridão. Hook foi para a floresta do leste esvaziar as tripas e viu um pequeno povoado logo atrás das árvores. Homens de armas franceses haviam se aquartelado nas choupanas e agora estavam montando em cavalos e indo na direção do acampamento principal. No platô, Hook viu os franceses fazendo suas formações de batalha sob os estandartes molhados.

E os ingleses fizeram o mesmo. Novecentos homens de armas e cinco mil arqueiros chegaram ao campo de Azincourt ao amanhecer, e do outro lado, além dos sulcos fundos do arado, feitos para receber o trigo de inverno, trinta mil franceses esperavam.

Para travar batalha no dia de são Crispim.

PARTE IV

O DIA DE SÃO CRISPIM

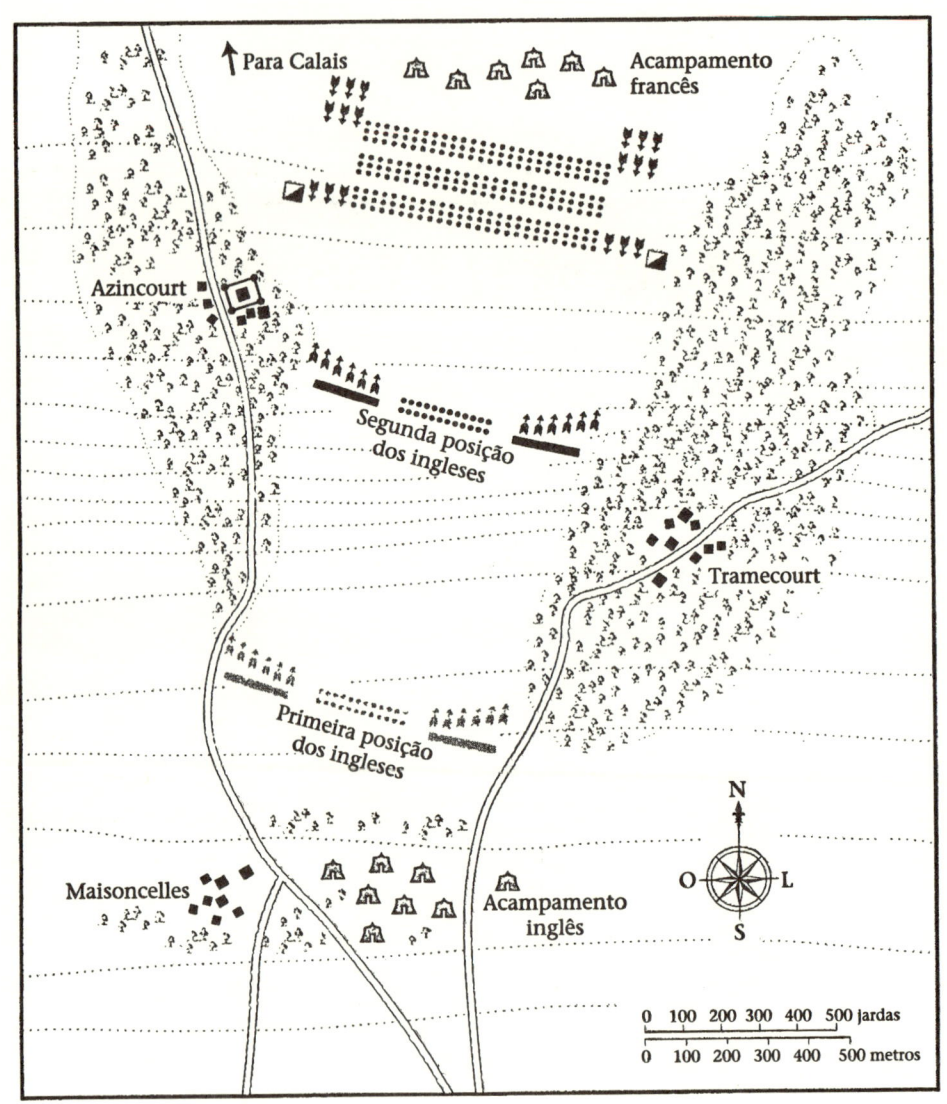

↑ Para Calais

Acampamento francês

Azincourt

Segunda posição dos ingleses

Tramecourt

Primeira posição dos ingleses

Maisoncelles

Acampamento inglês

N
O — L
S

0 100 200 300 400 500 Jardas

0 100 200 300 400 500 metros

Azincourt

O alvorecer foi frio e cinza. Algumas faixas de chuva sopraram espasmodicamente no campo arado, mas Hook sentiu que o aguaceiro da noite acabara. Pequenos retalhos de névoa se agarravam aos sulcos e permaneciam nas árvores que pingavam.

Os tocadores de tambor atrás do centro da linha inglesa batiam um ritmo rápido pontuado pelo som espalhafatoso das trombetas. Os músicos estavam reunidos onde o estandarte do rei, o maior do exército, era flanqueado pela cruz de são Jorge, pelo estandarte de Eduardo, o Confessor, e pela bandeira da Santíssima Trindade. Esse quarteto de estandartes, todos em mastros de tamanho extra, estava no meio da formação central de batalha, e as formações de flanco, da retaguarda e da vanguarda eram dominados de modo semelhante pelos estandartes de seus líderes. Havia pelo menos outras 50 bandeiras adejando no ar úmido acima dos homens de armas de Henrique, mas esses estandartes ingleses não eram nada comparados à quantidade de seda e linho ostentados pelos franceses.

— Contem os estandartes — havia sugerido Thomas Evelgold como um modo de avaliar os números dos franceses — e pensem que cada bandeira significa um senhor com 20 homens. — Alguns senhores franceses teriam menos homens de armas e a maioria teria muito mais, porém Tom Evelgold tinha certeza de que seu método daria uma aproximação do número de inimigos, só que nem mesmo Hook, com sua boa visão, era capaz de distinguir as bandeiras separadamente. Eram simplesmente demasiadas. — Há milhares de filhos da mãe — disse Evelgold, infeliz — e olhem todos aqueles besteiros desgraçados! — Os arqueiros franceses estavam nos flancos do inimigo, mas um pouco atrás dos homens de armas.

— Esperem, vocês! — gritou aos arqueiros um homem de armas idoso, grisalho e montado num capão coberto de lama. Era apenas um dos numerosos homens que tinham vindo dar conselho ou ordens. — Esperem, vocês — gritou de novo — até que eu jogue meu bastão no ar! — O homem levantou um cajado curto e grosso enrolado em pano verde com arremates dourados na ponta. — Esse é o sinal para disparar flechas! Ninguém deve atirar antes disso! Olhem meu bastão!

— Quem é aquele? — perguntou Hook a Evelgold.

— Sir Thomas Erpingham.

— Ele é quem?

— O homem que joga o bastão — respondeu Evelgold.

— Vou jogar bem alto! — gritou Sir Thomas — assim! — Ele jogou o bastão vigorosamente, levando-o a fazer um círculo alto. Esticou-se para pegá-lo quando caía, mas não conseguiu. Hook imaginou se isso seria um mau presságio.

— Pegue, Horrocks — disse Evelgold — e pareça animado, garoto! — Horrocks não conseguia correr, os sulcos e as cristas estavam com lama demais e seus pés afundaram até os tornozelos, mas ele pegou o bastão verde e o estendeu para o cavaleiro grisalho. Sir Thomas agradeceu, depois seguiu pela fileira de arqueiros para gritar de novo suas ordens. Hook notou que o cavalo de Sir Thomas lutava no terreno arado. — Devem ter ajustado a lâmina do arado funda.

— Trigo de inverno — observou Hook.

— O que isso tem a ver?

— Sempre se deve arar mais fundo para o trigo de inverno — explicou Hook.

— Nunca precisei arar — disse Evelgold. Ele fora curtidor antes da nomeação como ventenar de Sir John.

— Deve-se arar fundo no outono e raso na primavera.

— Acho que isso vai poupar o trabalho dos filhos da mãe para cavar nossas sepulturas — observou Evelgold azedamente. — Basta nos rolarem nesses sulcos grandes e chutar a terra por cima.

BERNARD CORNWELL

— O céu está limpando — disse Hook. No oeste, acima das fortificações do pequeno castelo de Azincourt que aparecia acima das árvores, a luz ia aumentando.

— Pelo menos as cordas dos arcos vão ficar secas — observou Evelgold — o que significa que devemos matar alguns filhos da mãe antes de eles nos trucidarem.

O inimigo mostrava mais estandartes e também tinha mais músicos. Os trombeteiros ingleses estavam tocando rápidas séries de notas desafiadoras, depois parando para deixar os tocadores de tambor bater seu ritmo forte e insistente, mas as trombetas francesas jamais paravam. Arranhavam os ouvidos ingleses, um som berrado que subia e descia ao vento frio. A maior parte do exército francês estava a pé, como o inglês, mas em cada flanco Hook podia ver massas de cavaleiros montados. Os cavalos usavam longas mantas de tecido bordado com brasões de armas. Seus cavaleiros tentavam manter os animais aquecidos andando com eles de um lado para o outro. Lanças pinicavam o céu.

— Os filhos da mãe desgraçados vêm logo — disse Tom Scarlet.

— Talvez — respondeu Hook. — Talvez não. — Ele desejava que os franceses viessem e acabassem logo com o sofrimento, e desejava estar de volta à segurança na Inglaterra, na cama.

— Não encordoem até que eles se movam — gritou Evelgold aos arqueiros de Sir John. Já dera esse conselho pelo menos seis vezes, mas nenhum arqueiro parecia notar. Tremiam e olhavam o inimigo. — Merda! — acrescentou Evelgold.

— O que foi? — perguntou Hook, alarmado.

— Só pisei em um pouco dela.

— Dizem que dá sorte — disse Hook.

— Então é melhor eu dançar em cima dessa porcaria.

Padres rezavam a missa em meio aos arqueiros e, um a um, os homens iam receber o pão da vida e ter os pecados perdoados. O rei estava ostensivamente ajoelhado com a cabeça descoberta, diante de um de seus capelães na frente do centro da formação de batalha. Ele havia cavalgado uma vez diante da fileira, montado num pequeno cavalo branco, e a coroa de ouro que envolvia seu elmo de batalha parecera ter um brilho incomum na semiescuridão da manhã. Havia ralhado com homens para entrarem em formação e se inclinado na sela para puxar a estaca de um arqueiro, certificando-se de que estivesse bem cravada no solo.

— Deus está conosco, amigos! — havia gritado aos arqueiros, que ajoelharam em deferência, mas ele os fez se levantar. — Deus está do nosso lado! Tenham confiança!

— Queria que Deus tivesse mandado mais arqueiros — ousou gritar uma voz em meio aos arqueiros.

— Jamais deseje isso! — O rei pareceu animado. — A providência de Deus é suficiente! Somos bastantes para realizar Sua obra!

Hook pedia a Deus que o rei estivesse certo, enquanto voltava para se ajoelhar diante do padre Christopher, que vestia um manto preto sacerdotal sobre o qual usava uma casula suja de lama e bordada com pombos brancos, cruzes verdes e os leões vermelhos de Cornewaille.

— Eu pequei, padre — disse Hook, e fez uma confissão que jamais fizera antes; que havia assassinado Robert Perrill e ainda planejava assassinar Thomas Perrill e Sir Martin. Era difícil dizer as palavras, mas Hook foi levado a isso pelo pensamento, quase uma certeza, de que este era seu último dia na terra.

As mãos do padre Christopher apertaram a cabeça de Hook.

— Por que você cometeu assassinato?

— Os Perrill assassinaram meu avô, meu pai e meu irmão.

— E agora você assassinou um deles — disse sério o padre Christopher. — Nick, isso precisa terminar.

— Eu os odeio, padre.

— É um dia de batalha, e você deve procurar seus inimigos, pedir o perdão deles e fazer as pazes. — O padre fez uma pausa, mas Hook não disse nada. — Outros homens estão fazendo isso — continuou o padre Christopher. — Estão procurando os inimigos e fazendo as pazes. Você deveria fazer o mesmo.

— Eu prometi não matá-lo na batalha.

BERNARD CORNWELL

— Isso não basta, Nick. Você quer ir para o julgamento de Deus com ódio no coração?

— Não posso fazer as pazes com eles, não depois de terem matado Michael.

— Cristo perdoou seus inimigos, Nick, e devemos fazer como Cristo.

— Não sou Cristo, padre. Sou Nick Hook.

— E Deus ama você — suspirou o padre Christopher, depois fez o sinal da cruz na cabeça de Nick. — Você não vai assassinar nenhum dos dois, Nick. Esta é uma ordem de Deus. Está entendendo? Você não irá para esta batalha com ódio no coração. Desse modo Deus vai olhar para você com gentileza. Prometa que não pensará em assassinato, Nick.

Foi uma luta. Hook ficou quieto por um tempo, depois assentiu abruptamente.

— Não vou matá-los, padre — respondeu, infeliz.

— Nem hoje, nem amanhã, nem nunca.

— Jura?

Houve outra pausa. Hook estava pensando nos longos anos, no ódio encravado, no desprezo que sentia por Sir Martin e Robert Perrill, e então pensou no que tinha de enfrentar nesse dia e soube que, se quisesse ir para o céu, teria de fazer a promessa solene ao padre Christopher. Assentiu abruptamente.

— Juro.

As mãos do padre Christopher se apertaram de novo no couro cabeludo de Hook.

— Sua penitência é atirar bem neste dia, Nicholas Hook. Atire bem, por Deus e pelo seu rei. *Te absolvo.* Seus pecados estão perdoados. Agora olhe para mim.

Nick olhou. A chuva havia finalmente parado. Olhou nos olhos do padre Christopher enquanto o padre pegava um pedaço de carvão e escrevia cuidadosamente em sua testa.

— Pronto — disse quando terminou.

— O que foi isso, padre?

O padre Christopher sorriu.

— Escrevi IHC Nazar na sua testa. Algumas pessoas acreditam que isso protege a pessoa da morte súbita.

— O que significa, padre?

— É o nome de Cristo, o nazareno.

— Escreva na testa de Melisande, padre.

— Farei isso, Hook, claro que farei. Agora se prepare para o corpo de Cristo. — Hook recebeu o sacramento e depois, como outros homens estavam fazendo e o rei fizera, pegou uma pitada de terra molhada e a engoliu junto com a hóstia, para mostrar que estava pronto para a morte. O gesto proclamava que ele estava preparado para receber a terra, assim como a terra poderia ter de recebê-lo. — Deus o abençoe, Nick.

— Espero que nos encontremos quando isto acabar, padre — disse Hook, pondo o elmo sobre seu aventail.

— Também rezo por isso.

— Os filhos da mãe comedores de merda devem vir logo — resmungou Will Dale quando Hook se juntou de novo aos seus homens, no entanto os franceses não demonstravam sinal de que queriam atacar. Esperavam, com suas grossas fileiras quase preenchendo o amplo espaço entre as florestas. Os arautos ingleses, resplandecentes em suas librés e segurando as grandes varas brancas, haviam cavalgado até a metade do caminho para as linhas inimigas, onde foram recebidos por arautos franceses e borgonheses, e agora todos formavam um grupo colorido montado em seus cavalos na borda das árvores, ao lado de uma palhoça arruinada e com teto cheio de musgo. Observariam a batalha juntos e no fim decretariam quem era o vencedor.

— Venham, seus filhos da mãe desgraçados — resmungou um homem.

Mas os filhos da mãe desgraçados não vieram. Suas trombetas uivavam, mas as longas fileiras de aço não demonstravam qualquer sinal de estar prontas para avançar. Esperavam. Os cavalos com jaezes brilhantes se juntavam para esconder os besteiros atrás. Um breve raio de sol brilhou no centro da linha deles, e Hook viu a auriflama, o estandarte vermelho bifurcado que anunciava aos franceses que não deveriam fazer prisioneiros. Era para matar todo mundo.

— Evelgold! Hook! Magot! Candeler! — Agora era a vez de Sir John Cornewaille andar na frente dos arqueiros. —Venham cá! Vocês quatro!

Hook se juntou aos outros três sargentos. Era extraordinariamente difícil andar através do campo arado com sulcos profundos porque o solo de barro havia se transformado numa lama avermelhada e viscosa que se grudava às botas. Era mais difícil ainda para Sir John, que usava armadura completa de placas, 30 quilos de aço, de modo que andava aos arrancos, obrigado a arrancar da sucção da terra cada pé coberto de placas de aço. Sir John lutou para chegar a um local cerca de 40 ou 50 passos à frente dos arqueiros, e ali esperou os sargentos.

— Vocês sempre devem olhar para seu próprio exército para vê-lo como o inimigo o vê — disse-lhes. — Deem uma olhada.

Hook se virou para olhar o exército sujo de lama, enferrujado e molhado. Seu exército. O centro da fileira era composto por três formações de batalha, cada uma com cerca de trezentos homens de armas. A formação central era comandada pelo rei, a da direita por lorde Camoys, e a formação de batalha da esquerda era liderada pelo duque de York. Entre as três formações havia dois pequenos grupos de arqueiros, enquanto nos dois flancos estavam os contingentes muito maiores de homens com arcos. Esses dois grupos de flanco, com suas estacas, ficavam em ângulo à frente do centro da linha, de modo que suas flechas pudessem voar vindas dos lados.

— Então o que os franceses fazem? — perguntou Sir John.

— Atacam — disse Evelgold azedamente.

— Atacam o quê e por quê? — perguntou Sir John asperamente. Nenhum dos quatro arqueiros respondeu, em vez disso olharam para seu próprio exército pequeno e imaginaram que resposta Sir John queria. — Pensem! — rosnou Sir John, com os olhos azuis luminosos dardejando entre seus sargentos. — Você é um francês! Vive numa propriedade senhorial suja de merda, com ratos nas paredes úmidas e camundongos dançando no teto. O que você quer?

— Dinheiro — sugeriu Hook.

— Então o que você ataca?

— As bandeiras — respondeu Tom Evelgold.

— Porque é lá que está o dinheiro — disse Sir John. — Os filhos da mãe malditos estão mostrando a auriflama, mas isso não significa nada. Eles querem prisioneiros. Querem prisioneiros ricos. Querem o rei, o duque de York, o duque de Gloucester, me querem, querem resgates! Não há lucro em trucidar arqueiros, portanto os filhos da mãe vão atacar os homens de armas. Vão atacar as bandeiras, mas alguns podem vir para vocês, portanto mandem-nos para o centro, usando flechas. É o que vocês farão! Impelir os flancos deles para o centro. Porque é onde eu posso matá-los.

— Se tivermos flechas suficientes — disse Evelgold, em dúvida.

— Poupem o suficiente! — disse Sir John com ênfase — porque se ficarem sem flechas terão de lutar com eles corpo a corpo, e eles são treinados para isso, e vocês não.

— O senhor nos treinou, Sir John — disse Hook, lembrando-se do inverno de treino com espadas e machados.

— Vocês são meio treinados, mas e os outros arqueiros? — perguntou Sir John com desprezo. E Hook, olhando para os ingleses que esperavam, soube que não eram páreo para os homens de armas franceses. Os arqueiros eram alfaiates, fazedores de cordas, pisoeiros, carpinteiros, moleiros e açougueiros. Eram trabalhadores que possuíam uma habilidade soberba, a capacidade de puxar a corda de um arco de teixo até a orelha e mandar a flecha em sua jornada para a morte. Eram matadores, mas não eram homens endurecidos para a guerra através de torneios nem eram treinados desde a infância na disciplina das lâminas. Muitos não tinham armadura além de um casaco acolchoado, e alguns nem mesmo possuíam essa pequena proteção. — Deus impeça os franceses de entrar no meio deles! — disse Sir John.

Nenhum dos sargentos respondeu. Estavam pensando no que aconteceria quando os homens de armas franceses, cobertos de aço, viessem matá-los. Hook tremeu, depois foi distraído pela visão de cinco cavaleiros sob a bandeira real inglesa indo na direção do exército francês.

— O que eles estão fazendo, Sir John? — perguntou Evelgold.

BERNARD CORNWELL

— O rei os mandou para fazer um apelo de paz. Vão exigir que os franceses entreguem a coroa a Henrique, e com isso nós concordaremos em não trucidá-los.

Evelgold apenas olhou para Sir John como se não acreditasse. Hook conteve uma gargalhada e Sir John deu de ombros.

— De modo que eles não aceitarão os termos — disse — e isso significa que vamos lutar, mas não significa que eles irão nos atacar.

— Não? — perguntou Magot.

— Temos de passar por eles para chegar a Calais, de modo que talvez tenhamos de abrir caminho.

— Jesus — murmurou Evelgold.

— Eles querem que nós ataquemos, Sir John? — perguntou Magot.

— Eu quereria, se fosse eles! — Sir John se virou para olhar o inimigo. — Eles não querem atravessar esse terreno, tanto quanto nós, mas não precisam atravessá-lo. Nós precisamos. Temos de chegar a Calais, caso contrário morremos de fome aqui. Assim, se eles não atacarem, nós teremos de atacá-los.

— Jesus — repetiu Evelgold, e Hook tentou imaginar o esforço necessário para atravessar aqueles oitocentos metros de lama que sugava, escorregadia, grudenta. Que os franceses ataquem, pensou, e de súbito estremeceu violentamente. O medo vinha em ondas e estava transformando suas entranhas em água. Ele não era o único. Um monte de homens se esgueirava para o mato para esvaziar as tripas.

— Preciso ir ao mato — disse.

— Se precisa cagar, cague aqui — disse Sir John asperamente, depois gritou para os arqueiros reunidos. — Ninguém vai usar o mato! — Ele temia que os homens, perdendo a coragem, se escondessem no meio das árvores. — Vão cagar onde estão!

— Cagar e morrer — disse Tom Evelgold.

— E vão para o inferno com as calças sujas — rosnou Sir John. — Quem se importa? — Ele olhou para cada um de seus sargentos, depois falou com intensidade calma. — Esta batalha não está perdida. Lembrem-se, nós temos arqueiros, eles não.

— Mas não temos flechas suficientes — disse Evelgold.

— Então façam com que cada uma conte — respondeu Sir John, impaciente com o pessimismo do centenar, depois fez uma careta para Hook. — Meu Deus, homem, não poderia fazer isso para o outro lado do vento?

— Desculpe, Sir John.

Sir John riu.

— Pelo menos você pode dar uma cagada. Tente fazer isso com armadura completa. Vou lhe dizer, você não vai estar cheirando a lírios quando terminarmos nosso trabalho hoje. — Em seguida olhou para o inimigo, os olhos brilhantes espiando a auriflama. — E uma última coisa — disse enfaticamente — ninguém vai começar a fazer prisioneiros até darmos a ordem de que é seguro capturar em vez de matar.

— O senhor acha que vamos fazer prisioneiros? — perguntou Evelgold com incredulidade atônita.

— Se os homens tentam fazer prisioneiros cedo demais, enfraquecem a linha — disse Sir John, ignorando a pergunta. — Vocês precisam lutar e matar até que os filhos da mãe não possam lutar mais, e só então podem começar a procurar resgates. — Em seguida deu um tapa no ombro de Evelgold coberto de malha. — Diga aos seus garotos que esta noite vamos festejar com as provisões capturadas dos franceses.

Ou isso ou vamos comer as rações do inferno, pensou Hook. E lutou para voltar aos seus homens, cada um ao lado de uma estaca. Essas estacas, mais de duas mil neste flanco direito do exército inglês, formavam um denso bosque de pontas afiadas. Os homens podiam se mover com facilidade entre elas, mas nenhum cavalo de guerra conseguiria manobrar ali.

— O que Sir John queria? — perguntou Will Dale.

— Dizer que esta noite vamos comer rações francesas.

— Ele acha que eles vão nos fazer prisioneiros? — perguntou Will com ceticismo.

— Não, ele acha que vamos vencer.

Isso provocou alguns risos amargos. Hook os ignorou e observou o inimigo. A fileira de frente de seus homens de armas a pé se estendia pelo horizonte, densa com as pontas de metal das lanças curtas. Mas ainda não se moviam e os ingleses ainda esperavam. Cavaleiros franceses continuavam exercitando seus corcéis e, como os animais não gostavam dos sulcos densos, muitos cavaleiros iam para as pastagens do outro lado das florestas. O sol subiu mais alto atrás das nuvens cada vez mais ralas. Os emissários do rei, enviados para fazer a oferta de paz, haviam se encontrado com um grupo semelhante de franceses e agora cavalgavam de volta pelo terreno arado. Instantes depois espalhou-se o boato de que os franceses haviam concordado em deixar os ingleses passarem, mas em seguida o boato foi negado.

— Se eles não querem lutar — disse Tom Scarlet —, talvez simplesmente fiquem ali o dia inteiro!

— Temos de passar por eles, Tom.

— Jesus, a gente podia ir embora de fininho esta noite! Voltar a Harfleur.

— O rei não fará isso.

— Por quê, pelo amor de Deus? Ele quer morrer?

— Ele tem Deus do seu lado — disse Hook.

Tom estremeceu.

— Deus poderia ter nos mandado um desjejum decente.

As mulheres trouxeram a pouca comida que haviam guardado para esse dia. Melisande deu um bolo de aveia a Hook.

— Vamos dividir — disse Hook.

— É para você — insistiu ela. Havia mofo na aveia, mas Hook comeu metade assim mesmo e deu a outra metade a Melisande. Não havia cerveja, só água de um riacho que Melisande trouxe num velho odre de vinho. A água tinha gosto rançoso. Melisande ficou ao lado dele e olhou para os franceses. — São tantos! — disse baixinho.

— Eles não estão se mexendo.

— Então o que vai acontecer?

— Teremos de atacá-los.

Ela estremeceu.

— Acha que meu pai está lá?

— Tenho certeza.

Ela não disse nada. Os dois esperaram. Esperaram. As trombetas e tambores continuavam tocando, mas os músicos estavam ficando cansados e a música era menos exuberante. Hook podia ouvir tordos cantando animados entre as árvores, algumas das quais já haviam perdido as folhas, de modo que os galhos pareciam macilentos como cadafalsos contra o céu cinza. A terra revolta, brilhando molhada entre os exércitos que esperavam, estava cheia de tordos e melros procurando minhocas nos sulcos. Hook pensou em casa, nas vacas sendo ordenhadas, no som de cervos copulando na floresta, nas tardes curtas e na luz dos fogões nas choupanas.

Então houve uma agitação e Hook foi puxado de volta à realidade, viu que o rei, montado de novo no pequeno cavalo branco e acompanhado apenas por seu porta-estandarte, havia cavalgado à frente do exército. Ia na direção dos arqueiros do flanco direito, e seu cavalo, atrapalhado pelo chão irregular, estava levantando alto os cascos. O rei havia tirado o elmo coroado e o vento fraco agitava seu cabelo castanho e curto, fazendo-o parecer mais jovem do que seus 28 anos. Ele conteve o cavalo alguns passos à frente das primeiras estacas e os centenares gritaram para seus homens tirarem os elmos e se ajoelharem. Desta vez o rei aceitou a reverência, esperando até que os dois mil e quinhentos arqueiros estivessem ajoelhados.

— Arqueiros da Inglaterra! — gritou o rei, depois ficou quieto enquanto os homens se movimentavam mais para perto, para ouvi-lo. Os arcos nos capas e as achas d'armas estavam pendurados nos ombros. Alguns homens estavam armados com machados de lenhadores ou marretas com peso de chumbo. A maioria tinha espada, mas alguns carregavam apenas um arco e uma faca. Os que tinham elmos haviam tirado os bacinetes e outros puxavam para trás os capuzes de malha enquanto olhavam o rei que estava com a cabeça descoberta.

— Arqueiros da Inglaterra! — gritou Henrique de novo, e havia um travo em sua voz, de modo que ele parou de novo. O vento agitou a crina de seu cavalo. — Lutamos hoje por causa da minha disputa! — gritou, agora com a voz clara e confiante. — Nossos inimigos me negam a coroa que Deus me concedeu! Hoje eles acreditam que vão me arrastar como prisioneiro diante das multidões de Paris! — Ele parou enquanto um murmúrio de protesto passava pelas centenas de arqueiros. — Nossos inimigos ameaçaram cortar os dedos de cada inglês que retesa um arco! — Agora os murmúrios foram mais altos, e Hook se lembrou da praça em Soissons, onde o corte dos dedos fora apenas o início do horror. — De cada galês que retesa um arco! — acrescentou o rei, e um ondular de gritos animados soou em meio aos arqueiros.

— Em tudo isso eles acreditam — gritou o rei. — No entanto se esqueceram da vontade de Deus. Estão cegos a são Jorge e a santo Eduardo, que nos protegem, e não são somente esses santos que nos oferecem sua proteção! Este dia é de são Crispim e são Crispiniano, e esses santos querem vingança pelos males causados a eles em Soissons. — Henrique parou de novo, mas nenhum murmúrio soou. Para a maioria dos arqueiros, Soissons era um nome que não significava nada, mas mesmo assim ouviam com atenção. — Coube a nós cobrar essa vingança e vocês devem saber, com tanta certeza quanto eu sei, que somos o instrumento de Deus neste dia! Deus está nos seus arcos, Deus está em suas flechas e Deus está em suas almas. Deus vai nos preservar e Deus vai destruir nossos inimigos! — Ele fez outra pausa enquanto outro murmúrio baixo soava entre os arqueiros. — Com a ajuda de vocês! — gritou agora — com sua força! Venceremos hoje! — Houve um instante de silêncio, e então os arqueiros ovacionaram. O rei esperou que o som morresse. — Ofereci a paz ao nosso inimigo! Garantam meus direitos, falei-lhes, e teremos paz. Mas não há paz no coração deles nem misericórdia em sua alma, por isso chegamos a este lugar de julgamento! — Nesse ponto, pela primeira vez, o rei afastou o olhar da multidão de arqueiros ajoelhados e se virou para olhar os sulcos de barro entre os exércitos.

Olhou de novo para a plateia.

— Eu os trouxe a este lugar — disse agora com voz mais baixa, porém intensa — a este campo na França, mas não irei deixá-los aqui! Sou, pela graça de Deus, o seu rei — sua voz se elevou —, mas neste dia não sou mais do que vocês e não sou menos do que vocês. Neste dia luto por vocês e lhes entrego minha vida! — O rei precisou fazer uma pausa porque os arqueiros estavam ovacionando de novo. Levantou a mão coberta pela manopla e esperou por silêncio. — Se vocês morrerem aqui, eu morro aqui! Não serei feito prisioneiro! — De novo os arqueiros aplaudiram, e de novo o rei levantou a mão e esperou até que o som parasse. Então sorriu, um sorriso confiante. — Mas não espero ser feito cativo nem serei morto, porque tudo que peço é que vocês lutem por mim neste dia assim como lutarei por vocês! — Em seguida estendeu a mão direita na direção dos arqueiros, girando os dedos para abarcar todos. Seu cavalo saltitou de lado na lama e o rei o acalmou com habilidade. — Hoje luto por seus lares, por suas esposas, por suas namoradas, por suas mães, por seus pais, por seus filhos, por suas vidas, por sua Inglaterra! — A ovação que recebeu essas palavras devia ter sido escutada na extremidade do campo onde os franceses ainda esperavam sob seus estandartes vistosos. — Hoje somos irmãos! Nascemos na Inglaterra, nascemos em Gales, e juro pela lança de são Jorge e pela pomba de São David que irei levá-los de volta à Inglaterra, para Gales, com novas glórias em nosso nome! Lutem como ingleses! É só o que peço! E prometo que lutarei com vocês e por vocês! Sou seu rei, mas neste dia sou seu irmão, e juro por minha alma imortal que não abandonarei meus irmãos! Deus os proteja, irmãos! — E com estas palavras o rei girou o cavalo e foi fazer o mesmo discurso aos homens de armas, deixando os arqueiros no flanco direito aplaudindo-o.

— Por Deus — disse Will Dale —, ele acha realmente que vamos vencer!

E na outra extremidade do campo o vento soprou levantando a seda vermelha da auriflama, fazendo-a ondular acima das pontas das lanças inimigas. Nada de prisioneiros.

E ainda assim os franceses não se moviam. Agora os arqueiros estavam sentados, apesar do terreno molhado. Alguns até dormiam, roncando na lama. Os padres ainda ofereciam absolvição. O padre Christopher usou

BERNARD CORNWELL

seu pedaço de carvão para escrever o nome talismânico de Jesus na testa de Melisande.

— Você ficará com as carroças da bagagem — disse ele.

— Ficarei, padre.

— E mantenha seu cavalo selado — aconselhou o padre.

— Para fugir?

— Para fugir.

— E use a túnica de seu pai — acrescentou Hook.

— Usarei. — Ela estava com a túnica num saco onde ficavam suas posses terrenas, e agora pegou o linho fino e o desdobrou. — Me dê sua faca, Nick.

Hook deu sua adaga de arqueiro e ela usou-a para cortar uma tira de tecido da parte de baixo da túnica. E entregou a ele.

— Pronto — disse ela.

— É para eu usar?

— Claro que é — disse o padre Christopher. — É o que um soldado faz. Usa as cores de sua dama. — Ele indicou os homens de armas ingleses, cuja maioria usava um lenço de seda de favor ao redor do pescoço. Hook enrolou sua tira no pescoço, depois abraçou Melisande.

— Você ouviu o rei — disse ele. — Deus está do nosso lado.

— Espero que Deus saiba.

— Também rezo por isso — completou o padre Christopher.

Então, de repente, houve movimento. Não da parte dos franceses, que não mostravam qualquer sinal de querer um ataque, mas de um grupo de homens de armas ingleses que haviam montado e agora cavalgavam ao longo da frente do exército.

— Vamos avançar! — gritou o homem que viera para o flanco direito. — Peguem suas estacas! Vamos avançar!

— Companheiros! — Era o próprio rei que havia avançado alguns passos e agora ficou de pé nos estribos e balançou os braços para abarcar todos os compatriotas. — Companheiros! Vamos!

— Ah, meu Deus, meu Deus — exclamou Melisande.

— Volte para a bagagem — disse Hook, depois começou a arrancar sua grossa estaca da terra grudenta. — Vá, meu amor. Eu vou ficar
bem. Não existe um francês que possa me matar. — Ele não acreditava
nisso, mas forçou um sorriso, por ela. Sentiu o estômago se revirar. O medo
estava deixando-o com frio. Sentia-se frágil, fraco, trêmulo, mas de algum modo soltou a estaca e a colocou sobre o ombro.

Não olhou de volta para Melisande. Começou a andar, lutando
na lama grossa, e ao longo de toda a linha inglesa os homens estavam
fazendo o mesmo. Moviam-se numa lentidão de dar pena, arrancando os
pés do solo molhado e aderente, um passo dificultoso depois do outro,
indo na direção dos franceses.

E os franceses os olhavam. Só olhavam.

— Se os filhos da mãe tivessem algum tino iriam nos atacar agora — disse Evelgold.

— Talvez ataquem — respondeu Hook, que espiava o inimigo
distante. Alguns cavaleiros que antes exercitavam seus corcéis estavam levan-
do-os de volta para os flancos do exército, mas não parecia haver urgência em seus atos. As trombetas não mudaram a música. Os franceses pareciam
contentes em deixar os ingleses marcharem pela extensão do terreno arado, e Hook sentiu a mente saltando como uma lebre em capim de primavera. Será que realmente fora o rei que havia ido aos arqueiros à noite?
Ele havia se esquecido de reforçar o centro de uma de suas cordas de reserva, onde o entalhe da flecha se encaixava. Será que o rei iria mesmo
rezar por Michael? Será que a morte seria rápida? Piers Candeler soltou
de repente uma fiada de palavrões e chutou longe as botas para passar
descalço pelo terreno arado. Hook se lembrou do arqueiro que ele havia
enforcado em Londres e imaginou se aquele homem sentira exatamente
esse mesmo medo ao ver o exército escocês vir lutar na colina verde de
Homildon, e então pensou em todos os outros ingleses que haviam usado um arco de guerra por seu rei. Haviam lutado contra os escoceses, os
galeses, uns contra os outros, e sempre, sempre, haviam lutado contra
os franceses, e ainda assim esses franceses não se mexiam. A imobilidade

Bernard Cornwell

o apavorava. Eles pareciam contentes em esperar, sabendo que o pequeno exército inglês deveria se lançar contra suas lâminas.

O pé esquerdo de Hook ficou preso na sucção do solo, por isso ele fez o que outros arqueiros estavam fazendo, deixou a bota se soltar. Tirou a outra e foi a pé, achando mais fácil.

— Se eles se moverem — gritou Evelgold — nós paramos, encordoamos os arcos e plantamos as estacas.

Mas os franceses não se mexeram. Hook podia ver mais homens ainda se juntando ao exército deles, na maioria vindos do leste. Os homens de armas montados, nos dois flancos, estavam olhando os ingleses, mas sem esporear os grandes cavalos de guerra, que tinham as caras cobertas por armadura e usavam tecidos acolchoados sobre o peito e as ancas. As lanças longas dos cavaleiros estavam de pé. Algumas das lanças de ponta de aço e haste de freixo tinham pendentes amarrados. Os cavaleiros estavam com as viseiras dos elmos abertas e Hook podia ver rostos emoldurados em aço. Sentia frio, ainda que estivesse suando. Usava uma jaqueta curta, acolchoada, sobre a cota comprida forrada de couro, e essa blindagem poderia suportar um golpe de espada, mas seria facilmente furada por uma lança. Tentou se imaginar desviando-se de um golpe de lança nessa lama densa, e soube que seria impossível.

— Mais devagar! — ordenou uma voz. Os arqueiros estavam indo muito à frente dos homens de armas ingleses que, atrapalhados pelas armaduras, tinham dificuldade com o terreno encharcado. No entanto, passo a passo, eles avançavam continuamente, e as florestas dos dois lados ficaram mais próximas, de modo que agora a fileira inglesa preenchia o espaço entre as árvores. O vistoso grupo de arautos, franceses, ingleses e borgonheses, levava seus cavalos mais para perto dos franceses, mantendo posição na metade do caminho entre os dois exércitos.

— Cristo na porcaria da cruz! — resmungou Evelgold. — Até onde ele quer que a gente vá?

Então uma voz gritou para os arqueiros cravarem de novo as estacas. Agora o inimigo estava perto, a apenas pouco mais de duzentos passos, e isso não era mais longe do que os alvos mais distantes numa disputa de arco. E Hook se lembrou daqueles dias de verão com malabaristas, ursos dançarinos, cerveja grátis e a multidão aplaudindo enquanto os arqueiros puxavam a corda e disparavam.

— Estacas! — gritou um homem.

A estaca de Hook se cravou facilmente no chão macio. Ele olhou para os inimigos, viu que eles ainda não estavam se mexendo, por isso pegou sua acha d'armas e deu três pancadas fortes na ponta afiada, deixando a madeira rombuda ao mesmo tempo em que cravava a estaca mais fundo no chão. Usou a faca para cortar a madeira amassada e assim afiar de novo a estaca plantada. E então, finalmente, tirou o arco da capa de couro de cavalo. Ao redor os arqueiros estavam fixando estacas ou encordoando arcos. Hook firmou seu arco na extremidade inferior da estaca e curvou a madeira para passar o laço da corda pelo entalhe superior. Tirou do ombro as duas sacolas de flechas. Pegou as flechas e as cravou de ponta para baixo no chão, furadores à esquerda e a meia dúzia de flechas de ponta larga à direita. Beijou a barriga do arco, onde a madeira escura se encontrava com a clara. Meu Deus, rezou, e depois rezou a são Crispiniano, e seu coração parecia um pássaro engaiolado, a boca estava seca e a perna direita tremia, e os franceses continuavam imóveis e são Crispiniano não deu resposta à oração de Hook.

Os arqueiros estavam espalhados. As estacas não formavam uma linha sólida diante dos franceses, em vez disso estavam cravadas em fileiras espalhadas, preenchendo um espaço tão largo e profundo quanto a praça do mercado onde Henrique queimara e enforcara os lolardos. Havia uns dois passos entre cada estaca, espaço suficiente para um homem se mover, mas apertado demais para qualquer cavalo manobrar livremente. As fileiras irregulares dos arqueiros se estendiam para trás, de modo que os homens de trás não podiam ver os inimigos por causa dos arqueiros à frente, mas isso ainda não importava porque, estando a duzentos passos, teriam de atirar para o alto, para que as flechas alcançassem os franceses. Hook estava na fila da frente e se virou, vendo Thomas Perrill martelar sua estaca alguns passos atrás e à direita. Não havia sinal de Sir Martin, e Hook se perguntou se o padre teria retornado ao acampamento. Esse pensamento o fez estremecer pela segurança de Melisande, mas não havia tempo para se preocupar com isso porque Tom Evelgold estava gritando para seus homens se virarem para a frente.

Hook achou que o inimigo estava finalmente avançando, mas os franceses não se mexiam. Seu centro era uma linha comprida e profunda, de homens de armas a pé, com túnicas vistosas e armadura polida, e nos flancos havia duas massas de cavaleiros armados com lanças. As bandeiras tinham brilho de seda contra o céu cinzento e, bem no centro da linha francesa, onde os estandartes eram mais densos, a auriflama era uma tira vermelha de ondulações provocadas pelo vento, dizendo aos ingleses que o inimigo não demonstraria misericórdia.

Hook tentou encontrar o sire de Lanferelle nas fileiras inimigas, mas não pôde vê-lo. Em vez disso viu as armas. Viu espadas, lanças, achas, bicos-de-falcão, malhos, machados de batalha e maças. Algumas maças tinham cabeças com pontas. Pôs uma flecha de ponta larga atravessada na grossa barriga de madeira do arco e de repente sentiu vontade de esvaziar as tripas de novo. Fechou os olhos por um instante e fez outra oração fervorosa a são Crispiniano, depois plantou os pés descalços na terra escorregadia. Controlou-se.

— Doce Jesus Cristo — disse Thomas Scarlet.

— Ah, meu Deus, ah, meu Deus — murmurou Will Dale.

Sir Thomas Erpingham, grisalho e com a cabeça descoberta, havia montado em seu pequeno cavalo e seguido alguns passos à frente da linha inglesa. O cavalo levantava muito as patas, infeliz com o solo pegajoso. Atrás de Sir Thomas os homens de armas ingleses esperavam. Os novecentos estavam arrumados em quatro fileiras, com o rei, resplandecente na armadura brilhante e uma coroa de ouro e joias envolvendo o elmo de batalha, bem no centro. Sir Thomas, com uma túnica verde enfeitada com a cruz de são Jorge, girou o cavalo de modo a ficar de costas para os franceses. Esperou alguns instantes.

— Esteja comigo agora — rezou Hook, em voz alta, a são Crispiniano.

Desejou que o santo falasse com ele, mas Crispiniano ainda estava calado.

— Retesar! — ordenou Thomas Elvegold em voz baixa.

Hook levantou o arco. Puxou a corda de cânhamo até a orelha e sentiu a força selvagem na madeira encurvada. Apontou para um cavalo bem à frente, mas sabia que teria sorte se a flecha acertasse onde ele mirava. Se os franceses estivessem 50 passos mais perto ele escolheria os alvos e teria certeza de acertar cada um, mas no alcance extremo do arco teria sorte se colocasse a flecha a um metro e meio ou dois metros do alvo. Segurou a corda e seu braço direito estremeceu.

Cinco mil arqueiros haviam retesado seus arcos. Cinco mil flechas estavam seguras em cinco mil cordas.

Um bando de estorninhos voou atrás da floresta de Tramecourt, com as batidas das asas súbitas e ruidosas. Lembravam um redemoinho de fumaça escura acima das árvores, e então, tão subitamente quanto haviam aparecido, sumiram. Ao longo de toda a linha francesa as viseiras estavam sendo baixadas. Hook vira rostos, mas agora só podia ver aço sem face.

— Deus esteja conosco — murmurou um arqueiro enquanto Sir Thomas se levantava na sela.

Sir Thomas Erpingham jogou o bastão verde para o alto, de modo a fazer um círculo no ar úmido. Houve silêncio sobre o campo de Azincourt, um silêncio em que o bastão verde voou, com os arremates dourados brilhando contra o céu opaco.

— Agora — gritou Sir Thomas. — Disparar!

O bastão caiu.

Hook atirou.

As flechas voaram.

O primeiro som foi das cordas, o estalo de cinco mil cordas de cânhamo retesadas pelo teixo, e foi como as cordas das harpas do diabo sendo tocadas. Então houve o som das flechas, o suspiro do ar nas penas, porém multiplicado, de modo a parecer o sussurro de um vento. Esse som diminuiu enquanto duas nuvens de flechas, densas como um bando de estorninhos, subiam no céu cinzento. Levando a mão para outra flecha de ponta lar-

BERNARD CORNWELL

ga, Hook se maravilhou com a visão de cinco mil flechas em dois grupos que sombreavam o céu. As duas tempestades pareceram pairar no auge da trajetória por um instante, e então os projéteis caíram.

Era o dia de são Crispim na Picardia.

Por um instante houve silêncio.

Então as flechas acertaram.

Foi o som de aço em aço. Um estrondo, como a tempestade de granizo de Satã.

E o barulho de dor do dia começou. Foi o grito de um cavalo que empinou com uma flecha de ponta larga na anca. O cavalo saltou adiante, dando um repelão em seu cavaleiro vestido de aço na sela alta, e o movimento do cavalo ferido serviu como sinal, de modo que mais cavalos o seguiram, e então todos os cavalos esporearam e toda a linha francesa deu um grande grito enquanto sua cavalaria começava a atacar.

— *Saint Denis! Montjoie!*

— São Jorge! — gritou alguém na fileira inglesa, e o grito foi acompanhado pelo pequeno exército. — São Jorge! — Os homens de armas provocavam os franceses com gritos de caça, e o ruído cresceu até um clamor enquanto as trombetas gritavam para o céu.

Onde a segunda flecha de ponta larga de Hook estava a caminho.

Ghillebert, *Seigneur de Lanferelle*, estava na primeira fila do exército francês. Era um dentre mais de oitocentos homens de armas a pé, que compunham a primeira das três formações de batalha francesas. Usava armadura de placas polidas sob a túnica do sol e do falcão, mas agora as peças das pernas estavam sujas de lama. Na cintura pendia uma longa espada de batalha, no ombro uma maça com peso de chumbo cravejada de pontas, e nas mãos uma lança de freixo encurtada para pouco mais de dois metros e com ponta de aço. A cabeça era protegida por um capuz de couro amarrado sob o queixo, sob o qual seu cabelo comprido estava enrolado. Sobre o capuz usava um aventail de malha que cobria a cabeça e os ombros, e sobre o aventail, envolvendo completamente o crânio, um elmo de batalha italiano. A viseira do elmo estava levantada, para que ele enxergasse os ingleses e visse, também, que o exército deles era risivelmente pequeno.

Os franceses estavam empolgados. Henrique da Inglaterra ousara marchar com seu exército patético desde a Normandia até a Picardia, achando que poderia envergonhar o inimigo desfilando seus estandartes insolentes em território francês, e agora estava encurralado. Vigiando o inimigo desde o amanhecer, Lanferelle achava que haveria apenas mil homens de armas em sua fileira, e esse número parecera tão ridiculamente pequeno que ele verificara repetidamente, dividindo a linha em quartos, contando cabeças e multiplicando por quatro, e a cada vez chegava ao mesmo total. Talvez mil homens de armas diante de três sucessivas formações de batalha francesas, cada qual com pelo menos oito mil homens de armas, mas também havia as duas alas laterais dos ingleses.

Arqueiros.

Milhares de arqueiros, demasiados para se contar, mas os batedores haviam informado números tão variados quanto quatro mil e oito mil. E esses arqueiros, Lanferelle sabia, carregavam os longos arcos de teixo e tinham sacos de flechas com ponta de ferro que, de perto, podiam penetrar nas melhores armaduras da cristandade. Por isso a armadura de Lanferelle era moldada e abaulada para desviar as flechas, mas mesmo assim ele sabia que um tiro azarado poderia encontrar um modo de se alojar. Portanto Ghillebert, o senhor do inferno, sire de Lanferelle, não compartilhava a empolgação de seus compatriotas. Nem por um segundo duvidava de que os homens de armas franceses poderiam trucidar os homens de armas ingleses, mas para chegar àquela precária linha de batalha eles teriam de suportar as flechas.

À noite, enquanto outros homens bebiam, o sire de Lanferelle fora procurar um astrólogo, um famoso homem de Paris que supostamente via o futuro, e Lanferelle entrara na longa fila para consultar o vidente. O homem, barbudo, grave e envolto numa capa preta com borda de couro, havia recebido o ouro de Lanferelle e, depois de muitos gemidos e suspiros, declarou que via apenas glória no futuro.

BERNARD CORNWELL

— O senhor matará — dissera o astrólogo — matará e matará, e obterá glória e riquezas. — Depois, do lado de fora da tenda do astrólogo na chuva torrencial, Lanferelle se sentiu vazio.

Ele mataria e mataria, disso tinha certeza, mas sua ambição não era trucidar os ingleses, e sim capturá-los, e bem no cento da linha inimiga, sob os estandartes mais altos, estava o rei da Inglaterra. Se tomasse Henrique como cativo a nação inglesa passaria anos para levantar o valor do resgate. Os franceses estavam adorando essa perspectiva. Também havia duques reais na linha inglesa, e grandes senhores, e qualquer um deles poderia tornar um homem rico além de seus sonhos mais loucos.

Mas entre o sonho e a realidade estavam os arqueiros.

E Ghillebert, *Seigneur de Lanferelle*, entendia o poder do arco de teixo.

Motivo pelo qual, quando os ingleses haviam começado seu avanço longo e laborioso pelo campo arruinado pelo arado entre Tramecourt e Azincourt, Lanferelle havia comunicado ao condestável que era hora de atacar. Enquanto avançavam, os ingleses haviam perdido a coesão. Em vez de serem um exército em formação de batalha eram de repente uma turba enlameada andando com dificuldade nos sulcos traiçoeiros, e Lanferelle vira os arqueiros desorganizados e gritara de novo para o marechal Boucicault e para o condestável, d'Albret:

— Deixem os cavaleiros irem agora!

Os cavaleiros estavam em cada flanco francês, homens grandes em cavalos grandes, os garanhões com a cara coberta por armadura e grossas mantas acolchoadas cobrindo o peito, e o trabalho deles era atacar os arqueiros nas laterais e trucidá-los implacavelmente, mas muitos cavaleiros haviam se afastado com o objetivo de exercitar seus corcéis nas campinas do outro lado das florestas, para manter os animais aquecidos, e os cavaleiros que restavam simplesmente olhavam os ingleses.

— A decisão não é minha — respondeu o marechal Boucicault.

— Então de quem é?

— Não é minha — respondeu Boucicault, rude e sério, e Lanferelle entendeu que Boucicault compartilhava seu temor quanto às habilidades dos arqueiros.

— Pelo amor de Cristo! — disse Lanferelle quando continuou não havendo ordem para os cavaleiros atacarem. Em vez disso eles ficaram em seus grandes corcéis e olharam os ingleses se esforçando e chegando cada vez mais perto.

— Quem nos comanda? Pelo amor de Cristo, quem nos comanda? — perguntou Lanferelle em voz alta. Ninguém fizera um discurso de estímulo aos franceses antes da batalha, mas Lanferelle vira o rei inglês cavalgar e parar ao longo da linha inimiga, e adivinhara que Henrique estava instigando seus homens a trucidar.

Quem falava pela França? Nem o condestável nem o marechal comandavam o vasto exército. A honra parecia estar com o duque de Brabant, ou talvez fosse o jovem duque de Orleans, que acabara de chegar ao campo e estava olhando os ingleses avançar e sem dúvida contando os resgates a ser cobrados. O duque parecia contente em deixar o inimigo se esfalfar para vir à matança, e assim não foi dada nenhuma ordem em qualquer das alas francesas.

Lanferelle ficou olhando, incrédulo, enquanto era permitido que os ingleses chegassem ao alcance de atirar com os arcos longos. Os franceses tinham besteiros, tinham até um punhado de homens capazes de atirar com o arco de teixo e possuíam alguns canhões pequenos que estavam prontos e carregados, mas os cavaleiros à espera cobriam os canhões e os besteiros. A besta tinha um alcance maior do que o arco de teixo, mas os besteiros não podiam disparar, de modo que os inimigos cravaram suas estacas no chão sem ser molestados. Santo Deus, pensou Lanferelle, isso era loucura. Os arqueiros já deviam ter sido espalhados e trucidados, mas em vez disso puderam vir ao alcance de disparar com seus arcos e cravar suas estacas no chão macio, como modo de deter os cavaleiros. Ficou olhando quando eles encordoaram os arcos, fazendo tudo isso ao alcance das bestas e no entanto permanecendo sem ser perturbados.

— Jesus — disse a ninguém em particular — ela vem, tira a roupa, deita na cama, abre as pernas e não fazemos nada.

— Senhor? — perguntou seu escudeiro.

Lanferelle ignorou a pergunta.

— Viseiras! — gritou para seus homens. Ele comandava 16 homens de armas e se virou para se certificar de que haviam fechado as viseiras, antes de baixar a sua com uma pancada metálica.

Foi instantaneamente engolfado pela escuridão. Um momento antes pudera ver o inimigo com clareza. Até vira o brilho de ouro envolvendo o elmo de Henrique da Inglaterra, mas agora havia um postigo de aço diante de seus olhos e o postigo tinha 20 buracos pequenos, nenhum com largura suficiente para admitir sequer a ponta estreita de uma flecha com furador, e para enxergar alguma coisa através desses buracos Lanferelle precisava mover a cabeça de um lado para o outro, e mesmo assim podia perceber pouco do que acontecia.

No entanto viu o cavaleiro solitário avançar do centro da linha inglesa.

E viu o bastão ser jogado no ar.

E escutou as palavras:

— Agora, disparar!

Baixou a cabeça como se lutasse contra um vento feroz, ouviu o sussurro crescente das flechas e se encolheu, encolheu-se, os dentes trincando, e então os projéteis acertaram.

Houve um ruído terrível enquanto milhares de pontas de flechas de aço batiam contra armaduras de aço, um homem gritou com dor súbita e Lanferelle sentiu um golpe forte no ombro direito. E mesmo tendo sido desviada, a flecha o fez se virar de lado, com a pura força do golpe. Uma segunda flecha ricocheteou em sua lança, mas ele não pôde vê-la. Algum idiota na fileira de trás havia deixado a viseira aberta e estava soltando um som gorgolejante ao redor de uma flecha que havia caído do céu para rasgar sua boca e se cravar na traqueia. O homem tombou lentamente de joelhos e tossiu um jorro de sangue grosso. Outras flechas se cravaram no solo ou então resvalaram em armaduras. Um cavalo relinchou e empinou à esquerda de Lanferelle.

— *Saint Denis! Montjoie!* — gritaram os franceses. E Lanferelle, sacudindo a cabeça para entender algo do que os pequenos buracos de sua viseira revelavam, viu os cavaleiros finalmente avançando. Então outro grito para avançar veio do centro da linha francesa, onde a auriflama voava, e toda a primeira formação de batalha se moveu bruscamente em direção ao inimigo.

— *Montjoie!* — gritavam, com o som das vozes enorme e ensurdecedor dentro dos elmos, e Lanferelle mal podia se mexer porque seus pés cobertos pela armadura se grudavam na lama, mas soltou a perna direita com um repelão e começou o avanço. Homens de lama e aço, sem carne à vista, andando com dificuldade na direção dos ingleses que esperavam. E os ingleses estavam uivando gritos de caça como diabos hidrófobos perseguindo almas cristãs.

E a segunda tempestade de flechas caiu.

E o granizo do diabo ressoou e mais homens gritaram.

Enquanto, finalmente, os franceses atacavam.

Os cavaleiros vieram primeiro. Hook viu um cavalo empinando, viu o cavaleiro tombar para trás enquanto sua lança com penacho riscava um círculo no céu, e então esse cavalo foi engolido pela carga de ataque. Cavaleiros cravavam as esporas, baixavam as lanças e soltavam seu grito de batalha, e Hook viu grandes torrões de terra sendo jogados para cima atrás dos cascos monstruosos. Os garanhões sacudiam as cabeças pesadas com as armaduras, odiando o terreno irregular, as esporas se cravavam de novo e a carga assumiu forma enquanto os animais ganhavam velocidade.

A habilidade de uma carga montada era começar lentamente, os cavaleiros com joelho ao lado de joelho, e avançar nessa formação fechada de modo que toda a linha de cavalos pesados acertasse o inimigo junta. Só no último minuto o homem deveria instigar seu corcel a galope, mas o terreno arado estava tão mole e a queda de flechas era tão súbita que os homens esporearam impulsivamente para escapar das duas coisas. Ninguém havia ordenado a carga, em vez disso fora a primeira tempestade de flechas que a havia impelido, e agora, nos dois flancos, os cavaleiros atacavam o mais rápido que seus grandes cavalos podiam levá-los. Trezentos cavaleiros atacaram a ala direita inglesa, e um número ainda menor atacou a esquerda. Deveria haver mil cavaleiros em cada flanco, mas os outros estavam ausentes, ainda exercitando seus corcéis.

E os arqueiros retesavam e disparavam.

Hook usava flechas de ponta larga. Elas eram inúteis contra armaduras, mas podiam rasgar os tecidos acolchoados que protegiam o peito dos cavalos e, à medida que a distância diminuía, as flechas voavam em trajetória cada vez mais baixa, nenhuma perdendo a força no ar superior, mas partindo direto para os animais que atacavam. Por um momento Hook pensou que as flechas não estavam causando efeito, mas então um cavalo tropeçou e caiu num grande jorro de lama, homem, lança e arreios. O animal gritou, e seu cavaleiro, preso pelo corpo que rolava, gritou com ele. O cavalo de trás acertou o animal que rolava e Hook viu o segundo cavaleiro sendo lançado à frente por cima da cabeça do cavalo. Retesou o arco de novo, escolhendo um grande cavalo com machinhos peludos e cravou uma flecha em seu flanco, logo à frente da barrigueira da sela, e o cavalo saltou de lado, colidindo com outro. A flecha seguinte de Hook acertou um peito coberto de manta, cravando-se no animal jovem, e o mundo era cascos, gritos, som de cordas de arco e pelo menos uma dúzia de cavalos estava no chão, alguns lutando para se levantar, outros espirrando lama com cascos frenéticos enquanto a vida se esvaía através de artérias cortadas. Will Dale cravou um furador na garganta de um cavaleiro e o sujeito foi jogado bruscamente para trás pela força da flecha, depois ricocheteou à frente impelido pela alta patilha da sela, e sua lança enterrou a ponta num sulco do chão, levantando o homem da sela enquanto o cavalo continuava galopando, olhos brancos e visíveis através dos buracos da testeira de ferro. O homem foi arrastado pelo estribo enquanto o cavalo levava uma flechada no olho e se desviava de lado, derrubando mais dois cavalos.

Os arqueiros estavam disparando depressa. Os cavaleiros não precisavam ir longe em sua carga, mas o terreno reduzia a velocidade e, no minuto que os trezentos levaram para chegar aos arqueiros da direita inglesa, serviram de alvo para mais de quatro mil flechas. Só os arqueiros das duas primeiras filas estavam disparando contra os cavalos. Os outros, com a vista da carga obscurecida por essas fileiras da frente, ainda disparavam as flechas para o alto, de modo a caírem entre os franceses a pé.

Um cavalo enlouquecido, com sangue jorrando da barriga rasgada, se virou e atacou os homens de armas franceses no centro do campo. Outros o seguiram. Alguns cavaleiros, atrapalhados pelos cadáveres e pelos animais agonizando à sua frente, pararam, e então se tornaram alvos fáceis. As flechas voavam para eles, cada uma acertando um cavalo com o som de um cutelo de açougueiro, os cavalos gritavam e os homens tentavam controlá-los.

No entanto alguns cavalos conseguiram chegar às linhas inglesas.

— Para trás — gritaram os centenares. — Para trás!

As primeiras filas de arqueiros recuaram deixando suas estacas à frente dos inimigos. Continuaram disparando. Hook havia pegado um punhado de flechas com ponta de furador e disparou uma a menos de 20 passos do alvo. Viu a pesada ponta com peso de carvalho resvalar na armadura de um homem de armas. Disparou de novo, desta vez cravando a flecha no peito do cavalo.

Então a carga chegou.

Mas os cavaleiros estavam com viseiras abaixadas e não podiam enxergar nada através das pequenas fendas ou dos buracos, enquanto os cavalos, com suas testeiras de aço, estavam quase tão cegos quanto os homens. A carga chegou, mas bateu nas estacas e um cavalo relinchou de dar pena, com uma estaca cravada fundo nas costelas despedaçadas e sangue borbulhando da boca. O cavaleiro balançou a lança contra o ar vazio. Flechas se cravaram nele e homem e cavalo estavam girando e gritando. Outro corcel conseguiu passar pelas primeiras estacas, de algum modo viu a segunda fileira e se desviou até perder o apoio na lama escorregadia. Cavalo e cavaleiro caíram num estrondo de aço e lanças de freixo.

— É meu! — gritou Thomas Elvegold e avançou alguns passos com sua acha d'armas. Golpeou-a uma vez, acertando a marreta com peso de chumbo no elmo do homem de armas, depois se ajoelhou, levantou a viseira do sujeito atordoado e cravou uma faca no olho exposto. O homem de armas estremeceu e ficou parado. O cavalo tentou lutar e ficar de pé, mas Evelgold o atordoou com sua acha, depois golpeou de novo com a lâmina da acha, que cortou a testeira e abriu o crânio do animal.

— Acabem com eles! — gritou Evelgold.

A carga havia terminado nas estacas e o primeiro ataque francês terminara em fracasso. Os cavaleiros deveriam espalhar os arqueiros, mas as flechas tinham feito sua obra maligna e as estacas impedido que os sobreviventes entrassem no meio dos arqueiros. Alguns homens de armas já estavam cavalgando para longe, perseguidos por flechas, enquanto cavalos sem cavaleiros, enlouquecidos de dor, disparavam de volta contra suas próprias fileiras. Um homem, mais corajoso do que sensato, havia largado a lança para desembainhar a espada e agora tentava guiar o corcel por entre as estacas, mas as flechas se cravaram no cavalo, que tombou de joelhos, e um furador, disparado de menos de dez passos, atravessou a placa peitoral do cavaleiro, matando-o, e ele ficou ali sentado sobre um cavalo agonizante, um cadáver de cabeça tombada, e os arqueiros ingleses zombaram dele.

Era estranho, pensou Hook, que o medo tivesse sumido. Agora, em vez disso, uma empolgação cantava em suas veias e uma voz aguda e fina ressoava na cabeça. Voltou à sua estaca e pegou uma flecha com ponta de furador. Os cavaleiros haviam sumido, derrotados por flechas, mas a parte principal do ataque francês continuava avançando. Vinham a pé, porque homens com armadura a pé eram menos vulneráveis a flechas do que os cavalos, e vinham sob estandartes vistosos, mas suas fileiras tinham sido agitadas até o caos pelos cavalos feridos e sem cavaleiros, que haviam fugido em pânico e disparado entre os franceses que avançavam. Homens caíam sob os cascos pesados e outros homens tentavam consertar a linha irregular que cambaleava através dos sulcos fundos na direção do rei inglês e seus homens de armas. Hook escolhia os alvos. Retesava o arco, a corda recuando com facilidade enganosa, e disparava uma flecha depois da outra. Outros arqueiros se apinhavam ao redor, todos se acotovelando para cravar suas flechas nos franceses.

Que continuavam vindo. Suas fileiras haviam sido rompidas pelos cavalos em pânico e homens caíam à medida que as flechas encontravam seus alvos, mas eles continuavam avançando. Toda a alta aristocracia da França estava na frente de batalha e vinha sob estandartes orgulhosos. Oito mil homens de armas, a pé, atacando novecentos.

Então um canhão francês disparou.

Melisande estava rezando. Não era uma oração consciente, era mais um grito desesperado e silencioso pedindo ajuda, dirigido ao céu cinzento que não lhe oferecia conforto.

A bagagem deveria seguir o exército subindo até o platô, mas a maior parte ficara em volta da aldeia de Maisoncelles, onde o rei havia passado grande parte da noite. As carroças da bagagem real estavam estacionadas ali, guardadas por dez homens de armas e 20 arqueiros, todos considerados doentes ou frouxos demais para ficar na linha de batalha principal. O padre Christopher levara Melisande para lá, dizendo que ela estaria mais segura do que com os poucos cavalos de carga levados para o alto terreno arado onde os dois exércitos se encontravam. O sacerdote escrevera suas letras misteriosas na testa dela. IHC Nazar.

— Isso vai preservar sua vida — prometera ele.

— Escreva no seu rosto — disse Melisande.

O padre Christopher sorriu.

— Deus me tem na palma da mão, querida — disse, depois fez o sinal da cruz —, e preservará você. Mas você deve ficar aqui. Ficará mais segura aqui. — Ele a havia colocado junto com as outras mulheres dos arqueiros, entre duas carroças vazias que haviam trazido flechas para Azincourt, certificara-se de que a égua dela estava perto e selada, e depois pegara um dos cavalos de Sir John e subira a encosta na direção do local onde os exércitos esperavam. Melisande o olhou até ele desaparecer sobre a crista do morro, e foi então que começou a rezar. As outras mulheres dos arqueiros de Sir John também rezavam.

A oração de Melisande tomou forma aos poucos. Havia começado como um grito de socorro incoerente, mas ela se obrigou a escolher as palavras com cuidado enquanto rezava à Virgem. Nick é um bom homem, disse à mãe de Cristo, e é forte, mas pode ficar com raiva e azedo, então ajude-o agora a ser forte e ficar vivo. Deixe-o viver. Esta era a oração, pedindo para deixar seu homem vivo.

— O que faremos se os franceses vierem? — perguntou Matilda Cobbold.

— Vamos fugir — disse uma das outras mulheres, e nesse momento houve um rugido no terreno elevado que ficava oculto do outro lado do horizonte dos morros. Elas ouviram o grito de guerra com o nome de são Jorge, mas as mulheres estavam longe demais para escutar o nome do santo, apenas o grande ruído revelou que algo devia estar acontecendo do outro lado do horizonte.

— Deus nos ajude — disse Matilda.

Melisande abriu a sacola que continha seus pertences mundanos. Queria a túnica que seu pai lhe havia mandado, mas a sacola também continha a besta com cabo de marfim que Nick lhe dera quase três meses antes. Ela tirou-a.

— Você vai lutar com eles sozinha? — perguntou Matilda.

Melisande sorriu, sabendo que o que acontecia do outro lado do horizonte elevado decidiria o curso de sua vida, e que isso estava totalmente fora de seu controle. Só podia rezar.

— Vá lá em cima, querida — pediu Nell Candeler —, e atire em alguns daqueles filhos da mãe.

— Ainda está engatilhada — disse Melisande, perplexa.

— O quê? — perguntou Matilda.

— A besta — respondeu Melisande. — Eu não desengatilhei. — Ela olhou para a besta, lembrando-se do dia em que Matt Scarlett havia morrido, o dia em que ela apontara a besta para seu pai. Desde aquele dia a besta estivera engatilhada, com o arco reforçado em aço sob a tensão da corda grossa, e ela não havia notado. Quase puxou o gatilho, depois, impulsivamente, enfiou o arco de volta na sacola e tirou a túnica dobrada. Olhou o tecido vistoso, sentindo-se meio tentada a passá-lo pela cabeça, mas de repente soube que não poderia usar um brasão inimigo enquanto Nick estivesse lutando, e então outra certeza a dominou, o conhecimento de que nunca mais veria Nick enquanto se sentisse tentada a usar a túnica do pai. Ela precisava ser jogada fora.

— Vou ao rio — disse.

— Você pode mijar aqui — observou Nell Candeler.

— Quero andar — respondeu Melisande, em seguida pegou sua sacola pesada e foi para o sul, afastando-se dos exércitos no platô e da bagagem. Caminhou por entre os animais de carga do exército que pastavam o capim de outono, sentindo os pés encharcados com a umidade. Estava pensando em jogar a túnica no Ternoise e olhá-la correr rio abaixo, mas o rio de Espadas ficava muito longe, por isso ela se decidiu por um riacho que passava pelo emaranhado de pequenos campos e bosques logo ao sul da aldeia. Agachou-se na margem, onde as folhas dos amieiros e salgueiros tinham ficado amarelas e douradas, e ali largou a sacola, fechou os olhos e segurou a túnica com as duas mãos, como se fosse uma oferenda.

— Cuide de Nick — rezou. — Deixe-o viver. — E com essas palavras jogou a túnica do pai no riacho e a viu ser carregada rapidamente para longe. Quanto mais longe ela fosse, pensou, mais seguro Nick ficaria.

Então o canhão francês disparou, e esse som foi suficientemente alto para reverberar por todo o vale atrás do campo de batalha, o bastante para fazer Melisande se virar e olhar para o norte.

E viu Sir Martin, sorridente e desengonçado, o cabelo grisalho grudado no crânio estreito.

— Olá, senhorinha — disse ele, faminto.

E não havia ninguém a quem Melisande pudesse pedir socorro. Estava sozinha.

Uma nuvem de fumaça subiu acima do horizonte, marcando o local distante onde o canhão havia disparado.

— Tão sozinha — disse Sir Martin. — Só você e eu. — Ele fez um som gorgolejante que poderia ser uma gargalhada, levantou os mantos e veio na direção dela.

O canhão disparou, arrotando fumaça acima do flanco esquerdo do exército francês.

Hook viu a bala de pedra e não reconheceu o que era, mas por um instante havia um objeto escuro subindo e caindo acima do campo arado, e parecia que a coisa — era apenas um risco escuro — vinha direto para ele. E então o barulho do canhão rachou o céu e pássaros voaram das árvores, guinchando enquanto a bala acertava a cabeça de um arqueiro a poucos passos de Hook.

O crânio do sujeito foi obliterado num jorro instantâneo de sangue e ossos partidos. A pedra continuou voando, deixando uma trilha emplumada de sangue transformado em névoa até bater na lama, duzentos passos atrás da linha inglesa. Errou por pouco os corcéis dos homens de armas, que estavam com selas vazias, sob a guarda de pajens.

— Jesus — disse Tom Scarlet enojado. Havia pedaços gelatinosos de cérebro escorrendo por seu arco.

— Continue disparando — disse Hook.

— Você viu aquilo? — perguntou Scarlet num espanto indignado.

O que Hook via eram cavalos mortos e agonizantes, cavaleiros mortos, e atrás deles uma massa de homens de armas, a pé, avançando em sua direção. Setas de bestas sibilavam perto, mas poucos besteiros inimigos tinham visão clara dos ingleses. Os besteiros franceses estavam alinhados com a formação de batalha de retaguarda, longe demais para mirar, e a maioria nem podia ver os inimigos. Então, enquanto a primeira formação de batalha francesa avançava para preencher o espaço entre as florestas de Tramecourt e Azincourt, os besteiros franceses perderam totalmente a visão dos franceses e os projéteis pararam de voar.

A primeira linha de batalha francesa estava espalhada no amplo campo arado entre as árvores mas, como as florestas se afunilavam ficando cada vez mais perto uma da outra, a linha de homens com armaduras ia sendo espremida para dentro. As fileiras já estavam desorganizadas, despedaçadas pelos cavalos em pânico que haviam atravessado em seu meio, mas agora disputavam espaço enquanto o campo se contraía, e o tempo todo as flechas se cravavam neles.

Hook estava disparando continuamente. Já havia terminado com um feixe de flechas e havia gritado pedindo mais. Meninos largavam novos feixes no meio dos arqueiros, mas eram necessárias centenas de milhares. Cinco mil arqueiros podiam facilmente disparar 60 mil flechas em um minuto, e quando a cavalaria havia atacado eles tinham atirado mais rapidamente ainda. Alguns homens ainda estavam disparando o mais depressa possível, mas Hook diminuiu a velocidade. Quanto mais perto o inimigo chegasse, mais letal cada flecha seria, de modo que por enquanto estava contente em usar flechas de ponta larga contra os franceses que avançavam.

As de ponta larga jamais poderiam ter esperança de rasgar placas de armadura, mas o golpe era suficiente para jogar um homem para trás, e cada homem que Hook havia derrubado causara uma ondulação de caos, diminuindo a velocidade dos franceses, e o inimigo lutava não somente contra lama, mas contra as flechas incessantes. Ele podia ouvir as flechas estalando de encontro ao aço, um barulho estranho, interminável, e os homens de armas franceses, que ainda estavam a 150 passos de distância, pareciam encurvados diante da força de um vendaval, mas um vendaval que trazia granizo de aço.

Thomas Brutte xingou quando a corda de seu arco se partiu mandando uma flecha girando louca pelo ar. Pegou uma corda de reserva na bolsa e encordoou o arco de novo. Hook viu que cada estandarte inimigo tinha uma dúzia de flechas ou mais presas na trama. Mirou um homem com uma túnica amarela vistosa, disparou, e a flecha jogou o homem para trás. Um cavalo estava caído de lado diante dos franceses que avançavam.

Os estertores de morte do garanhão o faziam sacudir a cabeça e bater os cascos, e a linha francesa ficou ainda mais desorganizada enquanto os homens tentavam evitar o animal. As cordas dos arcos faziam seu som surdo e rápido ao redor de Hook. O céu estava escuro de flechas. A maioria dos arqueiros disparava contra os homens de armas que os ameaçavam diretamente e, para evitar essa tempestade de flechas, as primeiras fileiras de franceses se apinhavam ainda mais para o centro. Esse encolhimento da linha francesa ficou mais nítido quando os arqueiros ingleses mais de trás, com a mira atrapalhada pelos homens da frente, foram para o denso matagal de urze da floresta de Tamecourt e se enfileirou na borda das árvores, de onde faziam jorrar flechas com pontas de furador contra o flanco francês.

Os franceses mais corajosos lutavam para chegar rapidamente aos ingleses, enquanto os mais prudentes ficavam para trás, para obter proteção dos mais ousados à frente, e Hook viu que os homens de armas franceses, que haviam começado o avanço numa longa linha reta, estavam agora se agrupando em três cunhas grosseiras apontadas para os estandartes se agitando no centro de cada uma das três formações de batalha. Seriam homens de armas contra homens de armas, e os franceses, supôs Hook, esperavam furar três buracos sangrentos na linha inglesa. E assim que essa linha de novecentos homens se rompesse, seria caos e morte. Lançou um olhar para o norte, preocupado porque o estreitamento da formação de batalha francesa daria aos besteiros deles a chance de atirar para além do flanco de ataque, mas os besteiros franceses pareciam ter ido para trás, quase como se tivessem perdido interesse pela luta.

Pegou uma flecha de furador e encontrou de novo o homem de túnica amarela. Retesou o arco, disparou, e estava pegando outra flecha quando viu o homem de amarelo cair de joelhos. Então os furadores estavam penetrando, e Hook disparou e disparou, cravando flechas na massa de homens que avançavam lentamente. Mirava a primeira fila e nem todas as suas flechas penetravam nas armaduras, mas algumas acertavam em cheio e atravessavam direto. Franceses caíam, fazendo tropeçar as fileiras de trás, no entanto a grande multidão blindada continuava chegando.

— Preciso de flechas! — gritou um homem.

— Tragam as porcarias das flechas! — gritou outro.

Hook ainda tinha uma dúzia. Agora o inimigo estava perto, a menos de cem passos da linha inglesa, mas a tempestade de flechas ia enfraquecendo à medida que os arqueiros ficavam sem projéteis. Hook esticou a corda devagar, escolheu uma vítima de túnica preta, disparou e viu sua flecha atravessar a lateral do elmo e o homem pareceu girar num círculo, com a flecha se projetando do cérebro enquanto sua lança derrubava outro cavaleiro antes que o agonizante caísse de joelhos e tombasse de cara na lama. A flecha seguinte resvalou num peitoral. Hook disparou de novo, suficientemente perto para ver os detalhes da libré de seu alvo. Viu um homem de azul e verde que tinha o que parecia ser uma pequena coroa dourada em volta do elmo, e disparou contra ele. Depois xingou-se porque aquele homem podia se dar ao luxo de ter a melhor armadura, e sem dúvida a flecha foi desviada pelas placas. Mas o homem cambaleou e só foi resgatado por seu porta-estandarte que o empurrou de pé outra vez. Hook disparou de novo, mandando a flecha numa trajetória baixa que terminou na coxa de um francês, e então restava apenas uma flecha. Segurou-a no arco, observando. Parecia que todos os milhares de flechas haviam causado um dano surpreendentemente pequeno ao inimigo. Muitos franceses estavam caídos e seus corpos atrapalhavam os outros, mas o terreno arado ainda parecia cheio de franceses vivos, sujos de lama, blindados, carregando suas lanças, espadas, maças e machados em direção à fina linha inglesa. Chegavam mais perto, cada passo representando um esforço na terra grudenta. Hook escolheu um homem que parecia mais ansioso do que o resto e mandou sua última flecha contra o peito do sujeito alto. A ponta de furador atravessou a placa de aço, furou uma costela e rasgou um pulmão, e com isso encheu o elmo do homem com um jorro de sangue que borbulhou da boca e se derramou pelos buracos da viseira.

— Flechas! — berrou Hook, mas não havia nenhuma, a não ser as poucas que restavam nas mãos dos arqueiros mais de trás, e esses estavam economizando seus projéteis. Agora os arqueiros eram espectadores. Estavam parados entre suas estacas, a alguns metros da cunha francesa mais próxima, que se encontrava a apenas alguns passos da vanguarda inglesa.

BERNARD CORNWELL

Os arqueiros haviam feito seu trabalho. Agora eram os homens de armas ingleses que teriam de lutar.

Enquanto os franceses, finalmente poupados das flechas, davam um gritou rouco e partiam para a matança.

O sire de Lanferelle era capaz de saltar sobre seu cavalo usando uma armadura de placas completa, até mesmo dançava com armadura, algumas vezes, não somente porque as mulheres adoravam um homem vestido para matar, mas para demonstrar que era mais elegante e ágil com armadura do que a maioria dos homens sem. No entanto até mesmo ele mal conseguia se mexer. Cada passo era uma luta contra a sucção do solo. Em alguns lugares afundava até o meio da canela e não conseguia apoio para libertar os pés, no entanto, passo a passo, conseguia arrancar da terra grudenta o pé coberto pela armadura. Tentava pisar nos sulcos onde havia água, porque esses sulcos tinham o fundo mais firme, mas mal podia ver o chão através dos buracos apertados da viseira fechada. E não ousava abrir o elmo, porque as flechas estavam estalando, batendo e ressoando ao redor. Foi acertado na testa por um furador que fez sua cabeça se virar bruscamente para trás e quase o derrubou, mas um dos seus homens o empurrou de pé. Outra flecha acertou o peitoral, fazendo um rasgo longo na túnica e raspando o aço com um guincho agudo. Sua armadura resistiu aos dois golpes, mas outros homens não eram tão afortunados. A intervalos de alguns instantes, no meio da chuva metálica de flechas, um homem ofegava, gritava ou pedia socorro. Lanferelle não os via cair, apenas escutava, e percebia que o ataque estava perdendo a coesão porque os homens se comprimiam, vindo da esquerda, de onde vinha a maior parte das flechas, e esses homens espremiam a formação. Placas de armaduras se chocavam em placas de armaduras. O próprio Lanferelle foi empurrado com tanta força contra seu vizinho da direita que não podia mexer o braço que segurava a lança, e gritou um protesto, fazendo um esforço enorme para ficar um passo à frente do sujeito. Estava girando a cabeça de um lado para o outro, tentando entender o borrão de cinza à frente. Notou que os ingleses estavam com as viseiras erguidas. Não eram ameaçados por flechas, por isso podiam ver para matar, mas Lanferelle não ousava erguer sua viseira porque havia um punhado de arqueiros entre as formações de batalha inglesas, bem à frente, e esses homens agradeceriam a Deus pelo alvo de um rosto francês sem viseira.

Sua respiração estava áspera sob o elmo. Considerava-se um homem forte, mas estava ofegando enquanto vadeava pelo solo denso. O suor escorria pelo rosto. O pé esquerdo deslizou num trecho de lama escorregadia e ele afundou até o joelho direito, mas conseguiu se levantar e cambalear à frente. Depois tropeçou em algo e se esparramou de novo, desta vez caindo junto ao cadáver de um homem de armas derrubado do cavalo. Dois de seus homens puxaram-no de pé. Agora estava coberto de lama. Alguns buracos da viseira foram bloqueados pela lama e ele tentou limpálos com a mão esquerda, mas a manopla blindada não podia tirar a terra densa e molhada. Simplesmente chegue perto, disse a si mesmo, só chegue perto e a matança poderia começar, e Lanferelle tinha confiança em sua capacidade de matar. Poderia não ser bom em andar na lama, mas era um matador, por isso fez outro esforço enorme, tentando ficar à frente do esmagamento, para ter espaço para usar as armas. Virou a cabeça de novo, examinando através dos buracos que restavam na viseira, e viu, bem à frente, um grande estandarte mostrando o brasão real da Inglaterra com sua apropriação desaforada do lírio francês. O brasão real na bandeira estava desfigurado por três barras brancas, cada barra com três bolas vermelhas, e ele reconheceu o distintivo como sendo de Eduardo, duque de York. Ele serviria como prisioneiro, pensou Lanferelle. O resgate por um duque real inglês tornaria Lanferelle rico, e essa perspectiva pareceu dar uma nova força às suas pernas cansadas. Agora estava rosnando, mas não percebia. A linha inglesa estava próxima.

— Está comigo, Jean? — gritou, e seu escudeiro respondeu que sim. Lanferelle pretendia atacar a linha inglesa com sua lança e então, quando o inimigo se encolhesse com o golpe, largar a arma desajeitada e usar a maça pendurada no ombro, e se a maça se quebrasse pegaria uma das armas de reserva levadas pelo escudeiro. Lanferelle sentiu uma em-

BERNARD CORNWELL

polgação súbita. Havia vivido até aqui, havia sobrevivido à tempestade de flechas e estava lavando sua lança ao inimigo, mas nesse momento uma ponta de furador voou do flanco e acertou direto um dos buracos da viseira, e a luz súbita inundou os olhos de Lanferelle enquanto a flecha varava o aço e abria um corte selvagem na parte superior de seu nariz. A cabeça foi jogada dolorosamente para o lado e a flecha não acertara o olho direito pela distância de um fio de cabelo e raspou o osso malar até se alojar no elmo.

De repente podia enxergar. Podia ver através do buraco aberto pela flecha que ele arrancou com a mão esquerda. Não podia ver muita coisa, mas um ruído súbito à esquerda o fez se virar e ver um homem alto tombar à frente, com sangue borbulhando pelos buracos da viseira. Então olhou de novo à frente e viu que o duque de York estava a apenas alguns passos de distância. Por isso baixou a mão esquerda para erguer a lança, respirou fundo e soltou seu grito de guerra. Ainda estava gritando enquanto atacava, ou melhor, fazia a lama espirrar abrindo caminho pelos últimos passos de terreno mole. O grito misturava raiva e empolgação. Raiva daquele inimigo despudorado e empolgação por ter sobrevivido aos arqueiros.

E havia chegado ao local da matança.

Sir John Cornewaille também estava com raiva.

Desde o dia em que o exército desembarcara na França ele fora um dos comandantes da vanguarda. Havia comandado a curta marcha até Harfleur, estivera na primeira fileira dos homens que atacaram aquela cidade teimosa e tinha liderado a marcha vinda do norte, do Sena, até esse campo enlameado na Picardia, mas agora o parente do rei, o duque de York, recebera o comando da vanguarda e, na visão de Sir John, o devoto duque era um líder pouco inspirador.

No entanto o duque comandava, e Sir John, um pouco afastado à esquerda, só podia se submeter à nomeação, mas isso não significava que não pudesse dizer aos homens da formação da direita o que deveriam fazer quando os franceses chegassem. Estava olhando os homens de armas inimigos se aproximar, e via como eles lutavam na lama, e estava pasmo com a densidade das tempestades de flechas que convergiam da esquerda e da direita rasgando, ferindo e matando. Nenhuma viseira francesa estava aberta, de modo que eles se encontravam meio cegos pelo aço e quase aleijados pela lama, e Sir John os esperava com lança, acha d'armas e espada.

— Estão ouvindo?! — gritou. Ostensivamente gritava para seus próprios homens de armas, mas só um idiota não seguiria as palavras de Sir John Cornewaille quando se tratava de uma luta. — Ouçam! — berrou através do elmo sem viseira. — Quando chegarem, eles vão correr os últimos passos! Querem nos acertar com força! Querem acabar com a luta! Quando eu der o sinal, todos vamos recuar três passos. Ouviram? Vamos recuar três passos!

Seus homens, ele sabia, iriam obedecer, assim como os homens de armas de Sir William Porter. Sir John havia treinado seus homens naquela breve manobra. O inimigo chegaria correndo e esperaria cravar suas lanças curtas direto nas virilhas ou nos rostos, e se os ingleses recuassem de repente, esses primeiros golpes enérgicos se desperdiçariam no ar. Era nesse momento que Sir John contra-atacaria, quando o inimigo estivesse desequilibrado.

— Esperem meu comando! — gritou, e sentiu um breve momento de preocupação. Talvez fosse perigoso recuar num terreno tão traiçoeiro, mas ele achava que o inimigo tinha mais probabilidade de escorregar e cair do que seus homens. Esses homens estavam arrumados em três filas grosseiras que se inchavam até seis onde a grande companhia do duque de York permanecia ao redor de seu senhor. O duque, com o rosto ansioso aparecendo pelo elmo aberto, não havia se virado para olhar quando Sir John gritou. Em vez disso olhara direto à frente enquanto a ponta de sua espada, feita com o melhor aço de Bordeaux, pousava de leve nos sulcos. — Quando eles chegarem para atacar — gritou Sir John, observando para ver se o duque mostrava qualquer reação. — Enganem-nos! Recuem! E quando eles hesitarem, ataquem! — O duque não admitiu ter ouvido o conselho, continuou olhando a horda francesa que perdia a organização. Os flancos iam se esmagando para dentro, querendo escapar das flechas, e os homens da frente desviavam o que restava da formação francesa avançando deliberadamente para os lugares da linha inglesa onde os estandartes proclamavam a posição da alta nobreza que poderia pagar resgates extravagantes. No entanto, por mais que os franceses estivessem desorganizados, essa primeira formação de batalha ainda era uma horda. Suplantava os ingleses em oito para um; era um rebanho blindado com pontas de lanças, denso de lâminas, uma onda rangente de aço que parecia desconsiderar as flechas como um touro poderia ignorar as picadas de enxames de mosquitos. Alguns franceses caíam, e sempre que um homem era derrubado por uma ponta de furador, fazia os de trás tropeçarem, e Sir John via o aperto e as cotoveladas, os empurrões e os puxões. Alguns homens lutavam para ficar na primeira fila, querendo ganhar fama, outros relutavam em ser os primeiros a atacar, mas todos, ele sabia, estavam antecipando resgates e riquezas e se regozijando.

— Deus esteja com você, John — disse Sir William Porter com nervosismo. Ele havia se movido para ficar perto do amigo.

— Acho que Deus nos deixará vencer — respondeu Sir John, alto.

— Eu gostaria que Deus nos mandasse mais mil homens de armas ingleses.

— Você ouviu o que nosso rei disse — gritou Sir John em resposta. — Não deseje mais um homem do nosso lado! Por que compartilhar a vitória? Somos ingleses! Se fôssemos apenas a metade de nosso número, bastaríamos para trucidar esses filhos de putas rançosas, comedores de bosta!

— Deus nos ajude — disse baixinho Sir William.

— Faça o que eu digo, Sir William — observou Sir John em voz baixa. — Deixe que eles venham para você, recue, depois ataque. Assim que tiver derrubado o primeiro homem terá feito um obstáculo para o segundo. Está entendendo?

Sir William assentiu. Agora os dois lados estavam suficientemente próximos para que os homens de cada lado reconhecessem os outros por suas túnicas, só que as dos franceses estavam tão sujas de lama que alguns eram difíceis de identificar, e quase todas as túnicas tinham duas flechas ou mais presas no tecido.

— Então mate o segundo homem — continuou Sir John. — Não use sua espada. As espadas não servem nesta luta. Derrube os filhos da mãe com uma acha. Deixe-os atordoados, quebre as pernas, rache os crânios. Derrube o segundo homem, William, e o terceiro não chegará a você sem passar pelos dois cadáveres.

— Prefiro usar uma lança — disse Sir William, timidamente.

— Então acerte nas viseiras. É o ponto mais fraco das armaduras. Acerte, William, e faça os filhos da mãe sofrerem. — Os franceses estavam a menos de 50 passos. As flechadas haviam quase parado, mas algumas flechas com ponta de furador ainda cruzavam diante do inimigo que avançava, vindas do flanco. Os arqueiros postos entre as formações de batalha estavam se preparando para recuar por entre os homens de armas, de modo que a linha inglesa de homens totalmente blindados fosse contínua. Esses arqueiros ainda possuíam algumas flechas e estavam disparando-as depressa antes de receberem a ordem de recuar. Mais franceses caíam. Um, com uma flecha cravada fundo na barriga, se ajoelhou e abriu a viseira para soltar uma mistura de vômito e sangue antes que os homens de trás o pisoteassem nos sulcos.

— Nós temos três fileiras de profundidade — disse Sir John — e eles têm pelo menos 20. Os homens de trás vão empurrar os da frente, por isso eles serão forçados a vir contra nossas lâminas. — Ele riu de repente. — E nós estamos sóbrios, William. Ficamos sem vinho, portanto estamos lutando sóbrios, mas aposto que metade do exército deles está encharcada em vinho. Deus está conosco, William.

— Você acredita?

— Se acredito? — Sir John gargalhou. — Eu sei! Agora firmem-se!

O barulho crescia à medida que os inimigos soltavam seus gritos de guerra. À esquerda de Sir John, onde uma densa multidão de franceses avançava contra o estandarte do rei, ele podia ver a auriflama, vermelha e maligna, no alto de seu mastro, e então se esqueceu desse símbolo porque os inimigos à frente haviam feito um último grande esforço. Estavam gritando, estavam até mesmo tentando correr, vinham tomar sua vitória.

BERNARD CORNWELL

Suas lanças estavam posicionadas para atacar. Estavam gritando.

— *Saint Denis! Montjoie! Montjoie!* — e os ingleses uivavam como caçadores se aproximando da presa.

— Agora! — gritou Sir John. — Agora!

Sir Martin empurrou Melisande para baixo, apoiando a mão entre os seios dela e apertando com violência e rapidez de modo que ela caiu entre as árvores na margem do riacho.

— Pronto — disse —, fique aí como uma menininha boa. Não! — Ele ergueu a mão enquanto ela tentava fugir. Havia uma ameaça terrível naquela mão levantada e Melisande ficou parada de novo, fazendo Sir Martin sorrir. Ele tinha cotocos amarelos no lugar dos dentes. — Tenho uma faca em algum lugar — disse ele. — Sei que tenho. — E remexeu numa bolsa presa ao cinto. — E é uma boa faca. Ah! Cá está! — Ele sorriu enquanto mostrava a lâmina curta. — Ponha uma faca em vossa garganta, diz o livro santo, se sois um homem de apetite, e eu sou, eu sou, mas não quero cortar sua garganta linda, menina. A coisa fica estragada se a gente se remexe no sangue. Então seja boazinha e fique aí deitada como uma menininha gentil e isso logo vai acabar. — Ele riu disso, depois se ajoelhou sobre ela, com os joelhos de cada lado da barriga de Melisande. — Mas acho que queremos você nua. Nua é abençoada, menina. Na nudez está a verdade. Estas são as palavras de nosso Senhor e Salvador. — Ele havia inventado o texto, mas em sua mente as palavras ainda tinham o tom de verdade das escrituras. Plantou a mão esquerda nos seios dela, fazendo-a gemer. Estava rindo, e em seus olhos fundos Melisande viu o brilho da loucura. Ela mal se movia, mal ousava se mexer porque a faca vinha na direção da sua garganta, mas tateou procurando a boca da sacola e puxou-a lentamente.

— E o que vai nos separar do amor de Cristo? — perguntou Sir Martin em sua voz rouca. — Diga, hein? — Ele continuava rindo, estendendo a mão esquerda para a gola do vestido dela. — É o que as santas escrituras nos perguntam, menina, perguntam o que nos vai separar do amor de Cristo! O que vai separar você e eu, hein? Não é a atribulação, diz a palavra do Senhor, nem a perturbação, nem a perseguição, nem a fome, está ouvindo?

Melisande assentiu. A sacola chegou perto e ela tateou, procurando a abertura.

— As palavras de Deus, menininha — disse Sir Martin, desta vez contando com palavras genuínas da escritura —, escritas para nosso consolo pelo abençoado são Paulo. Nem o perigo nem a espada nos separará do amor de Cristo, nem a nudez!, diz o apóstolo. — E com isso ele cortou o vestido dela com a faca pequena e, com uma careta trêmula, rasgou o tecido até expor os seios.

— Minha nossa — disse Sir Martin com reverência. — Minha nossa, minha nossa, minha nossa. A nudez não irá afastá-la do amor de Cristo, minha filha, esta é a promessa da escritura. Você deveria estar feliz com minha vinda. Deveria se regozijar com ela. — Ele não estava mais montando-a, e sim ajoelhado ao lado enquanto rasgava o vestido de linho até a bainha, e depois olhou com reverência pasma para o corpo pálido. Melisande ficou imóvel, a mão direita dentro da sacola, mas sem se mexer.

— Nós andávamos nus, menina, antes que a mulher trouxesse o pecado para o mundo, e é digno e justo que a mulher seja castigada por esse primeiro pecado. Não concorda? — Um vento fugaz trouxe o som de gritos do alto platô e o padre se virou e olhou por um instante para a crista longínqua. Melisande enfiou a mão mais fundo na sacola, procurando uma das setas curtas com emplumação de couro. Ficou parada de novo quando Sir Martin olhou-a de volta. — Eles estão fazendo seus jogos lá em cima — disse. — Eles gostam de lutar, gostam sim, mas os franceses vencerão esta! Há milhares daqueles filhos da mãe! O seu Nick vai morrer, menina. Vai tombar sob uma espada francesa. Porque você é francesa, não é? Uma francesinha linda. Lamento muito porque o seu Nick nunca saberá que eu a castiguei por seus pecados. A mulher trouxe o pecado para o mundo e a mulher deve ser castigada. Eu gostaria que o seu Nick morresse sabendo que eu a castiguei, mas não saberá, e assim é, assim acontece, assim o bom Senhor dispõe. Meu Thomas provavelmente também vai morrer, e é uma pena, porque gosto do meu Thomas, mas tenho outros filhos. Talvez você tenha um para mim, não é? — Ele sorriu dessa ideia enquanto se remexia levantando o manto. — Eu não vou morrer.

BERNARD CORNWELL

Os franceses não vão matar um padre porque realmente não querem ir para o inferno. E se você for boazinha comigo, menininha, também não vai morrer. Você pode viver e ter o meu neném. Que tal se o chamarmos de Thomas? Certo! Abra essas pernas bonitas.

Melisande não se mexeu, mas o padre chutou seus joelhos, depois chutou com mais força, enfiando o pé entre as coxas dela.

— O nosso Henrique levou seus homens para o penico do diabo, não foi? E agora todos vão morrer. Todos vão morrer e só restaremos você e eu, menininha, só você e eu, portanto você pode muito bem ser boazinha comigo.

Ele ergueu o manto preto acima da cintura e riu para ela.

— É bonito, não é? Bom, pequenina, receba-o bem.

E forçou os joelhos entre as pernas dela.

— Estive querendo fazer isso há muito e muito tempo — disse Sir Martin, ajoelhando-se acima dela. — Teve um espasmo, depois se inclinou à frente, apoiando-se na mão esquerda enquanto com a direita mantinha a faca junto à garganta dela. Havia uma segunda bolsa pendurada no pescoço, amarrada junto a um crucifixo de madeira com uma tira de couro, e tanto a cruz quanto a bolsa balançavam livres, incomodando o padre. — Não precisamos disso, não é? Só ficam atrapalhando, menina. — Ele usou a mão da faca para tirar a bolsa e o crucifixo do pescoço. A bolsa tilintou quando ele largou-a na margem do riacho e o som o fez rir. — É ouro francês, menininha, ouro que encontrei em Harfleur, e se você for boa comigo eu lhe dou uma ou duas moedas. Você vai ser boazinha, não vai? Quietinha e boazinha como uma menininha boa?

Melisande enfiou mais a mão na sacola e encontrou o que queria.

— Vou ser boa — disse em voz amedrontada.

— Ah, vai sim — respondeu Sir Martin, rouco, encostando de novo a faca em seu pescoço.

Sir John recuou. Dois passos foram suficientes. A princípio achou que havia dado a ordem cedo demais, depois temeu que tivesse sido tarde demais, porque seus pés estavam presos na lama, mas soltou-os com um esforço e cambaleou dois passos para trás, e os franceses à frente deram um grito, achando que os ingleses tentavam fugir. Então suas lanças acertaram o ar vazio e o ímpeto dos golpes os desequilibrou. E foi então que Sir John atacou.

— Agora! — gritou. — Atacar! — E impeliu sua lança, cravando a ponta de ferro na virilha do inimigo mais próximo. As lanças inglesas, como as francesas, tinham sido cortadas, mas os franceses haviam cortado as hastes mais curtas, portanto não tinham o mesmo alcance das armas inglesas. A lança de Sir John se chocou contra metal e ele se apoiou no golpe e viu o inimigo se dobrar sobre a ponta. Puxou a lança de volta, olhando o homem cair, depois deu outra estocada com ela.

Os franceses, desperdiçando os primeiros golpes no ar, estavam tropeçando. Estavam cansados e não conseguiam tirar os pés dos sulcos pegajosos, e a força dos golpes de lança ingleses os derrubava. À esquerda e à direita de Sir John havia homens ajoelhados, e ele cravou a lança com força no rosto de um homem da segunda fila, coberto com viseira, lançando-o para trás. Então jogou a lança no chão e levou a mão direita atrás.

— A acha!

Seu escudeiro lhe deu a arma

E a matança podia começar.

Uma lança acertou a cabeça de Sir John. Sua viseira estava faltando e o francês tentara furar os olhos, mas o golpe resvalou no elmo. Sir John avançou um passo e girou a acha d'armas num golpe curto que acertou o elmo do sujeito, esmagando-o, e assim havia outro homem caído na lama. Toda uma fileira de homens havia tombado, e Sir John certificou-se de que eles ficassem no chão, acertando a marreta com peso de chumbo nos elmos. O homem que havia se dobrado ao redor da lança de Sir John estava tentando se levantar de novo, e Sir John bateu com a lâmina de machado com força em sua placa das costas, depois gritou para o escudeiro acabar com o sujeito.

— Abra a viseira dele — gritou. — Mate-o! — Então firmou os pés e começou a escolher seus inimigos.

Os inimigos já estavam atrapalhados. A primeira fila de franceses se encontrava quase toda no chão, onde sangrava num emaranhado de

BERNARD CORNWELL

corpos e lanças descartadas, e as fileiras seguintes precisavam passar por esses obstáculos. Quando tentavam eram recebidas por lâminas de machados, cabeças de maças e pontas de lanças. Isso poderia não ter importado se os franceses pudessem superar os obstáculos em seu próprio tempo, mas eram empurrados contra eles pela pressão dos homens de trás, por isso cambaleavam impotentes contra as lâminas inglesas.

— Matem! — berrava Sir John. — Matem! Matem! Matem! — Foi então que o júbilo da batalha lhe veio, o puro júbilo de ser um senhor da guerra, blindado e armado, perigoso e invencível. Usou a cabeça de marreta da acha d'armas para derrubar inimigos com armaduras. A marreta não precisava romper a armadura, poucas armas podiam fazer isso, mas o peso sozinho era capaz de atordoar um homem, e geralmente bastava um golpe para matar ou aleijar.

Para Sir John parecia que os franceses se moviam com uma lentidão dolorosa, ao passo que ele era dotado de uma velocidade divina. Estava rindo e vigiando três ou quatro inimigos ao mesmo tempo, escolhendo quem atacar primeiro e já sabendo como o segundo e o terceiro seriam destruídos. Os franceses chegavam e Sir John sentia o pânico deles. As fileiras de trás dos inimigos levavam armas curtas, maças, espadas ou machados, mas não tinham tempo para usá-las porque eram forçadas contra os corpos dos que haviam caído. Tropeçavam nos golpes de Sir John e seus homens, e tantos eram derrubados que o próprio Sir John precisava passar pelos mortos. Agora os ingleses levavam a luta aos franceses. Novecentos homens atacavam oito mil, mas os novecentos podiam cuidar de onde pisavam sem o medo de ser empurrados por trás.

Um francês com armadura suja de lama, que havia sido esfregada até brilhar como prata, estocou uma espada contra Sir John, que deixou a arma desperdiçar a força contra o coxote que protegia sua coxa esquerda. O homem à esquerda de Sir John bateu no elmo polido com uma marreta de acha, e o francês desmoronou como um boi derrubado enquanto Sir John cravava a ponta da acha no rosto de um homem que usava uma libré com um feixe de trigo bordado. A ponta mutilou a viseira, os dentes e o céu da boca, impelindo a cabeça do homem para trás enquanto o corpo era empurrado à frente. Sir John deixou seu vizinho acertar uma martelada no elmo do homem caído enquanto ele girava sua acha contra um elmo redondo encimado por um feixe de plumas.

— Venham, filhos da mãe! Eu quero vocês! — gritou. Sir John estava rindo. Nesse momento jamais lhe ocorreu que algum francês estivesse ansioso pela fama que se seguiria à morte ou à captura de Sir John Cornewaille. Eles vinham e caíam, vítimas do terreno molhado e dos obstáculos que não conseguiam enxergar através das viseiras fechadas, e vinham para os golpes curtos e fortes de uma acha que criava mais obstáculos.

— Fiquem juntos, fiquem juntos! — gritava Sir John, certificando-se de que houvesse um homem à sua esquerda e Sir William à direita. Lutava-se ombro a ombro para não dar ao inimigo espaço para romper a linha, e os homens de armas de Sir John estavam lutando como ele os havia treinado. Tinham passado por cima dos primeiros franceses caídos e a segunda linha de ingleses ia levantando as viseiras dos inimigos e enfiando facas nos olhos ou na boca dos feridos para impedir que golpeassem do chão. Os franceses gritavam quando viam as lâminas chegando, retorciam-se na lama para escapar dos golpes rápidos, morriam em espasmos, e outros vinham para ser marretados, cortados ou esmagados. Alguns franceses, achando-se livres das flechas, haviam levantado as viseiras e Sir John cravou a ponta da acha d'armas no rosto de um homem, torcendo-a enquanto furava a órbita do olho, puxando-a de volta coberta de gelatina e sangrenta, olhando enquanto o homem, numa frenética dor de morte, sacudia-se e atrapalhava outros franceses. Sir William Porter estava cravando sua lança em rostos. Um golpe geralmente bastava para desequilibrar o inimigo, e o outro vizinho de Sir William terminava o trabalho com um golpe de marreta. Sir William, geralmente quieto e erudito, estava rosnando e rugindo enquanto escolhia as vítimas.

— Pelo sangue de Deus, William — gritou Sir John — isto é que é alegria!

O barulho era interminável. Aço em aço, berros, gritos de guerra. Um número suficiente de franceses havia caído para impedir a carga pesada, e os homens de trás não conseguiam passar pelos corpos empilhados

BERNARD CORNWELL

sem tropeçar de frente nas lâminas inglesas. Havia sangue nos sulcos. Sir John pisou no elmo de um francês ferido, sem perceber que fazia isso, mas consciente de que o pé direito havia encontrado uma base firme, e seu peso enfiou a viseira do homem na lama que penetrou nos buracos e lentamente o sufocou. O sujeito afogou em lama, tentando respirar enquanto Sir John provocava os franceses, implorava que eles viessem, depois deu mais um passo à frente, faminto por mais morte.

— Matem! — gritava. — Matem! — sentiu um jorro de energia e usou-a para se chocar contra a linha francesa, abrindo-a de modo que seus homens pudessem ir atrás, estocando e cortando com a velocidade do lutador de torneios mais temido da cristandade. Aleijava homens com a ponta da acha, cravando-a nas faldas que cobriam as virilhas, e enquanto eles se dobravam berrando de dor ele acertava a marreta ou o machado nos elmos, e deixava os homens de trás para dar ao inimigo caído a misericórdia da morte. Sir John levava golpes na armadura, mas eram débeis, até que um francês conseguiu acertar forte com uma acha e Sir John só foi salvo porque o cabo da arma inimiga se partiu. Sir John acertou a cabeça de marreta no elmo do inimigo com tanta força que o aço se esmigalhou e o sangue brotou pela viseira. Sir John e seus homens de armas estavam abrindo um buraco fundo nas fileiras atulhadas dos franceses, matando de novo para fazer novos cadáveres atrapalharem o inimigo.

À esquerda, sem ser visto por Sir John, o duque de York morreu.

O ataque francês havia acertado primeiro a vanguarda inglesa. Uma centena de homens foi morta nessa luta antes que a auriflama chegasse aos homens do rei Henrique, e na frente dos primeiros estava Ghillebert, *Seigneur de Lanferelle*, e ele tinha alguma consciência de que os ingleses à esquerda haviam recuado enquanto a carga se completava, mas o duque de York e seus homens tinham permanecido firmes, estocando com lanças. Lanferelle havia se torcido de lado, deixando uma lança resvalar no flanco de sua placa peitoral, depois cravou sua própria lança num rosto sem viseira.

— Lanferelle — gritou. — Lanferelle! — Queria que os ingleses soubessem quem enfrentavam, usou sua lança para desviar outra, depois pegou sua maça e começou a bater. Não havia lugar para as graças sutis de um campo de torneio, nem espaço para mostrar as habilidades de espadachim, este era um lugar para bater e matar, decepar e ferir, encher o inimigo de medo, e Lanferelle baixou a maça cheia de pontas num homem que usava a libré do duque, arrancou as pontas sangrentas do elmo e do crânio partidos e acertou-a em ouro homem, lançando-o para trás. Agora podia ver o duque com clareza, logo à direita, mas primeiro precisava matar um homem à esquerda, coisa que fez com a maça pesada num golpe que ressoou pelo seu braço. — Entregue-se! — gritou para o duque que havia baixado a viseira, e a reação do duque foi girar a espada que bateu com estrondo na placa de Lanferelle, e Lanferelle baixou a cabeça da maça sobre o ombro do duque e puxou, de modo que o homem alto cambaleou para a frente, perdeu o apoio do pé e se esborrachou no chão. — Ele é meu! — gritou Lanferelle. — O desgraçado é meu. — E foi então que o júbilo da batalha chegou a Lanferelle, a exultação de um lutador que dominava os inimigos.

Ficou parado acima do duque, com um dos pés sobre a coluna do homem caído, e matava qualquer um que tentasse um resgate. Quatro de seus homens de armas o flanqueavam com achas e gritavam insultos contra os ingleses antes de matá-los.

— Quero o estandarte! — gritou Lanferelle. Achava que a grande bandeira do duque seria uma decoração bem-vinda ao salão de sua propriedade, onde poderia ficar pendurada nos caibros escurecidos pela fumaça, sob a galeria dos músicos. E o duque, prisioneiro sob sua guarda, seria obrigado a ver aquele estandarte todos os dias. — Venha e morra! — gritou Lanferelle para o porta-estandarte, mas homens de armas ingleses empurraram o homem para trás, para longe do perigo imediato, e cercaram Lanferelle, que aparou seus golpes, revidando com força, contando com o peso de sua maça para desequilibrar os oponentes, e o tempo todo gritava para seus homens na segunda fileira defender suas costas. Eles precisavam impedir que o aperto de franceses o esmagasse, e faziam isso ameaçando suas próprias fileiras, dando a Lanferelle espaço para acertar a maça em qualquer um que ousasse se opor. Seus quatro homens esta-

BERNARD CORNWELL

vam usando as achas para golpear a linha inglesa, tão fina que Lanferelle achou que poderia atravessá-la e comandar uma massa de franceses até a retaguarda do centro inglês. Por que não capturar o rei, além de um duque?

— Avante! — gritou. — Avante! — mas, quando tentou avançar, tropeçou nos corpos que haviam caído por cima das pernas do duque de York. Lanferelle tentou chutar os mortos para fora do caminho, mas um golpe de lança de um inglês acertou sua placa peitoral e o jogou para trás.

— Desgraçado! — gritou, mandando os espinhos sangrentos da maça na direção do rosto que rosnava. Então um grito de alerta o fez olhar à esquerda e ele viu que os ingleses estavam penetrando nas fileiras francesas e ameaçando dar volta até suas costas. Achou que ainda havia tempo para romper a linha inimiga e tentou avançar de novo, e de novo foi impedido pelos mortos, e um jorro súbito de ingleses veio se opor a ele, com lanças, achas d'armas e maças acertando sua armadura, e Lanferelle não teve opção além de recuar. Sua chance de fender a linha se fora, por enquanto.

Recuou, deixando o duque de York de rosto na lama. O duque, atordoado e pisoteado, havia se afogado numa poça cheia de sangue e agora os ingleses avançavam por cima de seu cadáver, indo atrás de Lanferelle e seu estandarte do sol e do falcão. Lanferelle os manteve a distância com golpes rápidos e fortes. Não sabia que o duque estava morto, só lamentava tê-lo perdido temporariamente, mas então viu outro estandarte à esquerda, um estandarte no fundo das fileiras francesas, mostrando um leão empinado coberto por uma cruz, e achou que o resgate de Sir John Cornewaille iria torná-lo suficientemente rico.

— Comigo! — berrou, e bateu, empurrou e abriu caminho na direção de Sir John.

À direita de Lanferelle, uma batalha furiosa grassava ao redor dos quatro estandartes do rei. Incontáveis franceses queriam a honra de capturar o rei da Inglaterra, mas enfrentavam os mesmos horrores que atrapalhavam o resto dos atacantes franceses. Sua primeira fila caíra depressa, os homens exauridos pela lama e feridos pela tempestade de flechas, e a guarda do rei os matava com machados, maças e marretas. Agora os atacantes tropeçavam em corpos e eram recebidos por machadadas, mas mesmo assim continuavam pressionando à frente. Uma lança francesa furou as faldas de Humphrey, duque de Gloucester, o irmão mais novo do rei, e o golpe na virilha o derrubou nos sulcos. Franceses correram para fazer prisioneiro o homem caído, mas Henrique parou junto de seu irmão ferido e usou sua espada com as duas mãos para retalhar o inimigo. Lutava com uma espada porque a considerava uma arma real, e se ela o punha em desvantagem contra homens armados com achas e maças, Henrique não parecia notar, porque sabia que Deus estava com ele. Podia sentir Deus no coração, sentia Deus lhe dando força, e mesmo quando uma acha francesa ressoou com uma força súbita e ofuscante em seu elmo coroado, Deus o protegeu. Uma floreta de ouro foi arrancada da coroa e seu elmo foi amassado, mas o aço não se partiu e o forro de couro absorveu parte da força do golpe, e Henrique permaneceu consciente enquanto cravava a espada na axila do homem da acha e soltava seu grito de guerra:

— São Jorge!

Henrique da Inglaterra estava cheio de um júbilo divino. Jamais, em toda a vida, se sentira mais perto de Deus, e quase tinha pena dos homens que vinham ser mortos, porque estavam sendo mortos por Deus. A guarda de Henrique o flanqueava e, um a um, matou 18 franceses que, na noite anterior mesmo, haviam feito um juramento solene de matar ou capturar o rei da Inglaterra. Os 18 haviam sido unidos pelo juramento e tinham avançado juntos, e agora morriam juntos. Seus corpos estavam emaranhados e sangrentos, atrapalhando os homens que ainda queriam a fama de capturar um rei. Um francês gritou seu desafio, cambaleando à frente, com a maça cheia de pontas tentando acertar o rei, que estocou forte com a espada, alojando a ponta na fenda da viseira do francês e a maça acertou um homem ao seu lado, que cambaleou, e outro inglês cravou a ponta de sua acha na garganta do francês, fazendo o sangue escorrer pelo cabo da arma reforçado com ferro. O homem caiu de joelhos e o rei cravou a espada na fenda da viseira, retalhando os lábios e a língua do sujeito. Sangue jorrou pela fenda. Uma acha acertou o elmo do homem, cravando-se no aço, abrindo o crânio e cobrindo o rei de sangue enquanto ele soltava a espada e aparava um golpe de lança.

BERNARD CORNWELL

— São Jorge! — gritou ele, e sentiu o poder divino percorrendo as veias num arrepio. O francês com a lança tinha a viseira aberta, e Henrique viu medo nos olhos do homem, depois apelo mudo por misericórdia enquanto a lança era arrancada de suas mãos, mas Deus não queria misericórdia para os inimigos de Henrique, por isso o rei passou a espada pelo rosto do homem, rasgando os dois globos oculares. Um guarda real esmagou com uma marretada o elmo do homem cegado, e assim outro corpo foi acrescentado à pilha de franceses mortos que protegiam a linha inglesa.

E a linha inglesa se sustentava. Em alguns lugares fora empurrada para trás pelo peso dos homens de armas que atacavam, mas a fileira não se rompeu, e agora era protegida por muralhas de franceses mortos e feridos, e em alguns lugares a linha se curvava à frente enquanto os ingleses contra-atacavam a formação francesa. E os franceses, incapazes de marchar direto em frente, começaram a se espalhar para os flancos.

Onde os arqueiros não tinham flechas.

— Você pode morrer ou pode lutar. — A voz era distante e divertida, como se quem falava não se importasse com qual seria o destino de Nicholas Hook.

— Pela bosta sagrada de Deus, Nick, eles estão vindo para cima de nós — disse nervoso Tom Scarlet. Os arqueiros haviam recuado para trás das primeiras estacas e depois viram os homens de armas franceses se chocar contra a linha inglesa. Houvera gritos altos de comemoração dos arqueiros quando a linha perigosamente fina fez o inimigo parar, mas agora esse inimigo ia se espalhando na direção das estacas.

— Podemos lutar ou morrer — disse Hook. Em seguida jogou seu arco no chão. O arco era inútil sem flechas, e não havia flechas.

— Então lute — repetiu a voz, e Hook soube que era são Crispim, o santo mais duro, que lhe falava.

— Vocês estão aqui! — exclamou ele, com alívio e espanto.

— Estou aqui, Nick — disse Scarlet. — Não queria estar, mas estou.

— Claro que estamos aqui! — respondeu são Crispim asperamente.
— Estamos aqui para nos vingar! Então lute contra eles, seu desgraçado!
O que está esperando?

Hook havia parado para olhar os franceses. Sentiu que eles não estavam tentando flanquear os homens de armas ingleses, e sim escapar da matança que era tão ruidosa à sua esquerda, mas logo, pensou, alguns franceses decidiriam atacar os arqueiros de armadura leve, e assim chegar à retaguarda da linha do rei.

— O que está esperando? — perguntou o santo de novo, com raiva.
— Faça a obra de Deus, pelo amor de Cristo! É só matar os filhos da mãe malditos!

Hook sentiu um tremor de medo. Um francês chegou cambaleando às estacas. Seu braço esquerdo pendia frouxo do ombro, onde uma espaldeira estava partida e coberta de sangue.

— O que vamos fazer, Nick? — perguntou Scarlet.

Hook tirou a acha d'armas do ombro.

— Matá-los! — rugiu. — Matar os filhos da mãe! São Crispim! Matar!

O grito soltou os arqueiros, que de repente deram um grande grito de desafio e jorraram por entre as estacas para atacar o flanco francês. Os arqueiros tinham achas d'armas, espadas ou malhos. A maioria estava a pé, nenhum tinha armadura nas pernas e poucos podiam se dar ao luxo de possuir uma placa peitoral, mas na lama podiam se mover muito mais rápido do que os franceses.

— Matem! — berrou Evelgold, e mais arqueiros repetiram o grito. Havia uma selvageria no ar cinzento, um desejo súbito e feroz de matar os homens que haviam prometido cortar os dedos dos arqueiros, e assim galeses e ingleses, com os braços endurecidos por anos de uso do arco, foram massacrar a nobreza da França.

Hook ignorou o homem ferido e em vez disso atacou um gigante com vistosa túnica vermelha. Seu primeiro golpe foi um giro louco que teria merecido o escárnio de Sir John, se ele o visse, e o francês oscilou para trás para fazer com o golpe errasse, depois estocou com sua lança encurtada. Mas o ímpeto de Hook o havia levado para além do homem e, enquanto o francês alto se virava para acompanhá-lo, Will Dale acertou a parte de trás do elmo do sujeito com um malho, e o inimigo tombou na lama. Geoffrey Horrocks se ajoelhou sobre ele, levantou a viseira e cravou uma faca de lâmina comprida e fina num dos olhos. Hook impeliu sua acha d'armas contra um homem de túnica listrada em preto e branco, acertando-o com tanta força no peitoral que o inimigo caiu para trás, e então a cabeça de marreta girou para se chocar contra o braço da espada de um homem, e outro arqueiro estava ali para girar um malho com peso de chumbo contra o elmo do sujeito. Os franceses, com os pés presos na sucção da lama, não podiam se mover para evitar os golpes, e seus próprios cortes e estocadas eram desperdiçados no ar enquanto os arqueiros ágeis se desviavam. O inimigo, livre das flechas, estava lutando agora com as viseiras erguidas, e Hook descobriu que era fácil cravar a ponta da acha nos olhos, obrigando-os a se virar de lado, e um de seus companheiros vinha em seguida com um golpe de marreta. Eram as achas, os martelos e os malhos que estavam causando o dano, cabeças de marretas com peso de chumbo, brandidas por braços de arqueiros, e os malhos esmagavam elmos e despedaçavam ossos envolvidos por armaduras. Os arqueiros que não tinham marretas pegavam achas ou maças dos inimigos. Subitamente estavam farejando matança fácil enquanto mais arqueiros saíam do meio das estacas para se juntar à confusão.

Era uma confusão. Era uma briga de taverna. Era como o jogo de futebol do Natal, quando os homens de duas aldeias se reuniam para dar socos, rasteiras e chutes, só que este jogo era feito com chumbo, ferro e aço. Dois ou três arqueiros atacavam um homem, fazendo-o tropeçar ou derrubando-o com uma marreta, em seguida um se curvava para acabar com ele, usando uma faca no rosto. O modo mais rápido era diretamente através de um olho, e os franceses gritavam por misericórdia ao ver a lâmina se aproximando, depois havia uma leve pressão, liberada instantaneamente, enquanto a faca rompia o globo ocular antes que o grito desaparecesse à medida que a lâmina penetrava no cérebro. Esses ferimentos não produziam muito sangue, e o tempo todo as trombetas inglesas tocavam e havia o som de aço em aço, de homens de armas lutando no centro do campo, e os gritos de arqueiros que trucidavam os flancos inimigos.

Era vingança. Hook lutava com a lembrança de Soissons. Sabia que os dois santos estavam com ele. Esse era o dia deles, e hoje eles iriam fazer a França pagar pelo que a França fizera à sua cidade. Hook mandava a ponta da acha contra o rosto dos homens e, quando eles se retorciam para evitar o golpe, enganchava a lâmina por cima de um ombro e puxava até que o inimigo, com os pés grudados no atoleiro, tombasse para a frente e a cabeça de marreta esmagava o elmo, e outro francês estava acabado. Centenas de arqueiros estavam fazendo o mesmo, de modo que o campo arado profundamente havia se tornado um amplo campo de matança. Os sulcos, recém-semeados com o trigo de inverno, estavam se enchendo de sangue.

Havia tantos franceses mortos e feridos que Hook precisava passar por cima dos corpos para chegar ao inimigo. Tom Scarlet, o grande Will Sclate e Will Dale vinham com ele, e outros arqueiros faziam o mesmo, todos gritando como demônios. Uma espada bateu em Hook, mas a força da lâmina foi parada pela jaqueta acolchoada e pela cota de malha, e Sclate, enorme e furioso, derrubou o espadachim com seu machado. Hook derrubou outro francês com uma estocada e Will Dale cravou seu machado na coxa do homem caído, despedaçando o coxote e fazendo o sangue grosso brotar pelo rasgo serrilhado. Um arqueiro estava arrebentando elmos com um malho, um golpe bastava para esmagar aço, crânio e vida. Um francês com a perna quebrada por uma marreta estava de joelhos, gritando que se rendia, que podia pagar resgate, mas ninguém ouviu e ele morreu quando um arqueiro cravou uma faca num olho. Hook gritava, sem saber que gritava, lutando com fúria desesperada. Os arqueiros estavam sujos de lama, cobertos de sangue e descalços enquanto uivavam e matavam. O medo era totalmente liberado em fúria.

Um cavaleiro francês, glorioso com túnica feita em tecido de ouro, aparou o giro de Tom Scarlet e recuou sua maça para esmagar o crânio do arqueiro insolente, mas a cabeça de machado de Hook acertou o sujeito na nuca, atravessando um bevor de aço, e o homem caiu enquanto

BERNARD CORNWELL

Hook soltava a lâmina e cravava a ponta na cintura de outro homem. Sclate, o gigante criado no campo, girou uma marreta por entre as pernas do sujeito, e o grito resultante ressoou claro sobre o campo ensanguentado de Azincourt.

Então um francês com malha brilhante suja de lama, faixa de seda azul no pescoço e um leão de prata coroando o elmo, tombou sobre um dos joelhos e tirou a manopla direita, que estendeu na direção de Hook, que ainda estava a cinco ou seis passos dali e planejava acertar a marreta naquele leão brilhante, mas de repente entendeu o que o francês queria.

— Prisioneiros! — gritou. — Prisioneiros! — Em seguida pegou a manopla do francês. — Tire o elmo — ordenou ao homem. Ninguém ainda havia dado ordem de capturar prisioneiros, e Sir John, antes da luta, havia enfatizado que nenhum deveria ser feito antes que o rei considerasse a batalha vencida, mas Hook não se importou. Os franceses estavam se rendendo agora.

Mais e mais franceses estendiam as luvas. Os elmos eram deixados na lama enquanto seus captores os puxavam para fora da luta.

— O que fazemos com os filhos da mãe? — perguntou Will Dale.

— Amarrem as mãos deles — sugeriu Hook. — Usem cordas de arco!

Agora primeira linha de batalha francesa estava recuando. Um número grande demais havia morrido e os vivos não tinham estômago para uma luta que derramara tanto sangue nos sulcos. Hook se apoiou em sua acha d'armas e viu um arqueiro com túnica azul, escurecida pelo sangue, gargalhando no meio dos inimigos feridos. O homem havia encontrado um bico-de-falcão, uma arma que era meio marreta e meio garra, e matava os feridos furando seus elmos com o bico curvo, preso num cabo comprido. A ponta em forma de cunha penetrava facilmente no aço para despedaçar os crânios embaixo.

— É que nem quebrar ovos! — gritava ele para ninguém em particular, e rachava mais um. — Filhos da mãe — ficava gritando. — Filhos da mãe! — matava repetidamente. Homens feridos imploravam misericórdia, mas a marreta com bico continuava caindo. Hook não tinha energia para intervir. O homem gritava, cego a tudo, a não ser à necessidade de matar, e quando golpeava um ferido fazia-o repetidamente, muito depois de o sujeito estar morto. Um mastim se encontrava junto ao corpo de seu dono ferido, latindo contra os ingleses, e o arqueiro matou o cachorro com o bico-de-falcão, depois matou o dono do cachorro. — Você cortaria os meus dedos! — gritou para o homem, girando o bico para arrebentar o elmo já esmagado do cadáver. — Vou cortar a porcaria do seu pau! — De repente ele levantou os dois dedos de puxar a corda, para os cadáveres que havia feito, e os balançou para cima e para baixo. — Queriam cortar esses dedos, é? Seus filhos da mãe!

— Santo Deus — disse Tom Scarlet. Seu rosto estava coberto de sangue francês, sua jaqueta acolchoada estava vermelha, as pernas, nuas sob a calça curta e justa, cobertas de lama. — Santo Deus — disse de novo.

O ponto mais avançado do ataque francês era marcado por uma longa pilha de corpos. A primeira formação de batalha havia recuado daquele horror e os ingleses não foram atrás. Os homens estavam exaustos, afrouxados pela matança. Prisioneiros eram levados para trás da linha, onde ingleses e galeses olhavam uns para os outros, como se atônitos por se encontrarem vivos.

Então mais trombetas soaram, e Hook olhou para o norte, vendo que a segunda formação de batalha francesa, tão grande quanto a primeira, estava avançando.

De modo que a batalha deveria recomeçar.

— Todos eles estão morrendo lá em cima — disse Sir Martin — morrendo às vintenas! Provavelmente você já é viúva. — E riu com os dentes amarelos. — Ouvi dizer que você se casou. Por quê, garota, por quê? O casamento é para pessoas respeitáveis, e não para comedores de sopa comuns como Hook, mas agora não importa. Você é viúva, menina! E, minha nossa, você é uma viúva linda! Agora fique parada, menina! Fique parada! — o senhor de todas as mulheres é o homem! — É o que diz a santa escritura, a palavra abençoada do Senhor, portanto você vai me obedecer! — Ele franziu a testa subitamente. — Que sujeira é essa na sua testa?

— Uma bênção — respondeu Melisande. Finalmente ela havia encontrado uma seta e estava tentando enfiá-la na ranhura da besta, mas a besta estava dentro da sacola e era difícil sentir o mecanismo, quanto mais ter certeza de que a seta estaria no lugar certo. Sir Martin estava ajoelhado entre suas pernas e se inclinando em cima, apoiado na mão esquerda e usando a direita para tatear entre as coxas dela. Um pequeno fio de cuspe oscilava saindo de sua boca.

— Não gosto disso — disse Sir Martin, e afastou a mão direita de sua virilha para esfregar as letras escritas a carvão. — Não gosto da sua bênção. Você deveria parecer bonita para mim! Você não está ficando parada, menina! Quer que eu bata em você?

— Estou parada — respondeu Melisande, mas na verdade estava se mexendo desesperadamente, curvando-se para cima enquanto tentava deslocar o peso medonho sobre ela. Sir Martin abandonou a tentativa de limpar sua testa e pôs a mão de novo entre suas pernas. Melisande gritou ao sentir o toque e o som fez o padre rir.

— A mulher é a glória para o homem — disse. — E esta é a palavra santa de Deus Todo-poderoso. Então vamos fazer um neném, certo?

Ela achou que a seta estava na ranhura. Não tinha certeza, mas não podia esperar para ter certeza, por isso girou a besta, arrastando junto toda a sacola enquanto Sir Martin se erguia, pronto para penetrar.

— Ave Maria — disse ele. — Ave Maria. — E Melisande enfiou a sacola no espaço entre sua barriga e a dele, depois puxou o gatilho.

Nada aconteceu.

A besta havia permanecido sem cuidados e totalmente engatilhada na sacola, e o mecanismo de disparo devia ter enferrujado. Ela gritou. O cuspe de Sir Martin caiu em seu rosto e ela apertou o dedo de novo. Desta vez a lingueta cedeu, liberando a corda. A barra com fuste de aço fez seu som maligno e a seta de ferro curta e grossa correu pela ranhura.

Sir Martin pareceu ser erguido acima dela. Encarou-a, os olhos arregalados, a boca moldada num círculo de horror.

Então berrou como um porco sendo capado. O sangue jorrou da virilha, derramando-se quente e súbito nas coxas de Melisande. A emplumação de couro se projetava da bexiga dele enquanto a ponta enferrujada brotava entre as pernas. Melisande se retorceu saindo de baixo, esforçando-se desesperadamente, e as mãos de Sir Martin, gadanhando, agarraram seu vestido rasgado e seguraram. Agora o padre estava gritando, segurando o tecido como se ele pudesse salvá-lo, e Melisande arrancou-o, afastando-se, abandonando o vestido, e ele se enrolou no terreno molhado, gemendo e ofegando, apertando o pano rasgado contra a virilha destruída.

— Você vai morrer — disse Melisande. — Vai sangrar até a morte. — Ela se curvou ao lado e os olhos injetados do padre a encararam desesperadamente. — E vou rir enquanto você morrer.

Outro grito soou. Vinha da aldeia, e Melisande viu estranhos em meio à bagagem. Viu mais pessoas correndo para as carroças e outras chegando pela margem do riacho. Eram pessoas da localidade, trazendo enxadas, machados e cutelos, camponeses que queriam saquear. Um homem a vira e vinha em sua direção com a mesma expressão faminta que ela vira no rosto de Sir Martin.

Melisande estava nua.

Lembrou-se da túnica.

Deu uma última olhada para Sir Martin, que estava morrendo em agonia, pegou sua sacola e a bolsa de couro com moedas, depois pulou no riacho.

O sire de Lanferelle cuspia palavrões. Um homem aos seus pés, com a viseira amassada e coberta de sangue, gemia e ofegava. Toda a parte de baixo da perna direita do homem fora arrancada e o sangue pulsava lentamente e grosso sobre o cadáver que se encontrava embaixo dele.

— Um padre — ofegou o homem —, pelo amor de Deus, um padre.

— Não há padres — respondeu Lanferelle com raiva. Havia jogado longe sua maça, decidindo que uma acha d'armas seria uma arma mais maligna, e malignidade era o que ele necessitava se quisesse arrancar a vitória deste aparente desastre. Lanferelle entendia muito bem o que acontecera. Os franceses, exaustos por sua longa caminhada na lama e meio cegos com as viseiras fechadas, haviam sido vítimas fáceis para os homens de armas ingleses, mas também sabia que esses homens de armas não podiam esticar sua linha fina para preencher todo o espaço entre as duas florestas. Nas extremidades da linha ficavam os arqueiros, e os arqueiros, pelo que ele sabia, não tinham flechas. Levantou sua viseira rasgada, forçando o metal partido a passar sobre a borda do elmo.

— Vamos para a esquerda — disse.

Nenhum de seus homens respondeu. A primeira formação de batalha francesa havia recuado uns 20 passos e os ingleses, como se por acordo, não tinham ido atrás. Os dois lados estavam cansados. Homens se apoiavam nas armas para respirar. Entre os dois exércitos havia um longo monte de corpos cobertos por armaduras, alguns mortos, alguns feridos, muitos empilhados em cima dos outros. As placas das armaduras dos homens caídos, polidas durante a noite até brilhar, estavam marcadas por rasgos, cobertas de lama e com riscas de sangue. Estandartes haviam caído em meio às baixas, e alguns ingleses arrastavam aquelas bandeiras orgulhosas e as passavam para o lugar onde os prisioneiros franceses estavam sendo reunidos. A auriflama, que proclamara seu objetivo implacável acima do centro francês, havia desaparecido.

Os ingleses estavam passando odres de água ou vinho de homem para homem, e Lanferelle subitamente sentiu uma sede insuportável.

— Onde está o vinho? — perguntou ao seu escudeiro.

— Não tenho, senhor. O senhor não mandou que eu trouxesse.

— Eu preciso lhe dar ordem para mijar? Meu Deus, você está fedendo feito uma fossa. Você se cagou?

O escudeiro assentiu, arrasado. Não era o único homem cujas entranhas haviam se soltado com o terror, mas encolheu-se sob o escárnio de Lanferelle.

— Vamos para a esquerda — gritou Lanferelle de novo. Havia tentado chegar a Sir John e não conseguira, por isso agora planejava liderar seus homens atacando os arqueiros com armadura leve. Podia ver que eles estavam carregando maças e achas, mas isso era melhor do que tê-los armados com arcos de teixo e flechas de freixo. Ele mataria os desgraçados e guiaria os franceses por entre as estacas, de modo que pudesse ultrapassar o flanco dos homens de armas ingleses. — Esta batalha não está perdida — disse aos seus seguidores —, ela nem começou! Eles não têm mais flechas! Então agora podemos matar os filhos da mãe! Vocês ouviram? Vamos matá-los!

Trombetas soaram na extremidade norte do campo. A segunda formação de batalha francesa, com as armaduras ainda brilhando e os estandartes não rasgados por flechas, avançava a pé através do atoleiro revirado fundo pelos cavalos e pelos oito mil franceses do primeiro ataque. A segunda formação ia passando pelo pequeno grupo de arautos, ingleses, franceses e borgonheses, que assistiam à batalha juntos, na borda da floresta de Tramecourt, e os reforços, mais oito mil homens de armas, chegariam ao local da matança em mais um minuto. Lanferelle, não querendo ser apanhado pelo esmagamento dos recém-chegados, abriu caminho na direção do flanco dos homens de armas franceses. Tinha 11 homens agora, e achava que bastariam para abrir caminho através dos arqueiros. E se os 12 fossem na frente, outros homens iriam atrás.

BERNARD CORNWELL

— Esses arqueiros desgraçados não são treinados com armas — disse aos seus homens. — São trabalhadores braçais! Não passam de alfaiates e fazedores de cestos! Estão usando aqueles machados de qualquer jeito. Então não os ataquem primeiro. Deixem que eles ataquem, depois vocês aparam os golpes e matam, entenderam?

Homens assentiram. Eles entendiam, mas o campo fedia a sangue, a auriflama havia sumido e uma dúzia de grandes senhores da França estava morta ou desaparecida, e Lanferelle sabia que a vitória só viria quando os homens começassem a acreditar nela. Por isso iria lhes dar essa crença. Abriria caminho pela linha inglesa e daria um triunfo à França.

Os ingleses viram o segundo ataque se aproximando, empertigaram-se e levantaram as armas. A segunda formação de batalha francesa havia alcançado a primeira e os recém-chegados soltaram um grito enorme:

— *Saint Denis! Montjoie! Montjoie!*

— São Jorge! — responderam os ingleses, e os uivos de caça recomeçaram, e o som zombeteiro de homens convidando a presa a vir morrer.

Mas a segunda formação de batalha não conseguia chegar aos ingleses porque os sobreviventes da primeira estavam em seu caminho, e eles só podiam empurrar esses sobreviventes adiante, assim atolavam-se na lama, lanças apontadas, impelindo os homens exaustos contra os montes de mortos e as lâminas inglesas do outro lado. O ruído aumentou, o choque de aço e os gritos dos agonizantes, o berro desesperado das trombetas enquanto oito mil novos homens de armas franceses iam para o terreno da matança.

E Lanferelle ia atrás dos arqueiros.

As mulheres e os serviçais fugiram de perto da bagagem inglesa, subindo o morro na direção do exército que lutava, enquanto atrás deles servos e camponeses se amontoavam nas carroças inglesas em busca de saque fácil.

Melisande estava no riacho que corria rápido, cheio, frio e lamacento, alimentado pela chuva torrencial dos últimos dias. Espadanou na água, passando por galhos baixos até ver a túnica presa num galho de salgueiro. Soltou-a, depois abriu caminho pelas urzes e os espinheiros que cresciam à margem do riacho. Passou a túnica pela cabeça. O tecido molhado se grudou, frio e pegajoso, mas cobriu-a e ela se esgueirou devagar para o norte em meio ao mato baixo de espinheiros e aveleiras, até que viu os cavaleiros.

Havia 50 ou 60 cavaleiros segurando os animais a oeste da aldeia e simplesmente olhando o acampamento inglês. Não tinham estandarte e, mesmo que tivessem, Melisande duvidava de que reconheceria o brasão, mas tinha certeza de que o pequeno exército inglês jamais poderia poupar tantos cavaleiros para ficar atrás das fileiras. Isso significava que os cavaleiros eram franceses, e, mesmo sendo francesa, agora Melisande pensava nos cavaleiros como inimigos, por isso se agachou no mato, escondendo a túnica vistosa atrás de um espinheiro.

Então uma nova ansiedade a golpeou. A túnica a cobria, mas também arranhava sua alma.

— Perdoe-me por estar usando a túnica — rezou à Virgem. — Deixe o Nick viver.

Não sentiu resposta. Havia apenas silêncio em sua cabeça.

Havia jurado não usar a túnica, acreditando que se usasse o brasão de seu pai condenaria Nick à morte no alto terreno arado, mas agora estava usando o brasão do sol e do falcão, e a Virgem não lhe dera resposta, e ela sabia que estava rompendo a barganha com o céu. Tremeu, com frio e molhada, e subitamente estremeceu inteira.

Nick iria morrer, tinha certeza.

Assim, tirou a túnica para que Nick vivesse.

E se agachou. Estava rezando, nua, com frio e apavorada. E vindo do norte, para além dos cavaleiros, para além da aldeia e para além do horizonte elevado, o som da batalha subiu de novo.

— Nós os matamos antes — gritou Thomas Evelgold — e podemos matar de novo! Matem pela Inglaterra!

— Por Gales! — gritou um homem.

— Por são Jorge! — berrou outro.

— Por são David — respondeu o galês, e com esse grito de batalha os arqueiros avançaram para atacar o novo inimigo. Já haviam destroçado a primeira formação de batalha francesa, e alguns homens achavam que ficariam ricos com os prisioneiros que tinham feito. Esses prisioneiros, sem elmos e com as mãos amarradas com cordas de arco de reserva, estavam atrás das estacas, guardados por um punhado de arqueiros feridos. Agora os arqueiros foram fazer novos cadáveres e tomar novos prisioneiros.

Foram num jorro, e agora sabiam como derrubar os homens de armas que não podiam se mover na lama densa, assim os arqueiros se chocaram contra o flanco dos franceses e golpearam os inimigos para criar uma nova linha de mortos, na maioria com o olho cravado pela faca de um arqueiro depois de ser derrubada por um golpe de marreta. Os gritos eram intermináveis. O platô fervilhava com homens cobertos de aço andando com dificuldade na direção dos arqueiros, empurrados contra eles pelas grossas fileiras de soldados que vinham atrás, e os homens desajeitados tropeçavam em corpos, tinham os elmos esmagados, eram assassinados com facas e continuavam vindo. Alguns usavam correntes de ouro ou prata no pescoço ou tinham armaduras que, por sua magnificência, proclamavam a riqueza ou a posição do usuário, e esses homens, os arqueiros tentavam capturar. Matavam os companheiros dos ricos e, como cães veadeiros em volta de um cervo encurralado, provocavam e ameaçavam o homem até que ele tirasse a luva de aço.

— Venha, filho da mãe! — gritou Tom Scarlet, zombando, para um homem cuja túnica branca tinha o brasão de um cisne vermelho. — Venha! O francês estava olhando-o, olhos azuis visíveis através da viseira levantada. O elmo era enfeitado com redemoinhos de prata e o cinturão de veludo vermelho tinha losangos de ouro encravados. Ele abriu caminho por entre os cadáveres, estocou com a lança contra a barriga de Scarlet e Scarlet empurrou a lança de lado com sua acha. Um segundo francês, usando a mesma insígnia do cisne, girou uma espada de lâmina larga contra a acha d'armas, mas o aço ricocheteou no cabo com bainha de ferro. Scarlet impeliu a acha com força, cravando a ponta na barriga da armadura coberta pelo cisne, e o homem cambaleou para trás. O espadachim golpeou de novo e Scarlet conseguiu por pouco bloquear o corte com o cabo do machado, então Will Sclate chegou ao lado e grunhiu girando sua acha, que esmagou o elmo do espadachim como se fosse feito de pergaminho.

O elmo afundou, estourando-se nas emendas com um jorro de sangue e cérebro, e Sclate, gigantesco e maligno, puxou de volta a cabeça da marreta.

— Nós o queremos, Will! O filho da mãe é rico! — gritou Tom Scarlet, e acertou a acha de novo no rico, e o senhor, visto que Scarlet tinha certeza de que enfrentava um nobre, o golpeou com a lança. Dessa vez Scarlet segurou a lança com uma das mãos e puxou com força. O homem tombou à frente, tropeçando. Scarlet agarrou a borda inferior do elmo do sujeito e o arrastou para fora da zona de matança. Will Sclate estava martelando mais homens, ajudado por uma dúzia dos arqueiros de Sir John, enquanto Scarlet revirava seu prisioneiro. Em seguida se agachou e riu na cara do sujeito. — Você é rico, é?

O homem o encarou de volta com ódio, por isso Scarlet pegou sua faca. Segurou a ponta logo acima do olho esquerdo do sujeito.

— Se você for rico, vai viver — disse. — E se for pobre vai morrer.

— *Je suis le Comte de Pavilly* — respondeu o homem. — *Je me rends! Je me rends!*

— Isso quer dizer que você é rico? — perguntou Scarlet.

— Atrás de você, Tom! — berrou a voz de Hook, e Tom Scarlet se virou e viu franceses vindo em sua direção. Nesse momento o conde de Pavilly cravou sua faca para cima, na virilha de Tom Scarlet. Scarlet guinchou, o conde se levantou com dificuldade da lama e golpeou de novo, desta vez a barriga de Tom Scarlet, rasgando e cortando. E então a acha de Will Sclate girou num golpe de cortar feno, fazendo a lâmina do machado se cravar no rosto do conde de Pavilly, quebrando os dentes que restavam e mandando os fragmentos para a parte de trás do crânio. O sangue dele se misturou com o de Tom Scarlet. Os dois corpos, do rico e do pobre, estavam caídos juntos enquanto Sclate arrancava sua lâmina do emaranhado de aço e ossos antes de ser empurrado para trás pelo súbito jorro de franceses.

E Hook também estava sendo impelido para trás.

Uma cunha de franceses se chocava contra os arqueiros. Até agora os arqueiros vinham vencendo porque atacavam e porque conseguiam se mover mais do que os inimigos, mas finalmente os franceses haviam encontrado um modo de contra-atacá-los. Vinham ombro a ombro e dei-

BERNARD CORNWELL

xavam os arqueiros desperdiçar seus golpes aparando em vez de golpear de volta, e se um arqueiro escorregava, ou se girava a arma com força demais e era lento em recuperar o equilíbrio, uma lâmina saltava e um inglês afundava na lama para ser esmagado por uma maça.

— Simplesmente matem! — gritou o sire de Lanferelle enquanto liderava a cunha. — Um de cada vez! Deus vai nos dar tempo para matar todos! *Saint Denis! Montjoie!* — Agora ele sentia a vitória. Até esse momento os franceses haviam entrado em pânico e tinham se permitido ser impelidos como gado para o matadouro de inverno, mas Lanferelle estava calmo, era mortal e confiante, e mais e mais franceses vinham segui-lo, sentindo finalmente que alguém havia assumido o comando de seu destino.

Hook viu o falcão em seu esplendor ensolarado.

— Atrás de você, Tom! — havia gritado para Scarlet, e então vira o francês com túnica vermelha e branca golpear subitamente para cima, mas não teve tempo de ver mais porque Lanferelle estava à sua frente, e Hook foi obrigado a recuar quando a acha de Lanferelle veio em sua direção. Não era um golpe destinado a matar, e sim a desequilibrar Hook, que teve de recuar um segundo passo para evitar a ponta. E poderia ter tropeçado nos sulcos, mas sua cintura acertou uma das estacas inclinadas, que o manteve de pé. Em seguida girou sua acha contra a arma de Lanferelle, mas de algum modo o francês desviou o golpe de Hook e deu outra estocada, e Hook teve de girar ao redor da estaca, mas a ponta afiada se agarrou em sua jaqueta acolchoada e ele não pôde se mexer. O pânico o cegou.

— Chegue perto — disse são Crispim, e Hook impeliu sua acha para a frente, lutando na lama para encontrar um ponto de apoio. Lanferelle ficou tão surpreso com o contra-ataque súbito que conteve sua próxima estocada. A lâmina de Hook resvalou na armadura de Lanferelle, mas o movimento havia soltado sua jaqueta e Hook pôde recuar logo antes que um golpe dado por um dos homens de Lanferelle esmagasse sua mão que estivera segurando a estaca.

— Eu esperava que nos encontrássemos — disse Lanferelle.

— Você queria morrer? — rosnou Hook. O pânico ainda fazia ondas em seu corpo, mas também havia alívio por ter sobrevivido. Então precisou aparar golpes desesperadamente enquanto lâminas saltavam contra suas pernas sem armadura. Tom Evelgold veio em sua ajuda, assim como Will Dale.

— Tom está morto — disse Will, depois girou seu grande macha-do para derrubar uma lança.

— Como está Melisande? — perguntou Lanferelle.

— Pelo que sei, ela vive — respondeu Hook. — Deu outra estocada e teve a acha empurrada de lado outra vez, mas não havia posto toda a força no golpe e se recuperou depressa para mandar a cabeça com peso de chumbo de volta contra o braço de Lanferelle. Mas ainda foi sem força suficiente, e o francês mal pareceu notar.

Lanferelle sorriu.

— Ela vive — disse. — E você morre. — Começou a estocar com sua arma em golpes curtos e muito controlados que vinham depressa, algumas vezes baixos, algumas vezes altos, e Hook, incapaz de apará-los e sem tempo para um contragolpe, só podia recuar. Lanferelle tinha san-gue seco ao lado de um dos olhos, mas seu rosto estava estranhamente calmo, e essa calma apavorava Hook. O francês olhava os olhos de Hook o tempo todo, e Hook sabia que morreria a não ser que, de algum modo, conseguisse passar por aquela lâmina rápida. Tom Evelgold teve a mesma ideia e conseguiu empurrar uma lança de lado e passar pela lâmina, de modo a ficar à direita de Lanferelle. O centenar, segurando sua acha com as duas mãos, como uma lança, gritou um palavrão enquanto estocava, com a ponta na direção das faldas do francês. A ponta atravessaria as placas, a malha e o couro, rasgando o baixo-ventre de Lanferelle, só que no último instante Lanferelle levantou o cabo de sua acha para desviar o golpe e assim receber a força enorme no peitoral. O aço milanês suportou o gol-pe e o desviou, então Lanferelle impeliu a cabeça para a frente, acertan-do com força seu visor levantado contra o rosto de Tom Evelgold, enquanto outro francês cravava a espada na coxa do inglês e a torcia. Evelgold cam-baleou, com sangue jorrando pela perna e se espalhando no nariz esma-gado. Fora cegado pela cabeçada e assim não viu a ponta da acha que se cravou em seu rosto. Soltou um gemido agudo enquanto caía, e outro machado se cravou em sua barriga, cortando a jaqueta e a cota de malha, abrindo as entranhas, e então os franceses estavam passando por ele, pisando deliberadamente e com cuidado, penetrando mais fundo através das estacas e chegando mais perto da retaguarda inglesa.

— Chegue perto — gritou são Crispim para Hook.

— Não posso — respondeu Hook.

Tom Evelgold estremeceu. Um homem de armas francês cravou uma ponta de espada em sua garganta e houve um jorro grosso de sangue, e em seguida o centenar ficou imóvel. Mais e mais franceses seguiam Lanferelle, engrossando sua cunha, e ainda que os arqueiros lutassem, o inimigo finalmente estava avançando. As estacas ajudavam, dando-lhes algo firme em que se apoiar no terreno traiçoeiro, e os arqueiros estavam sendo dominados. Hook tentou juntá-los, mas eles não tinham armadura para enfrentar homens de armas treinados, por isso recuaram. Não haviam aberto a fileira, ainda não, mas estavam sendo empurrados cada vez mais para trás.

Hook tentou ficar firme. Trocou golpes com Lanferelle, mas sabia que não era capaz de vencer o francês. Lanferelle era rápido demais. Não tinha a força de Hook, mas era muito mais rápido com suas armas.

— Sinto muito por Melisande — disse Lanferelle —, porque ela vai sofrer por você.

— Filho da mãe — reagiu Hook, e estocou com a acha e teve o golpe desviado. Puxou a arma de volta e desta vez a cabeça do machado se prendeu na cabeça do machado de Lanferelle. Hook puxou com força e pela primeira vez viu uma expressão de surpresa no rosto do francês, mas Lanferelle simplesmente soltou o cabo da arma e Hook quase tombou para trás.

— Mas as mulheres se recuperam do sofrimento encontrando outro homem — disse Lanferelle. Em seguida se abaixou e pegou outra acha caída, e fez isso tão depressa que Hook não teve chance de atacar enquanto ele estava abaixado, e quando Hook viu a chance era tarde demais. — Ou talvez eu a coloque de volta num convento e a torne uma noiva de Cristo de verdade. — Lanferelle riu para Hook, depois a nova acha começou suas estocadas implacáveis.

— Saia do caminho — disse são Crispim rapidamente.

— Vou lutar com ele — gritou Hook de volta. Queria matar Lanferelle. De repente, odiava-o. — Vou matá-lo! — gritou, e tentou avançar, mas foi contido pela lâmina rápida do francês.

— Saia da porcaria do caminho! — rugiu a voz, mas não era são Crispim que estava gritando, e Hook sentiu-se sendo empurrado sem cerimônia enquanto Sir John Cornewaille o jogava de lado. Sir John trazia homens de armas que chocaram suas lanças contra os franceses, pontas de aço contra armaduras de placas, e Hook cambaleou até onde Will Sclate estava golpeando os seguidores de Lanferelle. Lanferelle reagiu com um desafio berrado e atacou Sir John, e os outros franceses avançaram pela lama grossa. Uma acha acertou o elmo de Hook e, como já estava desequilibrado, ele caiu. O golpe de machado não fora dado com toda a força, mas mesmo assim ressoou na cabeça de Hook e a lâmina resvalou no elmo, cortando sua jaqueta acolchoada e quase rasgando no ombro a cota de malha que ficava por baixo. Viu o francês recuar a arma, pronto para cravar a ponta em sua barriga ou no peito, e Hook levantou desesperadamente sua lâmina, um golpe selvagem que fez cravar a cabeça do machado na virilha do homem de armas. Como o golpe que o havia derrubado, este não fora dado com toda a força, mas foi suficiente para fazer o francês se dobrar com uma dor súbita e mutiladora. Então Will Dale puxou Hook de pé, Hook encontrou apoio firme e avançou com a ponta da acha, gritando, e a ponta se cravou no peito do inimigo, rasgando o aventail e deslizando pela borda superior da placa peitoral. Hook empurrou e sacudiu a acha, cravando a lâmina fundo na costela do inimigo, e ficou olhando a parte inferior do elmo do sujeito se encher de sangue que escorreu pela abertura da viseira. Uma espada acertou Hook pela esquerda, mas sua cota de malha a conteve, e ele girou a arma naquela direção, arrastando junto sua vítima para desequilibrar o espadachim, e então Hook atacou.

Usou o homem agonizante como aríete. Empurrou-o contra as fileiras francesas e Sclate e Will Dale foram atrás. Os dois estavam gritando:

— São Jorge!

— São Crispim! — berrou Hook. Estava empurrando o agonizante contra as fileiras francesas, impelindo o corpo contra outros homens.

BERNARD CORNWELL

O ferido espirrava sangue da boca enquanto Hook tentava soltar a ponta da acha. Outro homem tentou acertar uma lança curta em Hook, mas Geoffrey Horrocks o havia seguido e acertou o elmo do sujeito com um malho. O golpe do ferro com peso de chumbo ressoou surdo enquanto a cabeça do homem era mandada bruscamente para trás. Ele tombou na lama. O ferido finalmente caiu da acha e Hook, liberado do peso, começou a gritar feito louco e a girar a arma de um lado para o outro enquanto avançava contra os franceses. — Matem os filhos da mãe, matem os filhos da mãe! — estava gritando. Arqueiros o seguiam, com a raiva liberada pelo alívio da chegada de Sir John.

Sir John estava lutando contra Lanferelle, ambos tão rápidos com as armas que era difícil ver estocada, corte ou movimento de aparar, enquanto os outros homens de armas ingleses atacavam dos dois lados com tamanha selvageria súbita que os seguidores de Lanferelle deram um passo atrás instintivamente. E quando recuaram, alguns tropeçaram nos corpos caídos no chão, atrás. Caíram e os ingleses foram para cima, com pontas de achas estocando, machados rachando armaduras, rostos fazendo careta com o esforço de matar, e a matança súbita tirou o ânimo dos franceses restantes, que tentaram recuar e encontraram arqueiros em seus flancos. Homens começavam a gritar, entregando-se. Tiravam manoplas e davam os gritos de rendição num pânico desesperado.

— É tarde demais — zombou Will Dale para um homem, e baixou seu machado rachando uma espaldeira e cravando a lâmina na omoplata e nas costelas superiores. Outro francês, com túnica rasgada, ficou engatinhando atabalhoadamente na lama, até que um arqueiro chutou-o e matou-o casualmente com uma facada na boca. O jovem Horrocks estava espancando um conde até a morte, cravando uma acha repetidamente no peitoral do homem caído e gritando insultos enquanto a lâmina rasgava aço e coluna vertebral.

Lanferelle foi deixado, ainda lutando contra Sir John, e por algum acordo não verbalizado os outros homens de armas ingleses não intervieram. Nenhum dos dois falava. Tinham os pés plantados na lama e cortavam, estocavam e se desviavam, no entanto ambos eram tão hábeis e tão rápidos que nenhum conseguia vantagem. Eram os campeões de tornei-os da cristandade, um francês e um inglês, e estavam acostumados às glórias sedosas das listas; às admiradoras, às bandeiras coloridas, à cortesia do cavalheirismo, no entanto lutavam em meio a cadáveres, em meio aos gemidos e choros dos agonizantes, num campo fedendo a sangue e merda.

O fim chegou por acidente. Lanferelle fingiu uma estocada à esquerda de Sir John, recuperou-se com velocidade espantosa, deu um golpe de lado e com isso forçou Sir John a pisar à direita. O pé dele pousou no casco de um corcel morto e o casco rolou sob o peso. Sir John escorregou e caiu sobre um dos joelhos e Lanferelle, rápido como uma cobra, girou a acha e acertou um golpe ressoante no elmo, e Sir John caiu inteiro sobre a barriga sangrenta do cavalo, onde ficou desajeitado, tentando recuperar o equilíbrio e se levantar, e Lanferelle levantou o machado para o golpe mortal.

E golpeou.

A segunda formação de batalha francesa havia forçado os sobreviventes da primeira a chegar ao território da matança onde os ingleses esperavam atrás de uma muralha de franceses mortos e agonizantes. Uma quantidade enorme de membros da alta nobreza da França já estava morta ou sangrando; os ossos despedaçados, as gargantas rasgadas, os cérebros escorrendo de elmos arrebentados, os olhos furados e as barrigas rasgadas. Homens choravam, alguns chamando por Deus, pelas esposas ou pelas mães, mas nem Deus nem nenhuma mulher estava ali para oferecer conforto.

Agora o rei da Inglaterra ia avançando. Havia tirado um cadáver de cima dos outros para fazer uma passagem em meio à pilha de mortos, e levou sua espada a um inimigo que ousara desafiar a escolha de Deus para o trono da França. Seus homens de armas avançaram com ele, girando seus machados, batendo com as maças e cravando seus bicos-de-falcão curvos contra um inimigo desmoralizado e cansado pela lama. Fizeram novas pilhas de mortos, novos cadáveres cobertos de sangue, e mais aleijados cujos gritos de socorro não eram respondidos. Henrique os comandava, apesar dos gritos de homens que queriam que ele se protegesse. Seu elmo estava amassado

BERNARD CORNWELL

e arranhado, uma floreta de ouro fora cortada da coroa brilhante, mas o rei da Inglaterra estava repleto de um júbilo digno e santo porque via no sofrimento do inimigo a prova da providência divina. Sob os pés, as cristas e os sulcos da terra arada haviam sido pisoteados formando um atoleiro cor de sangue. Homens vadeavam numa gosma de lama, sangue e merda, lutavam e morriam, e a alma de Henrique se elevava. Deus estava com ele. Com essa certeza ele encontrou novas forças e continuou matando.

Lanferelle estocou com força e malignidade no instante em que uma lâmina de acha se enganchava em sua espaldeira esquerda e o puxava para trás com força e velocidade. O golpe do francês não acertou Sir John, mas, mantendo-se milagrosamente de pé, Lanferelle se virou para o novo inimigo e parou.

A acha o havia puxado para longe de Sir John e negado a matança, e agora a ponta da arma estava em seu rosto, a ponta esmagando o lábio contra os dentes, e Lanferelle se viu encarando o rosto de Hook.

— Quando você lutou com ele antes — disse Hook — ele o deixou se levantar. Você não faria o mesmo por ele?

— Isto é uma batalha — respondeu Lanferelle, a voz distorcida pela pressão da ponta da arma. — E aquilo era um torneio.

— Então, se isso é uma batalha, por que eu não mato você?

Sir John se levantou mas não interveio. Só ficou olhando.

— Porque Melisande nunca iria perdoá-lo — disse Lanferelle. Em seguida viu a hesitação no rosto de Hook e se retesou, pronto para levantar sua acha, mas então a ponta de aço penetrou em sua boca, rasgando a gengiva superior.

— Continue — disse Hook. — Tente.

Sir John continuou olhando.

— Só tente — implorou Hook. E manteve o olhar no rosto de Lanferelle. — O senhor o quer, Sir John?

— Ele é seu, Hook.

— Você é meu — confirmou Hook a Lanferelle.

— *Je me rends* — disse Lanferelle, e soltou o cabo de sua acha, fazendo a arma cair no chão.

— Tire o elmo — ordenou Hook, recuando a acha com a ponta sangrenta.

Lanferelle tirou o elmo, depois o aventail e o capuz de couro por baixo, soltando assim o cabelo comprido. Deu a manopla direita a Hook que, em triunfo, levou o prisioneiro para onde os outros cativos franceses estavam sob guarda. O sire de Lanferelle parecia subitamente cansado e perturbado.

— Não amarre minhas mãos — implorou.

— Por quê?

— Porque tenho honra, Nicholas Hook. Eu me rendi e lhe dei minha palavra de que não tentarei lutar de novo nem tentarei escapar.

— Então espere aqui.

— Vou esperar — prometeu Lanferelle.

Hook gritou para um pajem trazer água para o francês e depois voltou para a batalha, que de novo estava morrendo. A segunda formação de batalha francesa não se saíra melhor do que a primeira. Havia acrescentado mais corpos às pilhas de mortos, e agora os sobreviventes se esforçavam para voltar pela lama, deixando para trás cadáveres, feridos e prisioneiros. Centenas de prisioneiros. Duques, condes, nobres e homens de armas, todos com túnicas manchadas de lama e encharcadas de sangue, todos agora de pé atrás da fileira inglesa e olhando, incrédulos, enquanto os restos das duas formações de batalha francesas se afastavam mancando.

A terceira formação francesa permanecia. Suas bandeiras voavam e ao longo de toda a linha os homens montavam nas selas e gritavam para seus escudeiros trazerem as lanças compridas.

— Flechas — disse são Crispiniano na cabeça de Hook. — Você precisa de flechas.

O trabalho do dia não estava terminado.

Melisande olhava.

A bagagem inglesa estava na aldeia de Maisoncelles e nas pastagens molhadas ao redor, e parte na metade do rio enquanto pajens e serviçais guiavam animais de carga para a proteção do exército inglês do outro lado do horizonte, se de fato ainda existisse um exército inglês. Melisande não sabia. Havia olhado homens se derramando por cima do horizonte, para o vale onde ficava Maisoncelles, mas esses homens eram poucos e, pelos movimentos, ela achou que fossem soldados feridos. E depois de mais um tempo outros homens haviam chegado, mas devagar, não numa fuga em pânico, e ela não havia entendido que eram prisioneiros trazidos na direção da aldeia. A falta de pânico sugeria que o exército inglês ainda sustentava sua linha no platô, mas ela esperava e temia vê-lo se derramando pela borda, perseguido pelos franceses vingativos.

Em vez disso os cavaleiros franceses tinham vindo do oeste, e agora esporeavam na direção da aldeia. Melisande ficou olhando enquanto eles matavam pajens e depois apeavam para começar a pilhar a bagagem inglesa.

Os cavaleiros expulsaram os camponeses que haviam chegado primeiro. Um punhado de homens de armas e arqueiros ingleses feridos tinha sido deixado para guardar o acampamento, mas eram apenas 30 e haviam gastado as flechas contra os servos, e agora esses homens recuavam morro acima. As mulheres do exército foram com eles enquanto os cavaleiros encontravam os alojamentos do rei inglês. Um padre e dois pajens haviam ficado com o tesouro do rei, foram rapidamente trucidados e o saque teve início.

Melisande ficou olhando. Viu um homem desfilar num manto vermelho com acabamento de pele e com uma coroa na cabeça. Não entendeu o que estava acontecendo. Só podia rezar para que Nick estivesse vivo, por isso fechou os olhos, agachou-se e rezou.

Hook vivia.

As duas formações de batalha francesas haviam recuado, esforçando-se para voltar através do terreno arado e deixando o espaço diante dos ingleses cheio de corpos com armaduras sujas de lama. Agora a terceira formação de batalha francesa estava montada. Era a menor das três, mas ainda assim estava em maior número do que os ingleses. As lanças dos cavaleiros apontavam para cima, algumas com enfeites pendurados. Trombetas soaram. A terceira formação de batalha ainda não podia atacar, porque havia um número grande demais de franceses a pé à frente, mas os cavaleiros avançaram alguns passos antes de parar de novo.

— Flechas! — gritou Hook para seus homens.

— Não temos nenhuma! — gritou de volta Will Dale.

— Temos sim — disse Hook. — Em seguida achou seu arco, pendurou-o no ombro e guiou seus homens para o campo, onde estavam os corpos dos franceses, e ao redor desses homens caídos havia flechas. Algumas, por terem acertado boas armaduras em cheio, estavam inúteis porque as pontas de furador haviam se amassado ou quebrado, mas muitas permaneciam em ótimo estado. Hook encontrou algumas pontas não danificadas em flechas com hastes rachadas, soltou esses furadores e os casou com hastes boas. Também pilhou os corpos dos franceses. Encontrou uma corrente de prata no pescoço de um homem e enfiou em sua sacola de flechas. Homens de armas também estavam procurando em meio às baixas francesas empilhadas, tirando os cadáveres de cima dos vivos, matando homens feridos demais para sobreviver ou pobres demais para valer algum resgate e salvando os ricos. Hook pegou uma flecha com penas verdes presas na túnica de um homem caído de costas, e de repente o homem se mexeu. Hook havia pensado que ele estava morto, mas o sujeito gemeu e virou o rosto com viseira na direção do arqueiro. Hook levantou a viseira e viu olhos apavorados.

— *Aidez moi* — disse o homem, meio engasgado. Hook não podia ver nenhum ferimento, nenhum furo na armadura, mas o homem gritou quando Hook tentou levantá-lo. O francês sentia tanta dor que perdeu a consciência e Hook o deixou cair de novo. Pegou a flecha e foi em frente. Um cão latiu para ele. Estava parado junto a um cadáver com túnica ensanguentada. Hook deixou o cachorro em paz, rodeando-o para pegar mais uma dúzia de flechas que enfiou na sacola.

— Nick! — gritou Will Dale. Hook levantou os olhos e viu que um cavaleiro francês solitário havia passado por entre os fugitivos das duas primeiras formações de batalha. O cavaleiro era baixo e magro, e a única

BERNARD CORNWELL

arma que levava era uma espada embainhada. Usava armadura de placas, mas não montava um corcel blindado. Em vez disso vinha numa pequena égua malhada. Sua túnica de linho branco era enfeitada com dois machados vermelhos sobre os quais havia o brilho de ouro de uma corrente pesada pendurada no pescoço. A viseira do elmo estava levantada e ele parecia estar procurando em meio aos corpos, mas conteve o cavalo ao perceber que os arqueiros o encaravam.

— O filho da mãe quer encrenca — disse Will.

— Não, só está olhando para nós — respondeu Hook —, e é só um sujeito pequeno. Deixe-o para lá. — Em seguida pegou uma flecha de ponta larga, depois outra com furador, e olhou de novo para o cavaleiro que subitamente havia desembainhado a espada e instigado o cavalo. — Talvez ele queira mesmo encrenca — disse Hook, e tirou o arco do ombro, firmou-o no peitoral de um cadáver e passou a corda pelo entalhe superior.

O cavaleiro parou de novo, desta vez para olhar um emaranhado de armaduras e corpos. Os mortos estavam empilhados e o homem parecia fascinado com aquela visão. Olhou por longo tempo, agora a não menos de 20 passos dos arqueiros, e então, abruptamente, gritou um desafio agudo e instigou a égua malhada diretamente para Hook. A montaria reagiu, batendo os cascos na lama e atirando grandes torrões de terra para cima.

— Idiota estúpido — disse Hook com raiva. Em seguida pôs uma flecha com furador na corda e levantou o arco, no mesmo instante em que uma dúzia de outros arqueiros fazia o mesmo. Hook achou que o homem iria se desviar, mas em vez disso o cavaleiro baixou a espada para cravar a lança em Hook, que puxou a corda até a orelha direita e nem pensou no que fazia. Era tudo instintivo. A corda voltou, ele viu o cavaleiro subir e descer com o movimento da égua malhada, viu a viseira aberta, os olhos de um brilho não-natural e disparou.

A flecha atravessou direto o olho direito do cavaleiro, e sua força fez a cabeça dele se virar bruscamente para trás. A espada baixou e a égua diminuiu a velocidade, e então, perplexa, parou separada de Hook pelo tamanho de uma lança curta. Nenhum outro arqueiro havia disparado.

Uma ovação subiu na fileira inglesa enquanto o cavaleiro morto tombava lentamente da sela. Ele demorou longo tempo para cair, escorregando suavemente de lado, e desmoronando subitamente num estardalhaço de armadura.

— Pegue o cavalo dele — disse Hook a Harrocks.

Hook foi até o cadáver. Arrancou a flecha do olho arruinado para poder tirar a grossa corrente de ouro pela cabeça do morto, e então sua mão parou porque havia um medalhão na corrente. Era um medalhão grande, esculpido em marfim branco, e montado nesse disco com borda de prata havia um antílope esculpido em azeviche.

— Seu idiotazinho estúpido — disse Hook, e levantou o elmo do garoto, que era grande demais para ele, e espiou o rosto arruinado de Sir Philippe de Rouelles.

— É só um garoto — exclamou Horrocks, surpreso.

— Um idiotazinho estúpido, é o que ele é — disse Hook.

— O que ele estava fazendo?

— Estava sendo corajoso, o filho da mãe. — Hook tirou a pesada corrente de ouro e caminhou alguns passos até onde o menino havia olhado para a pilha de mortos, e ali, caído em cima de outros dois homens, estava um cadáver com a túnica tão encharcada de sangue que a princípio Hook teve dificuldade para discernir o brasão, mas então viu a silhueta de dois machados vermelhos no pano mais vermelho ainda. O elmo do homem havia saído e sua garganta fora cortada até a coluna. — Ele veio encontrar o pai — disse Hook a Horrocks.

— Como você sabe?

— Simplesmente sei. Idiotazinho coitado. Só estava procurando o pai. — Em seguida jogou o medalhão na bolsa de flechas, pegou outra flecha com furador e se virou para a linha inglesa, onde o rei, usando seu elmo arranhado e com a túnica rasgada por lâminas inimigas, havia montado em seu pequeno cavalo branco para ver o inimigo com mais clareza. Viu os sobreviventes da matança indo com dificuldade para o norte, e para além deles estava a terceira formação de batalha com suas lanças erguidas, e sabia que seus arqueiros tinham poucas flechas, ou talvez nenhuma.

Então chegou um mensageiro para dizer que os franceses estavam no acampamento de bagagens, e o rei girou na sela vendo que agora centenas de seus homens vigiavam prisioneiros franceses. Deus sabia quantos prisioneiros, mas eram em número muito maior do que seus homens de armas. Olhou à esquerda e à direita. Havia começado com novecentos homens de armas e agora a linha era muito mais fina porque muitos homens haviam tomado prisioneiros e estavam vigiando-os. Os arqueiros haviam feito o mesmo. Alguns estavam no campo, recolhendo flechas, e o rei aprovou isso, mas sabia que eles jamais poderiam recolher flechas suficientes para matar os cavalos da terceira formação de batalha. Viu um francês idiota atacar os arqueiros e fez uma careta quando seus homens aplaudiram a morte do idiota corajoso, depois olhou de novo para seu exército.

Estava desorganizado. Henrique sabia que a linha iria se arrumar de novo quando a última formação de batalha francesa atacasse, mas agora havia centenas de prisioneiros atrás dessa linha e esses homens capturados ainda poderiam lutar. Eles não tinham elmos e suas armas haviam sido tomadas, mas mesmo assim poderiam atacar a retaguarda de sua linha. A maioria estava de mãos amarradas, mas nem todos, e os que estavam soltos poderiam libertar os outros para se jogarem contra a linha inglesa perigosamente fina. E havia a ameaça dos franceses que pilhavam sua bagagem, mas isso poderia esperar. O vital agora era suportar a terceira carga francesa, e para isso precisava de cada arma de seu pequeno exército. Os cavalos que avançavam seriam atrapalhados pelas centenas de cadáveres, mas eventualmente passariam por esses corpos e depois as lanças compridas se cravariam em sua fileira. Precisava de homens.

E os homens olhavam para o rei. Viram-no fechar os olhos e souberam que ele estava rezando ao seu Deus sério, o Deus que havia poupado seu exército até agora neste dia. Henrique rezou para que a misericórdia de Deus continuasse e, enquanto seus lábios se moviam na oração, a resposta lhe veio. A resposta era tão espantosa que por um momento ele não fez nada, depois disse a si mesmo que Deus lhe havia falado, por isso abriu os olhos.

— Matem os prisioneiros — ordenou.

Um dos homens de armas de sua casa olhou-o. Não sabia se ouvira direito.

— Senhor?

— Matem os prisioneiros!

Desse modo os prisioneiros não poderiam lutar de novo e os homens que os guardavam seriam obrigados a retornar para a linha de batalha.

— Matem todos! — gritou Henrique. Em seguida apontou para os cativos a mão coberta pela manopla. Um de seus homens de armas fizera uma contagem rápida e achou que mais de dois mil franceses haviam sido presos, e o gesto de Henrique abarcava todos.

— Matem-nos! — ordenou Henrique.

Os franceses haviam ostentado a auriflama, prometendo não demonstrar misericórdia, de modo que não seria dada misericórdia.

Os prisioneiros morreriam.

O sire de Lanferelle caminhava desanimado por trás da linha inglesa. Viu o rei inglês, com um elmo marcado pela batalha, montado a cavalo, depois ficou chocado ao ver que o duque de Orleans, sobrinho do rei francês, era prisioneiro. Era só um rapaz, charmoso e inteligente, mas agora, com a túnica ensanguentada e o braço seguro por um arqueiro com libré real inglesa, parecia atordoado, golpeado e doente.

— Sire — disse Lanferelle, abaixando-se num dos joelhos.

— O que aconteceu? — perguntou Orleans.

— Lama — respondeu Lanferelle, levantando-se de novo.

— Meu Deus — disse o duque. E se encolheu, não de dor, porque praticamente não fora ferido, mas de vergonha. — Alençon está morto, assim como Bar e Brabant. Sens também morreu.

— O arcebispo? — perguntou Lanferelle, de algum modo mais chocado com a morte de um príncipe da igreja do que com a de três dos duques mais nobres.

— Foi estripado, Lanferelle, simplesmente estripado. E d'Albret também está morto.

— O condestável?

— Morto, e Bourbon foi capturado.

— Santo Deus — disse Lanferelle, não porque o condestável da França estivesse morto ou porque o duque de Bourbon, vitorioso em

Soissons, era prisioneiro, mas porque o marechal Boucicault, considerado o homem mais duro da França, estava sendo levado agora para se juntar ao duque de Orleans.

Boucicault olhou para Lanferelle, depois para o duque real, depois balançou a cabeça grisalha.

— Parece que todos estamos condenados à hospitalidade inglesa — resmungou ele.

— Eles me trataram bastante bem quando fui prisioneiro — disse Lanferelle.

— Jesus Cristo, você terá de arranjar um segundo resgate? — perguntou Boucicault. Sua túnica branca, com o brasão de duas águias vermelhas, estava rasgada e suja de sangue. A armadura, que fora polida durante a noite até um brilho ofuscante, estava arranhada por lâminas e manchada de lama. Ele virou o olhar amargo para os outros prisioneiros. — Como é lá?

— Vinho azedo e cerveja boa — respondeu Lanferelle —, e chuva, claro.

— Chuva — disse Boucicault com azedume. — Foi o que acabou conosco. Chuva e lama. — Ele havia aconselhado a não lutarem contra o exército de Henrique, com ou sem chuva, temendo o que os arqueiros poderiam fazer. Seria melhor, dissera, deixá-los se arrastar desanimados até Calais e juntar as forças francesas na recaptura de Harfleur, mas os esquentados duques reais, como o jovem Orleans, haviam insistido em travar a batalha. Boucicault sentiu um jorro de bile, a tentação de cuspir uma acusação contra o duque, mas resistiu. — Inglaterra úmida — disse em vez disso. — Diga, as mulheres também são úmidas?

— Ah, são — respondeu Lanferelle.

— Vou precisar de mulheres — disse o marechal da França, olhando o céu cinzento. — Duvido que a França possa levantar nossos resgates, o que significa que provavelmente vamos todos morrer na Inglaterra, e vamos precisar de alguma coisa para passar o tempo.

Lanferelle se perguntou onde Melisande estaria. De repente queria vê-la, falar com ela, mas as únicas mulheres à vista eram um punhado que trazia água para os feridos. Padres ofereciam a extrema-unção a outros homens, enquanto médicos se ajoelhavam perto dos que estavam machucados. Cortavam fivelas de armaduras, arrancavam aço amassado de carne pulverizada e seguravam com força os homens que se sacudiam em agonia. Lanferelle viu um dos seus homens e, deixando Orleans e o marechal com seus guardas, foi se agachar ao lado do sujeito, e se encolheu ao ver a ruína mutilada de sua perna esquerda, que fora meio decepada por golpes de machado. Alguém havia amarrado uma corda de arco em volta da coxa do sujeito, mas o sangue continuava a jorrar em pulsações grossas, do ferimento rasgado.

— Sinto muito, Jules — disse Lanferelle.

Jules não pôde dizer nada. Balançou a cabeça de um lado para o outro. Havia mordido o lábio inferior com tanta força que o sangue escorria pela bochecha.

— Você vai viver, Jules — disse Lanferelle, duvidando de que falava a verdade, e então girou enquanto ouvia um grito de raiva.

Olhou, incrédulo. Arqueiros ingleses estavam assassinando os prisioneiros. Por um momento achou que os arqueiros deviam estar loucos, depois viu que um homem de armas com libré real os comandava. Os prisioneiros franceses, com as mãos amarradas, tentavam fugir, mas os arqueiros os apanhavam, giravam-nos e passavam facas longas em suas gargantas. O sangue espirrava dos cortes encharcando os arqueiros sorridentes, e mais arqueiros corriam para a matança, com facas na mão. Alguns homens de armas ingleses arrastavam prisioneiros para longe, evidentemente decididos a preservar suas perspectivas de resgate, enquanto os cativos mais nobres e mais valiosos, como o marechal Boucicault e os duques de Orleans e Bourbon, eram guardados contra o massacre, mas o resto estava sendo morto implacavelmente. Então Lanferelle entendeu. O rei da Inglaterra estava com medo de que os prisioneiros atacassem a retaguarda de sua linha quando a última formação de batalha francesa fizesse o ataque, e para impedir isso estava matando os cativos. E mesmo fazendo sentido, isso deixou Lanferelle atônito. Viu arqueiros vindo em sua direção e deu um tapinha no ombro de Jules.

— Finja que está morto, Jules — disse. Não podia pensar em outro modo de impedir a morte do sujeito, porque não podia defendê-lo sem armas. Por isso foi rapidamente em busca de Sir John. Sir John, ele tinha certeza, iria protegê-lo, e se não pudesse encontrar Sir John tentaria chegar ao bosque de Tramecourt e se esconder em seu matagal de urzes.

Alguns prisioneiros tentavam lutar, mas estavam desarmados e os arqueiros os derrubaram usando achas d'armas. Os arqueiros se moviam agilmente na lama, matando com eficiência horrível. Os corcéis ingleses, quase mil garanhões selados, estavam na extremidade sul do campo, e um punhado de prisioneiros tentou chegar até eles, mas alguns pajens que guardavam os cavalos montaram e impeliram os fugitivos de volta ao lugar onde os arqueiros matavam. Havia pânico, sangue e gritos enquanto homens morriam e outros eram arrebanhados na direção dos matadores. Mais arqueiros chegavam para a matança, e os prisioneiros se moviam aturdidos em meio à lama grossa à procura de uma fuga que não existia. Não existia para Lanferelle também. Ele chegou ao flanco direito da linha inglesa, onde havia uma pequena cabana de lenhador junto às árvores. Ela estava queimando e ele escutou os gritos de homens agonizantes vindo das chamas e da fumaça densa. Os arqueiros que haviam incendiado a cabana viram Lanferelle e foram para ele. Lanferelle se virou para o norte, mas viu mais arqueiros entre ele e a linha inglesa onde adejava o estandarte de Sir John. Então, para seu alívio, reconheceu a figura alta e o rosto moreno de Nicholas Hook.

— Hook! — gritou ele, mas Hook não ouviu. — Melisande! — gritou o nome da filha na esperança de que isso rompesse o tumulto de gritos. Trombetas estavam tocando de novo, convocando os ingleses aos seus estandartes. — Hook! — berrou desesperado.

— O que você quer com Hook? — perguntou um homem, e Lanferelle se virou e viu quatro arqueiros encarando-o. O homem que havia falado era alto e magro, com queixo proeminente, e segurava uma acha ensanguentada. — Você conhece Hook?

Lanferelle recuou.

— Eu fiz uma pergunta — disse o homem, seguindo Lanferelle. Ele estava rindo, gostando do medo no rosto do francês. — Você é rico, não é? Porque, se for rico, talvez nós o deixemos viver. Mas você tem de ser muito rico. — Ele brandiu a acha na direção dos joelhos de Lanferelle, esperando cortar um joelho e derrubar o francês, mas Lanferelle conseguiu recuar sem tropeçar e evitou o golpe. Cambaleou, procurando o equilíbrio na lama.

— Sou rico — respondeu desesperado. — Muito rico.

— Ele fala inglês — disse o arqueiro aos colegas. — É rico e fala inglês. — O homem estocou com sua acha d'armas e a ponta bateu no coxote esquerdo de Lanferelle, mas a armadura aguentou e a ponta resvalou. — Então por que estava chamando o Hook? — perguntou o homem, recuando a acha para outra estocada.

Lanferelle ergueu as mãos num gesto de paz.

— Sou prisioneiro dele — respondeu.

O homem alto gargalhou.

— Do nosso Nick? Ele conseguiu um prisioneiro rico, foi? Isso não serve. — Ele estocou com a acha, acertando a ponta no peitoral de Lanferelle, que cambaleou para trás, mas de novo não caiu. Olhou ao redor desesperado, esperando ver uma arma caída, e o arqueiro alto viu o medo no rosto ensanguentado do francês. O arqueiro estava usando uma jaqueta acolchoada sobre uma cota de malha, e esta fora rasgada de modo que o estofo de lã pendia em tufos com crosta de sangue. Sua cruz de são Jorge havia soltado a tinta na chuva, de modo que a túnica curta, com o padrão da lua e das estrelas, parecia vermelho-sangue. — Não podemos deixar que Nick Hook fique rico — disse o homem, e levantou a acha, pronto para baixá-la sobre a cabeça desprotegida de Lanferelle.

E nesse momento Lanferelle viu a espada. Era uma espada curta e desajeitada, uma espada barata que veio girando no ar e por um instante o francês pensou que fora atirada contra ele, mas em seguida percebeu que fora atirada para ele. A lâmina fez um círculo, passou por cima do ombro do arqueiro alto e Lanferelle estendeu a mão. De algum modo conseguiu segurar o punho, mas o machado já estava baixando, impelido com a força enorme de um arqueiro, e Lanferelle não tinha tempo para aparar o golpe, apenas para se jogar adiante, para dentro do giro da arma, e lançou seu peso com a armadura contra o peito do arqueiro, querendo jogá-lo para trás. O cabo do machado acertou seu braço esquerdo e Lanferelle levantou a espada, mas sem força no golpe, que se desperdiçou contra a sacola de flechas do sujeito. Um dos outros arqueiros golpeou, com uma acha, mas agora Lanferelle havia se recuperado e desviou a estocada com sua lâmina, que girou para trás com velocidade extraordinária para cortar o rosto do segundo homem. Este homem girou para longe, com sangue voando do nariz despedaçado e da bochecha cortada enquanto Lanferelle dava outro passo atrás, com a espada pronta para o homem alto.

Agora três arqueiros encaravam Lanferelle, mas dois não tinham estômago para a luta, o que deixou o homem alto sozinho. Ele olhou em volta e viu Hook se aproximando.

— Desgraçado — cuspiu na direção de Hook —, você lhe deu essa espada!

— Ele é meu prisioneiro — disse Hook.

— E o rei mandou matar os prisioneiros!

— Então mate-o, Tom — respondeu Hook, com ar divertido. — Mate!

Tom Perrill olhou de novo para o francês. Viu o olhar feroz nos olhos de Lanferelle, lembrou-se da velocidade com que o homem havia se desviado e aparado os golpes, por isso baixou a acha d'armas.

— Mate você, Hook — reagiu com desprezo.

— Meu senhor — disse Hook a Lanferelle —, este homem recebeu dinheiro para estuprar sua filha. Ele fracassou, mas, enquanto viver, sua Melisande corre perigo.

— Então mate-o — disse Lanferelle.

— Eu prometi a Deus que não faria isso.

— Mas eu não fiz nenhuma promessa a Deus — disse Lanferelle, e impeliu a espada barata na direção do rosto de Tom Perrill, forçando o arqueiro para trás. Perrill olhou arregalado para Hook, incapaz de esconder o medo e a perplexidade, depois se virou de novo para Lanferelle, que estava sorrindo. A arma do francês era ridícula e barata, muito inferior à acha d'armas, mas Lanferelle mostrava uma confiança alegre enquanto avançava.

— Matem-no! — gritou Perrill aos seus companheiros, mas nenhum deles se mexeu. Perrill impeliu a acha à frente, num golpe desesperado contra a cintura de Lanferelle. O francês empurrou a lâmina de lado com uma facilidade cheia de desprezo, depois simplesmente levantou a espada e estocou uma vez.

A lâmina cortou a garganta de Perrill, provocando um jorro de sangue. O arqueiro olhou para seu matador, a língua lentamente empurrada para fora, e o sangue jorrou dela, derramando-se grosso e silencioso pela espada até encharcar a mão descoberta de Lanferelle. Por um instante os dois ficaram imóveis, então Perrill tombou e Lanferelle soltou a espada e jogou-a para Hook.

— Basta! Basta! — Um homem de armas, com libré real, estava cavalgando por trás da linha e gritando aos arqueiros. — Basta! Parem com a matança! Chega! Basta!

Hook voltou para a linha inglesa.

Viu nuvens cinza cobrindo o terreno arado de Azincourt.

E viu, diante do exército inglês, um campo de homens mortos e agonizantes. Mais mortos, pensou Hook, do que o número de homens que o rei comandara até esse matadouro molhado. Estavam embolados e sangrentos, mortos incontáveis, esparramados, sujos de sangue, vestidos com armaduras, rasgados, perfurados e esmagados. Havia homens e cavalos. Havia armas abandonadas, bandeiras caídas e esperanças mortas. Um campo semeado com trigo de inverno havia produzido uma colheita de sangue.

E no fim daquele campo, para além dos mortos, para além dos que morriam e choravam, a terceira formação de batalha francesa ia dando as costas.

O poder da França estava se virando e os homens iam para o norte, deixando Azincourt, cavalgando para escapar do exército risivelmente pequeno que havia transformado seu mundo em horror.

Estava acabado.

BERNARD CORNWELL

Epílogo

era um dia de novembro, de céu luminoso e frio, cheio dos sons de sinos de igrejas, comemorações e cantos.

Hook jamais vira multidões tão grandes. Londres estava comemorando seu rei e sua vitória. As torres d'água haviam sido enchidas com vinho, castelos de imitação foram construídos nas esquinas e coros de meninos fantasiados de anjos, de velhos disfarçados de profetas e meninas mascaradas de virgens cantavam louvores, e no meio de tudo isso o rei cavalgava com roupas modestas, sem coroa ou cetro. Os mais nobres prisioneiros franceses e borgonheses seguiam o rei; Charles, duque de Orleans, o duque de Bourbon, o marechal da França, mais duques ainda e condes incontáveis, todos expostos às zombarias bem-humoradas da multidão. Meninos corriam ao lado dos cavalos dos arqueiros montados que guardavam os prisioneiros e levantavam a mão para tocar os arcos embalados e as espadas nas bainhas.

— Você esteve lá? — perguntavam. — Você esteve lá?

— Estive — respondeu Hook, mesmo tendo deixado a procissão, os aplausos, os cantos e os pombos brancos que circulavam.

Havia cavalgado com quatro companheiros para as ruazinhas ao norte de Cheapside. O padre Christopher os guiava, levando o grupo para becos cada vez menores, becos tão apertados que eles precisavam cavalgar em fila única e se abaixar constantemente para que a cabeça não batesse nos andares projetados das casas com estrutura de madeira. Hook usava cota de malha, duas calças para proteger do frio, uma jaqueta acolchoada, para esquentar, botas tiradas de um conde morto em Azincourt, e sobre tudo isso uma nova túnica com o brasão do leão orgulhoso de Sir John.

No pescoço havia uma corrente de ouro, símbolo de seu posto: centenar de Sir John Cornewaille. Seu elmo, de aço milanês e apenas levemente arranhado por um golpe de machado, pendia do arção da sela. Sua espada fora feita em Bordeaux e tinha o punho decorado com um cavalo esculpido, distintivo do francês que fora dono da espada e do elmo.

— Estive lá — disse a um menino pequeno e maltrapilho. — Todos estivemos lá — acrescentou, depois seguiu o padre Christopher virando uma esquina, abaixou-se sob um arbusto pendurado, indicativo de uma loja de vinhos, e entrou numa praça pequena que fedia ao esgoto que corria pelas sarjetas abertas. Havia uma igreja no lado norte da praça. Era uma igreja miserável, com as paredes de pau a pique e uma lamentável imitação de torre construída com madeira. Um único sino pendia na torre. O sino estava sendo tocado para que sua nota rachada se juntasse à cacofonia em regozijo pela vitória da Inglaterra.

— É isso — disse o padre Christopher, indicando a igrejinha.

Hook apeou. Deu um cascudo em outro menino curioso, depois ajudou Melisande a descer de seu cavalo. Ela usava um vestido de veludo azul, que lhe fora dado em Calais por Lady Bardolf, a esposa do governador. Sobre ele usava um manto de linho branco, acolchoado com lã e com acabamento de pelo de raposa. Um mendigo com cotos protegidos por madeira se arrastou em sua direção e ela jogou uma moeda na mão estendida antes de seguir Hook e o padre Christopher para dentro da igreja.

— Você esteve lá? — perguntou um menino ao último homem a apear.

— Estive — respondeu Lanferelle. O francês parou antes de entrar na igreja para dar uma moeda a Will Dale, que ficou do lado de fora vigiando os cavalos.

O piso da igreja era de terra coberta de junco. Só o coro era pavimentado. Estava escuro lá dentro porque as construções ao redor impediam qualquer luz de entrar pelas janelas sem vidros. Um padre estivera tocando o sino, mas parou ao ver os três homens e a mulher vestida ricamente entrarem em seu santuário minúsculo. O padre ficou nervoso com os estranhos, mas então reconheceu o padre Christopher com seus ricos mantos negros.

BERNARD CORNWELL

— O senhor veio de novo, padre — disse ele, parecendo surpreso.

— Eu disse que viria — respondeu gentilmente o padre Christopher.

— Então todos são bem-vindos — disse o padre.

O altar principal era uma mesa de madeira coberta por um velho pano de linho sobre o qual estava um crucifixo de cobre dourado e dois castiçais vazios. Atrás do altar havia uma peça de couro pendurada, onde um mau pintor representara dois anjos ajoelhados diante de Deus. Todos os quatro visitantes fizeram uma breve genuflexão e o sinal da cruz, e então o padre Christopher puxou o cotovelo de Hook na direção do lado sul da igreja, onde havia um segundo altar. Este segundo altar era menos impressionante ainda do que o primeiro, não passando de uma mesa precária sem qualquer cobertura, e com um crucifixo de madeira sem velas. Uma das pernas de Cristo havia se quebrado, de modo que Ele pendia perneta em Sua cruz. Acima d'Ele havia uma pintura em couro, de uma mulher de vestido branco, mas o branco havia se soltado e desbotado, e o halo amarelo havia se desprendido em flocos quase totalmente.

Hook olhou para a mulher. Seu rosto, o que podia ser visto dele à luz fraca e através da pintura rachada, era comprido e triste.

— Como o senhor soube que ela estava aqui? — perguntou ao padre Christopher.

— Eu perguntei — respondeu o padre, sorrindo. — Sempre há alguém que sabe sobre as esquisitices de Londres. Encontrei esse homem e perguntei.

— Esquisitices? — perguntou o sire de Lanferelle.

— Garantiram-me que este é o único templo dedicado a santa Sarah em toda a cidade — disse o padre Christopher.

— É sim — respondeu o pároco. Era um homem acabado, que tremia num manto puído. Seu rosto fora marcado pela varíola.

Lanferelle deu um breve sorriso.

— Sarah? Uma santa francesa?

— Talvez — respondeu o padre Christopher. — Alguns dizem que ela era serviçal de Maria Madalena, alguns dizem que ela deu refúgio a Madalena em sua casa na França. Não sei.

— Ela foi mártir — interrompeu Hook asperamente. — Morreu não muito longe daqui, assassinada por um homem maligno. E eu não salvei a vida dela. — Ele assentiu para Melisande, que foi até o altar, ajoelhou-se e tirou uma bolsa de couro de baixo do manto. Pôs a bolsa no altar.

— Para Sarah, padre — disse ele.

O padre pegou a bolsa e desamarrou o cordão. Seus olhos se arregalaram e ele olhou para Melisande quase com medo, como se suspeitasse de que ela poderia se arrepender e tomar o ouro de volta.

— Eu as tirei do homem que estuprou Sarah — disse ela.

O padre se ajoelhou e fez o sinal da cruz. Chamava-se Roger, e o padre Christopher havia falado com ele na véspera, e depois garantiu a Hook que Roger era um homem bom.

— Um homem bom e idiota, claro — dissera o padre Christopher.

— Idiota? — perguntou Hook.

— Ele acredita que os humildes herdarão a terra. Acredita que a tarefa da Igreja é confortar os doentes, alimentar os famintos e vestir os nus. Você sabe que eu encontrei sua esposa totalmente nua?

— O senhor sempre foi um homem de sorte — disse Hook. — Então qual é a tarefa da Igreja?

— Confortar os ricos, alimentar os gordos e vestir os bispos com tecidos finos, claro, mas o padre Roger ainda se agarra a uma visão do Cristo Redentor. Como eu disse, ele é um idiota. — O padre falara gentilmente.

Agora Hook deu um tapinha no ombro do idiota.

— Padre Roger?

— Senhor?

— Não sou senhor, sou apenas um arqueiro, e o senhor ficará com isto. — Ele estendeu a grossa corrente de ouro com o medalhão de antílope. — E com o dinheiro que ganhar com esta venda, fará um altar para os santos Crispim e Crispiniano.

— Sim — respondeu o padre Roger, depois franziu a testa porque Hook não soltara a corrente fabulosa.

— E todo dia rezará uma missa pela alma de Sarah, que morreu.

— Sim — respondeu o padre, e ainda assim Hook não soltou a corrente.

— E uma oração por seu irmão? — sugeriu Melisande.

— Um rei está rezando por Michael — disse Hook —, e ele não precisa de mais do que isso. Uma missa diária por Sarah, padre.

— Será feito — respondeu o padre Roger.

— Ela era uma lolarda — disse Hook, testando o padre.

O padre Roger deu um sorriso rápido e secreto.

— Então recitarei uma missa para ela duas vezes por dia — prometeu, e com isso Hook soltou o ouro.

Os sinos tocaram. *Te Deums* estavam sendo cantados nos mosteiros, nas igrejas e na catedral da cidade. Agradeciam a Deus porque a Inglaterra navegara para a Normandia, a Inglaterra fora acossada num canto da Picardia e lá a Inglaterra enfrentara a morte quase certa de seu rei e seu exército.

Mas então as flechas voaram.

Hook e Melisande pegaram a estrada do oeste. Iam para casa.

NOTA HISTÓRICA

A batalha de Azincourt (na grafia francesa) foi um dos acontecimentos mais notáveis da Europa medieval, uma batalha cuja reputação suplantou de longe sua importância. Na longa história da rivalidade anglo-francesa, apenas Hastings, Waterloo, Trafalgar e Crécy compartilham a fama de Azincourt. Pode-se questionar que Poitiers foi uma batalha mais significativa e até mesmo uma vitória mais completa, ou que Verneuil tenha sido um triunfo igualmente espantoso, e é certo que Hastings, Blenheim, Victoria, Trafalgar e Waterloo influenciaram mais o rumo da história, no entanto Azincourt mantém seu lugar extraordinário nas lendas inglesas. Algo tremendamente notável aconteceu em 25 de outubro de 1415 (Azincourt foi travada muito antes da conversão cristã ao novo calendário, de modo que o aniversário atual deveria ser em 4 de novembro). Foi algo tão notável que sua fama persiste quase seiscentos anos depois.

A fama de Azincourt poderia ser apenas um acidente, uma curiosidade da história reforçada pelo gênio de Shakespeare, mas as evidências sugerem que foi realmente uma batalha que lançou uma onda de choque pela Europa. Durante anos depois, os franceses chamaram o 25 de outubro de 1415 de *la malheureuse journée* (o dia infeliz). Mesmo depois de expulsarem os ingleses da França eles se lembravam com tristeza de *la malheureuse journée*. Havia sido um desastre.

No entanto, quase foi um desastre para Henrique V e seu exército pequeno, porém bem-equipado. Esse exército havia partido de Southampton Water com grandes esperanças, e a principal delas era a rápida captura de Harfleur, que seria seguida por uma investida ao interior da França com a esperança, presumivelmente, de atrair a França à batalha.

Um vitória nessa batalha demonstraria, pelo menos na mente do devoto Henrique, o apoio de Deus à sua reivindicação do trono francês, e até poderia colocá-lo nesse trono. Essas esperanças não eram vãs enquanto seu exército permanecia intacto, mas o cerco de Harfleur demorou muito mais do que o esperado e o exército de Henrique foi quase arruinado pela disenteria.

A narrativa do cerco no romance, em termos gerais, é acurada, mas tomei uma grande liberdade, que foi derrubar um poço de mina diante da porta Leure. Esse túnel não existiu, o terreno não permitiria, e as minas verdadeiras foram escavadas pelas forças do duque de Clarence que estavam atacando o lado leste de Harfleur. Os túneis contrários, abertos pelos franceses, derrotaram essas escavações, mas eu queria dar um sabor, ainda que inadequadamente, dos horrores que os homens enfrentavam lutando sob a terra. A defesa de Harfleur foi magnífica, e boa parte dos elogios deve ir para Raoul de Gaucourt, um dos líderes da guarnição. Seu desafio e os longos dias do cerco deram aos franceses a chance de organizar um exército muito maior do que qualquer um que eles poderiam ter levado contra Henrique caso o cerco tivesse acabado, digamos, no início de setembro.

Harfleur finalmente se rendeu e foi poupada do saque e dos horrores que se seguiram à queda de Soissons em 1414. Esse foi outro acontecimento que chocou a Europa, mas no caso de Soissons foi o comportamento bárbaro do exército francês contra seus próprios cidadãos que provocou o choque. Há um boato de que mercenários ingleses receberam dinheiro para trair a cidade, o que explica as ações do fictício Sir Simon Pallaire, mas no contexto da campanha de Azincourt o significado de Soissons estava em seus santos padroeiros, Crispim e Crispiniano, cujo dia, de fato, era 25 de outubro. Para muitos, na Europa, os acontecimentos do dia de são Crispim em 1415 demonstraram uma vingança celestial pelos horrores do saque de Soissons em 1414.

O bom senso sugere que Henrique deveria ter abandonado qualquer pensamento em outras campanhas depois da rendição de Harfleur. Ele poderia simplesmente ter posto uma guarnição no porto recém-cap-

BERNARD CORNWELL

turado e voltado para a Inglaterra, mas esse caminho significaria uma virtual derrota. Ter gastado todo aquele dinheiro e, em troca, obtido nada mais do que um porto normando pareceria um feito insignificante, e, por mais que os interesses franceses fossem prejudicados com a queda de Harfleur, a posse da cidade dava a Henrique muito pouco poder de barganha. Realmente, agora ela era inglesa (e permaneceria assim por 20 anos), mas sua captura havia desperdiçado um tempo precioso, e a necessidade de pôr uma guarnição na cidade danificada tirava mais homens ainda do exército de Henrique, de modo que, quando os ingleses lançaram sua invasão à França, apenas cerca de metade do exército era capaz de marchar. No entanto, Henrique decidiu marchar. Rejeitou o bom conselho de abandonar a campanha e insistiu em dar ao seu exército pequeno e doente a tarefa de marchar de Harfleur a Calais.

Pensando bem, esse não era um desafio enorme. A distância é de cerca de duzentos quilômetros e o exército, todo ele montado a cavalo, poderia fazer a viagem em cerca de oito dias. A marcha não se destinava a saquear, pois Henrique não tinha equipamento nem tempo para sitiar as cidades muradas e os castelos que ficavam na rota (para onde qualquer coisa de valor seria levada assim que os ingleses se aproximassem), nem era uma clássica *chevauchée*, um daqueles avanços destrutivos através da França quando os exércitos ingleses devastavam tudo no caminho com a esperança de provocar os franceses à batalha. Duvido que Henrique quisesse provocar os franceses à batalha, porque, apesar de sua crença fervorosa no apoio de Deus, ele devia ter percebido a fraqueza de seu exército. Se ele quisesse batalha, faria mais sentido marchar diretamente para o interior, mas em vez disso seguiu pelo litoral. Parece que estava simplesmente "dando banana". No fim de um cerco insatisfatório, e diante da humilhação de retornar à Inglaterra sem um grande feito, ele meramente queria humilhar os franceses demonstrando que era capaz de marchar através de seu país impunemente.

Essa demonstração teria dado certo se os vaus de Blanchetaque não fossem vigiados. Para chegar a Calais em oito dias ele precisaria atravessar o Somme rapidamente, mas os franceses haviam bloqueado o vau, por isso Henrique foi obrigado a ir para o interior em busca de outra travessia, e os dias se estenderam de oito para 18 (ou 16, visto que os cronistas são enlouquecedoramente vagos quanto ao dia em que o exército deixou Harfleur), a comida acabou e os franceses finalmente concentraram seu exército e se moveram para encurralar os infelizes ingleses.

E assim o exército risivelmente pequeno de Henrique encontrou seu inimigo no platô de Azincourt no dia de são Crispim em 1415. Sem saber, esse exército acabara de marchar para a lenda.

Em 1976, quando Sir John Keegan escreveu seu magnífico livro *The Face of Battle*, pôde dizer sobre Azincourt: "Os acontecimentos da campanha de Azincourt são, para o historiador militar, de uma objetividade gratificante... há menos do que a louca incerteza usual com relação aos números envolvidos de cada lado."

Infelizmente essa confiança desapareceu, se não para os eventos, pelo menos para os números envolvidos. Em 2005 a professora Anne Curry, que está entre as mais respeitadas autoridades sobre a Guerra dos Cem Anos, publicou o livro *Agincourt, a New History*, em que, depois de argumentações detalhadas, propôs que os números envolvidos de cada um dos lados eram muito mais próximos do que a História jamais admitiu. O consenso usual é de que cerca de seis mil ingleses enfrentaram cerca de 30 mil franceses, e a Dra. Curry mudou esses números para nove mil ingleses e 12 mil franceses. Se for verdade, a batalha é uma impostura, posto que sua fama certamente repousa no tremendo desequilíbrio entre os dois lados. Shakespeare não poderia ser justificado por escrever "nós poucos, nós, felizes poucos" se os franceses fossem quase igualmente poucos.

Sir John Keegan estava certo em descrever qualquer tentativa de avaliar os números envolvidos numa batalha medieval como sendo atrapalhados por uma "louca incerteza". Temos a felicidade de que várias testemunhas oculares escreveram descrições da batalha, e temos outras fontes vindas de escritores que deixaram relatos pouco depois, mas sua estimativa dos números varia enormemente. Os cronistas ingleses avaliam as forças francesas em qualquer coisa entre 60 mil e 150 mil, ao passo que as fontes francesas e borgonhesas oferecem qualquer coisa entre oito mil

BERNARD CORNWELL

e 50 mil. As melhores testemunhas oculares citam os números franceses como 30 mil, 36 mil e 50 mil, todas contribuindo para a louca incerteza que a Dra. Curry torna mais louca ainda. No fim decidi que os números aceitos geralmente eram corretos, e que por volta de seis mil ingleses enfrentaram aproximadamente 30 mil franceses. Devo enfatizar que isso não é resultado de estudos acadêmicos detalhados de minha parte, e sim de um instinto de que a reação contemporânea à batalha refletia que algo espantoso acontecera, e o que é mais espantoso nos vários relatos de Azincourt é a disparidade de números. Um capelão inglês, presente na batalha, estimou essa disparidade como trinta franceses para cada inglês, um exagero óbvio, no entanto serve como apoio forte para a visão tradicional de que foi a pura desigualdade numérica das forças envolvidas que convenceu o povo de que Azincourt foi realmente extraordinária. Mesmo assim, não sou erudito, e rejeitar as conclusões da Dra. Curry pareceria tolice.

Então, no mesmo ano em que a história da Dra. Curry foi lançada, o livro de Juliet Barker, *Agincourt*, foi publicado e se mostrou um relato vívido, amplo e envolvente da campanha e da batalha. Juliet Barker reconhece as conclusões da Dra. Curry, no entanto discorda cortês e firmemente delas. E como Juliet Barker é tão boa estudiosa quanto escritora e — como a Dra. Curry — fez pesquisas em arquivos franceses e ingleses, senti-me mais do que justificado em seguir meu instinto. Qualquer leitor que deseje saber mais sobre a campanha e a batalha faria bem em ler os três livros que mencionei: *The Face of Battle*, de John Keegan, *Agincourt, a New History*, de Anne Curry, e *Agincourt*, de Juliet Barker. Também devo reconhecer que, mesmo usando muitas fontes para escrever este romance, o livro ao qual retornei repetidamente, e sempre com prazer, foi *Agincourt*, de Juliet Barker.

O que está além de qualquer questionamento é a disparidade dentro do exército inglês. Era principalmente um exército de arqueiros que, ao deixar a Inglaterra, suplantavam os homens de armas em cerca de três para um, mas no dia de são Crispim havia uma preponderância de quase seis para um. Você ainda pode encontrar mais discussões, discussões intermináveis, sobre como esses arqueiros foram arrumados, se estavam todos nos flancos do exército inglês ou se ficaram no meio ou à frente dos homens de armas. Não acredito que os arqueiros tenham sido postos à frente, simplesmente por causa da dificuldade de retirá-los através das fileiras antes que começasse a luta corpo a corpo, e acredito que a vasta maioria estivesse de fato na esquerda e na direita da linha de batalha principal. Uma boa discussão sobre o uso do arco em batalha pode ser encontrada no fantástico livro de Robert Hardy, *Longbow, a Social and Military History*.

Tentei, na medida do possível, seguir os acontecimentos reais daquele úmido dia de são Crispim na França. Resumindo, parece certo que o exército inglês avançou primeiro (e parece que Henrique disse realmente "Vamos, amigos!") e restabeleceu sua linha ao alcance extremo de um tiro de arco, com relação ao exército francês, e que os franceses, idiotamente, deixaram essa manobra acontecer sem ser contestada. Então os arqueiros provocaram o primeiro ataque francês com uma saraivada de flechas. O primeiro ataque foi feito por homens de armas montados, supostamente para espalhar e com isso derrotar os temidos arqueiros, mas esse ataque fracassou, em parte porque os cavalos, mesmo com armaduras, eram fatalmente vulneráveis às flechas, e por causa das estacas que formavam um obstáculo suficiente para tirar qualquer ímpeto da carga. Parte dos cavalos franceses em retirada, enlouquecidos pelas flechas, parece ter galopado contra a primeira linha de batalha francesa que avançava, provocando o caos em suas fileiras apinhadas.

Essa primeira formação de batalha, provavelmente consistindo de cerca de oito mil homens de armas, já estava com sérios problemas. Os campos de Azincourt haviam sido arados recentemente para o trigo de inverno, e é verdade, como diz Nicholas Hook, que se deve arar mais fundo para o trigo de inverno do que para o de primavera. Além disso, havia chovido torrencialmente na noite anterior, e assim os franceses estavam andando com dificuldade em meio a um solo de barro pegajoso. Deve ter sido um pesadelo. Ninguém podia ir depressa, e o tempo todo as flechas acertavam e, quanto mais perto os franceses chegavam da linha inglesa, mais letais eram essas flechadas. Há mais discussões sobre o efeito das flechas, com alguns estudiosos dizendo que nem mesmo o furador

BERNARD CORNWELL

mais pesado, disparado com o arco de teixo mais forte, podia penetrar as armaduras de placas. No entanto, por que outro motivo Henrique teria tantos arqueiros? As flechas podiam perfurar placas, mas o tiro precisava pegar de cheio, e sem dúvida as melhores placas, como as feitas pelos milaneses, tinham mais capacidade de resistir. No mínimo a tempestade de flechas obrigou os franceses a avançar com viseiras fechadas, o que restringia seriamente sua visão.

Um bom arqueiro podia disparar quinze flechas certeiras num minuto (vi isso ser feito com um arco que tinha 50 quilos de força de tensão, cerca de 10 a 15 quilos mais leve do que os arcos usados em Azincourt, mas muito mais pesado do que qualquer arco moderno de competição). Vamos presumir que os arqueiros de Azincourt conseguiam em média apenas 12 por minuto e que havia 5 mil arqueiros; isso significa que em um minuto 60 mil flechas acertaram os franceses, mil flechas por segundo. Isso também significa que em dez minutos os arqueiros teriam disparado 600 mil flechas, e a conclusão é que devem ter ficado sem flechas bem depressa. No entanto, o que essa tempestade de flechas conseguiu foi obrigar os flancos dos franceses desorganizados a avançar para o centro, contra os homens de armas ingleses que esperavam. Esse encolhimento da linha francesa deveria ter exposto os flancos do exército inglês, ambos compostos por arqueiros, aos besteiros franceses, mas não há evidência de que os franceses tenham aproveitado a oportunidade. Afora algumas saraivadas no início da batalha, os besteiros franceses não parecem ter participado, um erro fatal que pode ser atribuído à abismal falta de liderança do lado francês.

A batalha durou entre três e quatro horas, mas provavelmente poderia ser considerada terminada nos primeiros minutos, quando a primeira formação de batalha francesa chegou ao ataque. Os homens de armas franceses estavam cansados, meio cegos, desorganizados e atrapalhados pela lama. O que parece ter acontecido é que suas primeiras fileiras caíram rapidamente e formaram uma barreira para os homens de trás que, por sua vez, estavam sendo empurrados para aquela barreira pelos de trás. Assim, os franceses caíram sobre as armas inglesas e os ingleses (com alguns galeses e uns poucos gascões) tiveram mais liberdade para lutar e matar. A primeira formação francesa havia contido a maior parte da alta nobreza da França, e assim ela foi para a chacina e os grandes nomes caíram; o duque de Alençon, o duque de Bar, o duque de Brabant, o arcebispo de Sens, o condestável da França e pelo menos oito condes. Outros, como o duque de Orleans, o duque de Bourbon e o marechal da França, foram capturados. Os ingleses não tiveram tudo a seu favor; o duque de York foi morto, assim como o conde de Suffolk (seu pai havia morrido de disenteria em Harfleur), mas as perdas inglesas parecem ter sido notavelmente poucas. Sem dúvida Henrique lutou na fila de frente dos ingleses, e todos os 18 franceses que haviam feito um juramento de irmandade para matá-lo foram mortos. Humphrey, duque de Gloucester — o irmão de Henrique —, foi muito ferido na luta e dizem que Henrique parou junto dele e espantou os franceses que tentavam arrastá-lo para longe.

A segunda formação de batalha francesa foi reforçar a primeira, mas nesse ponto os franceses estavam tentando lutar por cima de uma barreira de mortos e agonizantes, e também lutavam contra os arqueiros ingleses que haviam abandonado os arcos e agora brandiam achas d'armas, espadas e malhos. A vantagem que os arqueiros ingleses possuíam era a capacidade de manobra; sem ser atrapalhados por 30 quilos de armadura com peso de lama, eles devem ter sido letais em seus ataques. Não posso confirmar que a saudação inglesa de dois dedos começou em Azincourt como provocação contra os franceses derrotados, demonstrando que os arqueiros ainda possuíam os dedos de puxar a corda apesar das ameaças francesas de cortá-los, mas parece uma história provável.

Em algum momento depois do avanço da segunda formação francesa, uma pequena força de cavaleiros, liderados pelo sire de Azincourt, atacou as bagagens inglesas. Esse acontecimento, e a aparente prontidão dos franceses restantes para atacar, convenceu Henrique a dar a ordem de matar os prisioneiros. Essa ordem nos deixa consternados hoje, mas os cronistas contemporâneos não a condenam. Nesse estágio havia cerca de dois mil prisioneiros franceses atrás da linha inglesa que esperava um ataque feito por mais oito mil franceses, que até então não haviam partici-

BERNARD CORNWELL

pado. Os prisioneiros poderiam muito bem virar o rumo da batalha atacando a retaguarda de Henrique, e assim foi dada a ordem, para evidente desprazer de muitos homens de armas ingleses (que estavam perdendo resgates valiosos). Em vez disso, Henrique mandou um escudeiro e duzentos arqueiros para a matança, mas ela evidentemente foi interrompida com bastante rapidez quando ficou aparente que a surtida contra as bagagens não pressagiava um ataque pela retaguarda, e que a ameaça da terceira formação de batalha francesa havia se evaporado. Os franceses haviam recebido o suficiente, seus sobreviventes começaram a deixar o campo de batalha e Henrique havia obtido a extraordinária vitória de Azincourt. A incerteza louca rodeia as baixas, mas sem dúvida os franceses sofreram perdas pavorosas. Uma testemunha ocular inglesa, um padre, registrou 98 mortos da nobreza francesa, por volta de mil e quinhentos cavaleiros franceses mortos e entre quatro e cinco mil homens de armas. As perdas francesas eram contadas aos milhares, e podem ter chegado a cinco mil homens, ao passo que as inglesas provavelmente foram de apenas duzentas (inclusive um arqueiro, Roger Hunt, morto por um canhão). A batalha foi uma chacina que, como o saque de Soissons, chocou a cristandade. Era uma época acostumada à violência. Henrique de fato queimou e enforcou os lolardos em Londres e executou um arqueiro por ter roubado o cibório de cobre durante a marcha para Azincourt, mas esses acontecimentos eram comuns. Soissons e Azincourt, espantosamente ligados pelos santos Crispim e Crispiniano, foram considerados extraordinários.

A não ser por Thomas Perrill, tirei todos os nomes dos arqueiros de Azincourt das listas do exército de Henrique, que ainda existem no Arquivo Nacional (os leitores que desejarem uma forma mais acessível podem encontrar os nomes nos apêndices de Anne Curry). De fato houve um Nicholas Hook em Azincourt, mas ele não servia a Sir John Cornewaille, que de fato foi campeão de torneio da Europa. Seu nome frequentemente é grafado como Cornwell, um ligeiro embaraço, mas não somos parentes.

O campo de Azincourt está notavelmente sem mudanças, mas as florestas dos flancos encolheram um bocado e o pequeno castelo que deu seu nome à batalha desapareceu há muito. Há um pequeno museu esplêndido no povoado, e um memorial e um mapa da batalha em Maisoncelles, ali perto, onde as bagagens inglesas foram atacadas (boa parte do tesouro perdido de Henrique foi recuperado mais tarde). Uma escultura equestre no campo de batalha marca o suposto local de uma das covas coletivas onde os franceses enterraram seus mortos. Harfleur desapareceu, engolfada pela cidade de Le Havre, mas traços da cidade medieval ainda existem. Hoje em dia instalações petroquímicas se estendem por onde a frota inglesa desembarcou.

A liderança de Henrique V sem dúvida colaborou para a vitória improvável. Ele continuou lutando na França e eventualmente obrigou os franceses a ceder às suas exigências de que era o rei de direito, e concordou-se que ele seria coroado depois da morte do louco rei Charles, mas Henrique morreria antes. Seu filho foi coroado rei da França, mas os franceses iriam se recuperar e expulsar os ingleses de seu território. O marechal Boucicault, grande soldado, morreria cativo na Inglaterra, enquanto Charles, duque de Orleans, passaria 25 anos como prisioneiro, só sendo libertado em 1440. Ele escreveu muitos poemas naqueles anos, e Juliet Barker, em *Agincourt*, traduz uma estrofe que ele escreveu durante o tempo passado na Inglaterra, uma estrofe que pode dar um fim a esta história de uma batalha antiga:

A paz é um tesouro que nunca é demasiado louvar.
Odeio a guerra. Ela jamais deveria ser louvada;
Por muito tempo me impediu, certa ou erradamente,
De ver a França que meu coração deve amar.

Este livro foi composto na tipologia Stone Serif,
em corpo 9,5/16, e impresso em papel
off-white 80g/m² no Sistema Cameron da Divisão
Gráfica da Distribuidora Record.

Seja um Leitor Preferencial Record
e receba informações sobre nossos lançamentos.
Escreva para
RP Record
Caixa Postal 23.052
Rio de Janeiro, RJ – CEP 20922-970
dando seu nome e endereço
e tenha acesso a nossas ofertas especiais.

Válido somente no Brasil.

Ou visite a nossa *home page*:
http://www.record.com.br